マニエリスムのアメリカ

八木敏雄

南雲堂

"I have created the creative."
Herman Melville, *Mardi* (1849).

What unlike things must meet and mate:
. . . .
To wrestle with the angel—Art.
Herman Melville, "Art," *Timoleon* (1891).

A romance on the plan of Gil Blas, adapted
to American society and manners,
would cease to be a romance.
Nathaniel Hawthorne, *The House of the Seven Gables* (1851).

The fancy as nearly creates as
the imagination, and neither at all.
Novel conceptions are merely unusual combinations.
Edgar Allan Poe, *Godey's Lady's Book*, May 1846.

マニエリスムのアメリカ【目次】

目次

マニエリスムのアメリカ

序論
アメリカン・マニエリスムとは何か?

1

「アメリカン・ルネサンス」再考

二〇〇九年はエドガー・アラン・ポーの生誕二百年に当たり、世界各地でこれを記念する各種の行事がおこなわれた。わが国でも「日本ポー協会」が八木敏雄・巽孝之編著『エドガー・アラン・ポーの世紀』(英語名 *The Japanese Face of Edgar Allan Poe*)を出版してこれを祝した。ところが、その執筆陣には、みずから「超人」と「学魔」を名乗る高山宏氏も加わっていて、いつもながらの刺激的かつ挑発的な「ただ絵を論じても仕方がない――ポー文学のヴィジュアリティ」と題する一文が掲載された。次はその一節である。

……ネオプラトニズム美学を背景に、アートが模倣から幻想に転じていく大きな動きの中で、とにかく人を驚かせることを方法として選び、視点の突如の変化をつくりだす蛇行・屈曲を蛇状曲線(figura serpentinata)として絶讃した異美学《パラ》を現在、マニエリスムと呼びだしていることに徴して、エマソンのネオプラトニズムに発してヘンリー・ジエイムズにいたる「長いアメリカン・ルネサンス」をいっそアメリカン・マニエリスムと呼ぶ知的勇者よ、アメリカ文学研究者の中より出でよ。そう、ぼくは十年

以上、希望し続けてきた。（二二四）

なべてドン・キホーテ的行為が慫慂されないこのご時世に、勇者を気取ってこのような挑発に乗るとなれば失笑を買い憫笑を誘うこと必定ともみえるが、わたしにしてもF・O・マシーセンの『アメリカン・ルネサンス』（一九四一年）を半世紀ほどまえに読んでこのかた、またこの呼称が一九世紀中葉アメリカの文運隆盛を総括する通称として定着してからでさえ、この呼び名に大いなる不満と違和感をおぼえてきた。その一番の理由は、「アメリカン・ルネサンス」を冠した名著の誉れ高いF・O・マシーセン『アメリカン・ルネサンス』からエドガー・アラン・ポーがすっぽり抜け落ちていることにあった。ポーが抜けたのは、マシーセンが一九世紀中葉のアメリカ作家を評定するにあたり「個人と社会との関係、および善と悪との本質に関する考え方の妥当性」という道義的基準をもうけたからばかりではあるまい。マシーセンが、ポーをエマソン、ソロー、ホーソーン、メルヴィルなどとともに、古いものの「再生」ではなく、「芸術と文化の全領域ではじめて円熟に達した」「アメリカ流の再生《ルネサンス》」（xiv）という文化現象創出の立役者のひとりに仕立てあげる方法論を持ちあわせなかったからだろう。マシーセンが一九世紀中葉アメリカの文化現象を「ルネサンス」と呼びたかった心情はわかる。この言葉にはどこか高揚感がある。しかし「ルネサンス」をいかように規定するにせよ、そこから「再生《リ・バース》」の意味を完全に排除することには無理がある。それに、事実としても、再生すべき先行するものがないところに新しいものが忽然と誕生するはずはない。歴史的にも、アメリカとはヨーロッパの近代がアメリカ大陸という文化的白紙《タブラ・ラサ》に生み落とした申し子である。だからこそ、いまだアメリカにはヨーロッパ的理念を純粋培養している実験場のけはいがある。ずばり言ってしまえば、日本がアジアであるように、アメリカはヨーロッパなのだ。欧米という言葉が通用しているではないか。こんな言い方には目くじらを立てるむきも多かろうが、目をよく開いて世界を全体として大きく眺めてみればそうなる。元来こんなふうにアイデンティティのあやしいアメリカの文化現象に、「アメリカン」なるナショナルなエピセットを冠して「アメリカン・ルネサンス」というようなハイブリッド概念を発明してまで一九世紀なかばに輩出したそれぞれ異質なアメリカの作家を共通分母でひとからげにしようと苦労するぐらいなら、いっそ多を一にまとめ、異質なものを繋《つな》ぐことにかけては絶妙な魔力を秘めた「マニエリスム」なる異《パラ》美学に鞍替えして、「アメリカン・ルネサンス」をいっそ「アメリカン・マニエリスム」と呼んではいかがなものか、というのが高山氏の発言の本意とわたしは忖度《そんたく》する。

が、じつはそんな忖度をするまでもなく、いわばこの忖度をそのまま実行に移したような一文を、まさしく微力ながら、わたしはもう十年ほどまえに週間朝日百科『世界の文学33』（南北アメリカ1：メルヴィル、エドガー・アラン・ポーほか、二〇〇〇年）なる冊子に、「一九世紀なかば、アメリカに西欧文学の『再生』としての新しい文学が花開いた」と題して発表したことがある。しかもそれは、さらに十年ほどまえに高山氏が『テクスト世紀末』（一九九二年）に収録した「アメリカン『マニエリスム』？」と題した疑問符付きの一節（一三九‐四三）に触発されて書いた文章だったことを正直に白状しておいたほうがよかろう。ところで、この拙文、いくらか気負った題名にもかかわらず、これまでまるで問題にされず、いわばお蔵入りになっていて、前掲の高山氏の「檄文」を見るまでわたしの念頭からさえ去っていたのであるが、この本の序を書く段階になって、ふと思いついたことは、この文章をこの本の序論のなかに組み込んで再利用しようという不逞な考えだった。そうすることによって、これまでばらばらに書かれてきたわたしの書き物になにがしかの繋がりができるという僥倖に恵まれれば幸いという虫のいい考えでもあった。いわば「マニエリスム頼《だよ》り」だった。しかもあと知恵。とはいえ、軽佻浮薄にして勇み足多かりしわが人生に、この「あと知恵」の慎重さありしことはわが人生の救いであった。

だが、自嘲ばかりで人生をおえるのはよくない。そこで言うが、わたしがアメリカ文学研究者としてほぼ半世紀をかけて研究してきたのは、主として初期ピューリタンの為政者や牧師や宗教家たちが書いた記録や日記や説教などから、しばしばアメリカ小説の父と呼ばれるチャールズ・ブロックデン・ブラウンの小説やパンフレットを経由して、ポー、ホーソーン、メルヴィルなどの作品、評論、手紙などの広義の「アメリカ文学」であった。そして、その「アメリカ文学」を共通にくくる要素は「幻想」だと思っている。初期アメリカン・ピューリタンが書いた日記や記録がしばしば意図せずして幻想的であったのは、彼らのエクリチュールが「現実」や「自然」の模写ではなく、彼らの「観念」の描写であったからだろう。またアメリカ合衆国成立時期のチャールズ・ブロックデン・ブラウンの、たとえば『ウィーランド』は、「汝の妻子を殺せ」という神の命令を聞いたと観念した主人公がそれを忠実に実行に移す超幻想的物語だが、これも詮ずるところ主人公の「観念」の所産であって、たんなる「妄想」の所産ではない。ポー、ホーソーン、メルヴィルが産出した作品もいずれ劣らぬ幻想的作品ばかりであるが、それらの幻想はみな言葉という記号をきわめて意識的に操作し、連結し、組み合わせてエンジニアした観念的幻想のテクストであって、それは本質的に今日の電脳技師たちが作成する複雑きわまるシニフィアンとしての電子テクストと本質的差異はないのである。ゆえに、わたしがこれまで書いてきた片々《へんぺん》たる文章を時間的系列から解放し、組み合わせなおして再構成したこの本が、アメリカの過去から現代、さらに未来に繋がる観念的幻想世界にどこかでチャンネルする可能性を秘めていないわけはなかろう。それがわが「幻想」であり、希望である。

ところで以下は再録をお約束した週刊朝日百科『世界の文学33』に発表した文章である。ただし文中の「マニエリスム」についての註(*)は百科編集部の作であり、また前回紙幅の関係で発表を控えた「組み合わせ術師ポー」の項は今回おぎなったものであることをお断りしておく。

2

一九世紀なかば、アメリカに西欧文学の「再生」としての新しい文学が花開いた

一八五〇年を中心とする数十年のアメリカの文化現象は、しばしばアメリカン・ルネサンスの名で呼ばれている。しかしアメリカには、先住民インディアンの口承文学をべつにすれば、「再生」すべき先行する文芸があったわけではないので、この呼称を忌避するむきもある。わたしもその一人だ。とはいえ、「ルネサンス」とは「再生」だけを意味するのではない。あたらしいものの誕生も含意する。そうなら、一九世紀中葉にアメリカ合衆国に勃興した文学は、ヨーロッパ文学、ことにイギリス文学の新大陸における再生であったばかりか、それを規範としながらも、一定の様式で変容してあたらしく誕生した文学であったとみられてもよい。その意味で、アメリカン・ルネサンス期の文学現象を、いっそアメリカン・マニエリスムという思考枠でとらえなおしてみるのも、斬新なこころみではなかろうか。

＊マニエリスム　フランス語の maniérisme はイタリア語の maniera(手法、様式)に由来する語。もともと悪しき模倣のことをいう蔑称であったが、盛期ルネサンス後期の一五二〇年以降のヨーロッパ芸術ではラファエロ、ダ・ヴィンチ、ミケランジェロなどの巨匠の技法や、その古典的な線形遠近法に象徴される固定した外界の観法・認識を克服する

芸術的手法として肯定的に用いられるようになった。今日のダリやピカソなどの超現実主義的芸術や抽象芸術も、この精神につらなる創造活動の所産とみなされる。（英語ではMannerismだが、上記の肯定的な意味で用いられるようになったのは、一九二〇年代以降とOEDは記している——八木付記）。

グスタフ・ホッケはその美術評論書『迷宮としての世界——マニエリスム美術』（一九五七年）で、ヨーロッパ・ルネサンス最盛期から初期バロック、つまり一五二〇年から一六五〇年におよぶ時期、それにつづく盛期バロック（一六六〇-一七五〇年）、ロマンチシズム（一七七〇-一八四八年）の時代にうまれた芸術・文学作品のなかに見られる「およそ古典主義に対立するあらゆる芸術的・文学的傾向」のことをマニエリスムの名でくくり、そういう微妙な造反の美的態度と表現衝動が以来ヨーロッパの芸術・文学の変容の「定数」だとし、それを「ヨーロッパ的常数」と呼んだ。そしてそれは芸術作品の中に誇張法、デフォルメイション、隠喩法、明暗法、構造主義、組み合わせ術、超現実主義、多義性、抽象性、寓意性、ゴシシズムなどの特質として顕現すると指摘した。

するとアメリカン・ルネサンスの文学とは、アメリカがヨーロッパ近代の申し子であるかぎり、そういうマニエリスの精神を色濃く受け継いだ文芸と見なされてよい。別言すれば、一九世紀に花開いたアメリカ文学とは、西洋文学の伝統につながりながら、その伝統に対立し、そうすることによって、新しいアメリカの文学として「再生」した本質的にマニエリスム的新文学だったということになる。

知的ごった煮とつぎはぎ細工の『白鯨《モービィ・ディック》』

そういうアメリカン・マニエリスム文学を代表する作品のひとつにハーマン・メルヴィルの『白鯨』（一

八五一年）がある。この小説の筋を無理にでもひと口で言えば「白く巨大な抹香鯨に片足を食い千切られたエイハブ船長は復讐の念にかられて、この鯨を世界の海をめぐって追跡するが、かえって逆襲にあって船もろとも海の藻くずと消える」物語とでもなろうが、これはそんな要約の枠組みに容易におさまるていの文学的作品ではない。

『白鯨』は冒頭に「語源」「抜粋」という奇妙な断章をもち、百三十五章の本体と「エピローグ」からなる「知的ごった煮」（エヴァット・ダイキンク）である。その本体も語り手イシュメールとクイークェグとの陸上冒険の部（第一-二二章）から始まり、つなぎの三章をあいだにおいて海上冒険の部にはいるが、それからはただの鯨を捕るお話ではなくなる。「物語」と「物語」の章のあいだに、捕鯨やその準備作業の実務的なシーンがあることはむろんのこと、シェイクスピア調の「劇形式」の章、「物語」と「劇」との合いの子の「準劇形式」の章、他の捕鯨船との「出会い」の章、衒学的かつ滑稽な「鯨学」の章、哲学的瞑想や談論の章などが「細心の無秩序」（第八二章）をもって組み込まれており、この本の読みを難しくしているが、これが世界の謎を解くことの難しさの寓意にもなっている。また凶暴で、狡知にたけ、しかも大洋の各所に同時に出現するという白鯨は、遍在する「神」にも似た存在になっている。「古典主義者は神を本質において描き出し、マニエリストはその実在において描き出す」（『迷宮としての世界』）とはホッケの指摘だが、これは『白鯨』のみならず、アメリカン・ルネサンス期の文学作品が観念を実在であらわす寓意的作品が多いことを妥当に説明する。このほかにもメルヴィルをマニエリストに擬する材料や資質にこと欠かないが、ここはメルヴィルだけを論じる場ではないので、他の作家のマニエリスムに移るとしたい。

組み合わせ術師ポー

アメリカの大批評家マシーセンはその『アメリカン・ルネサンス』でポーを完全に排除したが、ホッケは『迷宮としての世界』（一九六六年）の続編として『文学におけるマニエリスム』（一九七一年）を出し、その副題に「言語錬金術ならびに秘教的組み合わせ術」という惹句をつけた。ところで「組み合わせ術《アルス・コンビナトリア》」となれば、すこしでもポーを齧《かじ》ったことがある者なら、それこそがポー創作法の基本中の基本であることを即座に思い出さずにはいられまい。ポーは詩人としてその作家的経歴をはじめたが、同時に意識的な批評家でもあったことも思い出しておこう。一八三一年刊のポー第三詩集の序文は「某氏への手紙」というかたちの詩論になっていて、それはこう書き出されている——「詩についてのよい批評は詩人以外の人によって書かれると言われてきた。これは君やわたしの詩についての考えからすれば嘘っぱちだ——批評家が詩人でなければないほど、その批評は正しくなく、その逆もまた真なのだ」と。この「詩人批評家論」に解説めいた言辞はもはや不要であるほど今日では普及した考えだが、ホッケの「詩人批評家論」は再聴の価値がある。ホッケは前掲書の第四章を「組み合わせ術」と題し、「饒舌に抗して」という副題までそえて、抒情詩の制作からあらゆる偶然と自己欺瞞を廃し、科学者のような冷静さをもって詩の諸要素を人工的に組み合わせることによって「詩情」をつくりあげることこそがマニエリストとしての詩人のあるべき知的態度であるとし、「詩人の制作の過程は詩人の作品よりはるかに興味をそそる。近代抒情詩は詩の生成を主題としている」と述べているが、これはそっくりそのままポーの詩的営為の記述として通用する。ポーはその晩年、自作の詩「鴉《からす》」の創作過程を逐一開陳してみせる趣旨の「構成の哲学（Philosophy of Composition）」を公表してみせたことは周知のことであるが、これはポーの作り話《ホークス》などではなく、ポーの組み合わせ術——文字どおり

「構成する法《コンポーズ》」——に関する「哲学」としてまともに受け止められてしかるべきである。なにせポーとは、晩年の「空想と想像力」（一八五〇年、死後発表）という小論文で、「あらゆる新しい概念は新しい組み合わせにすぎない」と言い放つような作家だったのだ。だからこそ「某氏への手紙」では、詩のことを「強力な感情のおのずからなる流出」と言ったワーズワースはけなされ、「不調和の調和《ディスコルディア・コンコルス》」を言ったコールリッジは称揚されているのだ。

　このような文脈で、若桑みどり女史の『マニエリスム芸術論』（一九九四年）を拾い読みしてみると、変えるべきところを変えれば、それはそのまま（ポーも含めた）いわゆる「アメリカン・ルネサンス」の作家たちについての記述であるかのような錯覚を覚えるほどだ。たとえば若桑女史はこう言う——「〔一六世紀〕マニエリストの理想とは、つまるところ、彼らが最上の芸術品を評するときにもちいた賛美が示すように、『自然に勝つアルテの勝利』にあるが、それはよみがえったプラトン主義と不可分な関係にあるのだ。自然でなくてイディアが問題になった。かつてばらばらに認識されていた『模倣性』や『つぎはぎ性』などのマニエリスト症候群は、〔一六世紀〕芸術が、自然とのあいだのはしごを上からとり外してしまい、観念的な世界に入りこんだことの証明である。自然らしさや真実らしさは、かれが表わそうとするものが観念であるかぎり不用であったし邪魔になった。それと同時に自然界と人間との調和関係を基礎にしていた正常な比例と空間感覚も本来の意味を喪失した」（二六-二七）と。「自然が静かに明晰な姿をよこたえる世界、もしくは情念がわだかまりなくくつろぐ世界を見たなら、それは……マニエリスムではない」（一九）とも。またポーが創造した南氷洋の海や陸地やそこに住む動物の「不自然さ」や「アルンハイムの地所」の人工性や『ユリイカ』の抽象性などを思いながら、次なる記述を読むとどうか——「古典主義と自然主義の語法を用い、ボキャブラリーを用いて、彼らは『幻想の』人工庭園を造る。マニエリスム芸術は、マニエリストが非常によろこんで創った偽の庭園、偽の山、偽の自然というものである。マニエリストにとっては、芸術は完璧な『虚』の世界である。しかしそれがまがいものであるということはない。かれらは神のつくったものを模倣するのではなく、神の創造を模倣しているのである。このことはふかくかれらの理念に浸透していたことだ。かれらの作った人工世界は彼らにとって神の創った世界と同じくリアリティを持っている……マニエリストの最大の記念碑である『人工洞窟《グロッタ》』に足を踏み入れると、そこには、人工の太陽に照らされた精緻な第三の世界がある。それは、虚構の世界のきわめて自然らしい再創造なのだ」（二九）と若桑女史は書く。この記述はほとんどそのままアメリカン・マニエリスト・ポーについての記述として通用する。

アレゴリスト・ホーソーン

ホーソーンの短篇《テール》も物語《ロマンス》もすべて寓話《アレゴリー》である。アレゴリーとは、マニエリスムのコンテキストで言うならば、「世界」「時」「永遠」「罪」「愛」「死」などの抽象的観念を「ある像《イメージ》で表象すること」である。つまり不可視なものを可視化することにほかならない。が、要は、ホーソーンもまた観念を表そうとしていたのであって、自然の模倣《ミメーシス》をこころみていたのではない。ホーソーンの代表作『緋文字』も本質的に寓意的な物語である。しかも副題には「ロマンス」と銘うたれている。そしてこの「ロマンス」は「小説」なら描かずにはおれない姦通にいたる過程を省略し、情事がおわってからの主人公たちの苦悩、葛藤、悔悟、償い、懺悔、再生の過程を、アレゴリカルな手法ならではの仕方で、普遍的な近代世界と近代人の問題として読者に提示する。たとえば、緋色のAの字本来の意味をさまざまに変奏することによって、さまざまな幻想の世界を作りあげる。また第七章の「総督邸の広間」でヘスターの姿が鎧《よろい》の胸当ての「凸面鏡の特殊な効果によって、緋文字がことさらに大きく誇張されて映り、そのため緋文字が彼女の容姿のなかでいちばん目立つ特徴になった」ときのように、誇張したり歪曲したりすることによって、ホーソーンはヘスターの置かれた社会の状況や偏見を観念のイメージとして示す。このシーンは、いくらかでもマニエリスムを齧ったことのある者なら、パルミジャニーノ（一五〇三－一五四〇年）の、手が巨大に描かれた凸面鏡の自画像を思い出さずにはいまい。その巨大で間伸びした手は脳が所在する顔のまえに異様にせり出していて、脳と手のせめぎ合いこそがマニエリスムだと言わんばかりだが、母親ヘスターが総督と会談中に娘パールが庭に出て見つけたものが、手入れの行き届いたイギリス風庭園ではなく、芝生のあいだに傍若無人に生えたキャベツや黄金色の巨大なかたまりとなって居座るカボチャがはびこる地所であるのは、ウィットの効いたマニエリスム的描写であって、知事邸の庭に生えているキャベツや地べたに転がっているカボチャはただの植物ではなくて観念なのである。これはいわば観念によるニューイングランドと古いイングランドの違いの描写なのである。

　ホーソーンにせよ、メルヴィルにせよ、はたまたポーにせよ、「アメリカン・ルネサンス」の作家たちが一九世紀という「小説」の時代に、こぞって「小説」の枠組みをくずして一種のアレゴリーである「ロマンス」や「テール」を書いたのは、それなりの理由があってのことなのであり、その当時の文学現象を「アメリカン・マニエリスム」と呼ぶのを躊躇することはないのである。

3　アメリカン・トロンプ・ルイユ

最後に本書のカヴァーに採用した図版について、手短に述べさせていただく。これはアメリカ初の職業的肖像画家にして軍人から科学者、美術学校の創立者から自然博物館の経営者にいたるまでの多彩な経歴を閲《けみ》したチャールズ・ウィルソン・ピール（一七四一－一八二七年）が晩年にものした『自分の博物館での芸術家』（一八二二年）と題する油絵である。たいへんな大作で縦二・五九メートル、幅一・九八メートルの自画像。そうではあるが、ただの自画像ではない。図版で見るかぎり、ピールとおぼしき恰幅のよい老紳士が、右手でカーテンを高々とかかげ、観客を博物館の展示室に鄭重に招じ入れようとしている画であるようにみえる。ところが、この画が最初に展示されたときの実際が判明すると、この画はたちまち変質する。ただちに、だまし画、トロンプ・ルイユ（trompe l'œil）になるのだ。ピールはその巨大なキャンヴァス画を「自分の博物館」の正面玄関の脇柱《わきばしら》を額縁に見たててはめ込んだのである。するとここに出現したのは、右手で高々とカーテンをかかげて、マストドンの骨格標本もふくめた館内展示品を急速遠近法で垣間見せながら客を館内にさそうための「幻想」の擬似空間および入り口だったのである――すなわち、だまし絵が出現したのである。この画でピールが何を言わんと欲したかは正確に知る由もないが、この画家のやり方にわれわれがたしかに感じるのはユーモアのセンスであり、一種の高慢さであり、いささかの軽佻浮薄さであろうが、これなくしてトロンプ・ルイユは成立しないのである。

ところで「トロンプ・ルイユ」という副題をもち、表紙にパルミジャニーノの『凸面鏡の自画像』を掲げるドトランジュ・マスタイ女史の『イルージョン美術史』（一九七五年）は太古のフレスコ画から現代の超現実派や抽象画までのトロンプ・ルイユの歴史を扱う楽しい労作だが、そのなかで女史は「トロンプ・ルイユが頂点に達したのはルネサンスから理性の時代（一七世紀）にかけての騒乱期においてであった」（一二）とさりげなく言っているが、これはトロンプ・ルイユがマニエリスムの産物であることをさりげなく語っているようなものである。たとえば、この本の第七章は「アメリカにおけるトロンプ・ルイユ」と題され、そのフロント・ページにはアメリカ生れのジョン・メア（一七三九-六八年）なる画家が委嘱されて描いたと思われるある人物の肖像画が掲げられているが、この人物のカフスには一匹のハエが止まっている。そのハエは追っても逃げない。そこにしっかりと描かれているのだから。女史はこの画をもってアメリカン・トロンプ・ルイユ第一号として、こう評している――「理由はどうあれ、ここにはユーモアと自尊心と、一抹の不謹慎さがある」（二五九）と。わたしが本書の表紙に採用したピールの画にも、それが展示された時代と状況を勘案するなら、それなりのユーモアと自尊心と不謹慎さとが見てとれることだろう。

（二〇一〇年七月記）

引用文献

D'Otrange Mastai, M. L., *Illusion in Art: Trompe L'Oeil: A History of Pictorial Illusionism*. New York: Abaris Books, 1975.
Hocke, G. R., *Die Welt als Labyrinth: Manier und Manie in der europäischen Kunst*. Hamburg, 1957.
――, *Manierismus in der Literatur: Sprach-Alchemie und esoteriche Kombinationskunst*. Hamburg, 1959.
Matthiessen, F. O., *American Renaissance: Art and Expression in the Age of Emerson and Whitman*. New York: Oxford UP, 1941.
ホッケ、グスタフ・ルネ『迷宮としての世界』種村季弘・矢川澄子訳、美術出版社、一九六五年。
――、『文学におけるマニエリスム――言語錬金術ならびに秘教的組み合わせ術』種村季弘訳、二巻、現代思潮社、一九七一年、七二年。

八木敏雄・巽孝之『エドガー・アラン・ポーの世紀（*The Japanese Face of Edgar Allan Poe*）』研究社、二〇〇九年。

若桑みどり『マニエリスム芸術論』ちくま学芸文庫、一九九四年。

I

花開くアメリカン・ルネサンス

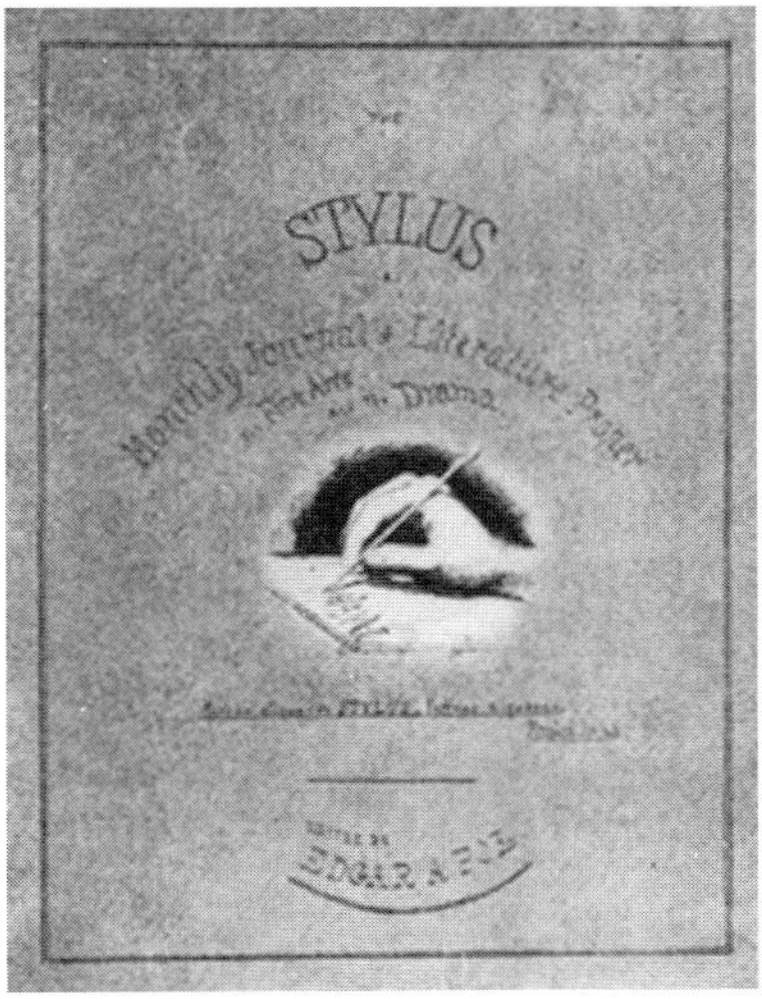

スタイラスの表紙　ポー念願の自分自身が主催する雑誌『スタイラス』の表紙。ただし、この雑誌は資金不足のため、ついに発刊をみることはなかった。Poe's design for the cover of *The Stylus*, 1848.

1 **ポーの評価をめぐって**　これは活字になったわたしの最初のエッセイ（1966年）である。その後『破壊と創造──エドガー・アラン・ポー論』（南雲堂、1968年）の第一章になった。当時は、ポー百年忌を境に始まったポー再評価の風潮が一定の成果をあげて定まりかけた時期にあたり、わたしもその成果を追っている。だが生誕二百年を迎えた今日、世界文化の表層・深層に広く深く浸透したポーの影響力の正体はいまだ誰にもつかみきれていない。

2 **アッシャー家の崩壊／ピンチョン家の崩壊**　「家」とは「建物」と「血統」との両義をもつ語だ。「アッシャー家の崩壊」はその家の末裔が死ぬと、建物もまた崩壊して消滅する幻想的ゴシック・ロマンスであり、『七破風の屋敷』は「モールの呪い」に歴代しばられてきた一族の末裔が呪いから解放をはかり、モール家の血統をピンチョン家に導入し、田舎の小屋に引越すことによって、それに成功する結構の世俗的なロマンス・ノヴェルである。

3 **ポーの「時」と「時計」**　ポーは「時間」の制約下にある現実界の事物と思考を新たに組み合わせることによって「人間の不滅性」と「時空の超越」をめざす不可能なこころみを「詩」と称した。また短編作家としては、「時」の流れを文字盤上の円環運動に封じ込め、振り子の等時性を利用して「時」の流れのアナローグを作り出す「時計」という機械を、人間の「時」との格闘のアナロジーとする作品を多産した。

4 **『七破風の屋敷』の円環構造**　「モールの呪い」が歴代ピンチョンにもたらす悲劇から解放されようと、当代にして末裔のクリフォード・ピンチョンとヘプチバーが苦渋と葛藤にみちた営為のすえに、ついにピンチョン家の「呪い」と「過去」からの脱出とを暗示する「出発」と題する章で終わるこの「ロマンス」は、その第一章「古い家柄のピンチョン家族」と最終章「出発」が尾を咬むウロボロスのように円環している。

5 **姦通通小説としての『緋文字』**　ホーソーンは、「法律と宗教がほとんど一体をなしていた」初期ピューリタン社会を舞台に、結婚という契約とその侵犯にまつわる本来世俗的な姦通事件を、情事がすべて舞台裏で演じ終えられる設定の物語にすることによって、登場人物たちの、神との対話というアレゴリカルなロマンスに仕立てると同時に、情念の解放と自我確立の過程をえがく小説にも仕立てあげた。

6 **旅の本『ハックルベリ・フィンの冒険』**　「旅の本」とは「ツーリズムの本」のことである。また「ツーリズム」とは、なるべく苦労なく苦労を味わい、危険なく危険を味わうために工夫された企画のことであって、そのいちばんの眼目は日常性からの解放にある。ヘミングウェイが『ハックルベリー・フィンの冒険』を近代アメリカ文学の祖に擬したのも、その日常性からの解放が「自由への旅」のメタファーとして適切だったからだろう。

1 ポーの評価をめぐって

その死後百有余年をへた今日、いまだにエドガー・アラン・ポーの評価は定まりかねているようである。それが定まりかねているのは、ポーが論じられることのすくなく、考究されることの稀な作家であったからでもなければ、彼がスフィンクスの如く巨大で謎めいた人物だったからでも、またむろん、彼が評価にあたいしない文学者だったからでもない。事情はむしろ逆で、ポーに関しては、あらゆる種類の評価や好悪の意見は出つくした観があり、その技法・態度を蘇活すると否とにかかわる後世の意図は十分以上に果たされてしまい、伝記的研究[*1]は旅役者であったポーの父母のレパートリーの研究からポー自身の借金の額の詮索にまで及び、二巻よりなる書簡集[*2]は刊行をみ、彼の作品の精神分析学的研究は電話帳のように部厚い本[*3]を生み、普通なら、いまではこの作家について言いふるされていないようなことは言えないのではないか、と絶望するなり、安心するなりしてよいはずであるのに、事実はそうでない。ポーがシェイクスピアの如き汲めども尽きせぬ偉大な作家で、各時代、各世代があらたな発見をしつづけてゆくであろうような作家ではない、彼の文学上の使命は終った、ということには定説じみたものが英米文学世界にはあり、この事態は、ポーがその生国アメリカでは永らく顧みられず、しかしフランスでは、ボードレールやマラルメやヴァレリーたちの世界第一級の詩人によって高く評価され、それればかりか、彼らの創作の大いなる糧となり、したがって世界の近代詩のみならず、近代の文学全体に大きな影響をあたえた文学者であったという世界文学史上の逆説によく象徴されている。むろん、かかる事態を招いた責任の一端はポー自身にもあった。ヴァレリーの理解ある言葉を借りれば、ポーが「自分自身の発見について、それが有する弱点を知悉《ちしつ》していながら、その美点のすべてを強調したり、特長の一つ一つを宣伝したり、欠陥を隠したりし、いかなる代償を払ってもそれを彼が欲するものに似せようとして自分の発見に取り組む」[*4]たぐいの人間だったからでもあった。「しかし、ポーの思想はその根本においてやはり深遠で、偉大なのである」ともヴァレリーは保証する。知性の悲喜劇の愛好者にとって、ポーは依然として魅力ある人物たるを失わないゆえんである。

が、いましばらくは直接にポーの作品を対象にしないで、ポーの評価をめぐる後世の事態を観察してみたい。それがかえってこの作家の本質を解く鍵の一つを提供してくれると思えるからだ。

*

米国においては、ポーの評価はその百年忌にあたる一九四九年頃までは、比較的低いところで定まりかけていた。そして、ポーを見なおし考えなおそうという風潮が起ってきたのも、この百年忌を境としてであった。手はじめに、一九四九年前後にポーについてなされた、目だった論者の発言を拾ってみよう。百年忌を記念して、ポーの詩と散文のアンソロジーを編んだモンタギュー・スレイターは、その前書きの枕に「死後百年になるが、ポーの作家としての位置を決定することは容易なことではない」[*5]と書く。V・S・プリッチェットは「ポー百年忌」というエッセイで、やはり開口一番、「その死後百年になるが、いったいわれわれはポーをどう理解すればよいのか？　われわれはこの作家から模糊として曖昧なものを読みとれるだけだ。しかしこの作家から数々の文学上の重要な事柄が摂取されてきた。二流の作家、しかして示唆に富んだ発言者。ポーの天分は気まぐれで狭隘《きょうあい》だったが、影響するところは甚大」[*6]と述べ、当惑を示している。偉大なアメリカ文学の再編成者F・O・マシーセンでさえ、一九五七年という時点では、「ポーの最終的評価は、彼の作品がその原動力となった多くの文学的伝統を別にしては下しえないであろう」[*7]という目算を述べるにとどめている。米国でのポー再評価のもっとも大きいきっかけを作ったのはT・S・エリオットの「ポーからヴァレリーへ」[*8]というエッセイだったが、その冒頭の一節でエリオットは次のように述べている。

私はここでエドガー・アラン・ポーの裁断的評価をこころみるつもりはない。彼の詩人としての位置を定め、彼の本質的独創性を抽出してみようとも思っていない。まさしくポーは批評家にとって躓き石である。彼の作品を詳細に検討してみると、ずさんな筆運び、広般な読書と深い学識に支えられていない未熟な思考（puerile thinking）、主として経済的な逼迫のせいだったろうが、細部にまでわたっての完璧性に欠けた、さまざまなジャンルでの気まぐれな実験といったものしか見出せないようにみえる。が、これでは公正を欠くだろう。ポーの作品を個々別々に見ないで、全体として遠望するなら、たえず目をそこにやらずにはいられぬような、特異な姿と印象的な大きさを有する全体として、われわれの目に映る。ポーの影響という問題もまた、われわれをとまどわせる……。

ここでエリオットは、ポーを「全体として」、つまり「鴉《からす》」の詩人、「アッシャー家の崩壊」の短篇作家、

『アーサー・ゴードン・ピムの物語』の長篇作家、「構成の哲学」の詩論家、『ユリイカ』の宇宙思想家などと個々別々に見ないで、それらが微妙に絡みあって構成されているポーを全体として眺めることを提案している。だが、エリオットがここで示している当惑の表情も単なる修辞的ポーズではなかろう。たとえば、同じエッセイで、エリオットは「ポーに欠けているものは頭脳力（brain power）ではなく、人間全体としての成熟をまってはじめてもたらされるところの知性の成熟（maturity of intellect）であり、彼のさまざまな情緒の生長と円熟（development and coordination of his various emotions）なのである」と指摘することを忘れない。そして注意していただきたいことは、これが米国におけるポー再評価の事実上のきっかけとなった論文の口調だということである。

それ以前の米国におけるポー評価は、ヘンリー・ジェイムズ（「ポーを熱愛できるということは幼稚な思考の段階〔primitive stage of reflection〕にあることのまがいもない証拠である」[*9]）からポール・エルマー・モアー（「ポーは未熟な少年〔unripe boys〕と不健全な大人〔unsound men〕のための詩人」[*10]）をへて、今日のアイヴァー・ウィンターズ（「ポーの文学上の功績といったところで……現代の作家にとっては、きわめて脆弱な妄想でしかない」[*11]）にいたるまで、アメリカの各世代の代表的作家・批評家がポーを高く評価したためしはなかった。

だが、すこし膝下をはなれた英国に目を移せば、ポーを「もっとも独創的なアメリカの天才」[*12]とみなしたテニソン、「偉大な抒情詩人」と目したW・B・イエーツなどが散見される。「ポーは非常にすぐれた精神と感受性の持ち主」とは、前出の「ポーからヴァレリーへ」に見つかるエリオットの言葉だが、エリオットは米国に生まれ、フランスでも学び、英国に帰化し、その社会で成熟した詩人だった。「灯台もと暗し」の観がなくはない。しかし、決してそれだけで片づく問題ではない。

言うまでもなく、もっとも真摯なポー讃美者たちの群はフランスに見出せる。ポーを発見しポーをあがめたボードレール、ポーとボードレールを尊敬したマラルメ、ポーとボードレールとマラルメを尊重したヴァレリーの面々。このポー崇拝の系譜がそのままフランス象徴主義の系譜を形成していることは、すでに何事かでなくてはならぬと思わせる。

ボードレールは、はじめてポーの作品を読んだとき、そこに「私が頭に思い描いていた主題ばかりか、私が考え抜いていた文章さえも見出した」[*13]と告白している。この告白に嘘がなかったことは、ボードレールはポーの「詩の原理」（"The Poetic Principle"）をほとんどそっくりそのままフランス語に移しかえ、それを自分の詩論として発表していることからもうかがえる——「われにもあらず自分によって作られたと思ってしまうほど、ぴったりと自分のために作られていると思えるものは、これを自分のものとせざるをえません」[*14]とはボードレールに対するヴァレリーの美しい弁護だが、同類のみに許される剽窃の事例というわけだろう。だがボードレールが如何にポーに傾倒していたかの傍証としてなら、『悪の華』という詩集を一冊出しただけの彼が、また決して着実な性格の持ち主ではなかった彼が、ポーの散文作品ばかりは生涯小休みなく仏訳しつづけたという事実にしくものはあるまい。クレペ編のボードレールの作品集全十二巻（書簡その他を含めて全十九巻）のうち実に五巻がポーの翻訳によって占められている。ボードレールの詩才のために惜しむのは勝手だが、彼にとってポーの散文作品の翻訳は畢生の事業の一つだったのだ。

若き日のマラルメは「もっとよくポーが読めるようになりたくて」[*15]英語を勉強した、とある手紙にしたためている。そしてマラルメのポー崇拝の念は生涯変わることがなかった。詩集（"L'Azur"）をカザリスに献じたさいに添えた手紙に、マラルメは「この方向に進んでゆけばゆくほど、私はわが偉大なる師エドガー・ポーの示した厳格な理念に忠実になってゆくでありましょう」*16と書いている。またポーの詩をはじめてフランス語に訳したのはマラルメだった——おそらくある畏敬の念からでもあろうが、彼は韻文に訳すのをあきらめ、散文に移すにとどめたけれども。

完璧という病いにとりつかれていて、誤謬を犯すことがなによりも似つかわしくなかったポール・ヴァレリーは、「ポーは唯一の完璧な作家である。彼は誤ちを犯したことはなかった」*17と断言している。またヴァレリーは、英米にあっては全く顧みられることがなかった『ユリイカ』について美しいエッセイ*18を書いた。それがヴァレリーの批評に堪えたということが、すでに何事かであることをわれわれに納得させるていの力を、そのエッセイは有している。ヴァレリーはまた独立のポー論を書いているけれども、「ボードレールの位置」*19というエッセイはボードレール論であると同時にポー論でなければならなかったほど、彼はポーに深い関心を寄せていた。ここでしばらくヴァレリーの雄弁に耳を傾けてみるのも無駄ではあるまい。

> 明晰の魔・分析の天才、また、理論と想像、神秘性と計算とのもっとも斬新でもっとも心をひく綜合の発明者、例外の心理家、芸術のあらゆる資源を極め利用する文学技師、これらはエドガー・ポーの姿をとってボードレールの前に現われ、彼を驚歎させます。これほど多くの独創的見解と非常な約束とは彼を魅了します。彼の才能はこれによって変容され、彼の運命は華々しく一変されます。

これらのフランス詩人たちのポーを語る語り口と英米人のそれとを較べてみるがよい。その違いようは怪しむにたる。だがボードレール、マラルメ、ヴァレリーなどが高い知性と鋭敏な感受性の持ち主、すぐれた批評家であったことはまがいもない事実なので、彼らのポー讃美が、ヘンリー・ジェイムズの言うように、彼らが「幼稚な思考段階にあることのまがいもない証拠」とならぬことはたしかである。これらのフランス詩人たちの「過大な」ポー評価を、彼らの英語力の不足のせいにする意見はなかなか有力である。英語を母語とする者ならすぐそれと気づくポーの詩の未熟な語法や不正確な韻律に、彼らは気がつかなかったとする意見だ。それはありえたことではある。しかし彼らの栄光は、英米の読者がポーに見落していたものを見出したことにあったのだ。

それでは、比較的低い評価しかあたえなかった英米の評家たちが完全に間違っていたのであろうか？　すでに引用した英米の評家もいずれ劣らぬ一流の作家、詩人、批評家たちであってみれば、そういうことはありそうにない。彼らのポーに対する不満は、詮ずるにポーが成熟することを知らぬ文学者であったところに向けられていたのだ。「未熟な少年と不健全な大人のための詩人」というモアーの評は彼らのポーに対する端的な、最大公約数的な意見だったと言いうる。

「成熟する」とは、この世の現実とかかわりあいながら形成されてゆくべき人生観を身につけることであろうが、ポーは現実を、そこに身を置き、生き、かつ人格を形成すべき場と見なさず、ただ観察し、分析し、自己の知力によって綜合する対象としか考えていなかった、と英米の文学者たちに感じられているのである。一方、フランスの詩人たちは、ポーの観察し、分析し、綜合する意識的な態度に感心したのであった。所詮、両者の目のつけどころが違っていたのであるから、感心の仕方も違ってくるわけである。

教養ある英米の人士にとって、ポーの詩や短篇のいくつかは、少年の頃にはある感興を覚えながら読んだことがあるけれども、長じて自然な欲求に駆られて再読してみたいとは思わぬていの読み物であるに相異なく、そのことがまたポーの未熟さを裏付けているように思いなされるのも自然なことでなくはない。たしかにポーの作品は、一度読めば生涯忘れえぬほどの印象を、いわばわれわれの意識下の記憶に刻みつけるけれども、そしてこれはポーが凡庸な作者ではなかった有力な証拠ではあるけれども、一方、一度読めば足りるということがあるのも事実だ。もし世界第一級の文学作品たるの資格が、まず再読に堪えること、読むごとにあらたな発見を読者に強いずにはいないこと、われわれを心底から震撼し、その震撼がある種の道義的な人間理解の深度に到達していること――などであるとするならば、ポーの作品の多くがその資格に欠けていることを認めないわけにはいくまい。

もっとも、われわれはそうしようと思えば、ポーの詩を幾度でも読むことができる――耳に心地よいから、野暮でないから。彼の短編小説を再度愉しむことができる――ありうべからざることが現に眼前に展開されているかに錯覚させる短編の技巧にすぐれているから。そうと知っていながらそのように進行してゆく筋や、そのように反応していく自分の精神の動きを確認するのにはある種の愉悦があるから。しかし、ポーの詩は、それが一個の純粋な芸術作品にすぎぬと主張しながら、同時に人生や世界の不条理をしのばせ、人間実存の姿を垣間見せるという、世界第一級の詩が持たねばならぬ逆説的構造を有するにまでいたっていないと感じさせる。短編小説の場合なら、たとえば「アッシャー家の崩壊」でのように、嵐の晩にいったん死んだはずのマデリンが生身で生きかえってくるような話に、われわれは心から驚かされることはない。要するにポーの諸作品は真にわれわれを心から痛ましめず、傷つけず、人間性についてのあらたな発見を強いることもないように思える。が、それにしても――とわれわれは思うわけだが、それというのも、純粋に芸術作品でありながら人生の多様性を孕みうるような短編小説の原型を後世に示したのがポーであり、いまではすでに異常ですらなくなってしまったほどに「異常心理」の普及に力を貸したのがポーであり、サンボリストたちの仕事によって実証されたように、厳密と精緻の度を加えるに堪え、しかも世界の不条理を盛りこむに堪えるほどの詩の理論を、最初に編み出したのがポーであったからだった。ふつうでないことを始めた当時には、それがふつうでないという理由から疎まれ、それがふつうになってしまう頃には、それがふつうでなかった当時の状態や発明者の独創は忘れ去られており、しかもそれにつきものの弱点や欠陥は出尽してしまっている――という破目になるのが発明者や創始者の辛い運命なのかもしれない。が、議論を前に戻せば、決して後世によって凌駕されない仕事を残す文学者が存在する――たとえばシェイクスピアの如き。

アングロ・サクソンの世界で、比較的低い評価しかあたえられなかったのはポーの詩や小説などの作品ばかりではなかった。いや、英米でいちばん疎んじられているのは、フランスの詩人たちに珍重され、彼らの財宝とまで見なされた「詩の原理」や「構成の哲学」や「マージナリア」の断章に含まれていたポーの詩論の類だった。英米人には、ポーの詩論の有効性が彼自身の詩作によって実証されていないと感じられているからであろう。

「構成の哲学」が自作の詩「鴉《からす》」を材料にポーが自己の詩作の態度と意図を開陳してみせる文章であることは周知のことである。詩の長さに対する考察、詩の純粋性の主張、意識的な分析と計算と綜合の必要性の強調、やがてサンボリストたちの合言葉とすらなった「音楽」の観念――それらはすべてこのエッセイに見出せる。が、やかましい目から見れば、たとえば「この詩（「鴉」）の如何なる些細な一点といえども偶然や直観のお蔭を蒙ってはおらず、作業は数学問題を解くときのような正確さと厳密さを以て、一歩一歩完成されていった」という作者の言明を、その実作が裏切っていると見えるらしい。如何なる点がそれを裏切っているかを、エリオットは「鴉」の次の一行をあげて指摘する。

In there stepped a stately Raven of the saintly days of yore.

不吉な鴉は、その逆ではないにしても、いささかもsaintly（聖り）なところはないはずなので、なぜこの鴉がsaintly days of yore.（聖りの世の昔）に属するのかわからない、とエリオットは言う。またstately（堂々たる）とここで形容されている鴉が、幾行か先ではungainly fowl（見苦しき鳥）と呼ばれているが、これなど矛盾でしかない[*20]、とも。この詩は主人公の意識の変化をたどる詩なので、その鴉の容姿も主人公の意識の変化とともに変化してもおかしくないと思えるけれども、この現代の代表的詩人の指摘はそれなりにわれわれを納得させるに足る。しかしポーが一篇の詩を書き、かてて加えて、その詩の意図から技術問題にまでわたる解説文を書いたことで、英米では疎んじられる結果になり、フランスでは重んじられることになったのは、なお怪しむに足る。

要するに、英米の批判者たちの見たポーがポーのすべてでもなく、フランスの詩人たちが見たポーがポーのすべてでもなかったのである。ポーはそれらのすべてだった。この簡単な事実に気づかれるまでに、ポーは死後百年を待たねばならなかったようである。むろん、エリオットが、「ポーからヴァレリーへ」を書いて、ポーを全体として眺めることを提案し、そのように見直されはじめたことを言うのだが、その後の英米で書かれたポー論のすべては、このエリオットの提出した問題に対するそれぞれの答案であるように思えるほどだ。その種の答案を書くためには、日本人はそんなに悪い位置にはいないようである。

（『成城文藝』第三五号、一九六四年三月）

註

＊1　Arthur Hobson Quinn, *Edgar Allan Poe: A Critical Biography*. New York: Appleton-Century-Crofts, 1941.

＊2　*The Letters of Edgar Allan Poe*, ed. John Ward Ostrom. 2 vols. Cambridge, Mass.: Harvard UP, 1948.

＊3　Marie Bonaparte, *The Life and Works of Edgar Allan Poe: A Psycho-Analytic Interpretation*. London: Imago, 1948.

＊4　Paul Valéry. "À Propos d'Eureka," in *Variétés* I, Paris, 1926.

＊5　*The Centenary Poe*, ed. Montagu Slater. London: Bodley Head, 1949, p.11.

＊6　V. S. Pritchet, "The Poe Centenary" in *Literature in America*, ed. by Philip Rahv. New York: Medridian Books, 1957.

＊7　F. O. Matthiessen, "Poe's Influence," ibid, p.115.

＊8　T. S. Eliot, "From Poe to Valéry," *The Hudson Review* II, 1949. Rpt, *To Criticize the Critic*. London: Faber & Faber, 1965.

＊9　Henry James, *French Poets and Novelists*. New York: Grossets and Dunlap, 1864.

＊10　P. E. More, "A Note on Poe's Method," *Studies in Philosophy*, 1923, quoted by P. F. Quinn in *French Face of Poe*. Carbondale: Southern Illinois UP, 1957.

＊11　Yvor Winters, "*Edgar Allan Poe, A Crisis in the History of American Obscurantism.*" *In Defence of Reason*. Chicago: Swallow Press, 1947.

＊12　Quoted by Joseph Chiari in *Symbolism from Poe to Mallarmé*. London: Gordian Press, 1956.

＊13　C. Baudelaire, *Correspondence*, Ⅳ, 277. Ed. Jacques Crêpet, Paris, 19 vols., 1923-1953.

＊14　Paul Valéry, *Situation de Baudelaire*, *Variété II*, 1924.

＊15　Letter to Verlaine, Nov. 16, *Œuvres complètes de S.* Mallarmé, ed. Pléiad, Paris, 1945; quoted by P. F. Quinn in *French Face of Poe*, p.3.

＊16　Letter to Kazaris, Ibid., p.12.

*17 Letter to Gide in 1891, Ibid. .

*18 See *4.

*19 See *14.

*20 See *8.

2　アッシャー家の崩壊／ピンチョン家の崩壊

嵐の晩に、その家の主人が死ぬと、建物もまた崩れ落ち、黒い沼に呑みこまれてしまうというような話がほんとうだとは誰も信じまいが、そのことからただちに「アッシャー家の崩壊」（一八三九年）にはリアリティがないということにはならない。そうならないのは、文学上のリアリティと日常世界のリアリティとでは次元がちがうからである——と言えば、いかにも審美家ふうの呑気な議論で、なんとなく安心できなくもないが、はたして文学作品のリアリティと現実世界のリアリティとでは別物か、という声がわたしの内部のどこかでする。だいいちリアリティという言葉からして、あやしい。そこでこころみに『ウェブスター』第三版（一九六一年）の reality の項を見てみると、(1)現実性、迫真性、(2)現実、実在、真実……という具合になっていて、英語のリアリティという言葉には、まず第一に「現実性」「迫真性」、第二に「現実」「実在」「真実」などの意味がくるのが普通らしいが、この順序は妙ではないか。現実あっての現実性、真実あっての真実性ということが当然のこととして受け入れられていた時代があったとして、そういう時代の辞書編纂者なら、このような意味分類の順序は採らなかったであろう。『ウェブスター』の初版はどうだったかは知らぬが、現実がそのまま現実性で、また真実、実在でもあった時代もあったに違いなく、そのような時代には意味分類の必要さえなかったであろう。そういう時代が西欧の中世にあり、それはアレゴリーが繁盛するためには最適の精神風土であったとC・S・ルイスなども言っているわけだが、肝心なことは（とルイスは言う）、アレゴリストたちにとってたしかだったのは現実で、作品はただのフィクションにすぎないことを明確に自覚していたことだ[*1]。つまりアレゴリストはフィクションのリアリティなどという問題に頭を悩ます必要はなかったわけだ。ところが近代になると、フィクションにより現実的なもの、より真実なもの、よりリアルなものを「発見」させようという精神傾向が生じてきて（ルイスはそういう精神態度のことをシンボリズムと呼ぶ）、フィクションが現実性を獲得し始めるのだが、その分だけ現実が現実的でなくなってきたのかもしれない。フィクションがリアリティを獲得していく過程で、現実は徐々に崩壊し、事物は固有の堅牢性を失いかけ、価値の体系が乱れていったのだと思う。ポーとはそういう過渡期に生を享け、「現実の崩壊」を鋭敏に嗅ぎとった作家であったわけだが、むろん、彼の時代の一般大衆もポーと同程度にそれに感づいていたということはできない。ところで、現代とは一般大衆でさえ、それに感づきはじめた時代だ。リアリティが現実、事物から離れていこうとしていることを、誰もがなんらかの仕方で感得している時代である。人間はある日、突然「蒸発」する。ポーの「群衆の人」の老人たちが巷を徘徊する。そこで、なるほど、いまこの原稿を書いているわたしの右手に実在する灰皿について、ここにリアリティがあるとも、この灰皿にはリアリティがあるとも言えないわけだ。だが、となりの部屋にテレビがあり、そのスクリーン上にはわが若きドン・キホーテたちの奮闘ぶりが映し出されているはずだが、その画面にはリアリティがあると言えるのだ。そして彼らが戦っている当の対象の実体、正体は、わたしなどにはなかなかつかみがたいが、ドン・キホーテにとって風車にリアリティがあったように、彼らにとっては、重々しいリアリティがあってのことに違いないのだ。手ざわりのたしかな灰皿にはリアリティがなく、テレビの虚像にはそれがあり、正体不明の実体にはなおさらそれがあるとなれば、この現実世界のリアリティと文学作品のそれとでは、どこがどう違うのか。このへんはもっとよく考えなくてはならない問題だろう。しかし、これは頭の痛くなるような問題だが、言語や映像などの媒体を介して表現された「現実」にこそリアリティが宿るということではあるまいか――というのがさしあたってのわたしの予断である。

いったい「アッシャー家の崩壊」を読み、その「アッシャーの家」と呼ばれる建物の堅牢な容姿を明確に頭に思い描くことができる者がいるだろうか。それに反して、あの建物が崩壊したということだけは、誰の頭にも鮮烈に印象づけられるはずなのだ。人間世界の堅牢なものの代表格である建物のイメージは明確でも堅牢でもないが、その崩壊のイメージは鮮明なのだ。とすれば、この作品で描かれているのは建物ではなく、その崩壊であり、リアリティはその崩壊、あるいは建物を圧する雰囲気にある。別の言い方をすれば、ふつう世の中で堅固なものの代表と思われているものにはリアリティがなく、崩壊現象、雰囲気といった脆弱なもの、揮発性のものにかえってリアリティがあるというわけで、後者のリアリティは前者のそれの欠如によってあがなわれていることを思わせる。端的には、建物の即物的な、写実的な描写がないことによって、崩壊と雰囲気のリアリティが保証されているのだ。もっとも建物の描写がまったくないわけではない。建物はひどく古色蒼然、その全体を菌類がおおいつくし、「目ざとい観察者なら見のがさなかったかもしれないような」目にとまらぬほどの亀裂がジグザグ状に屋根から壁をつたって沼に消えているといった記述はある。「物語や詩が繁盛するためには、ツタ、地衣類、ニオイアラセイトウなどが繁茂するためと同じく、廃墟を必要とするのだ」（『大理石の牧神像』序、一八六〇年）と嘆いたのはホーソーンだが、ポーのこの物語の古色蒼然さ、菌類などは、まさしく廃墟さえないところに成立し、そこで繁茂しているあんばいだ。建物の「目鼻立ち」の描写らしきものは、この作品のまんなかに挿入されている「魔の宮殿」なる詩によって代用されているわけだが、この詩は、「宮殿」「城壁」「旗」「窓」などが、それぞれ人間の「頭」「額」「髪」「目」などに対応し、その住人が「思考」とされていることによってあやうく成立している一種のアレゴリー詩にすぎず、この詩が挿入されていることによって、「アッシャーの家」の布置結構や外観がいくらかでも明確になっているかというと、そういうことはない。むしろ逆だ。もっとも作者の意図はもともとこの家を崩壊させることにあったので、建物をそう堅牢に普請しておくわけにいかなかったのも事実であろう。彼が物語作法について、次のような意見の持ち主であったことが思いあわされてもよい。ポーはホーソーンの『トワイス・トールド・テールズ』の書評で以下のように書いている。

巧者な芸術家が一つの物語を創作したとする。彼はできごとに合わせて思考を形成するようなことはせず、生み出すべき単一の効果を意識的に考えてから、そういうできごとを発明し——しかるのちに、まえもって考えた効果をあげるのにもっともふさわしいようにできごとを組み合わせるのだ。もし最初の一文がこの効果を生み出す傾向にないなら、彼は第一歩であやまちを犯したことになる。全作品をとおして、直接・間接に、まえもっての意図にそぐわないような言葉は一語たりとも書くべきではない。

(『ゴーディーズ・レディーズ・ブック』一八四七年一一月号)

この論旨にしたがえば、ポーが「アッシャー家の崩壊」でねらった「効果」は「崩壊のイメージ」であったろうから、それに迫真性を付与するために、彼はまず家の崩壊という「できごと」を「発明」したことになる。そして「まえもって考えた効果」とは、彼がまえもって抱いた「崩壊のイメージ」であったはずだ。それはまた、彼がいつしかどうしようもなく感得した現実認識としての「崩壊感覚」のことであったに違いない。作家とは、言語を絶した実存的とも称しうる現実認識、現実感覚を、言葉に移し、言葉で組織し、言葉で関連づけることによって、あらたなリアリティの創造をはかる人種のことであろう。ただしそのさい、現実の堅固な事物や生身の人間を作品中に如実に模造することによってそれをはかろうとする作家もいれば、ポーのように、現実を非現実化することによってそれをはかる作家もいるわけだが、ポー、ホーソーン、メルヴィルなどの一九世紀アメリカ作家は、たぶんヘンリー・ジェイムズを除いて、すべて後者の部類に属するだろう。ポーにとっては、そして他のアメリカ作家にとっても、当時のアメリカには、模造すべき所与の対象としてのリアリティなどなかったからに違いない。なかったのは「社会」だったと言ってもほぼ同じことになるが、それがなくては文学作品ができないとさっさと見切りをつけ、ヨーロッパに渡ったのがヘンリー・ジェイムズだったわけだ。小説は「社会」を描く、しかも主として人物をとおしてそれを描こうとするのが、当時のヨーロッパの、そしていまなお根強く残っている文学観で、そういう素養と信念の持主で、またそうする自由があったジェイムズがアメリカを捨てねばならなかったのは当時の一つのアメリカ的現実であったろうが、そういう現実に踏みとどまって仕事をしなければならなかったポーやホーソーンなどの作家は、まさしくそういう欠如によって、また欠如を利用することによって、あらたなリアリティを創造した作家であったと言える。「アッシャー家の崩壊」に即して言えば、建物を描かないことによって、その崩壊を描いたのだ。これを彼の全作品に敷衍して言えば、彼は「社会」を描かず、自分の自我を描くことによって、近代に特徴的な自我の崩壊と分裂の数々の物語を書き、「人物」を描かないことによって、リースマンの『孤独な群衆』を先取りする「群衆の人」という現代人の一つの観念を創造したのだ。

＊

ところでそろそろ『七破風の屋敷』へ移転しなくてはなるまい。標題は「アッシャー家の崩壊」と並んで「ピンチョン家の崩壊」となっているのだから。が、移転準備はもうできているわけだ。わたしはホーソーンの「欠如」について書いていけばよいだろう。そして順序としては、「七破風の家」の描写についての検討から始めてよいだろう。「アッシャー家の崩壊」についても、それから始めたのだから。だが「アッシャーの家」と「七破風の家」とでは格がちがいすぎ、同日の談にあらず、まして二つの作品の比較検討などとは、カテゴリーの混同もはなはだしい、という異議も出そうだが、答になるかどうかはさておき、それにはこう答えておこう。両家では、なるほど格がちがうようだが、似たところもなくはないのだ、と。両家の住人は、ともに「社会」から逃れて住む没落家系の末裔の兄と妹で、またいずれの「家」も、「アッシャー家の崩壊」の語り手が言うように、「〔家と家の住人との〕二つが一つに溶けあい——〔その家の〕呼び名は……家の住人と家の建物とのいずれをも合わせ含んでいるようだ」という具合になっている。二つの作品のジャンル、カテゴリーの問題は、『七破風の屋敷』が小説か、ロマンスか、というむずかしい問題も含むので、そう簡単にはいかない。これについては、のちほど触れることがあるだろうとだけ言って、先を急がせていただく。さて、「七破風の家」はどのように描かれているか。

わがニュー・イングランドのある町のわき道を半分ほどはいったところに、さまざまな方角を向いている七つのするどくとがった破風にかこまれ、中央に大きなひとかたまりの煙突をいただいた、古ぼけた木造の屋敷がたっている。通りの名前はピンチョン通り、屋敷はピンチョンの古屋敷で、戸口のまえに根をはっている太い楡の木は、ピンチョン楡という名前で、この町に生まれた子供たちみんなに親しまれている……

この古めかしい館のたたずまいは、外から嵐や日光にさらされた痕跡をたたえているばかりでなく、また、屋敷のうちでの人間の生活の長い経過と、それに伴なって起こったさまざまな有為転変の模様をも表現している人間の顔のように思われて、いつも私は心を動かされたものだった。

（大橋健三郎訳『七破風の屋敷』第一章「古い家柄のピンチョン家族」、世界文学大系81、筑摩書房、一九六六年）

この「ニュー・イングランドのある町」に建つ家の七つの破風は「さまざまな方角を向いている」だけで、それぞれがどのような相対位置を占め、どの方角に向いているか、さっぱりわからない。煙突にしても、「ひとかたまり」になって立っているだけで、何本あるともわからない。もっとも破風の数ははっきりしているが、それが七つあるのが建築上の要請によるものでないことは、目ざとい読者にはすぐわかる仕組になっている。この「七」は「現在」を代表するこの作品の七人の主要人物（クリフォード、ヘプジバー、ピンチョン判事、フィービィ、ホールグレーヴ、ヴェナーおじさん、ネッド・ヒギンズ）と、「現在」を深く支配する「過去」の七人（初代モール、屋敷を建てたモール、大工のモール、アリス・ピンチョン、ピンチョン大佐、店屋のピンチョン、ガーヴェーズ・ピンチョン）をもあらわしているようだ。固有名詞をもつのがならいの町の名は与えられていないのに、普通は名をもたぬ楡の木は固有名詞を与えられている。そして、これも普通は死物であるはずの建物のたたずまいは「人間の顔のよう」なのだ。（ポーの「アッシャーの家」がまたそうだったことが思い合わされてよい）この家の描写は、すくなくとも写実からはほど遠いものだ。ちなみに、ホーソーンとは同時代のフランスの作家フローベール（一八二一―一八八〇年）の『ボヴァリー夫人』（一八五七年）の家の描写を引き合いに出してみよう。

煉瓦の表構えはちょうど街路、というより国道の筋にあった。門のうしろに、小さい襟のついた外套、馬の手綱、黒皮の縁無し帽がかかっており、片すみにはかわいた泥のついた皮ゲートルがおいてあった。右手に広間、つまり食堂にも居間にもなる部屋がある。黄色っぽい壁紙が、上のほうで薄い色の花のあつまりの模様でちょっとはでにしてあるのが、うまく張れていない下地の布といっしょにふるえていた。赤いふちのついた白キャラコの窓掛けが窓のところで重なりあい、せまい暖炉棚には医学の王ヒポクラテスの顔をつけた置時計が卵形のガラス容器をかぶせた二本の銀メッキ燭台にはさまれて光彩をはなっていた。廊下の反対側にはシャルルの診察室がある。幅は約六歩という小さな部屋で、テーブル一台、椅子三脚と事務用の肱掛け椅子がおかれていた……。

エマは階上の部屋にあがった。さいしょの部屋は家具もなにもなくがらんとしていた。が、つぎの夫婦の寝室で赤いカーテンつきの寝床にマホガニー材のベッドがおいてあった。貝殻細工の箱が一つ箪笥の上をかざっていた……

（生島遼一訳『ボヴァリー夫人』第一部第五章、新潮文庫、一九六五年）

門のうしろにある「外套」「手綱」……「皮ゲートル」、シャルルの部屋の「医学の王ヒポクラテスの顔をつけた置時計」「椅子」「机」「燭台」、エマの部屋の「赤いカーテン」「ベッド」「貝殻細工」——それらは門のうしろ、俗物の医者の部屋、凡庸な夢を抱くブルジョワ女の寝室などにありそうなものだから、そこに描かれている小道具にすぎない。そしてそういう小道具が作品のほんとうらしさを保証しているわけだが、『七破風の屋敷』では肖像画にしろ、椅子にしろ、カーテンにしろ——要するに何ひとつとしてただの小道具などではなく、それらがこの作品の非現実性を保証しているわけだが、同時に、現実とは別のリアリティをも保証しているに違いない。たとえ、このボヴァリー家の二階の寝室の窓から、エマがそっとカーテンを引いて通りを眺めたとしても、またその窓からふと飛びおりるような仕草をしても、ヘプジバーがそっと通りをのぞくときのような、またクリフォードがあの「アーチ型の窓」から飛びおりかけるときのような、重々しい象徴的な意味はもちえないのだ。くりかえすが、『七破風の屋敷』ではあらゆる事物、あらゆる行為が意味をおびる。いっぽうの『ボヴァリー夫人』ではそういうことはない。そういうことがないのは、あたりまえのことを言うようだが、事物が即物的な肌ざわりを感じさせるほどに、人物が生身の人間をしのばせるほどに——つまり、すべてが如実に、細部にわたってまで描かれているからだ。写実的な描写は読者に日常性の幻影を与えるので、またそれを与えることを前提としているので、非日常的、非現実的な事件を発生させたり、非現実的な人物を登場させたりはできない理屈で、これは不便といえば不便な話だが、ホーソーンが小説よりロマンスを選ぶむねの宣言をしたことの理由の一つはここにあったことはたしかだ。ところで、非現実性がそのまま非リアリティでないことはすでに述べた。もっとも逆はかならずしも真ならずで、リアリズム手法がつくり出すリアリティが嘘だというわけではない。それが嘘だとすれば、ホーソーンなどの非リアリズム小説がつくり出すリアリティが嘘だと同じ程度に嘘であるだけで、透徹したリアリストなら、そんなことはちゃんと承知していて、たとえばフローベールの弟子モーパッサンは「真実を描くということは……真実の完全な幻覚を与えることであって、事物の継起の雑沓の中に奴隷的にこれを敷き写すことではない。才能ある写実主義者はむしろイリュージョニストと呼ばるべきである。のみならず、現実を信じるとはいったい何という子供らしいことだろう」(『ピエールとジャン』序文、一八八八年)と言う。こういう写実主義の虚偽をきらって、「公爵夫人は馬車を呼んで五時に出かけた……などと書くことは、私にはできない」と言ったヴァレリーは、如実な描写の果たす機能について、このさいわれわれの議論に有益なのだが、次のように言っている——「小説では……真実らしい、しかも決定的な細部の構成する緯《よこいと》が、読者の現実生活を、作中人物のいつわりの生活に接続するのである。その結果、そういう偽物がわれわれの想念のなかで、正真の人物と比較され得るまでに、しばしば不思議な生命力を帯びてくる。われわれは無意識のうちに、われわれのなかに存在するあらゆる人間の形をそういう偽物に貸しあたえる。なぜなら、われわれの生きる力のうちには生かす能力も含まれているからである」(「プルースト論」)と。これは写実的な小説の細部の描写が作品のリアリティに対してもつ意味の巧みな説明だと思えるが、ほぼこれと反対のことを言えば、ホーソーンの『七破風の屋敷』のような、「決定的な細部」に欠ける物語の描写が作品のリアリティに対してもつ意味の説明として通用するのではなかろうか。つまり、こうだ——「物語では……非現実的な、しかも決定的な細部に欠ける描写が構成する一種の象徴が、読者の実生活を、作中人物のいつわりの生活と断絶するのである。その結果、そういう偽物が、われわれの想念のなかで、あのまことにとらえがたく正体不明な現実のリアリティに比較され得るまでに、しばしば不思議なリアリティを帯びてくる。われわれは無意識のうちに、われわれがひそかに認識している現実のリアリティを、そういう偽物に貸しあたえる。なぜなら、われわれの生きる力のうちには、象徴を生かす能力も含まれているからである」と。だからこそわれわれは『七破風の屋敷』の建物をはじめとするあらゆる事物に、そこに登場するあらゆる人物に、またそれらの人物の一挙一動に、また各章の題名からそれらの配列に象徴的意味を見出し、それらの象徴的意味のあやなす全体に一種のリアリティを感得するわけだ。だがこの論証のために、象徴狩りから始めていたのでは、とてもらちがあくまい。それにそういう狩猟の名手なら、アメリカなどにはざらにいる。とても太刀打ちできるものではない。不利ないくさはやめるとして、比較的とらえやすい作中人物（人物について、とらえやすいと言えるところがまたこの作品のみそだ）と章を単位にこの作品の構造をいくらかなりとつまびらかにし、できれば、再度口にしながらいっこうに判然としてきたけはいがない、この作品のリアリティの正体をなんとかわしづかみにしたいと思うのだ。

そこで気になるのは、作者自身の言葉だ。周知の「序」の一節のこと。

作者がその作品を「ロマンス」と呼ぶときには、その方法ならびに素材の双方について、「小説」を書いていると公言する場合にはわがものにすることのできぬと考えられるある自由な領域を、主張したいと願っていることは、いまさらいうまでもないことだ。この後者の創作形式は、たんにありうると考えられる人間の経験ばかりでなく、ふつうにありそうな尋常な経験に、きわめて微細な点まで忠実であることを目的としているといってよい。前者は――その真実を、大部分が作家自身の選択と創造にもとづいている環境のもとで描きあげるという、明白な権利をもっている。……この「物語」(tale) を「ロマンス」であると定義する見解は、この作品が、ある過去の時代を、われわれから飛びさりつつあるこの「現在」に結びつけようとする企てにほかならないという点に由来している。

このホーソーンの「ロマンス」(romance)と「小説」(novel)の定義はまず穏当であろう。しかし気になるのは、彼が自分の物語を「ロマンス」と規定しておきながら、ただちにそれがロマンスにあらざる理由をあげているように思える点である。「過去」を「現在」に結びつけるのが、はたしてロマンスだろうか。むしろ逆だ。「過去」を「現在」に結びつけるのが小説だ、という定義があってもいっこうにおかしくないと思える。となれば、『七破風の屋敷』は「過去」と「現在」、それに「未来」までが緊密にからみあった小説だと言ってもいいくらいだ。人物のほうから見ていけば、マシュー・モール、ピンチョン大佐などの「過去」の人物を縦糸に、クリフォード、ヘプジバー、フィービー、ホールグレーヴなどの「現在」の人物を横糸に織りなされた一種ゴシックふう模様のついた一幅の布である。章のほうから見れば、第一章「古い家柄のピンチョン家族」からはじまり第二一章「出発」でおわるこの物語は、独立した各章が一見無造作に配列されているようでありながら、じつはそれらが整斉緊密に配列構成されている一篇の小説と言わないわけにはいかない。もし各章を時間相によって分類するとすれば、「過去」「半過去」「現在」「前未来」「未来」とでも分類できようが、むろんこの順には配列されておらず、それが雑然たる印象を与える理由かもしれない。ホーソーンの最初のよき理解者ヘンリー・ジェイムズでさえ、この作品については、それを構成する各章、各場面のことを「すばらしい断片」とほめながら、「この物語には一種の展開性といったものがあるにはあるのだが、それが完全には実を結んでおらず」、したがって「偉大な小説というよりは、偉大な小説の序章である」[*2]と言う。「ヘンリー・ジェイムズ以来の最良のホーソーン研究書」という広告文句が表紙に見えるヴァン・ドーレンの本でも、『七破風の屋敷』は場面、場面は美しい「絵」だが、全体としての構成がなく、ことに結末は「弱い」とある[*3]。しかし、はたしてそうか。わたしなどは、やはり“territory ahead”をめざす「出発」でおわる『ハック・フィン』についてのエリオットの評言をまねて、「あれ以外の正しい結末はない」[*4]とさえ言いたいところだ。が、そのためには、そうでないことを申し立てねばなるまい。

『七破風の屋敷』が「過去」から始まり「現在」をへて「未来」に突き抜ける一種の年代記であるとしても、その記述、章の配置はけっして年代記ふうになっているわけではない。「古い家柄のピンチョン家族」という「過去」の章の次には、いきなり「小さな陳列窓」「最初の顧客」以下の「現在」の章がつづき、第一一章「アーチ型の窓」はいわば未来の胚芽を含んだ「現在」の章であり、第一三章「アリス・ピンチョン」はフィービィとホールグレーヴを結びつけるための「半過去」の章であり、ピンチョン判事が死ぬ第一六章「クリフォードの寝室」の次には、まことに興味深い「家」と「現在」からの脱出未遂事件を扱う「二匹の梟」という「前未来」の章があり、第一八章「知事ピンチョン」という不思議な「未来」の章がきて、「出発」なる「未来」を暗示する章でおわる。現代の小説がフラッシュ・バック、人物同士の会話、内的独白などの手法を発明して「過去」と「現在」を結びつけるためにさんざ苦労していることを、ホーソーンはロマンスを書くと公言しながら巧みにやってのけたとも言えないか。それればかりではない。「現在」と「未来」を結びつけるという、現代の小説ではほとんど不可能な荒業を、ホーソーンはロマンスの「明白な権利」を行使して「知事ピンチョン」の章でやってのける。ピンチョン判事はこの前々章で「自然死」をとげ、「二匹の梟」が家を留守にしているあいだ、そのまま置きざりにされ、この章で再登場するのだが、彼は死んだおかげで、もし彼が死ななかったらなっていたかもしれない者に――つまり知事になっているわけで、こんなことはほんとうらしさを基調とする小説にはとてもまねができない。しかし肝心なことは、これが純粋な「未来」を扱った章ではなく、「現在」とつながり、さらには「過去」ともつながる「未来」の章であることで、こう言えばまた、この物語が小説なるゆえんを述べたてていることになるだろう。それかあらぬか、さすがのホーソーンも純粋な「未来」の章は書けなかったのだ——七破風の家をあとにしてからの彼らの生活は。だからこそこの作品は「出発」でおわる。

ホーソーンはロマンスの形式を借りて一つの小説を書いたのだ。これは、彼にとってもまた、ポー同様、模造し準拠するにたる堅固な「社会」がなかったことにかかわる事柄であろう。しかし何も模造せず、何にも準拠せずに、作家には自己の諸情念の諸傀儡が置かるべき場をつくりだすことはできない。そこでロマンスという枠組みを選ぶ。そういう場、枠組みのなかに、「孤独の気違い」ヘプジバー、「人間仲間から疎外されているが、いまや自分をつかんではなさぬ抑えがたい本能の力によって、ふたたびおのれが人間であることを感じている孤独な人間」(第一一章) クリフォード、冷静な観察者で芸術家でもあるホールグレーヴなどの作者の傀儡、分身が置かれ、動かされるとき、場の非現実性と人物の非現実性が、ちょうどマイナスにマイナスを配するとプラスになるような具合に、一種の現実性を帯びてくるような仕組みに『七破風の屋敷』はできているように思える。

ところで現在、なんらかの意味で、現実が現実的でないと感じ、自分のことを社会の歯車、自動人形、傀儡と感じていないような者がいるだろうか。社会は、現実は、巨大なフィクションと化しつつあるのではないか。「自然は芸術を模倣する」とは誰かの言葉だが、「現実がフィクションを模倣する」のが現代かもしれない。カフカのアレゴリーが現在に復権し、奇妙に生々しいリアリティでわれわれをおびやかすのもそのためであろう。同様にアレゴリーめくホーソーンやポーの諸作が、ときおり意外に現代的に感じられるのもそのような理由によるだろう。しかしホーソーンの『七破風の屋敷』は当時の「現在」をも描いていたはずだ。彼の時代とは、「社会」が欠如していたことはすでに述べたが、いまだに清教徒のアレゴリカルな、現世を神の国の影とみなすセンチメントが強力に残存していながら、それが崩壊しつつあった時代でもあったはずだ。『七破風の屋敷』が描いたものは、たんにピンチョン家の崩壊だけでなく、当時の世界の崩壊でもあったのだ。

（『アメリカ文学』第二一号、一九六九年）

註

*1 C. S. Lewis, *The Allegory of Love*, Oxford UP, 1958, p.45.
*2 Henry James, *Hawthorne*, Cornell UP, 1956, p.97.
*3 Mark Van Doren, *Nathaniel Hawthorne*, Viking Press, pp.173-6.
*4 T. S. Eliot's Introduction to *The Adventures of Huckleberry Finn*, London, Cresset Press, 1950; reprinted *in Twenty Century Interpretation of The Adventures of Huckleberry Finn*, Spectrum Book, 1968, p.108.

3 ポーの「時」と「時計」[*1]

1

『ポー・ポー・ポー・ポー・ポー・ポー・ポー』（一九七二年）[*2]とポーを七つも重ね、鳩時計が時を告げる声をしのばせる題名の本の著者ダニエル・ホフマン教授は、その本の枕に、自分の時計体験、いや読書体験、いや悪夢体験、いやポー体験について次のような逸話を書いている。

教授は自分が学んだ高等学校にまつわる、こんな悪夢によく悩まされたという。その学校には時計塔があった。そして夢のなかで高校生ダニエル・ホフマンは英語の時間に、とほうもない破目におちいる主人公がとりもなおさず自分自身である物語を読まされている。そのうち、その主人公つまり少年ホフマンは、どういうわけか学校の時計塔に登り、その小窓から首を突き出して外を眺めている。と、そのうち時計の長針が彼の首に食い込み、血がポタポタと下の舗道に落ち、また片眼も落ち、その落ちた下なる片眼がまだ落ちない上なる片眼を見上げ、上なる片眼も下なる片眼を見下ろす。「私は苦しむ犠牲者であると同時に別人であり、近くの建物からこの様子を見ている。私は釘づけにされ、片眼で、血を流しながら、時計がもう一分を刻み、その長針が私の首を切り落とそうとしているのを見ている」と著者はその悪夢を描写するのだが、むろん、それが現実でない証拠に、教授はびっしょり冷汗をかいて眼を覚ます。

だが、教授には実際にそんな目にあった記憶はない。ただ、その悪夢に似た話をいつか、どこかで読んだことがあるという気はする。そういう気はするが、しかし、教授はポーについての本を書こうと発心して、その著作集を読み返し、「ある苦境」（一八三八年）という小品にぶつかるまで、その「出典」がこの作品であったことに気づかなかったというのが右の逸話の主旨で、「ついに私の探索は終わった。そしてそれ以後、あの恐ろしい夢は見なくなった」というのが、その話のおちである。

他人の本の枕を枕に私がエッセイを書き出すことにしたのは、この「ある苦境」を鍵にポーの時間と時計のテーマを論じてみたいと念じたからだが、そのためには、作品の粗筋紹介の要があり、またそれをけれんみなくやるためには、この作品がいかに知られていないかを強調しておく必要を感じたからでもある。もちろん、ホフマン教授の話の真偽のほどは保証のかぎりではなく、また問題でもない。たぶん教授の真意は、ポーのこの種の作品には、あるいはポーのほとんどすべての作品には、人間の意識の底辺にへどろのように沈澱し、いつまでも毒性を失わず、意識が攪乱されるようなことがあると、大脳皮質の表層にまで浮上し、またたちまち意識下に沈澱するといった、したたかな性質があるという寓意を述べることにあっただろう。が、それはともかく、その種の無知を「告白」することが学者の格下げになることはあるまいとホフマン教授が踏んだほど「ある苦境」は高名でなく、しかし「秀逸」なポーの作品であることはたしかなのである。ラインハート版のポー作品集を編んだW・H・オーデンも、この作品を選集に収めていないくせに、それでも「滑稽・風刺小説の一群は……ポーの批評文のある種のものほど面白おかしくないが、すくなくとも『ある苦境』だけはおかしい」と、その「序文」で推賞しているところがおかしい。

そこでさっそく粗筋の紹介に入るとするが、「『ブラックウッド』誌流の作品の書き方／ある苦境」の語り手兼主役は、その名もギリシャ語の「霊魂」を意味するプシケの英語なまりのサイキ・ゼノビアという作家志望のアメリカ女性ということになっている。このサイキ・ゼノビアはポンペイといういささか壮大なイメージをもつ名の黒人（ただし身長三フィートで、首らしきものはない）と、丈が五インチほどしかなく、それでいながら胴体より首のほうが大きいダイアナという名のプードル犬を連れてエディンバラの市《まち》を歩いているうち、高い尖塔が空にそびえるゴシック風の大伽藍に出くわす。彼女はその尖塔のてっぺんから市街を見物したいという欲望にとらわれ、その螺旋階段を「一回転しては上へ、一回転しては上へ、一回転しては上へ」と登って、ようやく頂上の時計台にたどりつく。そこには時計の内臓を構成するおびただしい数の車輪や歯車やその他の機械があり、すこし高いところに小窓が一つある。

サイキ・ゼノビアはポンペイの肩に乗って、その小窓から首を突き出して市《まち》を眺める。すると「何かひどく冷たいものがうなじをそっと圧《お》す」――それは「きらきら光る偃月刀《えんげつとう》のような時計の長針」だった。が、それに気づいたときは、時すでに遅し。長針はすでに彼女の首に食いこみ、下には短針があって、首は抜こうにも抜けないありさま。長針の食いこむ圧力のため、まず彼女の片眼が眼窩から飛び出し、尖塔の急斜面をコロコロと転がり落ち、雨樋にひっかかって止まり、こともあろうに彼女にウィンクしてみせる。そのうち、もう片方の眼も眼窩からこぼれ落ち、「仲間と同じ方向をたどって（共謀していたにちがいない）落ちていった」のである。両眼がないのに、どうしてサイキ・ゼノビアにそんなさまが見えるのか、そこが不思議なところだが、そのうち「午後五時二五分きっかり」に、首も胴体から切りはなされてしまう。「最初、頭は尖塔の斜面を転がってゆき、ほんの数秒、樋に滞留してから、一挙に道路の真ん中に落下した」のである。しかし、この首なしのゼノビアはなおも生きつづけ、考えつづけ、語りつづける――たとえば、こんなふうに——

　率直に告白するが、いまやあたくしの感覚はまったくもって奇怪そのもの——いや、もっとも神秘的、もっとも曖昧模糊として理解不能な性格をおびていた。あたくしの感覚は同時にここかしこに分在した。ある時には、頭であるあたくしこそがシニョーラ・サイキ・ゼノビアであると頭で考えた——またあるときには、胴体であるあたくし自身こそがほんとうのあたくしであると確信した。この問題に関する思考を明晰にするために、ポケットに手をいれて嗅ぎ煙草入れをまさぐったが、いざそれを手に入れて、いつもやるように、そのけっこうな中身をひとひねり鼻にあてがおうとしたとたん、あたくしは自分の特異な欠落に気づいたので、ただちに煙草入れを自分の頭めがけて投げつけてやった。頭は大喜びでそれを一服すると、感謝のしるしにあたくしに微笑を送ってよこした。それから間もなく、頭はあたくしに一席ぶちはじめたが、なにしろ耳がないものだから、よくは聞きとれなかった。だが、よろしく忖度してみてわかったことは、頭はあたくしがこんな状況になってもなお生きたがっていることに驚いているらしかった。首はその演説の結びとして、アリオストのあの高貴なことばを引用した——

首という邪魔物がなくなったので、ゼノビアは簡単に小窓から胴体を抜くことが可能になり、鐘楼の床に立つと、この変わりはてた女主人の姿を一瞥したポンペイは一目散に階段を駆けおりて姿を消す。ダイアナは、ねずみに食べられてしまったらしく、骨だけになっている。「犬もなく、黒人もなく、首もない不幸なシニョーラ・サイキ・ゼノビアには、いったい何が残っているのだろうか？　何も残っていない。あたくしはもうおしまい」で、この物語は終わる。
こう要約してみると、「ある苦境」もさほど面白おかしくもない話と受け取られそうだが、この「時」のギロチンの犠牲者の局外者然とした態度、無感動、パースペクティヴの欠如、解釈の拒否などはわれわれを気味悪くさせるものの、同時にいっそうさっぱりした感興も覚えることができ、これはポーのグロテスクものの傑作の一つであり、しかも「時計」がテーマの作品であることはたしかである。ところで「ポーと時計のテーマ」となれば、端睨すべからざるフロイディアン、ジャン＝ポール・ヴェベールのエッセイ*3を思い出さないわけにはいかない。

ヴェベールによれば、ポーの作品の大半に時計のテーマないしモチーフが見出され、ことに長針と短針が重なる「一二時のトポロジー」が重大なのである。だから、彼は「アッシャー家の崩壊」の結末でロデリックとマデリンの兄妹が重なりあって屍と化すところにも、「瓶から出た手記」（一八三三年）で巨大な幽霊船が難破船に乗りかかるように衝突するところにも、「鴉《からす》」（一八四五年）で鴉がバラスの像の頭上にとまって“nevermore”と（ただし十一回）鳴くことにも、長針と短針の重なりあう「一二時のトポロジー」を見出す。それというのも、ヴェベールはかなり特異なテーマ観の持ち主で、彼によれば、文学作品のテーマはその作家の幼少期の「一事件、もしくは一情況」の無意識的表出で、ポーの場合なら、「ポーは幼児のころ旅役者の一家に育てられており、経済的な貧窮のため巡業のあいだ一家がたった一部屋によぎなく泊まることが」多かったので、両親の重なりあい、つまり性行為を「一度ならず」目撃したことから受けた精神的外傷《トラウマ》が、長じて作家になってからのポーの作品に長・短両針の重なりあいのトポロジーが頻出することになる。つまりヴェベールによれば、時計の両針とは両親のことだった。が、無理は、作家のテーマを幼少期の「一、事件、もしくは一情況」に由来すると狭く限定したところにあっただろう。だから私が重視し、またあらわに時計がテーマで、長針と短針の重なりあいが起こる作品「ある苦境」について、この論者はごくわずかしか言及していない。思うに「五時二五分のトポロジー」を「両親」の重なりあいによって説明するには無理があったからだろう。

サイキ・ゼノビアの首が切り落とされる「午後五時二五分きっかり」とは、時計の文字盤上で長針と短針がほぼ重なりあう時刻である。もっと正確には、五時二七分前後だろう。しかしこの伽藍の大時計の「長針は十フィートをくだるまい……幅はいちばん広いところで、八、九インチはある」とされているので、短針のほうも、それに相応した幅があるはずで、この鋼鉄製のギロチンそのものでもある長短両針の刃が接触する時刻こそが首が切り落とされるときであろうから、「五時二五分」とは正確に両針が重なる時刻ではないにしても、正確に首が落下する時刻ではあろう。となれば「五時二五分のトポロジー」とは「時の大鎌」が人間の首をちょん切り、生命を奪うトポロジーであって、両針（親）の重なりあうトポロジーではない。

ちなみに「ある苦境」が、一八三八年に最初に『アメリカン・ミューゼアム』誌に発表され、『グロテスクとアラベスクの物語』（一八四〇年）に収録されたときの題名は「時の大鎌」であった。そして時計のもう一つの重要な部品であり、「その下端部は三日月状のぎらぎら光る鋼鉄製で、その尖端から尖端までほぼ一フィート」とされる振子がやはり凶器として重要な役割を演ずる「陥穽と振子」（一八四二年）でも「時の大鎌」の記述が出てくる。この革紐でがんじがらめになっている拷問の犠牲者が視線を上方に転じて、牢獄の天井を見ると、そこに発見するのは――

それは頭上三、四〇フィートほどにあり、周囲の壁と同じような造作だった。その金属板の一枚にあった奇妙な図柄に私の注意はすっかり釘づけにされた。それは普通よく描かれているとおりの「時《タイム》」の図像だが、ただ違うところは、大鎌の代わりに、一見したところ、古い時計によくある巨大な振子らしきものを手にしているところだった。

この振子が「一インチ、一インチ——一ライン、一ラインと——何年という時間を経過してやっとわかる程度の遅々たる速度で——」すこしずつ降りてきて、この異端審問所の犠牲者をおびやかす話は周知のことだが、サイキ・ゼノビアの首をねらう長針の動きも、「どっしりとして戦慄すべき『時の大鎌』は（この期になってはじめて、あたくしはこの古曲的文言の文字どおりの意味を発見した）その動きを止めず、止まるけはいもない。刻一刻、それは下へ下へと降りてくる」と描写されている。

こうなれば、ポーにとって、時計とは古典的な「時の大鎌」のまたの名、象徴、ないし化身と見なしたほうがよくはないか。人間、誰しも「時」には抗しがたい。最終的には、その「大鎌」に刈り取られるのが人間のさだめだ。その「時の大鎌」、そのさだめに、想像力を武器にはかない抵抗をこころみることこそが、ポーの生涯をとおしての文学的営為であったように思われる。すでに言及した、たった二つの作品についてもそれが言える。一方は「時のギロチン」に完全に首を断ち切られて完敗するようにみえるが、サイキ・ゼノビアがなおも殺されつつある自分を観察し、記録し、つまりは生きつづけることは、負けるが勝ち的な想像力による勝利とも考えられる。他方は、あのような絶対絶命の危機に瀕しながらも、頭を働かせ、工夫をこらして、ついに「時の大鎌」から逃れるのに成功する話と読んでよかろう。

だが、たった二つの具体的な作品から抽き出された結論では説得力がとぼしかろう。そこでポーの文学的活動の全体をおおまかに眺めまわし、いくらか早口に以上の論旨を補強したい。

2

周知のように、ポーは詩を書くことによって、その文学的経歴を始めた。処女詩集『タマレーン、その他』は一八二七年、ポー十八歳のときに発表された。その題詩「タマレーン」は叙事詩をしのばす題名ながら、実は世界征服の野望のために純粋な愛を犠牲に供した愚かさをなげく臨終の床にある老征服王の追想で、「失われし時を求めて」という副題を附してもよいほどの長い抒情詩である。その二年後（一八二九年）に発表された第二詩集を代表するのは「アル・アーラーフ」という長詩だが、これには「科学へ」と題する十四行詩《ソネット》が序詩として掲げられている。このさいポーの「時」を考えるためには有益なので、次にその抜粋を引用してみる。

科学よ！　おまえはかの老いたる「時」のまことの娘！
おまえはその鋭い目ですべてを変貌させてしまう。
なぜおまえは詩人の心臓をついばむのか？
味気ない現実の翼をもつ禿鷹よ！
…………
おまえは月の女神ダイアナをその車から引きずりおろしたではないか？

木の精ハマドライアッドを森から追放し
もっと幸福な星に追いやってしまったではないか？
おまえは水の精ナイアッドをその水辺から、
草の精エルフィンを青草から、
そして私を
タマリンドの樹下の夢から追いたてたではないか？

ここで「科学」は「時」の娘とされている。「美」を破壊する点で「科学」は「時」と似ているからだろう。また「詩人の心臓をついばむ」ものを「現実の翼をもつ禿鷹」と呼ぶ。「科学」＝「時」＝「現実」という方程式がここに成立しているとみなしてよかろう。だがポーは「時」によって代表される、それら人間にとって抗しがたいものに対して無謀な反逆をこころみているわけではない。それらが形成する現実世界の網目から、詩人が想像力を駆使してしばし脱出し、純粋な詩的空間に遊ぶのを「科学よ、邪魔するなかれ」――というほどの抗議であるにすぎない。

それは、この「序詩」につづく「アル・アーラーフ」なる詩のトポスが地球と天上の中間に位する星に設定され、その星は地球からすべて地上的なものを払拭すればそうなるような、しかし天上の完璧な美と調和からはなおほど遠い場所であり、死後に地球からその星に天使となって移り住んだ者たちも永遠の生を享受しうるわけでなく――つまり「時」から解放されているわけでなく――二度目の死を死なねばならぬさだめであることからも言える。

うら若い夢たちは眠たげに飛び——熾天使《セラフ》たちの上になお舞っていた。
なべてを具えた熾天使たちに欠けていたのは「知識」だけだが
知識のするどい光は——おお、死の光！
神の眼から発し、遠い天の涯で照り返されて、この星に落ちるのだった。
知識を欠くことの何という甘美さ
——さらに甘美な死。
知識を欠くことの何という甘美さ
——われらの世界でさえ
科学の息吹きは喜びの鏡を曇らせるのであってみれば——

…………

「真実」は「虚偽」で——「喜悦」は「悲嘆」と知ることが——
そもそも（彼らには）何の役に立とうか？
彼らの死の何という甘美さ——彼らにとって
死は充された生の最後の恍惚に満ちみちていた。
その死のかなたにあるのは不死ではなく
冥想の眠り、「不在」という眠りなのだ——
そしてそこに——おお、私の疲れた魂は住みたいのだ——
天国の「永遠性」から遠く——そして「地獄」からもなお遠く！

「アル・アーラーフ」（一八二九年）

この星においては（そしてこの言葉の綾なすテクスト空間である詩においては）「死」は「不死」ではないが「不在」という「眠り」なのであり、その限りにおいて「時」は克服されている。が、それでもなおこの詩はポーの想像力による天上からの報告ではない。むしろ、みずからを地上と時間から解放して天上に向かわせようとする魂のはかないあがきと葛藤の報告であるにすぎない。ポーとは、ロングフェローの『バラッド』評（『グレアムズ・マガジン』一八四二年四月号）で、「詩」を次のように定義してみせた詩人であったことが思いあわされてよい。

> かくして、人間精神の奥深くにひそむ不滅の本能なるものは、あきらかに美的感覚にほかならない……それは星をもとめる蛾の願い。それはたんに眼前の美をめでることではない——それは天上の美に達しようという狂おしい努力なのである……。墓場の彼方の栄光に対する恍惚《こうこつ》たる予感に打ち震えながら、時間内に存在する事物や思考を無限に組み合わせることによって、おそらくは永遠にのみ属する諸要素がそなえる、かの「美的なるもの」の一端にでも触れようとわれわれはあがき求めるのである。それにふさわしく創られた魂の、それにふさわしい努力の結果のみが、詩と称するに値することに人類は合意したのである。（傍点付加）

傍点の部分をことに注意してお読みいただきたい。いくらかパラフレーズして言い直せば、ポーは「時間」の制約下にある現実界の事物と思考をあらたに組み合わせることによる「永遠」ないし「人間の不滅性」ないし「時・空の超越」[*4]をめがける不可能なこころみを「詩」と称しているのだ。おそらく英米の詩人のなかで、おのれの詩の領域と性格をこれほど狭く限定した者はあるまい。また、そのことについてポーはきわめて自覚的であった――「もし喧騒と混乱をきわめた知性の混沌のなかで画然と区別しうる思考の領域があるとすれば、それは真の詩人のみが、自己の権威がおよぶ限られた領域として、またおのれの夢のなかの囲われたエデンとして承知しているところの、かの常緑の光かがやくパラダイスだけなのだ」（『サザン・リテラリ・メッセンジャー』一八三六年四月号）という彼の発言も、それを裏書きするだろう。「囲われたエデン」もしくは「パラダイス」とは、また「時間」が排除されている領域のことでもあろう。

3

ポーが短編小説を発表しはじめるのは一八三二年、二十三歳のときからである。その年に発表された、いわゆる処女作品群は「メッツェンガーシュタイン」「オムレット公爵」「エルサレム物語」「息の紛失」「ボン=ボン」の五編。処女作にはその作家のすべてがあるというのは公理ではないにせよ、その作家の基本的な資質やテーマの多くが出揃う場所であることはたしかだろう。

「メッツェンガーシュタイン」は「いつの時世にも、恐怖と宿命は大手を振ってまかり通っていた。となれば、これから語る物語の時代を特定する必要がどこにあろうか？　ちょうどそのころ、ハンガリーの奥地では、輪廻転生《メテムサイコーシス》に対する信仰が隠然たる勢力を有していたと言えば足りよう」と語り出される。メッツェンガーシュタイン男爵家とベルリフィッツィング伯爵家とは永年にわたって不和な間柄にあったが、ある夜、伯爵家の厩《うまや》が燃え、馬を助けようとした老伯爵は火に巻かれて死ぬ。と、若いフレデリック・メッツェンガーシュタイン男爵の屋敷に「火のように赤い」駿馬が出現する。男爵はこの馬にすっかり魅惑され、夜も昼もこの馬に乗って荒野をかけめぐるが、ある夜、自分の城が燃えあがると、男爵は燃えさかる火の渦巻きのなかに馬もろとも姿を消してしまうという物語。その前口上から判断して「火のように赤い」馬とはベルリフィッツィング老伯爵の生まれかわりにちがいない。そして輪廻《りんね》説とは一種の生命不滅論にほかならず、時間の超克にかかわることがらでもあろう。この転生・再生がポーの多くの作品の主題であることは、ほとんど指摘するまでもあるまい。

あの高名な「リジーア」（一八三八年）に代表される美女転生の物語群もこの系列に属する。ちなみに「意思の弱さによらざれば、人間は天使にも、はたまた死にも、完全に屈服するものに非ず」とは「リジーア」のエピグラフに見られる文句であることを、解説めいたことは抜きにして註記しておこう。

「オムレット公爵」は、女王さまからいただいたホホジロが料理されて食卓に出たため、憤激のあまり頓死し、当然のことながら地獄におちるが、そこで悪魔とトランプの勝負をして賭けに勝ち、人間世界に無事生還するというお話。「エルサレム物語」は貪欲なパリサイ人への異教徒の貢物が羊ならぬ黒豚であったという、ただそれだけの話。

「息の紛失」は、結婚の初夜が明けた朝、新妻に思いきり悪態をついてやろうとしたとたん、文字どおり息をなくし、そのために数々の災難にあい、ついには縛り首になりながら、もともと息がないのだから窒息死することはなく、生きたまま埋葬されるのだが、さいわい墓地で息が多すぎて死んだ男に会い、息を半分わけてもらい、二人して生きかえる新郎の話。

「ボン=ボン」は食通の料理店主兼哲学者を主人公にした短編だが、ある夜、その料理場兼書斎に悪魔が忍び込んできて、古今東西の哲学者たちの魂の味について薀蓄をかたむけたので、ついその話にのって、自分の魂を売りつけようとしたものの、最後に悪魔に肩すかしをくい、取引きに失敗するボン=ボンなる男の話。

略式ながら、こうポーの処女作を並べて披露してみると、転生したり再生したりする話が多いことに気づかぬわけにはいかない。ボン=ボンにしても、悪魔に魂を売って、不死の権利でも獲得しようとしたのかもしれない。となれば、これらの作品は（たぶん「エルサレム物語」を除いて）みな、人間の生命をおびやかす「時間」との争い、ないし戯れにかかわる物語である。それに、ひょっとすると、「悪魔」とは「時間」のことかもしれない。そうなら「オムレット公爵」は「時間」に勝った話、「ボン=ボン」はそれに負けた話になる。そして「息の紛失」は、息をなくしたのだから「死にながら生者の性質をそなえ——生きながら死者の資格を持ち」、宙ぶらりんの無時間の時間をサイキ・ゼノビア流に無感動に生きた（あるいは死んだ）男の滑稽な一人称の物語で、重罪犯人とまちがわれて絞首刑になっても「身体は宙にとまったが、とまるべき息がなかったので」死ななかったなどと語り、すでに述べたように、最後には息をもらい受けて生き返るものの、その後どういう生活をしたのか見当もつかず、これは「時間」に勝った話か負けた話か判定が下しがたい。わざわざこんなことを言うのは、この息無し氏《ラックオブブレス》がそもそも息をなくしたのは、彼が結婚の初夜に新妻について発見したことに原因があることはたしかで、こんな女房のところに戻っても幸福な生活が送れそうにないからである。

それに、この女房の正体をうかがうにたる証拠もある。息をなくしたラックオブブレス氏は息を求めて長時間にわたって熱心な家宅捜査をつづけたが、その勤勉と忍耐に対する報酬はまことに侮蔑的なもので、見つかったものといえば、「なんと、入れ歯一セット、ヒップ二セット、眼球ひとつ、それに満息《ウインドイナフ》氏が女房にあてた恋文数通だけであった」だけなのである。ラックオブブレス夫人は、かのさまざまな部品からなり、毎朝、召使に組み立ててもらう「使いきった男」（一八三九年）のように「使いきった女」である嫌疑が濃厚なのだ。「使いきった男」を「時計のメカニズムの分解」の比喩として言及したジャン＝ポール・ヴェベールなら、この使いきった女の秘密な正体もあばいておいてくれてもよかったはずである。なお、この論者は「読者は、もしやってみる気があれば、たとえば短編『メッツェンガーシュタイン』において、騎士を支配し、死に追いやる馬は文字盤の長針であると同時に、夫によって〈敗北した〉あとで死によって復讐するポーの母親であることを、自分で確かめることができるであろう」と註記しているが、私にはそんなことをやってみる気はない。私の見るところ、ポーの処女作群のほとんどすべてに「時間」に対するひそかな敵意をひめたテーマが見出されるにしても、この段階ではそれを表示する機械としての時計のテーマはいまだ一つも出てこないからである。

4

ポーの作品に、人間に対してあらわな敵意をもつ凶器としての具体的な時計が出てくるのは、すでに言及した「ある苦境」（一八三八年）が最初で、次は「鐘楼の悪魔」（一八三九年）である。後者はモットーとして“What o'clock is it ?”を掲げ、その鐘楼が中心に立つ街の名は Vondervotteimittiss（= Wonder what time it is)。その町は周囲が山に囲まれた円い盆地にあり、その周辺には同じような造りの六十戸の家が建つ。各戸の玄関先から町の中心までは正確に六十ヤードで、どの家にも小さな前庭があり、そこには日時計が一つと、キャベツが二十四個うわっている。またどの家のマントルピースの上にも、その真中に時計が置いてあり「チクタクと、びっくりするような大きな音で時を刻んでおり」、その両側には瀬戸物の人形があり、その腹の臍にあたる部分には穴があって、そこをのぞくと時計の文字盤が見える。それに町の人たちは大人も子供もみんな懐中時計を持っており、豚や猫たちもみな尻尾に玩具の時計をつけている。こうなれば、ナンジカシラ町はまさしく時計づくめの町であり、時計そのものの町でもあることは明白である。

ところがある日の正午の三分ほど前に、長く尾を引く燕尾服を着た小男が丘から転がるように駆け降りてきて鐘楼に取りつき、やがて鐘楼の鐘が正午の一二時を告げるのを耳をすまして待ちうける「この幸福な町」の住人に、鐘は一三時を打って町中を大混乱に陥れることになるのがこの物語。ヴェベールはこの短篇を「一二時のトポロジー」が実現する典型的な事例と見なし、この悪魔らしき小男（長針）が鐘楼（短針）に取りつくのを両針の重なりあいと解釈する。ヴェベールはいつも急速に近づくものを長針、それを待ち受けるのを短針とするのだが、この場合、長短の尺度が逆になっているところに難がある。もっとも、彼は燕尾服を着ている悪魔の姿が長針に似ていると強弁しているが、私見によれば、悪魔が燕尾服を着ているのは尻尾をかくすためである。「ボン＝ボン」の悪魔もそれをかくすためにカトリックの僧服を着用ているし、「悪魔に首を賭けるな」（一八四一年）の悪魔も同様の目的のために「その細身の半ズボンの上に、黒絹の前掛けをしめている」。

むしろ「鐘楼の悪魔」は、四方が山に囲まれた平和なエデンないしパラダイス（語源的にはアラビア語の「囲われた庭」の意）に悪魔が侵入するタイポロジカルな物語だろう。この町には古くから「丘のかなたからはろくなものは来ない」という言い伝えがあったという。そうなら「十三」の鐘の音は悪魔の到来と楽園の閉鎖を告げる警鐘なのであろう。

この伝でいけば、時計が打つ鐘の音が重要な役割をはたすもう一つの作品「赤死病の仮面」（一八四二年）の解釈も容易になる。固く城門を閉ざし、「赤死病」を締め出した閉ざされ、囲われた城内の七つの間のうちの黒の間には「黒檀の大きな柱時計」がある。そして「その振子は物憂く、重く、単調な金属音をたてて左右に揺れ……その長針が文字盤をめぐり、時を打つ段になると……オーケストラの楽士たちも、一時間ごとに、しばしその演奏の手を休め、この音に耳を傾けずにはおれなかった。したがってワルツを踊る者たちもその旋回を止めないわけにはいかず、さしもの陽気な一座にも、束の間、しらけた空気がみなぎった」。しかしこの時計が一二時を告げる鐘を打ち始めると、彼らははじめて「赤死病」の化身に扮した人物の存在に気づく。この仮装舞踊会を催したプロスペロ公が憤然としてこの人物に襲いかかると、短剣の一瞬のひらめきとともに、公は床に倒れて息絶える。そこで一群の者どもが「黒檀の時計の陰に身じろぎもせず立ちすくむ丈高い人影に――つかみかかり、その経帷子《きょうかたびら》と死の仮面をまこと手荒にひきはがしてみると、驚くなかれ、なかには手ごたえのある姿はさらになく、その名状しがたい恐怖に、彼らは声もなくただ喘ぐばかりだった」ということになる。そして「今や『赤死病』が侵入してきたことは誰の目にも明らかだった……宴の人びとは一人また一人と彼らの歓楽の殿堂の血濡れた床にくずれ落ち、その絶望的な姿勢のままに息絶えていった。そして黒檀の時計の命脈も、陽気に浮かれていた連中の最後の者の死とともに尽きた」でこの物語は終わる。時計の鐘の音が「赤死病」＝「死」＝「時の大鎌」の到来を告げる警鐘であることは、もはや明らかではないか。

また「告げ口心臓」（一八四三年）でも、時計が、この場合は主として時を刻む音だが、物語のプロットの進行をつかさどるメトロノームとして重要な働きをする。ある老人の眼つきが気に入らないというだけの理由で殺意をいだく若者が、ある真夜中、老人の部屋に忍び込む。若者が扉を用心してあけるさまは「時計の針のほうがわたしの手の動きより早いぐらい」とある。老人のベッドに近づくと、「低く、にぶい、小刻み」な「時計を綿でくるんだときのような」老人の心臓の鼓動が聞こえ、「太鼓の音が兵士を鼓舞するように」若者の「怒りを燃えさからせ」、ついに若者は老人を殺害する。そして、その死体を若者はバラバラにして床にかくす。その仕事が完了したとき、時計の鐘は四時を告げ、同時に玄関にノックの音。警官の来訪だった。若者は老人の死体を床にかくした部屋に警官たちを案内し、椅子をすすめる。そのうち、若者の耳には「低い、にぶい、小刻みの音──時計を綿でくるんだときに出る音によく似ている」老人の心音が聞こえてくる。若者は最後に叫ぶ──「床板をはがしてみろ！　ここ、ここんところだ！　音はやつの忌まわしい心臓の鼓動なんだ！」と。この若者を自滅に追い込んだのは、時計が時を刻む音に代表される「時」の進行そのものを告げる音なのだ。言いかえれば、このさい、時計とは時間のアナロジーなのである。

5

時間──それはおそらく、ツェノンの「飛ぶ矢は飛ばない」のパラドックスが言われた頃のギリシャでは等分にも不等分にも、どこからでも分割しうる線分的なものであったのだろう。それからキリスト教の、はじめに天地の創造があり、キリストの誕生と死と復活があり、それから最後の審判がある終末論的な時間。このような始めがあって終わりがある直線的時間の観念が、西欧一四世紀頃にテンプや振子の等振性を応用して円い文字盤上をぐるぐるめぐる針の円環運動によって時刻をあらわす機械時計の発明と普及によって人間の時間観念がどのような影響を受けたか、あるいは人間の時間観念の変化が時計の発明をうながしたのか、というような卵が先か鶏が先かのたぐいの問題は、いずれ本誌本号でどなたかが論じられることであろうから、そのことにこだわるのはよすが、結論的に言ってしまえば、ポーの時間は円環的、無限循環的、永劫回帰的な時間であった。そして時計のもっとも普遍的で重要な属性ないしイメージも、無限円環運動、循環運動、あるいは旋回であろう。

旋回といえば、ポーの作品では、誰しもあの「大渦に呑まれて」(一八四一年)を思い出す。そして小さい漁船を「黒檀の壁」をなす大渦に浮かべて旋回する図はどうしても時計を思い出させる。ところで船ごとこの大渦に巻きこまれた漁夫が旋回運動につきものの法則性と物体の形状による落下速度の法則性を発見して、この「巨大な時計」の脅威から脱出するのがこの物語の眼目だが、時計とは時間を文字盤という空間の相対的位置によって捕捉し、過去・現在・未来を一目のうちに予測可能な相対的な空間的位置として眺めることを得さしめる機械のことであってみれば、この漁夫は時計的な類推によって、あるいはそれを逆手にとって、時の脅威から脱出したと考えられる。

ポーには、このほかに海が舞台になる作品が二つある。「瓶から出た手記」(一八三三年)と『アーサー・ゴードン・ピムの物語』(一八三八年)のことだが、そのいずれにおいても、語り手は乗船もろとも、地球の芯にむかって穴をうがつ渦巻きか瀑布に呑み込まれる。たとえば前者の結末はこうだ。

……ああ恐怖、また恐怖――氷塊は、突如として、右に左に姿をあらわし、船は巨大な同心円をえがきつつ、その頂上が遠く闇間に消える壮大な円形劇場の周辺をめまぐるしく旋回している。しかし、もはやおのれの運命について考えるいとまなど、ほとんどない！　旋回の輪は小さくなる――船は大渦の中心に狂ったように突進しつつある――唸り、咆え、とどろく海と嵐のなかで、船はふるえる――おお、神よ――落ちてゆく！

この直後に、手記の書き手がそれを瓶に詰めて海に投じ、それが回収されて記事となったのがこの小説であるという設定になっている。そうなら、この瓶もまた「大渦の中心」に吸いこまれたはずだから、瓶は地球のまた別の出口から海に出てただよっていたものと思われる。この作品にポーは注を付して「メルカトルの地図によれば、海は四つの穴から（北）極湾に流れこみ、地球の内臓に吸収されることになっている」と記している。

当時はまだ南極・北極のようすは知られておらず、J・C・シムズの『地球の内部が空洞かつ居住可能にして、両極において大きく開いていることを証明する、同中心の球体に関するシムズの学説』（一八一八年）はかなりひろく信じられており、ポーもその一人だったと思われる。つまりポーは地球を、芯を抜かれたリンゴのような形のものと考えていた形跡があり、だから彼唯一の長編『アーサー・ゴードン・ピムの物語』のピムは最後に南極の巨大な瀑布に呑みこまれながら生還し、この『物語』を語ることができたのであろう。ポーの考えによれば、地球の海は両極をつらぬく穴を通って循環していたことになる。地球も一種の巨大な時計だったのである。

6

このアナロジーによれば、ポーの宇宙もさらに巨大な時計だった。みずから散文詩と銘うち、死の一年前に発表された『ユリイカ』（一八四八年）は、この作家の宇宙観の集大成とみなされてよいものだが、そこで展開される議論はそう簡単なものではない。が、それを強いて簡単に要約すれば、こうなろう。

太初に宇宙の中心に「霊」としてあった「神」はみずからの意志によって「虚無」から「物質」を創造し、その「物質」に「霊」として分在することになった。ところで、その「物質」つまり「神が最初に創造したものは――つまり神がその意志により、霊から、すなわち無から創造したものとは、およそ考えうるかぎり単純さの状態にある物質以外のものではありえない」のである。ところがまた神意によって、この「物質」が宇宙空間に拡散しはじめたので、原初の「単純さ」（Simplicity）「全一性（Oneness）」「単一性（Unity）」は現在の「多（Many）」になった。この「多」の背後にある「単一」の原理および「多」から「単一」へ向かう運動の法則を抽出し、それによって宇宙の現状を説明するばかりか、宇宙がまた窮極の「単一」へ向かう運動の必然性をも証明しようとする想像力による力業が『ユリイカ』の内容を形成する。

ポーは、拡散・膨張して現状の「多」になった物質的宇宙はやがて原初の「単一」に収縮・復帰すると考えるのだが、「単一に沈みゆくにさいして、物質は同時に、有限なる知覚力が知覚しうるかぎり単一がそうあらねばならぬところのかの無に――そこからのみ物質が喚起され――それからのみ神の意志によってそれが創造されたとしか考えられない物質的虚無に――沈みゆくのである」と述べ、さらに、そこで決着がつくのではなく、宇宙がそのような「単一」に復帰し消滅したとたんに、また「新たな、そしておそらくまったく異質な一連の状況が――再度の創造と放射と自己復帰が――再度の神意の作用と反作用が――つづいて起こるであろうということである。諸法則に卓越するかの普遍法則である周期性なる法則に想像力をゆだねて、ここにあえて考察してきた過程は永遠に、永遠に、永遠に反復され、**神の心臓**が鼓動するごとに、新しい**宇宙**が悠然《ゆうぜん》と出現し、また無に打ち沈んでゆくという信念をいだいて——あるいは、そういう希望にふけって——いけない正当な理由があるだろうか？」と書いている。また、これにつづけてすぐ、ポーは「この**神の心臓**とは——いったい何か？　それはわれわれ自身の心臓にほかならない」とも自問自答している。

　ここであきらかなことは、ポーは宇宙を「**神の心臓**」のごとく「周期性」をそなえて「永遠に」拡散と収縮をくり返すものと見なしていることである。ポーの宇宙とはアナロジカルには時計である、と私が言ったゆえんはここにある。そして「**神の心臓**」が「われわれ自身のものである」なら、ポーは窮極的な人間の不滅性を信じていた——「あるいは、そういう希望にふける」ことが許されることを希望していたのではなかろうか。

　彼がそういうはかない希望と信念をいだいていたことを裏書きするのに「エイロスとチャーミオンの会話」（一八三九年）と「モノスとユーナの対話」（一八四一年）の二作がある。両者はともに地球壊滅後に霊ないし天使となって宇宙空間をただようかつての人間が交わす対話である。ただし前者においては地球は彗星の接近によって燃えつき、後者においては神学的理由によって壊滅するのだが、いずれにせよ、人間がふつう考えている死がまったくの無に帰することでなく、いわば不死によみがえること、あらたなる知覚を獲得するゆえんであることが強調されている。

　処女作以来、こういうまじめもの以外にも、死、生きながらの死、またその逆、あるいはよみがえりを主題とするふざけた作品がポーに多いことについてはすでに述べた。だが、それらは『ユリイカ』や「会話」

や「対話」などのまじめものと同じ気質で書かれた自作のパロディではなかろうか。ここにはポーの不思議な韜晦癖が見られる。が、あまりそれにうまうまとだまされてはなるまい。

「早まった埋葬」(一八四四年)の「私」は生来硬直症ぎみであったうえにゴシック小説や怪奇譚や医学書などを読みすぎたので、生きたまま埋葬されることを極端に恐れるようになり、それに対処するため、自分の家の地下納骨堂を内側から開けられるように作り直させ、空気や光が自由に流通するような装置をほどこし、棺はすこしでも死体が動けば蓋が開くバネを仕掛け、墓の天井には鐘を吊し、その綱を死体の手首に結びつけておくような工夫(ここに時計のメカニズムを連想されるのは自由である)をするような男だが、旅に出て一夜を狭い船室で過ごしたときに死んだ夢を見て大騒ぎを演じ、船の者たちを呆れさせた経験から、人生万端、まったく無事ということはありえないことを悟り、硬直症からも妄想からも解放されるめでたい話である。ところが、その結びの一節で「私」はこんなことを語る——「私は医学書に用がなくなった。『バカン』は焼いてしまった。『夜の想い』や——墓地についての大げさな詩文や——妖怪譚や——このような話(such as this)はいっさい読むのはやめた」と。ところで、「このような話」とは「早まった埋葬」のような作品のことを指す。ポーとはそのような作家だったのだ。だからこの物語から「人間はついに時の大鎌に打ち勝つことはできぬ」という教訓を読みとって安心するとすれば、それは早まったことになるだろう。むしろこの物語は「アッシャー家の崩壊」や「ベレニス」や「リジーア」や「ミイラとの論争」(一八四五年)などの早まった埋葬、時間との格闘をテーマとする作品を数多く書いた自分自身のパロディとして読まれてよい。

7

ポー最晩年の一八四九年に発表された「メロンタ・タウタ」（ギリシャ語で「それらは未来に生ずべし」の意）は暗黒の海《マーレ・テネブラールム》に固く栓をされて浮かんでいた水差しの中から出た西暦二八四八年四月一日という日付がつく未来からの通信であり、これもまた時間の超克ないし操作にかかわる作品で、ポーがその文学的生涯のすべての時期において「時間」に深くかかわり、関心をいだいたもう一つの証拠となろう。そしてポーの作品に「時計」が比較的に多く出てくるのも、その原因ではなく、その当然の結果であったろう。

たえず「過去」にとりつかれ、それとの関連において「現在」に関心はいだいていたものの、「未来」や「時間」そのものには関心を示さなかったポーと同時代のアメリカ作家ナサニエル・ホーソーンの作品に「時計」がほとんど出てこないのも、同様な理由によるだろう。時計になにがしかの関係があるホーソーンの作品で私に思い出せるのは「美の芸術家」（一八四四年）ぐらいである。その主人公オーエン・ウォーランドは教会の大時計を見事に修繕して町人《まちびと》の賞賛を博するような腕利きの時計職人だのに、彼は時計などよりもっと精巧な、空を自由に飛びまわる美しい蝶のような機械をつくるのに打ちこみ、ついにそれを完成する。が、これは芸術家の情熱がテーマである作品ではあっても、時計がテーマの作品ではない。

もう一人の同時代のアメリカ作家ハーマン・メルヴィルにも時計が出てくる作品は一つしかない。「鐘楼」（一八五五年）という短篇がそれだが、これは時刻ごとに異なった像が彫られた鐘を人造人間が槌で打って異なる音色を打ち鳴らす精巧きわまる芸術的大時計をつくることに情念を燃やす完璧主義的な職人が、それが完成して町人に披露される日の早朝に、その時計を調整しているうち、みずからが創った人造人間の槌に打たれて死ぬ物語である。だが、この作品もまた、彼の『白鯨《モービィ・ディック》』のように、人間の偏執狂的情念を主題とする物語であって、時計が、ひいては時間が主役をつとめる話ではない。ちなみに長篇『白鯨』にも時計は出てこない。白鯨との遭遇も近づく第一一八章でエイハブ船長は「その生きた脚と死んだ脚とで」みずからの正確な洋上での相対的位置を知るのに不可欠な四分儀を踏んづけてこわしてしまうが、当時の船がかならず装備していた時計《クロノメーター》を破壊したという挿話はない。以上のような同時代の作家との比較対照によっても、エドガー・アラン・ポーが「時」と、そのアイコンである「時計」につかれた作家であったことはたしかである。

（『エピステーメー』一九七九年五月号）

註

＊1 本稿におけるポーの短編小説「『ブラックウッド』誌流の作品の書き方／ある苦境」、「陥穽と振子」、「リジーア」、「ボン＝ボン」からの引用、評論「ロングフェローの『バラッド』」からの引用、および『ユリイカ』からの引用は、それぞれ八木敏雄訳による岩波文庫版『黄金虫・アッシャー家の崩壊・他九篇』（二〇〇六年）、『ポオ評論集』（二〇〇九年）、『ユリイカ』（二〇〇八年）から。詩の引用はすべて筆者訳。

＊2 Daniel Hoffman, *Poe, Poe, Poe, Poe, Poe, Poe, Poe.* Garden City, NY: Doubleday, 1972.

＊3 Jean-Paul Weber, "Edgar Poe ou La Thème de L'Horloge," *NRF* (1958).「エドガー・ポー——時計のテーマ」と題されて及川馥氏の訳（『ユリイカ』第六巻二号、一九七四年）がある。ヴェベールからの引用は及川氏訳によった。

＊4 ポーの詩 "Dream-Land" (1844) に次の一節がある。"I have reached these lands but newly/ From an ultimate dim Thule—/From a wild weird clime that lieth, sublime,/ *Out of Space— out of Time.*" (Italics added).

4　『七破風の屋敷』の円環構造[*1]

一冊の本はその表題から始まり最後の一行で終わるとするなら、ホーソーンの『七破風の屋敷』は"The House of the Seven Gables" で始まり、"the HOUSE OF THE SEVEN GABLES!" で終わっていて、この作品の円環的構造をしのばせる。しかし円環といっても、完全に閉ざされたそれではない。それは「もっと正確で美しい比喩を用いれば、上昇する螺旋状の円環」(二五九)[*2]である。その中心には「七破風の屋敷」という「位置」があって「大きさ」のない数学的なそれに似た「点」があり、この「点」と因習的に結びつけられているのは「点」そのものの抽象的な似姿をしていながら、しかし人間であるかぎりは「点」であることを拒否して次第に周辺を拡大して「円」になろうとする「人物」たちである。

「位置」があって「大きさ」のない「家」「人物」とは奇矯な言辞であろうか。「人物」のことはいまはさておき、まず「家」だが、『七破風の屋敷』の冒頭の一節を読んでみるがよい(本書四四-四五頁の「引用」を参照)。この「家」の描写(?)から、その具体的なイメージを脳裏に描くことのできる者がはたしているだろうか。

それは「家」の描写というよりは、「家相」についての記述である。この一節だけのことではない。『七破風の屋敷』全巻、どこをどうさがそうと、この屋敷の明確な姿(したがってその拡がり、大きさ)をしのばせる描写はない。たとえば、この建物の二階が通りに張り出していることは次の一節からわかる――「二階が顕著に突き出ているのがこの家に冥想的な相貌をあたえているので、それが秘すべき秘密、物語るべき重大な歴史を持っているのではないかと思わずに、そこを通りすぎることはできない」（二七）と。しかしこの「記述」によってより多く明らかになるのは、建物の観念性・象徴性であって、その堅牢性、その造作、その姿ではない。このような「家」に、単なる「点」でも観念の傀儡でもありえず、ある幅と厚みを持ち、たえずその周縁を拡大してゆくことがほぼ「成長」と合致する生身の人間が住みがたいのに不思議はない。

たとえば初代ピンチョン――彼はマシュー・モールを魔法使《ウィザード》いのかどで死刑に処し、その土地をわがものにできたほどの権勢を社会に振っていた人物、つまり広い周縁を持っていた人物であったが、あるいはそれだからこそ、このピンチョン大佐はみずからが建てた七破風の屋敷の屋根の下で一夜として生きてすごすことができなかったのである。この屋敷の落成式の日に彼は血を吐いて不慮の死を遂げる。この家に住みついた二代目ピンチョンは、この家に住みついたからこそか、物語にその名さえ出てこないほどの「点」と化してその生涯を閉じる。この家を出てイタリアあたりで海外生活を営んでいたジャーヴェーズ・ピンチョンも、帰郷してこの屋敷に住みついたとたんに「頭」と「心」のバランスをくずし、貪欲のために娘アリス・ピンチョンを老モールの孫息子マシュー・モールの「魔法」の犠牲に供してしまう――「彼女は死んだのだ！」（二一〇）。その後、最愛の娘を亡くした三代目ピンチョンが、この家に住みつづけたかどうかは疑わしい。そして、その後のピンチョン家は没落の一途をたどる。この物語の「現在」から百年ほど以前に初代ピンチョンと同じ死にざまをした“a Pyncheon”がいるとあるが（二一）、この人物もまた「彼らが住んでいる社会とほとんど交わらず」（二一）、「限られた範囲の交際しかない」（二二）、その後のピンチョン一族を特徴づける「点」的な無名の一員であった。そして店屋を開くピンチョンさえ出る。しかし「最近の七十年間に起こったピンチョン家の年代記で特筆すべきことは」三十年ほどまえに起こった一人の「変屈で陰気な性格」の「独身者」（二二）にかかわる殺害事件である。この「世間から隔絶し」「あまりにも多く過去に住み、あまりにも少なく現在に住んでいた」（二三）独身者は、この家にまつわる「過去」の研究に没頭し、その結果、七破風の屋敷は老マシュー・モールの子孫に引き渡すべきであるという結論に達し、それを実行に移そうとして殺害されることになる。そしてこの独身者の甥に当たる若者（クリフォード）に殺害の嫌疑がかかり、クリフォードはたしかな証拠もないまま終身刑に処せられる――『七破風の屋敷』の「現在」はこのクリフォードが特赦を受けてこの屋敷に戻ってくるのを待ちうける妹ヘプジバーが生計のために店屋を開こうとしているシーンから始まる。

つまり高名なピンチョンは誰ひとりこの屋敷に住んで生をまっとうできなかったことになる。独身者も「不当に獲得した」土地・家屋・財産を「マシュー・モールの代表者」に「返還する」（二三）という野心――自己をこの「家」に封じこめている「モールの呪い」から解放してみずからの拡大をはかるという野心――のために死なねばならなかったといえる。「点」と「円環」の比喩を用いれば、それは「円」になることを意図した「点」、あるいは自己拡大のエネルギーを蓄積した「点」の悲劇である。そういえば、モールの「魔法」にひかれ、その結婚式に夢遊病者となって参列しようとしてこごえ死にするアリスの行為も、意識下的には「独身者」の自己拡大未遂行為と同質であったといえる。

さてこの物語の「現在」は「小さな陳列窓」と題された第二章から始まる。しかし老嬢ヘプジバーが店の内部をととのえ、店の戸をあけ、「商品がどんな通行人の眼もひくように」（四〇）店の窓のカーテンを引くまでには、読者はこの章をほとんど読み終わらなければならないほど手間がかかる。無理からぬことではあった。彼女にとって戸のかん抜きをはずすことは「彼女と世界との最後の障壁」（四〇）をとりはらう大事業であったのだから。そしてこの「最後の行為」（四〇）を行なうと、ヘプジバーは奥の間に逃げこんですすり泣く。しかしこの行為を契機にヘプジバーという「点」はたしかに蠢動しはじめるのである。

第三章は「最初の顧客」と題されている。この章でヘプジバーが最初に声をかけられるのは、この屋敷に下宿している銀板写真師ホールグレーヴ（あとでモールの末裔と知れる）からだが、この若者のはげましに、ヘプジバーはこんなことをするぐらいなら「死んだほうがまし」（四四）と答え、自分が淑女《レディ》であると強調する。それに対して若者は「この家が建ってこのかた、今日あなたがしていることほど英雄的なことをした淑女《レディ》はあなたの一族にはいなかった」（四五）と答え、すすんで「最初の顧客」になろうとするのだが、ヘプジバーは「もうしばらく淑女《レディ》でいさせておくれ」（四六）と言って、ホールグレーヴに代価を受けとらずにビスケットを与えてしまう。次に、そして最初に、外からこの店を訪れるのは近所の子供ネッド・ヒギンズだが、ヘプジバーはこの子にもただで菓子パンを与えてしまう。しかし、これに味をしめて同じ子供がまたやってきたとき、ヘプジバーははじめて代価を受けとる――「もはや淑女《レディ》ではない、ただのヘプジバー・ピンチョン、見捨てられたオールド・ミス、駄菓子屋の店番にすぎない！」（五一）とは作者のコメント。ここで彼女は単なる「点」であることをやめ、ほんの小さなものではあるが「円」になり、元来が小さな「円」でしかありえない子供の「円」とその弧を接し、そうすることによって世間と接したのである。

第四章は「店番の一日」。ここでヘプジバーの世間との接触の輪はなおいっそう拡大する。「正午ごろ」ヘプジバーは町の有力者でいとこにあたるジャフリー・ピンチョンが店をうかがいながら通りすぎるのを見かける。これはいわばヘプジバーをかすめていった大きな「円」であろう。次は貧しい町の賢者「ヴェナ叔父さん」の来訪。それから彼女のいとこにあたるフィービー・ピンチョンの不意の来訪でこの章は終わる。この田舎から来た娘は「母方からの血」(七八)を多く受けた「非ピンチョン」(no Pyncheon)(七九)で、それなりに世間を知っている明るく活溌なしっかり者である。彼女は店をきりまわし、家事を助け、この陰気な屋敷に「五月」の光をもたらすことになる。

第五章「五月と十一月」でクリフォードが戻ってくる——三十年にもあまる監禁生活からの帰宅である。ところで牢獄とは文字どおり人間を「点」的に封じこめ、その人間的成長をためる場所のことであるが、事実クリフォードは「彼の記憶を消してしまった神秘的でおそろしい『過去』と空白の『未来』と「無の『現在』」(二四九)しかない「子供」になって戻ってくる——「彼は若くなったばかりか、子供に戻っていた」(二四八)のである。食欲や好悪の情も子供なみになっていた。彼は美しいものを好むが、醜いものには耐えられない——大人の美の愛好者は醜にも耐えられなければなるまい。しかし彼は若く美しいフィービーを好むが、実の妹の年老いた顔からは目をそむける。オルガン奏きの音楽は好むが、楽師が連れているみにくい猿の姿には耐えられない。「この点で、彼は子供だった」(一七〇)のである。彼はまた行動範囲についても子供であった——帰宅後のクリフォードの行動範囲は家の中と裏庭だけに限られていた。そしてその「ピンチョンの庭」(第一〇章)はパラダイスの語源的意味がそうであるように「囲われた」(二四七)場所であり、「この庭は雷に打たれたアダム〔クリフォード〕のエデンで、そのアダムは、最初のアダムが追放された荒涼として危険にみちた広野から、ここに避難してきたのである」(一五〇)。エデンに住むアダムはいまだ「人間」ではなかった。原罪が犯され、エデンの園を追放されてはじめてアダムは「人間」になり、人間の時間が開始する。クリフォードにしても、この庭を避難場所としてその無垢に固執するかぎり「人間」ではなく、彼にとって「時間」もない。

しかし「ピンチョンの庭」につづく第一一章「アーチ状の窓」の章では、クリフォードの「人間化」「点の拡大」「時間」が始まる。「アーチ状の窓」はクリフォードにとっての唯一の社会への窓である。この窓から世間の物音が彼に伝わってくると「世間と個人的に接触することを考えただけでも嫌悪で身震いするほどだが、それでも一種の衝動が彼をとらえるのであった」(一六五)。そんなある日、群集の行列が七破風の屋敷のまえを通りかかる。それを窓から眺めていたクリフォードは、この隊列に、この「人間的共感の波打つ流れ」のなかに、ふと飛び降りたくなるのだ。

……彼は身震いした。彼は青ざめ、訴えるようなまなざしをそばにいたヘプジバーとフィービーに投げかけた。彼女たちは彼の感情の高まりをまったく理解せず、ただこの常ならぬ騒ぎに心を乱されたのだと思った。ついに彼は手足を震わせて立ちあがり、片足を窓わくにかけ、そして次の瞬間、柵のないバルコニーに身を乗り出すところだった。そうすれば行列の一行は、狂気じみた、やつれた人の姿が、彼らの旗をなびかせている同じ風に灰色の髪をなびかせるのを、また同胞から隔絶され、しかし彼をとらえた抗しがたい本能の力によって、ふたたびみずからを人間であると感じた人の姿を見たはずであった。クリフォードがバルコニーに乗り出していたなら、彼はおそらく通りに飛び降りていたであろう。

(一六五–六六)

このようなクリフォードの身振りに驚いたヘプジバーとフィービーは彼の衣服をつかんで引き戻す。そしてヘプジバーはこう叫ぶ。


「クリフォード、クリフォード、気でもちがったの？」と彼の妹は叫んだ。

「私にもわからないね、ヘプジバー」……「こわがることはないさ——もう終わったのだから——でも、もし私が飛び降り、しかも死ななかったなら、私は別人に生まれ変わっていただろうに！」

たぶん、ある意味ではクリフォードは正しかったのである。彼は衝撃を必要としていたのだ。あるいは、たぶん、人間の大海に深く深くもぐり、沈潜し、その深淵に包まれ、それからふたたび正気にもどり、活気を得て世界と自己に復帰する必要があったのだ。たぶん、彼は最後の大いなる対策——死を必要としていたのであろう！　（一六六）

クリフォードの自己拡大・自己変革の衝動についての必要な解説は彼自身によって、また作者自身によってなされていて、これ以上解説めいたことをつけ加える必要はあるまい。しかしこの章には同種の衝動を物語るエピソードがほかにもある。ある安息日のこと、フィービーが教会へ行くのを見送ったクリフォードはふと「人々のあいだで跪き、神と人間とに同時に和解したい」（一六八）衝動にとらわれ、ヘプジバーに教会行きを提案する。二人はさっそく「時代遅れの晴着」（一六九）に身をかざり、階段を降り、表に通じる戸をあけ、敷居を一歩踏み出すのだが、それ以上は歩をすすめることができない。「だめだ、ヘプジバー！——もう遅すぎる。私たちは亡霊なんだよ。私たちには人間たちのあいだにいる権利がないのだ——どこにいる権利もないのだよ、この家以外にはね」（一六九）とクリフォードはうめく。二人はふたたび戸を閉じ、二階へと階段を昇っていく。彼らには「家の内部は十倍も荒涼と感じられるのであった」（一六九）。しかし彼らは確実に家から一歩足を踏み出したのだ――小さな、小さな半円を描いたのだ。

この章にはもうひとつ印象的なエピソードがあり、それはふつうクリフォードが「子供」であること、その未熟性を物語るものと受けとられているけれども、これもまたクリフォードの飛び降り未遂事件、教会への行きそびれ事件と同種の周辺拡大の秘められた欲望を象徴する挿話と受けとめたほうがよかろう。話はこうだ――「ある日の午後、彼はシャボン玉をふくらましたいという抗しがたい欲望にとらわれ」、アーチ状の窓から下の通りにむかってシャボン玉を飛ばすのである。ホーソーンの描写によれば、シャボン玉は「その無の表面に、想像力そのもののような明るい色彩で大きな世界をうつす小さな、とらえようのない世界であった」（一七一）。シャボン玉とは、われわれのコンテクストで言いかえれば、その直径と周辺と表面を拡大・拡張し、やがて限界に達し、破裂するもののことである――クリフォードたちの行為はそういうシャボン玉そのものではないか。

第一二章は「銀板写真技師」（銀板写真術は当時の先端的な技術のひとつ）と題されていて、その主人公はモールの末裔であり、また当時の「若いアメリカ」の代表格であるホールグレーヴである。ホーソーンの記述によれば、彼はまだ若冠二十二歳でしかないのに、すでに小学教師、店員、新聞記者、行商人、歯医者などの職歴があり、イタリア、フランス、ドイツなども訪れ、フーリエ流の社会主義の洗礼も受け、おまけに最近では「催眠術」についての講演もしたことになっている。これではまさしく「型《タイプ》」ではありえても、生身の人間ではありえない。さすがに作者も気がひけたのか（しかしほかの意味では大変興味ある職業作家の発言だが）「ジル・ブラース流のロマンスも、アメリカの社会や風俗に当てはめるとロマンスではなくなる」（二七六）と書きつけている。しかしいずれにせよ、ホールグレーヴは、ちょうどクリフォードとは逆に、大きな周辺だけがあって中心のない不思議な「円」といった存在である。彼に必要なのは、やはりクリフォードたちとは逆に、核を求めて収斂することであり、事実そのような過程がこの若者にとっての「成長」となる。しかし彼の「成長」を見るまえに、それ以前の段階でこの若者がどのような意見の持ち主であったかを見ておく必要があろう。たとえば「家」について、彼はこのようなことを言う――「誰も子孫のために家をつくらなくなる日が、やがてきっとくる。……もし各世代が自分自身の家を建てることが許され、またそれが当りまえになれば、そういう変化は、それ自体では大したことはなくても、社会が現在直面している、ほとんどあらゆる改革を促進するふくみになるはずです。われわれの公共の建物――議事堂、政府の建物、裁判所、市庁、教会なども――石とかレンガなどのような恒久的な材料で造られるべきではないと思う。そのような建物は、それらが象徴している諸制度を検討し改革する目途として、二十年に一度ぐらい廃墟と化したほうがよさそうだ……家というのは、私の考えでは、かの忌むべき『過去』をあらわすものです……私はそういう家にしばしば住んでいますが、それは『過去』をもっとよく憎む方法を知るためです」（一八三―八四）。

ところでこの家に重大なことが持ちあがるのは第一六章「クリフォードの部屋」においてである。この前章でジャフリー・ピンチョンの来訪を受けたヘプジバーは、この判事を居間に残したままクリフォードをさがすのだが、どこに雲隠れしたのかクリフォードは見つからない。その間に判事は初代ピンチョンの流儀で血を吐いて「**急死！**」（一一七）を遂げる。これをヘプジバーと行きちがいに知ったクリフォードは、逆にヘプジバーを見つけると、口では「もう踊ってもいいのだ！——歌っても、笑っても、たわむれても、何をしたっていいのだ！　重荷は取り去られたのだ」（二五〇）といってはしゃいでみせるが、じつは以前と同じ嫌疑をかけられるのをより多くおそれてであろう、七破風の屋敷からの逃亡を提案する。「二匹の梟の逃亡」と題される第一七章においてである。

「それがクリフォードの目的であったのか、偶然であったかはいざ知らず」屋敷をあとにした二人はやがて停車場につき、出発まぎわの列車に飛び乗る。汽車に乗りこむと、クリフォードはいつになく陽気にも多弁にもなって、車掌や乗客をつかまえ、「家庭とか暖炉とかいう古くさい考え」を必然的に破壊する任務を荷う「鉄道というすばらしい発明」（二五九）を賛美し、「人間の幸福と進歩の途上にある最大の躓き石は、モルタルで固められたレンガや石の塊、あるいは釘で打ちつけられた木材の塊で、人間どもが家とか家庭とか呼んでいるもののことです」（二六一）と「家」を非難しはじめる。「家」はすべからく「持ち運びができるぐらいのもの」（二六〇）がよろしい、とさえ説く。これはなんと「若いアメリカ」の代表ホールグレーヴの説と似ていることか。彼は若返ったのであろうか。「クリフォードの顔には、このような説を発表しているうちに赤味がさしてきた。若々しい体質が内面から輝き出てきて、皺や青黒い年老いた顔色をほとんど透明な仮面に変えたのだ」（二六〇）と地の文にある。若ささえクリフォードによみがえったということだが、「子供」であることが強調されてきたこの人物の場合、「若くなる」ことは「成長する」ことにほかなるまい。しかし「あらゆる人間の進歩は円環である（all human progress is in a circle）」（二五九）という意見の持ち主のクリフォード（ホーソーン）にとって、「成長」にしろ「進歩」にしろ、一直線にすすむはずがない。汽車が次の駅にとまると、クリフォードとヘプジバーはそそくさと下車してしまう。この人気のない停車場で彼らが目撃するのは、しかしながら、またしても「年へて黒ずんだ木造の教会」と、同様に「古くさい農家」（二六六）であった。が、ここではじめてヘプジバーは「人々のあいだ」ではないにせよ、跪いて神に祈る——それは永らく彼女にはできないことであった。

ところで「二匹の梟」はもとの古巣に戻ってゆく。しかしクリフォードたちはなんとその周辺を拡大したことであろうか。ある場所から出てそこへ戻ることは、地理的にはともかく精神的には、「円」を描くことにほかならない。しかもそれは「上昇する螺旋状の弧」（これとて真上から見れば「円」）であり、それはまた再度の出発を含蓄し、事実この物語は「出発」と題された章でおわる。しかし、そこまで行くのはまだ早い——「クリフォードの寝室」の章では、「自然死」したジャフリー・ピンチョンが居間の肘掛け椅子に死んだときの姿のまま放置されているのだから。それを扱うのが第一八章「ピンチョン知事」の章である。これは「真実を、かなりの程度、作者自身の選択と創造になる状況の下で提示する権利を有する」（一）ロマンス作家ならでは書きえぬ珍奇な一章で、ここでジャフリーは、まずもし死ななかったらなれていたかも知れぬ「知事」の名を冠されることによって「虚」とされ、さまざまな人物（保険業著、銀行家、土地ブローカー、馬喰《ばくろう》、墓石屋）との約束を死によって反故にすることによって自己を縮小し、最後には、そこで知事候補に指名されるはずになっていた晩餐会に出席できずに「知事」にもなりそこねて完全にみずからを「無」と化す。大きな周辺を持っていたジャフリー・ピンチョンはここで「点」に帰したのである。しかしジャフリーの「正確な時計」は止まっても「時間という偉大な世界の時計は時を刻みつづけ」（二八一-八二）、この章は「アリスの花束」の章につづく。

ジャフリー・ピンチョンが死ぬと七破風の屋根には「アリスの花束」が時ならず咲きほこり、屋敷はまさしく「エデンの園のあずまや」（二一四）さながら。また次の章は「エデンの花」と題され、しばらく田舎へ戻っていたフィービーはこの章で再登場する。そして彼女を迎えるのはすべて事情をのみこんでいるホールグレーヴ。彼はフィービーにことの次第を説明し、また愛の告白をする。判事の死によってクリフォードに「若さ」がよみがえってきたように、ホールグレーヴは「感情の急激な転換」（一八〇）を経験したせいか、突然のように「老成」しはじめる。「固定したものに対する尊敬の念に欠け」（一七七）、なかんずくその象徴としての堅牢な「家」を憎んでいたはずのホールグレーヴは、まるで手の平を返したように、判事は「木ではなくて、石の家」（三一四）を建てておくべきであった、と述べ、また「恒久性はつねに幸福にとって不可欠なもの」（三一四 - 一五）とさえ言う。これを聞いて、フィービーは「なんとあなたの考えは変わったのでしょう！　石の家だなんて！　たった二、三週間まえじゃなかったの、あなたが人間は鳥の巣のように脆くて仮そめの場所に住むべきだと言っていたのは！」（三一五）と言って呆れてみせるが、作者自身にしてもいささか呆れていたにちがいない。愛を告白する時期の若者の言辞はあまり信用しかねるにしても、ホールグレーヴの変りようは大きい。これはまた「古い習慣と肉親関係に対する感情がいまだいくらか保たれていた」（六九）ニューイングランドの田舎で育ち、「秩序を愛する性格」（三〇五）のフィービーと結婚するためのホールグレーヴの（またそうさせるための作者の）準備でもあったろう。いっぽうフィービーにとって必要だったのは「過去」（七破風の屋敷、クリフォードたち）と「未来」（ホールグレーヴ）に接し、また判事の死という「現実」に触れることであったろう。（ちなみに、判事の死体を見せるというイニシエイションに彼女をいざなうのはホールグレーヴであった）。そしてこの章の最後にクリフォードたちが戻って物語は最終章につながる。

さて最後の章は「出発」と題される。クリフォード兄妹、二人の婚約者は「しばし（for the present）」（三一四）七破風の屋敷を捨て、判事の死によって彼らのものとなった「田舎の邸宅」に移り住むことになる。彼らは陽気にはしゃぎながら馬車に乗って出発する――そこでこの物語は終わる。ところでこの結末はあまり評判がよくない。ニュートン・アーヴィンはこの結末を「あまりにも唐突」[*3]とする。マーク・ヴァン・ドーレンは「弱い」[*4]と言う。また「『七破風の屋敷』の構造と主題」[*5]という論文の著者は、この作品に「構造」がないとするのが大方の論者の意見であると要約している。が、これ以外の終りようがあっただろうか。はたしてこの作品に「構造」がないだろうか。

むろん、このへんのことは作者の意図に大いにかかわることがらである。ホーソーンは『緋文字』に「明るさ」が欠けていたことを気に病み、次作『七破風の屋敷』を明るい作品にしたいと希っていたようである。そしてこの作品を書き始めた段階で、後者のことを前者よりも「より自然で健康な自分の精神の産物」[*6]とある出版者に述べている。作家の自己診断はえてして自己改革の意図を含み、そのまま鵜呑みにできないことはいうまでもない。はたしてホーソーンは作品も完成に近づくころになると「結末に近づくにつれ救いようもなく暗くなってきているので、そこに落日の光をせいいっぱい注ぐつもりです」[*7]とまた別の編集者に書いている。結末の「唐突さ」をこのような作家的事情のせいにして片づけるのはやさしい。しかし、現に結末はそうなっているのであり、そこに作家の苦悩を見ない者は盲《めしい》である。

「救いようもなく暗くなってきている」とは「二匹の梟」を「家」から脱出させながらふたたび連れ戻さざるをえなかった作家的事情を指しているものと思われる。それにそれまでのホーソーンはいったん連れ戻した人物を誰ひとりとして幸福にはしてやれなかったのだ。「ゆるされざる罪」を求めて村を出て、それをみずからの心中に発見して村に戻ってきたイーサン・ブランドは石灰焼きの炉に身を投じてみずから「白い石灰の心臓」という「点」と化す。ふと蒸発して二十年後に妻のもとに戻るウェークフィールドはどうか。グッドマン・ブラウンは夕方に村を出て一夜の森の体験を得て翌朝また村に戻るのだが、その一生は「暗かった」のだ。『緋文字』のヘスターにしても、ディムズデールの死後いったんボストンを離れるが、またその地に舞い戻り、その生涯を閉じる――しかしその余生は格別に幸福であったとは言いがたい。ほかにもホーソーンには「行って戻る」主題のものが多いが、その結末はみな暗かった。むしろそれがこの作家の「自然」であった。しかし作家の「自然」に反しようとどうしようと、クリフォードたちの物語の「結末」を明るくしたいと決意したホーソーンはどうすればよかったのか。彼らをふたたび「出発」させ、あとは書かないことである。だからこそ『七破風の屋敷』は「出発」で終わる。

最後の場面はこうだ。一台の馬車が屋敷のまえにとまり、クリフォードたちが姿をあらわす。「彼らはとても楽しそうにしゃべったり笑ったりしている」(三一八)馬車のまわりには子供たちが集まってくる。そのなかに「最初の顧客」ネッド・ヒギンズを見つけたヘプジバーは、この子にそっと銀貨をにぎらせてやるほどの鷹揚さを身につけている。やがて馬車は一行を乗せて出発する。すると「モールの井戸」はこの家にまつわる幾変遷の模様をその水面に映し、ピンチョン楡は九月の風にそよいで「知りがたい予言」(三一九)をささやき、この一部始終を眺めていたアリスの霊はハープシコードをひとかきして天上に舞い戻る。

ここでその後のことを空想することが許されるとすれば――物語の底抜け構造そのものによって、それが許されているように思えるが――ホールグレーヴ夫妻の七破風の屋敷への帰還、新しいモール家の開始である。しかし新しいモール家の生活が書かれるためには「小説」を必要とする。なぜなら彼ら(クリフォードたちも含めて）はそれぞれ「型」であることをやめて生身の人間に、「点」であることをやめて「円」に近づいた人物たちになっているだろうからである。ホーソーンはその人物たちを、ちょうどアリス・ピンチョンの霊が「七破風の屋敷から天に向かって飛び去った」（三一九）ように、書かれざる「小説」の世界に送りこめばよいのである。それが「小説」を充分に意識しながらみずからを「ロマンス作家」と規定した芸術家ホーソーンの「小説」に対するささやかなはなむけではなかったか。

（成城大学文芸学部・短期大学部創立二十周年記念論文集、一九七四年）

註

＊1　ここで「構造」とは「構造主義者」が用いるほど厳密な概念ではない。「円環」の理論は George Poulet, *The Metamorphoses of the Circle* (Baltimore: Johns Hopkins University Press, 1966) からヒントを得るところがあった。

＊2　*The House of the Seven Gables* (Ohio State University Press, 1965). 括弧内の数字は頁を示す。

＊3　Newton Arvin, *Hawthorne* (Boston: Little, Brown, 1929), p.192.

＊4　Mark Van Doren, *Nathaniel Hawthorne* (New York: Viking Press, 1966), p.173.

＊5　William B. Dillingham, "Structure and Theme in *The House of the Seven Gables*, *Nineteenth-Century Fiction*, XIV (June, 1959), p.59-70.

＊6　Introduction to *The House of the Seven Gables*, op. cit., p. xvi.

＊7　Ibid., p.xxii.

5 姦通小説としての『緋文字』

1

『緋文字』（一八五〇年）について、「われらの『ボヴァリー夫人』は姦通が舞台裏で演じ終えられた姦通についての小説であり、その産物たる子供はあまりにも妖精じみていて、とてもこの世のものとは思われず、ふつうの仕方で身ごもったとはとても信じがたい」(xx)と言ったのはレスリー・フィードラーだが、なるほど『緋文字』は姦通が終わったところから始まり、濡れ場のひとつもない姦通物語だ。西洋伝統の姦通小説は、『ボヴァリー夫人』（一八五六年）にせよ、『アンナ・カレーニナ』（一八七三―七六年）にせよ、情事の発端から結末までをねんごろに物語り、読者の秘められた願望と欲望をくすぐりながら、ある教訓をふくむ悲劇的結末にみちびく物語である。フィードラーの言いたいことは、『緋文字』がこの西欧姦通小説の伝統からはずれているばかりか、ホーソーン自身が『七破風の屋敷』（一八五一年）の序文で「たんにありうると考えられる人間の経験にばかりでなく、ふつうにありそうな通常の経験に、きわめて微細な点まで忠実であることを目的としている」（一）とのべている小説《ノヴェル》でさえないということであろう。現代中国語に「オナジジヤウナモノデ其実同様デナイ、甲ニモアラズ乙ニモアラヌモノ」（石山福治『支那語大辞典』第一書房、一九三五年）をいう不倫不類《プールンプーレイ》なる慣用句があるが、『緋文字』もジャンルとしてはそのような種類の作品ではなかろうか。

　が、議論がこのようにややこしくなるのは、この作品が姦通の結果に焦点をあわせ、その後の行為や償いや救済の問題に重点をおく「姦通マイナス性《セックス》」といった無粋な物語であるのに、ことさら「ロマンス」と銘打たれていることが一つ。二つめは、この「ロマンス」に、一人称の語りによる長大な一種の「自伝小説」といった『序』がついていること。三つめは、やはり「ロマンス」と銘打たれた『七破風の屋敷』の序文その他で、作者自身が「ロマンス」と「小説」についての、いくらか曖昧な議論を展開していること。たとえばホーソーンは『屋敷』の序文で、「作者がその作品を『ロマンス』とよぶときには……〔小説〕を書いていると公言する場合にはわがものとすることができぬと考えられるある自由な領域を、主張したいと願っていることは、いまさらいうまでもないことである」とか、ロマンスを書く者は「〔人間のこころの真実〕を、大部分が作者自身の選択と創造にもとづいている環境のもとで描きあげるという明白な権利をもっている」（一）とか、と書く。しかし、これは小説がそうでないところのことによってロマンスを規定しようとするこころみにすぎず、結果的には、いずれについても、何も明らかになっているわけではない。むしろ逆だ。たとえば、ロマンスの書き手にはゆるされていて、小説家にはゆるされてないという「ある自由な領域」とはいったいどんな領域なのか。だいたい、小説とはそんなに不自由な書き物の種類か。それに最近では、ニーナ・ベイムの実証的研究[*1]を筆頭に、当時はロマンスと小説の区別はそれほど重要でも自明でもなかった、という議論が勢いをえてきているではないか。すると、ホーソーンの「ロマンス論」は単なるジャンル論ではなく、このきわめて自己言及的かつ自己韜晦的作家の創作の秘密にふかくかかわる偽装された告白ないし戦略ではなかったか。ホーソーンには用心してかかるにしくはないのである。

ホーソーンが「あざむく」作家であったこと、それはつとに知られている。ハーマン・メルヴィルは「ホーソーンとその苔」(一八五〇年)で、「ナサニエル・ホーソーンは自作に題をつけるとき、いたずらっぽい意図からにせよ、深遠なる意図からにせよ、ページの上っ面を読む者をあざむくために――容赦なくあざむくために――計算ずくであざむいた」(一五一)とのべている。また今世紀になると、「ナサニエル・ホーソーンが書いたのはロマンスである」とその『古典アメリカ文学研究』の「ホーソーン論」を書きだしたD・H・ロレンスは、「アメリカ芸術の表面にだまされてはならない。その表面下にひそむ象徴的意味の魔性を見きわめなければならない。さもなければ、アメリカ芸術などはみな児戯にひとしい。/あの青い目をしたかわい子ちゃんのナサニエルは自分の魂の内部に不快なものがあることを知っていた。それを表現して外に出すときには、偽装するように気をつけた」(七八)と看破した。ライオネル・トリリングは、一九四七年の「風俗、道徳、小説」と題する演説で、「〔ヨーロッパの〕小説はつねに現実を探求し、その探求の分野はつねに社会であり、その分析の素材はつねに人間の魂の動向を示唆する風俗《マナーズ》である」のに、アメリカの作家は社会的現実から目をそむけ、結果として複雑で豊穣な社会生活をとらえきれていない、という一種のないものねだりをしているが、ホーソーンには一目置いていたのか、妙な誉め方をしている――ホーソーンのえらいところは「自分は小説ではなくロマンスを書いたと主張し」たところにあり、「自分の作品に社会的な肌合い《テキスチュア》が欠けていること」(二一二)を自覚していたところにある、と。ところで、そういうアメリカ小説の「弱点」のことごとくをアメリカ小説のアメリカ性、ひいては「長所」に転換し、それをアメリカ小説の「偉大なる伝統」に組みいれ、「アメリカ小説=ロマンス・ノヴェル論」に仕立てなおしたのがリチャード・チェースの『アメリカ小説とその伝統』(一九五七年)だと言えようが、そのアメリカ小説論の「伝統」の源流にホーソーンの「ロマンス／ノヴェル論」があることを忘れないでおきたい。チェースは、ロマンスに特有だとされる非写実的な描写、誇張、メロドラマ性、意外な筋の展開や常軌を逸した人物の行動や急激な変身などのおとぎばなしめいたところが、アメリカ社会の「現実」の描写になじみ、アメリカ人の「情念」の表現に適している、と主張するのだ。ここでチェースは、アメリカ小説の一見したところの「子供っぽさ」に文化的な「深遠さ」を、ジャンルの混交に人種と価値観の多様性への適性を、「写実性の欠如」に風俗の欠如と大胆な進取の気性の正当な反映をみてとるのだ。ちかごろではこの「仮説」に異議を申し立てるむきも出てきたが、もしホーソーンがロマンスとノヴェルの区別にこだわってあんなことを書かなかったなら、今日のアメリカ文学史はずいぶんさまがわりしていたことであろう。

ホーソーンが『緋文字』を「ロマンス」と銘打って、一見社会的には無害な物語を書くようにみせかけながら、ほんとうに意図していたことは、いったい何だったのか。形式的にはロマンス物語とリアリズム小説の混交であり、内容的にはヨーロッパの「姦通小説」の伝統につながりながらも、それとは異なる新しいアメリカの「姦通小説」を書くことではなかったか、というのがさしあたってのわたしの「作業仮説」だが、さてどうなることか。以下、このエッセイでわたしがこころみるのはそういう作業であるが、こうして「税関」なみに長い前口上をのべなければならないのにも、それなりに理由があってのことである。その理由もわかるようにこの先をつづけるつもりだが、この時点ではっきり言えることは、『緋文字』が「税関」と『緋文字』本体が合わせて一本となる作品であって、「税関」をないがしろにした『緋文字』論は入管手続きをぬきにした入国のようなもので、不法のそしりを免れまい。さて、やっと「税関」の入口まできた。

2

「税関」はこうはじまる。

> いささか理不尽なことながら——自分や自分のことどもを炉端で、しかも親友に、ことこまかに語るのは私の趣味ではないのに——自伝を語る衝動が生涯に二度私をとらえ、こうして世間に語りかけている……もっとも、ある種の著者は……完全に心と思いが通いあっている者に対してしか妥当でないような仕方で、深い内心の秘密を告白するのである……しかし、自己を隠して語るときでさえ、すべてを語るのは礼儀にもとる……いちばん内奥の「私」はヴェールの背後に隠しておけるかもしれないのである……この程度と範囲内において、作者は自伝的であってもよいのであって、そうすれば、読者の権利も自分自身の権利も侵さずにすむのである……この税関のスケッチでは……〔私は〕この本に盛り込まれる予定の物語の中で……編者、あるいは編者とさして変わらぬ者としての、あるべき立場に身を置きたい——この願望こそ、私が読者と親密な関係をもちたいとねがう真の理由なのである。
>
> （傍点付加、三-四）

これはどうみても「ロマンス」の導入部としてふさわしい文章ではない。自伝小説、いわば「私小説」の導入部の文章としてなら、ふさわしかろう。内容的にも、「税関」が『緋文字』の不可分な一部であるならば、「緋文字」もまた一種の「自伝」であり、しかしながら「いちばん内奥の『私』はヴェールの背後に隠し」た「自伝」であることを示唆していると読めなくもない。なんらかの意味で「自己」をかたらない文学作品はないのだから。フローベールが「ボヴァリー夫人は私だ」と言ったように、「税関」でホーソーンは「ヘスター・プリンは私だ」と遠まわしに告白していると忖度できなくもない。

しかし「税関」では、この導入部がおわると、ホーソーンが三年間つとめた税関と、その建物がたつセーラムの港の描写がはじまり、それから生まれ故郷にかえってきたことの複雑な心境、税関の業務、同僚の収税官たちの仕事ぶりなどが「きわめて微細な点まで忠実に」、その意味では「小説的に」語られる。が、怠惰で無能で無気力な同僚を描写するくだりになると、その筆致は諧謔にこと欠いてはいないが、辛辣をきわめ、「天与の才は、私から去っていなかったにせよ、私の内部で宙吊りにされ、非活性化されていた」（二六）という本来の仕事から遠ざけられている作家ホーソーンのいらだちと怨念を「礼儀にもとる」程度に表明している。

しかし「税関」の前半がおわるころになると、ホーソーンは作家に復帰するきっかけをつかむ。税関の倉庫で、ある古い文書と布切れを発見するという幸運にめぐまれるのである。あるいは、そういう事件を発明する。「私」はその「すり切れ、色あせた赤い布切れ」に異様に心ひかれ、ふと自分の胸においてみると、「そのとき私は、完全に肉感的感覚というのではないにせよ、ほぼそれに近い強烈さで、もえさかる火のような熱さを感じた」（三二）のである。これは「私」がヘスター・プリンと同一化した瞬間のことでもあろう。さらには、胸にAの字がきざまれていたとされるディムズデールとの一体化の予兆でもあろう。また、「私」はいにしえの検査官が「当時すでに老人であった人たちから口頭で話を聞いてまとめあげたヘスター・プリンなる女性の生涯とその人間関係の詳細」をつづる文書にすっかり心うばわれ、ピュー氏の亡霊が命ずるがままに、それをもとに一編の物語をものしようと決心する。それが『緋文字』になるのだが、ホーソーンはすぐこう留保する――「この物語の主要な事実は監査官ピュー氏の文書によって、その信憑性を保証されている〔けれども〕……物語の構想を練り、そこに登場する諸人物に影響をあたえた動機や情熱を想像するにあたり、私がもっぱらかの検査官の手になる数ページの原稿の範囲内にとどまったと理解していただきたくはない。むしろ逆に、物語上の事実については、まったくといっていいくらい私自身の発明にかかると言ってよいほど自由にふるまった。私が主張するのは大枠の真実性である」（三三）と。この引用から省略された部分には、その原本と布切れは保管してあるので、ご希望のむきにはお見せする、という主旨のことが書かれているが、高名な作家のことなら洗濯屋の付けまでも探しだしてくるアメリカの研究者たちから古文書や布切れ発見の報にいまだに接していないことにかんがみ、この「事件」がホーソーンの「発明」にかかわるものであることはまずたしかである。

が、ここで大切なことは、この作家が本質的に「二度語り」の作家、先行するテクストから自分のテクストを織り上げるたちの作家、またそうすることによって先行するテクストが内包する固定された観法・認識に揺さぶりをかけるたぐいの作家であったことを、問わず語りに語っていることである。いや、先行するテクストがないときには、それを「発明」してまでも存在させ、しかもそのことを作品のプロットのなかに組み入れることまでするのがホーソーンであった。その作家的出発をかざる短編集が『二度語られた物語』（一八三七年）と題され、そこに収録されている作品にはいずれも先行するテクストがあることがほのめかされており、「ウエイクフィールド」のように新聞記事が下敷きであることをわざわざ作中でことわる作品もあるが、さて、ことあらためて、自作が依拠する先行するテクストがあることをわざわざ宣伝することが、ふつう独創的であることを身上とする作家にとって名誉なこととは思えないのに、この作家はなぜわざわざそうするのか。

「古文書発見」がゴシック・ロマンスの常套手段だった、と言ってみても、格別にゴシック・ロマンスを意図していたのではない『緋文字』の作家ホーソーンについては、何も言っていないにひとしい。「メタフィクションの先駆的こころみ」と言ってみても、その「こころみ」自体のメタフィジックスについての考察抜きでは、これまたなにも言っていることにはなるまい。職業作家の保身的戦略としての「主体の韜晦」と言ってみても、ホーソーンがそんなつまらない作家であったと仮定しないのであれば、下世話なむだごとでしかない。いや、逆に、一九世紀初頭のアメリカでは、事実にもとづかないフィクションは、トマス・ジェファソンなどが主張していたように、理性や判断とは無縁の「病める」想像力の産物で、健全な精神と社会秩序にとって有害であり、そんなものを読むことは社会と自己からの阻害に資するばかりだとされていた、と新歴史主義系統のベルなども指摘している[*2]。自作を「ロマンス」と呼ぶことは、むしろ危険だったのだ。メルヴィルが実体験から遊離したロマンス『マーディ』（一八四九年）を書いて、『タイピー』（一八四六年）で獲得した流行作家の地位から転落したことを思いだしておくのも無駄ではあるまい[*3]。

ホーソーンはロマンス『緋文字』を書くにあたり、「税関」で生身の作者を登場させ、作品の出所を明らかにし、この書物に事実にもとづく「小説」の味付けをほどこし、そうすることでこれからものするロマンスの主体《オーソリティ》をあいまいにしたうえで、「たんにありうると考えられる人間の経験ばかりでなく、ふつうにありそうな尋常な経験」（『七破風の屋敷』序、（一））にもとづくアメリカの「姦通小説」を偽装して書こうとしていたのではあるまいか。かくして、アメリカ小説に欠けているとトリリングが見て取った「社会的現実」、チェースが欠けていると見て取った尋常な人間の心理（の底にひそむ尋常ならざる心性）、ペリー・ミラーが欠けていると見てとった「普遍的な人間性と自然の風景の両者を意味する大文字の『自然《ネイチャー》』」（二四七）を「ロマンス」に偽装して盛り込もうと意図していたのではあるまいか。いまは予想にとどめる。その具体的な「盛り込み方」については、『緋文字』本体を吟味するときに検討するとしたい。

さて、文書と布切れの発見という事件があってからというもの、政変がおこって馘首されるという「僥倖」にもめぐまれ、「私」は急速に作家に復帰する。昼間の税関は無為の場となり、夜の自宅は「現実的なものと想像的なものとがまざりあい」、「現実の世界とおとぎの国とのどこか中間に位置する中立地帯」（三六）になりおおす。そして、ついに「私」は「今後、この町はわが人生の現実であることをやめる。私はどこか別世界の市民だ」（四四）と宣言して、ホーソーンは自分の『緋文字』への入管手続きをおえる。

3

「税関」を抜けると『緋文字』であった。つぎはその第一パラグラフのすべてである。

> くすんだ色の衣服をまとい、灰色のとんがり帽子をかぶった髭をはやした男たちに、頭巾をかぶったり、かぶらなかったりする女たちもまじる一群が、木造の建物のまえに集まっていた。そのがっしりした樫材でできた門には、鉄の忍び返しが一面に打ちつけてあった。（四七）

これは具体的な事物や人物の描写とはいえない。これから始まろうとする「ロマンス」の雰囲気の提示だ。ピューリタンたちの「灰色」の衣服は彼らの心情の「暗さ」を、その「とんがり帽子」は天をめがける彼らの宗教心を、その堅固でかたい「樫材」と「鉄の忍び返し」は彼らの「かたくなな」な心をあらわす、と解説してくれたのはワゴナーだ*4。異議はない。しかし、つぎのパラグラフからは、突如として、とてもロマンス風とは言えない文体の記述に横滑りする――「新しい植民地の建設者たちは、もともとどのような人間の美徳と幸福のユートピアを夢見ていたにせよ、まず最初に、その処女地の一部を墓地に、他の一部を監獄の敷地にあてがうことが、実際上の必要であることをひとしくわきまえていた」と。そして監獄の描写になり、その木造の監獄は「町ができてから十五年か二十年もたつ」（四七）ことがのべられるが、そうすることによって物語の場所と時代が設定される仕組みになっている。しかし、その古びた獄舎や、その門前の草地の描写になると、どこかアレゴリカルになってきて、見苦しい雑草は「文明社会の悪の華」になり、敷居のそばに生える一株の野バラは「繊細な宝石のような花をいっぱいに咲かせ」て、その花を「入獄する囚人や、出獄する死刑囚に手向け」ることになる。そして、野バラがそこに生えている由来については、「かの聖者とされたアン・ハッチンソンが獄舎の門をくぐったとき、その足跡から生え出てきたものか」という修辞的疑問が呈され、つづけて作者が素顔をあらわし、この「人間の弱さと悲しみの物語の暗い結末をやわらげる」よすがに、「その花を一輪手折って」（四八）読者に献上したい、と口上をのべ、この『緋文字』への短い序章ともいえる「獄舎の門」はおわる。

われわれは物語のとば口で、この物語が「人間の弱さと悲しみの物語」であることを告げられる趣向だが、物語の結末までを知っているわたしのような読者にしてみれば、いくらかはぐらかされた感じがする。『緋文字』の結末は、はたして、そんなに「暗い」か。「姦通小説」の結末としては、あたうかぎり「明るい」とさえ言える。『ボヴァリー夫人』（一八五六年）のエンマも、『アンナ・カレニーナ』（一八七二-七三年）

のアンナも、悲惨な自殺をとげる。前者では、エンマの死後まもなく、夫のシャルルも死に、娘は叔母に引き取られる。「叔母は貧乏なので、口すぎのために娘をある綿糸工場へ出している」（下・二六四）と、このレアリスム小説はおわる。後者では、アンナは情人ヴロンスキイとのあいだにできた娘にはまったく関心をしめさず、「赤ん坊の歯が何本はえているか」（下・一七五）さえ知らず、作者トルストイはその子に名前さえあたえない。そこへいくと、『緋文字』のパールはヘスターに愛されてそだち、チリングワースには莫大な財産を遺贈され、ヨーロッパの貴族と幸福な結婚をしたあんばいだ。ヘスターにしても、遺産相続人の後見人としての特典を利用して優雅な生活をヨーロッパでたのしんだのち、自由の意思によってアメリカにもどり、悩める女たちのカウンセラーなどをしながら「いきがい」ある老後をすごすようにみえる。

また、この『緋文字』の序章に「聖者とされた（sainted）アン・ハッチンソン」が登場することにも留意すべきであろう。ハッチンソンは、「救いに定められた聖者《セイント》」にとっては「神の恩寵《グレース》」だけが大切で、「地上での業《ワークス》」やモーセの法律は無効であるとする「恩寵至上主義者」ないし「道徳律廃棄論者《アンチノミアン》」としてマサチューセッツ植民地当局により「異端」と認定され、投獄され、最終的にはボストンから追放された女傑であるが、モーセの法律には「汝、姦淫するなかれ」がふくまれていることは指摘するまでもない。ところで、彼女の最後は悲惨だった。ロング・アイランドに住みついたハッチンソン一家はひとりをのぞいてインディアンに殺された。例外のひとりは娘で、インディアンに連れさられていった。この結末に当時のボストン人たちは神のさばきを見た。こういうハッチンソンの運命にくらべるとヘスターの運命は格別に「暗い」とは言えないが、しいて両者の共通点をさぐるとすれば、ふたりの女としての「強さ」と信念の「堅固さ」である。前者は「恩寵」を至上とした。後者は「恋愛」を至上とした。ホーソーンは、この両者をひそかに重ねあわせることによって、ヘスターを「愛情至上主義者」に仕立てあげ、ひいては「愛があればすべてが許されている」とする新興ロマンティック・アメリカンのイデオロギーにひそかに荷担していたのだろう。

4

われわれ読者が「法律と宗教がほとんど一体をなし、しかも両者がその性格のなかで渾然と融合していた」（五〇）公衆とともに、また、二年にわたるインディアン部落での虜囚の身分から解放さるべくこの白人居留地についたばかりで、まだなにも知らないヘスターの夫チリングワースとともに、さらし台に立つヘスター・プリンをはじめて目撃するのは、第二章「広場」においてである。この章と、それにつづく「認知」の二章の劇的で、ピクチャレスクで、ドラマティック・アイロニーにみちた場面はあまりにも有名で、解説じみたことをいうのははばかられるが、姦通のしるしAを胸につけ、その具体的な成果の赤子を腕にだいて公衆の面前にさらされるヘスターの屈辱と反撥と悲しみ、チリングワースの複雑な心のうごきは、「ロマンス」仕立てながら、どんな「小説」も容易にまねのできない「現実性」をもって表現されている。たとえば、ヘスターが群集のなかにチリングワースを見出すのは「一方の肩が他方の肩よりあがっている……少しゆがんだ体つきを見た瞬間」（六〇）であったことは、なんでもないことのようだが、ロマンス的というよりは小説的である。『ボヴァリー夫人』のエンマは間男してからというもの、夫「シャルルの指が角張って見え」（下・四七）、それがうとましくてならなくなる。また、『アンナ・カレーニナ』のアンナも夫の「耳が突っ立っている」（上・一一九）のがうとましくなる。エンマにせよ、アンナにせよ、結婚当初は、年齢もふくめて、夫たちのそんな「瑕瑾」を気にしたけはいはない。ヘスターにしても、チリングワースの

「不具」や「老人」が気になりだすのは、ディムズデールとの情事があってからのことであるにちがいない。『緋文字』は「姦通」がおわったところからはじまる「姦通」の物語であるゆえ、それ以前のことについては、追想の場面以外では読者にはわからない仕立てになっている。それだからこそ、読者には「ふつうにありそうな通常の経験」にもとづいてヘスターやディムズデールのことをあれこれ想像し、推量することがゆるされているのだ。いや、そうすることが(作者によって)慫慂されてさえいる。ヘスターが懐胎して子を生んだのが、ふつうの仕方の結果であることは、ヘスターの姿を聖母マリアになぞらえたくだり(五六)があるにもかかわらず、自明の前提になっている。そういう自明の前提にのっとって「ロマンス」を読むということは、「ロマンス」を読みながら「小説」を読むということだ。「ロマンス・ノヴェル」とはうまく言ったものだ。

ヘスターとチリングワースのなれそめはどうだったのか? 彼女とディムズデールとの最初の「性的遭遇」の場面はどこだったのか? ふたりの逢瀬は何度あったのか? 彼女は妊娠をどうやってディムズデールに告げたのか? ディムズデールはどうやって彼女を説得して子をうませ(当時にしても堕胎の方法はなかったわけではあるまい)、どうやって「口封じ」をしたのか? いや、逆に、ヘスターがシングル・マザーになることを主張したのかもしれない。このように「書かれていないこと」について、下世話な推量をめぐらすのは、かならずしもわたしの品性がいやしいからではない。もともと『緋文字』とは、そのような「書かれていない」小説の部分によって支えられている「ロマンス」なのであり、作者の秘められた意図もまたそこにあったにちがいない。もっといかめしく言うならば、『緋文字』は読者の「テクスト外推測」*5によって成立している稀有なテクストなのである。

そこでヘスターとチリングワースがその夜獄舎の一室でする対話が問題になる。素性をかくし、医者の資格でヘスターに接近したチリングワースは、興奮して泣き叫ぶ赤子にインディアンから教わった処方の薬をのませて眠らせてから、こんなふうにきりだす。

「なぜおまえが地獄に落ちたのか、いや、わたしがおまえを見いだした、あの不名誉な台にのぼったのか、そんなことはきくまい。理由はそんなに深遠なものではない。それはわたしの愚かさと、おまえの弱さのせいだ。わたしは——思索の人で——大きな図書館の本の虫で——飢えた知識欲を満たすために人生の盛りをついやしてしまって、すでに朽ちかけた男だったのだ——おまえのように若く美しい女をどうすればよかったのか！　不具に生まれつきながら、知的才能さえあれば、若い女の目に肉体的欠陥は見えないものだ、などという幻想にふけっていたとは、なんたる自己欺瞞だったことか！　人はわたしを賢者という。賢者が自分のことについても賢いのなら、こんなことはみんなお見通しのはずだった……」

（傍点付加、七三-七四）

これに対してヘスターは、「ごぞんじのとおり、わたしはあなたに正直でした。わたしは愛を感じていませんでしたし、そんなふりをしたこともありませんでした」（七四）とこたえる。これは、わたしなどには、かなり欺瞞的な言い分にきこえる。下世話には、あるいは小説的には、チリングワースは『アンナ・カレーニナ』のカレーニンのように、「まあそもそも初めから言うとだね、お前は二十も年上の男[*6]のところへ嫁入りした。愛情を持たないで、と言うより愛というものを知らないで嫁入りした。それが間違いだった、と言うのだね」（上・四一五）とやんわり反撃に出てもよかりそうなものだが、そうはしない。チリングワースは、ぎゃくに、「そのとおり！」とこたえる。そして「わたしが愚かだったのだ……なるほど年はとり、陰気で、不具だったけれども――それでも、どこにでもころがっていて、だれもが拾いあげている素朴な幸せを、わたしも拾いあげることができると思ったのだ。そこで、ヘスターよ、わたしの心の住まいに、そのいちばん奥深い部屋に、おまえを招き入れ、おまえがいることで生じる暖かさでおまえを暖めてやろうなどと、たわけたことを考えたのだ」と下手に出る。するとヘスターは「わたしはあなたに罪なことをいたしました」（七四）とつぶやく。わたしならここで逆上するところだが、チリングワースは、そうはしない。チリングワースは建前上も「ロマンス」の人物であるばかりか、ヨーロッパ伝統の「姦通小説」の寝取られ男の系譜につらなる人物でもある。「姦通小説」の寝取られ男は逆上したり嫉妬したりしてはならないのだ。オセローであってはならないのだ。「姦通小説」においては、死による以外には婚姻関係は解消されてはならないのだ。「結婚」という「神聖な契約」がやぶられるときにおいてのみ社会的制裁をともなう「姦通」が成立し、その「契約」が解消されないかぎりにおいて「姦通」のドラマは持続する。だからこそカレーニンは、アンナに情人の子をやどしたことを告げられても離婚はみとめず、「私たちの関係は今まで通りでなければならない……そして、あなたがあの男に会わないこと。これなら大した要求じゃないと思いますがね。その代わりあなたは妻としての義務を果たさないで、貞淑な妻の権利を享受することができるのです」（上・三一二）などと、もってまわったことを言う。いっぽうチリングワースは、ヘスターが男の名をあかさないと知ると、自分の素性をあかさないことを約束させたうえで、「男の身を案じることはない！……わたしは天の配剤に干渉する気はないし、こと志に反して、男を人間の法律の手にゆだねるつもりもない……生かしておくのだ！……いずれにせよ、男はわたしのものだ！」（七五-七六）と宣言する。これは、基本的には、カレーニンの方針とかわらない。ちなみに、『ボヴァリー夫人』の寝取られ男シャルルは、妻に死なれたあとからでさえも、エンマの情夫ロドルフに「私はもうあなたを恨みはしません」（下・二六三）というばかりか、「運命の罪です」（下・二六四）などと、けなげなことを言ってしまう。取り乱さないのだ。さすがレアリストのフローベールは、「その運命に導いたロドルフには、こういう立場の男がいうにしては、その言葉がいかにもお人好しなばかりでなく、こっけいな、そして幾分卑屈なものに思われた」（下・二六四）とコメントするが、寝取られ男が自尊心を保持するためには、これしかないのだ。その意味では、チリングワースもまた西洋姦通小説の寝取られ男の系譜にしっかりとつながっている。それかあらぬか、ホーソーンは『緋文字』のなかで、「姦通」（adultery）という言葉とともに、「嫉妬心」（jealousy）という言葉を用いることも慎重にさけている。前者はひとつもなく、後者はひとつだけ。しかも「小川のほとりの子供」の章で、パールについて「かわいがられて育ったすべての子供が危険な競争相手に対して本能的におぼえる嫉妬心のせいか……」（二一二）というくだりに出てくるだけである。『緋文字』に成熟した男女にかかわる「嫉妬」という語がひとつもないということは、けだし注目に値する事態ではないか。

5

ヘスターが七年ぶりにディムズデールと森での逢瀬をはかり、パールをつれて森に出かける第一六章「森の小道」から第一七章「牧師とその信者」、第一八章「あふれる日光」、第一九章「小川のほとりの子供」にいたる三章は『緋文字』のなかでいちばん濡れ場に近づく章である。つまり、いちばんエロティックでロマンティックな場面である。いちばん「ロマンス」仕掛けがあらわで、アレゴリカルな章である。すくなくとも、そう見える。しかしながら、私見によれば、いちばん小説的な諸章でもある。ちょうどエッシャーのだまし絵のように、これらの章は「ロマンス」だけを見ている者には「小説」は見えないように仕組まれた芸術品だ。別言すれば、エッシャーのだまし絵のあるパタンを見るためには、そのパタンだけを見ようとすればよいように、この「ロマンス」の「小説」の部分を見るためには、ただその部分だけを見ようとすればよいのである。

比較的無邪気なところからいくが、「森の小道」の章でパールはヘスターにしきりに悪魔の話をせがむ。パールが「おかあさんは夜中に悪魔に会いにいくの？」ときいたり、ヘスターが「これまで一度だけ、おかあさんは悪魔に会いました！　この緋文字は悪魔のしるしです！」（一八五）と答えたりする会話の「悪魔」をディムズデールに読みかえることに心をきめればよい。すると「姦通小説」の筋としては、ヘスターとディムズデールが森で逢引し、濡れ場を演じたのは、たった一度で、しかもその一度で妊娠したことになる。

森で待ち伏せしていたヘスターがひさかたぶりに牧師に声をかけるのは第一七章「牧師とその信者」の冒頭においてである——「アーサー・ディムズデール！」と。「その声はかすれていた」とある。「うわずっていた」のか。ヘスターが七年ぶりで森でディムズデールとの密会をくわだてたのは、自分とチリングワースとの「夫婦」関係を牧師に告白するという「大義名分」があってのことであるが、そのほかの下ごころがなかったとはいえない。それはともあれ、牧師は「ヘスター！　ヘスター・プリン！　あなたですか？　あなたは生きているヘスターですか？」と言い、ヘスターは「生きていますとも！　この七年間、わたしなりに生きてきました！　ではアーサー・ディムズデール、あなたもまだ生きていますか？」（一八九）と答える。

これはぎこちない会話だ。まるで初級外国語会話読本の例文といった感じだ。しかし、深いあいだがらにある男女がひさしぶりにかわす言葉とは、こんなものかもしれない。ホーソーンは「このようにしてふたりは大胆にではなく、一歩一歩と確実に、彼らの心の奥底にわだかまっていた主題へとすすんでいった」（一九〇）と書く。このように書くホーソーンの気くばりは、ロマンサーのものというより小説家のものだろう。そのとおりに、ふたりの話題はおたがいの苦しみ、悔悟、そして心の平安の問題へとすすんでいく。ヘスターは、たとえば、牧師がすでにあじわってきた苦しみと悔い改めのゆえに心の平安をえてしかるべきだ、と言う。それに対して、ディムズデールは、「そのような悔い改めは無効なのです！　それは冷たく、死んでいて、わたしに何ももたらさない！　たっぷり苦しみはした！　だが、なにひとつ悔い改めてはいないのです！……ヘスターよ、胸に公然と緋文字をつけているあなたは幸福です！　わたしの緋文字といえば、人知れず燃えるばかり！」（一九二）と。この牧師の言い分は、わたしなどには、かなり自己中心的で欺瞞的にきこえる。「なにひとつ悔い改めてはいないのです！」とはなにごとだ。が、やはりそのとおりかもしれない。ヘスターがチリングワースの素性をあかすと、それをながいあいだ秘密にしていたことに対してディムズデールは激怒し、ヘスターをこうなじる――「舌なめずりしながら見ている人の目に、病み疲れ、罪にけがれた心をさらすことが、どんなに恥ずかしいことか！――どんなに醜悪なことか、それがあなたには少しもわからないのだ！　女よ、女よ、この責任はおまえにある！　わたしにはおまえが許せない！」（一九四）と。ちなみに、「その激情は……牧師のなかの悪魔に属する一部であり、悪魔はそれを手掛かりに残りの美質をみんな奪うつもりだったのである」とはホーソーンの地の文における解説である。これは生身の男が言うせりふなら、したがって「小説」上の人物の言い分なら、許せる。よく理解できる。しかし「ロマンス」

上の人物のせりふとしては許せない。女としてのヘスターも、それを許さない。彼女は「許していただきます！　罰するのは神におまかせください！　あなたは許すのです」と叫ぶが、「彼のかたわらの落ち葉のうえに身を投げかけて」叫ぶヘスターは女だ。「突然、絶望的な情熱にかられて、彼女は両腕で彼をひしとだきしめ、彼の頭を胸に押しつけた。彼のほおが緋文字に当たっていたが、彼女は気にとめなかった。彼は身を離そうともがいたが、無益だった。ヘスターは彼を逃がそうとはしなかった」（一九四）――これは『緋文字』唯一の具体的なラヴ・シーンである。

この女の気迫におじけづいてか、ひごろの牧師の習慣がもどってきてか、やがて牧師はつぎのような名せりふをはくが、かなりメロドラマティックで歯が浮く。ヘスターもそれに波長をあわせて応じる。自分たちはチリングワースの「魂の神聖さ」をいささかもけがしていないというのだろうか。ホーソーンは『緋文字』にこのようなせりふを挿入することによって、当時の読者にひそかにサービスしていたのだろうか。

「許しますとも、ヘスター！　わたしはあなたを惜しみなく許します。神よ、わたしたちふたりを許したまえ！　ヘスター、わたしたちがこの世の最悪の罪人ではないのです。堕落した牧師より、なお悪い者がいます！　あの老人の復讐はわたしの罪よりなおどす黒い。あの男は、冷酷にも、人間の魂の神聖さをけがしたのです。あなたとわたしは、ヘスター、それはしていません！」

「決して、決して、していません！　わたしたちのしたことには、それなりに神聖なところがありました。わたしたちはそう感じました！　わたしたちはそう語りあいました！　お忘れになりましたか？」（一九五）

この高名なくだりについてあまり解説めいたことは言いたくないが、なんのことはない、このふたりのせりふの変えるべきところを変えれば、当今はやりの「不倫小説」の男女の睦言とかわらない。すぐつづく地の文には「ふたりは倒れ木の苔むす幹に、ならんで、手に手を取りあってすわった」とある。また、「これこそ彼らの人生の長い道のりが……ひめやかにたどりついた地点であった……その場には立ち去りがたい魅力があって、ふたりは一瞬、また一瞬、またまた一瞬と小刻みに時間をのばしていった」（一九五）とある。これは『緋文字』に数すくないエロティックな記述のひとつである。むろん「行間」を読んでのはなしであるが、「行間」を読むのはこの「ロマンス」を「小説」として読む方途でもある。

「あふれる日光」は『緋文字』でいちばん濡れ場に近づく章であり、いちばんアレゴリーに近づく章でありながら、いちばん「小説的」な章でもある。ヘスターが帽子をぬいで黒髪を露呈し、緋文字を投げ捨てるシーンはだれもが印象深くおぼえている。ヘスターが再度ディムズデールを性的に受け入れる準備ができたことを告げる合図で、森の木々やけものや日光までもがそれに賛同するが、そういう「ロマンス」の部分にいちおう目をつぶってこの章をながめてみると、進取の気性と自立心にとんだ新しいアメリカ女性としてのヘスターの姿が浮かびあがってくる。「ヘスター・プリンは生まれつき大胆で活発な精神の持ち主で……牧師などにはとうてい思いもよらない自由な発想を身につけていた」とか、「彼女は人間の諸制度、牧師や立法者が設立したすべてのものを……ほとんどインディアンなみにしか尊敬の念を感ずることはなかった」とか、「自分を自由にすること、それこそが彼女の宿命と運勢の趨勢であった」（一九九）とか、かなり過激なことが彼女について書かれていることに気づく。そんな彼女が牧師に駆け落ちを提案するのは自然なことのように思われる。逡巡する牧師に、ヘスターは言う――「行くのです！」（二〇一）と。また、「振り返るのはやめましょう！　過去はなくなったのです！　過去にこだわっていたところで、なんになるのでしょう？　ごらんなさい！　このしるしともども、そんなものはかなぐり捨てて、なかったも同然にしてみせます！」（二〇二）と言い、緋文字を捨てたのだった。これこそ典型的なアメリカ女の言動であり、また典型的なアメリカ女の幻想でもある。

しかし、意外なことに、このヘスターの行為に拒否権を発動したのは「小川のほとりの子供」パールだった。パールは胸にAの字をつけていない母親を拒否する。そこで、やむなくヘスターはその「ゆたかな髪をたばねて、帽子の下におしこんだ」（二一一）。ヘスターはディムズデールとのひさかたの抱擁をあきらめたのだ。あるいは、先のばしにしたのだ。これによってヘスターの二度目の「姦通」は防止されたばかりか、『緋文字』を『ボヴァリー夫人』や『アンナ・カレーニナ』の悲劇的結末からも救ったのである。それはまた『緋文字』が完全な「姦通小説」になることからも救ったということである。トニー・タナーの『姦通小説』は『緋文字』をいちおう「姦通小説」とはみとめているが、まともに扱うことはなく、ただ一箇所、西洋の姦通小説ではその産物たる子供の役割が小さいことを指摘するくだりで、「（むろん例外はある――『緋文字』がそうだ）」と括弧づきで言及するだけ（九八）である。だが、タナーがそう書いたとき、この森の場面でのパールの役割が念頭にあったわけではあるまい。タナーの脳裏にあったのは、さらし台上のいくつかの重要な場面ではたすパールの役割、チリングワースの遺産相続人としての役割などだったろうが、わたしはこの場面でのパールの役割を重視したい。

竹村和子は、母-娘関係について「母-娘関係は、性器的な関係を『ここではない、どこか』で実現すること（「母」になること）を要求しながら、『ここには』存在させない（母-娘関係のなかに性器的な官能性を認めず、非-性器的な精神的紐帯のみを強調する)」(一二七)といくらかむずかしく語るが、その要旨は、母と娘との関係の逆転もふくむ相互性を勘案するなら、パールとヘスターとの母-娘関係をも妥当に説明する。「ここではない、どこか」なら話は別だが、「ここでは」パールは母親の「性器的」官能が花開くのを許さない――むろん、無意識に。ヘスターが駆け落ちの場所として最初に提案したインディアンが住む奥地でなら、「群集と都市が蝟集《いしゅう》する旧世界」(二一四)でなら、かまわない、ということだ。ヘスターもまた、パールをヨーロッパで嫁がせるではないか。これもまた竹村の「母-娘関係」の仮説にかなうが、母-娘関係とは本来ロマンス的というよりは、小説的なものではあるまいか。

だが、ヘスターと牧師との駆け落ちを阻むのはパールの役割ではない。「事故によらなければ悲劇が起こらない」とは、現代日本の姦通小説『武蔵野夫人』(一七二)にみつかる文句だが、彼らのヨーロッパへの船出を事実上阻んだのはチリングワースであったにもかかわらず、その動機についても手続きについても、なにも語られていないせいか、それを阻んだのはただの「事故」でしかなかったように感じられる。チリングワースが乗船契約をしたことがはたして牧師につたわっていたのか。そのへんも不明である。また、選挙日説教の日、行列にまじって行進するディムズデールを見て、ヘスターは彼が自分の手のとどかないところにいってしまったように感じ、「あの人はまるで他人のようだ!」(二三九)とつぶやく。「牧師と自分とのあいだにはいかなる真のきずなも存在しえないのだ、と思うと……彼女はほとんど彼を許すことができなかった」(二四〇)とホーソーンは書く。ここで『緋文字』はなかなか近代女性の微妙な心理描写に接近するが、それから以降われわれ読者はヘスターの赤裸な心情から遠ざけられるばかりである。ヘスターはいつともなくニューイングランドから姿を消す。聴衆に大いなる感銘をあたえたとされる選挙日説教がすんでからのディムズデールの行為、その結果についても、周知のことになっているようでいて、じつは牧師がかつてヘスターが立った台にみずから立ち、胸をはだけて告白したことの内容も、その胸にあったとされるしるしの正体も、すこしもさだかではない。その後のチリングワースの心境もさっぱりわからない。ただ、遺言書によって膨大な遺産がパールにおくられたことを読者は知らされるだけ。だから、チリングワースの遺言によるパールの受益もアメリカによくある誰かの遺産がふと転がりこんでくる幸運な「事故」のようにも思えてくる。また、しばらくボストンから姿を消すヘスターのゆくえも、パールの嫁ぎ先も、はたまたボストンに帰還したヘスターの真意も、最終章の一つの墓標のもとにともに眠る遺体の素性もさだかではない。

だからこそ、入子文子のように、この『緋文字』というフィクションが設定した時代にかかわる数々のテクストの「実証的研究」*7によって、そのフィクションの間隙をうめる作業がおこなわれても、目くじらたてることはない。それはまた『緋文字』が設定した時代のニューイングランドの社会と風俗《マナー》の研究でもあり、その結果として『緋文字』の最終章に出てくる一つの墓石を共有して憩う二人を、この「ロマンス」の読者の大方の期待を裏切って、法律的には正式な夫婦であるヘスターとプリン氏（ディムズデール）であると「立証」してみせるのは、これまでわたしがやってきた、「ロマンス」を「小説」として読み直してみることによって何か新しいことを発見しようとするこころみと本質的には変わらない。わたしが入子の仕事に共鳴する理由はそこにある。

（『アメリカ文学ミレニアム〔I〕』南雲堂、二〇〇一年）

註

*1　Nina Baym, *Novels, Readers, and Reviewers: Responses to Fiction in Antebellum America* (Cornell UP, 1984), 225-35.

*2　Michael Davitt Bell, "Art of Deception: Hawthorne, 'Romance,' and *The Scarlet Letter*" in *New Essays on The Scarlet Letter*, ed. Michael J. Colacurcio (Cambridge UP, 1985), 37.

*3　メルヴィルは『マーディ』を"Romance of Polynesian Adventure"と称して英国の出版者ジョン・マレイに売りこんだが、ぴしゃりと断られた。ある意味ではマレイはお目が高かったといえる。*The Letters of Herman Melville*, ed. Merrill R. Davis and William H. Gilman (Yale UP, 1960), 70.

*4　Hyatt Howe Waggoner, *Hawthorne: A Critical Study* (Belknap Press of Harvard UP, 1955), 18.

*5　Bercovitch は大幅に改竄された Roland Joffe 監督の映画 *The Scarlet Letter* (1996) を現代アメリカ人の願望充足、"extra-textual speculations"の成果と見る。ちなみに、この映画はアルゴンキン・インディアンの部落のシーンからはじまり、ヘスターとディムズデールがAの字をわだちで轢きながら馬車に乗って駆け落ちするシーンで終わる。Sacvan Bercovitch, "*The Scarlet Letter*: A Twice-Told Tale," *The Nathaniel Hawthorne Review*, Fall 1996 を見よ。

*6　ヘスターとチリングワースの年齢の差は、わたしの計算によればもっと大きく、三十歳ほどか。エンマとシャルルの年齢の差もかなり大きい。姦通小説の女主人公たちには結婚の相手に老人を好む傾向があるのではなかろうか。また、その主人公たちも、いくらか後知恵ながら、年齢の差が妻の不貞をさそう原因になることは先刻（？）承知のことではなかろうか。すくなくとも万巻の書を読んでいたチリングワースがロバート・バートンの『憂鬱の解剖』(Robert Burton, *The Anatomy of Melancholy*, ed. Thomas C. Faulkner et al. 〔Clarendon Press, 1989〕, 3 vols) を読んでいなかったはずはないから、「不必要な仕事で海外に長逗留するのは」（三・二八六）妻を非行にはしらせる原因になるという教えや、「水もしたたる若く奔放な女と結婚した冷たく乾いた (cold and dry) 老人」（三・二八三）の不幸な顛末や、ある「不能な (impotent)」学者が若く美貌の娘と結婚したものの、初夜の床で「男がなすべき義務をはたさず」、朝までぐっすり寝こんでしまい、その後も、夜遅くまで書斎にこもり、「冷たくなって床に入り (came cold in bed)」、なおも、いましがたまで読んでいた本のことを妻に話してきかせ、いっこうに夫の「義務」をはたさないので、「学者は自分の研究に、妻は自分のおたのしみに (sport) にふけるようになった」（三・二八六-七）というエピソードなどを知らないはずはなかった。じじつ、「認知」の章で、チリングワースは町の人に「あなたがおっしゃるような学者なら、こうなることも本で勉強な

さっておくべきでしたね」（六二）と自嘲的に言っている。なお、Chilling-worth という名前も前記のバートンの「冷たく乾いた老人」に由来するのではないか、というのがわたしの推測である。

＊7 入子文子「チリングワースのゆくえ：*The Scarlet Letter* 最終章を読む」（『英文学研究』Vol. LXXI, No.2, January 1995）; Mistress Prynne の罪と罰：*The Scarlet Letter* と初期植民地の階級」（『英文学研究』Vol. LXXIV, No.1, September 1997）;「夫の隣に眠る妻：『緋文字』とアーサー王伝説にみる女の埋葬」（海老根静江編著『女というイデオロギー』南雲堂、一九九九年）、その他を参照。

引用文献

Chase, Richard. *American Novel and Its Tradition*. London: G. Bell and Sons, 1957.

Fielder, A. Leslie. *Love and Death in the American Novel*. New York: Criterion Books, 1960.

Hawthorne, Nathaniel. *The House of the Seven Gables*. Ohio State UP, 1969.

——. *The Scarlet Letter*. Ohio State UP, 1962. 引用の訳文はホーソーン作・八木敏雄訳『完訳緋文字』（岩波文庫）、一九九二年に拠った。ただし文中に与えたページ数はオハイオ版による。

Melville, Herman, "Hawthorne and His Mosses." *The Piazza Tales and Other Prose Pieces, 1839-1860*. Northwestern-Newberry Edition, vol 9, 1687.

Miller, Perry. *Nature's Nation*. Belknap Press of Harvard UP, 1967.

Lawrence, D. H. *Studies in Classic American Literature*. London: Heinemann, 1924.

Tanner, Tony. *Adultery in the Novel : Contract and Transgression*. Johns Hopkins UP, 1979.

Trilling, Lionel. *The Liberal Imagination: Essays on Literature and Society*. London: Secker and Warburg, 1955.

大岡昇平「武蔵野夫人」、『大岡昇平集』、学習研究社、一九七九年。

フローベール『ボヴァリー夫人』、（上下）伊吹武彦訳、岩波文庫、一九三九年、改版一九六〇年。

竹村和子「あなたを忘れない——性の制度の「脱-再生産」」（下）、『思想』九〇五号、一九九五年。

トルストイ『アンナ・カレーニナ』（上下）、米川正夫訳、平凡社、一九六四年。

6 旅の本『ハックルベリー・フィンの冒険』

洋の東西をとわず、古来、「旅」はしばしば「人生」のメタファーであった。わが芭蕉（一六四四-九四年）も、その紀行文『おくのほそ道』の有名な冒頭で、「月日は百代の過客にして、行きかふ年も又旅人也。舟の上に生涯をうかべ、馬の口とらえて老いをむかふる物は、日々旅にして旅を栖とす。古人も多く旅に死せるあり。予もいづれの年よりか、片雲の風にさそはれて、漂白の思ひやまず、……」（一六八九年）と書いています。芭蕉にとって人生は旅であり、旅はまた人生だった。芭蕉にとって、旅に出ることは、ソロー流に言うならば、"live deliberately" すること、充実した、高揚した生をいとなむことでした。その旅には実用的な目的はなかった。旅のために旅をしたわけです。先人の足跡をたどり、歌枕をめぐるといった旅で、その唯一生産的な目的は俳句をつくることだったと言ってよい。それはなんらかの実際的な目的と苦労がともなう "travel" というよりは、今日的なことばで言えば、"tour" であった。もっと端的には、それは実生活からの逃避であった。ただし、それは逃避のための逃避ではなくて、実生活から遠ざかることによって生の充実をはかるといったパラドックスをはらんだ逃避だった。そのような日本の旅について、川端康成はその『東海道』[*1]で、「先人の足跡に従って、名所古跡にお百度をふむだけで、無名の山川をみだりに歩かぬのが、日本の芸の修行の道だし、精神のみちしるべだった」と言っていますが、これは近世日本の「修行」としての旅の本質を言いえて妙である。と同時に、その正反対がアメリカの旅だ——「無名の山川をみだりに歩」くことこそが、アメリカの旅の典型だ——とも言えるような気がする。また、ことをマーク・トウェインにかぎっても、『ハックルベリー・フィンの冒険』(一八八五年)は『おくのほそ道』の反対の極致にあるきわめてアメリカ的な「紀行文」であるような気がする。

「気がする」などというようなあいまいなことを、このような公衆の面前で言えるのは、すくなくともヘミングウェイが『アフリカの緑の丘』(一九三六年)という狩りの本のなかで、「あらゆる近代アメリカ文学はマーク・トウェインの『ハック・フィン』という一冊の本から始まっている……それ以前にも、それ以後にも、これほどすぐれた本はない」と持ち上げているせいでもありますが、実はいま引用から省略した部分で、さしものヘミングウェイも、この本を読むにしても、「黒人のジムが奪われるところでやめるべきだ。そこがあの本のほんとうのおわりだ。それから先はただのペテンだ」と言っているからです。つまり公爵や王さまによってジムがフェルプス農場に売り飛ばされ、農場へハックがジムを救出に行くと、自分を養子にしようというトムの叔母《おば》のサリーおばさんに遭遇するばかりか、例のトムまでが出現し、そのうえすでに奴隷の身分から解放されているジムを、それを承知のトムとともに、手の込んだ流儀で救出劇を演じる羽目になる第三一章以降の最後の部分のことですが、たしかに『ハック・フィンの冒険』の目的がジムを救出することにあったとすれば、またそれがハックのセント・ピータースバーグからの、父親からの、ダグラス未亡人からの脱出にあったとすれば、この本の終わり方は振り出しにもどるようなもので、これでは『ハック・フィンの冒険』はいったい何のための「冒険」だったかわからない。そういう意見が出ても不思議はない。だからこそ、ちょっと前までの『ハックルベリー・フィンの冒険』の評価の問題は、その"Ending"をめぐるそれだったと言っても過言ではないほどです。

T・S・エリオットはフォーマリストらしく、「本の終わりのムードが、本の始まりのムードにもどるのは正しいことであります」とのたまい、「ハック・フィンのように、ミシシッピー川には始まりもなければ終わりもない。始まりにおいて川はいまだ川でなく、その終わりにおいて、川はすでに川でない」（"Introduction" to *The Adventures of Huckleberry Finn*. London: The Cresset Press, 1950）と鴨長明のようなことを言ってわれわれを煙に巻き、「こんな適切な言葉をもって終わる本をわたしは知らない」と断言し、この本の最後の一節から「ぼくはお先に失礼して、インディアン地区に逃げだそうとおもう」を引用して、自分のエッセイを終えています。エリオットの言っていることは、「逃走の終わりにはまた逃走しなければならない」「終わったところで、また始めねばならない」ということで、それがどうして「適切な」終わり方であるかは、にわかにはわかりかねます。

ライオネル・トリリングも「『ハックルベリー・フィンの冒険』は形式においても文体においてもほとんど完璧な作品である」と言い、ただ、あの終わりがどうもね、という説があることは認めながらも、ハックをロード・ナラティヴ（road narrative）のヒーローからふつうの市井の人間にもどしてやるためには、ロマンスの伝統的にのっとったあれぐらいの儀式は必要なのだ――とあまり説得的でないことを言っているのに対して、リオ・マークスは「エリオット氏、トリリング氏と『ハックルベリー・フィンの冒険』」（Leo Marx, "Mr. Eliot, Mr. Trilling and *Huckeberry Finn.*" *American Scholar* 22, No.4, Autumn 1955）というエッセイで、このご両家に反論して「最後に最初の状態にもどるのは、敗北である――ハックの敗北である」と正論を吐き、「クレメンスはジムの運命をハックの運命とおなじように宙づりにしておく筋を考案してしかるべきであった……そうすれば、たとえ［自由］探求の旅が失敗に終わったにせよ、目的が放棄されたわけでないことを読者に思わせる余地があったはずである」などとないものねだりをしていますが、これこそアメリカ人一般の『ハックルベリー・フィンの冒険』に対する典型的な思い入れであるように思われます。アメリカ人にとって『冒険』とは、「自由を求めて」の「冒険」ないし「旅」でなければならないのです。アメリカの物語はすべて「アメリカの夢」の実現に奉仕しなければならないのです。これに対して、ジェイムズ・M・コックスの『マーク・トウェイン――ユーモアの宿命』(James M. Cox, *Mark Twain: The Fate of Humor*, Princeton UP, 1966）は、ハックが求めていたのは政治的な「自由」ではなく、「抑圧」からの「自由」であるとし、したがってハックの生きるための基準は「現実原則」ではなく「快楽原則」である――とすることによって、この小説を救出しようとはかっています。が、そういうこころみは、一見したところ非政治的であるようでいて、実際には、この冒険の物語に「非抑圧的な社会」の実現という「アメリカの夢」に奉仕するこころみと見なさずにいられないのが、これまでのところ、アメリカの学者・批評家の「明白な宿命」でした。

しかし、たぶん「文化研究」という学問的風潮のおかげでしょうが、今日ではそのような抑圧的な「明白な宿命」から完全に解放された批評家が出てきました。『マーク・トウェイン、旅行記、ツーリズム――大衆活動の趨勢』(*Mark Twain, Travel Books, and Tourism: The Tide of a Great Popular Movement*, U of Alabama, 2002）というけれんみのない題の本の著者ジェフリー・アレン・メルトン（Jeffrey Allen Melton）もそのひとりでしょう。それは次のようなエピソードを引き合いに出して書き出されています。トウェインがその最後の旅の本『赤道に沿って』（一八九七年）の冒頭で語るエピソードのことです。この赤道にそっての船旅で、ある老婦人と息子が、べつに意図したわけでもないのに、一連の手違いから、当初の予定を大幅にこえる長旅をすることになったというだけの話ですが、それに対して、当の旅行記のなかで作者は読者にこう注文しています――「当初予定した五百マイルの旅程が、格別に意図したわけでもないのに、二万四千マイルの長旅になってしまった事態を考えてみたまえ」と。メルトンはこの「事態」を『赤毛布外遊記《イノセント・アブロード》』（一八六九）を書くことによって、格別に意図したわけではないのに、その後三十年にわたって旅行記作家の経歴をはじめてしまったトウェインの作家経歴に重ね合わせています。また、その旅行記作家の経歴の始まりが大型観光旅客船による世界観光ツアー・ブームの始まりと正確に合致した幸運にも言及していますが、この本が残余のページで指摘していることは、煎じ詰めれば、トウェイン自身がひとりのツーリストとして観光遊覧船によるクルーズを楽しみながら、その船旅を面白可笑しく記録することによって一般大衆の現実逃避願望をいかに「無邪気」に充足させていたかや、そのような書く行為の「文化的」意味を明らかにすることであった。ところで、この本についてのわたしの唯一の不満は、あの『ハックルベリー・フィンの冒険』なる本を、現実逃避願望の旅の本として、ツーリズムの本としてまったく言及していないところにあります。ひとりの奴隷を解放するという本来の目的を失った『ハックルベリー・フィンの冒険』が『赤毛布外遊記』以降の「目的がないことが目的である」ような“pleasure”としての“travel book”から仲間はずれにされてよいものでしょうか。なるほど『苦難を忍びて』（一八七二年）という本などは題からして、志のある苦労話みたいですが、旅する当の両人は、ほんとうのところはどこにも定着する意図もなく、金鉱で一攫千金の夢を実現する野心もないかのように、この物語には、はじめから失敗が構造的に仕組まれていますす。その証拠に、最後に二人はほうほうのていで観光船に乗ってホノルルに逃げ帰るではありませんか。

『ミシシピー川の生活』（一八八三年）にしても、ずばり追想の旅だ。ノスタルジーの旅だ。「追想」に目的を与えることはできないのです。

『ハック・フィンの冒険』もある意味ではノスタルジーの産物である。「冒険」と銘打ってはいるものの、結論を先に言ってしまえば、これは「目的」がはじめから挫折するように仕込まれた「旅」、「冒険」が不可能になった時代を先触れる「冒険」だとも言え、その意味で“travel”から“trouble”や“travail”の意味が捨象されて、本来「行って帰ってくる」ことを暗黙の諒解とする“tour”の時代の到来を先触れした『赤毛布外遊記』とおなじ結構の作品とみなせるのではなかろうか。とくに同じ作家がほぼおなじ時期に書いた作品として眺めるならば、なおさらのことである。そのような立場から、トウェイン円熟期の作品をすべて「旅の本」としてくくって眺めてみるなら、他の旅の本ともども、『ハックルベリー・フィンの冒険』もまた新たな様相を呈してくるのではなかろうか——というのがわたしの予想であります。

2

「鯨を丸ごと捕えるのでなければ、その人は真理における田舎者にして感傷主義者にすぎない」とは『白鯨』（第七六章）のメルヴィルのご託宣ですが、トウェインの円熟期を「丸ごと」旅行記作家のそれとして捕えなければどこかがまちがっている、というのがわたしの考えです。まずトウェインがサクラメント・ユニオン紙の記者としてパシフィック・スティームボート・カンパニーが新規に立ち上げたサンフランシスコ・ホノルル航路の客船に乗りこみ“travel writer”としての第一歩をふみだした一八六六年から、最後の“travel book”である『赤道に沿って』を出版した一八九七年までの経歴を眺めてわかることは、トウェインが本格的に作家として船出したのは世界初の大観光旅行団を乗せたクエイカー・シティ号がヨーロッパと聖地へむけて船出したのと重なるということである。その船に同乗して書いた『赤毛布外遊記』を出版したのは一八六九年であり、その旅好きの陽気で闊達で鷹揚な作家としての円熟期を終えるのは『赤道にそって』を発表した一八九七年である。その間に書かれた主要な作品はみな正調「旅の本」である。そして最初と最後の旅の本のあいだに『苦難を忍びて』（一八七二年）、『放浪者外遊記』（一八八〇年）、『ミシシッピー川の生活』（一八八三年）がおさまる。ところで、わたしの魂胆はそのあいだに、『ハックルベリー・フィンの冒険』（一八八五年）を無理なく滑り込ませることにある。

『トム・ソーヤの冒険』（一八七六）が発表されてから、その続編としての『ハック・フィン』が発表されるまでには八年ほどの間隔があるものの、実際にはトウェインは『トム・ソーヤの冒険』を書き終えるとすぐ『ハック・フィン』を書き始め、一挙に書きあげたわけではないにせよ、ともかくそれは一八八三年には完成している。（ただし、その間の六年ほどのあいだに二度挫折して放置され、あとで継ぎたされて一冊になったという経緯はある）。だが、再評価ばやりの一九三〇年代になって『ハック・フィン』が「アメリカ近代小説の祖」と祭りあげられることになったとはいえ、また『プディンヘッド・ウィルソンの悲劇』（一八九四年）などのすぐれた推理小説や数多くのノン・フィクションの書き手であったとはいえ、当時の読者にとってトウェインはなによりもまず旅行記作家であって、いわゆる「小説家」ではなかったのではなかろうか。おそらく当時の読者は『ハック・フィン』を『赤毛布外遊記』を読むように「旅の本」として読んでいたのではなかろうか。

そうすると、ハックがセント・ピーターースバーグのダグラス未亡人の家を出て、アル中の父親のところからも逃げ出し、ジャクソン島に逃げていったら、やはり逃亡してきた黒人奴隷のジムと出会うという偶然から、いかだに乗ってオハイオ川がミシシッピー川に流れこむケイロまで行き、それから先は蒸気船でオハイオ川を遡上して自由州にまでジムを送り届けるという高邁な目的をもってしまったものの、ご承知のように、ケイロのあたりは霧のため視界が悪く、いかだはそこをやり過ごしてしまい、おまけに蒸気船と衝突して粉々になり、ジムともはなればなれになって、ハックは陸地に泳ぎ着くというはめになるわけですが、この時点でこの「冒険」の目的は近代テクノロジーの怪物である蒸気船の出現によってあえなくついえてしまったわけでもあります。もしこの旅が「自由を求めて」の探求の旅立ちだったのなら、ヘミングウェイが言うより早く、ここで読むのをやめなければならない理屈です。が、この段階では、ミシシッピー川の流れがゆっくりとプロットを運ぶいかだの旅は、まだ始まったばかりで、『赤毛布外遊記』でいえばクエイカー・シティ号が出港して間もなくのころに相当する。

ところで、これから先のハックとジムのいかだの旅はクエイカー・シティ号上のイノセントたちのクルーズとだんだん似てくる。ハックもジムもときどき上陸して世間の現実を見てきますが、いつだってアウトサイダーとしてであり、あわやというときにはいつだっていかだに逃げ帰ります。危険を察知するハックの感覚は抜群で、読者はハックがほんとうに危険にさらされることがないことを確信して読んでいけるので、そんなにハラハラすることもない。ベルトコンヴェイヤーで運ばれるヴィークルに乗って次々とさまざまな「光景」や「場面」に「危険なく」まきこまれてゆくテーマーパークの「冒険」をしのばせます。最後のジム救出劇なども各種のロマンスの筋にそった擬似体験だ。クエイカー・シティ号の人たちもヨーロッパや聖地の各所に上陸して見聞を深めてきますが、つまるところ安全なアウトサイダー体験をしてきたうえで、安泰な擬似ホームである船にもどってくるところは、仕掛けと規模の大小を問題にしなければ、『赤毛布外遊記』と『ハック・フィンの冒険』は本質的には同じなのです。そしてハックもジムも、クエイカー・シティ号の乗客も、いかだや船を「ホーム」と自覚しています。メルトンは「クエイカー・シティ号が地中海を巡航しているあいだ、トウェインのいちばん楽しい時間は船にもどるときだった——とくに聖都やエジプトで見物したあとにはそうだった」と書いている。そしてまた、ハックがいかだを捨てるときとは、クエイカー・シティ号の乗客が下船するときと同様に、現実生活にもどるときのことであり、現実生活はいかだの上の気楽な生活や、大きなピクニックのような観光客船上の楽しい生活のように擬似的でないだけに、「ほんとう」の「自由」があるような気がしないわけです。現代生活の最大のパラドックスは、実生活から日常性が希薄になればなるほど精神が高揚し、その逆もまた真であるところにあります。だからこそ、人はまたしても「旅」に出る。そしてその受け皿がつねに商業ベースで用意されているのがアメリカの、ひいては日本のツーリズムの現在である。いまに、旅をしないと「生きていない」と判定される時代がくるのではなかろうか。

3

トウェインは『ハック・フィンの冒険』を書き終えると、約束どおり、ただちにその続編『インディアンの中のハック・フィンとトム・ソーヤ』を書きはじめますが、その企画全体を第九章まで書いて放棄してしまう。書けなくなったのでしょう。その書けなくなった理由をさぐることは、『ハック・フィンの冒険』が、冒険が不可能になった時代の「冒険の本」、ひいては旅の苦労のなくなった時代の「旅の本」のジャンルであることの傍証になるのではなかろうか、というのがわたしの予想であります。

『インディアンの中のハック・フィンとトム・ソーヤ』の地理的設定は、ミズリー州の西からオレゴン山道の一区間をたどり、プラット川に出て、その川沿いに(今日のワイオミング州の東南に当たる)ララミー砦にまたがるスー族の生活領域であって、『ハック・フィンの冒険』の時代設定(一八三〇年代)による「テリトリー」とは同じではないが、そうなったのはクレメンスが同じルートを一八六一年に兄オライオンとともにネヴァダまで「苦難を忍んで」旅したことがあり、土地勘があったからだろう。だが、この大草原の旅によって、トウェインがどれほどインディアンと接触し、インディアンを知るようになっていたかは、はなはだ疑問である。すくなくとも、トウェインがインディアンについてはなはだ無知だったことは断言してもよい。

批評家デヴォートの証言によれば、トウェインは『インディアンの中のハック・フィンとトム・ソーヤ』を書くにあたり、インディアンについての本をたくさん読んだ。とくにワシントン・アーヴィングの子孫にあたるリチャード・アーヴィング・ドッジ陸軍大佐の『わが野生のインディアン——大西部のレッド・マンたちとともに過ごした三十三年にわたる個人的体験』(一八八二年)を熟読し、今日現存するその本の余白には三百七十五件のトウェインによる書き込みがあるという。わたしもその本のリプリント版(一九七八年)を見つけて読んでみたが、なるほどトウェインのドッジへの依存度はたいへんなもので、わたしの印象ではハックの仲間の語り口をのぞけば、このトウェインの未完の「インディアンもの」に出てくるインディアンや西部男の性格づけから、各種のエピソードや道具立てにいたるまで、ほとんどこの本からの借用である。トウェインの独創はほとんどない。ことインディアンになると、この大作家の創造力もこれほど枯渇するものかと驚くばかりだが、またそこにインディアンを扱いかねているアメリカの作家としての正直さと本領があると言いてもよい。一八八七年の『ノート・ブック』のなかで、「純粋に想像にもとづいた事件や冒険や状況をつくりあげようとすると、正道からはずれてゆく。個人的に経験した事実にもとづいてさえいれば、正道をはずれることはない。経験にさえもとづいていれば、事実の羅針盤がいつも正しい道にみちびいてくれる」とトウェインは書いている。なんらかの意味で実体験とかかわりあいがないものについては書けない――とくに旅行記についてはそうだ、とトウェインはここではっきりと言っているわけで、トウェインは本質的に正直な書き手であった。

4

ところで、この未完の続編はあまり読まれていないようだから、それがどんなふうに道をはずれてゆくかをしばらく見てみたい。この未完の続編では、『ハックルベリー・フィンの冒険』から出てきたハックとトムとジムがそろって登場し、『トム・ソーヤの冒険』でハックとトムがインジャン・ジョーからせしめた資金でインディアン地区を冒険するための準備万端ととのえて大いなる西部へ旅立つことになる。そして二日目に、一行はやはり西部に旅立つミルズ一家の幌馬車に出会い、同行することになる。一家はミルズ夫妻、年頃の三人のバック、ビル、サムという若者、十七歳の天使のような娘ペギー、それに七歳の男の子フラックスからなる。彼らはペギーのいいなずけのプレイス・ジョンソンと合流すべく、旅の途上で馬車を止めて待機していたのである。すると、そのうちインディアンがどこからかともなく出現してきて、彼らはインディアンたちと仲良くなるのだが、あることをきっかけに、インディアンが急に凶暴になり、幌馬車を襲い、火をつけ、ミルズ夫妻を惨殺し、ペギーとジムとフラックスをさらってどこかへ姿を消す。ハックとトムは危機一髪のところで難をのがれるが、殺戮のシーンはたっぷり目撃してしまう。ここまでのところで、全九章のうち三章が費やされる。

こういう残虐行為が行われる前までは、ジムがダグラスの後家さんから仕入れた情報にもとづいてインディアンのことをあしざま言ったりすると、トムはジムにこんなことを言ってたしなめる。「いいか、ジム、やつらはこの世の中でいちばん気高い人間なんだぞ。白人が何か言ったって、それがほんとかどうかわかるかね。わかるまい。だって、そりゃたいてい嘘だもんな。だけど、インディアンが何か言ったら、それはもう石みたいにかちかちの事実なんだ。インディアンに嘘つかせようたって無理だな。それくらいなら、やつら舌かみ切っちゃうんだ……」。「インディアン、嘘つかない」というわけだが、しかし、こういうあからさまなインディアンの裏切り行為があってみれば、そんなことは信用できない。そこでハックはトムに「やつらが気高いなんてどこでおぼえたんだ」と詰問すると、トムは憮然として「クーパーの小説」と答える。ちなみに、トウェインはその後、「フェニモア・クーパーの文学的犯罪」と題する文章を書いて、十八項目にわたるクーパーの罪状をあげつらっているが、そのいくつかを以下に引用してみます。

(一) 物語はなにかを達成し、どこかに到着しなければならない。しかるにクーパーは……。
(二) 物語内のエピソードは物語の必然的な一部でなければならない。しかるにクーパーは……。
(三) 物語内の人物は、死体であるとき以外は、生きていなければならず、読者はつねに生者と死者との区別ができなければならない。しかるにクーパーは……。

このトウェインのクーパーに対す弾劾はすべてトウェイン自身に対する弾劾として通用するところが無類におかしい。(一)は『ハック・フィンの冒険』にも、『インディアンの中のハックとトム』にも当てはまる罪状である。ことに後者はなにも達成せず、どこにも到着しないではないか。後者ではハックとトムとブレイスはペギーとフラックスとジムを奪回すべくインディアンのあとを追って大平原をさまようが、彼らが最後に見いだすのは、地面に四角く打ちすえられた四本の杭と、ペギーの衣服の一部と思われる「プリントの布切れ」だけである。そして、一同はまたどこかに出かけるのだが、その途中で話がとぎれてしまうので、どこへ行ったのか、だれにもわからない。またこの「四本の杭」は必然的に「説明」を要求するが、それについて何も書かれていないので、「物語の必然的な一部」にはとてもなりようがない。それにペギーが生きているかどうかもわからない。ただドッジの本を読んでいる者にだけはペギーの運命はほぼわかる。ドッジは次のようにのべている――「この三十年間、野蛮なインディアンに捕えられた女性で、可及的すみやかに、捕えた者が属する集団のすべての男たちの野獣性の犠牲にならなかった者は皆無であると断言してはばからない」と。さすがのトウェインもこの軍人の証言にそって物語を展開してゆくことができなかったにちがいない。それはトムとハックに「イノセンス」の終焉をもたらすことを意味したからだろう。それはまた擬似的な「冒険」の終焉も意味したからだろう。マーク・トウェインの「冒険物」は、どこか「うそ臭い」ところがあるのが身上で、墜落の安全性が保証されているジェット・コースターに乗る「冒険」のように「安全」でなければならないのだ。これを別言すれば、トウェインの「冒険」は現代における「冒険の不可性」とツーリズムの繁盛を先触れしていたのだろう。

(二〇〇四年一〇月、トウェイン協会にて口答発表、『マーク・トウェイン―研究と批評』四号所収)

註

*1 昭和一八（一九四三）年七月二〇日から「満州日日新聞」に四十八回にわたって連載。『川端康成全集』第二三巻、新潮社、四〇七頁参照。

II

アメリカン・エクリチュール

海辺での瞑想　メルヴィル『白鯨』第1章に「瞑想と水とは永遠にむすばれている」とある。
Meditation by the Sea, early 1860s, Artist unknown, Museum of Fine Arts, Boston.

7 **ポーの海とメルヴィルの海**　『ゴードン・ピム』の海も、『白鯨』の海も、自然の海ではない。象徴の海だ。だが、メルヴィルの海はいまだ自然を残している。そこには白く巨大な鯨が遊弋し、その鯨から鯨油が絞れないわけではない。とはいえ、まったくフィジカルな海ではない。メタフィジカルな海でもある。それに反して、ポーの海はひたすらに象徴の海だ。たとえば『ゴードン・ピム』の極地の海からは「自然」は完全に払拭されている。
8 **『白鯨』の怪物性**　これはニューメキシコ大学でリオン・ハワード教授のゼミ在籍中(1873–74年) に書いた通信である。ハワード教授は『白鯨』の創作過程に大幅な変更があったことをテクスト内外の証拠によって発見し、『白鯨』の創作過程に新しい知見をもたらした学者である。わたしもその学風の末尾に連なる。"Is Ishmael, Ishmael?" (『英文学研究』英文号 1977) も、語り手の名が創作過程の終盤で挿入されたものと想定する textual speculation である。
9 **海図なき航海者——メルヴィル**　捕鯨船を「わがイェール大学にして、わがハーヴァード大学」(『白鯨』) と揚言したこの作家が「自分自身の体験から直接に剽窃しながら」『タイピー』『オムー』などの初期作品を書き始め、『マディー』『白鯨』以降は「海図もなしに」エクリチュールの大海に果敢に乗り出すことになった創作の秘密をテクスト内外の証拠から模索する。
10 **メルヴィルの「創作の哲学」**　作家が自分の「書くこと」について、フィクションについて、創作の機微について、書いたり語ったりすることは何も珍しいことではないが、そういうことを作品の途中で、物語の進行を中断してまでおこない、作品の一部にまでしてしまうのは、やはり稀有なことだろう。だが、メルヴィルはそれをしばしばやってのけた作家だった。その事例を検索し、それが作品に与えた影響と効果、ひいては、この作家のエクリチュールの哲学について熟考する。
11 **『白鯨』モザイク**　全135章からなる『白鯨』を章の質を単位に腑分けし、それらを同数のパネルからなる枠にはめ込み、そこに形成されるモザイク模様を吟味することは、作家のディアクロニックな創作過程をサンクロニックな図形に変換して可視化する作業にほかならない。このこころみは『「白鯨」解体』(研究社、1986年) にまとめあげ、その要約版 "*Moby-Dick* as a Mosaic" は、*Melville and Melville Studies in Japan* (Greenwood Press, 1993) にも収録され、海外でも一定の評価を得た。

7 ポーの海とメルヴィルの海

「わたしを〈イシュメール〉と呼んでもらおう」で始まる『白鯨』(一八五一年)の語り手が海へゆく気になるのは、財布が底をつき、陸上には興味をそそるものがなくなり、「口をへの字にゆがめている自分にふと気づくときとか、こころに冷たい一一月の霧雨《きりさめ》がふるときとか、棺桶《かんおけ》屋の店先でふと足をとめたり、道で葬列にあうと、われにもあらず行列のしんがりについて行くようなときとか、また憂鬱の気がいやまさり、よほどの自制心を発揮しないと、わざわざ通りにとびだし、人さまの帽子をひとつひとつ叩き落としたくなるようなとき」(第一章)なのだが、この海への旅立ちをイシュメールはこともなげに「ピストルと弾丸《たま》の代用品」と呼び、ローマの哲学者カトーは美辞麗句をつらねたうえで「剣の上に身をふし」て果てたが「わたしは黙って船に乗る」と揚言する。それでは、かほどにこの若者をいざなう海の魅力とはいったい何か。イシュメール自身に語らせよう。

こういう諸動機のうちの主たるものは、巨大な鯨そのものの圧倒的な観念である。このような強力にして神秘的な怪物はわたしの好奇心をそそってやまない。鯨がその島のような巨体をくねらせる遠い荒海、名状しがたい鯨の脅威、それにともなう数かぎりないパタゴニア的とでもいうべき光景と音響の驚異が、わたしの心をゆさぶり願望をかきたてた。おそらく余人には、こんなことは誘因とはならなかったろうが、わたしときては、遼遠なる事物につきせぬ渇望をおぼえているのだ。わたしは禁断の海を帆走し、蛮地に上陸するのをこのむ。(同上)

ところで「わたしの名はアーサー・ゴードン・ピム」で始まるポーの『アーサー・ゴードン・ピムの物語』(一八三八年)の語り手を海にいざなってやまぬ空想《ヴィジョン》ないし渇望《デザイアー》が、またこうなのである。

……わたしが空想したのは難破し飢えること、野蛮人に殺されたり捕らえられたりすること、また近づきがたい絶海の荒涼たる名もない孤島で、嘆き悲しみながら終える長い生涯のことなどであった。このような空想ないし渇望――というのも、その空想は渇望の域に達していたからだが――は人間のなかにあまたいるメランコリー族に共通のものである、とわたしは確信している……(第二章)

この一九世紀中葉のアメリカの二人の若者イシュメールとピムとの、海への憧憬の質の類似はあきらかではないか。両者はともに、その海への旅立ちの前途に安逸も楽園も夢見ていない。反対に、彼らは前途に苦難、危険、死を見ており、しかもそれらに憧れている。彼らはともに未知の海に乗り入れ、禁断の地に踏みこむことを渇望している――その予想される当然の代償が死や流竄の境遇であろうとも、あるいはそれゆえに。それに両者はともにメランコリックを銜っている。

心に憂鬱を抱き、未知のものに憧れ、苦難を求め、死を願うものにとって、海へゆくほど恰好なことはない。海はつねに危険に充満し、未知と無限をその必然の属性としている。行って戻らぬ旅のためには、海へ行くほどよい手立てはない。しかし行き、かつ戻らぬ旅とはほんらい旅ではない、すくなくとも古典派やルネサンス期の旅ではない――とW・H・オーデンは指摘する（『怒れる海――ロマン主義の海の図像学』沢崎順之助訳、南雲堂、一九六二年）。オデュッセウスが航海に出るのは故郷に生還するためであり、航海が遅延するのは海神ポセイドンの邪魔だてがあったからで、オデュッセウスにとってはすみやかな帰還こそ望ましかったのである、とオーデンは言う。イアソンがアルゴ船探検隊をひきいて船出するのも、黄金の羊皮を入手して凱旋するためであって、航海のための航海に出たのではない。時代はさがって、シェイクスピア劇の海になると、それは「浄罪」の場となり、そこでの苦難は正常な社会への復帰のための苦行として受け入れられ、死もまた「再生」のための死と見なされはしたが、人びとは苦難そのもののため、また死ぬために海に旅立つことはなかった。しかしわがイシュメールは、航海に先だち、先輩の捕鯨船乗組員たちの墓碑銘を見ているうち「どういうわけだか、また陽気な気分」にさえなって、こんなことを考え始めるような人種である――「しかり、ボートが鯨にやられたら、その場で天国への名誉の特別昇進とくる。たしかに、捕鯨という仕事に死はつきものだ……だが、それがどうしたというのか？　思うに、われわれはこの『生』と『死』の問題について大いに誤解している。思うに、この地上でわたしの影と称されているものこそが、わたしの実体かもしれない……思うに、わが肉体はわが精神の残滓《ざんし》にすぎない」（第七章）。

この世での影が実体、肉体が霊の残滓――これはかなり深刻な疑念であるはずだが、そのような疑念がふと誰の頭にも浮かび、口をついて出てくるようになり、しかもそれが狂気のしるしではなく志の高さと感受性の卓越のあかしともなってきたとき、ロマンチシズムは爛熟期に達していたわけである。そして一九世紀中葉のアメリカとはまさしくそういう時期であり、その頃、ついに行って戻らぬ覚悟の航海に二人のフィクション上の人物イシュメールとピムが旅立ったのはひとつの必然だったのである。

イシュメールが乗り組むのがエイハブ指揮するところのピークオッド号で、このエイハブの捕鯨航海の意図が鯨油を満載して無事帰港することでなく、彼の足を食いちぎった特定の鯨モービィ・ディックに対する復讐の遂行にあったことはわれわれには周知のことながら、この捕鯨船に投資した船主たちには周知のことでなかったことはこのさい頭に入れておくべきであろう。が、ともあれピークオッド号は、クリスマスの日に、船主たちに見送られてナンタケットの港を出て「運命のごとく盲目に、寂寥《せきりょう》の大西洋に突進していった」(第二二章)のである。エイハブにとり、そしてイシュメールにとっても、帰還はすでに予期されていなかったと読むべきだ。出港まもなく、イシュメールはこのようにさえ語る――「だが、陸影なきところにおいてのみ、神のごとき岸辺なく広大無辺の真理があるとするならば――たとえそこが安全であろうとも、不名誉にも風下の岸に打ちあげられるよりは、あの咆哮する無限の海にほろびるほうがましではないか!」(第二三章)と。まさしくこれはオーデン言うところのロマンチックの名誉観である。むろんこの段階でイシュメールがエイハブの意図を明察していたわけではない。その意図が乗組全員に知らされるのは第三六章「後甲板」の章においてであり、それまでエイハブは船室にこもったまま船員たちの前には姿さえ見せなかったのである。しかしめざすモービィ・ディックはそう簡単には姿をあらわさない。われわれはピークオッド号の船員たちとともに永い航海に耐えねばならないのだ。ところがこのエイハブに生還の意図がないことをみずからにも、また他の乗組員たちにも、明確に、そして劇的に示すのは、モービィ・ディックとの遭遇も近づく第一一八章「四分儀」においてである。その章でエイハブはその「生きた脚と死んだ脚とで」航海には不可欠の四分儀を踏んづけて破壊してしまう。これでピークオッド号は洋上でみずからの正確な相対的位置を知る手段を失うことになるわけだが、この行為に出る前に、エイハブは太陽を見あげながら、こうつぶやく――

「おお、海の標識よ！　高きにいます大いなる水先案内よ！　おまえはわしがいまどこにいるかを正確に教えてくれるというのに――わしの将来の所在についてはすこしも教えてくれんというのか？　モービィ・ディックはどこにいる？……」（第一一八章）

ゆくえも知らず船出せん、いざ――これはまさしく近代の、あるいはロマンチックの典型的な船出の形式である。オーデンに再登場ねがい、「ロマンチックな態度」をまとめてもらおう――

（一）陸地と都市から離れるのは感受性に富み名誉を重んずるすべてのものの願望である。

（二）海は人間のあるべき状況であり、航海は人間の真の条件である。

このようなわけで「感受性に富み名誉を重んずる」もう一人のアメリカの若者アーサー・ゴードン・ピムも船出する。ピムはナンタケットの「かなり立派な商人」の息子で、母かたの祖父の「腕ききの弁護士」の遺産相続人でもある。そのピムに船長の息子のオーガスタス・バーナードという親友がいて、このオーガスタスが父とともに捕鯨船グランパス号に乗って航海に出るのを好機に、ピムは家族には内緒で船出をはかる。だが家族の承諾のないこの若者にバーナード船長が乗船を許可する気づかいはない。そこでオーガスタスの提案にしたがい、ピムは船が引き返せないほど沖に出てしまうまでのあいだ、船倉に潜んでいることにする。しかし出港してから約束の数日がすぎてもオーガスタスは船倉に姿を見せない。その間に船では反乱が起こり、船長は小舟に乗せられて海に流され、反乱に加担しなかった二十七人の船員のうち二十三人は殺され、オーガスタスも監禁状態になっていたのだ。船倉で水も食料もなくなったピムは、お望みどおりの飢えと渇きと暗黒の恐怖を味わい、もはや命もあきらめかけていたころ、オーガスタスがどうやら船倉に潜入してきて、ことの次第を語り、ピムはなおも船倉にとどまることになる。その間にオーガスタスは謀反人の一人で、インディアンの血をひくダーク・ピーターズと通じあい、再反乱を計画し、これにはピムも加わる。好機をとらえ、彼らは反乱者のうち一人をのぞいてすべてを殺すことに成功する。船はピム、オーガスタス、ピーターズ、それにパーカーの四人だけのものとなるが、やがて嵐が襲い、グランパス号は船倉まで水につかった難破船になってしまう。水も食糧もなく四人は飢えに苦しみ、ついにパーカーの提案でくじを引いて当たったものが三人の食糧になることになり、くじを引いた結果、パーカーがそれに当たり、残りの三人の四日分の食糧になってしまう。やがてオーガスタスも傷がもとで体が腐りながら死に、鮫の餌になる。そのうち再度の嵐が襲い、船は転覆し、船底を上にして海にただようことになる。しかしそれが生き残りのピムとピーターズには幸いする。船底に付着した貝類が食糧になったからである。救助の望みもあきらめかけたころ、二人は英国船ジェーン・ガイ号に救われる。この船は交易船で、いまはアザラシを求めて南下中だった。しかし最後には南氷洋の未知の海域に乗り入れてしまい、彼らはそこで海図にもない島を発見することになる。

この南氷洋の島は奇妙な黒づくめの島である。そこの原始的な住民はまっ黒な肌をしているばかりか、歯まで黒く、しかも黒い動物の毛皮をまとっている。黒く、豚に似ているが「その尻尾は毛深く、脚はカモシカのそれのように細い」家畜もいる。家禽のなかには黒い信天翁《アルバトロス》もいて、その卵も黒い。小川の水は「アラビヤ・ゴム」に似た濃度をもち、「無色ではなく、また、なにかいつも一定の色をしているのでもない――流れているときには、紫色のあらゆる色あいを見る人に感じさせる」が、それを容器に汲みとって見ると「液全体が、それぞれ別の色をしたたくさんの違った水脈で構成されているのがわかる」といった具合。

この島民と船との交易がはじまり、上陸したジェーン・ガイ号の一行が土民に案内されて山あいをゆくうち、大きな地すべりが起こり、一行はその山津波に巻きこまれ、ピムとピーターズをのぞいて、すべて死んでしまう。地すべりは土民が仕組んだ罠であった。土民はただちに湾に停泊中の船を襲い、船に残った六人の船員も殺し、あらゆる物を略奪し、船に火を放つ。しかし船の火薬に引火して大爆発が起こり、多数の島民が死ぬという惨事を招く。

いっぽうピムとピーターズは島からの脱出をはかり、山から降りる途中で、その壁面に象形文字の刻まれたバビロンの廃墟に似た洞窟に迷いこんだりもするが、よくやく海岸にたどりつき、そこで見つけたカヌーを奪って海に逃れる。彼らはふたたび南極の海をただようことになるのだが、さらに南下するうちに海は奇妙な変化を示しはじめる。その温度は次第に高くなり、海水は「乳のような濃度と色合い」をおびてくる。空からは白い灰のようなものが降り、南方の水平線には「はるか無限のかなたにある天の城壁から、ひっそり海中に転落してゆく涯《かぎり》ない瀑布」のような水蒸気が立ちこめている。空一面には陰惨な暗さが低迷しているものの、乳白色の海の深みからはまばゆいばかりの光が射し昇ってくる。そしてカヌーはその瀑布めがけて恐ろしいばかりの速度で吸いこまれてゆくのだ。彼らの終末は近いようにみえる。ところで『ピムの物語』は次のような記述で終わる。

三月二二日——暗さはとみに増してきた。行く手の水蒸気の幕から反射してくる深海のまばゆい光だけがその暗さをやわらげている。巨大な青白い鳥が、その幕の向こうから絶えまなく飛んできた……そしていまわれわれは、あの瀑布のふところ目がけて突進しているのだ。その瀑布には、われわれを迎え入れる割目が開いていた。だがわれわれの行く手には、その形がいかなる人間のそれよりもはるかに大きい、屍衣をまとった人間さながらの姿のものが立ちふさがっていた。そしてその人間の姿をしたものの肌の色は雪のような純白だった。(『ピム』第二五章)

この『ピムの物語』の最後の一節は『白鯨』の第一章の最後の一節を読者に思いださせないか。

以上のような理由により、捕鯨航海はわが望むところであった。驚異の世界の大いなる水門が打ち開かれると、わたしをこの目的へといざなった狂おしい想念のなかに浮かんできたのは、二頭ずつ連なる鯨の列がわが魂の最深部へと遊泳してゆく光景であった。そして、その行列のどまんなかには、空にそびえる雪山のように巨大な頭巾をつけた妖怪のまぼろしがあった。(『白鯨』第一章)

メルヴィルが『ピムの物語』を読んでいたかもしれない、という推測をしたくなるような事例ではある。しかし確証はない。メルヴィルはそれを読んでいたかもしれず、読んでいなかったかもしれない。類似は偶然の一致かもしれないが、それにもかかわらず『ピム』と『白鯨』とに似たところがあるのは興味深いことであり、それを調べてみることは一九世紀中葉のアメリカ・ロマン主義の共通分母を求める作業としては有益なことであるにちがいない。もっとも、わたしはすでにそのことを意識してこれまで書いてきた——両者の物語の出だしの類似、両船がともに、ナンタケットから出港すること、ピムとイシュメールの航海の動機の根本的同一性、両者がいずれも白のイメージにとらわれていることなどがそれだが、共通点、類似点はまだいくらもある。

まずピムもイシュメールもともに語り手ではあるが、ともに航海の主導権をにぎる主役ではない。ピムはまずオーガスタスの手引きで船に乗り、次いで「世にもおそろしい形相をした」混血のダーク・ピーターズの配下になる。ところでイシュメールも、「黒く、紫がかった、黄色い」肌をし、顔中に刺青をほどこした「人喰い人種」クィークェグの配下である。『白鯨』の「マットづくり」の章でイシュメールはこんなことをいう——。

マットづくりの作業中、わたしはクィークェグの助手ないし小使い役であった。自分の手を杼《ひ》にして、わたしが長い経糸《たていと》のあいだにふたつ縒《よ》りの麻の緯糸《よこいと》をむこうにわたしたり、こっちに引いたりすると、そばに立つクィークェグがときおり重い樫の木刀《ソード》を筬《おさ》にして経糸のあいだにすべりこませ、ぼんやり海面をながめながら、いとも無造作にその木刀を振りおろして糸目をしめるのである……この作業はまるで「時の機《はた》」といったところ。するとわたし自身はさしずめ機械的に行ったり来たりして「運命」を織りあげる杼《ひ》というところか……この経糸はさしずめ必然である。ここでわたしは自分の手で自分の杼を経糸のあいだにせっせとさしこんでは、自分の宿命を不変の織物に織りあげていることになる……そのあいだ、クィークェグの気まぐれで無頓着な木刀の筬《おさ》は緯糸を、そのときの気分しだいで、あるときはななめに、あるときはねじれて、あるときは強く、あるときは弱く打ちすえ、その打ちすえ方の差異によって織物の最終的な肌理《きめ》の仕上がりにそれなりの違いがでてくるのである。経糸と緯糸の双方が綾《あや》なす最後の姿を決定するのがこの蛮人の木刀だ……この……木刀の筬は偶然にちがいない――そう、偶然、自由意志、必然――この三つは相互に排除しあうものではない――それらが相互に干渉しながら運命を織りあげているのだ……つまるところ、ものごとの最終的な姿を打ちだすのは偶然なのである。

（第四七章）

つまりこれはイシュメールの自由意志がエイハブの意志の必然とクィークェグや事態の恣意性のなかに織りこまれてゆくだけという認識とも読めるが、ピムの自由意志にしたところで、ピーターズやジェーン・ガイ号の船長の意志や事態の偶然性の支配下にあることはたしかである。ピムとピーターズが南氷洋の島から脱出をはかるとき、まずピーターズが腰のまわりに紐を結びつけて崖をくだり、ピムがその端を確保するくだりがあるが、そのくだりには括弧つきの（「これは、わたしひとりだったらとうてい思いつかなかったにちがいない方法であって、ひとえに、ピーターズの創意と決断力とによるものであった」）という説明がある。ところでこれはまた『白鯨』の「モンキー・ロープ」の章を思い出させる。クィークェグが、海面に浮かび鮫の群に囲まれた足場の悪い鯨の上で解体作業に従事しているあいだ、イシュメールは舷側でその作業を見守るのだが、二人はいわゆる「猿綱《モンキー・ロープ》」で結ばれている。もしクィークェグが海に落ちれば「慣行と名誉とが求めるところにより」ロープは切られず、イシュメールもまた海中に落下する定めなのだ。この件に関して、イシュメールはまた次のような哲学的感想を述べる——「わたしの自由意志は致命的な損傷をうけた。他人の過失や不幸がただちに罪なきわたしの災厄と死につらなるという理不尽……しかし、もっとふかく考察してみると……わたしが置かれているこの状態は生きとし生ける人間が置かれている状態にほかならないのではないか、ということに思い当たった」（第七二章）と。またピムが生きながらえるのがピータースのおかげであったように、イシュメールの命を最終的に救ったのがクィークェグの棺桶であったことを指摘しておいてもよい。

イシュメールとピムとのことにかぎらなければ、『白鯨』と『ピムの物語』にはほかにもまだ似た場面がある。難破船グランパス号で漂流中に、生き残りの四人が死体ばかりを乗せてただよう船に遭遇するくだりがある。その船上で白い羽を赤い血で染めて死体をついばんでいたカモメは、ピムたちを見て飛び立ち、一片の肉塊を空中からパーカーの足もとに落として空のかなたに飛び去ってゆく。ところでパーカーとはくじに当たって食べられる運命の男。鳥がパーカーの足もとに肉片を落としていったのは、たしかにパーカーにとっての凶兆であった。ところで似たようなことが『白鯨』でも起こる。檣頭で鯨の見張りをしていたエイハブの帽子を上空から急降下してきたトウゾクカモメが奪い、船首はるか前方に姿を消す。そして「その消尽点には小さな黒点がひとつかすかに見えたが、やがてその小黒点はとほうもない高みから海へと落下していった」（第一三〇章）のだった。これをイシュメールは凶兆と読む。

凶兆といえば、『白鯨』では白い大烏賊《いか》の出現がピークオッド号の乗員たちに不吉の念を生みつけるが、『ピムの物語』のジェーン・ガイ号の乗員たちも奇妙な白い動物（全身純白の毛におおわれ、頭は猫に、尾は鼠に似て、歯と爪は緋色）の死体を見て同じ念にとらわれるし、ツァラル島の土人（そこでは白はタブーなのだ）はそれを見て恐怖におののく。またその同じ動物の死体がピムたちのカヌーが「白い瀑布」に向かって突進しはじめる直前にも姿を見せる。これも吉兆ではあるまい。そのほかにも、この二つの航海の物語には似たところがある――たとえば『白鯨』のスペイン金貨の謎解きに、『ピム』の洞窟の象形文字の解読は同じ趣向である。しかしここではあまりこまかい類似にかかずらうまい。より大きな共通項――両者に共通する白のイメージの問題、探求の主題、それに語り手の小説技法上の問題――について、もうすこし立ち入って考えてみたい。

白――これについては『白鯨』に「鯨の白さ」（第四二章）なる高名な一章がある。メルヴィルはここで古今東西の事例を博引旁証して、白の象徴の深遠さについて論考する。白は徳、気品、高貴、崇高、歓喜、純粋、無垢、正義、神聖などのプラス面をあらわすと同時に、恐怖、嫌悪（白子《しらこ》の場合）、死（経帷子《きょうかたびら》など）、不吉（「あらゆる幽霊は乳白の霧につつまれて立ちあらわれる」とある）、虚無などのマイナス面もあらわす、とメルヴィルは指摘し、そのまとめとしてこう言う――

……白さとは、本質的に色というよりは色の目に見える欠如であり、同時にあらゆる色の具象だからだろうか？　広大な雪景色には、意味に充満した無言の空白があるからこそ――色のない、あらゆる色といった無神論があるからこそ、われわれはそれにひるむのだろうか？……このようにかんがえるなら、生気を失った宇宙は癩患者のようにわれわれの眼前に横たわり、万物を色づけして見せる色眼鏡をかけるのをこばんだ強情なラップランドの旅人のように、あわれな背信者は視力を失い、彼のまわりの全景を巨大な白い経帷子でつつみかくして見るのがさだめである。そして、あの白子鯨こそが、これらすべての象徴である。ならば、この熱狂的な追跡になんの不思議があろうか？」（第四二章）

このようにメルヴィルは白について雄弁に語る。しかしポーは作中どこでも白の象徴性について立ちどまって解説をこころみることはしない。ポーはただ白い霧、白い奇妙な動物、黒い土人に飼われている黒い信天翁《アルバトロス》、空から降る白い灰、乳白色の海、白い瀑布、白い巨人像などを記述し描写する。だからこそ『ピムの物語』はマリー・ボナパルトのみごとな精神分析学的解釈の好餌になったとも言えるが、子宮復帰や歯をもつ性器《ヴァギナ・デンタータ》に食べられたい意識下の欲求は別にしても、ピムにせよイシュメールにせよ、白の「漠として名状しがたい恐怖」の魅力にとりつかれた人種であることにはまちがいない。さらになお意識の上部構造のレベルでものを言えば、両者はともに「魂をゆさぶられるような何かの知識――それを知ることは破滅にほかならぬがゆえに、伝達することは絶対に不可能な秘密に向かってすすみつづける」（「瓶から出た手記」一八三三年）人種である。それゆえにポーの『ピムの物語』をボナパルトの本を片手に解読するばかりでなく、メルヴィルの「鯨の白さ」を参照しながら読みなおしてみることもかならず有益なことである。そうすれば『ピムの物語』は確実に象徴性の厚みを増してくるであろう。その同じ章には南氷洋の光景に目をみはる水夫について「水夫は……なかば沈没しかかった船上で身をふるわせながら……細くとがった氷の墓標とささくれだった氷の十字架が林立する広大な墓地が自分をあざわらうのを見るばかりなのである」（第四二章）というくだりもあり、それがまたピムの心境であったろうと想像することは許されている。

探求のための探求、冒険のための冒険が『ピムの物語』の主題で、そこにこの作品のアメリカ・ロマン主義の産物としての特徴があることに疑問の余地はないが、それがまたアメリカ・ロマン主義の偉大な典型のひとつたりえていないこともたしかである。それはおそらく、これまたポーのたしかな美質ではあるが、作品の主題の追求があまりにも純粋にすぎ、その設定からあまりにも潔癖に日常世界の諸条件や夾雑物が排除されていることにかかわることがらであろう。たとえばトウェインの『ハックルベリー・フィンの冒険』（一八八五年）――この少年が冒険のすえにたどりつくところは、ハック少年が逃げだしてきたところ（そこには野蛮な父親がおり、彼を保護しようとするダグラス未亡人がいる）と同じ仕組みの社会（そこには彼を養子にしようとするサリーおばさんがいる）で、理屈としてはこれでは何のための冒険かわからないところから判断するに、またこの冒険がハックがふたたび「前方の土地《テリトリ・アヘッド》」への出発を夢見るところで終わることからも察するに、この冒険は『ピムの物語』がそうであるような純粋冒険であるようにみえるが、両者の大きな違いは『ハック・フィンの冒険』ではミシシッピー川を下る筏の上でさえ白人少年ハックと逃亡奴隷ジムとのあいだに一種のアメリカ社会が形成されているのに、『ピムの物語』にはそういうことがいっさいないところにある。ピムの夢が「純粋な夢」であるのにたいして、ハックの夢が「アメリカの夢」たりえている事情はそのへんにある。『ピムの物語』との対比において、『白鯨』についてもほぼ同様なことが言えるのも、ほぼ同様な理由による。

しかし『白鯨』はアメリカ・ロマン主義の典型であるにとどまらない。それは世界の近代ロマンチシズムの典型でもある。なぜそうなのかは、またしてもオーデンによるが、ハムレット型の復讐の主題に探求の主題が組みあわされたことに求められる。じっさいにオーデンはこう言うのだ――「この天職としての復讐（復讐しなければならない状況をひそかに愛し、復讐の遂行を延ばすことによって、その状況の温存をひそかにはかり、それをみずからの天命と銘じること――註・八木）という考えは復讐の主題が探求の主題とからみあったときにいっそうはっきりする……探求としての復讐は英雄《ヒーロー》の憎むべき対象に価値をもたらす」と。古典的な探求の旅の目的は宝や経典や不老長寿の妙薬を入手することにあり、途中で龍や魔王を殺すことになっても、それらを殺すこと自体が探求者の目的ではない。ところが近代アメリカのロマンチックな英雄エイハブにとっては多数の鯨を捕獲して鯨油を持ち帰ることが従で、特定の白く巨大な鯨モービィ・ディックに復讐することが、主となる。しかし復讐という主があり捕鯨という従があること、この主従が航海のそれぞれの段階で比重を変えながらこの物語が進行すること、別言すれば、探求としての復讐、利潤追求としての復讐、生産活動としての復讐が重層的に重なりあっていること――そこに『白鯨』のアメリカ小説としての強み、世界の大小説としての貫禄が由来していることに注目すべきであろう。つまり『白鯨』とは単なる復讐劇でも、単なる冒険談でも、単なる悲劇でも喜劇でも、また単なる捕鯨航海記でもなく、それらのすべてであり、そのおのおのであるということで、そこにこの小説の世界そのもののような複雑な味わいもあるわけだ。たとえばエイハブの「もの言わぬけもの」にたいする復讐心を単純にその狂気のせいにしようとしても、その反証のことごとくもまたこの書物には用意されているあんばいだ。第四一章「モービィ・ディック」には人間の狡猾な猫のような性格についてたっぷりと書かれており、エイハブの狂気については、「自分の手段は正気だが、その動機と目的が狂っている」と彼自身の意見が述べられている。これは捕鯨の名目のもとに復讐の航海に出た船長の自己診断としては正確なものである。じじつエイハブは通常の捕鯨業務の遂行についてはきわめて有能な船長である。しかしモービイ・ディックとの遭遇も近くなると、エイハブは「わしの病気が、わしのもっとも望ましい健康となってしまった」(第一一九章)とも自白するが、ここで「病気」とは「狂気」のことだろう。そしてこのような自己認識は、ふつう真の狂人のものではない。またイシュメールも「悲しみであるところの叡智があるが、狂気であるところの悲しみもある」(第九六章)とも指摘する。それに「エイハブにはエイハブの人間性がある」(第一六章)のだ。エイハブはあとに残してきた妻子のことを思い、熱い涙の一滴を太平洋の海中に落としもする。そして一等運転士スターバックにしみじみとこう語る――「そうだ、わたしはあの娘と結婚すると同時に未亡人にしてしまったのだ、スターバック。……人間というより悪魔だ!――そうだ、しかり、四十年にわたり、このエイハブはなんと愚かな――愚かな――愚かな年をかさねたたわけ者であったことか! 鯨の追跡のために、なぜあれほど血道をあげたのか?」(第一三二章)と。が、この言葉を受けて帰港をすすめるスターバックに、やはりエイハブはこう答える――「エイハブは、はたしてエイハブなのか? いまこうして腕をあげているのは、わたしか、神か、はたまただれなのだ?……よいか、わしらはこの世でグルグルとまわされているだけなのだ。あそこの巻揚げ機《ウインドラス》みたいにな。そして運命とはあれをまわす挺子《てこ》なのだ」(同上)と。

このようなエイハブをハムレット的と呼んでもいいだろう。『白鯨』をエイハブ対鯨の闘いからエイハブ対エイハブの闘いとして読むことも可能だ。しかし『白鯨』の場合、内面の劇と平行して、あるいは内面の劇がはげしくなるにしたがい、外面の劇も苛烈の度を加え、壮大な行動劇に発展してゆく。ハムレットの復讐が遅延するのは、このデンマークの王子の遅疑・逡巡、なかんずくロマンチック・ヒーローの役柄を演じ終えるための時間かせぎにあったろう。しかしエイハブの復讐の対象は広大無辺な太平洋に神出鬼没する迅速狂暴な一頭の鯨であって、その追跡にかぎっては、エイハブには一瞬の遅疑もない。白鯨追跡中のエイハブは、顔見知りである同郷のレイチェル号船長の、モウビィ・ディック追跡中に行方不明になった自分の息子と他の船員の捜索に協力してほしいという、たっての願いにもいっさい耳をかさない。復讐の遂行が遅れるのが鯨の恣意性と舞台の広大無辺さにあることは許せても、おのれの逡巡のせいであることは許せないというわけだ。それにしても『白鯨』の大海原という舞台設定——それがこの小説のスケールの大きさを決定している重要な要因であることは否めない。デンマークの城郭と太平洋——それは規模のちがいというよりは質のちがいをもたらす。そしてアメリカという巨大な土地柄の国の文学の舞台としては、クーパーの大草原、メルヴィルの海、トウェインのミシシッピー川がやはりふさわしいのである。

では、なぜポーの海はアメリカ文学の海としてそれほどふさわしくないのか。簡単には、ポーの海が実際の海とはあまりにもかけはなれすぎているからである。象徴的にすぎるからである。小説とは、要するに現実の保証なしには成立しえない文学のジャンルであって、小説家の想像力は一種の貧困性をその条件としている。ところでポーには海が舞台である作品が三つある(「瓶から出た手記」『ピムの物語』「大渦に呑まれて」)が、その三つの海とも一種の非現実性によって性格づけられている。それらの海はともに海底に向かって巨大な穴をうがつ。「大渦に呑まれて」(一八四一年)の海は漏斗状の穴をうがち、その最大直径は一マイル以上、それが四十五度の角度で中心に向かって傾斜している。『ピム』の海についてはすでに見たが、それは明らかに南極の芯に向かって流れこんでいる。そして「瓶から出た手記」の最後はこうだ——「旋回の輪は急激に小さくなってゆく——船は狂気のごとく大渦巻のなかへ突入しつつある——怒号し、咆えたけり、鳴りとどろく大洋と暴風とのさなかに、船体は振動する——おお神よ——落下してゆく!」と。ポーの海を超自然的な象徴の海と規定してよいゆえんだ。

では、あらためてメルヴィルの海はどうか。その海はあらゆる尋常な海の性質をそなえたフィジカルな海でありながら、同時にあらゆる人間世界の事象の比喩を含むメタフィジカルな海だ。むろん、その海も怒り、狂い、咆哮する。しかしその海は、エイハブほどの巧みな操船術をもってしても乗りきれぬほどの、たとえば「船の高さの百倍以上もの波」(「瓶から出た手記」)が立つほど超自然的な海ではない。ピークオッド号のマストに燃えるセント・エルモの火にしても、自然現象の域を越えない。白子の鯨や大鳥賊にしても、尋常の海の驚異の埒外に棲む生物たちではない。なるほどモービィ・ディックはエイハブにとって「あらゆる悪の権化」であり許しがたい仇敵だが、同時に鯨油に換算可能な一頭の鯨でもある。じじつスターバックがエイハブに「たとえあなたの復讐がうまくいったとしても、鯨油にして何バレルになるのでしょうか、エイハブ船長？　ナンタケットの市場では、さしたるもうけにはなりませんよ」(第三六章)と言ってのける場面もある。そしてエイハブもそれを知らぬわけではない。いや、その愚を百も承知していながら、特定の一頭の鯨にたいして怨念を然やす——そこにエイハブの「狂気」の「正気」さがあることはすでに見た。通常の捕鯨業務にかんするかぎり、エイハブにとっても鯨は鯨、海は海なのだ。同じことはイシュメールについても言える。水夫としてのイシュメールは海や鯨にたいして有能な水夫として対処する。だが彼は同時に語り手でもある。そして語り手兼水夫イシュメールは海と捕鯨の実際に従事し、それを語りながらも、突如として抽象の高みに昇り、哲学的瞑想の深みに潜る癖がある。「わたしは黙って船に乗る」と揚言しながらも、イシュメールは海のナルシシズムについて、「瞑想と水とは永遠に結ばれている」(第一章)ことについてながながと語りはじめるのだ。搾油作業の写実的な描写のなかにも、鯨が自分の「あぶら滓《かす》」で燃えてゆくさまが「火刑に処せられた肥満質の殉教者や、自分で自分自身を焼きつくす人間嫌いのように、鯨は自分で燃料を補給しながら自分のからだを燃やしてゆく」（第九六章）と述べられて、読者はここで具象から抽象へ、抽象から具象へとあわただしく往復し、目くるめく思いをさせられるのだ。そしてこの鯨油を生産する工場でもあるピークオッド号のことについて、「蛮人をのせ、火炎を背負い、死体を焼き、そして闇のもなかに突進するピークオッド号の姿こそ――その偏執狂的な船長の魂のなによりもの似姿《にすがた》ではなかったか」（同上）と書かれているくだりにくると、読者もまたイシュメールとともに象徴の狩人とならざるをえなくなるのだ。

わたしもまたその読者のひとりである。ピークオッド号がただの捕鯨船ではなく、つねに移動することを夢みるアメリカ魂の象徴、いや多様な人種を擁し、民主主義の理念をかかげ、なお巨大な工場でもあるアメリカそのものではないか――とわたしも理屈を発展させたくなるのだが、それもまちがってはいまい。ピークオッド号船上の人間関係は充分に複雑である。そこにはアメリカの「社会」がある。エイハブの独裁的な性格にもかかわらず、船長を含めた上級・下級船員の人間関係は『ホワイト・ジャケット』（一八五〇年）の米国海軍のそれにくらべると格段に正常であり民主的である。「騎士と従者」（第二六・二七章）という船内の身分関係を述べる民主的ならざる題名の章でも、その人間関係に「偏在する民主的尊厳」と「神聖な平等」にたいする賛辞が述べられている。このことはポーの『ピムの物語』と比較してみればいっそうはっきりする。『ピム』の船には正常な社会を反映する人間関係はいっさいない。グランパス号では出港まもなく反乱が起き、船長以下多数が殺され、次いでその反乱者たちもピムたちに殺され、たちまち総勢四人に減少し、その一人もまもなく仲間に食べられて三人になり、またそのうちの一人が鮫の餌になる。残る二人が救助される英国船上の人間関係もいっさい描かれていない。この船の船員と南氷洋の島民たちとのあいだに何らの人間関係も生じなかったことは、ジェーン・ガイ号の船員のことごとくが、ピムたち二人を残して、島民に殺されてしまうことからもわかる。この幾何級数的な登場人物の減少ぶりも異常だが、最後に残ったピムとピーターズの社会復帰の仕方がまたわからず、これは『ピムの物語』の小説としての最大の欠陥でもあろう。

　むろんポーもそのことは気になっていて、先に引用した結末のあとに註をつけ、その後のことがこの物語に欠如しているのはA・G・ピム氏の突如の死（自殺らしい）のせいであると弁明している。が、これでは機械仕掛け《デウス・エクス・マキナ》の神ならぬ機械仕掛け《ディアボルス・エクス・マキナ》の悪魔による物語の結着法で、感心したことではない。ピムとピーターズ（生存はたしかだが接触不能と註されている）を南極の奈落の底に落下させておきながら二人を生還させる法、あるいは二人をそこで死なせておいて物語を語らせる法をさすがのポーも案出できなかったのが真相であろう。あわやのときに手記を瓶に入れて海に投ずるという方法はすでに使用済みであり、そのうえ『ピムの物語』の場合、手記の分量が多すぎて適当な大きさの瓶が見つからないということもある。が、『ピムの物語』もまた本質的には「瓶から出た手記」ではある。

　ところで一般的に、破滅に終わる航海の物語の語り手の処理の仕方は小説技法上の興味ある問題である。まず語り手は終末を体験し、かつ生還しなければならない。だからこそ『白鯨』に「劇は終わりぬ」で始まるエピローグがつき、『ピムの物語』にポーの註がつく。（ここでわたしもまた註をつければ、『白鯨』が『鯨』の名で英国で最初に出版されたとき、事情はつまびらかでないが、その版にはこのエピローグはついていなかったのである。つまり『鯨』に尻っぽがついて『白鯨』になったのは、それが米国で出版されたときがはじめてであったことになるが、それがない場合、読者はついにイシュメールの生還の仕方を知らずじまいになるわけだ。不便は明かである。それに、最後の三日間のモービィ・ディック追跡劇の間、読者はイシュメールが誰のボートに乗って白鯨を追っていたのかわからない記述にこの物語はなっている。イシュメールを海底から救い出すためばかりでなく、読者の忘却から語り手を救出するためにも、このエピローグは絶対不可欠であるように思われる。なにしろこの物語はジェイムズ流の「視点の統一」などという尺度ではとても律しきれないフィクションなのである。イシュメールは「エイハブ、つづいて全員登場」というト書きがつく第三六章「後甲板」の章で事実上「退場」して、マスト上のカメラのような「眼」になったり、「内」も「外」もお見通しの神のような「視点」になったりするぐあいで、この『白鯨』の語り手の問題は興味つきせぬ問題だが、すでに紙数もなく、その検討は割愛せざるをえない。）

（『牧神』第四号、一九七五年）

8 『白鯨』の怪物性

『白鯨』の出だしが「われをイシュマエルと呼べ」（"Call me Ishmael."）でなく、たとえば「われをトムと呼べ」（"Call me Tom."）であったなら、このフィクションはどういうことになっていたか。まったく異質の読み物になっていたであろうか。世界の大小説の座につきそこねていたであろうか。

なるほど、あの語り手の名はどうしても「追放者」「放浪者」「世に背く孤独の人」を含意するイシュマエルないしイシュメールでなければならない気がする。さもなければ、あの冒頭とあの結末が微妙にあい呼応してフィクションの大円環を閉じることもなく、したがってまた、この作品の白く巨大な鯨を中心に多様な人物を配した曼陀羅のごとき全体の構造に破綻をきたし、ついに偉大な芸術作品として貫録を欠くにいたっていたにちがいない——と思いたくもなる。メルヴィルはイシュマエルなる適切な仮面を得てはじめて真に偉大な作家に変身しえたのである、とも考えたくもなる。冒頭のわたしの設問は単なる修辞的疑問ではないのである。

ハーマン・メルヴィルは、作品を書くにあたり、まず冒頭から結末にいたるまでの全体を構想し、起承転結を定め、しかるのちに最初の一文をしたためる、といった種類の作家でも、また「全作品を通して、直接・間接に、前もっての意図に合わないような言葉は一語たりとも書くべきではない」（ポー）といった信条の持ち主でもなかった。たとえば『レッドバーン』（一八四九年）の、ハンティング・コートの授受にかかわる重要と思える第一章があとからの書き加えである証拠はあがっている。『白鯨』にしても、それが英国で最初に出版されたとき（一八五一年一〇月一八日）には、あの「エピローグ」はついていなかったのである。『白鯨』に、いわば尻っぽがついたのは、米国版がハーパー社から出たとき（同年一一月一四日？）のことである。

メルヴィルが英国のベントリー社に送った原稿に「エピローグ」が含まれていなかったか、含まれていたとしても、何らかの理由で同社が排除したか、うっかり印刷し忘れたか、それとも紛失したか、あるいはまたメルヴィル自身が書き忘れたか、送りそこねたか、そのいずれかであろうが、もはや真相は知りがたい。このことに関しては、メルヴィルも、ベントリー社との交渉役をつとめた兄のアラン・メルヴィルも、何も言っていない。しかし、どのような事情であったにせよ、『白鯨』には「エピローグ」がついて五体満足に生まれてきたのでないことはたしかであり、それがなかったときのことを想定して議論をするのはあまり有益でないこともたしかである。

とはいえ、『白鯨』成立の諸般の事情について知っておくことは無駄ではあるまい。まず知っておいてよいことは、メルヴィルが英国のベントリー社に送ったのは手書きのなま原稿ではなかったことである。米国の印刷屋に草稿を版組みさせて刷ったゲラ原稿を送ったのである。そうすることによって大西洋の両岸で印刷・製本の作業を平行してすすめることも、またほぼ同時に出版することもでき、それは『白鯨』の版権を獲得すのにも便利だったのである――当時は米国だけで出版された本の「版権」は認められなかったのである。そこでアラン・メルヴィルは『鯨』の校正刷り原稿を一八五一年九月一〇日に船便でベントリー社に送ったのである。また、原稿送付の直後にメルヴィルが新作の題名を『鯨』から『モービィ・ディック』に変更する意志である旨をアランがベントリーに伝える手紙も残っている。前後するが、『鯨』は完成しましたが、尻尾の料理はまだ終わっていません」と記した七月初旬のメルヴィルがホーソーンに宛てた手紙も残っている。この「尻尾」が「エピローグ」を指しているかどうかは憶測の域を出ないが、書簡の日付から「ゲラ原稿」発送の日付まではかなりの間があるので、メルヴィルが作品の「終わり方」にかなり苦心していたことはよろしく推測できる。

それに、メルヴィルが、作品を書くにあたり、まず起承転結を定め、それに即してスムーズに作業をすすめる類の芸術家でなかったことも間違いなく推測できる。事実として、一八五〇年二月から同八月の間に「ほとんど出来あがった」はずの『鯨』が、一八五〇年秋から一八五一年八月にかけて根本的に書き直されて、ほとんど二種類の『鯨』ができあがっていたばかりか、『白鯨』が今日、目次にあるがままの章の順序で書きあげられたわけでなく、順不同に書き溜められた各種のテクストの断片をさまざまに順列・組合せて創りあげられた構築物であることがテクスト内・外の証拠から判明することになり、メルヴィルが大の書き直し屋、仕立て直し屋、挿入屋、組合せ屋であったことも判明することになったのは比較的近年のことである。メルヴィルは組み合わせ術《アルス・コンビナトリア》の魔術師だったのである。

ところで冒頭の「疑問」に戻る。"Call me Ishmael." は、阿部知二訳によれば「私の名はイシュメールとしておこう」となっている。「しておこう」のあたりは日本語生来のしがらみがついている感じで、どうもすっきりしないが、かといって「まかりいでたのはイシュメエルと申す風来坊だ」（田中西二郎訳、新潮社、一九五二年）となるといささか行きすぎの感がある。が、他の訳語を出してみろ、と言われれば困ってしまう。どうやら「しておこう」以外に妥当な訳語はありそうにない。そうなら、英語の直接法命令形のこの一文は日本語に直すと一種の仮定法にしかなりようがないということになるが、これは『白鯨』冒頭の一文の深層構造をはからずも暴露しているのかもしれない。日本語の訳文が「わたしの名は（ほんとうはそうではないのだが）仮りにイシュメールとしておく（語り手の仮面として）」というほどのことを含意していることはわたしにも言える。しかし英語の"Call me Ishmael."になると、そうはいかない。

そこでわたしはこころみにリオン・ハワード教授をはじめ数人のアメリカ人の同僚にわたしの疑問を次のような訊き方でただしてみた――「この直接法の一文に仮定法の含意があるか」と。これには、みんないちようにけげんな顔をしてみせるだけであった。あながちわたしの英語が悪かったせいではない。こっちが勝手に了解している、あの一文の「深層構造」にかかわる質問の主旨がまったく伝わらないのである。そこで私なりの「解説」をこころみてみると、質問の主旨はわかったというような顔になったが、返事はきまって「語り手がイシュメールであることも、そうでないことも可能だ」というような明解なものになってしまう。そこでまた、今度は仮面に弱そうな紳士を選んで、「あれは、以下イシュメールなる仮面を通して語ることにする、という宣言ではないかね」と訊くと、「なるほど、それは興味ある観点だ」などと相槌ぐらいは打ってくる。それでも、たいがい「いや待てよ、一九世紀のアメリカには変な名前の奴がたくさんいたからね、たとえばカインとか、ユダとか」と言いそえるのも忘れない。結論として――英語の「われをイシュメールと呼べ」は、その名の聖書的含み以外には、意外にそっけない一文らしい。

しかし、わたしはこだわるのである。そのあげく、わたしは百三十五章からなる『白鯨』全巻を通じての語り手イシュメールの名が出てくる箇所をチェックしてみることにした。そしてわかったことは、「イシュメール」なる名は全部で二十回しか出てこないことである。第一章に二回、第二章に四回、第七章に一回、第一〇章に一回、第一六章に三回、第一七章に一回、第四一章に二回、第四二章に二回、第七九章に一回、第一〇二章に三回の全部で二十回。しかもこの語り手がその名の「イシュメール」で他人から呼びかけられるのは、乗船契約のさい船主ピーレグが「さて、お若いの、名はイシュメールともうしたな。それでは、ここに署名するのだ、イシュメール、三〇〇番配当のところにな」（第一六章）と語りかける場面だけである。（私の考えでは、ピーレグは語り手の名を風来坊を意味するあだ名だと了解して、わざとその名で呼んだ可能性がある――（彼はクィークェグのことをわざとクォーホグ〔ハマグリ〕いう名で銛打ちとして乗船契約させるような人物なのだから）。

それにしても、イシュメールの名が出てくるのが『白鯨』全巻を通じて二十回とは多くない。当初から定まっていた語り手の名としては出現の頻度がすくなすぎるきらいがある。「ゲラ刷り原稿」に手を入れているあいだに作者が思いついた名だとしても、それを書きこむのに苦もない数でもある。そのうえそれが出てくるテクストの布置にも顕著な偏りがある。第一章から第十七章のあいだに十二回、第四一章から第一〇二章のあいだに八回。わたしは、『白鯨』創作の過程をいろいろ考えたすえにこう言うのだが、メルヴィルは「イシュメール」という名を『白鯨』創作の終盤になってふと思いついて、冒頭に付加したのではないかと想像するようになった――あるいはそう空想する。いま一度、『白鯨』冒頭をごらんいただきたい。それはこうなっている。

Call me Ishmael. [/] Some years ago — never mind how long precisely — having little or no money in my purse, and nothing particular to interest me on shore, I thought I would sail about a little and see the watery part of the world.

これをよく見ていると、第一センテンスと第二センテンスのあいだに、一種の断絶があることが見えてこないか。すくなくとも、第二センテンスから始まるほうが物語の始まり方としては自然ではないか。わが『源氏物語』も「いずれの御時《おんとき》にか……」ではじまる。すくなくとも私には、そこに目に見えない斜線があるように思えてきた。が、いずれにせよわたしの想定は、なんらかの確たる外的証拠が出てこないかぎり、幻想であり、空想でしかありえないことは百も承知で、こう言うのだ。

しかし空想の効用はその無償性にある。そう断わっておいてから、いましばらく空想の翼をはばたかせていただくとすれば、『白鯨』第一章も『レッドバーン』第一章の流儀で、主菜ができあがってから料理された前菜かもしれない——あの章は『白鯨』全体の（たとえば『緋文字』第一章の「獄舎の門」に似た）抽象的レジュメといった観もなくはないから。そして『白鯨』の「筋」が実動するのが第二章からであるにしても、第三〇章あたりまでを読むかぎりでは、この物語が「タウン・ホー号物語」のような叛乱ものになっていたとしてもおかしくないところからさらに空想すれば、そのへんの段階までは、作者はこの物語を破滅に終わるエイハブ対鯨のたたかい、そしてつまりはエイハブ対エイハブのたたかいのロマンにすることに想が定まっていたのかもしれない。また、ひょっとすると「タウン・ホー号物語」（第五四章）は作者が自作の下敷きにするつもりであたためていた素材だったかもしれない。そして現存する『白鯨』の「筋」に想がかたまった段階で、作者はそれを作中に「出あい」の章の一つとして吐き出してしまったのかもしれない。この章以前に出てくる予言にしても、「筋」をほとんど拘束していない。エライジャの予言(第一九章)には『マクベス』の魔女の予言の含括性も的確性もない。(予言がきわめて的確になるのは第一一七章で拝火教徒がエイハブの麻なわでの死を暗示するくだりであろう——この段階でメルヴィルはエイハブの殺し方にメドをつけたのであろう)。

わたしはいったい何を追っているのか。何に追われているのか。偉大なメルヴィルを貶め、巨大な『白鯨』の卑小化をはかっているのであろうか。そんなはずはない。メルヴィルにせよ、わたしごときの脆弱なペン先で傷つくていの存在でないことは先刻承知だ。その創作の過程をたどり、その彫琢のあとをさぐることによって、一介の水夫から「作家」に、あたりまえの人間から「天才」に変身したメルヴィルの「人間」にいくらかでもじかに触れ、一冊の捕鯨についての本から『モービィ・ディック』なる大ロマンに成長した造化の不思議の一端にでも触れたいばかりの、これはわたしのてんてこ舞いにほかならない。作者を身近に感じ、作品の彫琢のあとに触れるのは、作者の魅力を減じ、作品の魔力を損ねるゆえんではない。いかなる偉大な芸術作品にもせよ、それが人間の手によって創られたことを肝に銘じて知ることが肝心なのである。『白鯨』の語り手がイシュメールであろうとなかろうと、そのような語り手を設定して物語ったのが実在した人間メルヴィルであり、それゆえに語り手の限界は生身の人間メルヴィルの限界であり、語り手の「眼」の自在性はまたメルヴィルの思考の自在性であることを思い知ることが大切なのである。さて、それから批評が始まる。

語り手の「眼」の自在性——とわたしは言った。そこにこの物語の主要な魅力、このフィクションの怪性があることはたしかだが、またそこに批評上の問題点があることもたしかである。周知のように、イシュメールが一人称の語り手の分限をどうやら守っているのはせいぜい第二一章「上船」の章ぐらいまでで、その後はさまざまな人物の意識のなかに侵入したり、マスト上のカメラのような「眼」になったり、「内」も「外」も同時に見通せる神のような「視点」になったりで、とても「視点の統一」などというジェイムズ流の小説の尺度では律しきれないフィクションに『白鯨』はなっている。作中人物の「内」も「外」もお見通しとは神業だが、「神は小説家ではない、モーリアックも」――と全知全能の視点を選んだ小説家を批難したサルトル(「フランソワ・モーリアック氏と自由」一九三九年)などにとっては、この『白鯨』は「小説」ではあるまい。しかしサルトルよ、心配好きの批評家たちよ、君たちがいくら「小説の死」を宣言しようとも「母なる小説」はけっして死に絶えることはなく、それは人間が存在するかぎり、その存在の根元から新たな血を吸いあげてふくれあがり、のたうちまわり、批評のモリなどで死に絶えることなどはないのだ。「神の視点」がいけないといったところで、神が人間の観念の産物であるかぎりは神もまた人間の限界を限界としているのであり、小説の語り手がいかに自在な視点から語ろうと、それを語らせているのが人間であり作家であるかぎりは人間の根本条件から逸脱することはないのである。小説の方法、「真理を語る偉大なる芸」(「ホーソーンとその苔」一八五〇年)に王道はないのだ。『白鯨』はそれを証してはいないだろうか。

(『不死鳥』第三八号、南雲堂、一九七四年)

9 海図なき航海者──メルヴィル

一八五一年六月初旬、ハーマン・メルヴィルはナサニエル・ホーソーンに手紙を送り、次のように書いている。

私はエジプトのピラミッドから持ち出され、三千年ものあいだ、まさしく種子《たね》のままでいたのに、突如、英語の土壌に植えつけられ、発芽し、緑なす木に成長し、やがて朽ち果てるさだめの種子のようなものです。二十五歳まで、私はまったく成長しませんでした。私は自分の人生を二十五歳から数えます。その時点から今日まで、私の内部で何かが花開くことなく過ぎた三週間があったことはありません[*1]。

一八一九年八月一日生まれのメルヴィルが二十五歳のときとは、一八四四年八月から翌年八月にかけてのことになるが、それは彼が処女作（英国版の書名によれば）『マーケサス諸島のとある谷間の原住民のあいだで過ごした四カ月の物語』ないし（米国版の書名によれば）『タイピー、またはポリネシアの生活瞥見』を書き始め、それをほぼ書きあげた時期にあたる。だから「私は自分の人生を二十五歳から数えます」とは、ものを書き始めるようになってはじめて自分の成長が始まり、人生が時を刻み始めたとするメルヴィルの自覚の表明である。が、ところで、右の手紙がしたためられた一八五一年六月とは、この作家にとっていかなる時期であったのか。同じ手紙の別の箇所に次のくだりがある。

　私には予感があります——たえずニクズクの木質の果実にこすりつけられて、歯がぼろぼろに欠け落ちた古いおろし金のように、ついに私もぼろぼろになり、朽ち果てるのではないかという予感です。私がいちばん書きたいこと、それは禁じられています……といって、まったく逆のことを書くことは私にはできません。だから出来あがるものはごった煮で、私の本はみんな継ぎはぎ細工なのです。

ここで「ごった煮」「継ぎはぎ細工」とされているのは、具体的には、『白鯨』のことである。当時メルヴィルは『白鯨』を完成すべく奮闘中だったのである。

　しかしメルヴィルがこの作品に着手したのは、この一年半ほどまえ、すなわち一八五〇年二月頃と推定される。そして同年五月一日には、著者自身、その作品がもう「半分ほどできた」と、ある手紙で書いているので、新作の滑り出しは順調だったと思われる。また六月二七日には英国の出版業者リチャード・ベントリーに「南太平洋の抹香鯨漁業にまつわる奇怪な伝承にもとづく冒険ロマンス」は晩秋までに完成の予定、と売り込んでさえいる。そして同年八月七日、メルヴィルの友人で文芸批評家のエヴァット・ダイキンクはその弟への手紙に、メルヴィルの新作が「ほぼ完成した」と書いている。ところが、同年一二月一三日にメルヴィルがエヴァット・ダイキンクに直接宛てた手紙には、「私は八時に起きます……朝食をすませ、仕事部屋にゆき、暖炉に火をつけ——それから原稿を机の上にひろげ——それに職業的な一敲を加え、それから意志的に仕事に着手します……文才があり、それでいて推敲をいとわない、筆の速い若者を五十人ほど送っていただけませんか？」とある。年を越しても『白鯨』が完成するけはいはない。一八五一年春のメルヴィルの妻エリザベスの記録には、夫の仕事ぶりについて、「鯨またはモービィ・ディックを好ましからざる状況のもとで書く――一日中なにも食べずに、四時か五時まで机に坐る」とある。また同年六月一四日のホーソーン宛の手紙には、「一週間ほどしたらニューヨークへ行き、（印刷屋の）三階の部屋に閉じこもり、原稿を印刷に付しながら、私の『鯨』に取り組み、格闘するつもりです。今となっては、それ以外に作品を完成させる法はないのです」とあり、事実、メルヴィルは言明どおりニューヨークに出向いている。こういう悪戦苦闘のすえ、ようやく『白鯨』脱稿にこぎつけたのは一八五一年七月初旬と推定される。（ただし半月後のホーソーン宛の手紙〔七月二九日付〕には「尻尾の料理は未完」とある――これは「エピローグ」への言及だろうか？）この作品が「ほぼ完成した」とされた前年八月から数えて、ほぼ一年が経過している時期のことだ。そのゲラ刷り原稿が英国の出版社に発送されたのが同年九月初旬、それが『鯨』の名でロンドンで出たのが一〇月、『モービィ・ディック』の名でニューヨークで出たのが一一月。

ここで『白鯨』の創作過程についていくらか立ち入った記述をあえてしたのは、メルヴィルが、創作にあたって、まず始めから終わりまでの綿密な構想を立て、起承転結を定め、しかるのちに稿を起こし、一気に書きあげるたぐいの作家でなく、行きつく先もわからぬまま、いわば海図もなしに船出し、途中でいくども航路を変更するたぐいの作家であったことを言っておきたかったからである。右の創作過程の記述が示唆することは、最初『白鯨』は順調に進捗していたのに、どういうわけか途中でメルヴィルの頭に大きな予定の変更が生じ、その再構想と改訂にほぼ一年の歳月を要したということである。その改訂の過程で今日の『白鯨』の後半の部分が書き加えられ、その他の部分も書き直され、鯨学や劇形式の諸章などが挿入されたものと推定されているが、その結果（作品の魅力が減じたわけではなく、その逆であるが）、当初構想した『白鯨』とはきわめて異質な書き物の集合体になっており、そのことをいちばんよく承知していたメルヴィルは、それを「ごった煮」「継ぎはぎ細工」と称したのであろう。

『白鯨』にかぎらず、一般にメルヴィルは書きながら不断に想をあらため、おのれをあらため、その必要に応じて書き直し、挿入し、飛躍し、脱線しながら作品を構成してゆくたぐいの作家だったのである。「細心なる無秩序こそが真の方法であるようなくわだて《エンタプライズ》がある」とは『白鯨』の「捕鯨の名誉と栄光」なる第八二章冒頭に見つかる文句だが、それはメルヴィルの捕鯨という企業についての洞察であったばかりか、この作家の書くという企てについての自覚的で正確なメタファーでもあったはずである。すくなくともメルヴィルは「全作品を通して、直接的にせよ間接的にせよ、前もって考えられた意図に合致しないような言葉は一語たりとも書くべきではない」と語ったポーなどとは正反対の創作観の持ち主であった。したがって両者の作品の質、その作家的経歴もほぼ正反対であった。ポーの作品の創作年代順のリストを眺めてみて一驚するのは、その均質性である。たとえばポーが作家活動を始めた一八三二年の作品群「メッツェンガーシュタイン」「オムレット公爵」「エルサレム物語」「息の紛失」「ボン＝ボン」と、その最晩年の作品群「ちんば蛙」「フォン・ケッペリンと彼の発見」「×だらけの記事」「ランダーの小屋」を相互に入れ替えても、ポーの評価にさしたる不都合は生じない。しかしメルヴィルの代表作を年代順に『タイピー』（一八四六年）、『マーディ』（一八四九年）、『ホワイト・ジャケット』（一八五〇年）、『白鯨』（一八五一年）、『ピエール』（一八五二年）、『ベニト・セレーノ』（一八五六年）、『詐欺師』（一八五七年）と並べてみて驚くのは、作品相互間の異質性である。彼は職業的作家として安定性を犠牲にしてまで、つねに新しい企てを重ねてゆく作家だったのである。「私の内部で何かが花開くことなく過ぎた三週間があったためしはありません」というメルヴィルの自己観察に嘘はなかったのである。

だから作家の処女作にはその後の作家を占うすべてがあるとする神話は、ポーのような作家には通用しても、メルヴィルのような作家には通用しないのである。が、この作家の第一作『タイピー』がその後の作家メルヴィルにふさわしくなく、評価にも検討にもあたいしない作品だというつもりはない。むしろ逆で、メルヴィルの作品のうち、これほど起承転結が整い、仕上げの美しい完成品は見当らないほどで、これが捕鯨船のみを「イェール大学であり、ハーヴァード大学」（第二四章）とした水夫あがりの若者の最初の本であることには三嘆してしかるべきである。だが『タイピー』が「物語」としての要諦を得ているのは、それが下敷とした作者自身の経験が「物語」の体《てい》をなしていた幸運に大いに負うていたことも否めない。この種の物語――一種の旅行・冒険・見聞記――の要諦は、ある人物をある場所にうまく連れてゆき、そこでめざましい体験をさせ、また首尾よく連れもどすところにある。そうなら捕鯨船アクーシュネット号がマーケサス諸島のヌクヒーヴァ島に停泊中に、友人と船から脱走し、島に上陸し、奥地に逃げ、山を越え、飢え、負傷し、谷をくだり、人喰い人種タイピー族に捕われ、その部落で珍しい見聞をし、やがてすきを見て脱出し、また別の捕鯨船に拾われる――といったメルヴィルの体験が物語の要諦を得ていたというわけで、その体験をなぞって一篇の物語をつくりあげるのは未熟な作家メルヴィルにも比較的に容易な作業であったろうとは想像にかたくない。が、この野心的な作家がこの処女作をことさらに恥じたおもな理由の一つは、まさしくそのような「容易さ」にあったものと思われる。事実として、メルヴィルは「タイピーの作者」と呼ばれるのを極端に嫌った。『マーディ』を書きあげた時点で二十九歳のメルヴィルは英国の出版者ジョン・マレーにこう書いている――「そうすることがきわめて望ましいとお考えにならないのなら、とびらに『タイピーとオムーの作家』と印刷しないようにお願いします。私は『マーディ』をその二作からできるだけきっぱりと区別したいのです」（一八四九年一月二八日付）と。また『ピエール』で――それは「自分自身の経験から直接に剽窃」[*2]しながら小説を書いている若いアメリカの作家（その作家はまたヴィヴィアという「自分自身の経験から直接に剽窃」しながら小説を書いている作家が主人公である小説を書いている）が主人公である小説だが――作者はわざわざ「未熟な作家ピエール再考」（第二二章）という一章をもうけて、年若く未熟な作家が突如として一見独創的な作品を書きあげることがあるのは、その若者の「豊かで特異な経験のせい」であって、作家としての独創性のゆえではない、という説を展開している。これは当時三十二歳のメルヴィルが二十五歳のときの自分をどのように見ていたかをうかがうにたる資料である。また、『マーディ』出版直後に書かれた『レッドバーン』のことを、メルヴィルはある手紙で「タバコ銭を得るために」書いたと称しているが、こういう自作に対する過少評価も、この作がメルヴィル二十歳のときに大西洋航路のセント・ローレンス号でボーイとして処女航海したときの経験に取材したことに関係があろう。

しかし作家の自己診断や自作の評価には、えてして、おのれを先へ先へとせき立てるための詐術が含まれているもので、あまり真に受けるのも賢明ではない。たとえば『タイピー』を単なる作者の体験の引き写し、ないし「剽窃」とみなし、その作品の文学作品としての価値や虚構性をまったく無視して安心してしまえば、どこかが間違ってくる。あらゆる書かれたものがそうであるように、この作品もまた体験そのままではありえない。一見単純な工夫だが、メルヴィルが実際にタイピー族のあいだで生活したのは四週間たらずだったのに、作品ではその期間が四倍になっている——おそらく、現にこの作品に描かれている諸情景や事件をそれらしくそこに収めるために。また本書に書かれているポリネシア人や西洋文明についての見解や批判、文化人類学的な知識や情報のすべてがそのまま二十三歳のメルヴィルのものであったとも思えない。近年の学者たちは、この作品に当時入手可能だったポリネシア関係の文献や資料、それに南太平洋の航海記などの諸断片が数多く織りこまれていることを指摘している。また伝記的には、この作品執筆中、メルヴィルはオールバニーからニューヨークに居を移している——主として文献入手の便宜のためだったと思われる。参照すべき書物を手元に置いて小説を書くのが、小説家メルヴィルの習慣であった。

　ところで過去の経験とは、それを経験した者の脳裏に、記憶の痕跡が形成する一種の抽象的な秩序ないしテクストとして存在するだけで、なんらかの実体としてどこかに存在するわけではない。だから経験を語り、それを書くとは、そういう脳裏のテクストから適宜に引き出し、必要に応じて他の伝聞や書物や文献からはぎ取られたテクストの諸断片とつき合わせ、継ぎ合わせて、本質的には「継ぎはぎ細工」であるところの新たな一片のテクストを織りあげる作業にほかならない。そうなら過去の体験とは一種のテクスト体験であり、それがテクスト体験である点で、読書による体験と質的な差異はないことになる。そして、そういう文脈では、実体験は読書体験に対して格別な優位性を主張する根拠を失う。したがってまた、もし本からの引用がすすめられることなら、記憶のテクストからの引用もすすめられてしかるべきであり、また逆に、本からの「剽窃」がいけないのなら、記憶のテクストからの「剽窃」もいけないことになる。「実話」として世に出た『タイピー』『オムー』を作者がことさらに恥じたのは、本来、体験そのままではありえない書きものを体験そのままとして世に出したことの「剽窃性」に対する後ろめたさのせいであったと思われる。

とはいえ、『タイピー』『オムー』の創作が本格的職業「作家」になるためにメルヴィルが通過しなければならなかった関門であったことには変わりがない。そのへんの事情をもっとよく知るために、メルヴィルが『ピエール』で処女作の頃を顧みて語るおもむきの「未熟な作家ピエール再考」（第一八章）や「未熟な作家ピエールが成熟した作品を企てること」（第二一章）などの章を検討してみることは、このさい有益であるにちがいない。まず「ピエール再考」の導入部に次のアフォリズムめいた一節がある――

……みごとな大理石を埋蔵する大きな採石場があるとする。が、いかにして大理石を手に入れるか、いかにしてそれを刻むか、いかにしてそれを寺院に築くか？　若者はすべからく採石場からしばし立ち去り、採石のための道具を入手してこなくてはならないばかりか、建築学をじっくり勉強してこなくてはならない。（第一八章）

このアフォリズム自体に解説じみた言辞はいるまい。『タイピー』『オムー』を書きおえたメルヴィルは「建築学」習得の要を痛感していたのだろう。右の引用のすこしあとに、また次のくだりがある――

……然り、当時ピエールはきわめて非建築学的であったばかりか、きわめて年若かった。貴金属を鉱山から掘り出すためには、まず不用な土を苦労して掘り出し、投げ棄てねばならぬように、才能のみごとな金脈を自己の魂に掘り当てるためには、まず大量の退屈で凡庸なるものを白日の下にさらす必要がある。人間の内部にそのようながらくたを貯蔵しておく容器でもあれば便利なのだが、人間は自分の家の地下室にゴミを貯めておくわけにはいかない建物の住人みたいなもので、ゴミは自分の家の戸口に置いて、公共の清掃職人に処理してもらうよりほかはない。凡庸なるものを効果的に排除するには、本のなかに自己をまるごと注ぎ込むより手はない。いったん本に封じ込めてしまえば、その本は火にくべて燃やしてしまうこともでき、そうなれば万事片がつく。ところが本はかならずしも火にくべられるとはかぎらない。だからこそ、すぐれた書物よりくだらない本のほうがこの世では絶対多数を占めることになる。また、どんな誠実な作家にしても、自分のがらくたといつ完全に縁が切れ、自分の精神の金脈にいつ到達するかを正確に言いきれる者はいなかろう。ただいかなる場合にも正しいことは、人間は賢明であればあるほど、ある点においては、いっそう確信がもてないということである。(同上)

これはかなり痛快な「個人的な才能」論である。がらくたを有効に吐き出さなければ人は天才になれないということだが、その裏は、がらくたをうまく吐き出せば誰しも天才になれるということで、そうなら、つまるところ天才とはがらくたを吐き出す名手のことになる。端的には、これは一種の天才否定論である。が、メルヴィル自身の判断によれば、『タイピー』『オムー』、それに『レッドバーン』などはがらくたである。となれば、そういうがらくたを書いた彼はそれだけ天才に近づいたことになる。だが、いかなる誠実な作家も「自分のがらくたといつ完全に縁が切れ」るかについて確信をもてず、「人間は賢明であればあるほど、ある点においては、いっそう確信がもてないということ」はつねに真実であるので、その点メルヴィルも自信がもてず、たいていは自作を過少に評価したが、それはこの作家が「自分をつねに天才からほど遠い存在、それゆえによりいっそうのがらくたを吐き出し、それに近づくべく努力をしなければならない非独創的な精神」とみなしていたせいであろう。天才がその反対ではないにしても、メルヴィルがきわめて勤勉な書き手であったことは、一八四五年から五二年にかけての七年間に『マーディ』『白鯨』を含めた七篇もの大作を書きあげていることからだけでもわかる。

そういう自覚を裏書きする記述が、また『ピエール』の同じ章にある。

……かくして多くの独創的な書物はきわめて非独創的な精神の産物なのである……世界はつねに独創性に充満しているが、世界が意図したような意味での独創的な人間が存在したためしはなかった。最初の人間アダムでさえも――アダムはユダヤの法律家たちによれば最初の作家でもあったそうだが――独創的ではなかった。神だけが唯一の独創的な作家である……裸の人間の魂にはたしかに潜在的な知的生産性の要素がある。しかし片親から生まれた子供などあったためしはない。目に見える経験の世界は美神《ミューズ》を孕ませるかの生殖力なのだ。自己充足的な雌雄同体《ハーマフロダイト》などはただのお話にすぎない。(同上)

ここでは天才否定論はいっそう徹底し、その分だけ「経験」の株が上がっているようにみえるが、才能と「経験」の幸福な結婚が知的生産性を生むとする説は平凡な真実であるにしても、非独創的な人間が独創的創造をなしうることが強調されている点は重要である。そうなら、メルヴィルの創造についての見解に耳を傾けてみるのが順序であろう。次は「未熟な作家ピエールが成熟した作品を企てること」からの一節。

……創造的精神にとって基準といったものがないことをピエールは知らなかった。いかなる偉大な一冊の本も他の多数の本との関係を無視して眺められてはならず、またその独創性に創造的精神の支配を許してはならず、現存するすべての偉大な作品を綜合的に想像力のなかに取りこみ、それを多様で汎神論的な全体として見なさねばならぬことをピエールは知らなかった。(第二一章)

ここでピエールが「……知らなかった」とされていることは、すくなくともこれが書かれた時点でのメルヴィルが知っていたことである。メルヴィルは、すでに創造を導く絶対的基準が失われていたことを知っていたのだ。また、ほぼ同じことだが、芸術が依拠すべき「様式」が失われていたことを知っていたのだ。一般に、そういう「基準」や「様式」の不在ないし欠如の意識が作家に自覚的な創作方法の模索をうながすであろうことは想像にかたくない。メルヴィルの場合もそうだった。だがその種の意識は失われた「基準」や「様式」や「偉大な本」に代わるべきたった一つの基準、たった一つの様式、たった一冊の本を求めるのと反対の意識のことであるから、それはほぼ必然的に「現存するすべての偉大な作品」が形成する「多様で汎神論的な全体」を志向する意識――エリオットの高名な「伝統と個人的な才能」(一九一九年)から借用して別言すれば、それは「自分の世代が自分とともにあるということのみならず、ホメロス以来のヨーロッパ文学全体、及びその一部をなしている自分の国の文学全体が同時に存在していて、一つの秩序を形成していることを感じずにはおかない」意識とならざるをえない。そういう意識は、そういう「全体」、そういう「伝統」に組みこまれ、連なり、またそれをおのれのものにしようとする意識のことであるから、そういう作家的自覚が苦肉の策として案出する創作技法は、これまたほぼ必然的に、先行する文学的テクストから盗み、借用し、引用してきたテクストの諸断片を独創的な「継ぎはぎ細工」に組み合わせる技法になる。遠く時をへだてながら、二人のアメリカの作家がほぼ同じ「伝統」の意識を抱き、ほぼ同じ創作手法によってものを書いたことは単なる偶然ではあるまい。

ところで、以上のような認識と方法論に依拠してものを書くとは、そのようにしてものを書く作家に、自分が「経験」から、あるいは（外部のそれであれ、内なるそれであれ）「自然」から創造しているのではなく、つねに「芸術」の内部で仕事をしているという自覚をうながさずにはおくまい。メルヴィルの晩年に「芸術」（"Art"）と題する小詩があり、それには「芸術という名の天使と戦うためには……なんと思いもよらぬものを組んだり合わせたりしなければならぬことか」（本書のエピグラフ参照）とあるが、それはこの作家が自己の生涯にわたる書くという仕事を「芸術」との、「芸術」の領域での、格闘とみなしていたこと、その主要な戦略戦術が「組み合わせ」であったことを物語る。

同じ経緯は作品にも検証できる。『タイピー』『オムー』はほぼ「経験」からの創作であったとみなしてよい。が、それ以降の作品からは、それほど直線的にではないにしても、突如として、あるいは次第に経験的な「自然」が消失してゆく。現象としては、その「消失」はメルヴィルの第三作『マーディ』の途中で起こる。途中で起こる――というのは、全百九十五章からなるこの大作も、第三八章までは『タイピー』『オムー』の続篇といったものにすぎないからである。

『マーディ』は三十二年にあまる捕鯨船アークチュリオン号の航海に厭きた語り手がガラパゴス諸島の沖合で、仲間のジャールとともにボートで同船から脱出するところから始まる。これはそういうことが実際に起きたとしてもすこしも異とするにたりぬ航海物語の発端である。それから二人は大洋をただよう者にふさわしいさまざまな経験をする。そして漂流十六日目の夕刻、彼らは難波船パーキィ号に出合う。船にはサモア人の夫婦がいるだけ。語り手たちはこの船を乗っ取り、さらに西へと進む。ながい凪の順調な航海のすえ、嵐が襲い、サモアの女は波にさらわれて消え、やがて船そのものも沈没する。そして三人の男たちは、また小舟で大海原をただようことになる——(以上が第三八章までの要約)。

それから九日目、陸地のけはいがする。大勢の原住民を乗せたカヌーが語り手たちの小舟に近づいてきて、やがて争いが起こり、語り手は相手の指導者で司祭のアリーマを殺害し、カヌーにいた白い肌、金髪、碧眼の美しい娘を奪ってまた航海をつづける。娘の語るところによれば、その名はイラー、アマの生まれだが、幼い頃にオローリアに連れてゆかれ、それで「花」になり、またアマに戻され、その地のアポの宮殿で女神として祀られていたのだが、沖の渦にいけにえとして送られてゆく途中で語り手たちに出会ったのだという。語り手は自分をオローリアの生まれで、昔からイラーを知っていると、「女神」を騙《かた》る。

やがて一行はマーディ諸島に着く。島民たちは語り手を彼らの待望する神タジと思いちがえ、一行を歓迎する。そこで語り手はタジになりますし、オドーに宮殿をかまえるマーディの支配者メディア王の客となる。が、突然イラーが姿を消す。語り手たちは、その探索のために一艘のカヌーを仕立て、マーディ諸島をくまなくめぐることになる。その舟にはメディア王、哲人ババランジャ、詩人ユーミ、島の語り部モーヒなどが同行する……

筋の要約はこのへんで省略するが、こういう風変わりな一行を乗せた舟はマーディ諸島のみならず、地図にはない(「真の場所が地図にのることはない」と『白鯨』第一二章にある)数々の島、『ガリヴァー旅行記』なみの架空の国々をイラーを求めて旅することになる。右の要約からも推測がつくように、語り手がイラーと出会い、タジの名を騙るようになるあたりから、この物語は完全に「自然」と縁を切り、既存のいかなる文学のジャンルによっても律しきれない、しかし既存のあらゆる書物の「ごったまぜ」でもある天下の奇書になりおおす。この本が世に出た当時、多くの批評家たちが評価にとまどったのも当然である。

ノースウェスタン・ニューベリー版の『マーディ』に付されている編者の「歴史的覚え書き」には当時の『マーディ』評の抜粋があるが、そのまた抜粋を示せば、こうだ――

「もしこの本が娯楽を意図しているとすれば、奇妙に笑いに欠ける――寓話だとすれば、寓意を解く鍵を秘めた箱は海底深く沈んでいる――ロマンスだとすれば、冗慢にすぎ――散文詩だとすれば、稚拙のそしりを免れない」(『アセーニアム誌』)、「この作者はフィクションを書くのに必要な頭脳も技法も持ちあわせない」(『スペクテーター紙』)、「……ラブレー流の書きものを意図し、利口ぶってはいるが――その文体は気取っていて鼻持ちならず、衒学的で、そのうえ退屈きわまりない」(『ブラックウッド誌』)。

百年以上前の書評の紹介が本意ではないので、これぐらいにするが、当時のこの本に対する反応の一端をうかがうにはたりよう。また当時の書評家たちが彼らの書評で言及した作家や作品名のリストも「覚え書き」にあるので、左に引き写しておく――『ガリヴァー旅行記』、『ロビンソン・クルーソー』(「超絶主義的ガリヴァーにして気が狂ったロビンソン・クルーソー」)、『老水夫行』、『アラビアン・ナイト』、オシアン、ラブレー、スペンサー『妖精の女王』、サウジー『タラバ』、モア『ユートピア』、ハリントン『オセアナ』、クック『旅行記』、マンドヴィル、チャールズ・ラム、マコーリー、ディズレーリ、カーライル、エマソン、スターン、トマス・ブラウン、ロバート・バートンなど。(近年の学者たちは、このリストをさらに多彩なものにする――シェイクスピア、バイロン、シェリー、プラトン、セネカ、セルバンテス、フーケ……その他の群小作家家や航海記の作者などを加えて。)これは多忙な書評家が一冊の本を読んで思いついた作家や作品の名としては驚くほど数多く、かつ種類に富んでいる。これは『マーディ』が「本」から創られた本であったことの傍証として採用されてよい現象である。

が、まさしくその同じ理由によって、発表当時この本は不評であり、今日の読者を悩ませる。いまわたしの手もとにある『マーディ』は電話帳のように部厚く、七百頁に近い。読み通すのも楽ではないが、それを二年あまりの歳月をかけて書きあげたメルヴィル――そのメルヴィルも、その終章まであと約三十章をあますばかりになった第一六九章で、思いもよらず遠くまで旅してしまった旅人よろしく、ふとみずからの来し方をふり返り、同道した読者もおもんばかり、次のように書きつけている。

おお、読者よ、耳を藉したまえ! 私は海図もなしに航海してきたのだ。かつて羅針盤と測鉛をもってしたときには、このマーディ諸島を発見することはなかった。大胆に海に船を乗り出す者よ、すべての錨鎖を投げ捨てよ。すべての者にとっての順風たる、尋常なよそ風に背を向け、みずからの帆をみずからの息でふくらませ。岸辺にしがみつく者、それは新しきものをなにも見ず。旅路の果てに「陸地だ!」と叫びがあがったときにこそ、新しい世界が見出されるのだ。

そういう航海者が未踏の海原に船をすすめた。嘲りのなか、おのれの道をすすんだ――無謀にすぎなかったか、陸地なき海をすすんだのではなかったか、という不安にこころ重いこともしばしばあったが。

そういう航海者、それが私だ。

たわむれに船出したものの、あらがいがたい強風に航路をそらされ、糧《かて》なく、若く、いまだ花の盛りも知らぬうちに人生の波風に打ちすえられて、いまなお風に追われて海原を走る——私は気を強くもつべくつとめてきたのだ。（第一六九章）

ここに作家メルヴィルの肉声を聞く思いがするのはわたしだけではあるまい。それは海図なきエクリチュールの海を航海してきた者メルヴィルの慨嘆であったばかりか、いまなお自分の「本」がたどりつく先も知らずに書きつづけねばならぬ作家の自己鼓舞でもあったはずだ。が、メルヴィルは自己のそういう作家的営為の性質、価値についてきわめて自覚的であった。そのことは、次のくだりで、マーディの偉大な詩人ロンバードにかこつけて哲人ババランジャに作者が自分のことを次のように語らせていることからもわかる。

作品を書き始めるとき、ロンバードはそれがどうなるかを知らなかった。彼は計画を立てて自分を縛るような真似はしなかった。彼はただひたすらに書き、書くうちに、自己の内部に深く、深く潜行していった。意を決した旅人のように、行く手を阻む森をつきすすみ、ついにその労苦が報いられるのだった……「されば」とロンバードは自伝のなかで叫んでいる——「私は創造を創造したのだ（I have created the creative)」と。（第一八〇章）

「創造を創造した」とは「創造的なもの」ないし「創造性」を「創造した」という一連のトートロジーにパラフレーズできなくはないが、これでは分かりが悪かろう。そこで「神が創造したものを模造するのでなく、神の創造を模造した」とでも敷衍して言い換えてみるといくらか分かりがよくなる。ロンバートが「創造を創造した」とは、つまるところ「創造」という揮発性の「観念」を把握したということだろう。やはり同じ章で、作者は登場人物アブラザにロンバードの大作『コズタンザ』(Koztanza≒Co-stanza?)が「統一性(the unities)に欠けている」と批評させ、ババランジャにロンバードの『自伝』から引用させるかたちで答えさせている——「しばらく私も統一性という妖精《ニンフ》たちと仲よくしようとしたが、彼女たちがひどいあら捜し屋、うるさ型なのがわかった。私は彼女たちのあら捜しにあまり腹が立ったので、とうとう、彼女たちと縁を切ることにした」と。また同じ問題について、ババランジャは、バラの花の比喩を用いて、バラのいのちは目に見える「姿《フォーム》」よりも、むしろ目に見えない「香り」にあり、作品の生命も「形式《フォーム》」にあるというより、その「魂」(内容)にある、といった説も展開している。

むろん物語ないし小説の「形式」と「内容」の問題はババランジャが説くほど単純な問題ではなく、紙幅も尽きてきた本稿ではとても扱いかねる大問題だが、議論をはしょる便宜のためにも、ここで優等生的小説家ヘンリー・ジェイムズの小説の「形式」についての模範的解答を引きあいに出し、なんとか本稿を締めくくる端緒をつかみたい。ジェイムズはこう言う——「(人間の)関係というものは、実際には、どこまでも連なっていてとどまるところを知らないものだが、芸術家永劫の明白な課題は、自分自身の幾何学によって、その関係がその範囲内でうまくとどまっているかに見えるように囲うことである」(『ロデリック・ハドソン』まえがき)と。ジェイムズにとって、小説は人生ではないのだ。それは整理され、明解化され、囲われた人生の一局面の似姿にすぎないのだ。ところが、それと正反対なのがメルヴィルの小説観なのである。メルヴィルにとって、小説とは人生や世界と同じようにとらえがたく、整理しがたく、そのなかで生きる(つまり書く、つまり読む)ことによってしかわかりがたい何かなのだ。メルヴィルの作品の多くがいわゆる底抜け構造になっていて囲いがないのは、そのような小説観=人生観の必然の結果だったのである。『マーディ』の小説としての構造がまたそれだった。それは語り手タジが女神イラーを求めて、ただひとり、追っ手を振り切って、彼方への旅をつづけるところで終わりなき終わりを終わっている。

> かくして追う者と追われる者は、終わりなき海を疾走しつづけた。完。(第一九五章)

『マーディ』を書くことによって、メルヴィルは一挙に書きものの果てまできてしまったのではなかろうか。語り手が「私」であるいかなる冒険物語も、それが成立するためには語り手が現実世界へ復帰ないし生還する必要があり、またそのための工夫が必要である。(例外的にはポーの「瓶の中から出た手記」の形式がある。が、一般的に、「瓶」の大きさには限度がある)だが一人称の冒険小説が成立するための条件が「語り手」の「生還」であるのは、「小説」の条件であるというよりは、そういう「物語」を成立させるための「人間」の条件であるにすぎない。人間が書く人間の物語は、ついに人間の条件から逸脱することができないということにすぎない。もともと小説とは現実の保証なしには成立しがたい不自由な芸術のジャンルなのだ。その意味で、小説家の想像力は一種の貧困性を備えていなければならず、これはメルヴィルの場合も例外ではない。『マーディ』であまりにも豊饒な想像力を駆使しすぎたため、メルヴィルはその時点でほとんど小説家を失格しかけていたのである。

そのことに気づいたせいであろうか、第一人称のイシュメールが語り手である次作の『白鯨』では、語り手だけが死を免れる顚末を語る「エピローグ」がつけられていて、これが『白鯨』を「小説」の破局からも救っている。それはこの作家の戦略的後退による転進であったかもしれない。すくなくとも『白鯨』の語りが「一人称」であるにもかかわらず、これがメルヴィルの最大傑作であったことには疑問の余地がない。またこの作家の戦略・戦術にかかわることがらであるが、この作以降の長編小説にはみな三人称が採用されている。三人称による記述のほうが本質的により自由で、囲いをはずすにはより便利だったせいでもあろうか。『白鯨』の次に書かれた『ピエール』では、その三人の主人公たちはみな死ぬのだが、物語もそこで必然的に終わっている。また『ピエール』にはいまだ存在していた視点的人物が次作の『イズラエル・ポター』やメルヴィル生前最後の野心的小説『詐欺師』からは完全に消えている。そして、このきわめて幻想的物語『詐欺師』の結末はいわば現実に向かって大きく開かれた底抜け構造になっている——現実とフィクションの境界を永遠に消し去るためかのように。

（『ユリイカ』一九七七年四月号）

註

＊1 Merrell R. Davis and William H. Gilman, eds. *The Letters of Herman Melville* (New Haven: Yale UP, 1960) および Jay Leyda, *The Melville Log: A Documentary Life of Herman Melville*, 2 vols. New York: Gordian Press, 1951, 1969. を参照。引用箇所は日付によって容易に検索できる。

＊2 "...he seems to have directly plagiarized his experience, to fill out the mood of his apparent author-hero, Vivia..." (Herman Melville, *Pierre or The Ambiguity* 〔Northwestern-Newberry Edition, 1971: Bk. XXII, iii, 302〕).

10 メルヴィルの「創作の哲学」

作家が自己の「創作の哲学」を語り、書くことについて書くこと自体、なにも珍しいことではない。メルヴィルと同時代のアメリカの作家にかぎってなら、なおさら珍しいことではない。ポーは高名な「鴉《からす》」を書き、その製作過程を開陳してみせる趣向の「構成の哲学」（一八四六年）を書いた。ホーソーンが短篇集や長篇に付した序文はみな多少とも自作の創作の動機、現実的なもの対想像的なもの、ロマンス対ノヴェルについての論説である。とはいえ、作品の進行中に、作品本体のなかで、ふと作者が素顔を出し、あるいは作中人物に仮託して、またときには比喩や暗喩を用いて、自作の創作過程について大いに語ったり、フィクション論を展開したりすることは、やはり稀有のことに属するだろう。

その種の稀有な作者がメルヴィルだった。彼は第三作『マーディ』（一八四九年）から遺稿『ビリー・バッド』（執筆時期については諸説があるが、晩年のかなりの期間にわたって書き溜められたものと推定される。発表されたのは一九二四年）にいたるまでの、ほとんどの作品でその種の行為をやってのける。それはこの作家の癖だったのだろう。だが、自己の作家的癖に無自覚な自覚的な書き手はいないので、メルヴィルは作品を書きながら書くことについて書くことによって、創作過程そのものを作品の構造の一部として作品に組みこむことを自己の手法とも、仕掛けともしていた作家であったと思われる。だが、前口上はこれくらいにして、さっそく、具体的事例にあたるとしたい。

まずはメルヴィルが生前に発表した最後の長編『詐欺師――その仮面劇』（一八五七年）から。それは「ある四月一日の早朝、チチカカ湖にマンコ・カパクが出現したときのように忽然と、クリーム色の服を着た男がセント・ルイス市の河岸に姿を見せた」という、いきなり読者を日常世界から奇異で非現実的な世界に拉致せずにはおかぬていの一文で始まり、舞台はただちにミシシッピー川をくだる客船の甲板上に移る。そこに唖で聾の男、びっこの黒人、喪章をつけた男、慈善事業家、石炭会社社長、薬草医、コズモポリタンなどの（同一人物と思われる）詐欺師が次々と登場し、基本的には、人びとがそれまで信奉していた世界の秩序、つまりキリスト教的世界秩序を、キリスト教の理念や用語そのものを用いて転覆させる趣向の物語ないし「仮面劇」で、ふつうなら作者が仮面をぬいで登場し、直接読者に語りかける余地などない仕掛けなのに、作者メルヴィルは作中に都合三度、しかも独立した三つの章をもうけて素顔を出し、フィクションの「一貫性」について（第一四章）、フィクションと「現実」との関係について（第三三章）、またフィクション上の人物の「独創性」について（第四四章）語る。

その第一四章は「考慮の価値ありとする者にとっては考慮の価値ある章」というおのれの尻っぽをくわえたウロボロスのような題名になっている。そして、なるほど考慮の対象にしてみれば考慮の価値ある章なのだ。しかしメルヴィルの玉声をじきじきに聞くまえに、いくらかコンテキストをおぎなっておく必要があろう。この章に先行する数章で、石炭会社社長を自称する男が善良ながら利にさとい商人の善良さと欲にゆさぶりをかけ、ついに多額の投資契約に署名させる。そして、さて手打ちの儀式としてシャンパンを二、三杯くみかわしたところ――in vino veritas――商人がふと不信の念を表明する。それまで一貫して信頼の念にみちていた商人のこの変節ぶりを受けて、冒頭の数行をのぞけば、第一四章はこう始まる。

> ……商人は一貫性に欠けているように思われるかもしれないし、まさにそのとおりだ。だが、そのために作者は咎められるべきだろうか？　なるほどフィクションの作者は人物を描写するにあたって一貫性を保つように細心の注意を払うべきであり、賢明な読者もまた、そこに抜かりなく目をつけているべきである。しかし、これは一見筋のとおった理屈にみえるが、仔細に検討してみると、さほどでもないのである……あらゆるフィクションはなにがしかの遊びが許されているが、真実にもとづくフィクションは事実と矛盾してはならない。それに、実人生においては、首尾一貫した人物が稀有なる存在であることは事実ではないか？……それぞれの登場人物が、一貫性のゆえに、一瞥のもとに理解しうるていのフィクションは、その人物の一端しか示していないのに、それが全体であるかに見せかけているか、それとも現実に対してきわめて不忠実であるか、そのいずれかである。ところが作家の描く人物が、ふつうの人の眼にムササビのように部分的に矛盾しているように見えようと、あるいは時期的に、毛虫と、それから変態した蝶とがどんなに似ていなくとも、作者はそのように描くことによって、事実に不忠実なのではなく、事実に忠実なのである。

ここでメルヴィルは、現実には首尾一貫した人物などめったにいないのに、なぜ架空の人物が一貫性を求められなければならないのか、という一見素朴な疑問を修辞的疑問として投げ出しておいてから、フィクションは現実ないし事実に忠実でなければならず、そのうえ現実を可能なかぎり全体として重層的に捉えなければならぬ、と一応まじめに自己の「創作の哲学」を語っていると受け止めてよい。が、右の引用文はメルヴィルの「論文」からの一節ではない。メルヴィルのフィクションに挿入されたフィクション論からの一節である。そのうえ、それが挿入されている『詐欺師』なるフィクションは、ふつうには、とうてい「現実に忠実な」フィクションなどと言えるものではなく、むしろ非現実的な、幻想的な、もしくは超現実的なフィクションである。すくなくとも、それは単なる現実の転写などではない。となれば、メルヴィルの言う「現実」とは何か、それに「忠実」とは何か、が問われなければならなくなる。が、あまり慌てまい。作者自身が徐々に答えてくれるはずである。

さきの引用につづけて、メルヴィルは「理性が判断の規準なら、いかなる作家も自然そのものが有しているような首尾一貫しない人物を創出することはできない。小説における観念の非一貫性と実人生の非一貫性とを間違いなく区別するためには、読者はかなりの賢明さを要求される。他の場合と同様に、この場合も、経験が唯一の判断の規準である。しかし、いかなる人間も世界そのものと同じ経験の幅を持ちえないので、あらゆる場合に経験に頼るわけにもいかない……」と書く。さらにつづけて、「人間性の水の流れが簡単に透けて見えるなら、それはきわめて澄んでいるか、それともきわめて浅いかである」とも作者は書く。論旨は錯綜してきて、とても簡単には要約しかねるが、あえてこの段階で要約してみれば、「現実」・「事実」・「自然」・「人生」は複雑怪奇で、固有の不透明性を持ち、「理性」や「経験」をもってしてはとうてい見透かすことも把握することもできない、とでもなろう。が、この要旨を「フィクションは現実に忠実でなければならぬ」とする前提に結びつければ、メルヴィルのフィクションは必然的に現実そのもののように複雑怪奇で、不透明で、首尾一貫しないものでしかありえないことになり、この論旨は尾をかむ蛇のような、この章の題名そのもののような、一種の循環論になる。だが現実ないし実人生においては（したがって「現実に忠実でなければならぬ」メルヴィルのフィクションにおいても）、循環論はどこかで断ち切られなければならない。だからこそ先へつづかねばならぬこの章は、次の文句で終わる――「だからこそ、われわれの喜劇に戻るよりほかはない、いや、むしろ思考の喜劇から行動の喜劇へと向かうよりほかはない」と。

　この「喜劇」で二度目に作者が登場して口上を述べるのは第三三章においてである。それは「なにがしかの価値ありとすればなにがしかの価値あるものとして通用する章」と題されるが、メルヴィルのフィクション観を知るうえでは掛値なしに価値ある章として通用する章である。ここでは、まず芸術作品が二種類に分類される――一つは現実に過度に忠実な芸術、もう一つは現実からいくらか離れているがゆえにかえって現実に忠実たりうる芸術に。むろんメルヴィルは自作が後者に属することを自認してから、こう語る。

……読者はフィクションに、現実以上の楽しみを求めているばかりか、心の底では、実人生そのものが示すことができる以上の現実を求めてさえいるのである。かくして彼らは新奇を求めてはいるが、自然をも求めているのである。だが、その自然とは奔放な、高揚した、要するに変容した自然のことである。かように考えるなら、フィクションにおける人物は、芝居の登場人物と同じように、誰ともまったく同じようなものを着るべきではなく、誰ともまったく同じように語るべきでもなく、また誰ともまったく同じように行動すべきでもない。フィクションは宗教の場合と同様に、別世界を呈示すべきであるが、それはなおわれわれが結びつきを感じうるていの別世界でなければならない。（傍点付加）

『詐欺師』にかぎらず、言葉によって構築される抽象的構造物であるフィクションが現実そのままではありえず、その転写でもありえないのは理の当然ながら、それはなお現実との構造的な対応を保たねばならず、そのうえ現実をより現実的に呈示しなければならない――とするのが、この一九世紀中葉のアメリカ作家の創作の哲学であったと知れる。ここでわざわざ「一九世紀中葉のアメリカ作家」などと持ってまわった言い方をしたのは、最近とみに活性化してきた二〇世紀初頭に誕生したロシア・フォルマリズムや、その後の構造主義の概念や用語を利用して右の引用文をパラフレーズするのがいとも容易であることに気づくからだが、もしわたしがそうするとしても、メルヴィルの「手法」に対する関心がいかに二〇世紀の新理論になじむかを示したいからというより、この一九世紀のアメリカ作家において、そういう創作理論が先取りされ、かつ実践されていたことをより示したいからである。

たとえばヴィクトル・シクロフスキイは、トルストイの日記から「もし多くの人たちの複雑な生活全体が無意識的に過ごされてしまうのであれば、その生活は存在しなかったも同然である」という文句を引用してから、こう書く――「そこで、生活の感覚を取りもどし、ものを感じるために、石を石らしくするために、芸術と呼ばれるものが存在しているのである。芸術の目的は、認知、すなわち、それと認め知ることとしてではなく、明視することとして、ものを感じさせることである。また、芸術の手法は、ものを自動化の状態から引きだす異化の手法であり、知覚をむずかしくし、長びかせる難渋な形式の手法である。これは、芸術においては知覚の過程そのものが目的であり、したがってこの過程を長びかす必要があるためである。芸術は、ものが作られる過程を体験する方法であって、作られてしまったものは芸術では重要な意義をもたないのである」(「手法としての芸術」、ツベタン・トドロフ編『ロシア・フォルマリズム論集』、理想社、一九七一年)

と。まずメルヴィルは、トルストイと同様に、「無意識に過ごされてしまった生活は……存在しなかったも同然である」ことを明確に意識していた。たとえば『ピエール』（一八五二年）で、メルヴィルがその主人公の若い作家ピエールが「自分自身の経験から直接に剽窃しながら」（第二二章）小説を書いているとしたためたとき、自分自身が処女作『タイピー』（一八四六年）を「自分自身の経験から直接に剽窃しながら」書いていた頃を思いおこし、過去の経験とは、それを経験した者の脳裏に、記憶の痕跡が形成する一種の抽象的な秩序ないしテクストとしてあるだけで、なんらかの実体としてどこかに存在するわけではないことを明確に自覚していたはずである。「剽窃《プレジャライズ》する」とは、そのような認識の文脈以外では使いえない言葉ではないか。また「実人生そのものが示すことができる以上の現実を求める」ものとしてのフィクションとは、「石を石らしくするために」存在する「芸術」のことにほかならない。さらにメルヴィルの、フィクションが呈示すべきものとして「奔放な、高揚した、要するに変容した自然」とは、シクロフスキイの「ものを自動化の状態から引き出す異化の手法」によって活性化された「自然」にほかなるまい。さらにまた「芸術は、ものが作られる過程を体験する方法」であるなら、作品の制作途上で作品そのものについて書くことによって創作過程そのものを作品の構造に組みこむことを自己の「手法」としたメルヴィルは、作品を書く過程を読者と共有することによって読みとる経験に人生の単純でない経験の総体とほぼ見合うような奥行きと普遍性を与えることを戦略化し、手法化していた作家だったと安心して言える。

だが、さきにも暗示しておいたように、フォルマリズムの口真似をするのがわたしの真意でもなく、その理論に全面的にくみするものでもない。とりわけ作品を作者の伝記、同時代の社会背景、作者や時代の社会的・哲学的信念から説明することを退けるフォルマリズムの禁欲主義には同調できない。メルヴィルが使った「自然」というたったの一語にしても、彼が生涯にわたって拘泥した「一貫性」の観念にしても、当時の有力な思想的指導者エマソンの「超絶主義的眼球《トランセンデンタル・アイボール》」によって変容された「自然」のイメージや、彼が「自己信頼」で述べた「一貫性」についての所説のことを思い浮かべないことには、メルヴィルのテキストを読みとることによって、この作家の書く行為を読者として共有することはできまい。

わたしはエマソンの次のような文章のことを思い浮かべているのだ——「愚かな一貫性は小人の幻想であって、そんなものに感心するのは卑小な政治家や哲学者や聖職者だけである。偉大な精神にとって、一貫性など問題ではない」（「自己信頼」一八四一年）。そして、この文章との対応関係からだけで言うのではないが、メルヴィルがやはりエマソンと同時代の真正なるアメリカの子だったことをここで確認しておきたいのだ。メルヴィルは、またのちほど見るように、終生この「一貫性」の問題にこだわっていたのだが、そのきっかけのひとつがエマソンにあったことはほぼ確実である。すくなくとも、その傍証として、『詐欺師』第三六章に、その容貌・言動その他からどうしてもエマソンとおぼしき人物が登場して、コズモポリタンと「一貫性」について議論する場面があることを指摘しておこう。このエマソンらしき人物は、まず「私は一貫性などは、ほとんど気にかけない」と言明してから、一貫性が有効なのは純粋に思弁的な領域においてだけのことで、「自然」では（と「自然」という言葉を多用して）「一貫性」は有害無益と断定し、次のように弁ずる。「自然にはほぼいたるところに山があり谷があるのだから、そういう自然の高低の差にあわせて進まずして、どうして自然に知識を進めることができようか？　知識を進めるのは大いなるエリー運河に船を進めるようなもので、地形の性格によって、水面の高さを変えることは不可避である。水門の操作によって、つまり絶えざる非一貫性によって、上がったり下がったりしながら進むのである」。これはほとんどメルヴィルの書くことの、世界を全体として眺望することの、また異質なテクストをさまざまなレベルで積み重ねる本のつくり方の、比喩ではないか。ちょうど『白鯨』のプロットの進行ぶりが「暗黒の深い谷間に舞い降りることもできれば、ふたたびそこから飛翔して光かがやく虚空《こくう》に消えてゆくこともできる……キャツキル山のワシ」(『白鯨』第九六章)の飛翔ぶりの比喩であるように。

ところで『詐欺師』で最後に作者が登場して肉声で読者に語りかけるのは第四四章においてである。そこでは主として架空の人物の「独創性」が論点となるのだが、題して「前章の最後の三語を議論のテクストとするものであって、この章を読みとばさない読者の注意をかならずや多少とも引くにちがいない章」。そうなら、読みとばすわけにはいくまい。ところで「最後の三語」とは「なかなか独創的」(**QUITE AN ORIGINAL**)なる英語の三語のこと。これは前章で、したたかな床屋がグッドマンを名乗るコズモポリタンに一杯喰わされて発した言葉だが、この章は、その三語を受けてこう始まる。

「**なかなか独創的**」なる文句は、思うに、年をとり、広く書物を読み、あまねく世界を旅した者より、年若く、無知で、旅をしたことのない者がよく口にするものである……

フィクションにおける独創的な人物についてなら、さような人物にお目にかかったなら、義理がたい読者はその日を記念日にするがよい。……だが、そういう人物がハムレットやドン・キホーテやミルトンのサタンがそうであるような意味で独創的な人物であることはめったにない……

そのうえ、考えてみると、一般に独創的だと考えられているフィクション上の人物はどこか個性的《パーソナル》なところがあるだけである――自己に閉じこもっているところがあるだけである。そういう人物は、その個性を周囲に発散しない。ところが本質的に独創的な人物は、回転するドラモンド光のように、その光源から周囲のすべてのものに光を放つ――すべてはそれによって照らし出され、すべてが活気づけられ、それに向かって反応する……

要するに、メルヴィルの言う独創的人物とは、その人物が置かれることによって形成される場にあるすべてのもの、すべての人物を鮮明化し、活性化し、方向づけ、吸引し、言うなれば異化するたぐいの人物である。だが「小説家はそういう〈独創的な〉人物をどこから拾ってくるのか?」とメルヴィルは自問する。「……拾ってくるのか?」であって、「……創造するのか?」ではない問い方は興味あるところだが、それはともかく、要するに、そういう独創的な人物は現実世界から拾ってくるよりほかはないけれども、現実世界にも真に独創的人物などはめったにいないので――という例の循環論にメルヴィルはたちまちみずから陥ってしまい、ついには「独創的なものは作者の想像力から生まれることはけっしてない――動物界においても文学界においても同じことだが、あらゆる生命は卵から生まれる」という「独創的な」見解に到達する。

ここでメルヴィルの見解を括孤づきで「独創的な」と言うのは、当時にせよ現在にせよ、文学作品が作家の想像力の産物であるとするのが一般に受け入れられている常識だろうと忖度するからだが、同時に、『ピエール』におけるメルヴィルの「独創論」や、テクストはテクストからしか生まれないとする近年の理論に通暁されているむきには、さほど「独創的」とは感じられなかろうとも思うからである。『ピエール』には「多くの独創的な書物はきわめて非独創的な精神の産物なのである……世界はつねに独創性に充満しているが、世界が意図したような意味での独創的な人間が存在したためしはなかった。最初の人間アダムでさえも

――アダムはユダヤの法律家によれば最初の作家であったそうだが――独創的ではなかった。神だけが唯一の独創的な作家である」（第一八章）とか、「創造的精神にとって基準などといったものがないこと……いかなる偉大な一冊の本も多くの本との関係を無視して眺められてはならず……現存するすべての偉大な作品を総合的に想像力のなかに取りこみ、これを多様で汎神論的な全体として見なさねばならぬ……」（第二一章）とかの文章がある。ところで、一種のメタ・フィクション、小説についての小説である『ピエール』に見いだされるメルヴィルのフィクション論については、前章でも触れたので、本章ではこれ以上触れまい。ただし文学上の独創性について一般的に言わせていただければ、英語の「独創的《オリジナル》」なる語がもともと「オリジン」がある、もとがある、の意があることが示唆するように（OED参照）、文学者は言葉まで発明して書くことは原則として禁じられているのであってみれば、また究極的には作家の用いる言葉はすべて大きな「辞書」からの引用でしかありえないのであってみれば、作家が語の真なる意味で独創的でありえない存在であることはたしかだ。ここにおいて、メルヴィルの「独創的なものは作者の想像力から生まれることはけっしてない」という断定は奇矯でも独創的でもなくなり、「あらゆる生命は卵から生まれる」は「あらゆるテクストは先行するテクストから生まれる」とパラフレーズされても差し支えあるまい。

『詐欺師』や『ピエール』においてこの作家が書くことについて書いた事例の検討はこれぐらいにして、今度は遺稿『ビリー・バッド』の事例について一瞥してみたい。それはメルヴィルが最晩年にいたるまでフィクションの「一貫性」の問題に一貫して拘泥しながら、そのこだわりを逆手にとって自己の作品に世界の複雑さに見合うような重層性をあたえるための積極的な手法としていたことを示すゆえんにもなるだろう。メルヴィルには用心するにしくはないのだ。

全三十章からなる『ビリー・バッド』[*1]も終わりに近い第二八章は、こう書き出される。

純粋なフィクションでなら達成できる均整のとれた形式は、本質的に伝説よりはむしろ事実に深くかかわりあう物語では、そう簡単には達成されない。臆するところなく真実を語ればごつごつしてくるのは避けがたい。ゆえに、その種の物語は建築物の頂華《フィニアル》のように仕上げがうまくいきかねる。「大反乱」の時代にハンサム・セイラー〔ビリー・バッド〕がいかなる運命をたどったかについて、これまで忠実に物語ってきた。しかし物語は彼の生命とともに終わるのが当然であるにしても、続編といったものは省略するわけにはいかない。三章もあれば足りよう。

むろん、右の引用はこの章の冒頭の一部にすぎず、そのあとにはビリーの死後のこと、つまり彼が上官殺害と反乱罪のかどで絞首刑にされてから、その死刑執行命令を発した艦長ヴィアがフランス軍艦との海戦で銃弾を受け、「ビリー・バッド、ビリー・バッド」とつぶやきながら死んだことが書かれていて、このくだりはどんな読者も感銘深く記憶にとどめているはずだが、それが感銘深いだけに、右の冒頭の作者の私語はほとんど記憶にとどめられていないのが実情だろう。が、それはともかく、この作中に挿入された作家の「私語」は詐術に満ちている。まず、「事実」に「忠実に物語ってきた」とされる『ビリー・バッド』は事実上の話ではない。類似の事件が米国海軍ソマーズ号上で起こり、メルヴィルがそれに関心をいだいたことは事実であるにしても、彼がその内幕に通暁する立場にいたわけではない。その事件を核に、場面を英国海軍ベリーポテント号上に移し、いかにも事件の内情に通じているかのような語り手を設定して、いわば一種の仮説的「内幕物」に仕立てあげられたのがこの『ビリー・バッド』である。つまり、これは「均整のとれた形式」が達成されやすい「純粋なフィクション」に近い作品なのである。だから、メルヴィルの口上は、わざわざ「均整」を破るための詐術ないしは作家の仕掛けと受け止めるほうがよい。

では、その仕掛けはどのような効果を発揮するのか。つづく第二九章は、ほとんどがこの「不祥事件」を報ずる英国海軍公認の「週報」からの引用というかたちをとる。その報ずる内容は、先行する物語をほぼ全面的に否定し、ビリーの行為を悪逆非道と断定し、艦長の処置を海軍精神と愛国心の名のもとに賞賛するもの。そして最終章は、仲間の水兵が書いたとされ、ポーツマスで瓦版で出まわったとされる、ビリーを愛惜するバラードの引用で終わる。さて、再度問うが、この蛇足ともいえる最後の三章は、この作品全体に対してどのような効果をおよぼすのか。

それに答えるためには、この三章がなかったら『ビリー・バッド』はどのような作品になったかを想定してみるのが手っ取り早かろう。まず、それはもっと痩せ細った作品になったことだろう。「真相」を「忠実に物語ってきた」とする自作に、英国海軍の公式見解によって「事実」化されたもう一つの「真相」を配することによって、先行する物語は微妙に否定され、さらにもう一度、一水兵の素朴な心情によって美化されたビリー・バッド像が差し出されることによって再逆転する――このような操作によって、この物語は世界のそれに見合うような単純でない奥行き、厚み、不透明性を持つことになったと言えよう。ちなみに、この種の操作は『ビリー・バッド』においてのみ用いられているのではない。事情を知らずにスペインの反乱船に乗りこんだアメリカの船長デラノの視点から書かれる推理小説仕掛けの『ベニト・セレーノ』（一八五五年）にも、スペイン人船長セレーノの裁判における供述書からの長々しい引用という付録がつく。作家の仕掛け、手法、戦略としては『ビリー・バッド』の場合と同じであり、効果もまた同一であろう。そして、ここでついでに言っておけば、この二つの作品とも、作者のそういう操作によって、現実に向けて開かれている——『詐欺師』が「この仮面劇はまだいくらかつづくであろう」と終わることによって、また『ホワイト・ジャケット』（一八五〇年）に「終り」という章がつけ加えられることによってそうであるように。

ここでいきなり初期の作品『マーディ』に飛ぶことにする。この初期の、さまざまな文学ジャンルの複合体である野心的大作は、いわば両側がラッパ状に大きく開き、その二つのラッパが細くくびれた管でつながれているような奇妙な構造になっており、その始まりである一方の開口部は、その前年に発表された海洋冒険物語『オムー』（一八四七年）の底抜け構造の開口部と直接に接合しているようにみえる。後者は「正午までに、その島は水平線の彼方に消え、われわれの眼前にひろがるのは渺茫たる太平洋だった」（第八二章）で終わり、前者は、ガラパゴス諸島の母船から離れて小舟で太平洋のさすらいの旅に出る名もない水夫の行為から始まる。この奇書も、初めのうちこそ『オムー』の続編らしく、いわば写実的な海洋冒険物語なのだが、この語り手が神秘的なポリネシアの乙女を救うために僧侶を殺し、太陽神タジの名を僭称し、海図にはないマーディ諸島に乗りこむあたりから、書きものの質はすっかり非現実的、幻想的、寓話的、風刺的、瞑想的なものになる。ところで筋の紹介や作品論そのものがこの小論の目的ではない。この論考の目的は、この作品にメルヴィルの「創作の哲学」を探り当てることにある。

その「哲学」はこの作品の後半に見つかる。タジを名乗る語り手はメディア王、哲学者ババランジャ、歴史家モヒ、詩人ユミーとともにマーディ諸島漫遊の旅に出る。その途上、彼らはときおりさまざまな主題について語りあうのだが、そのなかには文学論も含まれている。次にその一部を引用する第一四三章には、厳密には文学論ではないが、王と哲学者のあいだの「一貫性」についての問答がある。これはメルヴィルがいかに一貫して一貫性の問題にこだわっていたかを示すもう一つの事例ともなろう。

「……ババランジャよ、おまえはまだいくつ理論を持っているのか?……おまえは首尾一貫していない」

「王よ、まさしくその理由によって、私は首尾一貫していなくはないのです。と申しますのは、私の非一貫性の総和こそが私の一貫性だからです。それに自己に対して一貫して忠実であることは、マーディにおきましては、しばしば一貫していないことになるのでございます。通例の一貫性は不変性を意味します。しかし、この世における英知の多くは変遷の過程にあるものでございます」

首尾一貫していない点で一貫しているところが首尾一貫している——というのがこの哲人の論旨で、これはパラドックスめくが、もし「この世における」生身の人間の実情を勘案するなら、つまり、この論法に現実原則を導入するなら、これはパラドックスでなくなるていのパラドックスである。純粋・厳密な論理的パラドックスは、例の模範的なパラドックスである「あるクレタ人がすべてのクレタ人は嘘つきだと言った」の場合のように、完全な悪循環を含んでいなければならない。その点、このババランジャの理論は、『詐欺師』でのメルヴィルのそれのように、「この世では首尾一貫した人物などめったにいない」ことを暗黙の前提としているので、理論はぐるりと一度は循環するが、ぐるりぐるりと無限に循環することはない。『白鯨』の「エピローグ」でイシュメールがぐるぐるぐるぐると渦巻とともに回転しているとき、「棺桶の救命ブイが、猛烈な勢いで海面に浮上し」てきて彼を救出するように、この理論では現実原則の矢が飛び出してきて悪循環の輪を断ち切る。OがΩのように裂け目をつくる。このことは「フィクションは宗教の場合と同様に、別世界を呈示すべきであるが、それはなおわれわれが結びつきを感じうるていの別世界でなければならぬ」(『詐欺師』第三三章)とするメルヴィルのフィクション観の要締との関連において重要である。

ところでババランジャが用いた論法は『マーディ』第一七一章で述べられている「鮫の三段論法」なのである。この章でこの哲人はドクソドックス(オーソドックスとパラドックスの合成語ならん)なる人物をこの論法で論破するのだ。では「鮫の三段論法」とはいかなるものか。海で男の脚にかみついた鮫が男にこう言う——「おれがおまえに害をなすつもりかどうか正しく答えたら、おまえを逃がしてやろう」と。だが鮫の凶暴性を先刻承知のこの男は、鮫がいったんかみついた脚を放すわけはないと考えたので、正直に「おまえは害をなすつもりだ。さあ、放しておくれ」と言う。ここまでなら、赤ん坊を母親から奪った鰐が母親に「おれはあんたの赤ん坊を食べるだろうか。正しく答えたら、赤ん坊を返してやろう」と言ったところ、母親が「はい、おまえは食べる」と答えたので、鰐は猛烈な自己矛盾におちいり、赤ん坊を返したという例の高名なパラドックスの範例の変種だと思って安心してしまいそうだが、メルヴィルの鮫の場合はそうはいかず、その返事は意表をつく。鮫はこう答えるのだ——「いや、いや、おれの良心が許さない。こんな正直な人間さまの言葉を裏切ることはとてもできない。おまえは真実を語るように求められていた。そして、おれがおまえに危害を加えるつもりだと言った——そうなら、そうしてやろうじゃないか——さあ、おまえの脚はもらったぞ」と。これはもはや純理的パラドックスではない。循環論は現実の理論により、鮫の自然の掟により、断ち切られている。

この「鮫の三段論法」を念頭に、さきに引用したババランジャの議論を読みなおせば、それがまたこの架空の哲人に仮託したメルヴィルのフィクション観の展開だとわかる。すなわち「通例の一貫性」は純粋論理のレベルでなら、あるいは宗教が専門にする「あの世」でなら通用もしよう。しかし「この世」では、また「別世界」を呈示すべきだがなお「現実」と完全に縁を切ってはならず、そのうえ「現実よりなお現実的な」現実を呈示しなければならぬフィクションでは、純粋論理的な一貫性はさほど珍重すべきものではない——という作家メルヴィル自身の意見だとわかる。『マーディ』第一八〇章では、もっとこの作者の本づくりの実際と理念に引き寄せられた文学論が登場人物たちによってたたかわされ、話題はマーディの偉大な詩人ロンバートの最大傑作『コズタンザ』の評価に及ぶ。

アブラーザ——ところでババランジャ、『コズタンザ』は一貫性に欠けている。あれは奔放で、脈絡がなく、エピソードばかりだ。

ババランジャ——マーディ自体がそうなのです——あるのはエピソードばかりです。谷に山、平野から逸脱《ダイグレス》する川、はびこる蔓草、石にダイヤモンド、花にアザミ、森に藪、そして、ところどころに湿地や沼地。だからこそ、『コズタンザ』の世界もそうなのです。

これは『マーディ』そのものについての、はたまた、この時点ではまだ書かれていなかったメルヴィル自身の傑作『白鯨』（一八五一年）についての、さらには彼の他のおおかたの長編についての議論として読める。この作家にとって本とは世界のことであり、世界とは本のことなのだ。世界が多様な要素と層からなる全体であるならば、本もまたそうでなければならない。そして本が世界の全体性に近づいたとき、その本は傑作となる。『コズタンザ』（Koztanza≒Co-stanza）は読むことができない本なので、それがそのような意味で「傑作」であったかどうかは判定しかねるが、ババランジャがロンバートの『自伝』から引き合いに出す言葉から判断するかぎりでは、それは『マーディ』に近い「スタンザの集合体」のような作品であったと思われる。そうならメルヴィルは『マーディ』を書くことによって、『白鯨』を書く下準備を完了したのである。事実、彼は時ならずして、多様なエピソードを織りなし、異質なテクストを積み重ね組み合わせる手法によって『白鯨』なる書物の製造にとりかかる。その執筆中、大先輩ホーソーンにこの作家が自作のことを「ごった煮」「継ぎはぎ細工」といくらか遠慮がちに告げていることも、彼がいかに意識的にテクストの組み合わせと積み重ねという技法によって『白鯨』製作にはげんでいたかを裏書きする。また『マーディ』の完成直後に「タバコ銭を得るために」十週間ほどで書きあげた『レッドバーン』（一八四九年）に、ふと作者が書きつけた次の文句も、以上の文脈に置いて読むとき、いたく興味深い。それは水夫が「よりなわ」（spun-yarn）をよる作業の記述のなかに挿入されている。

> 素材としては、「ジャンク」（junk）と呼ばれる索具のくずが用いられるのだが、たいていの本がそうやって製造されるように、その亜麻糸をこなごなにほぐし、また新たにより合わせるのである。
>
> （第二四章――傍点付加）

なるほどこれは水夫が「よりなわ」をよる作業の記述だろうが、この比喩の用い方はふつうではない。いうまでもなく、AはBのようだ、という修辞法が直喩だが、そのさい、あまり具体的でなく知られていないAをより如実に差し出すために、より具体的で知られているBを引き合いに出すのがこのレトリックの要諦だ。ところが右の引用文中の直喩の用い方は逆転している。いわば反比喩、反直喩である。かくして引用文中の比喩は「よりなわ」の製造法より、本の製造法のほうがより如実にわかる仕掛けであることになる。それに「よりなわ」(spun-yarn)という語は「話（糸）を語る（紡ぐ）」(spin a yarn)という英語のイディオムを内包し、その逆成語のようにも読めるので、これは「本が製造される」ことの、製造された「本」の、または「物語」の暗喩《メタファー》だろう。

メルヴィルの書くものが「ごった煮」「継ぎはぎ細工」であることはわかったとしよう。では、なぜそうなのか。まず、この二語を彼が書いた手紙の文脈のなかにもどしてみよう。彼はこう書いたのだ――「私がいちばん書きたいこと――それは禁じられています――それは売れません。といって、まったく逆のことを書くことは私にはできません。だから出来あがるものはごった煮で、私の本はみな継ぎはぎ細工なのです」〔ホーソン宛、一八五一年六月〕。ではまた、メルヴィルが「いちばん書きたいこと」とは何だったのか。メルヴィル自身がこれに直接に答えている箇所はない。だが、間接に、あるいは比喩を用いて、それを暗示している文章ならある。たとえばそれは、「魔法の島《エンカンターダス》」〔一八五四年、パットナム誌。のちに『ピアザ物語』〔一八五六〕に収録〕の第八話の途中で、またしても物語の進行を中断して作者が肉声で語るくだりに見つかる。

さて、それから――

私の意に反して、ここに休止が訪れる。あることを知ってしまった者に自然が口止めをするかどうかは知らない。だがすくなくとも、そのようなことを公表するのがよいかどうかは疑わしい。もしある種の本がきわめて有害とされ、発売が禁止されるのなら、もうろくした人間の夢ではないところの、もっと恐ろしい事実は禁じられなくてもよいのだろうか？　本によって毒される人間が事実によって害されないわけはなかろう。本ではなく、事実こそが禁じられるべきである。しかし、あらゆることにおいて人間はまったく風まかせで、あることが吉とでるか凶とでるかは知るよしもない。吉から凶がでることも、凶から吉がでることもある。

それからウニヤは――

と、この物語はつづくのだが、右に引用した箇所はこの物語にぽっかりとあいた裂け目、または余白のような印象を与える。その余白には、書くことがはばかられる事実が伏せられており、真実を超えた真実が書きこまれる予定であったのかもしれない。だが、事実として、そこにあるのはテクストの欠落である。これをどう解すべきか。作者はわざと書き控えたのか、書こうにも書けなかったのか、現実よりなお現実的なものを呈示すべき作家の義務を放棄したのか、あるいはそういう作業が本質的に内包する不可能性をここでひそかに自白しているのか。おそらく、最初の項目を除いて、いずれでもあったろう。そう言えるのは、右に抜き書きした「テクストの空白部分」のすこし後に、その「空白」を充塡するような一節があるからである。作品で自分が仕掛けた謎には、その作中にそれを解く鍵をひそませておくのがメルヴィルという作家の顕著な特徴である。が、その一節を引くまえに、簡単に文脈をおぎなっておく必要があろう。ウニヤとその夫と兄の三人はガラパゴス諸島のある無人島に陸亀を捕りにきたのだが、二人の男を事故で失い、彼女だけが絶海の孤島に残される。彼らを連れ戻しにくると約束したフランスの捕鯨船は姿を見せない。彼女はただひとりこの島で、浜辺に流れついた葦の茎《くき》に日を刻みながら絶望的な日々をすごす。

まさしくウニヤは一本の葦に頼っていた。本当の葦だった。比喩《メタファー》ではない。見知らぬ島から流れついたうつろな茎で、浜辺で見つけたものだった。かつてはぎざぎざしていたその両端はサンド・ペイパーをかけられたように滑らかになっていた。その金色の輝きは消えていた。長らく海と陸、海底の岩と海上の岩にこすられ、この光沢を失った物質はヤスリをかけられたように裸にされ、さらにもう一度、今度はみずからの苦悩の輝きによって磨きをかけられていた。

頼るべきすべてのものを失ったウニヤが頼ったのは「一本の葦」、「本当の葦」、暗喩《メタファー》でない「葦」だとされている。しかもその「葦」は海と岩にもまれてむきはだになり、苦悩の光沢をおびている。これが「比喩《メタファー》ではない」「葦」だろうか。元来が頼るべきものではないものの暗喩である「葦」が暗喩でないと否定されながら、さらに頼るべきものがなにもないウニヤの暗喩としてここでは記述されている。これは暗喩による暗喩の否定による暗喩である。このような暗喩の二重、三重否定的な用い方はこの作家に特徴的なものであるが、作家の言葉の織りなしようこそ作家の基本的な手法であってみれば、メルヴィルがそういう尋常ならざる言語の使用法によってめがけていたのは、尋常な日常世界を超えた世界、現実よりなお現実的ない、現実の呈示であったと考えられる。が、むろん、それはかならずしも成功するとはかぎらない。いや、一種の不可能性を秘めている。そこに言葉、暗喩、フィクションの限界がある。しかし、にもかかわらず、その限界に挑戦するのがメルヴィルの作家的営為だった。彼はババランジャに「あらゆる戦《いくさ》のなかで最大の戦は書くことです」(『マーディ』第一八〇章)と語らせている。また別のところ(「ホーソーンとその苔」一八五〇年)で彼は小説のこと「真理を語る偉大な芸術」(the great Art of Telling the Truth)とも呼んでいる。

この大文字の「真理」を可能なかぎり全体として丸ごと捉えようというのがメルヴィルの書くという大戦争の目的であったにちがいない。だが戦争には戦略、戦術はつきものであり、また勝つことも負けることも含まれている。『白鯨』が偉大な小説であるのは、それらのすべてを含んでいるからだろう。エイハブは白鯨《モービー・ディック》をしとめうる「鯨」ないし「真理」として追跡して自滅する。われわれの文脈では、エイハブはまた一種の作家だったのである。いっぽう「無学な」若き水夫として登場し、エイハブの戦いのすべてを目撃し、最後には棺桶の救命ブイに乗って生還するイシュメールも、やがて博学な作家になって『白鯨』を語り、勝利をおさめる。この二種類の「鯨」ないし「真理」の追求者の勝負をわけたのは、二人の「鯨」ないし「真理」の見方とアプローチの相違にあったにちがいない。エイハブは「真理」を明白に捉えうるものと見たのだ。だが『白鯨』にこうある――「鯨をまるごと捕らえるのでなければ、その人は真理においては田舎者であり感傷主義者であるにすぎない。だが、明晰な『真理』に立ちむかうことができるのは、火をもおそれぬサラマンダーのごとき巨人でしかありえないことも真実だ」(第七六章)と。いっぽうイシュメールは「真理」を捉えがたいものと見た。やはり『白鯨』にこうある――「だが、陸影なきところにおいてのみ、神のごとき岸辺なく広大無辺の真理があるとするならば――たとえそこが安全であろうとも、不名誉にも風下の岸に打ちあげられるよりは、あの咆哮する海にほろびるほうがましではないか!」(第二三章)。この「広大無辺の〔「明晰な」ではない〕真理」は無限定で捉えがたいが、その「真理」を無限に追跡し捉えようとする過程がメルヴィルの書く行為の実質を形成していた。だからこその比喩の尋常ならざる用法、書く過程への書く過程の挿入。それらは、この作家の「真理」へ近づくための戦略だったのだ。そうなら、『白鯨』とはメルヴィルの書くことの壮大な比喩でもあったはずである。

（『文学とアメリカⅢ』南雲堂、一九八〇年）

註

＊1　*Billy Bud, Sailor* [1886-91, pub. 1924], ed. Harrison Hayford and Merton M. Sealts, Jr. (University of Chicago Press, 1962).

11 『白鯨』モザイク[*1]

There are some enterprises in which a careful disorderliness is the true method.

——*Moby-Dick*

「鯨を丸ごととらえるのでなければ、真理においては田舎者であり感傷主義者であるにすぎない」（第七六章）とはハーマン・メルヴィルみずからの御託宣である。そうなら、まず『白鯨』を丸ごと、全体として、巨視的に捕えようではないか。そのさいメルヴィル自身が「鯨学」（第三二章）で採用した方法が参考になるかもしれない。彼は「鯨をその大きさによって三つの基本的な巻《ブック》に分かち、さらに章《チャプター》に分け」る方針をたてるが、われわれは『白鯨』をテクストの質の差によって巻に分かち、章に分ける方法を採りたい。とはいえ『白鯨』はすでに章に分かれているので、われわれの実際の仕事は、まず章をテクストの質によってグループに分けて巻《ブック》にまとめあげることである。ところで、さて何巻に分けるか、分けられるか。ちなみに「鯨学」では、鯨は本のアナロジーによって二折判《フォリオ》、八折判《オクテーヴォ》、十二折判《デュオデシーモ》の三巻に分けられている。

『白鯨』がいくつかの巻に分かれている、あるいは分けようと思えばそうできることは、その出版当初からつとに気づかれていた。アメリカ版『モービィ・ディック、または鯨』が出版されたのは一八五一年一一月一四日前後であるが、それに先だつ一〇月一八日にロンドンで出版された『鯨』について、同年一一月一五・二二日号の『文学世界《リテラリ・ワールド》』誌（ニューヨーク）にはエヴァット・A・ダイキンクの書評[*2]が掲載され、それには「『鯨』は三つとは言わぬまでも、すくなくとも二つの本《ブック》が一つになった本である」という指摘がある。評者によればその「第一の書《ブック》」は「巨大な抹香鯨」にまつわる冒険譚で、その記述・描写は正確にして諧謔と奇想にとみ、その出来事は「つねに珍しく《ピクチャレスク》、時に壮麗《サブライム》」である。「第二の書」は「エイハブ船長・クィークェグ・タシュテゴ・ピップ一座のお芝居」である。「第三の書」は一種のエッセイで、まともな思索や詩情にまったく欠けるわけではないけれども、途方もない妄想や空理・空論がめだつ。そして「この本の評価が困難である理由は……そういう多重性にある」とダイキンクは評定する。が、忘れないでおきたい——当時の評価そのものが問題なのではない。『白鯨』がまだ世に出たばかりでいささかもその鮮度が落ちていない時期に、まずその複数性・混淆性・ジャンルとしての不純性が指摘されたことが重要なのである。多くの批評や研究に毒されない新鮮な眼が見てとったもの、それはつねに珍重するにあたいする。

その後、ことに一九四〇年以降、『白鯨』が今日あるがままの順序で書かれたわけでないらしいこと、その創作過程に大幅な変更があったことがわずかな証拠から判明し、その各章が実際に書かれた順序や時期、またその改訂の程度を特定しようというこころみがリオン・ハワード、チャールズ・オルソン、ハワード・P・ヴィンセントなどの学者や批評家によってなされることになり、最終的にはジョージ・R・スチュアートが一九五四年に「二つの『白鯨』」[*3]説にまとめあげ、それがほぼ今日までの定説になっている。スチュアートによれば、第一章から第二二章までが原《ウル》『白鯨』、第二三章から「エピローグ」までが改訂された『白鯨』ということで、つまり『白鯨』は二巻本ということになる。そして最近ではジェイムズ・バーバーの、いわば「三つの『白鯨』」[*4]説も出ている。この論者によれば、一八五〇年二月から同年八月までに書かれた分が第一巻、同年八月から翌五一年の初期にかけて書かれた「鯨学」の諸章が第二巻、そして同年初期から秋にかけ、シェイクスピアとホーソーンの影響下に書きなおされた部分が第三巻ということになる。しかし、いずれの説にせよ、メルヴィルがこの作品のある章ないし諸章を書いた時期を内的・外的な証拠によって特定しようとするこころみであり、いわば『白鯨』を通時的に巻《ブック》に分けようとする企てである。『白鯨』をして今日の『白鯨』たらしめているのは、しかしながら、それが共時的に今日みられるような章の布置結構になっているからだろうゆえ、異なる時期に書かれたと推定されるテキストが異質なコンテクストを形成している場合はともかく、メルヴィルの執筆時期そのものは当座のわれわれの関心事ではない。

　こうみてくると、出版当時の現場批評家ダイキンクの直観的腑分けはなかなか当を得ている。これをわれわれのイディオムに翻訳すれば、彼は『白鯨』を「物語」の部、「劇形式」の部、「鯨学」の部に三分しているわけである。私もこの三分法をほぼ踏襲し、しかしながら「出会い《ガム》」の章をつけ加えて四分法にして『白鯨』を丸ごと捕える方途としたい。

　ところで「物語」とは、これまで受け入れられてきた小説のルールにほぼしたがって、イシュメールなる語り手が第一人称の語り手として、その分限をあまり極端に逸脱しない枠内で語る部分を指すことにしたい。語り手の分限とは、語り手が「わたし」として物理的に知りうることしか知ることができない、ということに尽きるが、「ほぼ」とか「あまり極端に」とか保留をつけたのは、あまりお固いことを言っていると『白鯨』から「物語」があまりなくなってしまうという不正確な結論に到達してしまうからである。厳密に言うなら（それでもやはり譲歩文句を用いさせていただくが）、語り手が一人称の分限をどうやら守っているのは、百三十五章プラス「エピローグ」からなる作品本体のうち、ピークオッド号が「運命のごとく盲目に、寂寥《せきりよう》の大西洋に突進していった」第二二章ぐらいまでのことだからである。それから先では、語り手はしだいに乗組員たちのあいだに姿を消す傾向にあり、他人の意識のなかにもぐりこんだり、見るべからざるものを見、聞くべからざるものを聞き、また哲学的議論をはじめたり、鯨学に蘊蓄を傾けたり、瞑想にふけったり、かと思うと一介の水夫としての分限を忘れているわけでもなく、マット作りや鯨油や鯨脳油絞りなどの日常業務に精を出したり、鯨の捕獲や解体作業に積極的に参加したりもする。だがまた、いつしか、いわば純粋な「眼」になり「声」になって、モービィ・ディックを追跡する最後の三章などでは語り手がどのボートに乗っているかもわからないのに、どのボートのこともわかる——という仕儀になる。しかしこの小説に物語がないとは誰にも言えない。こころみに『白鯨』をなるたけ手短に要約してみようとしてみるのがよい。第二二章までのところはたいがい省略して、モービー・ディックなる白い鯨に片脚を噛み切られたエイハブなる船長が、復讐の怨念を燃やし、海に乗り出し、ついに白鯨に遭遇、壮絶な格闘を演じたすえに、鯨の逆襲にあい、船もろとも海の藻屑となる——という粗筋のヴァリエイションしか出てこまい。つまりナボコフが「偉大な小説というものはすべてお伽噺だ」と言った意味が、これほど似つかわしい小説もないのだ。しかも、いま述べたように、その「お伽噺」が本当にはじまるのは、むしろ一人称小説のルールから逸脱しはじめる第二二章以降においてである。小説に絶対的な掟などなく、もし小説に掟や伝統があるとすれば、掟から逸脱する掟、伝統に反抗する伝統があるだけだろう。小説の訃報を耳にして、すでに久しいけれども、小説はいつでもどっこい生きているではないか——『白鯨』はそういう不死身の小説の生きた証拠でもある。

それゆえ、『白鯨』を章を最小の単位として大づかみにするためには、あまりこまかいことに目くじら立てるのはやめにして（「鯨の計測にあたって、インチなどという端数がはいりこむ余地はないのである」〔第一〇二章〕とイシュメールも言う）、航行、捕鯨、解体、白鯨追跡などの行動を語る諸章は、視点人物の正確な所在などは不問に付して、物語の章に分類することにする。前檣の水夫たるイシュメールが船長室に入っていける可能性はまずないけれども、またそれゆえに、船長室で船長だけが独白したり、他の第三者と対話や対決している場合は別にして、たとえば「海図」（第四四章）の章でのように、「もしだれかが船長のあとをつけ船室《キャビン》にはいっていったとすれば」という書き出しではじまる仮説的語り手による船長室内の描写がある章も物語の章であることにする。あの高名な「鯨の白さ」（第四二章）や「われわれが人生と呼ぶこのけったいな雑事においては、宇宙全体をひとつのとほうもない冗談と断じたくなる奇妙な時と場合があるものだ」と始まる「ハイエナ」（第四九章）のような章も、要するにそれらが語り手自身の白鯨なり人生なりに対する見解であり、かつ物語の進行に内的動因を与えているという意味で、やはり物語の章とみなす。このような基準で腑分けしていくと、これからその基準を示す「劇形式」と「鯨学」の章を除いて、『白鯨』全体で「物語」の章はほぼその半数を占めることになる。

　劇形式の章――ト書があって独白だけからなる章、また純粋に脚本形式になっている章は問題なく「劇」（D）の章に分類する。たとえば第三七章「落日（船長室《キャビン》。船尾の窓辺。エイハブひとり坐して、外をながめる）」というエイハブ独白の章、第三八章「たそがれ（大檣《メインマスト》のかたわら。スターバックそれにもたれている）」というスターバック独白の章、第三九章「夜直はじめ　前檣楼《フォー・トップ》（スタッブ、転桁索《ブレース》をつくろいながら独白）」の章、第四〇章「深夜の前甲板　**銛手たちと水夫たち**（前檣帆《フォースル》が上がると、夜直の者たちが見える。立つ者、ぶらつく者、もたれている者、さまざまな姿勢でねころぶ者。みんなが合唱）という完全な脚本仕立ての章、またスターバックとエイハブ（第一二〇章）、スタッブとフラスク（第一二一章）などの二人の対話だけからなる章は劇（D）の章とみなし、これが『白鯨』には全部で十章ある。

微妙なのは、「準劇形式」（d）に分類しようとしている章である。たとえば高名な「後甲板」の第三六章。これには「エイハブ登場、つづいて全員」というト書があり、その全体の雰囲気は圧倒的に劇的であるけれど、いちおう平叙文による情景の説明や解説があり、そのあいまに劇的なせりふがはめこまれている形式で純粋な演劇的章に分類するのは躊躇されるのでdの章とみなす。同様な理由で、エイハブが呪いの言葉とともに「生きた脚と死んだ脚で」四分儀を踏みつけてみせる「四分儀」（第一一八章）、セント・エルモの火が帆桁に燃え、それに船員がおびえる機《しお》をとらえて秘儀的なせりふを吐き、いっそうエイハブが自分をカリスマ化する「ロウソク」（第一一九章）、落雷によって羅針が狂ってもいささかも動揺することなく、「いいか、雷はエイハブの針を狂わせた。だがな、エイハブはここなる鉄片からエイハブさまの羅針をつくってみせる――ちゃんと正しい方向をさす針をな」ということを実証してみせる「羅針」（第一二四章）などもdに分類する。また「エイハブ登場、つづいてスタッブ」（第二九章）、「翌朝、スタッブはフラスクに話しかけた」というたった一行の地の文があるだけで、あとは全部二人の会話からなる「魔夢《クィーン・マブ》」（第三一章）、語り手はスターバックが船長室に入るところまでは見とどけるが、それから先は何がおこなわれるかわかるはずがないのに、スターバックが船長を殺そうとして果たさなかった経緯を語る「マスケット銃」（第一二三章）などはdにする。その他エイハブが船室から出てきて、ただひとり宙吊りになった鯨の頭につぶやく「スフィンクス」（第七〇章）などもdに分類する。さらにまた、エイハブが鍛冶屋のパースに個人的に接触して、ひそかに「我イマ汝《なんじ》ニ洗礼ヲ施サン、神ノ名ニ非ズシテ、悪魔ノ名ニオイテ！」銛に焼きを入れる「ふいご」（第一一三章）もdにする。するとdの章は十六章になる。

「鯨学」の章を特定する作業は比較的簡単である。いちおう物語の筋から遊離し、あるいはその進行を中断して、純粋に鯨について科学的・偽似科学的・文献学的・歴史的・哲学的……に語る章のことを「鯨学」(Cetology＝C)の章と称することにする。すると、これは全部で二十章ある。しかし前後の章との密着性、あるいは逆に遊離性には、「鯨学」の章によってかなり差があるので、第八九章「仕止め鯨、はなれ鯨」(Fast-Fish and Loose-Fish)の分類法にしたがい、「仕止め鯨学」Cfと「はなれ鯨学」Clの二種類に分類しておく。なお「仕止め鯨、はなれ鯨」の章そのものは、その冒頭に断り書きがあるように、前々章における捕鯨作業の続きとして書かれている文章なので、これは「鯨学」の章ではないことにする。

残るのは「出会い《ギャム》」の章だけである。「出会い《ギャム》」とは「GAM(名詞)——二隻(またはそれ以上)の捕鯨船が、通例は漁場において行なう交歓。挨拶をかわしてのち、双方の捕鯨ボートの乗組みは相互に訪問しあう。その間、二人の船長は一方の船にとどまり、二人の一等航海士は他方の船にとどまる」(第五三章)ことである。『白鯨』にはこれがつごう九回ある。『白鯨』という他界の海を航行する小宇宙《ミクロコズム》としてのピークオッド号にとって、洋上における他船との出会いは、唯一の他界ないし小宇宙との接触の機会であり、たしかにそれぞれの出会いによってピークオッド号はなにがしかの影響を受け、次第にその宿命の輪を縮めてゆき、太平洋上の消尽点へと導かれてゆく趣がある。つまり、すこし角度をずらして言いなおせば、この一見無秩序な小説『白鯨』に宿命の必然性、構造上の骨格を与えているのがこれらの「出会い」の諸章であるように思われる。(ここで断っておくが、「出会い」と名づけられた第五三章そのものは「出会い」がおこなわれる章ではなく、「出会い」についての説明がなされる章である。『白鯨』における最初の「出会い」の章は第五二章「アルバトロス号」である。)すくなくとも『白鯨』全体を地とし、九つの「出会い」の章を図として見ようと思えば、これらの章は例のルビンの壺のように浮かび出て見えてくる。もっとも、そう見ようと思えば見えるのであって、このさいウィトゲンシュタインがある図形について、「われわれは或るときはそれをひとつのものとして、或るときは別のものとして見ることができる──つまり、われわれはこれを解釈している、そして自分たちが解釈するようにそれを見ているのである」（『哲学探究』二部一一章）という命題を思い出しておきたい。そして、これは「出会い」の章についてだけのことではないことも。

さて、そのうえで以上の分類法にしたがって『白鯨』を四つの異質なテキストに腑分けし、それを図示してみることにする。それは『白鯨』を視覚的に「丸ごと」捕えるためのわたしの方法であり、次の段階にすすむための手段でもある。そしてこれを「『白鯨』モザイクの図」[*5]と呼ぶことにする。

（大橋健三郎編『鯨とテキスト』南雲堂、一九八三年）

註

＊1　この論文は『「白鯨」解体』（研究社、一九八六年）にまとめあげ、その英語版は Toshio Yagi, "*Moby-Dick* as a Mosaic." として Kenzaburo Ohashi, ed. *Melville and Melville Studies in Japan* (Greenwood Press, 1993) 69-98. に収録された。また、その「『白鯨』モザイク」の図は Robert K. Wallace, *Frank Stella's* Moby-Dick: *Words and Shapes* (Ann Arbor: U of Michigan Press, 2000) 45. に引用された。

＊2　Watson G. Branch, ed. *Melville: The Critical Heritage* (London: Routledge & Kegan Paul, 1974) 264-68.

＊3　George Stewart, "The Two-*Moby-Dicks*," *American Literature* 25 (January 1954) 417-48.

＊4　James Barbour, "The Composition of *Moby-Dick*," *American Literature* 47 (November 1975) 343-60.

＊5　「『白鯨』モザイクの図」は本書三五四ページを参照。

Ⅲ

アメリカン・インディアン

「古いヴァージニアの地図」の装飾画　「キャプテン・スミス、パマンキー・インディアンの王を捕獲す、1608」："C. Smith taketh the King of Pamaunkee prisoner 1608" in John Smith, *Generall Historie* ..., London, 1624.

12 **インディアン捕囚物語事始め**　ジョン・スミスがインディアン王の娘に救われたという逸話にもとづく「ポカホンタス神話」、三人の幼子とともにインディアンに拉致された牧師の女房の「メアリ・ローランドソンの捕囚体験記」、インディアンに拉致されてさまざまな運命をたどった白人男女の「あがなわれし／あがなわれざりし捕らわれびと」の各種各様の記録をとりあげ、この格別にアメリカ的物語のジャンルの意義を探る。
13 **ブラッドフォードのインディアン消去法**　「文学」が言葉を用いて仮構《フィクション》を創る営為であるとするなら、「歴史」とは言葉を用いて事実《ファクト》を記録する営為のことだと考えられるが、「歴史」にしたところで、人間が脳においてテクスト化して記憶した「事実」を言葉によって構築する営為であり、そのかぎりにおいて「仮構」でないわけがない。歴史《ヒストリー》を創る営為とは、作家が物語《ヒストリー》を創る営為と大差なく、ここにブラッドフォードの『プリマス植民地史』を一種の創作活動として読み解くこころみの意義がある。
14 **アメリカン・ゴシック小説の誕生**　チャールズ・ブロックデン・ブラウンが、イギリスで小説《ノヴェル》の裏番組として大繁盛したゴシック小説《ロマンス》を、アメリカ共和国成立の時期に合わせたかのようにアメリカに移植し、ヨーロッパ・ゴシックの迷信や風俗習慣、古い城や妖怪変化のかわりに、西部の荒野や天然の洞窟、そしてインディアンをこのジャンルに導入したとき、新大陸に新しいゴシック小説が誕生し、これがこの国の主流派文学の原型となった。
15 **イロクォイ族とエドマンド・ウィルソン**　『アクセルの城』（1931 年）や『フィンランド駅へ』（1940 年）を書いた大御所アメリカ白人批評家が *Apologies to the Iroquois* （1960 年）という本も書いたことを承知しておくことは、この批評家を誤解しないためには大事なことだ。後者の原題の“apologies”は曖昧で適切な訳語を見つけがたいが、著者のつけ目もそこにあったかも知れない。アメリカ白人知識人のインディアンに対するバランスある態度は曖昧でしかありえないのだから。
16 **フォークナーの消えゆくインディアン**　フォークナーの主要な作品で、奴隷制度という負の遺産とそれに付随する黒人と白人の血の混交にからむ複雑微妙な問題を扱わない作品はないように思われるが、それでは、土地の簒奪と血の混交がからむ、同様に複雑微妙なインディアン問題に、この作家はどのようにかかわったか。ヨクナパトゥーファ郡の主要な住人である白人と黒人との関連においてのみ、フォークナーはインディアンを小説の中で扱った。

12 インディアン捕囚物語事始め

ポカホンタス神話

1

一六〇七年暮れ、イギリスの冒険家ジョン・スミス（一五八〇―一六三一）が百人余の武装集団をひきつれて上陸し、翌年五月、北米初のイギリス植民地を建設したジェイムズ川河口一帯は、今日のヴァージニア州に属するが、そこは「処女地」どころか、三十二のインディアン部族からなり、二百の「町」を擁するパウハタン王国の「首都」からほど遠からぬ場所だった。だからスミスが金鉱や太平洋への水路を求めて内陸部の探検に出かけたときにインディアンに捕らえられて、不法侵入、殺人、略奪などのかどで処刑されることになったとしても、べつに不思議はなかった。ところが幸運にもジョン・スミスは、パウハタン王最愛の娘ポカホンタスにあわやのところで一命を救われることになる――すくなくとも、そういう逸話がスミス自身によって書かれ、流布された。そして、やがてそれが白色アメリカ人の過去、現在、未来を妥当に説明する逸話、その秘められた願望をうべなう共同幻想、その経験と欲望に形式と内実をあたえる原型、つまり広義の「神話」となって、数多くの物語、小説、劇、詩、絵画、彫刻、映画を生みだして今日にいたることは周知のことながら、その「神話」形成の過程や機微はいまださほどつまびらかになってはいない。

この「神話」の核となった、スミスがポカホンタスに命を救われる話は、不思議なことに、一六〇八年に出版されたスミスの『ヴァージニア実話』（*A True Relation ... in Virginia*, 1608）には出てこない。その話が最初に出てくるのは『ニューイングランド探訪』（*New Englands Trials*, 1620）においてであった。だが、そこには「神は王の娘ポカホンタスをして私を救わせたもうた」（一・四三二）という一行があるだけ。これではまだ「物語」のていをなしていないが、たしかにそこには「神話」が胚胎している。このように「神話」の卵が着床するところまで「実見」できるのは、神話の発生が印刷術より若いアメリカならではのことだが、比喩をつづければ、それが胎児となり、赤子となって無事出産のはこびになるのは一六二四年の『ヴァージニア概説』（*The Generall Historie of Virginia ...*）においてであった。しかもこの本では、くだんの逸話は二度言及される。一度はほんの粗筋にとどまる。それはスミスが一六一六年にイギリス女王アンにポカホンタスを「インディアンの王女」として紹介する意図で書いたとされる現存しない手紙についてのスミス自身の覚え書にすぎない。

> 六週間あまり蛮族の宮廷人たちのもてなしで太らされて[*1]、処刑されることになった瞬間、彼女［ポカホンタス］は自分の脳天が打ちくだかれる危険を賭して私を救ってくれ、そればかりか、父親を説得して、私を安全にジェイムズタウンまで送りとどけた。（二・二五九、傍点付加）

そしてもう一度は、インディアンに捕えられることになった経緯、「宮廷」での処遇、処刑の準備、救出、ジェイムズタウンへの帰還についての経緯を語るかなり目鼻立ちがととのった「物語」になっている。そのさわりの部分はこうだ。

アパマタックの王妃は彼［スミス］が手を洗うための水をもってくるよう命じられ、他の王妃は手をふくタオルのかわりに一束の羽をもってきた。彼らの野蛮な流儀で彼を最大限にもてなしてから、長い相談が彼らのあいだで行われ、あげくに、パウハタンのまえに大きな石が二つ運ばれてきた。それから大勢の者がいっせいに彼に手をかけ、石のところに引きずってゆき、そのうえに彼の頭をよこたえ、棍棒を用意し、彼の脳天を打ちくだく準備をととのえた。王の最愛の娘ポカホンタスは懇願もむなしと知ると、彼の頭を腕にいだき、彼の命を救うために自分の頭を彼の頭のうえにおいた。そこで皇帝は彼には生きて斧をつくり、彼女には鈴やガラス玉や銅器をつくるのをゆるすことにした。（二・一五一）

これが事実であったかどうかは、もはや検証不可能だし、問題でもない。問題はスミスにこう書かしめた当時のヴァージニアの神話作用である。ここで神話作用とは、簡単には、先住民に要請されたわけでも、承認を受けたわけでもないのに勝手にやってきて、彼らの土地をまるごと自分たちのものにしようとはかった白人集団イデオロギーのスミスの「物語」への浸透作用のことであるが、そこで作用しているのはスミス個人の恣意性をはるかにこえた、なにか合目的性をもつかのような西欧という巨大システムのあらがいがたい力であったにちがいない。だが、これはここで論ずるには大きすぎる問題なので、いくらか問題を矮小化したうえで、先にすすみたい。そこで、まずスミスと同様に実在の人物であったポカホンタスに関する、まず間違いないとされる歴史的データを提供しておく。

（一）一五九五年［ころ］、生まれる。
（二）一六〇七年、ジョン・スミスと遭遇。
（三）一六一三年、白人によってジェイムズタウンに誘拐され、人質になる。
（四）一六一三年、ジェイムズタウンでキリスト教の洗礼をうけ、レベッカを名乗る。
（五）一六一四年、ジェイムズタウンではじめてタバコ栽培に成功した白人ジョン・ロルフと結婚、翌一六一五年に息子トマスを生む。
（六）一六一六年、夫とともに渡英。「インディアンの王女」としてジェイムズ一世とアン女王に謁見。ヴァン・ドゥ・パスが写生したポカホンタスの銅版画が現存する。
（七）一六一七年、イギリスで病死。グレーヴズエンドに埋葬さる。

するとポカホンタスがスミスを助けたとき、彼女は十二、三歳の少女だったことになり、スミスのほうはこのめざましい逸話を十数年間もこころに秘めていたことになる。妙ではあるが、下世話な憶測はやめにして、われわれとしては、事件が逸話になり、逸話が「神話」になるためには、ある程度の事実からの逸脱と時間の経過が必要だと考えるとしたい。神話とは、元来、世界がどうしてでき、どうなり、どういうことが、どうしておこり、ついにどうなるかについての「物語」であるが、西欧人のいう「新大陸発見」とは、つまるところ、その先住民を撲滅ないし同化吸収することによる「新大陸創造」にほかならないのだから、そういう侵略者たちが新規の「創世記」を必要としていたことは明らかである。だから「ポカホンタス神話」とはスケールこそ小さいが、象徴的な死と再生をふくむがゆえに、第二の「創世記」としての潜在力をそなえていたのではなかろうか。あの逸話はそれが孕まれた当初から、ひとりスミスの所有物ではなく、ヴァージニア全体の、ひいてはアメリカ全体の共有物となったのである。

2

もう七十年ほどもまえになるが、D・H・ロレンスは「インディアンの生命の最後の核がアメリカではじけるとき、白人は地霊の力とまともに対決しなくてはならなくなるだろう……現在の世代がおわらないうちに、生き残りの赤肌のインディアンは大きな白い沼に呑みこまれて姿を消すはずだ。そうなればアメリカの地霊は公然と力をふるい、本物の変化が見られることになるだろう」（四一）と予言した。それを受けて、一九六八年、いまこそその時だとばかりに、『消えゆくアメリカ人の復活』を書いて応じたのがレスリー・フィードラーだった。この凡庸ならざる学者批評家は「ポカホンタス神話」を筆頭にその他三つのアメリカの「基本的神話」[*2]（リップ・ヴァン・ウィンクルの「かかあ天下」からのアメリカ白人男性の脱走願望の「神話」をのぞいて、いずれもインディアンがからむ）を論じているばかりか、たいていのアメリカの学者が無意識のなかに封じ込めて、めったに口外しないようなことも言っている。

ポカホンタス伝説には、当初から、白人と結婚して子孫をつくり、インディアンの富をアメリカ白人に委譲するという暗黙裡の了解を孕んでいた。それは基本的にはインディアンをWASP世界（さらには西欧またはキリスト教）に同化吸収する神話にほかならない。しかしジョン・スミスはそのような大役は彼の奇妙な分身であるジョン・ロルフにゆだねた。だが不思議なことに、ロルフの名はヴァージニアの系図では記憶されているが、アメリカ人の神話的記憶からはほとんど抹消されている。（一六二）

なるほど、ポカホンタスと結婚して子をもうけたロルフのことをアメリカは忘れ、また忘れたがっている。だからこそ、最近のディズニーのアニメ映画『ポカホンタス』（一九九五年）ではスミスとポカホンタスのあいだに精神的な「愛」が芽生えることになっているが、ロルフは完全に消されている。これこそがポカホンタス神話がなりなりてなりいたる姿にほかなるまい。

ロバート・S・ティルトンの近著（『あるアメリカの神話の変遷』一九九四年）は、そういうポカホンタス神話の時代の推移にともなう変貌を各種の文学的・非文学的文書、絵画、彫刻、演劇などを丹念にたどるたのしい労作だが、本書のなによりもの功績は、ポカホンタス物語において、ロルフが時代の推移につれて物語の中心的位置から周辺においやられ、かわりにスミスが主役の座を占めるようになる「明白な宿命」を実証的に解明したことにある。

植民地時代には、とくにヴァージニアでは、ジョン・ロルフとポカホンタスのように、白人男性とインディアン女性が結婚して子供、とくに男の子をつくるのは、むしろ好ましいことであった、とティルトンは指摘する。遺産相続権をもつ男子の混血児はやがて成人して純粋白人の女性と結婚し、さらにインディアンの血がうすい子孫を生み、こういうインディアンの縮小再生産を遺伝子のレヴェルで何世代かつづけていけば、ついに生物学的にインディアンは白人に吸収同化されて消滅するばかりか、それは白人がインディアンの土地を吸収同化することの暗喩ともなりえて好都合であったという。当時の風潮にも白と黒との混血はともあれ、白と赤の混血を是認する機運があったのである。その思想的根拠は「血のなか」にインディアンを所有し、最終的にはインディアンを白人化するという帝国主義であった。インディアンの王女と結婚して有能な人士を輩出する家系を創出したジョン・ロルフは、すくなくとも植民地時代には、神話上のヒーローでありえたのである。

しかし独立戦争以後になると、事情は一変する。そのきっかけをつくったのは、イギリス人の放浪作家ジョン・デイヴィスの『アメリカ旅行記』（一八〇三年）の「物語」に出現するポカホンタス像であった。それは、簡単には、彼女がスミスを助けたのは気まぐれからでも博愛心からでもなく、彼女の若い白人男性に対する純愛からであるとする結婚をともなわないロマンスに仕立てることであった。ティルトンによれば、デイヴィスのおかげでポカホンタスの「スミスの救出は新しい国家の集合的記憶になった」のである。ポカホンタスはヴァージニアばかりかニューイングランドもふくめたアメリカの共通の創造主になったのである。そのうえ、このラヴ・ロマンスの、アメリカ白人主流派のイデオロギーにとって好都合なところは、二人の愛が肉体的に成就したり、結婚によって結実したりしない仕組みになっていることであった。この仕組みは一九世紀になるにつれますます強固になった白人純血主義、反混血主義のイデオロギーともうまが合った。

デイヴィスの「ロマンス」をもとにしてジェイムズ・ネルソン・バーカーが脚本を書いて一八〇八年に上演した『インディアンの王女』は大好評を博し、その後数えきれないほどのセンチメンタルからバーレスク、サタイアからパロディにいたる各種各様のポカホンタス劇が書かれ、上演されて大衆の需要にこたえることになったが、その台本作者たち最大の苦心が、ジョン・ロルフの扱い方にあった事例をたどるティルトンの手際はことのほかみごとでたのしい。ポカホンタス神話の「芝居」としての構造的欠陥は、スミス救出のクライマックスが最初のほうにあることで、その山場をいかにしてうしろにずらし、ついでにロルフの出場をどうやって遅延させ、できることなら出場そのものを完全に削除してしまう工夫をこらすことにあった。しかしポカホンタス神話は、もともと事実と虚構の複雑微妙な混合によってできているしたたかなシステムであっただけに、そう簡単に実在の人物ロルフを消すことができなかったのは、神話が現実そのものと同じように堅固な構造体だからであろう。

また、アメリカの古典的作家の古典的テクストをポカホンタス神話の文脈においてみると、これまで隠蔽されてきたアメリカの白いサイキにかかわる多くのことがらが見えてきて、それらのテクストが新しい相貌を呈する諸例をティルトンは数多く提示しているが、この手法はわが国の古典アメリカ文学研究者にとっても利用可能な手法であり、それがアメリカの無意識（無意識とは、定義上、本人にはわからないもののことである）にかかわる部分が多いだけに、われわれにとって利用可能な手法であるかもしれない。が、ともあれアメリカ文学第一のアメリカンネスはインディアンとのかかわりにあることはたしかである。ロレンスはつとにそれを指摘した。フィードラーはそれを敷衍した。そしてティルトンはそれを実証した。が、それにしてもフィドラーは『消えゆくアメリカ人の復活』の結びの近くで、「ポカホンタスの……ジョン・ロルフとの結婚は実りあるものであったが、ナティ・バンポーとチンガチグックの関係のような男性どうしの成就されない結婚からこそ新しい人種が生まれてくるであろう」（一六七）と述べているが、この予言めいた語りは正確には何を意味しているのだろうか。

引用文献

Fiedler, Leslie A. *The Return of the Vanishing American*. Jonathan Cape, 1968.

Lawrence, D.H. *Studies in Classic American Literature*. New York: Thomas Seltzer, 1923. Rpt. Penguin Books, 1971.

Smith, John. *The Complete Works of Captain John Smith*. Ed. Philip L. Barbour, 3 vols. U of North Calorina P, 1986. Vol.1: *A True Relation* (1608); *The Proceedings of the English Colonie in Virginia* (1612); *New Englands Trials* (1620); Vol. II: *The Generall Historie of Virginia, Somer Iles, and the New-England* (1624); Vol.III: *An Accidence or the Path-way to Experience* (1626); *A Sea Grammar*... (1627); *The True Travels*, Adventures, and Observations of Captaine John Smith (1630); etc.

Tilton, Robert S. *Pocahontas: The Evolution of an American Narrative*. Cambridge UP, 1994.

註

＊1　インディアンの人肉嗜好を暗示しているのか。

＊2　No.I: *The Myth of Love in the Woods* (“or the story of Pocahontas and John Smith”).

No.II: *The Myth of the White Woman with a Tomahawk* (“the account of Hannah Duston, who, snatched out of her childbed by an Indian raiding party, fought her way to freedom.”).

No.III: *The Myth of Good Companions in the Wilderness* (“the story of a White Man and a Red who find solace ... in each other’s love〔like〕Natty Bamppo and Chingachgook.”).

No.IV: *The Myth of the Runaway Male* (“Rip Van Winkle ... deserted his wife for a twenty year’s sleep and returned to find her〔happily〕dead.”); (50-52).

メアリ・ローランドソンのインディアン捕囚体験記

1

いわゆるピルグリム・ファーザーズが一六二〇年にメイフラワー号に乗ってコッド岬の北側に上陸してプリマス植民地をつくったとき、また別の清教徒の集団が一六三〇年にセイラムに上陸してマサチューセッツ植民地をつくったとき、そこにいたインディアンは、一六一七年におけるジェイムズタウンに端を発する西洋伝来の疫病たる天然痘の大流行で激減したとはいえ、なお数万におよび、農耕を主とした生活を営んでいたのであって、当時のニューイングランドは「荒野」でも「処女地」でもなかった。ピルグリムたちも上陸直後にインディアンに遭遇しているし、彼らはインディアンが放棄した「町」でトウモロコシの貯蔵庫を発見して、そこを自分たちの定住地にしたのだった（B・一・一六二）。インディアンにしてみれば、「神の国」の建設などという勝手な理屈をつけてやってきた白人はただのはた迷惑な「侵略者」だった。そのへんの自明な事情について、たとえば、フランシス・ジェニングズは『アメリカの侵略』（一九七五年）という本で「一七世紀初頭においては、インディアンこそが、ニューイングランド人口の圧倒的多数派であった」（一七八）とことさらに述べているが、そんなことをことさら指摘しなければならないほど、ことインディアンがからむと単純明快な事実までが白人入植者の眼や意識に映らなくなるばかりか、アメリカの建国神話にすっかり洗脳されてしまった多くの日本人にとっても同じだった。

それでも、しばらくのあいだ、ほんのしばらくのあいだ、清教徒たちはインディアンと比較的平穏な関係を維持した。一六二二年、アメリカ史が「ジェイムズタウンの虐殺」と呼ぶインディアンの大反撃の教訓から学んだせいかもしれない。なにしろ、スタナード『アメリカン・ホロコースト』によれば、ヴァージニア植民地の総督トマス・デールなどは、一六一〇年、パウハタンが率いるインディアンたちが「ならず者の白人」をかくまっているという口実で、彼らを「絞首刑にし、焼き、車でひき、火あぶりにし、銃殺せよ」と命令し、それを受けた副総督パーシーはインディアンの「町」をつぎつぎに襲い、「インディアンの首を切り落とし……家を焼きはらい……畑のトウモロコシを切り倒した」という。子供も容赦しなかった。子供は「川に投げ込み、その脳を撃ち抜いた」とあり、捕虜にしたパウハタンの「女王」は「火あぶり」にせよとの総督の厳命であったが、殺戮に倦み疲れたパーシーは刑一等を減じて「手早く刀で刺し殺した」（S・一〇五-六）という。

しかしニューイングランドのピューリタンたちも、やがて、同じようなことをやりはじめる。「ピーコット戦争」（一六三七年）という「集団虐殺《ホロコースト》」がその例だが、それについては別のところで書いたので、ここでは省略し、ここでは、アメリカ史上最大の白人とインディアンとの紛争とされる「フィリップ王戦争」（一六七五─七八年）から始める。それは、イギリス人に「フィリップ」とあだ名されたワンパノアグ族の王メタコムが、ある意味では当然ながら、白人をニューイングランドから追い出そうとしているという噂に過剰に反応した植民者側が、三人のワンパノアグ族をつかまえて処刑したことへの復讐としてインディアンが白人居住地を襲撃したことに端を発し、植民者側はインディアンを森や湿地帯に追撃し、いっぽうインディアン側はニューイングランド各地の白人居住地を襲うゲリラ戦を展開して、千人以上の白人を殺し、数多くを捕虜として連れ去り、双方に甚大な人的・物的な損失をもたらした戦争だった。この戦争でどれほど多くのインディアンが死んだかはさだかではないが、インディアンの人的損失がはなはだしかったことは、彼らが白人をさらっていった理由のひとつが「人口補給」(D・五)にあったとされていることからもわかる。

また「フィリップ」ことメタコムの最後もはっきりしている。彼は白人側の銃弾にたおれ、その死体は切り刻まれ、頭はプリマスへ、手はボストンへ持ち去られ、その妻と息子は、何百人ものインディアンとともに、西インド諸島に奴隷として売られていった。メタコム妻子の売値はそれぞれ三十シリングであったとされる。

2

以上のような歴史的文脈のなかで——つまり、イギリス人がインディアンの土地に強引に割り込んできた結果としてこうなったという歴史の流れのなかで——インディアンに捕らえられていった白人男女の体験記が数多く書かれ、ひろく読まれ、人気を博した。その第一号は一六八二年出版のメアリ・ホワイト・ローランドソンのしばしば『神の力と慈悲』と題された捕囚体験記(V・三一-七五)である。これはマサチューセッツ州ランカスターの牧師の妻ローランドソンが、一六七五年の春、その町がインディアンに襲撃されたさい、三人の子供とともに捕らえられて、十一週間と五日のあいだ、二十回にわたる「移動」生活のすえ、「文明」社会に帰還するまでの体験記である。それはまた、インディアンに捕らえられて苦難をなめるという体験をキリスト教の「大きな物語」に回収するこころみでもあった。「大きな物語」とは、むろん、聖書の「約束の土地」の予言が歴史上の新大陸への移住と定着と征服によって成就するという物語のことである。この物語秩序内においては、インディアンは排除さるべきカナン人、撲滅さるべき悪魔であった。フィリップ王戦争について、たとえば、インクリース・マザーは「インディアンはイギリス人に不正にして血なまぐさい戦いをいどむような悪魔の手先であったので、かれらが神の地表から迅速かつ完璧に絶滅するのが定めであった」（D・六一）と述べている。

この神の、つまりピューリタン共同体の、筋書きにしたがって、ローランドソン夫人は、さっそく「第一回目の移動」で、夜になると「うなったり、歌ったり、踊ったり、叫んだりする黒い化け物たち」のありさまは「地獄さながら」（V・三六）と報告している。「第三回目の移動」では六歳の幼児に死なれ、気も狂わんばかりになったが「神の慈悲ぶかいみはからいによって……自分の命を邪悪にして凶暴な手段で終わらせないように……私の理性と分別を保たせたもうた」（V・三九）と記す。「第四回目」では、インディアンが同行した臨月の白人女性を「裸にし……そのまわりを（彼らの地獄じみた流儀で）踊りまわってから、腕に抱いた幼児ともども、頭を打ちすえて」（V・四二）殺し、そのうえ火で焼くさまを書く。その他、馬の蹄、熊の肝、ビーバー、カエル、リス、イヌ、ヘビなどをうまいと思って食べられるようになることも語られる。馬のレバーをもらい、火であぶっていると、インディアンに半分ほどつまみ食いされたので、もうそれ以上とられないように、まだ生焼けのレバーを「口のまわりを血でそめて」食べ、「おいしかった」などとインディアンなみのことをすることも語るが、「飢えている人には苦いものも甘い（箴言二七・七）」（V・四五）と聖書からの引用で悪魔ばらいをすることも忘れない。

聖書からの引用や聖書への言及は、ここだけではない。このさして長くない体験記のいたるところにちりばめられていて、直接の引用だけでも五十回はくだるまい。たとえば、その総括の部分で、「主は私が飲むべく、辛酸の杯……を用意したもうた……苦しみを私は求め、苦しみを私は得た」（V・七五）とあり、これは「ヨブ記」をしのばせ、最後は「私は現在や瑣事にかまけることなく、心静かに待つことを学んだ」

（同上）とあり、『出エジプト記』（一四・一三）からの文句「静かにして、主の救いを待て」で結ばれている。聖書からの引用や聖書への言及への多さは、この「物語」の行為が「テクスト」によるインディアンの撲滅法、ひいては新世界の征服法であったことを示唆する。この点について、アメリカン・ピューリタンの「約束の土地」における行動は「書物と世界の『和解』の試み」（巽・四二）にほかならなず、それが彼らに、聖書を読むときも、［新］世界を読むときも、必然的に「二重の読み」をしいたとする巽孝之の指摘は、鋭く有益である。アメリカ人にとって世界は当初からフィクションであり、したがってそのフィクションを成就しようとする新世界での行動も事件もまたフィクションにほかならないので、それらを「物語る」体験記が一種のメタ・フィクションにならないはずはない。アメリカの書き物にかかわる「メタフィクションの謀略」はピューリタンたちが旧大陸を船出した当初からはじまっていたのである。

この捕囚体験記第一号の出版事情も興味がある。メアリ・ローランドソンは「フィリップ王戦争」（一六七五-七八年）初頭にインディアンに捕われ、十一週間後にピューリタン社会に身受けされるわけだが、手記がアメリカとロンドンで出版されたのは一六八二年。復帰と出版とのあいだには数年の間がある。ヴォーンの解説（V・三二）によれば、夫人は釈放後一、二年たってから体験を書きはじめたというから、彼女には自分の体験を充分に咀嚼し、改竄して、新世界の物語の秩序にうまく織り込むいとまが充分にあったことを意味する。また牧師であった夫の手助けをえたことも当然考えられる。それにピューリタン社会全体との共謀関係も考えられる。体験記にはインクリース・マザーのものと推定される匿名の序文が付されていたこと、また「神が親しく愛しき民をも見捨てたもう可能性について」（D・九五の図版参照）という夫ジョゼフ・ローランドソン牧師の説教が付録としてついていたことも、体験記の個人と社会との共同執筆的性質を示唆する。ローランドソン自身も、神はみずからの民への警告として「インディアンを災いとして用いたまう」という意味のことを書き、『ヘブライ人への手紙』（一二・六）から「主は愛するものを鍛え、子として受け入れる者をみな、鞭打たれる」（Ｖ・七五）を引いて補強している。

　インディアン捕囚体験記が個人と共同体の合作であったことは、「クエンティン・ストックウェルの虜囚と救出」（Ｖ・七九-八九）がインクリース・マザーの代筆（『驚くべき神の摂理』［一八六八］に収録）であること、また「ハナ・スウォートンの捕囚とその解放」（Ｖ・一四七-五七）がコトン・マザーの代筆（『解放のあとの謙譲』［一六九七］に収録）であることからも言える。また、一八九七年に産後まもなくインディアンにおそわれ、赤子は殺され、みずからは捕虜になったハナ・ダスタンの体験記（Ｖ・一六一-六四）は、コトン・マザーが彼女から聞き書きしたもので、やはり同上書に収録されている。彼女は就眠中の屈強な男、女、子供をふくむ十人のインディアンを斧で打ち殺して脱出した。しかも、彼らの頭の皮をはいで持ち帰り、あとで「その勇敢な行為の褒賞としてマサチューセッツ立法会議から賞金五十ポンドを受けた」（Ｖ・一六四）とマザーは付記している。まさしく彼女はニューイングランドの年代記における女傑であって、ヴォーンによれば、それにダスタンが「一六九八年に第十三番目の子をうみ、八十歳ちかくまで生きた」（Ｖ・一六一）女性であったことから、「産めよ、増えよ、地に満てよ」という神のみこころにもかなった女性でもあったことがわかる。フィードラーはハナ・ダスタンを「すべてのアメリカ人の二人の母」の一人にすえ、ポカホンタスをもう一人の「地の女神にして大いなる母」（Ｆ・八四-一〇八）とし、この二人にかかわる二つの「神話」がアメリカ白男と赤女との関係を肯定し、白女と赤男との関係を否定するアメリカン・イデオロギーの原型であるとみなしているのは興味ぶかい。

ところでポカホンタスの逸話は現在のポップ・カルチャーにまで生きのびるのに、ダスタンの逸話はアメリカの集合的無意識の底に沈潜して現在のアメリカ大衆文化の表層に浮上してこないことも興味ぶかい。とはいえ、後者は一九世紀までは確実にアメリカの知識人のこころをおびやかしていた。ホーソーンはコトン版ダスタン体験記を、例によって二度語りして「ダスタン一家」（一八三六年）というスケッチをものしている。またソローも『コンコード川とメリマック川の一週間』（一八四九年）のなかで、やはり彼流の物語に書きなおしている。マザーはあきらかにダスタンを、カナン人の将軍シセラを睡眠中に頭に大釘を刺して殺したカイン人へベルの妻ヤエル（『士師記』四・一七-二三）になぞらえて神の物語秩序への編入をこころみているわけだが、子供もふくむ十人ものインディアンを手斧であやめた行為は、さすがに一九世紀になると当のアメリカ人にしても違和感をおぼえだしたことをこれらの「小説」は物語る。

引用文献

Bradford, William. *History of Plymouth Plantation: 1620-1647*. 2 vols. Russell & Russell, 1968.

Derounian-Stodola, Kathalyn Zabelle, and James Arthur Levernier, eds. *Indian Captivity Narrative 1550-1900*. New York: Twayne, 1993.

Fiedler, Leslie A. *The Return of the Vanishing American*. Jonathan Cape, 1968.

Jennings, Frnacis. *The Invasion of America: Indians, Colonialism, and the Cant of Conquest*. New York: Norton, 1975.

Stannard, David E. *American Holocaust*. Oxford UP, 1992.

Vaugham, Alden. T., Edward W. Clark, eds. *Puritans among Indians: Accounts of Captivity and Redemption 1676-1724*. Belknap Press of Harvard UP, 1981: 31-75.

巽孝之『ニュー・アメリカニズム：米文学思想史の物語』青土社、一九九五年。

あがなわれし／あがなわれざりし捕らわれびと

1

「フィリップ王戦争」（一六七五―七八年）というまぎらわしい名の、イギリス人入植者たちによるインディアン掃討戦がいちおう収束すると、こんどは、これまたまぎらわしい名の「ウイリアム王戦争」（一六八九―九七年）、「アン女王戦争」（一七〇二―一三年）という、イギリスとフランスの新大陸における覇権をめぐる戦争がはじまった。後者の二つの戦争では、イギリスはイロクォイ族と組み、フランスはヒューロン族や、カナダのカトリックに改宗したインディアンと組んだりしたので、これらの戦争はイギリスとフランス、プロテスタントとカトリックとの、インディアンも加えた新大陸における混成代理戦争の観を呈した。

このような歴史的文脈において、人口三百人ほどのマサチューセッツ植民地の辺境の村ディアフィールドに、一七〇二年冬の早朝、フランス人もまじえた一群のインディアンが襲いかかり、四十八人のイギリス人を即座に殺し、十五軒の家を焼き、百十二人を捕虜にしてカナダ方面に連行する事件がおきた（D・二四）。これは起きるべくして起きた事件であったが、ことさらこの事件が高名なのは、その捕虜のひとりにマザー家と縁戚関係がある、ハーヴァード大学出の牧師ジョン・ウイリアムズがいて、その虜囚体験が『シオンにあがなわれし捕らわれびと』の題で一七〇七年に出版され、好評（？）を博したことにかかわる。当時にあって、この捕囚記は一七九五年までに七版をかさねたほどよく読まれ、今日にあっても、ウイリアムズとともに「捕われびと」になった五人の子供のうち唯一「シオン」にもどらず、またもどるのを拒否して、あとでインディアンと結婚して孫までもうけた末娘ユーニスの運命をたどる、歴史家ジョン・ディーモスによる

『あがなわれざりし捕らわれびと』（一九九四年）というタイトルのノン・フィクションがつい最近世に出て、大衆的な読書クラブの推薦図書にもなっているほどである。このことは、インディアンに捕らえられ、さまざまな艱難をなめ、またふたたび「文明社会」に復帰するのを基本とする捕囚体験記が白いサイキにとっての三世紀にわたる秘められた関心事でありつづけてきたことを物語る。

2

ウィリアムズの『シオンにあがなわれし捕われびと』（一七〇七年）はこう書きだされる。

これから私が書こうとしている物語（history）の意図は、断食や祈りの日をいくら忠実に守ろうとも、回心がともなわなければ、選ばれた民といえども、神の怒りをまぬかれないことを証明することにある。また、にもかかわらず、特定のキリスト教者が、艱難のさなかで神のみこころに忍耐づよくしたがうために恩寵にすがることが、いかに大切であるかについても証言することにある……！

（V・一七一）

ウイリアムズがことさら断食や祈りに言及したのは、牧師としての彼の目からすると、ディアフィールドの人たちの信心が「神の怒り」をなだめるにはまだ不充分で、村がインディアンの襲撃をうけ、自分の妻子もふくむ多くの者が殺され、また多くが「捕らわれびと」になったのも信心の不足のせい、神の怒りのせい、つまるところ神の深甚なる意図に基づく、と述べることにあった。だからこそ、虜囚体験もまた神が恩寵として「選民」に授けられた試練として甘受しなければならないのである。どんな不幸にみまわれようと、どんな災害にあおうと、みんな神の意図であるので、「選民」たる者、つねにその意を汲んで、しかるべく振る舞わなければならないのである。だが、インディアンにしてみれば、自分たちのすることもふくめて、この世におこるすべてのことが、勝手に自分たちの生活圏に侵入してきた「選民」が発明した「神」の勝手な筋書きにしたがわされることになるのは、ずいぶん迷惑な話であったにちがいない。ここで「筋書き」とは、最初にニューイングランドに侵入したピューリタンたちが、自分たちの行動を「約束の土地」カナンに入るイスラエル人のそれになぞらえ、その侵略と先住民の排除を必然と見なし、当為と化した筋書きのことである。インディアンとは排除さるべきカナン人であった。いや、絶滅さるべき悪魔、ないし悪魔の手先であった。例の「フィリップ王戦争」についてだが、インクリース・マザーは「インディアンは不正にして血なまぐさい戦争をイギリス人に仕掛けるような悪魔の手先であったので、彼らが神しろしめす地表から迅速、かつ完璧に消滅するのは摂理にかなったことであった」と述べている。その息子のコトン・マザーもインディアンのことを「野蛮な抑圧者」、「忌まわしい狼人間」、「無慈悲な暴君」、「悪魔的な主人」、「卑劣な異教徒」ときめつけ、典型的なインディアンを「目には火、心には悪魔、手には斧」（D／L・六一）をもつ者とした。だが、インディアンにしてみれば、西洋人こそ「抑圧者」、「悪魔的主人」、「狼人間」、「異教徒」ではなかったか。

インディアン捕囚体験記とは、そういう神の「大きい物語」に最終的に回収される仕組みの「小さな物語」であった。ウイリアムズの『あがなわれし捕らわれびと』も、ローランドソンの『神の力と慈悲』も、またハナ・ダスタンの「武勇談」でさえ、神の「大きい物語」をうべなう「小さな物語」であって、その意味で、一七世紀後半から一八世紀初頭にかけてのほとんどすべての虜囚体験記は、回心体験記と通底する宗教的体験記であると同時に——むろん無意識だろうし、だからこそなお厄介なのだが——無断闖入者である自分たちの根源的暴力を闖入される側に転化するための言説、物語であった。そのへんの事情について、わが正木恒夫はその『植民地幻想』（一九九五年）で、この種の言語行為から「隠蔽されている」のは「先住民の生活域に突如侵入を開始したヨーロッパの暴力」にほかならず、また「この隠蔽のためにこそ、物語が作られる必要があった」（三四）と明晰に指摘している。ところで、いかなる隠蔽工作も完璧ではありえない。ことに書くという行為は、証拠をテクストのなかに痕跡として残しながらする隠匿工作にほかならず、その意味で捕囚体験記も例外ではない。当時の「政治的妥当性」にしたがって、いかにインディアンを「悪魔」と呼び、「蛮人」と呼んで彼らを「非人間」のカテゴリーのなかに封じ込めようとしても、どっこいそうはいかず、さすがのピューリタンたちもインディアンが「人間」であることを認めないわけにいかなくなるのが、この書き物の特質であった。わざわざこんなことを言うのは、ツヴェタン・トドロフがその『アメリカの征服』で「コロンブスはアメリカ大陸を発見したが、アメリカ人を発見しなかった」（四九）と言っていたことを、ふと思いだしたからだが、航海者であったコロンブス一行とはちがって、闖入者であったピューリタンが先住民を人間として「発見」しないでいるのはさすがに至難のわざであった。インディアンに捕らえられて、相当の期間、彼らと起居をともにし行動をともにし、食をともにした「捕らわれびと」の場合はなおさらだった。妻を「残虐にして血に飢えた蛮人」に「斧の一撃で殺された」（V・一七六）ジョン・ウイリアムズでさえ、子供たちをおぶったり、ソリに乗せたりして運んだインディアンの「大いなるやさしさ」（V・一七九）や食料分配の公平さ（V・一八一）は認めないわけにはいかなかった。が、息子たちが殺されなかったことについては、「神が彼らの野蛮にして残虐な気質を抑制したもうた」(Ⅴ・一七九)おかげにしている。また、ウイリアムズ最大の気がかりは七歳の末娘がインディアンになつき、インディアン化することで、事実そうなったのだが、「選民」の女も「蛮人」の男とまじわれば立派なインディアンの妻になるばかりか、立派なインディアンの子もうむという事実ほど、インディアンもまた立派な人間であることの立派な証拠はなかった。だが、白人はこの証拠をいちばん憎み、かつ恐れた。二年あまり、カナダで、カトリック化したモホーク族のあいだで生活したすえ、いよいよ生き残った二人の息子とともに――しかし「多くの子供をふくむ、なお百人〔むろんディアフィールド出身者ばかりではない〕をくだらない者をのこして」(Ⅴ・二二五)ニューイングランドにあがなわれることになるくだりで――ウイリアムズは「蛮人とすごした子供たちの多くは英語をわすれていたが、彼らはときならず堕落して蛮人になることであろう」(Ⅴ・二二五)と書いている。そのなかには十歳になる自分の娘もいた。むろんウイリアムズはその後も娘の奪還に尽力するが、英語をわすれ、インディアンと結婚し、子供を生み、カトリックに改宗した娘ユーニスを「文明社会」に復帰させることにはついに成功しなかった。このことについては、ジョン・ディーモスの『あがなわれざりし捕らわれびと』にくわしい。

3

「捕らわれびと」となり、二人のインディアンと結婚し、八人の子をもうけ、積極的に白人社会への復帰を拒否し、セネカ族の有力者にもなりながら、英語をわすれなかったために口述による変わり種の体験記を残した女性もいた。ペンシルヴェニアのメアリ・ジェミソン(一七四三―一八三三年)がそれだ。彼女は十五歳のとき、一家がスワニー族に襲われて殺されたあと、ただひとり殺されずに連れさられ、その後死ぬまでの長い年月をインディアンの女として生きた白人であった。彼女のインディアン時代は「フランス・インディアン戦争」（一七五四-六三年）、「独立戦争」（一七七五-八三年）、欺瞞的なインディアン封じ込め政策がおこなわれた「協定時代」（一七七八-一八八三年）にまたがる。彼女の話をきいて物語に編集したのはジエイムズ・エヴァレット・シーヴァ（一七八四-一八二七年）なる博士号をもつ人物であった。

『メアリ・ジェミソン夫人の生涯の物語』（一八二四年）と題されるこの本は「もっとも有名インディアン捕囚体験記のひとつ」であるが、それは彼女の話から「注意ぶかく採録された」（タイトル・ページ）とあるこの記録から、どのように「注意ぶかく」編集されたかを読みとることが、われわれにとっての仕事のひとつであろう。シーヴァはその序文で、この本は「悦楽と苦痛、興味と不安と満足のないまじった感興(sensation)をもって読まれるであろう」と予測し、かつ希望している。また、ごく最近のオクラホーマ大学版『メアリ・ジェミソン』の編者ナマイアスは、この体験記の特質として（一）長年にわたってインディアンとともに「生きた」女性によって語られたものであること、（二）インディアン生活についての肯定的で実質的な情報に富むこと、（三）一世紀にわたって読みつづけられてきたことを序文で強調している。

なるほどナマイアスの言うことに嘘はないが、ちかごろの「政治的妥当性」にいくらか義理立てしすぎた言い方であるきらいがある。その点、シーヴァの予言のほうが、わたしなどにはより妥当に思われる。この読み物には捕囚体験記を読むひそかな愉悦であるところの煽情性にもこと欠かないからだ。たとえば、ほんの一例だが、「インディアンは生まれつき親切で、友に対しては、やさしく、平和的で、絶対に嘘をつかない」（S・八五）というようなロマンチックなインディアン像も語るが、彼らのすさまじい白人虐待の手法

について も恬淡と語る——しかもたび重ねて各種の手法について語る。たとえば、つぎの一例。インディアンはウイリアム・ボイドなる白人を木にしばり、頭すれすれのところに手斧を何丁も打ちこみ、さんざん命をおびやかしておいてから、こんどはその木のまわりを歓声をあげて踊り狂い、それから「腹に小さな穴をあけ、腸を引っぱりだして木にしばりつけ、そのうえで彼を木からほどき、腸がみんな引き出されるまで、木のまわりをぐるぐると追いまわした」（S・一〇三）と。これは今も昔もかわらない煽情ホラーの典型ではないか。ゴシック小説風と言ってもよかろう。ところが彼女が選んだインディアンの夫のことになると「シェニンジーは気高い男でした。背は高く、容貌は優雅、身ごなしはやさしく、いくさにおいては勇敢で、平和の友にして正義の愛好者でありました」となり、「そういう彼といっしょに暮らすという考えは、はじめのうちは私の感情とまったくなじみませんでしたが……やがて好感がもてるようになり、奇妙に思えるでしょうが、私は彼を愛するようになりました！」（S・八二）と感傷小説流になる。

ジェミソンの物語についてこれ以上述べる余裕はないが——一七八九年に九歳でインディアンに捕らえられて、インディアンとして育ち、インディアンの女性と結婚し、一八一七年にケンタッキーの故郷にほぼ三十年ぶりでもどったものの、白人社会になじめず、また一八四六年に荒野に消えていったジョン・タナーの体験記（一八三〇年）もそうであるように——一九世紀になると捕囚体験記は宗教色をうしない、異郷もの、ホラーもの、ショッカー、冒険談といった通俗大衆小説のジャンルに近づき、やはりこの世紀に花開く正典としてのアメリカ文学に原型と養分を供給しはじめたように思われる。私はクーパーのインディアン小説、ポーの『アーサー・ゴードン・ピムの物語』、ホーソーンの『緋文字』、メルヴィルの『タイピー』、トウエインの『ハックルベリー・フィンの冒険』などにしばしば仮装されてひそむインディアンのことを念頭に、そう言うのである。

（『英語青年』一九九六年一・二・三月号連載）

引用文献

Demos, John. *The Unredeemed Captive: A Family Story from Early America*. Knopf, 1994.

Derounian-Stodola, Kathryn Zabelle and James Arthur Levernier, eds. *The Indian Captivity Narrative, 1550-1900*. Twayne, 1993.

正木恒夫『植民地幻想——イギリス文学と非ヨーロッパ』みすず書房、一九九五年。

Lawrence, D. H., *Studies in Classic American Literature* (1923). Rpt. Penguin Books, 1971.

Seaver, James E. *A Narrative of the Life of Mrs. Mary Jemison* (1824). Ed. June Namias. U of Oklahoma P, 1992.

Tanner, John. *The Falcon: A Narrative of the Captivity and Adventures of John Tanner* (1830). Rpt. Penguin Books, 1994.

Todorov, Tzvetan. *The Conquest of America: The Question of the Other*. Editions du Seuil, 1982; Trans. Richard Howard. HarperPerennial Edition, 1984.

Williams, John. *The Redeemed Captive. Returning to Zion* (1707). In Vaughan, Alden T., Edward W. Clark., eds. *Puritans among Indians: Accounts of Captivity and Redemption, 1676-1724*. Belknap Press of Harvard UP, 1981: 167-226.

13 ブラッドフォードのインディアン消去法

ウィリアム・ブラッドフォード（一五九〇－一六五七）の『プリマス植民地史：一六二〇－一六四七年』はピルグリムたちがオランダから新大陸に移住する準備からはじまるが、その準備にはインディアンをテクスト上で消去する作業もふくまれていた。

1

彼らが行くことを考えた場所は肥沃で、居住に適したアメリカの広大なる無人の土地（unpeopled countries of America）であった。そこには文明人はまったく住んでおらず、いるのは、その地を徘徊する野獣と大差ない野蛮人と野人（salvage, and brutish men）だけである。（一・五六）

「居住に適したアメリカの広大なる無人の土地」とは、なんとも撞着した文言だが、ここでブラッドフォードは、まずアメリカ大陸を文章上で無人化し、同時にインディアンを非人間化していることは明白だろう。別言すれば、ブラッドフォードはアメリカをテクスト上で無人の「荒野」ないし「処女地」と化そうとしているわけだが、それがピューリタンの新大陸移住を正当化するほとんど無意識のころみであることはわれわれには見え透いている。けれども、厄介なことに、インディアンもまた人間であることはブラッドフォードにしても心のどこかで承知しており、したがってまた自己の下心や欺瞞にもうすうす気づいている。気づいてはいるけれども、所期の目的にかんがみ、正当化をやめるわけにはいかず、そのうえ、正当化はやめたい気持ちがどこかにあることにも気づいていながら、そのこと自体を自分自身に気づかせないようにしなくてはならない。そのような、目下のところ明確には気づいてはいないが、いつかは気づくだろうと気づいているような精神のからくりを「無意識」というのなら、インディアンの存在こそが、ブラッドフォードにとって、またアメリカ白人一統にとって「無意識」であったのであり、今日なお「無意識」でありつづけているのである。そのような「無意識」は、むろん、意識化されないかぎり、アメリカ白人の心の「ねじれ」[*1]として存在しつづけて、消えることはないだろう。

だから、今世紀半ばになっても、ヘンリー・ナッシュ・スミスは「フロンティアのむこうの無人の大陸としての西部（the West, the *vacant* continent beyond the frontier）がアメリカ人の意識にあたえた衝撃をあとづける」（強調付加）ことを意図すると「エピローグ」にある『処女地』（一九五〇年）を書いて世に問い、ひろく受け入れられた。ペリー・ミラーもまた、西欧のアメリカ大陸侵略と征服の歴史を「アメリカという無人の荒野（the *vacant* continent of America）にヨーロッパ文化が流入していく壮大な物語」とその「序文」にある『荒野への使命』（一九五六年）を世に出し、高く評価された。しかし、さすがに最近では、スミスやミラーほど恬淡としてインディアン抜きのアメリカの物語を語るアメリカの学者はいなくなった。それというのも、アメリカ大陸はもともと「無人の荒野」などではなく、かなり稠密にインディアンが住んでいた土地だったのに、西洋人が「使命」だとかなんだとか勝手な理屈をつけてやってきて、先住民を「疫病」

や「殺戮」によって抹殺して「荒野」にしたうえで居座った土地であり、その意味でアメリカは「処女地」(virgin land) どころか「後家地」(widowed land) だ、という卓抜な指摘をしたフランシス・ジェニングズの『アメリカの侵略』(一九七五年) のような修正主義者の本が世に出て、かなりひろく読まれるようになったせいもあるだろう。しかし、ジェニングズ流の考えがアメリカ白人主流派の「意識」になることはまずあるまい。インディアンはアメリカの「無意識」でありつづけ、広大なアメリカ大陸は、そこに西欧文明が流入すべき、白紙《タブラ・ラサ》でありつづけることであろう。けだしアメリカはヨーロッパの出店であり、その文化の純粋培養の場であり、インディアンの絶滅をはかる精神も、インディアンを賛美する精神も、その同じ汎ヨーロッパ的精神に淵源することをわたしはわきまえているつもりだ。わたしは短絡的な反米主義者でも、インディアン賛美者でもない。

そう断っておいてから本題にもどるが、そのような無意識化の過程をテクストに痕跡として残した最初のアメリカ人のひとりに、ブラッドフォードがいる。そして、このピューリタンの指導者はアメリカの無人化をいっそう促進するため、その「無人の土地」に住む「野蛮人」をさらに「人食い人種」に仕立てあげる。

> [アメリカ大陸にいる] 野蛮人 (salvage people) は残酷で野蛮で卑劣きわまりない。怒ると凶暴このうえなく、征服した者に対しては無慈悲きわまりない。殺して命を奪うだけでは満足せず、考えうるかぎりの血なまぐさいやり方で人をさいなむことに喜びをみいだす。貝殻で生きたままの人間の皮を剝いだり、手足を切り落としたり、その他の部分を切り刻んだり、火であぶって、その薄切りの肉をまだ生きている本人の目のまえで食べたり、そのほかとても口にできないような残虐のかぎりをつくす。

（一・五七）

手元のマサチューセッツ歴史協会編の『プリマス植民地史』は、このインディアンに関する記述に註を付して「正確な出所は不明」としながらも、ブラッドフォードが参照した可能性のある参考文献を数冊あげているが、さしあたり出所はどうでもよい。ここでわれわれは、ブラッドフォードにとって、新大陸で遭遇が予想されるインディアンを「人食い人種」に仕立てなければならなかった理由を確認すればたりる。正木恒夫がW・アレンズを援用して指摘するように、重要なのは「人間が人間の肉を食べる理由ではない。ある集団が他集団を食人者と規定する理由である」（正木・四一／A・一六八）。そこで「理由」を考えることにするが、ブラッドフォードがインディアンを「食人者」に仕立てたのは、そうすることによってインディアンを非人間化し、ひいてはアメリカを無人化し、自分たちの安住の地を「観念体系上に」に確保するためであった。あるいは、トドロフの言うようにインディアンを「絶対的他者（The Other）」（T・四九）とする方策であった、と言いかえてもよい。

このように準備万端をととのえて、ピルグリムたちは一六二〇年七月下旬にヨーロッパをあとにし、同年一一月一一日にコッド岬沖に到着し、ただちに停泊場所の選定と居住地の探索に着手するが、『プリマス植民地史』はその新大陸上陸当初の「こと」を次のように記述している。

かくしてよい停泊地をみつけ、無事に上陸すると、われらは浜にひざまずき、われらをして広大にして凶暴なる海原を渡らしめ、それにともなうすべての危険と悲惨からわれらを守り、ふたたびなじみある大地に足を踏ましめたもうた神をたたえた……かように大海原をこえてきたが……われらを迎える友もなく、潮風に打たれた体《からだ》を休め、元気づける宿屋もなく、援助を求めにゆく家もなければ町もなかった。聖書には、使徒や難破した者を、原住民が親切にもてなす記事があるが、この地の蛮人は、われらを見るや（あとですぐ判明したように）たちまち弓の矢を射かけてくるのであった。また時は冬で、この土地の冬の厳しさを承知の者ならわかることだが、はげしく無慈悲な嵐におそわれることもまれではなく、なじみの土地を歩くことさえ危険このうえなく、いわんや未知の海岸を探査することなど論外であった。そのうえ見渡すかぎり恐ろしく荒涼たる荒野ばかりで、そこにどれほど多くの野獣や蛮人がひそんでいるやもわからなかった。また、いわば〔モーゼが約束の土地を望んだという〕ピスガの頂上に登って、この荒野のどこかに、希望をつなぐもっとよい土地がないかと探すこともできなかった。どの方向に目をやっても（頭上の天を望むとき以外は）外界の対象で心をなぐさめ、満足をあたえてくれるものはほとんどなかった……あたり一帯は森や茂みばかりで、荒涼として殺伐たる色彩があたりを支配していた。背後を見ると、そこには渡ってきたばかりの広漠たる海がよこたわり、われらをあらゆる文明からへだてていた。（一・一五五-五六）

白状するが、わたしはこの箇所をこれで三度目に引用することになる。この「新大陸風景」が鮮烈なイメージに充満しているからではない。それらが欠如しているからである。志村正雄との共著『アメリカの文学』（一九七二年）で、わたしは初めてここを引き、「これを文学的記述と言うことはできない。ここには波打ちぎわの波のたわむれ、浜の砂、岩の形、木の種類や枝ぶりなど、何も書かれていない」（二一）と書いた。『アメリカン・ゴシックの水脈』（一九九二年）で、わたしは同じ箇所を二度目に引き、「ここには生きいきした風景描写も、人の動きの具体的な記述も、一切ない。このテクストの断片は、むしろそれらの欠如によって成り立っている」（二三）と書いた。ちなみに、バーコヴィッチ編『ケンブリッジ・アメリカ文学史』（一九九四年）で、マイラ・ジェーレンも同じ箇所を引き、この記述は「アメリカが野生そのもので……事実上人が住めない土地であり、ひいては人が住んでいない土地である」（八五）ということを無意識裡に強調している、とコメントする。たしかに、ここでインディアンは「不在」の住民として、土地から隔離され、いわば仮定法過去形で記述されているだけである。原住民が土地を農耕などで有効に利用せず、狩猟を主としてただ彷徨しているだけとする言説が、その土地の所有を正当化するための侵略者側常套の口実であったことを、ここで思い出しておきたい。

しかし『プリマス植民地史』（以下、『植民地史』と略す）も、それが「歴史」であるかぎり、いつまでも本当のインディアンとの遭遇を回避しているわけにいかない。コッド岬に到達してから四日目の一一月一五日、メイ・フラワー号は十六名からなる斥候隊を上陸させ、その一行がインディアンに遭遇する。「犬をつれた五、六名の者がわれらにちかづいてきた。それは蛮人であったが、われらを見ると森のなかに逃げていった」（一・一六二）というのが、『植民地史』第一〇章におけるピルグリムとインディアンとの初遭遇の記述である。けれども、そのときのインディアンの装束や風貌、髪形や肌の色などの記述や描写は一切ない。遠すぎて見えなかった、というようなことではない。むしろ、その他の点では勤勉なこの記録者ブラッドフォードの「無意識」にかかわることがらであろう。二巻からなる『植民地史』全体を通して、インディアンの身体的特徴や服装に関する記述はたったの一行もないのだから。このインディアンに対するブラッドフォードの文化人類学的興味の欠如は、動植物に対する博物学的興味の欠如とともに、特筆すべきことである。

その尋常でなさは、当時の他の記録者の記事と比較してみると歴然とする。たとえばマイラ・ジェーレンは『ムートの実話』（一六二二年）から、「コッド岬の地形や地質はオランダの砂丘に似ていたが、それよりはずっとましだった。表土の厚さは一鍬《ひとくわ》ほどで、しかも良質の黒土だった」を引用して、それがブラッドフォードの「荒野」からほど遠いことを指摘している。『植民地史』でただ「森や茂み」とされているところは、ムートでは「カシ、マツ、ササフラス、ビャクシン、シラカンバ、ヒイラギ、ツタ……トネリコ、クルミ」[*2]と個別化された記述になったいる。ピューリタンの指導者ブラッドフォードにとって新大陸における「神の国」の建設の記録を書くことは、正当かつ当然な義務であったが、それは物語作家が「物語」を書くのとも、歴史家が「歴史」を書くのともちがって、新大陸のあらゆる事象を彼の信じる神の観点によって抽象化する作業にほかならなかったのではなかろうか。ともあれ、わたしの気づいた（あるいは気づかなかった）かぎりでは、この箇所にかぎらず『プリマス植民地史』全二巻をとおして、具体的な樹木名は一度も出てこない。これもかなり異常なことである。野生動物では、毛皮の原材料になる商品としてのビーヴァーとインディアンの野獣性の隠喩としてのオオカミ以外には、ウサギや七面鳥さえ出てこない。昆虫は「スズメバチのような大きなハエ」が大量のインディアンの死体で肥えた土地からいっせいに発生して「緑のもの（green-things）を食べつくした」（二・一七二）という記述がある以外の箇所では一匹も発見できず、チョウやセミなどへの言及はなく、食物であるトウモロコシへの言及は充分以上にあるが、草花への言及はない。鳥や魚への直接的言及もない。インディアンが前日解体したとおぼしい魚については、「シャチのような大きな魚（a great fish like a grampus）」（一・一六八）という記述はあるが、これも上記のハエとおなじく比喩的表現であって、そのぶん実体性に欠ける。このピューリタンの為政者が博物学者でなかったことを非難してもはじまらないが、その生きているインディアンの容貌や衣装に対する度を超した無関心は、あとで示すように、死んでゆく、あるいは死んだインディアンに対する過度の関心とともに、看過することのできない特質である。当時のイギリス人一般がいわゆる非文明的「土人」に無関心であったという事実はないので、なおさらだ。

たとえば、一六〇三年にプリマスに到来したイギリスの冒険家マーティン・プリングは、ニューイングランドのあらゆる事物に旺盛な興味をしめし、多彩な記録をのこしている。そのインディアンについての「肌色は浅黒いか、黄褐色か、栗色だが、それは生まれつきでなく後天的なものである。髪は四つ編みにして……羽飾りをつけ……男の背丈は並のイギリス人よりいくらか高く、頑健で、動きは素早く、体格は均整がとれている」(一・一八〇)[*3]というような記述はいたく興味ぶかい。さらに一六〇七年にチェサピーク湾岸に上陸した、例のジョン・スミスは『ヴァージニア、ニューイングランド、サマー諸島概説』(一六二四年)で、インディアンのみならず新大陸の森羅万象について旺盛な好奇心をしめしているが、ここではインディアンの肌色について「彼らの肌色はどの年齢でも褐色だが、生まれたときは白い。髪は一般に黒だが、髭を生やしている者はほとんどいない」(二・一一四)とか、「肌色は黄色く、髪は黒いが、たいへん明るい栗色をした子供たちを見かけたこともある」(二・六五)とか書きのこしていることに留意したい。わたしにとっていたく興味ぶかいのは、プリングもスミスも、インディアンの肌色を本来は「白」だったとみなしていることだ。ジェイムズタウンの植民者たちは、ピューリタンたちとちがって、インディアンを人間とみなしていたばかりか、自分たちと血を交えてもよい「白人」の一種とみなしていたのかもしれない。あるいは、そうみなす「観念体系上」の必然があったのだろう。すくなくとも、これはヴァージニアがスミスとポカホンタスとの「ロマンス」を生み、ジョン・ロルフとの結婚を許容したことの結果でもあり原因でもあったろう。だが、ピューリタンのニューイングランドでは、そんなことはおこりえなかった。それがインディアンを「見えなくした」ことの結果でもあり原因でもあったろう。すくなくともブラッドフォードは存在としての、実体としてのインディアンをかたくなに見ようとしない。このピューリタンの指導者にとって、死んだインディアンと自分たちに味方するインディアン以外に、有用なインディアンはいなかったからだろう。

『植民地史』第一〇章にはトウモロコシの発見、インディアンの襲撃の記事もあるが、前者については「神の特別なる配慮と、哀れなるわが同胞にさずけられた慈悲によって、翌年蒔くべきトウモロコシの種子を入手した」（一・一六七）と記し、後者については「神は敵を打ち負かすのをよみしたまい、われら一同ことなきをえた。また神の特別なるはからいによって、矢が雨あられと射かけられたにもかかわらず、われらのうちに矢にうたれたり、傷ついたりした者はひとりもなかった」（一・一七一-七二）と記す。このように記することによってニューイングランドは着々として「神の国」となりつつあったわけだが、しかし、ピルグリムたちのニューイングランド定住にとっての最大の幸運は、一六一六年にこの地方をおそった西洋伝来の疫病ないし天然痘によってインディアンが激減し、ニュープリマス周辺はピューリタンお望みの「無人の土地」にほぼ近い状況になっていたことである。

その数少ない生き残りのワンパノアグ・インディアンの酋長マサソイットがサマセットとスクアントという「通訳」を介してイギリス人に接近してきて、弱体化した自分の部族を他の諸部族から守るために、強力な武器をもつ白人と平和協定をむすぶことになるが、その経緯についてはーーつまりこういう「友好的インディアン」にかかわることについては——ブラッドフォードはかなり詳細かつ具体的に書いている。サマセットについては、「〔一六三〇年〕三月一六日、インディアンがひとり、大胆にもわれらのところにやってきて、かたこと英語で話しかけてきたが、よく理解できた」（一・一九九）と記し、このインディアンが英語を習得したいきさつ、その後の彼の有用性について事例をあげて書く。スクアントについても同様の記述があり、三月二〇日ごろ、このインディアンが酋長のマサソイットをつれてきて「協定」をむすぶことになる次第も、「協定」そのものとともに、詳細に記録されている。その「協定」は六条からなる。これから問題にする「ピーコット戦争」の背景の理解のためにも、またテクストによる「インディアン消去法」の別の事例としても、それをここに訳出しておく。

（一）彼〔マサソイット〕及びその配下は我等に危害を加えざること。
（二）彼及び彼の配下の如何なる者も我等に危害を加えたるときは、我等が加害者を処罰すべく、その者を引き渡すべきこと。
（三）我等から持ち去られた如何なる物も返還すべきこと。我等もまた同じことをなすべし。
（四）彼に戦を挑む者あらば、我等は彼を援け、我等に戦を挑む者あらば、彼が我等を援くべきこと。
（五）彼が近隣の部族に同盟の使者を送るときには、その［部族の］者とともに我等に害をなさず、かつ我等との平和の条件に悖らぬように配慮して、これを通知すべきこと。
（六）彼の配下が我等を訪ねるときは、弓矢を持参せざること。（一・二〇一-〇二）

これはかなり不平等な「協定」である。第三、第四条をのぞいて、ピューリタン側の相互的義務は明記されていない。たとえば第六条。これをそのまま解釈すれば、イギリス側がインディアンを訪問するときは火器を携行していてもよいが、その逆のばあい、インディアンは弓矢で武装してもいけないことになる。これはいくらなんでも不公平だ。またこの協定について、『植民地史』は「〔マサソイット〕は隣接のすべての土地を代価を求めることなく、永遠に我等とその子孫に譲渡し、また喜んで我が至上なるイギリス王の臣下となることを認めた」（一・二〇一）という文書の存在を格別に註記している。ピルグリムたちは「無人の土地」に住みついたうえに、先住民から土地の権利の委譲までうけていたことになる。インディアンは西欧流の土地の所有についての観念をもたなかったのだろう。また一六二一年七月には、ブラッドフォードはエドワード・ウィンスロウを団長とし、スクアントを案内人とする使節団を「〔プリマスから〕四十マイルはなれた」マサソイットの居住地に送っている。そして「その土地は肥沃で、人口は多くなかった。イギリス人がくる三年まえにこのあたりの各地を襲った大疫病のために潰滅的な打撃をうけ、数千人が死んだからである。埋葬ができなかったので、かつて彼らの住居があった場所には、いまだに骸骨が散乱していて、見るも悲しい眺めであった」（一・二二〇）と記録している。しかし、ワンポノアグ族に敵対するナラガンセット族については、「マサチューセッツ湾の反対側に住んでいるナラガンセット族は強力な部族で、数も多く、周密な集団を形成して生活しているが、先の疫病の影響はまったく受けなかった」（一・二二〇-二二一）という記述になっている。どうしてこのインディアンの集団だけが疫病からまぬかれたのか、そこが不思議だが、このあとでナラガンセット族がプリマスにとって脅威となる事態の記述を読むと、これもまた例の「無意識」にかかわることがらであり、ピューリタンの価値体系にインディアンをくりこむための必然的バイアスのなせるわざであると思いたくなる。ちなみに、その翌年の「友好的インディアンの通訳」スクアントの死については数行にわたる追悼の記事もある。「スクアントはインディアン熱病にかかり、鼻から大量の血を出し(インディアンたちはこれを死の前兆とみる)、それから二、三日のうちに死んだ」とあり、その死にぎわに「天にましますイギリス人の神」(一・二八三)のもとにゆけるように祈ることを懇願された、とブラッドフォードは記録している。インディアンが「インディアン熱病」で死ぬのは穏当であるばかりか、神のおぼしめしにもかなうことでもあったのであろう。

ピーコット戦争

一六二〇年に百二名のピルグリムたちがプリマスに上陸したときも、その十年後の一六三〇年にジョン・ウィンスロップの一行四百六名がセーラムに上陸したときも、ニューイングランドでは、一六一六年の大疫病で激減したとはいえ、まだインディアンが多数派で、白人が少数派であったことは疑いのない事実である。しかし、その後、白人の人口は爆発的に増加し、インディアンの人口はそれに反比例して激減し、やがて多数派と少数派が逆転することになる。一六三四年という時点で、ウィンスロップはこの地方おける白人の人口を「四千人以上」と見つもり、しかも「格別なる神意により……昨年一年を通じて死んだのは二、三人の大人とほぼ同数の子供だけだった」のに、「主がわれらの土地の所有に便宜をはかられたのか、インディアンは天然痘でほぼ全滅した」(スタナード・一〇九)と英国への手紙に書いていることからも、両者の人口比が逆転する趨勢にあったことが推定される。ちなみに、一六四〇年のニューイングランドにおける白人の人口は、約二万とされている。もっと信頼できる調査によれば、「フィリップ王戦争」前夜の一六七四年の白人人口は五万二千、インディアンのそれは八千六百から一万七百とされている。また一六二〇年当時のインディアンの人口は七万五千ほどと推定されている。すると、おおまかに言っても、インディアンの人口は一六〇〇年の七万から一六七四年には約一万に減少したことになり、この七四年間のどこかの時点でインディアンと白人の人口が逆転したことになる。それが正確にいつだったかを断定する資料も能力もわたしにはないが、ニューイングランド周辺における白人人口のビッグバンとインディアン人口の激減は一六三〇年代初頭にあったと推定できる。[*4]

侵入する側の人口が増大し、その版図が拡大すれば、侵入される側との軋轢が増加するのは理の当然である。オランダの入植者たちがハドソン川流域から東漸して一六三三年にコネティカット川中流のハートフォードに交易所をつくると、それに対抗してイギリス側がニューイングランドから西漸して一六三五年に同じ川の河口にセイブルック砦をつくる。このコネティカット川流域におけるイギリスとオランダの覇権争いに、いちばん先に、またいちばん敏感に反応したのは当然ながらその流域を生活圏とするピーコット族であったが、それに周辺に住むナラガンセット、ニアンティック、モヒカンなどのインディアン諸族の利害・思惑・勢力関係が複雑にからみあって、あの破局的な一六三七年の「ピーコット戦争」の名で知られる白人によるインディアン殲滅戦への道を用意する。が、この「戦争」についての客観的な「記述」などは不可能だ。[*5]そこで「戦争」の当事者でもあり、またその第一次史料の書き手でもあったブラッドフォードの「言説」を吟味するまえに、アメリカを代表する百科事典『アメリカーナ』がこの「戦争」をどう「記述」しているかを見てみたい。今日この事件が一般にどう認識されているかを、アメリカの「無意識」もふくめて大づかみにするためにも、またこれからの論議の指標とするためにも、そうしたい。

［ピーコット戦争］ ピューリタン入植者とニューイングランドでいちばん強力で好戦的なインディアンのピーコット族との一六三〇年代にコネティカットでおこなわれた血なまぐさい争い。ピーコット族の壊滅はニューイングランド南部にイギリス植民地建設の道をひらいた。一六三四年にピーコット族ないしその共謀者がコネティカット川で、評判のよくない交易船の船長ジョン・ストーンおよびその船員を殺害する事件がおきた。しかしピーコット族は当座のところイギリス人に恭順の意を表するのが賢明と判断して、友好協定を締結した。

しかしピーコット族がまた別の船長ジョン・オールダムを殺害し、その犯人をかくまったせいで、平和は二年しかつづかなかった。その後こんどはイギリス人が略奪行為をはたらいたので、両者のあいだに戦争状態が再発した。一六三七年のはじめまでにピーコット族は三十人の白人を殺害した。殺されたのはほとんどがセイブルックとウエザーフィールドの白人だった。コネティカット議会は戦争を宣言し、ジョン・メイソン隊長ひきいる九十人の兵士を派遣し、これには酋長アンカスひきいる六十人のモヒカン族と数百人のナラガンセット族の戦士が合流した。五月二六日、彼らはミスティク川岸のピーコットの砦を攻撃して焼きはらい、女子供をふくむ数百人のピーコット族を殺した。難をのがれた者はほとんどいなかった。イギリス側の死者二人であった。

別の砦から西にのがれたピーコット族はイズラエル・ストートン配下のマサチューセッツ軍に追跡され、その本隊は現在のサウスポートで捕捉された。女と子供は降伏を認められたが、戦士は、降伏した者もふくめて、七月一四日にほとんど殺された。逃げたのは約六十人。そのほとんども、酋長のササカスをふくめて、イギリス人と組んだインディアンに捕らえられて殺された。生き残りのほとんどは他の諸部族に分配された。イギリス人の徹底的な残虐さに他の部族のインディアンもおびえて恭順した。

「ピーコット戦争」の端緒は一般にピーコット族によるジョン・ストーンの殺害にあったとされている。それは一六三四年の初頭におきた。ストーンはかなり悪辣な交易船の船長で、インディアンの恨みをかっていたようだが、殺される直接のきっかけはコネティカット川の流域で身代金目当てに数人のインディアンを誘拐したことにあった。この件を記述するにあたり、ブラッドフォードはながながとストーンのいかがわしい海賊まがいの経歴を書いてから、「インディアンはストーンがキャビンで（恐怖からか、ふてくさってか）ふとんで顔をかくして横たわっているところを、頭をたたきわった。それが彼の最後だった」（二一一九二）とにべもない文句でむすんでいるだけで、それ以上のインディアンに対する植民地側の報復措置などについては書いていないが、マサチューセッツ植民地のこの事件に対する態度は強硬で、報復をほのめかして、ピーコット族に犯人引き渡しを要求した。当時オランダとの紛争もかかえていたピーコット族は、両面に敵をかかえることになるので、いちおうこの要求にこたえ、マサチューセッツ植民地と和平協定をむすんだ。その結果、一六三五年のニューイングランドは平穏であった。

平穏であったのは、しかしながら、インディアンが白人に敵意をいだくのをやめたからではなく、彼らのあいだに大疫病がはやって人口が激減したからであると考えたほうが正しかろう。この疫病についてのブラッドフォードの記事は「わたしはこれから奇妙にして注目にあたいする出来事について語るつもりである」

（二・一九三）という前口上ではじまる。その「出来事」とは一六三四年の冬、コネティカット川上流のインディアンの砦に「神のみはからいにより」天然痘が発生して「千人のうち九百五十人以上」のインディアンが死に、また春にもおなじ疫病が再流行して多数のインディアンが死んだ災害のこと。先にも指摘したが、ブラッドフォードの文は疫病の惨事を記述する段になると、ごらんのように急に精彩をおびてくる。

寝床も敷布もなにもかも不足していて、インディアンたちは堅いマットに横たわるほかはなく、あわれむべき状態におちいっていた。瘡《かさ》はくずれ、ただれ、膿は瘡を伝って流れ、（そのため）皮膚は寝ているマットにぺたりと張りつき、寝返りを打つと、皮が一面ぺろりとはがれて、からだは（まるで）血糊の固まりとなり、見るもおそろしい眺めであった。ひどく痛むうえに、寒さと飢えが加わり、彼らは腐敗病にかかった羊のように死んでいった。（二・一九四）

インディアンの惨状の描写はまだつづく。たきぎに不足して自分たちの食器や弓矢まで燃やし、水をもとめて四つん這いではいずりまわり、途中で息絶えるインディアン。この惨状を見かねたイギリス人は「自分の危険もかえりみず」「日々たきぎや水を彼らのもとに運び、生きているあいだは火をおこし食事をあたえ、死んでからは埋めてやった」けれども、そのかいもなくインディアンで「生き残ったのはごくわずか」だけであった。「ところが神の恵みぶかい配慮によって、イギリス人でこの病気で死んだ者も、感染した者も、ひとりとしてなかった」（二・一九四-九五）と一六三四年の項はむすばれている。そして一六三五年の『植民地史』は、ブラッドフォードがまた総督に選出されたこともあってか、「内政」に関する記述が主で、インディアンに関する記述はほとんどなくなる。

一六三六年七月には、しかし、ナラガンセット湾沖のブロック島付近で、やはり交易船の船長だったジョン・オールダムがインディアンに殺される事件がおきる。下手人はピーコット族と島の原住民とされ、マサチューセッツ植民地は、総督ウィンスロップの『日記』によると、ジョン・エンディコットひきいる九十名の兵士をブロック島に「その原住民を、女と子供をのぞき、皆殺しにし……島を占領し、それからピーコット族に矛先をむけ、ストーン船長およびその他のイギリス人を殺害した者の引き渡し、損害賠償としてインディアン貨幣で千ファソム、人質として子供数人を要求し、その要求に応じないばあいには武力をもって所期の目的を達成すべく」（一・一八六）兵士を派遣した。しかし島はほとんどもぬけの殻で、エンディコットはインディアンのテント小屋やトウモロコシ畑やカヌーなどを燃やし、それからピーコット族を本土に追跡したが、捕捉できず、かわりに彼らの畑を焼きはらってボストンに帰還した。しかし、このマサチューセッツ植民地の「報復作戦」についてブラッドフォードは『植民地史』のなかで直接に書くことをさけ、かわりにこの作戦に関するマサチューセッツ植民地総督ウィンスロップからの報告をかねた書簡を引用（二・二三三-二三四）するにとどめる。ただし、批判的なコメントづきで。そういう「復讐と損害賠償の要求がまことに無思慮に行われたので、またコネティカットやその他の隣人に通知することなしに行われたので、よいことはほとんどなかった」（二・二三五）というのがそのコメント。

ブラッドフォードが危惧したとおり、翌一六三七年からピーコット族の反撃がはじまった。同年四月二三日、ピーコット族がコネティカット川中流のウエザーフィールドの白人居住地を襲い、六人の男、三人の女を殺し、二人の娘をさらっていった。その一週間後、コネティカット州議会はピーコット族に対する「宣戦」を布告した。五月二六日、メイソンひきいるイギリス人兵士とアンカスひきいるインディアン戦士との連合軍はミスティック川ぞいのピーコット族の村を二重に包囲し、火を放ち、なかにいたインディアンをほぼ皆殺しにした。殺されたインディアンの数は四百から七百と一定していないが、白人の戦死者が二人であったことは一定している。ここで今日の湾岸戦争にいたるまでのアメリカの他民族との戦争のパタンが一挙に確立した観がある。が、あまり先走るまい。

ブラッドフォードはこの悲惨な戦闘行為について、ひるみなく書く。イギリス・インディアン連合軍は「砦」を包囲し、退路を断ってから攻め込み、小屋に火をつける。火は風にあおられて燃えさかる。その火で「焼け死んだ者のほうが、その他の方法で殺された者より多かった」とし、次のようにつづけている。

……火は彼らの弓を燃やして使用不能にした。火をのがれた者もいくらかいたが、それらの者は刀で刺されたり、槍で突き刺されたりして、すばやく片付けられ、逃げおおせた者はほとんどなかった。そのときは四百人ほどが殺されたものとおもわれる。このように火が彼らをあぶり、血潮がそのおなじ火を消すさまは凄惨をきわめ、その悪臭はたえがたかった。しかし勝利は甘美な捧げ物のようにおもわれ、われらは、かくもみごとに敵をとりこみ、またかくもすみやかに傲慢かつ不埒な敵に対して勝利をもたらせたもうた神に感謝の祈りをささげた。ナラガンセット・インディアンは、その間、あらゆる危険から身をさけ、遠巻きにして、仕事はみんなイギリス人にまかせ、包囲網を抜けてきた者を阻止したり、悲惨な状態にある自分たちの敵が炎のなかで踊るのをみて、「おお、勇敢なピーコット！」と、彼らが勝利のあとでみずからを讃えてとなえる雄叫びを用いてはやしたてた。（二・二五〇-五二）

ここでブラッドフォードの筆は踊っているとさえ言える。ことが「インディアンの死」にかかわると、この生来謹厳なピューリタンの指導者の血はたぎったのだろうか。また、白人に加勢した「よい」インディアンたちの態度についての描写は、この「戦争」の状況を「文学的記述」ならではの仕方で正確に記述している。そのようなはしたない自分の血の騒ぎにうすうす気づいていたせいか、ブラッドフォードはこの虐殺、その後の追撃、湿地帯へ追い込んでの再度の集団殺戮、その後日談について直接に語るのをやめてしまい、あとはウィンスロップからの書簡を引用して語らせている（二・二五三-五七）。それによれば、植民地軍はまた別の一群のピーコット族を湿地帯に追いこみ、七月一三日の午後から翌朝にかけて周囲を取り囲んで撃ちまくり、最後まで抵抗したインディアンの戦士をほとんど殺戮し、「逃げおおせたのは二十人以下」で、降伏してきた二百人ほどの女子供は植民地側についたインディアンの諸部族と自分たちのあいだで分配し、「残りの男の子供はバミューダに送った」とある。そして「全部で七百人ほどのインディアンが殺され、捕虜になった」（二・二五六）と総括しているが、このマサチューセッツ植民地総督の書簡によるプリマス植民地総督への報告は前者の『日記』の記事とくらべると、当然のことながらかなり非具体的になっている。たとえば、七月一三日のウィンスロップ『日記』の上記書簡の対応する箇所には「われわれは十五人の少年と二人の女をピアス氏に命じてバミューダに送ったが、彼は、間違えて、〔カリブの〕のプロヴィデンス諸島につれていった」とある。もちろん、奴隷として売ったのである。ちなみに、八月五日の項には「〔他のインディアン諸族が白人への忠誠のあかしに〕五百のピーコットの首をわが方に送ってきた。すると八百から九百人のインディアンが殺されたことになる」ともウィンスロップは計算している。

このように「戦争」のデータはウィンスロップの書簡に語らせてから、ブラッドフォードは「かくして戦争はおわった」と記し、つづけて「生き残りのピーコット族は彼らの土地から一掃され、ある者はナラガンセット族に身をゆだね、ある者はアンカス配下のモヒカン族の庇護をもとめた」(二一・二五八)と記す。しかし、この「戦争」が本当におわったのは一六三八年九月にピーコット族の残党と植民地側とのあいだにむすばれた「ハートフォード協約」によってであった。この「協約」によって、「ピーコット」という名称そのものの使用も禁じられ、ここにピーコット族は公式に「絶滅」したのであった。ちなみに、コネティカット川と平行して流れるピーコット川もテムズ川と名称を変更されて今日にいたる。ちなみにまた、このインディアンの族名は世界の多くの人たちにとっては、あの『白鯨』の白い鯨の攻撃によってイシュメールひとりをのぞいて全滅する捕鯨船ピークォッド号の名によって記憶されているのではなかろうか。

(秋山健監修『アメリカの嘆き――米文学の中のピューリタニズム』松柏社、一九九九年)

註

*1 加藤典洋はその『敗戦後論』でこの「ねじれ」という言葉を、日本人が「敗戦」を「終戦」と言いくるめた隠蔽によって生じた精神の欺瞞をあらわす言葉として次のようにもちいた。「三百万の自国の死者への哀悼をつうじて二千万の「名前をもたないアジア」の死者への謝罪へといたる道が編み出されなければ、わたし達にこの『ねじれ』から回復する方途はない」(八六)と。この引用の変えるべきところを変えてアメリカ白人とインディアンとの文脈におきかえれば、つまり「自国の死者」を「白人」におきかえ、「二千万の死者」を「インディアン」におきかえ、「自由・平等・民主の国をつくるために命をささげた自国の英雄への追悼をつうじて無数の名もないインディアンの死者への謝罪へといたる道が編み出されなければ……」とでもいう文脈におきかえれば、アメリカの欺瞞とジレンマと「無意識」がより身近かに感じられることだろう。

*2 ***Mourt's Relation*** からの引用は、バーコヴィッチ『ケンブリッジ・アメリカ文学史(I)』(八五)からの孫引き。ところで

『ムートの実話』とかりに訳しておいた文書の書き手の素性はいまだに不明。上記の『文学史』には「いまだ不祥の人物の筆名であるが、ライデン分離派のメンバーのひとりで、すこしおくれてプリマスに来たGeorge Mortonのことか」（二一八）とある。

＊3　『プリマス植民地史』の一・一七八-一八五頁はイギリスの探険家マーティン・プリングおよびフランスの探険家サムエル・シャンプレーンのインディアンに関する記述を集めた註になっている。

＊4　ラッセル『メイフラワー以前のインディアンのニューイングランド』（二八）およびスタナード『アメリカン・ホロコースト』（第四章）を参照。

＊5　カーツは『ニューイングランド・クォータリー』一九九一年六月号に「ピーコット戦争再考」という論文を発表した。それは一九七〇年代、八〇年代に顕著になってきたこの「戦争」の見直しを見直そうという再・修正主義のこころみで、端的には、あの「戦争」は修正主義者の言うような人種的偏見にもとづく「集団殺戮《ジェノサイド》」にあらずと主張するもの。それに対して同誌一九九五年六月号で、フリーマンは、要するに、それはジェノサイドにほかならなかったと反論した。それに対してカーツはまた、同誌九五年一二月号で再反論して、要するに、「ピーコット戦争」はジェノサイドではなかったと再主張した。岡目八目的な観点からすると、新大陸における白人の「存在《プレゼンス》」こそが重大事であるにもかかわらず、どちらの側もそれを抜きにして、どちらが先に仕掛けたかとか、ピーコットを攻撃したのは「インディアンと白人の連合軍」だったとか、あげくのはてに国連の「ジェノサイド」の定義をもちだしたりで、あきれはてるが、ここでわたしが指摘したいのは、三百五十年もまえのことが、いまだにホットな問題としてアメリカの学会で論じられているという事実のほうである。あの「集団殺戮」がいまだにアメリカ主流派にとって解決不能なアポリアと「ねじれ」の起源であることを物語る。しかも議論そのものは、「南京虐殺」があったか、なかったか、をめぐるわが国の「自由史観」と「自虐史観」との論争に似ている。

引用文献

Arens, W. *The Man-Eating Myth: Anthropology and Anthropophagy*. Oxford UP, 1979. 折島正司訳『人食いの神話――人類学とカニバリズム』岩波書店、一九八二年。

Bradford, William. *History of Plymouth Plantation: 1620-1647*, 2 vols. Massachusetts Historical Society, 1912. Rpt. Russell &

Russell, 1968.
Freeman, Michael. "Puritans and Pequots: The Question of Genocide." *NEQ* 68, June 1995.
Jehlen, Myra. "The Literature of Colonization." *The Cambridge History of American Literature*. Ed. Sacvan Bercovitch. New York: Cambridge UP, 1994: I-13-168.
Jennings, Francis. *The Invasion of America: Indians, Colonialism, and the Cant of Conquest*. U of North Carolina, 1975; New York: Norton, 1976.
Katz, Steven T. "The Pequot War Reconsidered." *NEQ* 64, June 1991; "Pequots and the Question of Genocide: A Reply to Michael Freeman." *NEQ* 70, December 1995.
Miller, Perry. *Errand into the Wilderness*. Cambridge, Mass.: Belknap Press of Harvard UP, 1956.
Russell, Howard S. *Indian New England Before the Mayflower*. Hanover, NH: UP of New England, 1980.
Smith, Henry Nash. *Virgin Land: The American West as Symbol and Myth*. Harvard UP, 1950. Rpt. Vintage Books, 1957.
Smith, John. *The Generall Historie of Virginia, New-England, and the Somer Iles*, ... (Vol II). *in The Complete Works of Captain John Smith*, 3 vols. Ed. Philip L. Barbour. Chapel Hill: U of North Carolina P, 1986.
Stannard, David E. *American Holocaust: The Conquest of the New World*. New York: Oxford UP, 1992.
Todorov, Tzvetan. *The Conquest of America: The Question of the Other*. Trans. Richard Howard. New York: HerperPerennial, 1984.
Winthrop, John. *Winthrop's Journal: History of New England, 1630-1649*. 2 vols. Ed. James Kendall Hosmer. New York: Charles Scribner's Sons, 1908.
加藤典洋『敗戦後論』講談社、一九九七年。
正木恒夫『植民地幻想―イギリス文学と非ヨーロッパ』みすず書房、一九九五年。
八木敏雄『アメリカン・ゴシックの水脈』研究社、一九九二年。
八木敏雄・志村正雄『アメリカの文学』南雲堂、一九八三年。

14 アメリカン・ゴシック小説の誕生

C・B・ブラウンの生涯とその環境

チャールズ・ブロックデン・ブラウンは一七七一年にクエーカー教徒の商人の子としてフィラデルフィアに生まれ、クエーカー系の学校でギリシャ語・ラテン語などをまなんで初等・中等教育を終えると、文学に対する情熱をひめながらも、両親の希望もあってか、法律事務所につとめて法律家になる修業をつむが、一七九二年、二十一歳のとき、この事務所をやめ、同年配のイェール大学卒の医師エリヒュー・ハバード・スミスを通じて劇作家ウイリアム・ダンラップ（のちにブラウン伝を書いた）、詩人でもあったティモシー・ドワイト、詩や演劇を愛好する法律家ウイリアム・ジョンソンなどと親交を結び、頻繁に文通したり、これらの「才人」とニューヨークで共同生活をしたりするうち、ついに一七九三年「作家として生計を立てる」という前代未聞の決心」をし、一七九七年には女権のために弁ずる対話形式の書『アルクイン』を書き、まさに一八世紀が終わろうとする二年間に『ウィーランド』（一七九八年）、『オーモンド』（一七九九年）、『アーサー・マーヴィン』（同）、『エドガー・ハントリー』（同）、という四つの長編を立てつづけに発表し、一九世紀になってからも『クララ・ハワード』（一八〇一年）、『ジェーン・タルボット』（同）を書きあげ、ために しばしば「アメリカ小説の父」ないし「アメリカン・ゴシックの創始者」の名で呼ばれる栄誉をになうことになりながら、「本つくりほどつまらない商売はない」と悟って、一八〇三年からは「有用な情報と、理にかなった娯楽」の提供を目的とする雑誌を発行して実務的なジャーナリストに転進し、以後ジャーナリストとしての名声を高めながらも、生来虚弱な体は結核にむしばまれていて、一八一〇年一月、病勢にわかに悪化し、三十九年の生涯を閉じたのである。

「アメリカン・ゴシック小説の父」C・B・ブラウンの生涯をひと口で言ってしまうとすれば、右のようなことになろうが、解説者としては、もっとなにがしか解説めいたことも書き加えねばなるまい。となれば、彼が、しばしば「理性の時代」と呼ばれる一八世紀の後半に、クエーカー教徒の子として、フィラデルフィアに生まれたことにかかわることがらから書きはじめるのが順序だろう。まずクエーカー教（正式には the Religious Society of Friends）だが、その教祖ジョージ・フォックス（一六二四-九一年）が "quake at the Word of God"（神の声におののく）とさとしたことから、この名がきているとされている。わが国でもクエーカーの名は絶対的平和主義、良心的兵役拒否などの道徳的理想主義と結びついて知られているが、要するに、彼らは「神の声」にのみおののき、自己の良心以外に従わず、「内なる光」にのみ導かれて、地上で正しく生き、やがて天国にまかることを信条とする理想主義的傾向の強いクリスチャンの一派である。だが「神の声」と自己の良心にのみ忠実であろうとする生き方は、「神の声」が聞こえぬ者にとっては、その正邪・真偽の判定が困難で、だから彼らの態度や行動が、ときおり他人の目にはおのれのみを正しいとする独善主義にうつるのもいたし方なく、ためにクエーカー教徒は、まず英国で、また信教の自由を求めてやってきた米国でも、迫害されることになった。そこで彼らの指導者のひとりウィリアム・ペン（一六四四-一七一八年）は、いまのペンシルベニアの荒野に、宗教的理想郷をつくるべく、その名もギリシャ語の「兄弟愛」

を意味する町フィラデルフィアを建設したのである。だから、もともとフィラデルフィア市とはクエーカーの本拠地なのである。

ところでフィラデルフィアといえば、ブラウンと同時代人の、そして典型的なもうひとりのアメリカ人ベンジャミン・フランクリン（一七〇六-九〇年）を思い出す。フランクリンは凧あげの実験でわが国でも有名で、フランクリン・ストーブの発明者でもあるが、ジャーナリストとしては『貧しいリチャードの暦』という、「正直は最善の策」とか、「時は金なり」とかの諺や、「罪は禁じられているがゆえに有害なのではなく、有害だからこそ禁じられているのである」とか、「ある種の行為が有益なのは、そうするように命じられているからではなく、有益だからこそ、そうするように命じられているのである」とか、「死んで肉体が朽ちはてるとたちまち忘れ去られることを欲しないなら、読むにあたいするものを書くか、書かれるにあたいすることをなせ」とかの格言を日ごとに印刷した暦をつくって大いに当て、実際家としては町に街灯を立てたり、消防車をつくったり、哲学者としては「アメリカ哲学会」を創立したり、教育者としてはペンシルベニア大学を創設したり、政治家としては郵政長官をつとめたり、外交官としては英国との交渉にあたり、駐仏大使としてはフランスとの友好関係をたもったり、作家としては『自叙伝』を書いたりで、およそ当時のアメリカが必要としていたことで彼が手がけなかったものがないほどの「なんでも屋」だった。この「なんでも屋」はすぐれてアメリカ的特質で、いまでも自動車会社の社長が国防長官になったり、大学教授がいきなり国務長官になったりする伝統に残っているわけだが、この「なんでも屋」の筆頭にくるフランクリンがみずからを律した尺度は「役にたつか、たたぬか」で、これまた今日までつづいているアメリカ人に支配的な判断の基準であることは言うまでもない。だからクエーカー教などについても、フランクリンは、その教えは正しいかもしれないが、「あまり役にたたぬのではないか」というふうに考えたにちがいないのだ。

ついフランクリンについて書きすぎてしまったのは、彼に代表される当時の実利的なアメリカで、しかもこの実務家が活躍したフィラデルフィアで、小説を書くという「虚業」によって生計を立てようという「前代未聞」の決心をしたアメリカ人ブラウンが誕生をみた不思議に思いをはせすぎたせいである。しかし、よく考えてみれば、これに不思議はないのかも知れない。まず、ブラウンは生まれつき虚弱体質で実務家にはむいていなかった。幼い頃から本の虫で、『チャールズ・ブロックデン・ブラウン――アメリカ・ゴシック小説家』（一九四九年）の著者ハリー・ウォーフェルは「チャールズは、他の子供たちがキャンディをむさぼるように、本をむさぼった」と書いている。だから十歳頃には、すでに大人も顔負けの物知り博士で、また学校時代にはひそかに叙事詩人をこころざし、いくつかの習作もあったという。が、先にも述べたように、十六歳で学校を終えると大学へはすすまず、法律事務所につとめて、いちおう「役にたつ」職業につくための修業をしてみたものの、それにはむいていないことがわかり、他のもっと有益な仕事を選ぼうと決心したのだろう。この点、ブラウンもまた土地と時代の子、「試行錯誤《トライアル・アンド・エラー》」を生活原理として普及させたフランクリンの子だったのである。

それかあらぬか、ブラウンの作家的第一歩をしるしたのは女性の地位向上のために弁ずる啓蒙書『アルクイン』であった。アルクインとは女性教師の名前だが、この本ではその生立ち、経験が述べられたのち、彼女が男女を含むあるサークルに招かれて、女性に対する偏見や女性自身の無知をあばき、女権の拡張、差別撤廃のために雄弁をふるう趣向である。たとえば「女性の持ち場は家庭」と断言するある夫人に対しては、女性もまた家庭の外に出て専門的分野で活躍すべきであり、それができないでいるのは、女性を高等教育から締め出しているからだと反論し、男女共学の大学を創設する急務を説き、風紀の面で心配なら、学生も教授もみんな女性の大学を創ればよい、とも言う。彼女はまた女性の参政権、公職に就く権利を主張し、「ある点では女性は男性よりすぐれているのだから」女性の大統領や議員の出現こそ望ましいとも言う。また「女性を男性の奴隷にする」ような結婚制度にも反対で、「離婚の絶対的自由」を強調するという具合。今日のウーマンリブに語らせても、すこしもおかしくないすすんだ議論ではないか。

だが、ブラウンには大西洋のむこうにお手本があったのだ。まずウイリアム・ゴドウィン（一七五六－一八三六年）の『政治的正義の原理についての論考』（一七九三年）という書物がそれだ。これは政治的権力や結婚制度を否定し、個人の基本的人権の確保と擁護を説くラディカル思想の書で、これをブラウンは読んでいた。この部厚く難解な本をブラウンは読んだが、あまりに高価だったこと、内容が高級にすぎたことのために、著者がこれをいちばん読んでほしいと願った一般庶民にはほとんど読まれなかった。これを反省したゴドウィンは、その翌年、この本に盛られた思想内容を小説にした作品『ケイレブ・ウィリアムズ』（一七九四年）を発表し、これは大いに人気を博し、ひろく読まれることになった。このプロパガンダ小説は当時流行のピカレスク放浪小説、ゴシック恐怖小説の手法を採用して、息もつかせぬ場面の連続で、読み出したらやめられない面白さ、しかも読み終わると、一般民衆の人権がいかに踏みにじられているかが、おのずと痛感できる仕組みになっている。ところでブラウンも『アルクィン』発表の翌年、小説第一作『ウィーランド』を世に問うた。これはたしかにゴドウィンのまねびであったろう。

作品をめぐって

『ウィーランド』は、すでに国書刊行会から、一九七六年に、志村正雄氏の手になる翻訳があり、適切で興味ある「解説」もついているので、屋上屋を重ねる必要はさらにないのだが、やはりこれはブラウンの小説第一作であるばかりか、質においても筆頭にくる代表作であるので、『エドガー・ハントリー』(一七九九年)の翻訳者兼解説者としても、『ウィーランド』をまったく避けて通るわけにはいかない。そこで志村氏の論旨との重複はなるべく避けながら、この作品についてもいくらか解説めいたことを書き、先へすすむよすがとしたい。

『ウィーランド』の舞台はフィラデルフィア郊外の農場。物語の進行をつかさどるのはクララ・ウィーランドという女性。つまり手記の形式になる一種の一人称小説である。語り手クララ、およびその兄セオドアの父は宗教的な狂信家だったが、ある日、雷のような光に打たれて不慮の死をとげ、母もこの災厄のショックで死ぬ。孤児同然になった兄妹だが、長じてセオドアはキャサリンという良妻を得て、六年のうちに四人の子をもうける幸福な日々をすごす。が、父の死に「超自然的な意志」のあらわれをみとめる息子セオドアは、次第に父に似た狂信家に「変身」し(ちなみに『ウィーランド』の副題は「変身」である)、つねに神のみこころを知り、それにそいたいと願う日々を送るようになる。そんなある日、セオドアは「汝の妻子を殺せ」という「神のお告げ」を聞く、あるいは聞いたと信じ、「父なる神よ、あなたの、惜しみなくお与えくださる恵みの深さに感謝いたします。これほどの犠牲を要求なさったこと、御意《みこころ》への忠順さを証明するような状況をおつくりくださったことを感謝します」と神に感謝し、ある夜、実際に妻子五人を惨殺し、妹クララの命も狙うにいたる——といった粗筋の物語。だが、先ほど述べたように、これが妹クララという一人称の語りによって進行する物語なので、クララが知れないことは読者も知ることができず、逆に読者は、クララの思惑、疑念、推測、恐怖などはたっぷり聞かされたり味あわされたりする仕掛けで、だから右のような「要約」も、じつは一読者の読後の主観的な判定にもとづく一種の「印象」にすぎない。たとえばセオドアの妻子が惨殺されたことは事実としても、その下手人がセオドア自身であるとは、この全二十七章からなる作品の第一九章になるまで、語り手クララは夢にも思っておらず、したがって読者にも真犯人は隠されているたてまえである。それどころか、この事件の前後に「正確に他人の声を真似、また、その声を修正して、どの方向からでも、どんな距離からでも聞こえてくるようにすることができる」という超能力的な腹話術をあやつるカーウィンなるあやしげな男がクララの周辺に出没して、夜中にクララの寝室にしのびこんだり、その婚約者との仲をさくような策略を弄したり、その他の不審な行為をするので、クララの疑念がこの男に向けられるのに不思議はない。つまり読者の立場からすれば、真犯人がカーウィンであるかのような情況設定になっているのである。

第一九章でセオドアが犯人らしいことが判明するのは、その前章で語り手の伯父なる人物が裁判の記録をクララに読むようにと手渡し、その文書を語り手が次の章で読む運びになるからである。つまり彼女がその記録を筆写するからである。先の「要約」でわたしが引用した「父なる神よ……感謝します」のくだりは、だからセオドアが裁判所で自白したとされる記録からの引用にすぎず、彼が神の命に従って妻子を殺したという動機の説明ないし自白も、その裁判記録からの孫引きにすぎない。そうなればこの自白の信憑性も問題になる。そのうえクララは、セオドアの犯行を目撃したという女中の証言は読まない。つまり読者にはその情報を提供しない。その先は読むにたえない、というのがそうしない彼女の理由だが、なおもクララは神の声をまねて兄を狂わせ、殺人におもむかせた元凶はカーウィンだと信じこんでおり、第二二章では、「兄を狂わせ、人殺しをするようにしたのは誰？」とカーウィンを詰問する。カーウィンは腹話術を用いて、他人をまどわせ、その反応をたのしんだりした悪事は認めるが、セオドアに殺人をそそのかしたおぼえはないと明言し、「私の唯一の罪は好奇心でした」と弁明する。「記憶にございません」とは逃げ口上でもありうる。

が、これを真に受けるとすれば、ゴドウィンの『ケイレブ・ウィリアムズ』を読んだほどの読者なら、ケイレブがあれほどの迫害を受け、悲惨をなめねばならなくなった唯一の原因が主人フォークランドの隠された過去の秘密に過剰な好奇心をいだいたせいであることを思い出すだろう。そして（これはあとでまたみるつもりだが）、「過剰な好奇心」が悪の根源、不幸のみなもとであることがブラウンのその他のすべての小説の主題ないし副主題であることを思うとき、この「アメリカ小説の父」がいかにゴドウィンの大きな影響下に作品を書きはじめたかがわかる。また、長い歴史も、古いゴシック風の寺院も、僧院も、宗教裁判所も、つたのはう廃墟もないアメリカにおいても小説が書けることをブラウンに教えたのも『ケイレブ・ウィリアムズ』だったろう。この小説は当代のイギリスが舞台で、登場人物にしても、当時の読者がすぐ身近に感じられる種類の人物ばかりだが、『ウィーランド』も舞台はフィラデルフィア、主人公にしても一介の農夫である。とはいえ両者の違いもまた歴然としている。前者は社会制度の悪に攻撃目標を定めたプロパガンダ小説なのに、後者の攻撃目標は人間の内面の悪に向けられている。『ウィーランド』に教訓的な副題をつけるとすれば「熱狂主義のいましめ」とでもなろうか。アメリカが人間の平等を前文にうたいあげた『独立宣言』を一七七六年に（しかもフィラデルフィアで）発布したばかりの民主主義の国で、旧大陸の諸国にみられるような制度的諸悪が存在しなかったから――などという呑気なことは言うまい。しかし『暗黒の力』

（一九五八年）のハリー・レヴィンも言うように、「ウイリアム・ゴドウィンの賛美者にしてベンジャミン・フランクリンの同国人であったブラウンは啓蒙主義の諸原理にすっかり肩入れしていたし、また、光こそが彼の想像力の源泉だった。皮肉なことに、だが理にかなっていなくはないのだが、結果は影をいっそう濃くすることになった」のであり、これがまたブラウンを頂点とするアメリカ文学のしたたかな伝統となったこともたしかである。「あらゆる人のこころの奥底には、墓穴や洞窟がある。ただ、その上にある光や音楽や饗宴のために、われわれはそういう墓穴や洞窟の存在と、そこに埋められているものや、そこに隠されている囚人を忘れているのだ」とはナサニエル・ホーソーン（一八〇四-六四年）が「憑かれた心」という短篇に書きつけた言葉だが、『ウィーランド』はそういう人間の意識下に「埋められているもの」や「囚人」の存在をあばき、それにメスを入れる一種の心理小説として読むことができる。そうなら、ここでまたブラウンを、ポー、ホーソーン、ジェイムズと流れるアメリカ小説主流派の筆頭にくる作家として確認しておいてもよかろう。そしてセオドアが本当に「神の声」を聞いたかどうかは、ジェイムズの『ねじの回転』（一八九八年）の女家庭教師が本当に幽霊を見たかどうかという問題と、パラレルに論じられ、考えられてよいだろう。

　第二作『オーモンド、または隠れた証人』は、ソフィア・ウェストウィン・コートランド夫人がその友人の未婚の女性コンスタンチア・ダドリーの数奇な運命を、ことにオーモンドという悪党とのかかわりにおいて語る趣向の物語である。こう言えば、いかにも月並みで単純な構造の小説に思われそうだが、実はさにあらず、十数人の人物が登場し、ある者は途中で立ち消え、ある者たちは複雑にからみあい、あるいは、そこから別の話が始まったり、それがまた他の話とつながったり、つながらなかったりで、複雑な——しかしあまりうまくからみあっていない——一種の寄せ木細工のような作品で、そこはさすがにブラウンも気になっていたとみえ、序文（といっても、一般読者に宛てられたのではなく、I・E・ローゼンベルグというドイツ人に宛てられている）で、「私の物語は意図の統一に由来する、かの美質をほとんど備えていないだろうと思います。あなたは架空のではなく、本当の話を聞きたがっておられる。したがって、人工的で手のこんだ順序でなく事件を述べるのが私の義務であり……」などと弁明する。が、本筋は簡単といえば簡単——もともと裕福な家庭に生まれながら、さまざまな策略や災厄のために貧困のどん底につき落とされ、父母にも死なれた十六歳の娘コンスタンチア・ダドリーがオーモンドという男につきまとわれ、最後に犯されそうになったとき、自己防衛のために相手をペン・ナイフで刺し殺すという話。だが、どのような奸計によって一家が没落し、どの程度の貧困状態になり、父親がどんな病気にかかり、母親がどのようにして死に、いかなる不正、詐術、残虐、無慈悲、欺瞞がこの世の中で行なわれるかが眼目である物語と読めるほど、そういう経緯の記述が多く、かつ詳細で、またそれがそれなりに面白いのだ。

が、オーモンドという人物に焦点を絞ってみれば、この男は知力にすぐれ、それなりに教養もあり、また財力もある悪党で、ヘレナ・クリーヴズという美女をかこって優雅な生活をしている。貧困にあえいでいるコンスタンチアを知ると、最初は押しつけがましくない慈悲をほどこし、ヘレナともつきあわせ、なにくれとなくコンスタンチアに他意なげな世話をする。しかし彼の本当の目的はコンスタンチアをかどわかし、かこい者にすることにある。そのため彼はたえず彼女の動静、心の動きに探りを入れ、またそれをことごとく正確に知ることができる千里眼的能力を備えている（ただし、この超能力は彼が変装の名人であり、煙突掃除人に扮装してコンスタンチアの家に入りこんだり、ヘレナとの会話を隣室で聞いたり、またある種の情報収集のための秘密結社の会員であることが、アン・ラドクリフの小説の流儀でのちほどあきらかにされる）。そしてソフィア・ウエストウィンがコンスタンチアの窮状を知り、彼女を引き取るべくヨーロッパから米国に来ると知ると、オーモンドはにわかに本性を暴露して、コンスタンチアを隠れ家に襲い、手ごめにしようとして、逆に刺殺されてことはてる。ここにはホレス・ウォルポールの『オトラントの城』（一七六四年）以来のゴシック小説におきまりの処女迫害のテーマがみられるわけだが、ついでながら、そしてあまり本質的なことではないが、この悪党が無神論者・結婚制度否定論者であるところなど、ウィリアム・ゴドウィンその人にもいくらか似ており、コンスタンチアを探しに単身アメリカくんだりまでやってくるソフィア・ウェストウィンは、ゴドウィンと同棲したウーマンリブの元祖メアリー・ウルストンクラフト（彼女は教師をしたり、出版社の顧問をしたり、当時のラディカル思想の持ち主の文人や芸術家とつきあったり、パリで浮名を流したり、『女性の権利のために』（一七九二年）という本を書いたり、ゴドウィンと同棲してからはメアリーという娘を生み、このメアリーは詩人シェリーの先妻を自殺に追いやってまでしてシェリー夫人におさまり、あとで『フランケンシュタイン』（一八一八年）を書いた）に似ていなくもない。ソフィア・ウェストウィンはその名（ソフィア=知）のように知的で活動的な女性で、コンスタンチアをヨーロッパに連れてゆこうとする動機は、彼女に良縁を得させるためでなく、教育を受けさせるためのようである。

『オーモンド』を書き終えると、ブラウンはさっそく第三作にとりかかり、それを短時間で書きあげた。それが『アーサー・マーヴィン、または一七九三年の記録』である。田舎生まれの、素朴だが好奇心が強く頭のよい十八歳の少年アーサーは、父の再婚を機に、都会に出て身を立てようとして家を出るが、旅の最初の日から法外な宿賃をとられたり、騙されたりで、川を渡ってフィラデルフィアに着いたときには、文無しの着のみ着のまま。そんな身なりで飢えて街をほっつき歩いているうちに、裕福そうな紳士に声をかけられ、大邸宅に連れてゆかれて、そこの使用人になる。ところが、このウェルベックと称する紳士は贋金づくりを本職とする大悪党で、そのうえ狡知にたけた詐欺師、人殺し、女衒《ぜげん》なのだ。利口で好奇心の強いアーサーは、当然のことながら、主人の悪業の数々に気づき、それに加担させられそうになるが、持ちまえの正義感と正直さでそれに抗しながらも、ついにはウェルベックが殺したばかりの死体の運搬を手伝わされる羽目になる。が、幸か不幸か(これは一七九三年の歴史上の事実であるが)黄熱病がフィラデルフィアを襲い、猖獗《しょうけつ》をきわめ、死者が頻出し、市民の大半は家を閉ざして町を逃れ、市はまさに死の町と化すのだが、ウェルベックもアーサーを置きざりにして町から姿を消す。残ったのは市外に身を寄せる場所も、避難する資金もない貧乏人ばかり。が、アーサーはあえてそこにとどまり、こんなときに起こりがちな過剰な恐怖や混乱をつぶさに観察しながらも、見捨てられた病人を介抱したり、他人が町から脱出するのを助けたり、死体置場も同然な市の病院で奉仕活動をしたりする。その結果、ついに彼自身も発病し、瀕死の状態で、とある家の壁によりかかっているところを、その家の主人スティーヴンズ医師に救われ、手当てを受けて九死に一生を得る。この医師はまたアーサーがウェルベックの共犯者として投獄されたときも、彼を獄から救出し、さらに医学の勉強をさせて彼に身を立てる道をひらいてやる。

ところで前後するが、このスティーヴンズが『アーサー・マーヴィン』の語り手で、つまるところこの物語はまた聞きによる例の「語り直し《トワイス・トールド》」ものであって、小説の構造としては、この作品もまたさほど単純ではないのである。だから、右のような筋の紹介をしてみても、どれほどのことが伝わり、何ほどの興味を読者にそそるか、われながら心もとない。が、この作品を実際にお読みになる読者は、この田舎育ちの若者アーサーが都会に出てさまざまな不正を体験するくだりに、ホーソーンのイニシェイションものの傑作「ぼくの縁者モリノー少佐」（一八三二年）を読むときとほぼ同質の感興を覚えることだろう。ただし、後者の場合、田舎出の若者ロビンが都会に出て、当てにしていた市のお偉方の縁者がリンチを受け、追放されるのを目撃してから出会う紳士は親切そうで、田舎にまた戻ろうとするロビンをとどめて、「君は利口な若者だから、君の縁者のモリノー少佐の助けがなくてもこの世で身を立てることができるだろう」とさとし、勇気づけるところがアーサーの場合とはちがうようだが、そこは短篇と長篇のちがい、「モリノー少佐」にはその先がないのだから、人は見かけによらぬもの、ロビンに話しかけた紳士もまたウェルベックのような悪党でないという保証はなく、また、たとえロビンがこの世で身を立てるのに成功するにせよ、あの短篇の書かれざる部分でロビンがアーサーに似た苦労をなめることになるだろうという余計な心配もしたくなる。これから世に出ようという未経験な不特定多数の若者たちについて、ついそんな思いをさせられるところが『アーサー・マーヴィン』にはあり、それはこの作品のしたたかな美質のひとつにちがいない。

また黄熱病に襲われた都市にかかわる描写は、ブラウンの他のいかなる小説のいかなる部分よりも真に迫ったリアリティがあり、これはブラウンが一七九八年にニューヨークでこの病気の流行を実地に体験・目撃し、そのために親友スミスを失うということもあったからだろうが、自分の吐く汚物にまみれて死ぬ病人、夜ごとに死体を運ぶ馬車の轍の音、当時の不潔で陰惨な病院の場面など、消しがたい印象を読者の脳裏にとどめる筆致で描かれており、このような極限情況で示すさまざまな人間の反応や行動の記述は、現代のモラリスト作家カミュの『ペスト』（一九四七年）を思い出させる。作品から教訓を読み取ることに臆病になっているこの頃だが、すくなくともブラウンのような、教訓を盛りこもうと意図し、しかもそれに成功している種類の小説から教訓を得ることをおそれる必要はさらにあるまい。ちなみに、次は『アーサー・マーヴィン』の地の文に見つかる「教訓」のほんの数例である――「誠実はつねに最善の策である」。「過ぎたことは取り返しがきかない。しかし未来は、ある程度、努力によって創造し形成できる」。「善意はかならずしも他人に幸福をもたらすことはないが、すくなくとも善意を抱く者には幸福をもたらす」。「悪を憎むことは美徳の最良のあかしである」……まるでフランクリンの格言集からの抜粋のようではないか。

『エドガー・ハントリー』――これは、ただお読みねがえればよい。推理小説の筋の紹介が御法度なら、その禁令は、この小説にも当てはまる。その副題は「ある夢遊病者の手記」となっているが、この手記の書き手をときおり襲う「夢遊病」がこの小説の機械仕掛の神《デウス・エクス・マキナ》として利用され、その書き手や副人物クリゼローに不可解な行動をさせたり、途方もないところに説明抜きで連れていったりするのだし、一人称の書き手なるがゆえに知らなくてよいこと、知ってはならぬこと、当然してよい誤解や憶測などが書き手兼主人公を無謀な行為にかりたてたり、まちがえた嫌疑をいだかせたり、味方をインディアンと勘ちがいして攻撃させたり、また味方から命からがら逃げまわらせたり、まちがった善意によって仇をなさしめたりすることによってもっぱら進行するのがこの放浪・恐怖・スリラー小説の身上なのだから、そのからくりをぶちまけてしまったのでは読書の興味は半減どころか、全滅しかねない。

が、この小説に他のブラウン作品と格別にちがう意義があるとするなら、それについて書く義務があろうから、そうしようと思うのだが、いや、実は、それなら作者自身がその「まえがき」ですでにいくらか誇らしげに書いている。ブラウンは「読者諸賢」に「これまでいかなる作者も用いなかった仕方で読者の情熱と共感を求めたところに」自分の「功績」があり、読者の興味をそそるために「これまでの作家は子供っぽい迷信、破産した風俗習慣、ゴシック風の城や妖怪変化を用いてきた」が、自分は「インディアンの敵意ある攻撃、西部の荒野の脅威」を活用したと自賛する。そして、なるほどそのとおりなのだ。

ブラウンが旧大陸のゴシック小説をお手本にしたことはすでに述べたが、しかし、形式を借りれば、それまで何もなかった土地に、すんなり土着の文学が生まれるわけのものではない。そこには、一見ささいなものに見えようとも、大きな独創が必要なのであり、これまで触れてきた作品のそれぞれについて、そういうブラウンの「独創」は指摘してきたつもりだが、『エドガー・ハントリー』の場合なら、たしかに作者も揚言するように、その恐怖の主役に腐敗した貴族や城主のかわりに「高貴な野蛮人」インディアンを、その腐敗の象徴でもある古色蒼然たる古城や地下牢のかわりに「自然」の原野や洞窟を用いたところにあった。つまり、この作品の場合、「社会悪」を代表するのにふさわしいゴシック風の城や地下牢のかわりに巍々たる山岳や荒野や奥深い洞窟などの「自然」が用いられていることは、悪の所在の本拠を「社会」や「制度」からむしろ人間の「自然」の部分である意識下の「内的恐怖」や「罪意識」や「イド」に移行させたことを意味する。また貴族やカトリックの修道僧のかわりにインディアンが登場するのは、新大陸には前者がおらず後者がいるという簡単明瞭な現実のほかに、アメリカ人の意識の底にひそむ暗い心性そのものにかかわる重要な意義があろう。たとえば、エドガー・ハントリーは、デブまたの名を「マブ女王」という白人社会にとどまるインディアンの老女に対しては、つきあったり、施しをしたりして、隣人愛を示したりもするが、いったん荒野でインディアンに遭遇すると、たちまち「交戦状態」に入ってしまい、彼らをもう「蛮人」としか呼ばなくなる。そして「私は蛮人の姿を見たり、頭に思い浮かべたりすると、いつも身震いする」などとも白状する。これはアメリカ白人の意識の底に巣喰うインディアンに対する屈折した罪意識と、それと裏腹の内的恐怖の表白にほかならず、また「死んだインディアン以外に善良なインディアンはいない」というアメリカ白人の「常識」の裏書きにほかならない（事実、この作品でも、エドガー・ハントリーの親友を殺害した犯人は、彼が最初に嫌疑をいだいたクリゼローではなく、インディアンであり、しかもそれがデブの煽動によることが判明するといった具合だ）。おそらくインディアン（それに黒人）とは「アメリカの無意識」なのだろう。そうなら、ブラウンはこの作品にインディアンを持ち込むことによってアメリカの小説に「意識下の問題」を持ちこんだのだ——『ウィーランド』で過剰な罪意識や精神的外傷《トラウマ》（父の不慮の死）を扱うことによって、アメリカ小説の伝統にひたすら内面に向かうしたたかな傾向を持ち込んだように。

ところでブラウンが一九世紀の初頭（一八〇一年）に発表した最後の二篇の小説『クララ・ハワード』と『ジェーン・タルボット』はともに男女の往復書簡形式による一種のラヴ・ロマンスで、道徳的教訓をたっぷりまじえた倫理的ないし心理的な葛藤が主題の物語である。これらの二作からは、それまでのブラウンの諸作を特徴づけ、面白くもしていた異常心理も、悪党も、策略も、腹話術も、疫病も、荒野も、インディアンも、野獣もきれいさっぱり消えている。『クララ・ハワード』は、主として題名の女性とフィリップ・スタンリーなる若者とのあいだに交わされる書簡からなる。この時計職人見習いの若者は、はじめメアリー・ウィルモットなる女性と結婚するつもりでいたのに、もっと裕福な女性クララが出現すると、これに鞍替えをはかるが、ふとしたことからこれを知ったクララはフィリップに「他人の幸福のためには私たちの自己犠牲が必要なのです。また、他人に善をほどこすことには、単に利己心を満足させること以上に、もっと純粋な喜びがあります」と述べ、もしメアリーが望むなら、メアリーとこそ結婚すべきだと説く。そこでフィリップは失踪したメアリーを捜し出すのだが、メアリーはセドリーという男が好きだと告白し、ここでめでたく二組の男女が同時に愛によって結ばれる運びになるお話。ウォーフェルによれば、「富は幸福を得る手段としては望ましいが、金のためだけに結婚するのは賢明でなく、愛のみが結婚の判断基準である」というのが「この小説の主題」であることになる。

『ジェーン・タルボット』は、ヘンリー・コールドンという男が、夫に早死にされた未亡人ジェーン・タルボットに熱烈に求愛するが、彼の思想と素行上の問題を理由に姑のフィールダー夫人が反対したり、その他さまざまな邪魔が入ったりするものの、あらゆる誤解や障害を克服して二人は最後には結ばれる話だが、その過程には、数人の男女がからみあい、コールドンは四年間も中東の旅に出るということもあり、ヘンリー・ジェイムズのある種の作品をしのばせる一種の心理小説でもある。ところで、またウォーフェルによるが、「『ジェーン・タルボット』におけるブラウンのあきらかな意図は、宗教的、また社会的ラディカル思想の持ち主を理解ある仕方で扱う英知を教えることにあった」ことになる。

ブラウンにつづく作家たち

C・B・ブラウンはしばしばアメリカン・ゴシックの創始者、アメリカ小説の父と呼ばれながら、アメリカを代表する「偉大な」作家の一人に擬されることがめったにないのは、彼には才能がありながら、それを持続的に活用することができなかったからだろう。ひとつには、健康のせいもあったろう。また、当時のアメリカには作家という職業を成立させる地盤が欠けていたせいもあろう。が、いずれにせよ、偉大な才能とはつまるところ持続する才のことであってみれば、ブラウンは「二流の人」という評価に甘んじざるをえまい。だが、ひるがえって、ゴシック・ロマンスの書き手全体を眺めかえしてみると、彼らがほとんどみな作家として「二流の人」であったことに気づかないわけにはいかない——ウォルポール、ルイス、ベックフォード、ラドクリフ、マチューリン、ゴドウィン……これらの「作家」は、いずれもみないくらか素人《しろうと》であり、それでいて、つとに堅牢確実なものの崩壊を感じとり、それに構造的に対応する精神の闇の構造物を言葉で構築しようとはかった「ロマン的反抗者」だったわけでもある。

ところで、当時、ブラウンを褒めあげたのも、この種のロマンチックな精神の持ち主たちだった。パーシー・ビッシュ・シェリーは「ブラウンほど、作品とその精神内部の構造とをみごとに融合させたものはいない」と語った。またキーツは『ウィーランド』を「きわめて強力な作品」と称した。そのほか、トマス・フッド、ゴドウィン、ウルストンクラフト、ハズリットなどがブラウンを持ち上げ、また一定の影響を受けた。以上は英国の賛美者たちのことだが、アメリカではポー、クーパー、ニール、デーナ、ホーソーンなどがブラウンに関心を示し、かつ褒めている。

まずポーだが、彼はある評論で「アメリカの作家であまりよく読まれていないが、もっと読まれてしかるべき芸術的な作品の書き手は、ブロックデン・ブラウン氏、ジョン・ニール氏、シムズ氏、ホーソーン氏であり、もっと通俗的なレベルでは、私はクーパー氏を筆頭におく」と書いている。この全体の評定は今日でも有効で、ポーの批評眼にとって名誉なことであるが、それはともかく、ポーがブラウンを高く評価していたことはたしかなことで、一八三九年、ポーはある雑誌に「ブラウン論」を書くと予告さえしている。ただし、これは書かなかったのか未完に終わったのか、発表された形跡はない。それでも「陥穽と振子」(一八四二年)の主人公が穴ぐらの大きさを測定する方法や、飢えと渇きに苦しみ、暗闇の恐怖にさいなまれるさまはエドガー・ハントリーの天然の同窟における振舞いや苦しみ方と同質であることを指摘しておきたい。

またハントリーがあの天然の「陥穽」で意識を回復し、暴君によって生き埋めにされたのではないかと妄想するくだりがあるが、ポーの作品ではそこが事実として設定されているわけである。これなどもポーが『エドガー・ハントリー』からあの作品のヒントを得たことの傍証になりうる。

ポーの「のこぎり山奇談」（一八四四年）と『エドガー・ハントリー』の類似については、ボイド・カーターによる詳細な比較研究があり、この研究者によれば、両者における「登場人物、動機、状況、事件」はあまりにも酷似していて、「とても偶然の一致とは思えない」のである。「のこぎり山奇談」の主人公ベドロー（Bedloe）は、ある日、シャーロットヴィルの市街から一種の夢遊病状態になって市《まち》を取りまく通称のこぎり山と呼ばれる丘陵地帯に迷いこみ、夢とも、うつつとも定かならぬ異常な体験をする。彼は山中に突如として出現したインドのものらしい壮大な都市に踏みこみ、たまたま起こった暴動に巻きこまれ、英国軍側に加担して戦い、こめかみに毒矢を受けて「死ぬ」。「死ぬ」と括弧に入れたのは、やがて彼は意識を回復し、起き上がり、自分の死体が足もとに横たわっているのを見るからだが、彼はそれにも何の感動も覚えず、また市《まち》に引き返し、この異常な体験をかかりつけの医師に報告する。この老医師は、数十年前、インドのベナレス（『エドガー・ハントリー』のサースフィールドもこの地にいた）で土民の反乱で死んだオルデブ（Oldeb）という親友のことを話し、その親友がベドローと瓜ふたつだったと打ちあける。その数日後、蛭《ひる》による瀉血の治療を受けている最中、ベドローは急死する。こめかみに当てがわれた蛭がたまたま毒蛭だったからである。

ところで、ベドロー（Bedloe）とはeを除けばオルデブ（Oldeb）を逆に綴った名ではないか。また『エドガー・ハントリー』を読んだほどの者なら、あのインディアンの老女が「デブ婆さん」（Old Deb）の名で呼ばれていたことを思い出すことだろう。ベドローとオルデブが、その名の綴りが示すように相互に分身であるのなら、ロリマー夫人が双子《ふたご》の弟ワイアットを自分の分身とこころえ、一方の死が他方の死をもたらすと信じ、クリゼローもまたそれを信じて不可解なロリマー夫人殺害をくわだてる件も思い起こされる。また「のこぎり山奇談」の荒涼たる山岳の描写には、ポーがそのまま『エドガー・ハントリー』から引き写したのではないかと思えるほど似ている部分もある。

とはいえ、ある作家の、先行する特定の作家に対するまんべんない負債目録の作成は不可能に近い。たとえば、なるほどポーは「のこぎり山奇談」を書くにあたり、ブラウンから右に述べたような借用をしただろう。が、くだんのポーの短篇はブラウンの借用からだけでなるわけでもなく、ブラウンからだけヒントを得て書かれたわけでもあるまい。ポーの持論によれば「創作」とは在来の素材を「新たに組み合わせる」ことであり、作家の「独創」はその「組み合わせ方」にあるので、これをわれわれの比喩で言い直せば、作家の手腕は負債の証拠をもみ消すところにある。いわば証文づきの借用など、さしたる負債ではないのである。

わざわざこんなことを言いだしたのは、ポーがいわゆる本格的な推理小説を書くのを思いたった動機のひとつは、ひょっとするとブラウンの『ウィーランド』や『エドガー・ハントリー』を読んだせいではなかったかと推察するからである。推理小説としての『ウィーランド』については国書刊行会《世界幻想文学大系》の「月報14」に小文をしたためたので、簡単に触れるにとどめるが、推理小説が犯罪や謎を推理によって解決し、人間の知的探求心に訴える小説のジャンルであるなら、『ウィーランド』には「罪」があり「犯罪」があり「謎」があり「解決」があり、しかもその「解決」が後半に持ち越されている点でミステリー仕掛けの小説である。その意味で『エドガー・ハントリー』もまた一種の推理小説にして犯罪小説である。まず、その発端に殺人がある。それから謎めいた男の謎めいた行動。この両者を結びつけようとするハントリーの推理と詮策。それがクリゼローを追いつめ、山に逃げこませることになり、それをまた救出しようとするハントリーが、今度はインディアンの攻撃にさらされる……そして、ついに真犯人が何者であったかが突きとめられることにはなるのだが、『エドガー・ハントリー』の場合、犯人捜しが純粋な推理ないし知的探求の対象となっているわけではなく、道徳上の問題とからみあい、教訓もふんだんに盛りこまれていて、その点、たとえば真犯人捜しの知的遊戯に徹しているポーの「モルグ街の殺人」や「マリー・ロジェの秘密」などとは大違いである。大違いではあるが、しかし、ポーの推理小説は『「ウィーランド』、『エドガー・ハントリー』マイナス教訓」といった構造のものではなかろうか。もしそうなら、ポーがディケンズの『バーナビィ・ラッジ』にも充分に興味を示したことを忘れて言うのではないが、ここにもポーにおけるブラウンの影響が推定される。そしてそのさい、独創性はポーの「引き算」にあっただろう。

ナサニエル・ホーソーン（一八〇四-六四年）もブラウンには敬意の念を抱いていた。その小篇「幻想の殿堂」（一八四三年）は天から光がステンド・グラスをとおして降りそそぎ、ときによりムーア風、アラビア風、ゴシック風にさまがわる建物だが、そこにはホーマー、ダンテ、バニアンなどの立像や胸像にまじって『アーサー・マーヴィン』の作者チャールズ・ブロックデン・ブラウン」の像もまつられている。また「Pからの手紙」（一八四五年）という小品は、精神に異常をきたしているが想像力はなお活発なPなる人物がロンドンから発送する架空の文人交遊録といったものだが、その「追伸」にはこうある――「われらの敬愛する友ブロックデン・ブラウンによろしく。彼の全集が最近フィラデルフィアから出ると知って喜んでいます。大西洋のこちら側でブラウンほど古典的な評価を得ているアメリカ人はいないと氏に伝えてください」

と。さらにまた、ホーソーンの処女作『ファンショー』（一八二八年）は、作者みずからが破棄したほどの愚作だが、ブラウンを真似たと思えるふしがあるゴシック小説である（ちなみに、作中の小さな大学の学長は「メルモス博士」と名づけられ、ある章のモットーにマチューリンの言葉が引用されている）。

だが、以上もホーソーンのブラウンに対する関心のほどを示す証文づきの事例にすぎない。両者のもっとひめやかな、それゆえもっと錯綜して深甚な影響関係はホーソーンの諸作全体を彩る暗い色調、森や洞窟の象徴、作品に構造化された教訓に秘められているだろう。ホーソーンにとって森が悪魔の住むところ、無意識が解放され、邪悪な欲望や肉欲が花開く場所であることは、おなじみの『緋文字』（一八五〇年）で牧師とヘスターが密会する場所が森であり、敬虔な牧師がふと悪魔的なことを口走るのが森からの帰途であり、魔女の評判があるヒビンズがヘスターや牧師にゆこうとさそうのが森であり、罪があらわれて村八分にされてからのヘスターの住む小屋が森と町との境界にあること——などを思い出していただければたりる。また、あの「若いグッドマン・ブラウン」（一八三五年）を読んだほどの者なら、それが夢であれ、うつつであれ、牧師も含めて昼間は敬虔な人たちが集まって悪魔の集会、黒ミサを行なう場所が夜の森であることを印象深く憶えているにちがいない。

ホーソーンにとって森が悪や情熱が解き放たれる場所であるとするならば、それらがひそんでいる場所は人間の心という「洞窟」だった。先にも引いたが、短篇「憑かれた心」（一八三五年）に次のくだりがある——「あらゆる人の心の奥底には、墓穴や洞窟がある。ただ、その上にある光や音楽や饗宴のために、われわれはそういう墓穴や洞窟の存在と、そこに埋められているものや、そこに隠されている囚人を忘れているのだ」。ゴシック小説がブラウンを媒介にアメリカに土着したとき、この小説の主要な役割は「あらゆる人の心の奥底」に隠されている「囚人」の存在に気づかせ、その「墓穴」や「洞窟」の暗闇を白日の下にあばき出すことになったのだと言ってもよかろう。そして、この傾向はアメリカ文化の根底に当初からあるカルヴィニズムのひたすら内にむかう暴露の傾向とも合致していたのだ。いや、そのような精神風土がアメリカにあったからこそ、ゴシック・ロマンスという小説のジャンルがこの新大陸にたしかに根を下ろし、そこにアメリカン・ゴシックと称すべき新しい文学の系譜が繁盛することになったのだろう。

だがアメリカには、ゴシック小説の大道具としてはほとんど不可欠の、秘密の部屋があり、迷路が走り、地下牢のある古びた城も僧院もなかった。この点について、ブラウンはきわめて自覚的で、「子供っぽい迷信、破産した風俗習慣、ゴシック風の城や妖怪変化」を利用せず、インディアンや荒野の脅威を活用すると宣言した。ホーソーンは『大理石の牧神』(一八六〇年)の序文で「つたのはう廃墟」の存在しないところを舞台にロマンスを書くことの困難をなげいてみせたがローマを舞台にするこの小説が、カボチャの蔓《つる》がはう知事公邸しかないボストンを舞台にした『緋文字』よりも出来がよいとは言えない作品であるのは皮肉なことだ。やはりホーソーンのゴシック装置は、暗黒の闇を秘め、さまざまの部屋を持ち、迷路や地下牢に欠けることもない人間の「心」なのだ。

その点、原初的衝動や恐怖やイドや意識下の問題がテーマであり原動力である数々の作品をものした作家ポーは、土地柄には頓着しなかった。たとえばポーは、どことも知れぬ荒涼たる地方に忽然とゴシック風の建物を構築し、それをまた忽然と崩壊させる物語「アッシャー家の崩壊」(一八三七年)のような作品を書いた。それが今日もなお読者に強い戦慄を与えずにおかないのは、あの屋敷の崩壊がわれわれの崩壊感覚、「壊れもの」としての現実の認識と微妙・適切に対応しているからではなかろうか。そもそもウォルポールの『オトラントの城』が確かなものの瓦解を背景に登場してきた小説のジャンルであってみれば、アメリカほど現実と虚構の区別が定かでなく、現実が堅牢性にとぼしい国柄にゴシック小説が根づくことになったことに不思議はないのかもしれない。別言すれば、「アメリカの夢」のすぐ裏側にはもともと「アメリカの悪夢」がひそんでいたのであり、アメリカ文学は代々、その悪夢に表現を与えつづけてきたのである。ポーは自作の「恐怖」をホフマンやティークなどのドイツ流のものでなく、「魂から生み出されたものだ」（『グロテスクとアラベスクの物語』序、一八三九年）と主張しているが、それはアメリカの悪夢はゴシック・ロマンスだ、と言うのにほぼ等しい。アメリカの魂はゴシックという表現形式を必要としていたのである。

ハーマン・メルヴィル（一八一九-九一年）には、作中にもその他にも、C・B・ブラウンへの言及はない。大の読書家であったメルヴィルの蔵書および借用した本をリスト・アップした本があるが、そこにもブラウンの書名の記載はなく、メルヴィルがブラウンを読んでいなかったことはほぼ確実である。だが、メルヴィルの諸作をゴシック風でないとは言えない。いや、むしろ逆だ。ルンドブラッドの指摘するゴシック小説の特色的要素のリストは、ある作品のゴシック度を知るための手掛りとしては便利なので、ここに引き写させていただくことにするが、それは（一）原稿、（二）城、（三）犯罪、（四）宗教、（五）イタリア人（悪漢の代表として）、（六）奇形、（七）幽霊、（八）魔法、（九）自然（恐怖を起こさせるものとしての嵐や雷光や闇夜）、（十）甲冑をまとった騎士、（十一）芸術品、（十二）血、などであるが、（五）のイタリア人はインディアンにし、近親相姦なども加えるとよいだろう。

まず、誰もが承知の『白鯨』（一八五一年）——あの白く巨大な鯨は「自然の脅威」の化身ではなかろうか。その巨鯨を「神ノ名ニオイテデハナク、悪魔ノ名ニオイテ」追跡する隻脚のエイハブ船長に悪魔的などころがないか。海底からは白く巨大な烏賊が姿をあらわし、船倉からは無気味な手下をつれた拝火教徒たちが出現する。船檣にはセント・エルモの火が燃えて船員たちをおびえさせる。鯨の血は海を紅に染め、人の血も流される。『ピエール』（一八五二年）には城のような邸宅があり、原稿があり、近親相姦があり、殺人があり、自殺がある。『詐欺師』（一八五七年）もまた船上で、ある年の四月一日の早朝から真夜中にかけて行なわれる奇怪な「仮面劇」だが、そこには悪魔らしき男がさまざまな人物に扮してキリスト教の論理によって船客をたぶらかす。それは悪魔によるキリスト教のパロディめく――ホーソーンの「若いグッドマン・ブラウン」の森での悪魔の礼拝《ミサ》がまさにキリスト教の礼拝《ミサ》のパロディであったように。さらに「ベニト・セレーノ」（一八五五年）は黒人奴隷を運搬中のスペインの商船サン・ドミニック号で黒人たちの反乱が起こり、白人船員の多くが殺され、船長セレーノは人質にされ、操船不能になっているところを、事情を知らぬままこの船に救助に乗りこんだ別の船の船長アマサ・デラーノの側から書かれた、したがってその分だけ謎めいた推理小説仕掛けになっている中篇である。ところで『白鯨』のピークォッド号も同じだが、陸（日常世界）から隔絶した海に浮かぶ船とは、ユードルフォのそれに似た一種の城である。事実、サン・ドミニック号は「霧の薄絹にあちこち包まれて、ピレネ山中の断崖に建つ、雷雨に打たれた後の白く塗られた僧院のようにみえた」とある。それに、反乱とは秩序の転覆、諸悪の噴出、残虐行為の横行を保証する状況にほかならず、それらはまたゴシック小説のきわだった属性である。メルヴィルがアメリカン・ゴシックの伝統につらなり、またその源流のひとつでもある作家であることに疑問の余地はない。

数々の幽霊小説をものし、人里はなれたブライの屋敷で女家庭教師がほんとうに幽霊を見たのか、それとも幻想だったのか、教え子の少年を幽霊から守ろうとしたのか、性的にかどわかそうとしたのか、なんとも判定のつきかねる『ねじの回転』（一八九八年）の書き手ヘンリー・ジェイムズもまたアメリカン・ゴシックの系譜につらなる作家である。しかもこの作品の「曖昧さ」は『ウィーランド』のそれに通じる。そして、その主要な理由は、後者が一人称の手記であるためであるように、前者では一人称の手記をまた第三者が読むという結構になっていることに由来する。『聖なる泉』（一九〇一年）もまた正体定かならぬ第一人称の男が語る物語で、背後に吸血鬼のテーマが隠されているようだが、なにしろ読者に与えられるデータそのものが不確かで、ある中年の女が若い男と結婚したところ、女は二十代に若返り、男は百歳以上にふけ、またある男が急に利巧になるところから、その相手の女性は誰かといった一種の比例方程式を解くように読者に仕掛けられている奇妙な小説である。ところで、この二篇の小説にかぎらず、ジェイムズのほとんどすべての作品に共通してみられる一種の曖昧さ、奇妙さ、微妙さ、無気味さ、暗さはいったい何なのだろうか。むろん、ジェイムズ個人の資質にかかわることがらではあろう。だが、もしアメリカ的心性、アメリカ文学の伝統に底流としてある「闇の想像力」といったものを想定できるなら、旧大陸に移り住んだとはいえ、ジェイムズはやはり新大陸の申し子、ブラウンからホーソーンへとつらなるアメリカン・ゴシックの系譜につらなる作家であったと言える。ここでちなみに、ジェイムズが高名な評伝『ホーソーン』（一八七九年）の書き手であったことを思い出しておいてもよい。また彼が小説の技法として「視点」を重視した技巧家であり、小説の理論家であったことも思い出しておいてよかろう。ブラウンが「視点」ないし「書き手」を特定し、それらを組み合わせることによって曖昧と謎とサスペンスを醸成するのを身上とする作家であったことが、遠く時をへだてながら、両者を結びつけているようにみえるからである。

（C・B・ブラウン著・八木敏雄訳『エドガー・ハントリー』解説、国書刊行会、一九七九年）

15 イロクォイ族とエドマンド・ウィルソン

1

わたしはアメリカの白人文芸批評家やアメリカ文学研究者をひそかに二種類に分類している——なんらかの意味で先住民族である赤色インディアンに深く真摯にかかわっている批評家と、そうでない批評家とに。これは、一見ばかげた色分けに思われるかもしれない。あるいは、わたしがインディアン・フィーヴァーにかかっていて、インディアンに荷担しない批評家は「正しくない」、荷担する批評家は「正しい」と腑分けしようとしているのかと誤解されるかもしれないが、それはほんとに誤解である。アメリカ白人がインディアンに関心を抱くか抱かないかは、われわれ日本人が、インディアンに関心を抱くか抱かないかとはまったく別次元の問題なのである。アメリカ人のインディアンへの関心の抱き方は、そのアメリカ人の出自と生き方とイデオロギーに複雑微妙にからみあう問題なので、インディアンに対する彼らの態度を指標にして、当のアメリカ白人批評家なり研究者なりの品質を鑑定するのは有効なことであるにちがいない。しかし、われわれ日本人の批評家やアメリカ文学研究者がインディアンに格別な関心を抱かなければならない格別な事情は一般的にはないはずなので、インディアンへの関心度はその人の人物を評価するにあたってポジティーヴな物差しになりようがない。

ちなみに、わたしはインディアンが格別に威厳ある人たちだとも、格別に自然にやさしいエコロジストだとも思っていない。わたしは、もともとインディアンが住んでいた土地を強引に簒奪して居座ったユーロ・アメリカンの子孫ではないので、白人が抱いてしかるべきインディアンに対する後ろめたさを覚える義理はないし、格別にインディアンをもちあげたり、無理にさげすんだりする必要もないからである。ところが、白色アメリカ人は、理の当然ながら、赤色インディアンに対して心のどこかで「侵略者」「簒奪者」「殺戮者」としての後ろめたさをうすうす覚えているはずである。「絶対的他者」としての違和感を多少とも感じているはずである。だが白色アメリカ人は、つねひごろそんなことをひしひしと感じながら生きているわけではあるまい。いや、精神の防衛機構として、つねにそんなことを感じないですむような心の仕組みになっているはずである。その意味で、インディアンとはアメリカ白人の「無意識」なのである。

事態があまりにも当たり前になっているので、その異常さがすっかり見えなくなっているような事態を、自他ともに見えるようにしてみせるのが批評家の任務のひとつであるとするならば、インディアン問題をすんなり避けてとおることができるアメリカ白人批評家と、そうでないアメリカ白人批評家とでは、まるで資質が異なる批評家なのである。たとえば、エドマンド・ウィルソン（一八九五-一九七二）のように、ずばり『イロクォイ族への謝罪《アポロジーズ》』（一九五九年）という表題をかかげてインディアンへの罪意識の表白をしたうえで、テクノロジーの万能と進歩を信じてやまぬアメリカ合衆国という「文明国」の中心部ニューヨーク州あたりにすむインディアンを二〇世紀中葉という歴史の時点に生きる個としてとらえる本を書いたりする人文主義的アメリカ白人批評家とは、鋭敏な自意識、法外な好奇心、熾烈で奔放な個性の持ち主であろうと想像するのは正しい。しかも、そういう個性は複雑で、繊細にして豪胆、頑迷にして自在、良心的にして無頼であるにちがいない。事実、文人としてのウィルソンは、詩や小説に関するまっとうな、しかしけっして一筋縄ではいかぬ評論も書けば、ポルノものもした男である。『アクセルの城』(一九三一年)のような一見高踏的な文学書も、よく読んでみるとアクセルの閉鎖性に対する否定、象徴主義に対する決別の書でもあるとわかる。マルクス主義の熱っぽい史的概観とも読める『フィンランド駅へ』(一九四〇年)も、公式左翼の政治観や文学観とは明確に一線を画している。それに、メアリー・マッカシー(一九一二―一九八九)をふくめ、生涯に四度も結婚の相手を変え、愛人もいた女色《じょしょく》にも恵まれた男であった。

主題をもどす。ウィルソンは二〇世紀初頭に自分よりすこし早く世に出て仕事をはじめたT・S・エリオト(一八八八―一九六五)やヴァン・ワイック・ブルックス(一八八六―一九六三)を横目に見ながら編集者や記者として文士の修業をはじめ、その間兵役にもついているが、これに対してエリオットは、根っからのエリート文人で、ハーヴァードを出るとソルボンヌやオックスフォードに留学し、母校でしばらく哲学を教え、一九一四年にはまたヨーロッパにわたり、イギリス文学に関心をいだき、ついに一九二四年にはアメリカ人をやめて本当のイギリス人になってしまった。これでは、インディアンのことなどすっかり忘れてしまっても不思議はない。しかし、エリオットとは、ホーソーンのようなアメリカ文学を真に理解するためには、カルヴィニストで魔女を処刑したことのある先祖を持たねばならぬ、というような無体なことを一九五三年にセント・ルイスでした講演(「アメリカ文学とアメリカの言語」)で言ったような御仁であることも忘れないでおこう。いっぽう、ブルックスはアメリカ白人の過去や主題には深い関心をいだき、『ピューリタンの葡萄酒《ワイン》』(一九〇八年)や『アメリカ、成人に達する』(一九一五年)を書き、一九四〇年には『ニューイングランド：小春日和《インディアン・サマー》』という題の本まであらわしたが、題名の「インディアン」がほとんどインディアンと無関係のメタファーでしかないように、インディアンには行きずりの関心しかしめさず、そのうえ無知だった。ウィルソンは、ブルックスが前掲書の「フランシス・パークマン(一八二三-一八九三)」の章で、モホークとイロクォイを別部族のように書いている過ちを指摘して、「イロクォイは六部族連合の総称で、モホークはその一部です」(『イロクォイ族への謝罪』、三一三)と訂正する手紙をわざわざ本人に書き送ったことについて書いている。

ウィルソンとほぼ同年代のその他の批評家、ライオネル・トリリング(一九〇五-一九七五)、マルカム・カウリー(一八九八-一九八九)、アルフレッド・ケイジン(一九一五-一九九八)、アイヴァー・ウィンターズ(一九〇〇-一九六八)などを思い浮かべても、彼らが格別にインディアンに深甚な関心を示したけはいはない。あの左翼的ラディカルのアーヴィング・ハウ(一九二〇-一九九三)はどうなのだろうか。あの良心的知識人F・O・マシーセン(一九〇二-一九五〇)にもインディアンについてのまともな論考はないように思われる。またテクストから歴史や社会や作者を排除しようとしたジョン・クロー・ランサム(一八八八-一九七四)、アレン・テイト(一八九九-一九七九)、ケネス・バーク(一八九七-一九九三)、R・P・ブラックマー(一九〇四-一九六五)、ロバート・ペン・ウォレン(一九〇五-一九八九)などの新批評家たちがインディアンに興味をしめすことは定義上ありえないように思われる。それではウィルソンをのぞいて、いったい、いかなるアメリカ白人批評家が赤色インディアンに真摯な関心をしめし、そうすることをもっておのれの批評活動となしえたか。わたしに思い出せるのは、レスリー・フィードラーと、アメリカ人ではないが、アメリカとインディアンとにニューメキシコで入門し、タオスでその『古典アメリカ文学研究』(一九二三年)の最終稿を書き上げたがゆえに「名誉アメリカ白人」とみとめてよいD・H・ロレンス(一八八五-一九三〇年)のふたりぐらいである。さきにわたしは、インディアンがアメリカ白人の「無意識」であると言ったが、じつはそれを最初に指摘したのはロレンスである。ロレンスはこう書いた――「アメリカに来てみると、アメリカの風景にはつねにいささか悪魔的な抵抗感があり、白人の心のなかにも、やはりいささか苦々しい違和感がある」（六一）と。また「アメリカの風景が白人となじんだことなどたえてない。たったの一度だってない」（同上）とも書く。アメリカの風景には、白人のこころをなごませたりするところはなく、つねに違和感があるということだが、それはわたしのいうアメリカ白人の「無意識」にかかわる何かである。わたしが最初にアメリカでまとまった時間をすごした場所はニューメキシコ州であり、ロレンスがしばらく住んでいたタオスで夏をすごしたこともあるので、この南西部アメリカの風景に白色アメリカンにはどうしてもなじめない何かがあることはよくわかるような気がする。ところで、ウィルソンがロレンスの『古典アメリカ文学研究』一冊をその『認識の衝撃』（一九四三年）に一冊まるごと収録したこともついでに思い出してほしい。そして、フィードラーがその『消えゆくアメリカ人の復活』（一九六八年）をロレンスの『古典アメリカ文学研究』の「フェニモア・クーパの白人小説」からの引用をエピグラフとして採用していることも。それは、例の、アメリカ大陸の地の霊が真の猛威を発揮しはじめるのは、赤色インディアンの最後の核がはじけて「巨大な白い沼」に呑み込まれてしまってからだ、というロレンスの「予言」からの引用だが、おそらくフィードラーはそれをヒントに『消えゆくアメリカ人の復活』を書いたのだろう。このように概観してみると、時間は前後するが、ウィルソンの『イロクォイ族への謝罪《アポロジーズ》』はウィルソンの「消えゆくインディアン」についてのルポルタージュであると同時に、イロクォイ族への弁明《アポロギア》としても読める。

2

『イロクォイ族への謝罪』にはジョーゼフ・ミッチェルの「高層鉄骨職人モホーク族」("The Mohawks in High Steel") という文化人類学的研究と称すべきかなり長い調査報告が序としてついている。これはカナダのケベック州セント・ロレンス川に接するコグナウォグア保留地を本拠とするイロクォイ・インディアンの一派のモホーク族が近代テクノロジーの「進歩」と「浸透」にともない、どのように変化し、かつ消滅しつつあるかのレポートであると同時に、ウィルソンの『イロクォイ族への謝罪』により広いパースペクティヴと予備知識を与える導入部ともなっている。このインディアン保留地の全人口は三千人ほどだが、そのうちすくなくとも六百五十人は、保留地よりもアメリカ合衆国の都市や町で生活する時間のほうが長い。彼らは高い橋梁や高層建築物の鉄骨を組み立てたり、溶接したりするのを専門とする高給取りの職人が中心で、ニューヨークやバッファローやデトロイトの高級住宅地区に立派な家をかまえて家族をすまわせ、自分たちは合衆国各地の橋梁や高層建築の建設現場を旅がらすのように渡り歩き、気のむくままに家族のもとにもどったり、夏にはカナダの保留地でヴァケイションをとったりする一種自由奔放な放浪生活をいとなんでいる。

しかし、このインディアンたちは白人との混血によって外見上はほんど「白人」と見分けがつかない。そして、事実、彼らは急速に都市という「白人の白い沼」に消えつつある。「森林インディアン・イロクォイ族」などというイメージとはほど遠い。あるインディアンは自分のことを「おれのおふくろはスコットランド人とアイルランド人との合いの子で、おやじの側の婆《ば》さまはスコットランド系アイルランド人。その血筋のどこかで、どこだか忘れたけど、フランス移民と生粋のアイルランド人の血がはいりこんでいる。おれの血を採って濾《こ》してみたって、なにが残るかわかったもんじゃないね」(二八) と言っているが、べつに自嘲でも、嗟嘆でもあるまい。アイデンティティの欠如を、血の雑多性を逆手にとって、あらたなるアイデンティティにしようとしているのが彼らなのだ。

『イロクォイ族への謝罪』本体は、ウィルソンが、一九五七年八月の『ニューヨーク・タイムズ』にのった「一風かわった」記事に触発されて実地見聞に出向く経緯の記述からはじまる。その記事というのは、ニューヨーク州アムステルダム付近を流れるモホーク川に注ぎ込む小さなショハリー川の河畔にモホーク・インディアンの一団がスタンディング・アロー（Standing Arrow）という首長の指揮のもとに移動してきて占拠した、というもの。彼らの主張によれば、占拠している土地は一七八四年の「フォート・スタンウィックス条約」によって合衆国から保証されている自分たちの土地である。条約によれば、合衆国はモホーク、オノンダーガ、オナイダ、カユーガ、タスカローラの諸族からなるイロクォイ部族連合に、現在のバファローからオールバニーにかけて幅六〇マイルにまたがる広大な土地を平和裏に所有することを保証している。そしてウィルソン祖父伝来の地所タルコットヴィルが、この条約によるイロクォイ領の北境界線のすぐ内側か外側すれすれのところに位置するらしいことを知って驚き、自分の地所とインディアンとの関係についてのあまりにもの無知に気づいたウィルソンは、スタンディング・アローの主張をさらに聞くために、ショハリー川の彼らのキャンプにでかけることにした。行ってみるとスタンディング・アローのもとに集まっていたのは、政府や軍隊や企業の河川水路直線化工事やダム建設で自分たちの土地を失なったり、失ないかけているイロクォイ各部族のインディアンたちばかりか、上記の近代化した鉄骨職人たちであった。

紙幅がつきて、『謝罪』の内容の紹介はもうしていられないが、このルポをウィルソンがインディアンの権利を擁護するアクティヴィストとして、また「脱ダム」運動のエコロジストとして書いているのではないことは強調しておきたい。ウィルソンはインディアンを賛美もしていないが、おとしめてもいない。ただ"apologize"しているだけだ。ただし、その"apology"も叩頭《こうとう》をもってするのではない。肌の色が政治問題にかかわるようなときには、パピノーというインディアンが「インディアンが自分の中の白人の血のことを考えるようになると、ほんもののインディアンになるのさ」(六六)と言ったことをウィルソンはさりげなく記録して、肌の色をもっと高度な政治問題、ないし理念に止揚してしまうのだ。

『ウィルソンの本』の最後の章は「薬水儀礼」(Little Water Ceremony)という、ひと晩かけて真っ暗がりで行われるインディアンの秘儀の記録だが、インディアンの子供たちがその間、別室でテレビに夢中になっていることを記録することも忘れない。筆者の精神は、ともすれば植民者がインディアンに最初に遭遇したときの「穢《けがれ》なき」インディアン文化のほうが変遷過程のそれよりも価値があるとする、文化人類学者も観光客もともにおちいりがちなセンチメントに釘をさしている。そして、ウィルソンのほんとうのインディアンへの謝罪はタルコットヴィルの別荘*1の芝生の前庭を四車線のハイウエイがかすめる工事の計画や実施にあえてなんの抗議もしなかったことではなかったか。この文人批評家が、一九四六年から一九五五年にかけて、所得税の支払いを拒否してアメリカ国税庁と持続的な闘争を展開した人物でもあったことを思い出しておこう。『冷戦と所得税』(一九六三年)はその闘争の記録であるが、その内容は冷戦時代のソヴィエットとの軍備競争に莫大な費用を投じていながら市民的自由をかえって制限していた当時のアメリカ政府に対するペナルティも覚悟の抗議であった。事実、ウィルソンは二万五千ドルの重加算税を課された。

(『英語青年』二〇〇一年六月号)

註

＊1 エドマンド・ウィルソンの祖父が一七八五年から四年の歳月をかけて建てた石灰岩の豪壮な建物で、ウィルソンは夏期の別荘として用いた。現在は歴史的建造物に指定され、観光客の閲覧に供されている。

引用文献

Brooks, Van Wyck. *New England: Indian Summer 1865-1915*. Boston: Dutton, 1940.

Eliot, T.S., "American Literature and the American Language" (1950). *To Criticize the Critic*. London: Faber and Faber, 1965.

Fiedler, Leslie A. *The Return of the Vanishing American*. London: Jonathan Cape, 1968.

Mitchell, Joseph, "The Mohawks in High Steel," *The New Yorker*, Sept, 17, 1949.

Lawrence, D.H. *Studies in Classic American Literature*. New York: Seltzer, 1923.

Wilson, Edmund. *Apologies to the Iroquois*. Syracuse UP, 1959.

——. *The Cold War and the Income Tax: A Protest*. New York: Farrar, Straus and Giroux, 1966.

16 フォークナーの消えゆくインディアン

1

インディアンとはアメリカ白人の「無意識」である——と、わたしはかねてから主張してきた。そんなことなら、しかしながら、もっと「かねてから」レスリー・フィードラーなどが指摘していることで、なにもわたしごときがことあらためて主張するまでのことはあるまい、というむきもあろう。が、かならずしもそうではないのである。というのは、「無意識」とは、その存在にうすうす気づいていながら、諸般の事情により、それをみとめるわけにいかず、さりとて、われにもあらず、ふと意識に浮上してくるので、そのたびに、なにかと正当化して意識下に封じ込め、それが習い性になり、ふだんはそんなことの存在に気づかないですむような状態になっている「意識」のことである。しかしフィードラーが『消えゆくアメリカ人の復活』(一九六八年)のなかで——訳したりなどすると、日本人としてのわたしの「無意識」がまぎれこんだりして面倒だから原文で引くが——"[The image of the Vanishing American] has haunted *all Americans*, in their dreams at least if not in their waking consciousness."(イタリック付加・七五)と書いたようなばあい、そう書いた本人が「アメリカ白人」にほかならないのであるから、その分析自体にグループ独自の「無意識」が入り込んでいないという保証はない。だから、引用の"all Americans"に定冠詞"the"が抜けているのはインディアンが排除されていることの言語表現における意識的な反映なのか、フィードラーの無意識の反映なのか、わたしには判定できかねるが、アメリカ白人がアメリカ白人を精神分析の対象とするとき――とくにインディアンなどの「絶対的他者」がかかわるような場合――その分析に無意識裡の自己正当化、「他者の排除」、独特の「ゆがみ」や「ねじれ」が生じないわけはなかろう。

なんらの厳密な定義をあたえることなしに、すでにわたしは「無意識」ということばを連発してきたが、さほど無用心に「無意識」についてことあげしているつもりでもない。心理学の専門書や百科事典や、はてはラカンの『精神分析の四基本概念』(岩波書店、二〇〇〇年)などという本のページをめくり、いちおうは最近のすすんだ心理学にも裨益されたいものとはかない努力はしてみたものの、ラカンなどはまったく手に負えなかったことは白状しておく。ところで『日本大百科全書』(小学館)という通俗本によれば、無意識には「記述的な意味」と「場所的な意味」があり、前者は「意識されないもの」のすべてをさし(これはこのさい問題にしない)、後者は「ただ抑圧されたものというだけではなく、無意識として独自の場所(体系)をも」ち、こころとは「三つの場所、すなわち無意識、前意識、意識からなる」一種の「装置」だそうだが、その「体系」というのは、ラカンの「無意識は言語と同様構造化されている」(二四)という言い方に対応し、だから「無意識のパロールはシニフィエでなくシニフィアンの連鎖」なのだな、とわたしはフォークナーの文章を随所に思いだしながらなんとなく納得するのであった。また、フォークナーのこころの「装置」のばあい、「無意識、前意識、意識」をそれぞれ「インディアン、黒人、白人」とおきかえ、それに「超自我」をくわえて「南部白人父権制度」とでも置換すれば、なんとかさまになる論文ができるのではないか、などとらちもないことも思った。しかし、それにしても、ラカンというひとは、なんと晦渋な物言いをするお方だろうか、もっとやさしく言えないものか、などとも思った。「無意識は存在するのでもなく、存在しないのでもなく、実現されないものに属している」（三八）とか、「父、〈父の名〉は法の構造でもって欲望の構造を支えていますが、父の遺すもの、それは父の罪です」とか、「無意識の境位は本来倫理的なものです」（四二）とかは、もっとわかりやすく言ってくれれば、あるいは訳してくれれば、フォークナーの諸作を論じるときに「応用」できる概念であるかもしれない、とも思った。しかし、そのうちに、そんなことはどうでもよくなった。というのは、このことさらに高水準にある日本のフォークナー研究者集団むけの雑誌の読者に読んでもらえるように、注文のエッセイを鬼面人を驚かすていの「サトペンはインディアンか？」という題にすることをひそかに心にさだめ、しかし羊頭を掲げて狗肉を売ることにならず、いわば狗肉を掲げて羊頭を売るていになるようにしようと発心して、インディアンを見つけるべく、『アブサロム、アブサロム！』を読みだしたものの、（というのは、インディアンはアメリカ白人の「無意識」なら、定義上、アメリカ白人作家の作品にはさまざに偽装されたインディアンがひそんでいるはずだという妄想をいだいたからだが）、サトペンが子供のころに父親に連れられてウェスト・ヴァージニアの山奥（そこでは「土地は共同所有だった」とある）からインディアンなみの旅をしてポカホンタスにちなむ海岸地帯に移動し、そこでまたインディアンなみの仕打ちをうけること以外にサトペンにインディアンくさいところは見つからず、あえなくわたしの野望はついえたのだった。そこで、こんどは正攻法にもどり、フォークナーが作家としてインディアンをどう扱ったか、作家のインディアンにかかわる「無意識」をどう処理したかをさぐるべく、『ポータブル・フォークナー』の「裁き」、「裁判所」、「紅葉」、「昔あった話（“Was”）」を読み、「熊」や「むかしの人たち」や「見よ！」や「嫁取り合戦」などのインディアンがらみの作品を読んでいるうち、「熊」しか読んでいなかったわたしは、予想をすっかり裏切られ、フォークナーがもっぱらインディアンに「高貴な野蛮人」を見つけようとしていたなどというような噂はただの「神話」で、むしろ反対に、フォークナーはインディアンを作品に登場させることによって、その絶滅をはかっていたことがわかったのであった。別言すれば、フォークナーにとって、インディアンとはすでに絶滅したか、絶滅しつつある存在でなければならず、作品はその「無意識」を意識的に構造化してアートに昇華したものであることに気づいたのであった。そうなれば、フォークナーのインディアン消去法を見てみなければならない理屈だ。

2

「裁き」について『ポータブル・フォークナー』の編者マルカム・カウリーは、その時代背景は一八二〇年であり、サム・ファーザーズが「チカソーの狩人」として最初に登場する短編小説であると紹介している。しかし、この物語は「百歳ほどの」サム・ファーザーズが自分の出自をいささか自嘲的に語るのを「十二歳」のクエンティン・コンプソンが聞いていて、それをまた語りするというややこしい語り口になっているとはいえ、サム・ファーザーズをそう簡単に「チカソー」とくくり、「狩人」とくくってよいものかどうか、わたしは疑問に思った。『これら十三篇』の「裁き」では、サム・ファーザーズは「チョクトー族」の酋長イケモチュッベないしドゥームが奴隷の黒人の妻を寝とってつくった子供とされているが、「チカソー族の……」ではない。そういう部族名や役柄の変更には編者の分限をこえたカウリーの無意識も関与しているのではないか、とわたしは疑う。すくなくともカウリーは「熊」から逆照して「裁き」を読んでいる、あるいは、そのように読むように読者を慫慂している。それはまた、カウリーがこころの底のどこかで、どうしてもインディアンを「高貴な野蛮人」に仕立ててあげたいとねがっていることの反映かもしれないし、読者のそういうひそかな願望への無意識の迎合かもしれない。アメリカ白人の多くは、いま自分たちがアメリカン・ウエイ・オヴ・ライフをこうしてエンジョイしている美しく広大な土地も、つまるところインディアンを絶滅させて取り上げた土地であることをこころのどこかではよく承知しているので、せめて「死んだインディアン」には花をもたせ、自然にやさしい「高貴な野蛮人」として賛美したいのである。いまさらインディアンに土地を返すわけにはいかないので、それがせめてもの償い——それがかれらの「無意識」である。「無意識」が「実現されないものに属している」とはそういうことか。しかしフォークナーは「裁き」においてインディアンを「高貴な野蛮人」に仕立ててあげてはいない。むしろ逆に、黒人奴隷を酷使して難破船を陸路延々と自分の部落まで運ばせて「宮殿」にするような暴君に仕立てあげている。そればかりか、黒人奴隷が労役で留守のあいだにその妻を寝とって「黄色い」子供をうませ、「ふたりの父をもつ」などというふざけた名をつけ、あげくのはてに黒人の母親ともども白人に売ってしまうような卑劣漢に仕立てあげているのである。フォークナーを非難しようというのではない。逆だ。フォークナーの作家としての偉大さは、そういう一般白人のひめられた代償的贖罪願望を逆なでしながらも、同時に、かれらの優越感をくすぐり、また同時に、すぐれたテクニックで話を無償にたのしませ、またまた同時に、白人一般の「無意識」を構造化したところにある。が、結論じみたことを言うのはまだはやい。

「裁き」のクエンティン少年の語りにもどる。少年はまた聞きの話の機微はよくわからないままに「白人はサム・ファーザーズをニグロと呼んでいるけれど、かれはニグロではなかった（[white people]...called him a Negro. But he wasn't a Negro.）」（三）と強調する。それが話の目的だという。しかし、少年はこの「大工」が黒人とおなじようにしゃべり、「黒んぼの髪の毛」をしていると指摘しながら、からだつきは「黒んぼ」のそれではないとも指摘する。暗にインディアンのそれであると指摘しているわけだ。このへんが無意識くさいところだが、そうしたところでサム・ファーザーズの格上げになるわけではあるまい。すくなくとも「裁き」というストリーの枠内では、インディアンの血を受けついでいることが人間の尊厳の格上げになるような話にはなっていない。それに、黒人の血が一滴でもあれば黒人とカテゴライズするのがならいの白人中心主義的世界で、黒人とインディアンの血が半々のサム・ファーザーズをインディアンにするには、いかにも無理がある。サムはやはり黒人とみなすよりほかはない。それがアメリカ（南部）社会の制度だ。制度ではあるけれども、あるいは制度であるからこそ、白人の血が一滴でもあれば白人であるとする制度があってもおかしくないという「正論」にうすうす気づいていても、そんなことをうかつに口にすることがないように、うまく無意識の領域に封じ込めているのがふつうのアメリカ人である。それだのに、なぜフォークナーは白人少年のクエンティンに、考えようによっては「インディアンの血が一滴でもあればインディアンだ」というのに類する危険な話をさせようとしたのか。それはフォークナーが十二歳のクエンティン少年に、間男された黒人のこころの機微や「黄色い」子供がうまれた意味あいがよくわからないままに、間男された結果うまれて老人になった当の本人がした話を反復させることによって、声高にではなく、ほとんど無意識に、白人が発明した人種分類法のフィクション性を読者に気づかせようとした、あるいは結果としてそうなった、とわたしは思いたい。

　ここで肝心なことは、クエンティン少年にしても、自分がしている話の「意味」がまったくわかっていないわけではないことである。少年はただ「わかる」自分を抑圧しているだけだ。その証拠に、「裁き」の最後のところで、おじいさんに「サムとなんの話をしていたんだい？」ときかれると、「なんでもない」とこたえながら、少年は「〔大きくなれば〕ぼくにもわかるだろうとわかっていた。でも、そのころにはサム・ファーザーズは死んでいるだろう（"Then I knew that I would know. But then Sam Fathers would be dead."）」（二〇）とコメントする。「そのころにはサム・ファーザーズは死んでいるだろう」とは、作家フォークナーの意識的「無意識」だろう。妙なオクシモロンをつかったが、むろん意識的にである。自分の「無意識」にまったく無意識な作家という観念こそ、オクシモロンである。いや、フォークナーとは、自分が属する共同体の「無意識」に通底する無意識を、つまり「インディアン」を、できれば無意識の底に封じ込めて「死なせて」おきたかったにちがいないけれども、それでもときおり「インディアン」を意識に浮上させ、いわば「無意識の流れ」として作品化せずにはいられなかった「良心的」作家であった、とわたしは思う。そこに、このアメリカ南部作家の「宿命」があった、ともわたしは思う。が、やはり結論じみたことを言うのはまだはやい。

3

フォークナーにとってインディアンとは、黒人の場合とはちがって、できれば過去に追いやっておきたい、かかわりたくない、「消えなましものを」の存在であった。だからこそ、フォークナーのインディアンものは「むかしの人たち（"The Old People"）」であり、「昔あった話（"Was"）」であり、「紅葉（"Red Leaves"）」なのである――最後の「紅葉」は、やがて散るもののことであろうし、「赤は去る」とも読める。最初のは「むかしの人たち」であるところのインディアンが登場する物語というより、それへの言及がある物語と言ったほうがよかろう。フォークナーの作品に登場する生粋のインディアンはみな遠い（ただしフォークナーが成人してから百年以上はさかのぼらない）過去か、辺境の（ただし南部辺境にかぎられている）アルカディアに住んでいた「人たち」のことで、みな一種の不在性によって特徴づけられている。しかも、かれらは威厳ある人たちとして描かれているとはとても言えない。「嫁取り合戦」や「昔あった話」や「見よ」を再度みよ。カウリーは『紅葉』はチカソー族をあつかう四つの話のなかではいちばん強力な話だと言っているが、それは白人をまねてミニ奴隷制度をもつインディアンが生贄にするために逃げる黒人を沼地に追いつめて目的を達するグロテスクな話で、だれにしても、こういうインディアンを賛美する気にはなれないだろう。これを黒人が読めば、あの「乾いた九月」の「良心的」白人がへどを吐くようにへどを吐くことだろう。また、その他の点ではなかなか有用な『ヨクナパトゥーファのインディアン』（一九七四年）の著者ダブニイが、追いつめられた黒人にインディアンのひとりが「おまえはよく逃げた。恥じることはない」というくだりを「偉大」とのべ、イェーツの言う“tragic joy”をおもいだす（一一三）とのべているが、こういう指摘にもわたしは共感できない。「指摘」そのものにではない。それがアメリカ白人の無意識にかかわる「正当化」をふくむことについて筆者があまりにも無意識であることに対して、である。そしてわたしが忽然と気づくことは、フォークナーの人物たちのなかでいちばん「高貴な野蛮人」にちかい、いろんな点でいちばんインディアンくさいサム・ファーザーズが生粋のインディアンではなく仕立てられているという不思議である。そのへんに作家フォークナーの「意識的無意識」が強力にはたらいているにちがいない。そうなら、その意味を問わねばなるまい。

サム・ファーザーズが最初に登場する「裁き」では、サムは黒人の血によって半分インディアンでなくなされている。そして「むかしの人たち」に再登場するときには、したがって「熊」に再々登場するときにもおそらく、その母親は四分の一黒人になっている。つまり白人の血も調合されているというわけだが、それはサムが無垢で威厳ある「高貴な野蛮人」になるにしたがって、そのインディアンの血がうすくなっていくことを意味する。これがフォークナーの「血」によるインディアンの消去法でなくてなんであろうか。それに、サムを老人にしておくこと、独身にしておくこと、そして死なすこと。また、初登場のときサム・ファーザーズは「百歳ほど」に設定されている。これはサムが百年ほどまえの話をしていたことを示唆する。百年といえば、しかし、だれもが死んでいておかしくない歳月であり、百年まえのことといえば、だれもが個人として責任をもたなくてよい、もちようのない過去のことである。これはフォークナーが、黒人のばあいとはちがって、インディアンのことには責任をもちたくない、もちようがない、意識の辺境においておきたい、と願望していたことの反映だとわたしは思う。だが、こういうフォークナーの精神のはたらきをフォークナーのインディアン嫌いのせいにしてかたづけるのは浅薄にすぎるだろう。ちなみに、「熊」に出てくるブーン・ホガンベックはインディアンの血が四分の一まざっていることになっているが、それだけ粗野な人物になっていても、それだけ威厳ある人物にはなっておらず、しかし、にもかかわらず、白人の仲間にいれられている。これは、ジョン・ロルフとポカホンタスの家系の繁栄によって公認されている「白い血」によるインディアン消去法に則しているが、その「無意識」について論じるいとまはいまはない。そのかわりに、フォークナーの範疇内にあった実際のインディアンについて簡単にのべ、このエッセイをおえるとしたい。

4

「熊」もふくむフォークナーの主要作品の舞台は、周知のように、フォークナーが生まれ、育ち、基本的にはそこから出ようとしなかったミシシッピー州、ラファエット郡、オックスフォードに対応するヨクナパトゥーファ郡、ジェファソンであるが、その郡都ジェファソンの創設期のことを題材にする『ポータブル・フォークナー』の「裁判所」(『尼僧への鎮魂歌』の一部)は、その時代背景を一八三三年と設定している。また、そのテキストは、当時そこには「野人(wild men)」はほとんどいなかったとし、その少数の「野人」のことは括弧のなかで、こう説明する――「もうあまり野性的(wild)でなく、いまではおとなしく、いまでは無害で、ただすたれた(obsolete)という感じ、むかしの死んだ時間と死んだ時代に由来する時代錯誤という感じ……なぜなら、これは白人の土地であり、白人の運命、いや宿命……ですらあるから」(四九)と。むろん、これはフォークナーの「本音」だろう。フォークナーの作家としての偉大さのひとつは、「政治的正しさ」のために「本音」をゆがめたりしないところにある。

ところで、一八三三年とは、その地方のアメリカの歴史ではどのような時期であったか。一八世紀後半から一九世紀初頭に、いまの南部諸州からフロリダにかけて住んでいた、いわゆる「開化五部族(Five Civilized Tribes)」(ここで「開化」とは「白人との混血がすすみ、黒人を奴隷にする制度を採用しはじめた」と解してよい――具体的には、チョクトー、チカソー、チェロキー、クリーク、セミノールの各族)が土地獲得をめざして侵入してきた白人とのあいだに各種の紛争をおこし、ついにはアンドルー・ジャクソン大統領が彼らをミシシッピー川以西の「テリトリー」に移住定着させるための「インディアン強制移住法」(一八三〇年)に署名し、その実行にとりかかった時期であった。最初に移住させられたのはミシシッピー州の南部から中部にかけて住んでいた、つまりヨクナパトゥーファをふくむあたりに住んでいた二万人ほどのチョクトー族だった。一八三一年から三四年のあいだに、その老若男女は徒歩、ワゴン、騎馬によって陸路テリトリーに護送され、途次、四分の一が死んだとされる。チカソー族（約五千人）はミシシッピー州北部からアラバマ州にかけて住んでいたが、やはり陸路を強制移動させられ、天然痘だけで五百人が死んだとされる。ほかの部族は移動距離が長かったために、もっと悲惨な目にあった。その悲劇の詳細をのべているいとまはないが、それは今日「涙の道」のメタファーで記憶されている。しかし、フォークナーが作品であつかったインディアンは、一八世紀後半から強制移住がはじまる一八三〇年代初頭までミシシッピーにいた「開化」部族か、その後もそこに残留した少数のインディアンにかぎられている。フォークナーは、それ以前のそれ以外の土地に住んでいたインディアンのこと、たとえばピーコット族の悲惨な運命などについては、想像力をはたらかせることはしなかったし、「涙の道」をインディアンたちとともにたどることもしなかった。それはフォークナーがみずからに禁じたことだろう。その理由については、もうすでにのべたように思うので、また紙幅もつきたので、結論じみたことはまだ言っていないような気がしないでもないけれども、ここでぷっつりおわらせていただく。断念が肝心だ。そう、断念といえば、フォークナーはヨクナパトゥーファにかかわりのあるインディアン以外にかかわることをみずからに禁じていたにちがいない。それがフォークナーのインディアンに対する最低の節度だったにちがいない。わたしは白人にせよ、日本人にせよ、やたらにインディアンを賛美するやからを信じないことにしている。その「賛美」にはどこかに自己欺瞞の臭いがするからだ。

（『フォークナー』第四号、二〇〇二年四月）

引用文献

Cowley, Malcolm, ed. *The Portable Faulkner*. Viking Press, 1946. Revised and Expanded Edition. Penguin Classics, 1977.

Dabney, Lewis M. *The Indians of Yoknapatawpha: A Study in Literature and History*. Baton Rouge: Louisiana State UP, 1974.

Fiedler, Leslie. *The Return of the Vanishing American*. London: Jonathan Cape, 1968.

ジャック・ラカン『精神分析の四基本概念』一九六四年、ジャック=アラン=ミレール編、小出浩之他訳、岩波書店、二〇〇〇年。

Ⅳ

アメリカン・マニエリスム

グラント・ウッド『アメリカン・ゴシック』(1830)。これほどアメリカン・アイコンとして世界に流布し、パロディの対象になっている絵はない。Grant Wood, *American Gothic*, 1930, Art Institute of Chicago.

17 **ジョン・ウィンスロップの『日記』のゴシック性**　神と悪魔、天国と地獄、それらを裏書する聖書のことで頭がいっぱいだったピューリタン為政者が新天地で起こった大事・小事を無差別に書きとめた『日記』がいかにゴシック小説に似てくるかは驚くべきほどだ。まだ生殖能力のない少女を強姦した少年の行為を獣姦と同一視して、獣姦を犯して死刑になった別の少年の罰と天秤にかけ、為政者として真剣に悩むところなど、まさにゴシック的だ。

18 **裏切る文字の物語『緋文字』**　これは岩波文庫『完訳 緋文字』の「解説」からの転載である。「完訳」とはこの版には序章「税関」がついているという品質保証である。「税関」と『緋文字』本体はメタフィクショナルな相互言及的な関係で結ばれているので，前者が欠けた『緋文字』は贋《にせ》だという警告でもある。真の『緋文字』は、ヘスターが、ピューリタン社会によって課されたAの字の意味をさまざまに変奏しながら自我を確立してゆく過程の物語として読める。

19 **つぎはぎ細工の『白鯨』**「この世には細心な無秩序こそが真の方法であるようなくわだてがある」とは『白鯨』第82章に見られる捕鯨業についての作者自身のコメントである。「鯨を丸ごと捕らえるのでなければ、その人は真理においては田舎者であり感傷主義者であるにすぎない」(第76章)も同様である。一見恣意的にみえる「つぎはぎ細工」のパタンに、メルヴィルの全体像をふまえた用意周到な創意と工夫を見ることも『白鯨』を読む快楽のひとつである。

20 **ゴシック短編作家ポー**　『オトラントの城』の作者ウォルポールがその「序」で自作を「ロマンスとノヴェルを混合する試み」と宣言したとき、アメリカ文学の原型「ロマンス・ノヴェル」ができたのかもしれない。「メツェンガーシュタイン」から『アーサー・ゴードン・ピムの物語』をへて「モルグ街の殺人」をものしたポーは、みずからをこの系譜に接続し、不思議な回路を経由して現代世界のポップ・カルチャーにも繋がっている。

21 **アルス・コンビナトリアの批評家ポー**　第三詩集（1831年）の「序」で、ポーは、詩人批評家論を打ち上げ、詩が意識的な計算と組み合わせの産物であることを強調した。そして晩年「鴉」（1845年）が好評を博すと、それがいかに意識的にコンポーズされたかを強調するエッセイ“The Philosophy of Composition”（1846年）を書き、最晩年（1849年）には、独創性とは“unusual combination”にほかならないという評言を残した。

22 **頭の中のマクロコズム『ユリイカ』**　このエッセイの原型は1979年に雑誌『カイエ』に発表された。当時は科学的宇宙論が飛躍の三十年に突入して十年を経過し、ビッグバンやブラックホールなどの膨張宇宙論の用語や概念が通俗化し始めた時期だった。一種のビッグバン宇宙論でもあるポーの『ユリイカ』をこの線で読み直してみたくなったのに不思議はない。暗黒物質やダークエネルギーが導入された今日の宇宙論からすれば、遅れた感じは否めなかろうが。

17 ジョン・ウィンスロップの『日記』のゴシック性

一六三〇年三月、「六隻の船に分乗した三百人の男、八十人の女、二十六人の子供、百四十頭の牛、四十匹の山羊」[*1]を率い、みずからはアーベラ号に乗って英国を船出し、同年六月にセイラムに上陸、それから「神に召される」までの十九年間、マサチューセッツ植民地の総督または副総督をつとめたジョン・ウィンスロップもまた勤勉な記録者だった。彼は英国出発の日から『日記』を書き始め、死の直前にいたるまで、航海中の出来事、上陸前後のもよう、植民地での公私にわたることどもを大事・小事とりまぜて書きつづけた。おそらくウィンスロップは、これをもとに『マサチューセッツ植民地史』といったものを書くつもりだったのだろうが、もとより『日記』は正史ではない。正史ではないだけに、しかし、われわれにとって大事と思われることも小事と思われることも未整理のまま等しなみに書きつけられていて、それがかえってこの記録を興味ある読み物にしているばかりでなく、ゴシック的テクストにもしている。また、その記述の一種独特の客観性、雑然性は、この知的で良心的なピューリタン為政者が、この世のあらゆる出来事を、その見かけの軽重にかかわらず、等しなみに神のみこころの表われとみなしていたことを示唆している。

アーベラ号がセイラムに着岸したのは一六三〇年六月一二日だが、七月初旬になると他の僚船もぞくぞくと到着する。みないっせいに船出したのではなかったのだ。

〔七月一日、木〕 メイフラワー号とホエール号がチャールトン港に安着。乗客はみな無事であったが、家畜はあらかた死んだ（そのうちには私の牝馬と乗馬も含まれていた）。種馬のいく頭かは良好な状態で着いた。

〔七月二日、金〕 タルボット号到着。同船は乗客十四人を失った。私の息子ヘンリー・ウィンスロップがセイラムで溺死した。

〔七月三日、土〕 トライアル号がチャールトンに、チャールズ号がセイラムに着いた。

同僚との感激の再会シーンがなかったはずはなかろうに、そんなことはいっさい書かれていない。ことに七月二日の記事は注目に値する。自分の息子の死が、他の船客の死や家畜の死とともに簡潔に記されているだけにとどまる。ピューリタンたちがことのほか尊重した聖書でさえ、ダビデ王がわが子を失ったとき、「わが子よ、アブサロムよ、わが子よ。わが子アブサロムよ。おまえの代りに私が死にたかった」（「サムエルの書下」一九・一）と嘆き悲しんだと記しているではないか。が、むろんこの禁欲的記述はウィンスロップの非情を物語るものではない。これは、すべては神のみこころのまま、とするウィンスロップの信条の反映であり、この新大陸に神の秩序をもたらそうとする意志の表われであろうが、この禁欲的厳格主義がこのテクストに一種奇妙な（いいうるならばゴシック的な）味わいを付与していることもまた事実だろう。そのうえ、この書き手の書くことを（つまり書かないことも）、すべて書き手の信念と意志の正確な反映とみなすのも思いすごしだろう。アメリカ文学前史の研究としては、この記録者が何を無意識の領域に追いやり、何がそこから越境してくるかにも用心していなければならない。

たとえば入植事業が緒についたばかりの九月三〇日の項には、「信心深い」アイザック・ジョンソンの死、ビリントンなる人物が殺人のかどで処刑されたこと、数頭の豚がソーガスで狼に襲われたこと、そして「牝牛が一頭プリマスで、山羊が一匹ボストンで、トウモロコシ (Indian corn) を食べて死んだ」ことなどが書かれている。信仰篤い人が平安のうちに死に、悪人が処刑され、狼が豚を襲うのは神の摂理にもかない、自然でもあろうが、なぜ二頭の家畜がトウモロコシを食べて死んだことが、それらと同列に記録されねばならないのか。おそらく、そのあわれな家畜たちが異教徒インディアンの穀物「トウモロコシ」を食べて死んだからだろう。そこには神意が読みとれる。その意味で、この小事件は植民地の正史にとっては不要であっても、ウィンスロップにとっては必要事項であろう。そういうことを、これを書きつけた時点で「新しいエルサレム」の歴史にとっては疑問であり、むしろ無意識であったと思われるけれども、もしそうなら、この記述は白人が神の名においてインディアンを無意識化する過程のテクストにおける痕跡でもあろう。

北西からにわかに突風が襲い、半時間ほど猛烈に荒れ狂い、無数の木々を吹き倒した。風は集会中のニューベリーの教会を吹き飛ばしたが、神の大いなる慈悲のおかげで、なかにいた者はひとりとして怪我もせず、ただインディアンがひとり倒れた木の下敷になって死んだだけであった。

これは一六四三年七月五日の記事である。この頃までには、植民地基盤はかなり安定し、インディアン征伐の成果とともに新大陸のキリスト教化もかなりすすみ、同時に白人の頭のなかでもインディアンの無意識化がかなり進捗していたように思われる。その日、強風が吹きすさび、建物や立木に重大な被害があったけれども、白人はみな無事で、インディアンがひとり死んだだけですんだという幸運が、事実あったにちがいない。ただし、われわれとして気になるのは「神の大いなる慈悲のおかげで……インディアンがひとり……死んだだけであった」のくだりだろう。おそらくこの不幸なインディアンはまだ改宗していない異教徒で、クリスチャンではなかったのだろう。異教徒を神が「差別」したまうのは避けがたい。それはカルヴィニズムの教理にも則している。だが、ウィンスロップが上のくだりを書きつけたとき、ほぼ無意識だったことはまずたしかである。これを読んで、私などは、マーク・トウェインの『ハックルベリー・フィンの冒険』（一八八四年）でハックがサリー叔母さんに自分が乗ってきた汽船の蒸気機関が爆発したというでたらめな話をする場面（三二章）を思い出す。サリー叔母さんが「まあ、大変！　誰かけがしたこと？」と聞くと、ハックは「いや、誰も。黒んぼがひとり死んだだけさ」と答える場面のことだ。

むろんトウェインは自覚的な作家で、白人の黒人に対する「無意識」をこんなやりとりでわざと露呈してみせたわけだが、ウィンスロップの場合はそういう「無意識」を無意識に露呈しているおもむきだ。だが「無意識」は、そのエネルギーとしてのリビドーをイドに蓄積しながら、いつも出番を待っている。ことはインディアンの場合にかぎらない。

それかあらぬか、ブラッドフォードの『プリマス植民地史』の場合と同様に、ウィンスロップの『日記』も、あとになるほど、暗く陰惨な、そしてセクシュアルな記事が増加する。次は一六四二年五月一八日の日記の一部である。

ヒンガム在住の、ある桶屋の妻は永らく精神錯乱に近い憂鬱症にとりつかれており、以前にも自分の子供を溺死させようとしたが、神の恩寵あるはからいにより事なきをえた。ところが再度、夫が留守のあいだに、三歳のわが子を近くの川に連れてゆき、衣服を脱がせ、水と泥のなかに投げこんだ。だが、干潮であったため、この幼児は這いあがり、衣服を拾い、さして遠くないところに坐っていた母親のもとに戻ってきた。そこで彼女は、今度はもう這いあがれないほど遠くへ子供を連れていって投げ棄てた。しかし神の恵みにより、たまたま若者がひとり通りすがり、子供を救った。彼女は、その子を悲惨から救うためにそうしたという理由をあげるだけで、聖霊に対する罪は認めながらも、他の罪を悔いることはできない、と言いはった。かくのごとく悪魔は人間の弱みにつけこむものである。この弱みのためにこそ、われわれはいっそう強くイエス・キリストにすがり、いっそう謙虚に、かつ細心に日々の生活を送らねばならぬというのに。

これは、あの途方もないカリフがいたいけな五十人の子供たちを次々と淵に突き落として、「もっとくれ、もっとくれ」とせがむ異教徒にくれてやるゴシック小説『ヴァセック』[*2]の一場面を思い出させる。それほどこの女房の行為と心情はわれわれの目からすると凄惨で救いがなく、現実にあった話だというのに現実ばなれがしている。この無茶な行為をウィンスロップは悪魔のせいにしているが、カルヴィニズムの神の苛酷な差別主義のせいであるかもしれないことに気づきもしないし、気づこうともしない。桶屋の妻が自分の子供を幼くして死なせようとした行為は、地獄の責苦はもう予定済みで仕方がないにせよ、せめて今生の苦しみからは早めに解放してやろうという、神の摂理を信じるがゆえの親心に発したに相違ない。ある者の救済は予定され、ある者の堕地獄も予定されているのなら、いずれの側に属しているにせよ、早めに予定を履行してもよいではないか――ここに救済宗教としての正統派カルヴィニズムの泣き所がある。

天国行きにしろ、地獄堕ちにしろ、それがあらかじめ決まっているのなら、人は何をしても、何をしなくてもよいではないか――そういう理屈が出てきて不思議はない。さらには、罪を超越しているがゆえに罪を犯す権利があると主張する聖者《セイント》も出てこよう。救いに予定されていない者にとっては罪であることも、選ばれた者にとってはそうではない、と考える義人も出てこよう（最近とみに評価の高いジェームズ・ホッグの『義とされた罪人の手記と回想』〔一八二四年〕は、ずばりそういう主題を扱うゴシック小説だ）[*3]。だが、むろん、カルヴィニズム神学は、そんなことはちゃんと予想していて、歯止めをかけておいた。救いに選ばれた者は、神との契約に入ることによって、神の意志にかなう生活を義務づけられるとともに、神はこの義務を遂行する能力をも恩寵として与えたまい、しかもその恩寵は拒むことができない、とした。「義認」（Justification）は必然的に「聖化」（Sanctification）をともなう――という教理である。だが、勇猛果敢で頭脳明晰な女性アン・ハッチンソンがウィンスロップの地元から出てきて、「一、義認された者〔選ばれた者〕には聖霊が宿る、二、いかなる聖化〔地上での立派な業《わざ》〕も義認〔選ばれたこと〕の証拠たりえない」（『日記』、一六三六年一〇月二一日）という啓示を神から得た、と宣言したとき、ピューリタニズムは教義上の重大な危機を迎えたのである。これは「異端」の出現であった。

ウィンスロップとその同僚は「彼女を処罰しなければ、マサチューセッツが神によって処罰される」と考え、裁判を開き、彼女をこう詰問した。「さようなことを啓示したのが神であって、悪魔でなかったことを、そなたはいかにして知ったのか」と。するとハッチンソン夫人はこう言葉を返した。

H夫人　息子をいけにえにせよと命じたのが神であったことをアブラハムはいかにして知ったのでしょうか、それが十戒の第六条〔殺すなかれ〕に反するというのに。
裁判官　直接の声によってじゃ。
H夫人　私の場合も直接の啓示によってでございます。
裁判官　なんじゃと？　直接の啓示じゃと？
H夫人　神の精神がみずからの声で私の魂に語りかけたのでございます。

この問答で彼女が「異端」であることが、ピューリタン為政者たちには疑問の余地なく判然とした。すくなくともウィンスロップはそう記録している。だが、われわれにとっては、それほどわかりやすいことがらではない。教会などの仲介を排し、神との直接の交渉をもつことがプロテスタンティズムの真髄であるならば、純粋論理的には信仰集団などあってはならず、神との直接の交渉という点でもハッチンソンのほうがよりピューリタン的であり、より正しい方向にすすんでいるように思われるからである。だが人間はまったく集団をはなれて生きていくことはできず、また集団には秩序がつきもので、神との直接のかかわりといっても程度がある。人間が集団的存在であるかぎり、つまるところはその集団の発明にかかわるところの「神」との交渉は、集団そのものを否定するほどまでに直接的であってはならないのである。

このへんの事情についての（別の文脈においてだが）岸田秀の説明は身も蓋もないほど明解で、このさい有益である。岸田によれば「自我の支えを唯一絶対神に直接求めるということ」自体が「西欧人独特の奇妙な発想」で、「一般的には、自我は個人が属する身近な集団に支えられ……個人と超越者とは間接的にしかつながっておらず、超越者とじかにかかわりをもつのは特定の個人（王、神官、宗教家など）に限られている。西欧人がこの一般的パターンを破る奇妙なことを思いついたのは、身近な集団による自我の支えがよほど不安定だったからで、そうでなければ、このようなことを思いつくはずはない」（『幻想の未来』）[*4]のである。そのような「奇妙な発想」を抱いて新大陸にやってきたピューリタンたちも、自分たちの集団の破壊を容認するほどには純粋ではありえなかったのである。だからウィンスロップらの法廷はただちにハッチンソンをロード・アイランドの荒野に追放することに決定、刑の執行は一六三七年三月に行なわれた。当時、未開の荒野に追放されることは死刑を宣告されるのに等しかった。そこには野獣がおり、インディアンがいた。事実、彼女は一六四三年八月、インディアンに八つ裂きにされて殺された。『日記』にはその事実が簡単に記されているだけで何らコメントはないが、ウィンスロップが彼女の死にざまに正当にして苛酷な神の裁きを読みとっていたことはほぼたしかである。

ブラッドフォードの『プリマス植民地史』に性的非行の記録が出てくるのは一六四二年以降であったが、ウィンスロップの『日記』にも同じ頃にそれが出てくる。一六四一年六月二一日の項に次の記事がある。

独身男女の私通（fornication）に対する処罰について、法廷で問題が起きている。神の法律によれば男は娘と結婚するか、娘の父親に一定額の金銭を支払えばよいのであるが、この場合、二人とも召使であったため、主人の家名をけがして主人に悪をなしたかどで笞打ちの刑を受けただけで、その他の償いは課されなかった。同様な困難が強姦の場合にも生じている。強姦は神の法律によれば死刑ではないが、この場合は少年が七、八歳の少女を犯したもので、少年は厳しく笞打たれただけですんだ。しかし、法の厳正なる適用という観点からすれば、これはソドミーの罪にあたいする。そのように幼い少女と肉体関係をもっても、少女が子供を生む可能性はないので、その行為は男色や獣姦の禁忌に反するばかりか自然にも反し、男は死刑に処せられてしかるべきだからである。

独身男女の性交に対する処罰が適正に行なわれなかったことについての為政者としての悩みは、当然であるにしても、妊娠の可能性のない少女との性交を男色や獣姦と同一視して死に価するとみなすウィンスロップの厳格主義は、「一人の女をどんな方法で楽しもうと一向差支えないこと、相手が娘であろうと少年であろうと一向に問題でないこと、また、われわれのあいだには自然から授かった傾向以外のものは存在しえない……ことを、ここに確信しようではないか」[*5]と豪語したサド侯爵の無差別主義、自然主義、悪魔主義に通底し、すくなくとも現代のわれわれにとってはあまり当然ではなく、いうなればゴシック小説的である。

一般に、禁忌とは、ある時点のある集団にとって有用な規定であっても、時代と文化を超越してなおかつ有用なわけではない。この場合の「神の法律」とは「レビ記」（二〇・一五）の「動物と寝る者は死に当たり、その動物も殺さねばならぬ」のことだが、この規定は、それが由来する家畜を中心に生活した放牧の民にとってはある種の必然性を有したでもあろうが、農耕を中心に生活した一七世紀のニューイングランド人にとってはさほどの必然性を有していたとは思われない。にもかかわらずニューイングランドにおいてもそれを厳密に適用しようとしたとき、そのおそるべきアナクロニズムのために、現にプリマスであったことだが、「一匹の牝馬、一匹の山羊、五匹の羊、二匹の仔牛、一羽の七面鳥」と「非行」を犯したために処刑された少年の場合のようにおぞましいゴシック風景が展開するのである[*6]。

アナクロニズムとは時間的な無差別主義のことだ。そしてゴシック的テクストの特質のひとつはテクストのアナクロニズム、無差別主義にある。ゴシック小説の作法上の顕著な特質が、異質多様なテクストの混淆、時代と地理の遠隔化と接合、新旧のセンチメントの共存にあるのもそのためだ。これまであげたウィンスロップらのテクストの断片から浮かびあがる書き手の心象風景がゴシック的であるのも、ほぼ同じ理由による。少年のレイプ事件の場合なら、ウィンスロップは「神の法律」の厳正な適用を考えたものの、その法解釈を純粋におしすすめると、少女を動物と認め、少女をも処刑しなければならないことに思いあたり、猛烈な矛盾に巻きこまれたにちがいない。この猛烈な矛盾にひるまないのがゴシック小説のヒーローたちで、それにいささかひるんだのがこれらの良心的なピューリタンであったことは留意するにあたいする。絶対に正しいことなど絶対にない人生という雑事において、人間がどうやら健全でいられるためには、あまり厳格であってはならないのだろう。

ところで、すべての規律にわたってマサチューセッツのほうが寛大だったわけではない。プリマスでは姦婦はADの印をつけるだけですんだのに、ボストンでは、初恋に破れてやけをおこし、老人と結婚し、あげくに姦通を犯した若い女性が、相手の男とともに死刑に処せられている[*7]。男は命乞いをしたが認められなかった。この件についてウィンスロップは「はたして姦通はいまも神の法律によって死刑か」(一六四四年三月七日)という疑問が牧師たちのあいだから出たことを記録している。ピューリタンたちの道徳規範もゆらいでいたのである。たぶん、それはよい傾向だったのである。

(『英語青年』一九八六年六月号)

註

＊1　*Winthrop's Journal*, 2 vols. Ed. James Kendall Hosmer. New York: Scribner's. 1908; II, 11. 引用箇所は与えられた日付によって容易に検索できるので、以後わざわざ頁数を指示する繁をさける。

＊2　ウィリアム・ベックフォードが一七八二年にフランス語で書いたアラビア風ゴシック小説。（英語版の呼称には *Vathek*; *Vathek, an Arabian Tale*; *The History of the Caliph Vathek* など各種ある。）英語の海賊版が出たのは一七八六年。フランス語版が正式に出たのは一七八七年。

＊3　James Hogg, *The Private Memoirs and Confessions of a Justified Sinner*, 1824. 高橋和久訳『悪の誘惑』国書刊行会、一九八〇年。

＊4　岸田秀『幻想の未来』河出書房新社、一九八五年、九二頁。

＊5　マルキ・ド・サド「フランス人よ、共和主義者たらんとせばもう一息だ」筑摩世界文学大系23、一六〇-六一頁。

＊6　八木敏雄『アメリカン・ゴシックの水脈』研究社、一九九二年、二五頁、および William Bradford, *History of Plymouth Plantation*: 1620-1647, 2 vols, 1912, II-302-14. を参照。

＊7　Bradford, II-302n.

18 裏切る文字の物語『緋文字』

1

ナサニエル・ホーソーンは、一八〇四年七月四日、父ナサニエルと母エリザベスの第二子として、マサチューセッツ州セイラムに生まれた。父親はむしろ凡庸な貿易船の船長だったが、血筋としては、一六三〇年にウィンスロップ総督とともにセイラムに上陸したマサチューセッツ湾植民地の有力な清教徒のひとりウィリアム・ホーソーン(一六〇八−一六八一年)、またウィリアムの息子で一六九二年のセイラムの魔女裁判の判事のひとりとして後世に「悪名」を残したジョン・ホーソーン(一六四一−一七一七年)を先祖にもつ「名門」の出であった。母親エリザベスも、一六七九年にセイラムに渡来して繁栄したマニング家の出で、いわば旧家の娘。すると作家ナサニエル・ホーソーンは、高名な清教徒を先祖にもちながら、その後著名な人物を出さず凋落した家名を、清教徒を批判的にえがく文学によって挽回した第六代目の子孫ということになる。

ところで、ホーソーンが生まれた一八〇四年とはどういう年か。アメリカでは第三代大統領ジェファソンが再選を果たし、ヨーロッパではナポレオンが皇帝に即位した年である。わが国では江戸は文化元年、ロシア使節レザノフが長崎に来て通商をせまった年にあたる。大衆文化の分野では、十返舎一九の『東海道中膝栗毛』が人気を博し、美人画の浮世絵師喜多川歌麿が幕府の風俗取締りにより、手鎖《てぐさり》の刑を受けた年である。版画といえば、トマス・ビューイックがその愛すべき木口《こぐち》木版の技法でイラストした『英国鳥類誌』を出したのもこの年で、高級芸術の分野では、シラーが『ウィルヘルム・テル』を書きあげ、ベートーヴェンが「英雄交響曲」を完成した年でもある。またアメリカにもどれば、この同じ年には、今日『スケッチ・ブック』(一八一九-二〇年)で有名なアーヴィングはまだ二十一歳の駆け出し作家で、あの高名な、なんとなくいつでも誰よりも老成しているように思われるエマソンでさえ、まだ一歳の乳飲み子であった。むろん、ポー、メルヴィル、ホイットマンなどのアメリカ・ルネサンスの立役者たちはまだこの世に存在さえしなかった。

それから四年後の一八〇八年、ホーソーンの父親は航海中に黄熱病にかかって南米に客死した。そのときホーソーンは四歳、姉エリザベスは六歳、妹ルイーザは生まれたばかりで、借財を払ったあとに母親の手元に残った財産は二百六十九ドル二十一セントだったという。しかしホーソーン一家は路頭に迷うことはなかった。母エリザベスの父親リチャード・マニングはまだ健在で、セイラム・ボストン間の定期駅馬車便を経営していて経済的にも余裕があったので、ホーソーン母子をハーバート通り十二番の自宅に引き取った。だが、マニング家には、すでに、老夫妻のほか、十七歳から三十一歳にまたがる三人の娘、五人の息子が住んでいた。そこにホーソーン家の四人が加われば、総勢十四人になる。これはホーソーンの側からすれば、祖父母、三人の伯母、五人の伯父からなる家族集団に、一人の未亡人と三人の遺児からなる依存的な集団が入り込むことを意味していた。しかも、この依存的な関係が基本的には変わることなく、この年からホーソーンが結婚して自立する一八四二年まで、三十数年にわたってつづくことになる。これがホーソーンの幼児期の人格形成、その後の成長に大きな影響を与えたことは想像にかたくない。

事実として、十四人の人員を収容しなければならなかったマニング家は、さすがに手狭で、家長をのぞく男たちは一室に寝なければならなかった。四歳のホーソーンは、二十四歳の長男ロバートと同じベッドで寝た。そして、このような同居生活が一八一六年、マニング家の男兄弟たちが結婚して各自の家をもつべくメイン州のレイモンドに地所を求めて「移住」を開始するころまでつづいたが、彼らがホーソーン一家のために独立した家を提供したのは一八一八年になってからであった。家を提供されたおかげでホーソーン母子は森と湖のメイン州で久しぶりに一家団欒、水入らずの生活ができるようになったが、これも長くはつづかなかった。一八一八年の暮れには、もうホーソーンは母たちと別れて大学入学準備の勉強のためにセイラムにもどらなければならなかった。が、勉強の甲斐あって、一八二一年、ホーソーンはメイン州の私立大学ボードンに入学することができた。ホーソーン家でもマニング家でも、それまで大学教育を受けた者はひとりもいなかったが、ホーソーンを大学にやることを提案し、学資を出したのはマニング家の人たちであった。セイラムの上流階級はその子弟をハーヴァード大学に送るのがならいであったが、中流の上といったところのマニング家が、その縁者をボードン大学に送ったことは称賛さるべきことであっても、非難さるべきことではなかった。一八二一年のボードン大学の入学者はわずか三十八名だったが、この学年からは一人の上院議員（ホレーシオ・ブリッジ）、三人の下院議員、一人の高名な牧師、それに一人の国民詩人（ロングフェロー）と世界的作家（ホーソーン）を出し、その一年上からは大統領（フランクリン・ピアス）を出しているわけで、ボードンはあなどりがたい大学であった。この大学でホーソーンは、校則違反で処罰を受けたことも含めて、ごくあたりまえの学生生活を送り、ブリッジやピアスという有益な友もつくった。

一八二五年、大学を卒業すると間もなく、ホーソーンは母と姉妹、それに一人か二人のマニングの伯母をつれてセイラムのハーバート通りの家にもどり、ここで十年あまりにわたり、ほぼ完全に世間との交渉を絶ち、主として屋根裏部屋に蟄居する生活をつづけた。この十余年のことを、ある批評家は「大学を卒業すると、ホーソーンはまるで井戸の中に落ちた石のように世間から姿を消してしまった」と言っている。ホーソーン自身もこの時期を「長い隠遁」と称し、一八三七年、『二度語られた物語《トワイス・トールド・テールズ》』の出版直後、つまり世間との交渉を再開した直後、ロングフェローにこう書いている――「わたしは、フクロウのように、暗くなってからしか、めったに外に出ませんでした……この十年間、わたしは生きていたというより、生きることを夢見ていただけです」と。むろんホーソーンは「夢見ていた」だけではなく、屋根裏の「フクロウの巣」で勤勉に作家としての仕事と修業にはげんでいたのであって、そうでなければ『ファンショウ』（一八二八年）というゴシック小説を匿名出版したり、その間に新聞や雑誌に一度発表した作品十八篇をあつめた処女短編集を蟄居十年後に世に出すことはできなかったはずだが、創作活動をしていたという確実に推量しうる事実をのぞいて、ホーソーンの実生活についてはほとんどわかっていない。だからホーソーンの息子ジュリアンが両親の伝記『ナサニエル・ホーソーンとその妻』（一八八五年）を書いて以来、伝記作者によるホーソーンの「秘密」についての憶測があとを絶たない。近年でなら、米国の批評家フィリップ・ヤングは、その「秘密」は姉エリザベスとの「近親相姦」であるとする本『ホーソーンの秘密――語られざる物語』（一九八四年）を書き、その近親相姦的な関係こそが『緋文字』の秘められた主題であると論じている。ことほどさように大学卒業後十年のホーソーンの生活は秘密のヴェールにとざされているけれども、この時期にかぎらず、ホーソーンはいつも心の真実はしっかりとヴェールの背後に隠していた人物であった。いまごろ天国のホーソーンは、詮索好きな伝記作家たちの仕業を眺めながら、「秘密？——秘密のない作家などというものがいるのかね？」とつぶやいているかもしれない。

その秘密が何であれ、ホーソーン自身にとっては並々ならぬことであったにちがいないので、それが作品にあらわれずにすむはずはない。ある日ふと家を出て、すぐ隣の通りに二十年間下宿して、なにごともなかったかのように妻のもとに帰ってくる男の話「ウェークフィールド」、ある安息日に黒いヴェールで顔を隠して説教壇に立ち、以後死ぬまでそのヴェールをとらなかった牧師の話「牧師さんの黒いヴェール」、ある夜、森で行なわれた黒ミサに参加して以来、その一生が暗くなってしまった新婚早々の若者の話「若いグッドマン・ブラウン」、インディアンとの戦いで傷ついた仲間を荒野に見捨ててきた若者が、それを秘密にしたまま死んだ仲間の娘と結婚し、息子をもうけるが、やがてその息子を、義父を見捨てた場所の近くで鹿とまちがえて撃ち殺してしまう話「ロージャー・マルヴィンの埋葬」、父親には死なれ、母親にも見捨てられ、他人の家で育てられながら、近所の子供たちにいじめられ、肉体的な傷というよりは心の傷のために死んでしまうクエーカー教徒の少年の悲しい話「やさしい少年」、市長であるはずの縁者をたずねてボストンに上京した少年が、市民の反乱により市長がリンチされるのを目撃して自立する端緒をつかむイニシエーションの物語「ぼくの縁者、モリノー大佐」などの、感銘深い作品はみなこの十年間に書かれたものだが、これらの作品が共通にもつ一種怪しげな雰囲気は、『緋文字』もふくめたその後の全作品とともども、ホーソーンの「秘密」と無関係ではないだろう。ところで上述の短編はすべて、一八三七年という時点では、みな「一度」雑誌などに公表された作品であるばかりか、いずれも今日アメリカ文学を代表する短編として定評があるものばかりであるのに、どうして「ロージャー・マルヴィンの埋葬」「若いグッドマン・ブラウン」「ぼくの縁者モリノー大佐」の三篇がこの処女短編集『二度語られた物語』に収録されなかったのか、なにやら不思議でもある。

が、閑話休題。ホーソーンが短編集を出版して作家的経歴を始めるまでの生い立ち、家庭の事情などを、この種の書き物としては詳しすぎるほどに書いてきたが、これから先は、一気呵成に「税関」にたどりつき、『緋文字』解説への通関手続きをおえるとしたい。

2

ホーソーンは、処女短編集を出した翌年の一八三八年、ソファイア・ピーボディと婚約。一八三九年、結婚資金をかせぐためにボストン税関に就職、年俸一千五百ドルを得る。一八四一年初頭、政変によって失職。新居をかまえる意図もあって、ボストン郊外のブルック・ファームに入植するが、半年ほどで幻滅して撤退。そして一八四二年、ようやく結婚のはこびになり、マサチューセッツ州コンコードの「旧牧師館」で新婚生活を送る。当時、ホーソーンは三十八歳、ソファイアは三十一歳。一八四四年、長女ユーナ誕生。一八四五年一〇月、またセイラムのハーバート通り十二番の家にもどり、一八四六年四月九日には、セイラム税関に主任行政官として着任。六月、長男ジュリアン誕生。七月、チェストナット通りの小さい家に転居し、さらにその翌年九月、モール通りの三階建ての家に移り、結局ここに、一八五〇年五月まで住むことになる。やはり一八四六年の六月、「あざ」、「ラパチーニの娘」、「美の芸術家」などを含む短編集『旧牧師館の苔』を出す。そして一八四九年六月には、また政変によって税関の職を失う。七月、母エリザベスの死。経済の逼迫。しかしホーソーンは母の死の直後から、『緋文字』の執筆に着手し、翌一八五〇年二月初旬には早くも完成。三月に出版。初版二千五百部は十日間で売り切れたが、ホーソーンに入った印税は四百五十ドルにしかならず、経済状態は好転しなかった。そして五月下旬、ホーソーン夫妻は二人の子供をつれてマサチューセッツ州バークシャー郡レノックスの「赤い小屋」に引っ越した。ここでホーソーンは近くのピッツフィールドに住む十五歳年下のハーマン・メルヴィルと知り合うことになる。メルヴィルは『白鯨』執筆中で高揚した精神状態にあり、その友情のはげしさにホーソーンはいくらか辟易していたけはいがある。

ところで、ホーソーンが『緋文字』を出した一八五〇年はちょうど一九世紀の折り返し点にあたるが、どのような時期であったか。大西洋と太平洋の対岸を視野に入れた歴史的パースペクティヴを与えてみよう。すると、この時期がアメリカ文学全体にとっても重要な節目の年であることがわかる。その一年前の一八四九年夏、ポーは自分が主宰する雑誌発行の資金集めにリッチモンドに出かけるが、帰途ボルティモアで客死した。世界の十大小説を選べというような行事があると、まずたいてい『緋文字』とともに入選するメルヴィルの『白鯨』が出たのが一八五一年。ホーソーンの『七破風の屋敷』が出たのもこの年。一八五二年には、ホーソーンのブルック・ファーム体験に取材した『ブライズデール・ロマンス』と大統領選挙運動用伝記『フランクリン・ピアス伝』、メルヴィルの近親相姦物語『ピエール』、それにハリエット・ビーチャー・ストウの『アンクル・トムの小屋』が出ている。一八五三年は日米交渉史においても大事な年である。フランクリン・ピアスがそのあとを継ぐことになるフィルモア大統領の親書をたずさえたペリーが浦賀に来航したのはこの年の六月。そして、ちなみに「しがねえ恋の情けが仇」の名せりふで有名な一種の姦通事件を扱うお富と与三郎の世話物『与話情《よわなさけ》浮名《うきなの》横櫛《よこぐし》』が江戸中村座で初演されたのが同年三月であった。ソローの『森の生活（ウォールデン）』が出たのが一八五四年で、ホイットマンの『草の葉』が出たのが一八五五年である。そして、目をヨーロッパに移せば、一八五七年にボードレールの『悪の華』、フローベールの『ボヴァリー夫人』がフランスで出ている。おおらかに自然と人間の生命をうたいあげるアメリカの『葉』と、退廃的に人生の倦怠をうたうフランスの『華』とはなんと異質であることか。凡庸な夢をいだいたブルジョワ女が不倫をかさねていく過程を描いたフランスの「姦通小説」と、姦通が終わったところから始まる不義の結果を扱うアメリカの「姦通ロマンス」とはなんと異質であることか。このように歴史の時間軸上にいくつかのデータを並べてみるだけで、『緋文字』のアメリカ性がおのずと浮かび上がってくるではないか。

3

『緋文字』ほど解説になじまない文学作品はない。作品が解説を拒む、と言ってもよい。作品自体のなかに解説が含まれているからである。たとえば『緋文字』に付録としてついている「税関」と称する長い序章。これは作者自身の税関体験を下敷きにした自伝として始まる。『緋文字』の著者の自己紹介、つまり自分自身についての一種の解説。しかし、ことは一筋縄ではいかない。自伝とみえた「税関」はしだいに同僚を痛烈に揶揄する風刺文学になる。そして語り手が税関の二階でヘスター・プリンにまつわる文書と赤い布切れを発見するあたりからは、『緋文字』というフィクションについてのフィクション、つまり一種のメタフィクションになってくる。ホーソーンは文書と布切れを発見するというフィクションを発明することによって『緋文字』の起源を説き明かすと見せかけながら、本当の起源を隠蔽しているわけでもあるが、またそうすることによって『緋文字』の読みをいくらかむずかしくもしているけれども、そういうフィクションの「発明」が『緋文字』の虚構性を明らかにしていることもたしかである。もし「税関」がなかったら、『緋文字』はいまあるがままの『緋文字』ではなかったはずである。

ともあれ、「検査官ピュー氏の亡霊」（五二）[*1]にヘスター・プリンの物語を書くように命じられてからというもの、語り手は税関官吏としての義務などすっかり忘れはて、ただ税関の建物を端から端まで行ったり来たりして物語の主題について考えるばかりになり、その足音に居眠りの邪魔をされた同僚からは「夕食にそなえて食欲をつけているのだろう」（五三）と思われるだけになる——なんのことはない、かつて自分が風刺した者たちと同列になり下がるわけである。が、語り手ホーソーンが同僚とちがうのは、彼が税関官吏でなくなる分だけ作家になっていくところにある。語り手はしだいに作家としての素性をあらわにし、「見慣れた部屋の床は、現実の世界とおとぎの国とのどこか中間に位する中立地帯になり、そこでは現実的なものと想像的なものとがまざりあい、お互いに相手の性質で染まっている」（五五）などと、自覚的な作家ならではのことを書くようになる。このような操作によって、ホーソーンは自分の税関官吏としての「現実」を非現実化し、「税関」という書き物を「現在」と「過去」、「現実」と「幻想」が相互に浸透しあう「中立地帯」に変質させて『緋文字』本体にすんなりつなげようとしているのである。と同時に、税関という実入りのよい仕事に未練を残していた自分自身をもたっぷり風刺の対象にして、これが同僚に対する風刺以上にこの読み物をおもしろくしている。

たとえば、語り手たる「私」は政権が交替して自分の地位が危ういという現実を明晰に見すえることができない。そういう欺瞞的な「私」は格好な笑いの対象にされる。「私」のような「物静かな人物を追い出すのは役所の政策原理に反することであり、そのうえ公職にある役人がみずからの意志によって退職することはまずありえないことなので——私の主要な悩みは、どうやら私は検査官をやりながら年を重ねて耄碌し、かの老監督官のような動物になってしまうのではないか」（六一）という心配であったけれども、予想に反して、自分がまっさきに首を切られることになる。こういう事態について「私」はこんなふうにコメントする――「私はまえまえから役人生活には嫌気がさしていたのだし、漠然と辞めることも考えていたのだから、そういう幸運〔首を切られること〕は、自殺を考えていたのに、まったく予期に反して、殺されるという僥倖に恵まれる人の幸運に似ていた」（六四）と。この言い回しは、おかしい。そして、このおかしさは、自分も含めた人間がおちいっている滑稽な状況を、格別に絶望するわけでもなく、冷笑するわけでもなく、一種の高みからさりげなく見下ろすことができる余裕に由来しているように思われる。人間の愚かさは愚かさとして、暗さは暗さとして、救いのなさは救いのなさとして、また世界の恐ろしさは恐ろしさとして、不条理は不条理として、それらをみんな当然のこととして受け入れているところに、この作家の「本物の陽気さ」があるのではなかろうか。

「本物の陽気さ」とは、ホーソーン自身が「税関」の特質について「第二版への序文」（一一―一二）で言及するくだりに見いだせる文句である――「このスケッチの顕著な特質といえば、その偽りのない本物の陽気さ、そこに描かれている諸人物の印象を伝える筆致の全般的な正確さぐらいのである」と。ホーソーンの言うことは、妥当な用心をするにしくはないけれども、たいてい真に受けてよいのである。ホーソーンと直接の交流があったメルヴィルも、その「ホーソーンとその苔」（一八五〇年）という文章で、次のように言っている――「ホーソーンの暗い面だけを見るのはまちがいで、その点、世間は彼を誤解している」と。ただしメルヴィルは次のようにも言っている――「ホーソーンは並の批評家の測鉛では測りきれないほど深い」ので、その作品の多くは「ただページの表面を読むだけの読者を欺くために――ひどく欺くために――計算して書かれているのである」と。ホーソーンを読むときには、用心も肝要ということでもある。また『ホーソーン』（一八七九年）という一冊の本を書いたアメリカ生まれの小説家ヘンリー・ジェイムズも、ホーソーンを厭世家と見るのは途方もない見当違いで、彼が「暗い」題材を好んだのは、そのほうが深みがあり、おもしろいからで、「ホーソーンはかなりの皮肉屋だが――これは彼の魅力の一部であり――彼の明るさの一部でさえある」と書いている。われわれもホーソーンの暗さより明るさに、皮肉よりユーモアにより留意したい。

4

「税関」を抜けると『緋文字』である。われわれはいきなり、時は一六四二年六月（その計算の根拠については、岩波文庫『緋文字』の九二頁七行および二一五頁七行の註を参照されたし）、所は清教徒たちの首都ボストンの獄舎のまえに連れてこられる。その門前には、「くすんだ色の衣服をまとい、灰色のとんがり帽子をかぶった髭を生やした男たちに、頭巾をかぶったり、かぶらなかったりする女たちもまじる一群」（六九）がたむろしている。やがてその門から胸に不義のしるしAの字をつけ、不義の産物の赤子をだいて出てくるはずのヘスター・プリンを一目見ようと待ちかまえているのである。そして、群衆以外の描写としては、その門が「がっしりした樫材」でできていることと、その一面に「鉄の忍び返し」が打ちつけてあることだけで、この冒頭のパラグラフには、それ以外の「描写」は何もない。いや、それはふつうの意味での描写でさえないかもしれない。なにしろ、個々の人物の顔や姿が見えてくるわけではないのだから。帽子を帽子として、あるいは門を門として描いているわけではないのだから。「くすんだ色」や「灰色」は「宗教と法律がほぼ一体であった」清教徒社会の暗さを、「樫」や「鉄」はそのかたくなさを、また「とんがり帽子」は天への願望をあらわしている——と指摘したのはアメリカのホーソーン学者ワゴナー（『ホーソーン研究』、ハーヴァード大学出版、一九五五年）だが、なるほど、そのように読める。そうなら、ホーソーンが『緋文字』冒頭でなしたことは、人や物を描いたというより、時代の観念や気分を描いたのだ。

しかし第二パラグラフになると、書き物の質はがらりと変わる。いわば作者の地声が聞こえるエッセイ調になり、移住者たちが新大陸で最初にしなければならなかったことは墓地と監獄の建設である、というように語り出される。墓地も監獄も、人間が人間であるかぎり、また人間が「文明」を守ろうとするかぎり、なくてはすまされないという当たり前の指摘だが、そんなにべもないことをロマンスの冒頭でわざわざ語るのは尋常ではなかろう。が、そういう尋常でない語りによって、この物語に歴史的な枠組みが与えられているのであって、作者の計算は行き届いている。墓場のつぎは監獄で、監獄となれば、いましがた一群の清教徒たちがたむろしていた獄舎の門前に語りが向かうのは当然。そして門前の草地への言及があり、門の敷居のところに咲いている野バラへの言及がある。ところで、後者への言及はこうだ——

この野バラの株は、奇縁によって、歴史の風雪に耐えて生き残ってきたのだが、もともとそのうえに影を落としていた巨大な松や樫の木が切り倒されてずっとあとまでも、きびしい原始の荒野で生きのびてきただけなのか——それとも、信じてしかるべきかなりの根拠もあるのだが、かの聖者《セイント》とされたアン・ハッチンソンが監獄の門をくぐったとき、その足跡から生え出てきたものか——そのへんはどちらとも決めないでおきたい。（六〇）

これはホーソーンに独特な曖昧な記述であり、ホーソーン得意の多項目選択的記述である。どちらの解釈を選ぶか、あるいは選ばないか、それは読者にまかされている。作者は意味を限定しないことによって、読者に意味の多産を強いている趣である。そして、この記述に次いで、今度はほとんど作者自身の声で、そのバラの株から一輪の花を手折って読者に献上したい、と述べ、「その一輪の花が、物語の道すがら見つかるかもしれない、あるいは人間の弱さと悲しみの物語の暗い結末をやわらげることになるかもしれない、甘美な精神の花を象徴するのになにがしかでも役立ってくれれば本望である」(七一)とコメントする。この作者自身の「解説」によれば、『緋文字』は「人間の弱さと悲しみの物語」であり、その結末は「暗い」ことになる。「暗く」はあるが、読者の参画によっていくらかでも「明るく」なればよいし、そのバラが「甘美な精神の花を象徴する」ことにでもなればなおよい、というのが作者の希望なのである。

読者はかならずしも作者の指示どおりに作品を読む必要もないし、作者の希望をかなえなければならない義理もないけれども、このさい、作者がなぜことさら曖昧な態度をとるのか、それをその根本のところで押さえておいてから、読者としてなんなりと好きな選択をしていただくことを解説者としては希望したい。ホーソーンが断定をさけ、明確な方向づけを打ち出さないのは、ホーソーンがことさらに優柔不断であるからではなく、むしろ逆に、世界も人間も暗く奥深く恐ろしいものだ、そうきれいに割り切れるものではない、という確固たる信念の持ち主だからであり、また人間がなにをしたところで、宇宙はすこしも動じない、という当たり前のことを当たり前に受け入れている人間だからである。彼のユーモアもこの同じ不動の信念に由来している。

5

やっと第一章「獄舎の門」の「解説」が終わったあんばいだが、この調子で全二十四章からなる『緋文字』本体の解説を順次つづけていく魂胆ではないのでご安心のほどを。古典的な作品について便利なことのひとつは、実際には読んでいなくとも、いつかどこかで読んだような気がし、しかも実際に粗筋がわかっているところにある。そこで私としては、粗筋の再説は極力やめ、まずこの作品の全体の構造を遠望し、それから中央に位する第一三章「ヘスターの別の見方」を瞥見し、第二四章「結び」をやや詳しく検討し、『緋文字』全体の解説としたい。つまり頭と尻尾を押さえて、全体の解説とする所存なのである。

そういう手抜きが可能であるのは、『緋文字』が仕上げの美しい、構造のしっかりした芸術作品だからである。しかし、と言うべきか、それゆえに、と言うべきか、その構造については諸説がある。ある批評家は『緋文字』本体を四つに分け、その第一部（一-八章）は社会、第二部（九-一二章）はチリングワース、第三部（一三-一九章）はヘスター、第四部（二〇-二四章）はディムズデールを扱うとする。またある批評家は全二十四章を二等分し、前半は「下降」を、後半は「上昇」をたどる構造の作品だとし、さらにその主題を三つの「叙事詩的探求」の主題に分け、ディムズデールは「神の勝利（救済）」を、チリングワースは「復讐」を、パールは「天の父」を求めるとする。全体を三つに分けて第一部はヘスターの向上、第二部は罪の重荷とその所在、第三部はディムズデールの向上を扱うとする批評家もいる。また『緋文字』をディムズデールの物語とするある批評家は、「準備」（一-一六章）、「伝達」（一七-一九章）、「変化」（二〇-二二章）、「露見」（二三章）の四つに分ける。さらにまた、さる高名な批評家はこの作品を暗い情念の五幕劇と見なす。また別の論者は、この作品を序章「税関」をふくむ全体と見なす立場から、「税関」と最終章「結び」を枠ないし額縁と見なし、その内側を三つのさらし台シーンを中心に展開する物語だとする。

このように『緋文字』が各種各様の解体作業に耐えるということは、この作品が堅牢に構築されていることのあかしであるばかりか、各種の解釈を許容することのあかしでもある。そこでわたしも一案を供することにする。わたしは『緋文字』を、第一章「獄舎の門」と第二四章「結び」が両端に位する二十四のパネルからなる帯状の構造体で、その湾曲した構造体を弥次郎兵衛のようにこの作品の（ページ数からいって）ほぼ正確に中心に位する第一三章「ヘスターの別の見方」のところで支えている全体をイメージするのである。そしてその機能としては、第一章「獄舎の門」は後続するテクストの読み方に指針と示唆を与える「はしがき」の役割を、また第二四章「結び」は先行するテクストの読みに注釈を加える「あとがき」の役割をはたすと見るのである。すると、『緋文字』についてどういうことが格別に鮮明になってくるのか。

6

第二四章「結び」は、「いく日かがすぎ、前章の情景について人びとがその想をまとめるのに充分な時間がたったとき、さらし台で目撃されたことについてひとつならずの解釈があった」という文句で始まり、「たいていの目撃者は……牧師の胸に……『緋文字』が刻まれているのを見たと断言した」（三七四）と受けつがれ、その由来についての諸説も披瀝されるが、その紛々たる諸説を並べあげたうえで、ホーソーンは「読者はこれらの説のいずれを選ばれてもよい」（三七五）とわれわれに下駄をあずける。ホーソーンの例の曖昧性、多項目選択である。

しかし「あの場面を初めから終わりまで見ていて、一度もディムズデール牧師から目をそらしたことがないと公言する一部の人たちが、牧師の胸には、生まれたばかりの赤子の胸のように、なんのしるしもなかった、と否定している」(三七五)という説に対しては、ホーソーンは読者に判断をゆだねたりなどしない。それどころか、ヘスターとディムズデールとのあいだにはなんら怪しげな関係はなく、死期を悟った牧師がみずからは天使のように清いのに「かの堕落した女の胸に抱かれて息をひきとることによって、人間の正義などというものは至上のものといえども、いかに無価値なものであるかを世間に示そうとした」のであるという説には、断固として批判的で、「彼〔ディムズデール〕が欺瞞に満ち、罪によごれた塵芥《ちりあくた》のような人間であることが証明されているというのに、人間というものは――とりわけ牧師という人種は――その友人の人格を持ち上げるためになら、これほどの頑迷な忠誠心を発揮することがあるという事例として考えることが許されなければならない」(三七六)と言う。ホーソーンはいかなる場合にも曖昧なわけではないのである。それにホーソーンは「正直であれ！　正直であれ！　正直であれ！　たとえあなたの最悪の資質でないにせよ、最悪の側面を推測しうるような資質を、世間に対して、惜しみなく示せ！」(三七六-七七)という教訓まで書きつけている。「正直である」ことは、『緋文字』の読者が持たねばならぬ資格でもあるように思われる。

この先はチリングワースが死んでパールに莫大な遺産をのこしたこと、ヘスターとパールがしばらくボストンから姿を消したこと、そしてまたヘスターがひとりもどってきて粗末な小屋に住みつき、もはやその必要はないのに、みずからの自由意志によって緋文字を胸につけ、人びとのためになることに献身的につくしたので「緋文字は世間の嘲笑と顰蹙を買う烙印であることをやめ、悲しむべき何かの象徴になり、畏怖をおぼえながらも尊敬をもって眺めるべき象徴となりおおせたのであった」(三八一)。ヘスターが胸につけたA

の字が何をあらわすか──それは学者や批評家もふくめた『緋文字』読者お好みのお遊びのひとつだが、総括的に言えることは、ヘスターにとって生きるとは、緋色のAの字に社会が与えた本来の意味（Adultery/Adulteress）をさまざまに変奏することにほかならなかった。それはアーサーのAかもしれず、またアメリカン・ウーマンのAかもしれないのだ。しかし、そんなことはわたしが言うまでもなく、ホーソーン自身が第一三章「ヘスターの別の見方」で、しかもたった一文からなるパラグラフで、的確にのべている。

緋文字はその役割を果たしていなかったのである。（二三八）

これは『緋文字』に対する作者自身による最良の「解説」ではなかろうか。そうなら、もはやわたしに言うべきことはない。『緋文字』の最良の読み方は作者自身による妥当な「解説」ないし「解釈」を作中に見いだしながら読みすすむことかもしれない。

（ホーソーン作、八木敏雄訳『完訳緋文字』岩波文庫「解説」、一九九二年）

註

＊1　岩波文庫版『緋文字』の頁数を示す。以下同。

19 つぎはぎ細工の『白鯨』

1

『白鯨』が一八五一年の一一月中旬にニューヨークのハーパー・アンド・ブラザーズ社から出版されたときには、そのタイトルは今日の正式の名称である『モービィ・ディック、または、鯨』（*Moby-Dick, or, The Whale*）であったが、それにさきがけて同年一〇月一八日にロンドンのベントリー社から出版されたときは、ただの『鯨』（*The Whale*）であった。しかもそれには「エピローグ」がついていなかった。だからこそ、イギリス版『鯨』が出てほどない同年一〇月二五日のロンドン『スペクテイター』紙の書評子は、さっそく『鯨』について、「作者が物理的に知り得ないことは小説のなかに導入してならないというのは、ひとつの批評的規範である。小説家は全滅した炭鉱のなかでおこなわれた坑夫の会話などを記録してはならないのである」と皮肉っぽく述べている。

ところで、なぜイギリス版に「エピローグ」がなかったかについては、ベントリー社側の単純なミスという説、初めからメルヴィルが送った原稿にはふくまれていなかったという説などさまざまあり、アメリカ版『白鯨』には「エピローグ」があることについても、メルヴィルが上記の書評を見て、急遽書き加えたという説などさまざまあるが、いずれの説も憶測の域を出ない。それは永遠の解けざる謎である。永遠に解けない謎はそのままにしておくのがいちばんよく、われわれは「エピローグ」つきの『白鯨』をそのまま受けとればよいのだが、もしこの作品に「エピローグ」がなく、したがってイシュメールが自分の生還をみずから語る仕組みになっていなかったとするなら、現にわれわれがエンジョイしている『白鯨』の冒頭にイシュメールがあれほど颯爽と「再登場」できたかどうかは疑問である。だが、そのことについて仮説的思考をはたらかせ、現にわれわれがもつ『白鯨』の構造を考えるよすがにすることまでが自粛されなければならない理由はない。

いま「再登場」と書いたが、これは誤記ではない。『白鯨』の語り手イシュメールは、あの「エピローグ」からふしぎな文学空間を経由して冒頭に「再登場」してくるのであり、あの「エピローグ」があるかぎり、イシュメールはこの作品の冒頭に「再登場」することしかできないのである。逆説を弄しているつもりはない。高山宏はその「メルヴィルの白い渦巻――『白鯨』の円環」(『アリス狩り』青土社、一九八一年所収)でみごとにこの作品の循環構造をあらわにしてくれたが、たとえ高山の膂力《りょりょく》をもってしても、イギリス版の「エピローグ」抜きの『鯨』をもってしてはそんな議論もできなかったはずである。わたしはなにも『白鯨』の構造を考えるにあたって、『白鯨』マイナス「エピローグ」の作品を想定する必要性があると言っているのではない。ただ、歴史的にそういう「欠落」のある段階があった『白鯨』について、前記のような思考の仮説実験をしてみることによって見えてくるものに裨益されようではないか、と言いたいだけである。そうすることによって見えてくるのは、構造的には一見粗《あら》だらけのこの作品にひそむ根源的な循環性、いくらか大げさに言うならば、そこにある宇宙的な均整である。

2

イシュメールが「棺桶《かんおけ》の救命ブイ」に乗って「エピローグ」から第一章にもどった痕跡は明瞭にテクスト上にのこっている。あの高名な冒頭の第一句と、次の「何年かまえ――正確に何年まえかはどうでもよい……」という第二センテンスとのあいだには、連結すると同時に分離するユニークな符号であるところの斜線（／）が見えてこないか。この第二のセンテンスのような文章から始まることこそが、典型的な物語の始まり方ではないか。わが『源氏物語』の冒頭は「いずれの御時《おほんとき》にか……」である。「むかし、むかし、おじいさんとおばあさんが……」も、“Once upon a time...” というおとぎ噺《ばなし》の出だしも、基本的にはおなじではないか。“Call me Ishmael.” と言う冒頭があれほど鮮烈にひびく理由の一斑は、次に “Some years ago...” という物語冒頭の定番が堰《せき》どめのようにそこにあるからではないか。このように自己紹介してから、イシュメールはまた海へゆく衝動について語りはじめるのだが、そのきざしの事例として「棺桶屋の店先でふと足をとめたり、道で葬列にあうと、われにもあらず行列のしんがりについて行く」ことをあげている。この棺桶もまた「エピローグ」から持ちこまれたにちがいないが、この主題がすぐ種切れになったりすることはない。その棺桶の主題は作中にくりかえしあらわれて「エピローグ」にいたる。第三章「潮吹き亭《スパウター・イン》」に登場する宿屋の亭主の名前はピーター・コフィン。「コフィン」とはすなわち「棺桶」のことだが、その名の宿屋の亭主がイシュメールとクイークェグに「同衾」をすすめ、結果としてふたりの「友愛」が成立する運びになる。また第一一〇章で死期を悟ったクイークェグが大工に棺桶を注文して死ぬことに決めておきながら、棺桶もりっぱに出来あがり、水葬の準備も万端ととのった段になって、ふと「陸《おか》にやりのこした仕事を思い出したので、死ぬのをやめ」ることになるが、この変心が、のちほどこの棺桶が「救命ブイ」として再登場するきっかけにもなる。しかもこの「棺桶の救命ブイ」はイシュメールが生還してこの物語を語ることを得さしめるデウス・エクス・マキナならぬ急場しのぎの機械《マキナ》なのである。このほかにも、普通名詞としての「棺桶《コフィン》」は冒頭から「エピローグ」まで万遍なく出てくるし、固有名詞にしてもすくなからず出てくる（ミリアム・コフィン、チャリー・コフィン、ピーター・コフィン、コフィン家、コフィン船長など）。『白鯨』においては棺桶のテーマもまた循環しているのである。

ちなみに、この翻訳の基本的な底本にしたＮＮ版『白鯨』(Harrison Hayford, Hershel Parker and G. Thomas Tanselle, eds. *Moby-Dick, or, The Whale*. Northwestern-Newberry Edition, 1988) の編者のひとりのハリソン・ヘイフォードは『白鯨』の構造、物語、人物などの重層性に注目した影響力ある論文「不必要な重複」("Unnecessary Duplicates: A key to the Writing of *Moby-Dick*." *New Perspectives on Melville*. Ed. Faith Pullin. Edinburgh University Press, 1978) で、メルヴィルの作品の仕立て方をよくあらわしている例として、棺桶を救命ブイに改造するように命じられた大工の「独白」を、自作についての擬装されたメルヴィル自身の「告白」とも受けとることもできるとして、引用している。これも棺桶がらみである。

「……あの棺桶をつくるのにはさんざ苦労したというのに、その苦労も水の泡か？　なにしろ、今度は救命ブイに仕立てなおせというお達しだからな。古い外套《がいとう》を裏返せと言うようなもんだ。肉を裏返して表《おもて》にしろと言うようなもんだ。わしはこういうつぎはぎ仕事は好きじゃない――大嫌いだ。だいいち威厳がない。こんなのはわしのする仕事じゃない。半端仕事は半端人足にやらせておけばいいのだ。わしはちゃんとした職人だ。わしは、まっさらで、生娘《きむすめ》みたいな、すっきりと間尺にも寸法にもあう仕事しかやりたくない。始まりは始まり、中ほどは中ほど、終わりは終わりというように順序立った仕事がしたいんで、中ほどで終わりがきたり、終わりから始まったりするような半端仕事はごめんこうむる」

（第一二六章）

なるほど、メルヴィルの『白鯨』をそのつもりで眺めてみると、物語が中断したり、足踏みしたり、プロットが途中で変更したり、異質なものが挿入されたり、まさしく、つぎはぎ細工である。内容も「知的ごった煮」（"intellectual chowder." Evert Duyckink, *Literary World* 15, 22 November 1851）と呼ばれるにふさわしい。比較的直進する「陸上冒険」の物語にしても、第一章からプロットがただちに蠢動するわけではない。語り手イシュメールが「カーペット・バッグにシャツを一、二枚つめ」こんでニュー・ベッドフォードに出発するのは第二章においてである（二つの序章）。ニュー・ベッドフォードでは一泊するのでなく、二泊し、その宿屋さがしに二章がついやされ、ナンタケットに渡って投宿するのは、ニュー・ベッドフォードで泊まった「潮吹き亭」の亭主のいとこが経営する「にこみ亭《トライ・ポッツ》」である（二つの宿屋）。そのほか、クイークェグにバルキントン、ビルダット船長にピーレグ船長なども「無用な重複」で、エイハブはピーレグの改造人間だとヘイフォードは想定する。そのような「重複」があるのは複数のテクストがあったことの結果ないし痕跡であるとするのがヘイフォードの説だが、ヘイフォードに付き合うのはこのへんにしておこう。メルヴィルの創作過程に関心のあるこの専門的な学者の専門的な意見にかまけて、解説者のわたしがまだ「冒頭」のあたりを徘徊しているのを気にしていないわけではないが、これは『白鯨』におけるメルヴィルに特徴的な書き方、ひいては読み方にかかわる有用な識見である、とわたしは信じている。

さて、また冒頭にもどるが、この冒頭の章は、『白鯨』がただ単なるイシュメールなる若者の個人的な成長と経験にかかわるビルドゥングスロマンでも、また単なる海洋冒険物語でもなく、全人類と全世界、いや全宇宙にもかかわり、さらにはアメリカそのものにも格別にかかわる物語でもあるための基調をさだめる章でもある。イシュメールは「運命」の三女神が自分にあてがった宿命を「前後に大出し物をひかえた短いひとり芝居か幕間《まくあい》狂言」と謙遜しているが、そのまえの出し物は「合衆国大統領をえらぶ大選挙戦」、あとの出し物は「アフガニスタンにおける血なまぐさい戦闘」となっている。前者は一八四〇年にウィリアム・ヘンリー・ハリソンが喧騒をきわめた選挙戦のすえにマーティン・ヴァン・ビューレンを打ち破って第九代アメリカ大統領になったものの、選挙戦の疲れがもとで就任わずか一ヵ月で急死するという一大悲喜劇であり、後者は第一次アフガン戦争（一八三九－一八四二年）で最終的にイギリス軍が「血なまぐさい」戦闘のすえに敗退する一大惨劇のことだが、これは現時点（西暦二〇〇四年、十一月一日、午後二時五〇分三一秒）のわたしなどには、ジョージ・ブッシュ現アメリカ大統領と反対党のジョン・ケリー候補との、大統領の座をめぐるはでな泥仕合・中傷合戦のことを自然に連想させる。そして、このふたつの大出し物にはさまれるイシュメール＝メルヴィルの「幕間狂言」は、メルヴィル自身の、一八四一年一月三日における捕鯨船アクーシュネット号でのフェアヘイヴンから太平洋へむけての出港というかたちで実演された。

冒頭からこの作品を、こういうスケールでながめてみると、俄然『白鯨』がわれわれと同時代的で、身近なものに感じられるのではなかろうか。アメリカはアフガンに侵攻し、イラクにも多数の兵と武器をおくってなおも戦っているではないか。ブッシュをエイハブに、オサマ・ビン・ラディンを白鯨に、ピークオッド号を「アメリカ合衆国」そのものとするいくらかキッチュな寓話として『白鯨』を読む読み方もひらけてくる。だが、D・H・ロレンスはその『アメリカ古典文学研究』(D. H. Lawrence, *Studies in Classic American Literature*, 1923.〔野崎孝訳『アメリカ古典文学研究』南雲堂、一九八七年〕)のなかで、モービィ・ディックのことを「白色人種の最深奥に宿る血の実体、われわれの最深奥にある血の本質である」と看破した。もしそうなら、あの白鯨は白人の本性の象徴ないし化身であるということになるが、その白鯨が白人船長の指揮下に各種の人種を配したアメリカ合衆国そのもののアイコンでもありうるピークオッド号を最後には沈没させてしまうということの寓意は、かなりねじれのはいった複雑なものになろう。ロレンスはこうも言っている——「メルヴィルは知っていた。彼の人種が滅ぶ運命にあることを彼は知っていた。彼の白人の魂が滅ぶこと、彼の白人の偉大な時代が滅ぶこと、理想主義が滅ぶこと、『精神』が滅ぶということを」と。しかしながら、ロレンスが白人の本性の象徴とも、白人の「精神」の化身とも見立てた白鯨は、白人が支配する国のアイコンでもある白人の船(しかもこの船は白人が絶滅させたインディアン部族の名をもつ)を沈めながらも、まったく無傷ではないにもせよ、どうやら不死身であるかのように、泳ぎ去る。これをどう読み解くか。おそらく読者の頭の数ほどの読みがあり解があるだろう。しかし『白鯨』はいかなる読みにもいささかもたじろぐことなく、これからも悠然と豊穣な言語の海を泳ぎつづけていくことだろう。『白鯨』は本質的にアレゴリカルな作品であり、しかも多重にアレゴリカルなそれなのである。

3

『白鯨』の第一章は、これから先の第二二章「メリー・クリスマス」でピークオッド号がいよいよ荒天の大西洋に乗り出すまでの、いわばイシュメールとクイークェグの「陸上冒険」の部の意義をさだめる重要な章であるが、プロットという点では、実際には何も起こらない章である。実際にイシュメールがこの「陸上冒険」に足をふみいれるのは第二章、第三章においてだが、後者で早くもイシュメールはその後の自分を規定するように思われる重要な人物バルキントン、および実際に重要な役割をはたすクイークェグに出会う。

だが、バルキントンはすぐに消えてしまう。退場するためにここに出てきたようなものだ。反対に、イシュメールはクイークェグとベッドをともにし、「愛をちぎり」「こころの友」になり、自己変革の重要な契機をつかむ。わたしは、イシュメールに必要な変貌をとげさせるために「陸上冒険」の部はあるとする立場に立つ。そして、この「陸上冒険」の部は、「海上冒険」の部における語り手としての自在性を、また全知全能者としての視点を獲得するための、細心なる準備の章であると考えたい。「この世には細心な無秩序こそが真の方法であるようなくわだてがあるものである」（第八二章）とは、メルヴィル自身のことばである。この作者には用心するにしくはないのだ。

そこで用心しながら、「陸上冒険」の部をもうすこし詳しく見てみることにする。イシュメールはクイークェグという「こころの友」を得て「身体の内部で何かがとけてゆく」のを感じ、「ささくれたわがこころも、憤怒に燃えるわが手も、もはや豺狼《さいろう》の世界に反抗することはあるまい」（第一〇章）と感じる。つまりイシュメールはクイークェグを「知る」ことによって、その世間に敵する風来坊としての「イシュメール性」を失うのである。これはイシュメールのアイデンティティの喪失とも受けとれなくはなく、イシュメールの自己解放とも受けとれなくもない。またイシュメールはキリスト教徒としての自分を、その教義にしたがって完全に自己解体することにもなる。イシュメールは、まずこう自問する――

……信仰とは何か?――神の御心《おこころ》を行うことである――それが信仰である。それなら神の御心とは何か? 隣人にしてもらいたいと思うことを隣人にもしてあげることである――それが神の御心である。ところで、クイークェグはわが隣人である。そして、私が、このクイークェグにしてほしいと思うことは何か? 長老会派に特定のやり方で礼拝に参加してもらうことである。そうなると、わたしもまたこの隣人の礼拝に参加しなければならない理屈である。それゆえに、わたしは偶像崇拝者にならねばならないのである。(同上)。

りっぱなキリスト教徒になるためには偶像崇拝者にならねばならぬ――これはキリスト教の黄金律を逆手にとった、なんともドラスティックで痛快な宗旨がえの論理である。しかも論理は実行に移される。イシュメールはさっそくクイークェグが偶像ヨージョを礼拝する儀式に参加する。ここでイシュメールはプロテスタント系正統派キリスト教徒であることをやめたことになる。別言すれば、キリスト教徒としての自己解体を完成させることによって、『白鯨』全体を通じて顕著な、宗教や文化に対する語り手の相対主義に、完全に目が開けたのである。あるいは、そのように準備がととのったのである。

さらに、モス号でナンターケットに渡る途中に、海に落ちた白人の青二才を自分の危険をかえりみずに救助するクイークェグの無償の行為、博愛精神の実践を目にして、イシュメールは有色人種に対する白人としての優越意識を完全に放棄する。『白鯨』は、アメリカ一九世紀中葉においては考えられないほど、人種的偏見から自由なのである。その他のイシュメールの自己解放には性的タブーからの解放もある。イシュメールとクイークェグの行動が同性愛的なそれであることは、だれの目にも明らかであろう。本書上巻第四章

「掛けぶとん」、第一一章「ナイトガウン」に付されたロックウェル・ケントの挿絵に、はっとさせられない者がいるだろうか。これらの章にかぎらないが、この若い白人青年と南海の筋骨たくましい「蛮人」のホモ・エロティックな関係はあきらかである。これをいまでこそ「ほほえましい」と言うこともできようが、当時のアメリカのホモセクシュアリティに対するタブー意識を勘案するなら、この「禁断」のテーマへの先駆的な、それでいて大胆率直なメルヴィルの挑戦には感嘆を禁じえない。最近、いわゆるゲイ・セオリーによるメルヴィルの研究が「流行」しているのもうなずける。ここで中仕切りとしてまとめておけば、『白鯨』の「陸上冒険」の部は語り手イシュメールの自己解体と「因習」からの解脱の過程であるが、それが同時に「海上冒険」の部における語り手としての自在性、文化的相対主義、劇作家的な視点を獲得するための「準備」になっているところに、メルヴィルという作家の大胆かつ端倪《たんげい》すべからざる資質が見てとれるのである。

4

第二三章から第二五章にかけの三章は、先行する物語とほぼ無関係な「陸上冒険」の部から「海上冒険」の部への奇妙なつなぎの章（Joint＝J）であるが（『白鯨』モザイクの図〔三五四ページ〕参照）、それをすぎると、第二六章「騎士と従者（その一）」、第二七章「同（その二）」、第二八章「エイハブ」という、これから登場する人物を紹介する章がくる。これらの章では、船長をはじめとする、上級船員であるところの航海士と銛《もり》打ちたちの人間関係や各自の性格の紹介がおこなわれるが、イシュメールは完全に姿を消し、どこにいるかさえ定かでない。彼は見えない語り手《ナレーター》に変貌をとげているのである。そして、第二九章になると、

「エイハブ登場、つづいてスタッブ」という題が示唆するように、芝居仕立ての場面になる。この章の登場人物はエイハブとスタッブだけで、時は夜中、場所は甲板である。イシュメールが、マストの影にかくれて聞き耳を立てているというような想定になっているわけでもないのに、エイハブとスタッブのやりとりは遺漏なくわかる。ここで、イシュメールは全知全能の劇作者にも似た視点的存在になっているわけである。しかしイシュメールの立場を完全に劇作者の立場と同一視してはならないのは、その章がせりふとト書きだけでなく、会話とナレーションからなっているからである。いわば変形的台本である。が、それも考えてみれば当然のことでもある。これは建前からしても、実体からしても小説であって、芝居ではないのだから。だが、また逆のことを言うことにもなるが、第三〇章に登場するのはエイハブただひとりの短い章で、エイハブは「こんなパイプに何の用があろうか？　おぬしはもともと安らぐためのものだ。おだやかな白髪の老人がおだやかな白い煙を吐きだすための道具だ。わしのようなごま塩色の乱れ髪した老骨のための道具ではない。わしはもう吸うのやめた――」と独白して、「エイハブは火がついたままのパイプを海に投げ入れた」というナレーションがついて、限りなくせりふとト書きからなる劇にちかい様式となっている。第三一章「夢魔《クイーン・マブ》」は「翌朝、スタッブはフラスクに話しかけた」という地の文の一行以外はふたりだけの会話でなりたち、これも限りなく芝居の台本にちかい。しかし第三七章「落日」になると、「船長室。船尾の窓辺。エイハブひとり坐して、窓外をながめる」というト書きがあって、あとは全部エイハブの独白になっている。これは完全に劇仕立ての章である。ところで、次なる第三二章は「鯨学」（Cetology）という意表をつく章になっている。ここでは物語のプロットの進行はいっさい停止する。いきなり物語《ナラティヴ》がストップし、議論《ディスコース》がはじまるのだ――こんな前口上とともに。

鯨を「属」としてまるごととらえて体系的に提示すること、それがさしあたってのわたしの意図である。だが、それは容易ならざる仕事である。ここでこころみられることは、いわば混沌を形成するものについての分類にほかならないからである。まずは最近の最高権威者たちが語っていることに耳をかたむけられたい。

これはまるで学術書のまえがきのような冒頭部分の一節だが、そのとおり、これから先は古今東西の文献への言及・紹介がはじまり、描写というよりは議論が展開する。しかも、きわめて衒学的な議論が展開する。その語り口には純然たる学術論文とはちがった諧謔もふくまれているが、概して高踏的で、大仰で、他の本への言及、他の本からの借用にみちみちている。「混沌」としての鯨の分類にあたっては、鯨を「水平の尾をもつ潮を吹く魚」という意表をつく定義をおこない、鯨の非本質的・形態的相違は無視して、ひたすら大きさによって、しかも書誌学の流儀にのっとって、二つ折り版《フォリオ》鯨、八つ折り版《オクテーヴォ》鯨、十二折り版《デュオデシモ》鯨の三章にわける——という分類が展開する。そして「最後に一言」として、こんなことを付言する——「わたしはこの鯨学の体系をひとまず未完成のまま放置しようと思う……神よ、われをして何ごとも完成させたもうことなかれ。この本全体が下書きにすぎない——いや、下書きの下書きにすぎない。おお、時間よ、体力よ、現金よ、そして忍耐よ！」と。これはだれにとっても、何だか身につまされる文句ではないか。

第三三章になると、また捕鯨航海の物語にもどり、「わたしの眼前を右往左往している」エイハブ船長が描写される。そして第三四章は……。もうこのあたりで、章を追って検討していくやり方はやめにしておこう。この調子で「解説」をつづけていけば、もう一冊の本を必要とすることになろう。わたしはダンテの

『神曲』の評論を書くのに『神曲』全編を転写してしまった批評家についての短編小説を思い出しているのだ。それにメルヴィルが「鯨を丸ごととらえるのでなければ、その人は真理における田舎者であり感傷主義者であるにすぎない」(第七六章)と書いていることも思い出す。

そこで、議論はすこし前後するが、ここで仕切り直して、『白鯨』を丸ごと、全体として、巨視的にとらえてみようと思う。そして、そのさい、八木敏雄『「白鯨」解体』(「研究社、一九八六年」とToshio Yagi "*Moby-Dick* as a Mosaic." *Melville and Melville Studies in Japan*. Ed. Kenzaburo Ohashi. Greenwood Press, 1993)という一冊の本と一編の論文に付した「『白鯨』モザイク」という図を「再利用」させていただく。それは『白鯨』の物語学的構造を全体として視覚的にとらえるための、わたしなりの工夫であった。それは全部で一三五プラス三のパネルからなる基盤《マトリックス》である。百三十五個のパネルは『白鯨』百三十五章に対応し、三個のパネルは「語源」(Etymology)、「抜粋」(Extracts)、「エピローグ」(Epilogue)に対応する。そのうえで、メルヴィルが「鯨」という混沌に比すべき「属」を「大きさによって三つの基本的な巻《ブック》(それをさらに章《チャプター》)にわけ」たように、わたしは『白鯨』を「物語」(Narrative = N)「劇」(Drama = D)「鯨学」(Cetology = C)の三つの基本的な章に分類してから、さらにその「劇章」を純粋な「劇」の章と「準劇」(Semi-Drama = d)の章にわけ、「鯨学」の章を第八九章「『しとめ鯨』(Fast-Fish)と『はなれ鯨』(Loose-Fish)」の流儀にならって「しとめ鯨学」(Fast Cetology = Cf)と「はなれ鯨学」(Loose Cetology = Cl)の章にわけ、さらに九個の「出あい《ギャム》」(G)の章を付加した。だが、これだけの説明ではわかりづらかろうから、各項目について、ややくわしく敷衍しておく。なお、各パネルにあたえられた数字は『白鯨』の章数をあらわす。

N「物語」　J「つなぎ」
D「劇」　d「準劇」
Cf「しとめ鯨学」　Cl「はなれ鯨学」
G「出あい」　Et「語源」
Ex「抜粋」　Ep「エピローグ」

Ep	D 121	N 106	G 91	Cf 76	N 61	N 46	d 31	N 16	N 1	Et
	D 122	N 107	Cf 92	Cf 77	N 62	N 47	Cl 32	N 17	N 2	Ex
	d 123	D 108	N 93	N 78	N 63	N 48	N 33	N 18	N 3	
	d 124	d 109	N 94	Cl 79	N 64	N 49	d 34	N 19	N 4	
	d 125	N 110	N 95	Cl 80	Cf 65	N 50	N 35	N 20	N 5	
	d 126	N 111	N 96	G 81	N 66	N 51	d 36	N 21	N 6	
	D 127	N 112	N 97	N 82	N 67	G 52	D 37	N 22	N 7	
	G 128	d 113	N 98	N 83	Cf 68	N 53	D 38	J 23	N 8	
	D 129	N 114	d 99	N 84	N 69	G 54	D 39	J 24	N 9	
	N 130	G 115	G 100	Cl 85	d 70	Cl 55	D 40	J 25	N 10	
	G 131	d 116	N 101	Cl 86	G 71	Cl 56	N 41	N 26	N 11	
	N 132	d 117	Cl 102	N 87	N 72	Cl 57	N 42	N 27	N 12	
	N 133	d 118	Cl 103	Cf 88	N 73	N 58	N 43	N 28	N 13	
	N 134	d 119	Cl 104	N 89	Cf 74	N 59	N 44	d 29	N 14	
	N 135	D 120	Cl 105	N 90	Cf 75	N 60	N 45	d 30	N 15	

『白鯨』モザイクの図

物語の章

「物語」を定義する必要はほとんどないだろう。「空気は酸素と窒素からなっている」というのは物語ではあるまい。だが「エイハブが船長室《キャビン》から出てきた」となれば、もう物語だ。しかし本来イシュメールが一人称の語り手として登場する物語では、いつも語り手がどこにいて、何をしているかがわかっていてしかるべきだが、すでに述べたように、つねにそうなっているのは第二二章までのことで、その後のイシュメールは融通無碍に出没して、ときには見るべからざることを見たり、聞くべからざることを聞いたりして、いわば全知全能の視点的人物に解消してしまうこともあるが、たとえば第四七章「マットづくり」、第七二章「モンキー・ロープ」におけるように、生身《なまみ》のイシュメールに復活して登場することもある。これは、一度きめられた視点的人物はみだりにかわってはならないとする小説の規範からすればルール違反だが、いまはあまり面倒なことは言わずに、何ごとかが起こり、その事件が何らかの因果によって発展していく、そしてひとつのまとまりと流れがある話を語る章のことを、「物語」の章（N）とする。あまり厳密でうるさいことを言うと、『白鯨』から「物語」がほとんどなくなってしまうという正確でない結論に達してしまうからである。『白鯨』とは鯨そのもののように大づかみにするよりほかにうまくつかみがたい作品なのである。「鯨の計測にあたって、インチなどという端数がはいりこむ余地はないのである」（第一〇二章）とはメルヴィル自身の言葉だが、その精神でいきたい。たとえば第四四章「海図」は、船長室内でエイハブひとりが海図の研究にはげみ、それまでのホーン岬経由の航路を喜望峰まわりの航路に変更する章だが、うるさく言うなら、イシュメールはこの部屋にいることも入ることもならない立場の語り手だから、その場の場景やエイハブの決断などがわかるはずがないのに、それが如実にわかるような記述の章になっている。しかし「もしだれかが船長のあとをつけて船長室にはいっていったとすれば」という文言がその章冒頭にあることに免じて、この章も物語の章と見なすことにする。じじつ、この章において、航路の変更という大きなプロットの変更がおこなわれるのだから、それを物語と呼ばなければ、何をもって物語と呼んでよいのかわからない。そういう何らかの意味でプロットがうごく物語の章を「物語」の章と見なし、それを白無地のパネルであらわした。すると「物語」（N）は「劇」（D／d）や「鯨学」（Cf／Cl）の章に随所で堰止められながらも「エピローグ」のほうに流れてゆくのが「見える」であろう。ただし、ここで先取りして言っておけば、「準劇」の章（d）の多く、および「しとめ鯨学」（Cf）の章のことごとくは、「物語」の章と見なされてよい。理由はあとで説明する。

劇の章

純粋に劇形式の章（D）、および劇と物語の中間ないし混交形式の章（d）は、鯨学の章（Cf／Cl）や「出あい」の章（G）が『白鯨』全体にわたってほぼ満遍なく散在しているのに対して、はっきり前半と後半にわかれて分布している。前半の劇形式の諸章（「前劇章」と呼ばしていただく）はピークオッド号がまだ大西洋を航海中で、いまだに本格的な「捕鯨冒険ロマンス」が始まっていない小説上のトポスに位置している。すると、前劇章は本格的な捕鯨劇が始まるまえに、船長エイハブを頭目とするその主役たちの性格、エイハブの白鯨に対する怨念、そういう船長の情念やそれに対する配下たちの反応などを、演劇ならではの仕方で表現し、演劇ならではの技法でこの「ロマンス」の盛り上がりを準備する序章であろう。形式的には「準劇章」（d）ではあるが、（エイハブ登場、つづいて全員）というト書きがつく第三六章「後甲板」は

「前劇章」におけるクライマックスであり、『白鯨』のなかでもっとも劇的な章である。この劇章ではエイハブの復讐の念に対して「もの言わぬものに仇討ちするなんて、エイハブ船長、神に対する冒瀆です」と抗議するスターバックのような航海士もいるが、結局はこのスターバックもふくめて、ピークオッド号の乗員すべてがエイハブの演説と演出の興奮の渦にからめとられてしまう。が、その次の純粋劇章第三七章「落日」(D)は、エイハブひとりの「独白」の章になっていて、自分の「狂気」について次のようにひとりごちる。

……高い知性にめぐまれていながら、平凡な、たのしむ力に欠けているのだ。これほど隠微に、これほど意地悪く呪われている者がほかにいるだろうか！……わしのまわりにあつまってきた連中は火薬塚みたいなもので、わしがマッチだった……つらいことだ！　他人に火をつけるという仕事は！　火をつければ、マッチ棒そのものだって身がほそるわい！　わしがやったことは、わしがやろうとしたことだし、わしは、やろうとしたことはかならずやってのける！　連中はわしのことを狂人だと思っている――スターバックがそうだ。だがわしは悪魔にとりつかれているだけだ。わしは二重に狂った狂人だ！　わしの狂気は、おのれの狂気の正体を理解するときにのみおさまるたぐいの厄介な狂気だ！

自分の狂気についてこれほど自省的に語ることのできる狂人がはたしているだろうか？　これ以上の「解説」は蛇足というものだろうが、このような人間の内面描写のことを、わたしは「演劇ならではの仕方」による内面描写の手法だと言ったつもりであり、この次にくるのが一等航海士スターバックだけが登場して独白する純粋劇章、第三八章「たそがれ」(D)であるが、これについても、ほぼおなじことが言えるだろう。

……わたしにはあの人〔エイハブ〕の不遑な意図は見え見えだ。にもかかわらず、その意図に手をかさねばならぬような予感がする。わたしの意図とは無関係に、なんとも名づけようのない何かが、わたしをあの人にしばりつけ、わたしには断ち切るすべのない綱でわたしを有無を言わさず引きずっていく。おそろしい老人だ!……あの人はあの人のうえにいるすべての者に対しては平等主義者だが、下にいるすべての者に対しては暴君なのだ! ああ、わたしには自分のみじめな役割がいやというほどよくわかる――わたしは反抗しながら服従し、なお悪いことに、憐憫をおぼえながらも憎んでいる!

カリスマ的な人物の直下にいて部下を指揮する立場にある、敬虔で良心的な人物の苦境がこれほど雄弁かつ正直に表白されるためには、このような演劇様式を必要としたのだろうし、これはその後の捕鯨航海の途次、スターバックにおとずれる数々の苦境、ジレンマの内実を過不足なく説明する。このような劇章、準劇章が『白鯨』の前半に、つまり捕鯨プロパーの諸章に先行していることは、すでに述べたように、理にかなったフィクション製作の技法でもあることにも納得がいこう。「小説」とは、つまるところ「何でもあり」なのだ。

「後劇章」の筆頭にくるのは第九九章「ダブロン金貨」(d)である。白鯨を最初に見つけた者に褒美《ほうび》として与えられることになっているその金貨はマストに釘づけにされている。そこへ、ある早朝、エイハブはひとりであらわれ、その金貨の文様《テクスト》をまことに自己中心的に解釈する。それを声に出して言う設定になっているものだから、たまたま製油《トライ・ワーク》かまどのそばにいたスタッブにみんな聞かれてしまうのだが、つづけてそのスタッブが占星術の知識をフルに開陳して、この金貨の文様を自分の運勢や船の運命にからめて長々と声に出して解釈してみせる。それは同時に、スタッブの知識、心情、性格、願望をより絶妙に物語る。フラスクも出てくるが、この男は金貨について「金で出来たまるいもの以外には、何も見えん」と言ってのける。クイークェグも登場するが、この「蛮人」には金貨は何らかを意味するもの、つまりシニフィアンではない。ピップもあらわれるが、この黒人少年は、原文のままで引くと、“I look, you look, he looks; we look, ye look, they look.” と動詞の活用をくりかえすばかり。このおなじ本文《テクスト》に対する各人の多様な解釈・反応にスタッブは驚いてみせるが、これがまたわれわれの『白鯨』に対する多様な読みのアナロジーでもありうる。

　第一〇八章「エイハブと大工」はその題名どおり、ふたりの変わり者の対話からなる純粋劇章（D）であり、第一〇九章「船長室のエイハブとスターバック」は、スタッブが油漏れを船長に報告して対策を具申しにいく密閉された空間におけるふたりの対話からなる準劇章（d）であるが、エイハブはこの一等航海士の具申を拒否し、なおも食い下がるスターバックにマスケット銃の銃口を突きつけて退去をせまる。そういうエイハブに対してスターバックは、「あなたは激怒されたが、わたしを侮辱はしなかった。ですから、わたしはあなたにスターバックに気をつけろ、とは申しません。お笑いになるかもしれませんが、エイハブはエイハブに気をつけるがよい、あなた自身に気をつけるがよい、エイハブ船長——とわたしは申します」と何やらシェイクスピア調のせりふを吐く。これにはエイハブも負けたのか、ついにはスターバックの具申にしたがう。ここにかぎらず、最後の白鯨追跡を翌日にひかえた「交響楽」（第一三二章）においてもそうだが、「エイハブにはエイハブなりの人間性がある」（第一六章）というピーレグ船長のことばが深いうなずきとともに納得できる。

これらふたつの劇章（第一〇八・一〇九章）のあとに三章ばかりの「物語」の章をはさみ、第一一三章から第一二九章までは、ひとつの物語の章（N）と「出あい」の章（G）をのぞいて、劇的形式の章がつづくが、内容もまた劇的で、『白鯨』の劇的なクライマックスへとつらなっている。第一一三章「ふいご」は、エイハブが鍛冶屋にモービィ・ディック用の銛を「蛮人」の血で焼きをいれてつくらせる印象ぶかい章だが、もう解説めいた言辞は不要だろう。これは同時にモービィ・ディックをしとめるための具体的な準備の章にもなっている。その後の「劇章」についてはもはや読みまちがいようがなかろう。

鯨学の章

この章群の筆頭にくるのは、そのものずばり「鯨学」と題する第三二章で、すでに言及ずみだが、それがそこに置かれなければならない必然性はない。なるほど、この章はそれにつづく鯨学の基調を定める重要な章ではあるが、それがそこに置かれなければならない必然性はないのである。別言すれば、この「鯨学」の章は前後の章と何の関係もない。物語の進行にも関与していない。むろんある一定の範囲内においてのことではあるが、それが占めるべき位置の恣意性、テクストとしての浮遊性が顕著である。第八九章の「しとめ鯨」と「はなれ鯨」の定義にしたがえば、「鯨学」の章はいわば「物語」によって銛を打たれていない「はなれ鯨学」の章（Cl）である。

ほぼおなじことが大半の鯨学の章についても言える。絵画や彫刻に見られる鯨についての記述である第五五章から第五七章の一群の鯨学の章が、第五四章「タウン・ホー号の物語」（G）の次にこなくてはならない必然性は見いだしがたい。鯨の骨相学的考察の章である第七九章と第八〇章がピークオッド号のドイツ船との「出あい」を語る第八一章（G）の直前に位置しなければならない理由もない。また、「尾」（第八六章）と題される鯨学の章がなぜそこになければならないのか。さらに、鯨の骨格について語る四つの章（第一〇二章から第一〇五章）が「エイハブの脚」（第一〇六章）のまえになければならない格別な理由もありそうにない。こういう章が置かれる位置の恣意性、物語の流れからの遊離性が強い鯨学の章は全部で十二あり、これらは当然「はなれ鯨学」（Cl）に分類される。

　しかし、「人間はランプに燃料を提供する鯨を食べ、なおかつスタッブのように、いわば、その光のたすけをかりて鯨を食べる。これはいかにも言語道断なことゆえ、いささかその歴史と哲学についてのべておく必要があろう」という前口上で始まる第六五章「美食としての鯨肉」なるグルメ的鯨学の章は、第六一章「スタッブ、鯨をあげる」から、この豪放磊落な二等航海士が鯨の尾の身のステーキをレアに焼く調理法について黒人コックに講釈をし、さらにはサメにキリスト教的説教をさせる第六四章「スタッブの夜食」へとすすむ物語を必然的に受け止めている。ゆえに第六五章は「しとめ鯨」（Cf）の章である。また鯨の脂肪層および表皮について論ずる第六八章「毛布《ブランケット》」も「しとめ鯨学」の章である。その前章が「脂身切り」という鯨の脂肪層をはぐ作業の描写であってみれば、両者の脈絡は自明である。また第七四章から第七七章までの一連の鯨学の章も、直前の第七三章「スタッブとフラスクがセミ鯨をしとめ……」と必然的につながる。また、タシュテーゴが切断したマッコウ鯨の頭にうがった穴から鯨脳油を汲みだしている最中にその穴に落下し、頭もろとも海中に没し去ろうとしたところを、斬り込み刀《ボーディング・ソード》を手にしたクイークェグが海に飛び込み、海面下で「産婆術」の妙技を発揮して救出するという、第七八章「水槽《シスターン》とバケツ」なるスリル満点の章も、

第七七章「ハイデルベルクの大酒樽」というマッコウ鯨の頭の解剖学的記述となだらかにつながっている。第七七章が「しとめ鯨学」であるゆえんである。さらには第八八章「学校と学校の教師たち」（Cf）は前章の第八七章「無敵艦隊」（N）とへその緒で結ばれた母鯨と子鯨のように緊密に結ばれている。また最後の「しとめ鯨」の章は第九二章「竜涎香《りゅうぜんこう》」だが、それはスタッブが「バラのつぼみ号」といういかがわしい名のフランスの捕鯨船をヤンキーらしい手口でたぶらかして鯨を放棄させ、その竜涎香をまんまと手にいれるというコミカルな「出あい」兼「物語」の章（第九一章）と離れがたく結びついている。

出あい《ギャム》の章

「出あい」とは、本来、洋上で出あった捕鯨船が相互に情報を交換したり、相互に相手を訪問する社交的交歓だが、ピークオッド号の船長のばあい、「出あい」の意義は白鯨についての情報を獲得することに限られていたので、交歓としての「出あい」はほとんど行われない。それでも『白鯨』にはこれが全部で九つある。その作品上の意義については各種の意見や解釈があるが、要するにピークオッド号にとっての他船との出あいは大洋のもなかにおける唯一の「他界」との接触であり、結節点であり、運命の補助線である。だからW・H・オーデンが『白鯨』における「出あい」の予表論的な意義について語る『怒れる海』（W. H. Auden, *The Enchafèd Flood*. Vintage Books, 1950.〔沢崎順之助訳、南雲堂、一九六二年〕）なる本もある。この本もいくらか参考にしながら、わたしも九つの「出あい」それぞれについて以下簡単に述べる。

ゴーニー（アルバトロス）号（第五二章）　この船の名が由来する白い海鳥は、もともと吉兆をあらわす鳥であるのに、コールリッジの『老水夫行』（一七九八年）の汚染を受けてか、それともメルヴィルの白へのオブセッションのせいか、このアルバトロス号は老齢・疲弊・死をしのばせる不吉な船になっている。しかし、この船にもエイハブは「そこの船、アッホイ！　白鯨を見なかったか？」と声をかける。それに答えようとした相手の船長はメガホンを口にして舷牆から身を乗りだすが、メガホンを海に落としてしまう。かくして両船は何らの情報の交換をすることなく別れてゆく。その別れぎわ、それまでピークオッド号のかたわらを群れをなして泳いでいた小魚は相手船側に逃げていってしまうというおまけまでつく。オーデンはこの船について「神秘を体験したであろうが、他人に語ることができない年老いた者たち」と述べている。

タウン・ホー号（**第五四章**）　この章は「出会い」のなかでも特異な章である。その話そのものは別段ややこしくはないが、テクストの問題となるとややこしい。ピークオッド号は洋上でこの船に出あい、矩い往訪がおこなわれる。そのおりにタシュテーゴが先方の船で内緒を条件に聞いた話を、その夜うっかり寝言でしゃべってしまったためピークオッド号の乗組みの一部に広まった話を、イシュメールが南米はペルーの首都リマの宿屋で三人のスペイン人に語った話を、「語ったがまま」に記録したのがこの物語という設定である。その話の内容については省略するが、この物語は要するにイシュメールの又聞きの又語りである。しかもそれが語られる場所は陸地であり、その時間は『白鯨』で起るすべてのことが終わってからの時点である。別言するれば、この物語が語られる場はこの小説の主要なトポスである海の外であり、その時間はこの小説の時制からすればは未来に属する（ただしこの章の地の文の時制は過去）。すなわち、小説の建前としては、ピークオッド号のゆくすえも、語り手の運命も、いまだ皆目わからないはずの段階で、その語りが真実であることを「聖書にかけて」誓って語られた物語である。これは物語内物語というより物語外物語だ。だが、これは頭が痛くなるような問題ゆえ、あとは読者諸氏がそれぞれにお考えいただきたい。

ジェロボーム号（第七一章） この船は二重の意味で病《やまい》におかされている――すなわち、ほんとうの伝染病と、みずから大天使ガブリエルを名乗るシェーカー教徒の狂信とに。ジェロボーム号の船長メイヒューは伝染病をうつすのを好まずピークオッド号との直接の接触をこばみ、ガブリエルは、エイハブが「シェーカー教があがめる神の化身にほかならない」モービィ・ディックに復讐を誓う不信の徒であるがゆえに、両船の交歓はおろか手紙の交換にさえ邪魔だてする。アルバトロス号とは交錯しただけであり、タウンホー号の航海士ラドニーがモービィ・ディックの犠牲になった話はエイハブの耳にはとどかないのであるから、エイハブにとって他船との交錯はなんらの警告にも予表にもならなかったわけだが、ジェロボーム号の船長はボートに乗ってピークオッド号の船べりにまで近づき、ガブリエルに邪魔されながらも、エイハブがもとめた白鯨についての情報は伝え、自船の一等航海士メイシーがモービィ・ディックにあやめられたことも伝える。が、ピークオッド号がたずさえてきたメイシー宛ての妻からの手紙をエイハブがメイヒュー船長に手渡そうとすると、ガブリエルはそれを横取りしてピークオッド号に投げかえす。かくして「たいていの手紙は目的の人物にとどくことはない」とは、この章の地の文に見つかることばである。

ユングフラウ号（第八一章） これは捕鯨業界で言うところの「けがれなき船」である。つまり処女号、生娘号である。捕鯨船でありながら鯨日照りで、その船倉はからっぽで、ランプをともす油にもこと欠き、デリック・デ・デール船長みずからが缶をぶらさげてピークオッド号に油を借りにくる。例によってエイハブは、このドイツ人船長にモービィ・ディックの情報をもとめるが、この男は白鯨についても生娘同然、何も知らないのだ。エイハブはそんな男に用はない。油をくれてやってさっさと追いかえす。と、そのときほとんど同時に両船から鯨の群れの発見を告げる叫びがあがり、これを合図に双方からボートが発進して、さっきの油の貸し借り勘定などはすっかりご破算にして、勇壮活発な捕鯨合戦が展開する。だが、皮肉なことに、一頭の老いぼれ鯨をしとめるのはピークオッド号の側である。やむなくユングフラウ号はまた別の鯨を追ってピークオッド号の視界から消えてゆく——遊泳力抜群のため捕獲不能とされるナガス鯨を追って。この章は「おお！　友よ、世にナガス鯨のたぐいはおおく、デリックのたぐいもまたおおし」で終わる。オーデンはこのドイツ人たちのことを「怠慢と強欲のせいで、ついに神秘に気づかずにおわる者たち」と述べている。

バラのつぼみ号（第九一章）　バラのつぼみ号の出てくる第九一章は、ユングフラウ号が出てくる第八一章と同じく、軽く、明るく、滑稽な章である。第八一章でドイツ人がこけにされているように、ここでは鯨捕りになってもスノビッシュなフランス人が笑いものにされる。しかし、陰険さはない。むしろ底抜けに明るい。もし「出あい」の章を明と暗とに腑分けするとすれば、以上の二章、それにサミュエル・エンダビー号の章（第一〇〇章）とバチェラー号の章（第一一五章）が明に属し、他はいちおう暗に属すだろう。そして、明と暗の度合いも問題にするのなら、この章が滑稽さと明度において「出あい」の章群の筆頭にくるだろう。ともあれ、そういう明と暗のモザイク、悲劇と喜劇、あるいは笑劇との混交が「出あい」の章全体の図柄であるが、そのことは『白鯨』全体についても言えることだろう。ピークオッド号が最後にたどる運命に目をくらまされて、『白鯨』全体を暗一色の作品と思いこんではなるまい。エイハブでさえ、こう反省している——「わしは地球の暗い反面に深入りしすぎている。だから、その反対の面、つまりあるべき明るい反面が、たそがれのうす明かりにしか見えなくなっておる」（第一二七章）と。

サミュエル・エンダビー号（第一〇〇章）　この英国船の船長ブーマーも、白鯨のせいで片腕をなくし、鯨の骨の義手をしている。エイハブが「白鯨を見たか？」と呼びかけると、ブーマーは「これが見えるか？」と鯨骨の腕をかかげて見せる。エイハブが情報をもとめてさっそく相手の船に乗りこんでいくのも当然だ。ちなみにエイハブが他船におもむくのはこれが最初で最後である。ふたりは骨の脚と骨の腕で挨拶を交わし、その船の船医バンガーをまじえて会話を交わすが、モービィ・ディックの情報を性急にもとめるエイハブに対して、ブーマーとバンガーは「右腕をとりもどすために、左腕をえさにするという案はいかがなもので……」というような掛け合い漫才のようなことをやってエイハブをじらす。ブーマーには「復讐」などという観念はないのだ。ここではエイハブの「狂気」が英国流の常識の光で照らし出されるのである。風刺されるのは、今度はエイハブだ。ちなみにオーデンはこの英国紳士たちのことを「神秘に気づいてはいるが、合理的な常識と禁欲精神をもってそれに対処する者たち」とコメントしている。

バチェラー号（第一一五章）　この「独身号」を意味する船は、その板子一枚下は地獄にせよ、鯨油を満載して帰航の途につく幸運な船である。船内は飲めや歌えの大騒ぎ。ピークオッド号の乗員にも、ともに歓を尽くそうと来船を乞うが、エイハブはモービィ・ディックに無関心な、そんな船には関心がない。相手の船長の誘いを断り、エイハブはこう言う——「そちらの船は満載でご帰還だそうでご同慶のいたりだが、言わせてもらえば、こちらは空っぽでお出かけだ。だから、おぬしはおぬしの道をゆけ、わしはわしの道をゆく」と。ここでエイハブは自分の運命をみずから選びとっているけはいがする。

レイチェル号（第一二八章）　これはナンターケット船籍の船で、その船長ガーディナーとエイハブとは顔見知りの仲である。

「白鯨を見たか！」
「きのう見た。そちらは漂流中のボートを見たか？」

これが両船長が交わす最初の言葉だが、その問いの所在は鶍《いすか》の嘴《はし》のようにくいちがっている。すぐさまピークオッド号に乗り込んできたレイチェル号の船長は、前日に白鯨に遭遇し、格闘のすえに行方不明になってしまった者のなかに自分の息子もふくまれていることを告げ、捜索の協力をエイハブに懇願する。だがエイハブは「ガードナー船長、わしはおことわりする。この瞬間にも、わしは時間を無駄にしておる。さらば、おぬしに神の祝福があるように。自分の赦《ゆる》しは自分で乞うとして、さてわしは行かねばならぬ」とにべもなくことわり、袂《たもと》をわかつ。エイハブは、レイチェル号がおちいった事態からいかなる「警告」も「教訓」も受けとるつもりはないのだ。ただ「予測しがたい」神の用意した予定の航路をゆくのみ――それがエイハブの決意だった。レイチェル号は「失われた子らのために嘆く」ラケルさながらに、嘆き悲しみながら行方不明者をさがしてジグザグ航行をつづけ、ピークオッド号は一直線に白鯨のあとを追う。オーデンは「キリストの誕生にさいしてヘロデ王に殺戮された無垢なる者たちのように、神秘を理解することも、どうすることもできないまま、神秘に巻き込まれる者たち」と評しているが、この「神秘」のところを別のことばに置きかえれば、もっと多様な解釈も可能であろう。

デライト号（第一三一章）「歓喜号」を意味するこの船は、ピークオッド号が最後に出あう船だが、この船は名が体をあらわさず、白鯨との合戦で五人の屈強な男をなくし、そのひとりの水葬を果たそうとしているところだった。それを見てピークオッド号は船足をはやめてその場を立ち去ろうとする。だが、遺体が海に落下したときにあげる水しぶきの音からはにげきれない。エイハブはこの予兆からのがれようとした——すくなくとも歓喜号の者たちはそう受けとる。棺桶の救命ブイを船尾にぶらさげて後を見せるピークオッド号に、こういうあざけりが浴びせかけられる——「おお、その船の者たちよ、わしらの悲しい埋葬からのがれようとしても無理だぞ。尻に帆かけてにげようとしても、その尻にぶらさげておるのは棺桶ではないか！」この棺桶の救命ブイに乗ってイシュメールは生還して、この物語の冒頭に再登場し、またふたたび最初から語るのがさだめだ。読者もまたすべからく『白鯨』冒頭にもどられんことを。

（『メルヴィル作、八木敏雄訳『白鯨』岩波文庫「解説」』、二〇〇四年）

20 ゴシック短編作家ポー

処女作にはその作家のすべてが含まれている、とは誰が言いだした神話かは知らないが、この神話をポーにあてはめるなら、ポー（一八〇九-一八四九年）はまさしくゴシック作家であった。生涯に七十篇あまりの物語《テール》をものしたポーは、次のような小品を『サタデー・クーリア』誌に発表することでその作家的経歴を始めた――「メッツェンガーシュタイン」（一八三二年一月）、「オムレット公爵」（同年三月）、「エルサレム物語」（同年六月）、「息の紛失」（同年一一月）、「ボン＝ボン」（同年一二月）の五篇である。これらはみなポーの処女作と言えるだろう。そのうえ、これらはみなゴシック的要素を共有している。

まず「メッツェンガーシュタイン」だが、これはホレス・ウォルポールの『オトラントの城』（一七六四年）を嚆矢として一八、一九世紀イギリス小説《ノヴェル》の裏番組として繁盛したゴシック小説《ロマンス》の系譜をひく正調ゴシック短編小説という装いをもつ。その冒頭には、ベルリフィッツィング家とメッツェンガーシュタイン家の長年にわたる確執の結末を占うとみえる「亡びに定められしメッツェンガーシュタイン家が、騎士が馬を御するが如く、不滅に定められしベルリフィッツィング家に勝利を収めるとき、高貴なる名は恐るべき破滅に瀕《ひん》すべし」という意味不明な預言が置かれているが、『オトラントの城』の冒頭にも同様に意味不明な預言が置かれている。それは「オトラントの城とその領主権は、真の所有者が住まいきれないほど大きくなった暁には、現在の一族の手を離れるであろう」というもの。しかし、この二つの預言は最後には超自然的な現象の発現によって「文字どおり」に成就する。ポーのゴシック小説では、年若いメッツェンガーシュタイン男爵が、年老いて死んだベルリフィッツィング公爵の怨念の化身とおぼしき焔のように「赤い馬」にまたがり、燃えさかるおのれの城のなかに消えて煙と化するとき、あの自己撞着的預言は成就する。『オトラントの城』では、殺された元城主アルフォンゾの巨大化した亡霊が城を崩壊させながら姿を現わし、正当な世継ぎの名を告げ、天に向かってロケットのように昇天してゆくとき、その預言は成就する。両者において、預言もその成就の仕方も違うとはいえ、ともに預言成就までの過程を語ることが物語の内実を形成している点では同じであり、これこそがゴシック小説に典型的な語りの構造なのであり、技法《マニエラ》なのである。

ところで、ゴシック小説的書き物の冒頭に、「預言」ではなく「謎」を置いてみたらどうなるのか。その「謎」を解明してゆく過程で出来あがってくるものは推理小説の基本型にほかなるまい。「黄金虫」(一八四三年)は一見ゴシック小説とは無関係に見えるかもしれないが、まず「文書」が発見され、しかもその文書がロバート・マチューリンの『メルモス』(一八二〇年)やジェイムズ・ホッグの『義とされた罪人』(一八二八年)に出てくる「文書」のように解読が困難であるように仕組まれていることなどを勘案するなら、「黄金虫」は文書の解読に特化されたゴシック小説だと言えよう。周知のように、ポーはそれよりも早く「モルグ街の殺人」(一八四一年)を書いていて、近代推理小説の祖ということになっているが、最初に置かれた「密室殺人」という事件が意外な解決に到達するまでの語りの構造は多くのゴシック小説のそれとそっくりであり、その他のポーの推理小説についてもまったく同じことが言える。だからこそ、ポーの推理小説が必ずといってよいほどゴシック的雰囲気を持つのも、至極当然なことなのである。「モルグ街の殺人」(一八四一年)、「マリー・ロジェの謎」(一八四二-四三年)、「盗まれた手紙」(一八四四年)、のことを思い浮かべていただきたい。つまり、わたしが言いたいことは、ポーの重要なジャンルのひとつである「推理小説」の萌芽もすでにこの処女作「メッツェンガーシュタイン」に見い出せるということである。

「預言」とその「成就」については、まだ言い足りないことがある。『オトラント城』では、その預言成就の仕方は家督相続をめぐる社会の「制度」や「因習」を正すヴェクトルを有しているのに反して、「メッツェンガーシュタイン」の結末が示唆しているのは個人の秘められた「内的恐怖」、あるいは自己破壊の衝動であるということだ。そこで翻《ひるがえ》ってポー作品を全体として眺めてみると、自己破壊の衝動を主題とする作品の多さに驚かされる。「ウィリアム・ウィルソン」(一八三九年)、「告げ口心臓」(一八四三年)、「黒猫」(一八四三年)、「天邪鬼《あまのじやく》」(一八四五)「アモンティラードの酒樽」(一八四八年)など、つぎつぎに思い浮かぶ。解説めいた言辞はもはや不用だろう。

*

『オトラントの城』と「メッツェンガーシュタイン」との顕著な類似ならまだ他にもある。前者では、僭主マンフレッドは、天から落ちてきた巨大な兜の下敷きになって息子が死んでしまうと、跡継ぎがなくなるのを怖れてか、「あのコンラッドのごとき病弱な若造ではなく、脂の乗りきった男をもたせようぞ」などとうそぶきながら息子の許婚イザベラを追い回して地下道を行くが、そのとき先祖の肖像が溜息《ためいき》をもらして胸をふくらませたり、ついには額縁から歩み出てきたりする。オトラント城往時の名君アルフォンソの大理石像から兜が消えたり、その鼻から「三滴の血」がしたたり落ちたりもする。一方、メッツェンガーシュタイン家のタペストリーの馬の図柄はいつしか頭の向きを変えたり、ついにはタペストリーそのものから抜け出したりするが、それと同時に、その背にまたがったまま燃えさかるおのれの城に姿を没する定めを演出する「赤い馬」がどこからともなく出現する。肖像から人物が歩み出すというのはまことに印象的な技巧だが、それを換骨奪胎してみずからのテクストのなかでみごとに再利用するポーの才能もまた見あげたもので、これはポーが生来のパロディスト、先行する文学的テクストの断片から自分のテクストを織りあげる組み合わせ術《アルス・コンビナトリア》の名手であったこと証する事例として採用されてしかるべきであろう。が、それはもう周知のことゆえ、ここで再説するまでのことはあるまい。その代わりに、「メッツェンガーシュタイン」をはじめとするその他のポー処女作群にはなくて、その他のポーの作品を見まわしてみると気づく主題の物語に留意してみたい。

「ポーの小説に愛は一切ない」と言ったのはシャルル・ボードレール（一八二一-一八六七年）だが、なるほど「メッツェンガーシュタイン」には「愛」は薬にしたくともない。フレデリックが十五歳のとき、母親の「うるわしのメアリー夫人」が結核というロマンティックな病《やまい》で死ぬことへの言及はあるが、母親の柩《ひつぎ》のそばに立つフレデリックの「非情な胸から溜息がもれることもなかった」[*1]と否定的な記述があるだけである。この母親は死ぬためにだけ、ここに登場するあんばいである。さらに、若きフレデリック男爵の愛の対象になるべき若き健康な女性は誰ひとり登場しない。しかし、そうなると、「処女作にはその作家のすべてがある」という前提でこの原稿を書いているわたしとしては困ることになる。いわゆる「美女再生譚」と呼ばれる「ベレニス」（一八三五年）、「モレラ」（同上）、「リジーア」（一八三八年）、「エレオノーラ」（一八四一年）の男女の「愛」が主題とおぼしき四篇の作品があるのを一体どうしてくれようか。

だが、これらの物語では、愛する対象の女は常にすでに死んでいるか、あるいは、他の女に転生しているかで、生身の女ではない。するとこれらを「愛の物語」などと呼ぶこと自体がそもそもおかしいのであり、ただゴシック小説にお決まりの「処女迫害」をテーマとする怪奇小説の一種と見なさないかぎり収まりがつかない。「リジーア」はポーお好みの作品であるばかりか、多くのポー・ファンが愛好してきた作品であるが、これをあらためてゴシック小説の文脈に置いて読み直してみると、意外に収まりがよいのである。そうすると、これは絶世の美女リジーアが死ぬと、その夫は処女ロウィーナを再婚の床《とこ》に迎え、犯し、ついにはリジーアの霊をロウィーナの肉体に招き入れて命を交換する怪奇千万なゴシック物語として読める。「ベレニス」は、まだ生きているうちに埋葬したと思われる愛人の死体から「三十二本の白い歯」を抜いてくる夫の偏執狂的な逸話だ。「エレオノーラ」も、ポーの美女の例にもれずいったんは死ぬが、アーメンガードという乙女に生まれかわってまた死に別れた男の元に戻ってくるという因縁じみた話。「モレラ」は読みようによっては、もっとも戦慄すべきゴシック仕掛けを再利用した物語だ。モレラは「あたしは今息を引き取ります。ですがあたしは生きつづけるでしょう」と言って死ぬ。そして、その死と引き換えに娘を生み落とし、その娘はモレラそっくりに成長してからまた死ぬ。死ねば埋葬するのがならいだが、この物語は「わたしは、第二のモレラを横たえた納骨堂に、第一のモレラのあとかたもないのに気づいて、長く苦しい笑いを笑ったのであった」と結ばれる。これは「赤死病の仮面」の剣で刺してみたら中が空洞だった赤死病の権化のことを思い出させる。それに「生（性）」の哲学者でもあったD・H・ロレンス（一八八五‐一九三〇年）がこれらの夫たちについて『古典アメリカ文学研究』（一九二三年）のポーの章で言ったことを、わたしに思い出させる。ロレンスは「人はおのれの愛するものを殺すというが、理由はすぐ見てとれる。生きているものを知るということは殺すということだ。生きているものを満足がゆくまで知るためには、それを殺さざるを得ない。それゆえに、欲求を持った意識、つまり精神というものは、一種の吸血鬼だ」と言った。ブラム・ストーカー（一八四七-一九一二年）の『ドラキュラ』（一八九七年）はまぎれもなくゴシック小説の末裔だ。

＊

「オムレット公爵」は、女王様からいただいた小鳥が料理されて食卓に出てきたので「憤激」のあまり頓死し、当然ながら地獄に堕ちるものの、悪魔とのトランプの賭けに勝って、無事この世に生還するというたわいのない話で、公爵が生還する主たる理由が、むかし読みかじった修道士ガルティエの写本に「悪魔はエカルテの勝負にさそわれると断ることができない」とあったのを思い出したことにあるのは注目に値する。これは取引となると目がなくなるボン=ボンの話に自然につながる。ところで悪魔となればゴシック小説には欠かすことができない立役者である。マチューリンの『放浪者メルモス』（一八二〇年）は悪魔に魂を売った代償に百五十年の生命を獲得し、時空を自在に往来する自由を獲得したが、そのためにかえって苦難の人生を送った人物の物語だ。M・G・ルイスの『マンク』（一七九九年）も悪魔が複雑にからんだエロス地獄の罠にはまる聖職者の物語だ。ところがポーに出てくる悪魔は、現実が現実のまま非現実なもの、不気味なものと化し、悪魔が外在する何かではなく、人間の内部に巣食う何かになり、大衆小説が「大衆」にそういう「高級」な事実に気づかせ、「大衆」のほうでもその種の恐怖を楽しみはじめるころに登場する「悪魔」であって、いくらか道化じみたところもあり、凄味に欠けるきらいがある。悪魔というよりトリックスターといったほうがよいかもしれない。「鐘楼の悪魔」（一八三九年）は大人も子供も猫も豚もそれぞれ時計をもっていて、おたがいに時間を合わせあって平和にくらすオランダのある町に悪魔が侵入してきて、町の鐘楼の標準時計に十三時を打たせることによって大混乱をおこさせる話だが、ここで悪魔がもたらす混乱にはほとんど実害はなく、あるのは、むしろメタフィジカルな混乱である。そこで思い出せば、ボン＝ボンなる形而上学者兼料理店主がこうむる打撃もまたメタフィジカルなそれであり、悪魔に魂を売り損ねたことなどは幸運ですらあったわけで、同じことを言うことになるが、この種のポーのゴシシズムは悪魔が比喩と化し、絵空事と化した人たちのための悪魔主義、バーレスク、エンターテインメントであることが判明する。とは言え、ポーはこのジャンルに属する作品を生涯にわたって休みなく書きつづけたわけであって、比喩的に言うなら、このジャンルはあらゆる組織体になることができるポーの幹細胞のようなものではなかったか。

*

「息の紛失」はもっとも初期に書かれたポーのパロディ作品の傑作だとわたしは思う。息をなくしたために、死ぬための原因をなくし、そのために生きるよりほかはなく、死の属性を十全に持ちながら、なお現実感覚を失うことなく生への復帰に努力する欠息《ラックオブブレス》氏のけなげさは、滑稽ではあるけれども、感動的ですらある。こういう現実にはありえない状況下におかれた人間が、そういう現実に現実的に対応してしているファンタジーをわたしたちが読むとき、わたしたちの想像力は二重に働くにちがいない。現実意識は損なわれないまま、超現実のリアリティーを感じることになるのだ。そういうリアリティが感じられるときにおいてのみ、私たちは単なる夢想ではないところの真のファンタジー、単なる幻想の垂れ流しでないところの真の幻想文学を読んでいることになるのである。だから「息の紛失」を読むということは、現実の世界と超現実の世界を往復しながら、現実について、そうしなかったら得られなかったであろうような、なにか新たな知見を得ることを意味する。

ところで、この種の笑劇《ファース》もまたゴシック小説の本流につながっていることを指摘するために言わせていただくが、ウォルポールは『オトラントの城』第二版（初版と同じ年）の序文で、自作の意図についてこう述べている――「これは旧と新、二種類のロマンスを混ぜ合わせようとする試みであった」と。「旧ロマンス」とは「一切が想像力と、起こり得べくもない事柄の世界」であるところの中世騎士物語以来のロマンスのことであり、「新ロマンス」とは起こりそうなことを起こりそうに書くことを習いとする小説《ノヴェル》のことであるが、この対立する項目は夢と実際、空想と現実、死と生、滑稽と恐怖……と際限なく増殖してゆく対立項である。「息の紛失」もまたそのような二項対立を「混ぜ合わせようとする試み」であり、その作品がもつ二重性は、その結果としての二重性なのである。それに関連して、私はわが坂口安吾（一九〇六－一九五五年）の「FARCEに就いて」（一九三二年）というエッセイを思い出す。安吾はわが国の文学者には珍しくポーの「笑劇」に興味を抱き、「木枯らしの酒蔵から」（一九三一年）、「風博士」（同上）、「黒谷村」（同上）などの作品をひっさげて文壇に登場し、その後も「紫大納言」（一九三九年）や『白痴』（一九四六年）や「桜の花の満開の下」（一九四七年）のような現実と幻想を混交させる作品を生涯書きつづけた作家であった。そのエッセイのさわりの部分を以下に引用させていただく。

一体、人々は、「空想」という文字を、「現実」に対立させて考えるのが間違いの元である……人間自身の存在が「現実」であるならば、現に其《そ》の人間によって生み出される空想が、単に、形が無いからと言って、なんで「現実」でないことがある。実物を掴《つか》まなければ承知しないと言うのか。掴むことが出来ないから空想が空想として、これほども現実的であるというのだ。大体人間というものは、空想と実際との食い違いの中に気息奄々《えんえん》として（拙者などは白熱的に熱狂して――）暮らすところの儚《はか》い生物にすぎないものだ。この大いなる矛盾のおかげで、この箆棒《べらぼう》な儚さのおかげで、兎《と》も角《かく》も豚でなく、蟻でなく、幸いにして人である、と言うようなものである、人間というものは。

単に「形が無い」ということだけで、現実と非現実とが区別せられて堪《た》まろうものではないのだ。「感じる」ということ、感じられる世界の実在すること、そして、感じられる世界が私達にとってこれ程も強い現実であること、此処に実感を持つことの出来ない人々は、芸術のスペシャリテの中へ大胆な足を踏み入れてはならない。

ファルスとは、最も微妙に、この人間の「観念」の中に踊りを踊る妖精である。現実としての空想の、――此処《ここ》までは紛れもなく現実であるが、ここから先へ一歩を踏み外せば本当の「意味なし《ナンセンス》」になるという、斯様《かよう》な、喜びや悲しみや嘆きや夢や嚔《くしゃみ》やムニャムニャや凡有ゆる物の混沌の、凡有ゆる物の矛盾の、それら全ての最頂点《パラロキシミテ》に於いて、破目を外して乱痴気騒ぎを演ずるところの愛すべき怪物が、愛すべき王様が、即ち紛れもなくファルスである……人間それ自身が現実である限りは、決して現実から羽目を外していないところの、このトンチンカンの頂点がファルスである……勿論この羽目の外し加減は文学の「精神」の問題であって、紙一枚の差であっても、その差は、質的に、差の甚《はなはだ》しいものである。

「空想が空想として……現実的である」とか、「現実としての空想の」とか、「人間それ自身が現実である限りは、決して現実から羽目を外していないところの……ファルス」とかが安吾のファルス観の要点であるが、それはそのままポーのパロディ、ファンタジー、バーレスクの要点でもある。

＊

「息の紛失」から「アッシャー家の崩壊」までの距離はさして遠くない——と言えば、奇異に聞こえるだろうか。だが、「息の紛失」で起こるようなことも、「アッシャー家の崩壊」で起こるようなことも、現実に起こるとは誰も信じない点では共通している。また、いずれの作品を読むときにも、私たちの想像力が二重に働き、現実意識は損なわれないまま超現実のリアリティを感じる点でも同じだ。この二つの作品はファンタジーないし幻想という資質において共通しているのである。

ただし「アッシャー家の崩壊」では語り手の「私」は「現実界」から「非現実界」に入ってゆくのに対して、「息の紛失」の「わたし」ははじめからテクストという「非現実界」内部の住人という設定になっている。その結果、前者では現実界から幻想界への渡りの過程が描かれているのに、後者にはそれがない。この違いが両者の作品の質を大きく左右しているように思われる。そうなら、「アッシャー家の崩壊」の冒頭の部分——現実から非現実ないし超現実への渡りの部分——を十分注意して検討しなくてはなるまい。

「アッシャー家の崩壊」の語り手は、「或る秋の日」に、どことも特定されない土地を、（いまだ）特定されないある目的で、とある屋敷へ、読み手を先へ先へと駆らずにはいない頭韻《アリタレイション》（原文では暗い響きのある"d"音の反復）に追われるように、しかしなおかつ「日暮れて、先をいそぐ」といった自然な日常的感覚を失わないまま、架空の馬に乗って「陰鬱なアッシャー家が見える辺りにさしかか」ると、「耐え難い憂鬱の気が私の心にしみわた」る。が、その「憂鬱の気」の正体は「私」にはわからない。「私」の想像力は「現実」と「非現実」の境目をさまよう。理性はあれこれと判断に迷う。「この風景の細部を、この絵の細部を、ただ組み換えるだけで、あの物悲しい印象を与えている力を削減、あるいは消滅させることが出来るのではなかろうか、と私は考え、その考えに力を得て、邸のそばにひっそりと輝き渡る、黒く毒々しい沼の、切り立つ岸辺に馬を進め、灰色の菅、不気味な木の幹、虚ろな目をなす窓などの、水面にそのまま逆さに映し出された姿を眺め下ろした――が、前にもまして劇しい戦慄を覚えるばかりであった」。このようなアンビィヴァレントな語り口や、沼の「鏡面」に逆さにうつる建物や木などの「虚像」によって、視点をになう人物の判断や解釈のゆらぎを当然読者も感じるのだから――またそれがこの作品全般を通じて感じられるアンビィヴァレントな雰囲気であるのだから――「アッシャー家の崩壊」は一種の認識論的ファンタジーと称してよかろう。

だが、ともかく、「アッシャー家の崩壊」はまず読まれなければならない。この作品について、その内容が「館の主人が死ぬと、その建物も崩れ落ち、黒い沼に呑みこまれて姿を消す話」であると言ってみても、読んでいない者にとっては、何も伝えたことにはならない。「あらすじ」だけを聞いて、この作品を理解したと言える人はいないのである。あのゴシックの館が崩壊するのは、一連の事件の因果によるのでもなく、物理的要因の累積によるのでもない。いわば「語り」がもたらす心的エントロピーの増加によって、心的重力によって、崩壊するのだ。つまり建物の崩壊を建物の構造的欠陥や外力のせいにするわけにはいかないということだ。また別言すれば、純粋な幻想小説にあっては、そのテクスト外のもの（こと）によるテクスト内のもの（こと）の説明が拒まれているということでもある。だからアッシャー家崩壊の原因を、たとえば、マデリンの柩が安置された地下室がかつて「火薬ないし高度の可燃物質の貯蔵庫」だったことから、落雷による残存火薬への引火爆発（それはテクストにない）に求めるのは禁じられている。ただし、現代アメリカのゴシック作家でもあるレイ・ブラッドベリーが「アッシャーII」（『火星年代記』一九五〇年）でしたように、「アッシャー家の崩壊」のテクストに即して、ただ建て、かつ壊すためだけに崩壊寸前の館を火星に建造するパロディもまた有効だし、面白いとは言えようが。

＊

ポーは一度発表した作品を何度も別の雑誌や新聞やアンソロジーに再発表するたぐいの作家であった。また、版を重ねるごとに何がしの手直しをしたり、時には大幅の改訂をするたぐいの作家でもあった。それゆえ、どの版をもって決定版とするかはかならずしも容易なことではない。永らく信頼されてきた版は *The Complete Works of Edgar Allan Poe*. Ed. James A. Harrison, 17 vols., Virginia Edition, 1902. であるが、これが永らく信頼されてきた理由の一斑は、編者ハリソンが異本をも入念に収録したからであったが、その後ますます新資料が蓄積されることになり、さらに新しい全集出版の要望が出てきた。それにこたえた企てがトマス・オリーヴ・マボットのより入念親切な仕事であったが、残念なことに、編者の死（一九六八年）によって、この全集の企ては詩と短篇（全部ではない）を集めた三巻だけで中断した。それが *The Collected Works of Edgar Allan Poe*. Ed. Thomas Ollive Mabbott, 3 vols., Harvard UP, 1969-1978. であるが、ポーの詩と短編に関するかぎり、現在いちばん信頼されている版である。この版では、一つのポー作品について複数の版を収録しているものも多く、単数の版を掲げている場合でも、他の版との異同についての詳細で有益なレファレンスが多数ついていてありがたい。たとえば「ボン=ボン」についてなら、それが一八三二年に最初に『サタデー・クーリア』誌に「失敗した取引き（"The Bargain Lost"）」として発表されたままの姿で収録されているばかりか、決定版としては作者の死後にグリズウォールドが編纂した『ポー選集』（一八五〇年）に採録された「ボン=ボン」が収録されている。この「ボン=ボン」がポー生前に最後に手を入れた版であるという理由による。

このような編集法が有益なのは、ポーがどのような自作の「改造屋」であったかが如実にわかることにある。たとえば「ボン=ボン」の場合、二年半後に『サザン・リテラリ・メッセンジャー』に再発表したときには、主人公がヴェネチア在住のイタリア人の哲学者からルーアン在住のフランス人の哲学者兼料理店主になっているばかりか、前者では悪魔が訪問するのは大雨の夜だが、後者では大嵐の晩になっている。人間の「魂」についての両者の議論も後者ではソフィスティケイションの度合いが一段と高度になっている。そして作品の分量も二倍ほどに増えている。が、最後の版では、やや細身になっている、というあんばいだ。もっと細かいことを言えば、前者のペットは犬だけだが、後者では猫も出てくる。前者の議論では孔子の魂の味の詮策も出てくるが、後者の議論で出てくるのはギリシャ・ローマ以来の西欧の哲人や有名人の魂の味の詮策にかぎられている。「ボン=ボン」の一例からだけでも、ポーがさまざまなテクストの要素をさまざまに組み換えておのれのテクストを改竄するために換骨奪胎を創作の手法とした作家であったことが如実にうかがえる。

（ポオ作、八木敏雄訳『黄金虫・アッシャー家の崩壊・他九篇』岩波文庫「解説」、二〇〇六年）

註

＊1　この引用を含むパラグラフは、一八三二年から一八四〇年にかけての五つの版すべてに存在するが、マボットが「決定版」としてその選集に採録した最後の版（一八五〇年）からは削除されている。これについてマボットは、その削除部分を欄外の註で補充したうえで、「この主人公の母親の死についての不必要な情報は、一八四〇年以降のある時期にポーによって削除されているが、この削除は妥当であった」とコメントしている。私はその説にかならずしも賛成でないので、本書の訳文ではあえて削除しなかった。

21　アルス・コンビナトリアの批評家ポー

　エドガー・アラン・ポーの文学的出発は詩集を出すことだった。一八二七年、養父アランの家を出奔して生地ボストンに至り、最初にしたことが処女詩集『タマレーン、その他』を出すことであり、日々の糧にも困ったすえにエドガ・A・ペリーの偽名で合衆国陸軍に志願入隊して一年ほど経過し、そろそろ除隊を画策し始めた一八二九年一二月にしたことも、第二詩集『アル・アーラーフ、タマレーン、その他』を自費出版することであった。その後、ウェスト・ポイント陸軍士官学校に入学（一八三〇年五月）してさっそく始めたことも、士官候補生から次なる詩集の予約購読者を募ることであり、またこの学校から脱出する算段であったが、その二つともに運良く成功して同校を追放された一八三一年一月末、さっそくしたこともニューヨークにおもむき、出版者エラム・ブリスと会って第三詩集『エドガー・A・ポー詩集、第二版』出版の手筈をととのえることだった。その第三詩集が出たのが同年二月（推定）だが、その題扉《タイトル・ページ》には「合衆国陸軍士官候補生諸氏へ」という献辞があり、ポーのウェスト・ポイント在学唯一の効用が詩集の予約購読者を募ることにあったことをしのばせる。それはともあれ、この詩集が格別に尊重される理由の一つは、その詩集に付された「某氏への手紙」という形をとった序にあり、それは今日ポー最初の〈詩論〉と目されている。

＊

本訳書の翻訳を始めるにあたって、わたしはポーの詩と短篇に関するかぎりはもっとも信頼できるとされているマボットの『ポー選集』（*The Collected Works of Edgar Allan Poe*, 3 vols. Ed. Thomas Ollive Mabbott. Cambridge, Mass: Harvard University Press, 1969-1978）の該当箇所をひもといてみたが、驚いたことに、「某氏への手紙」はその第一パラグラフしか収録されていなかった。そして以下の註記があった――「『某氏への手紙』の全体はポーの他の評論とともに別の巻に収録する予定である」と。これには唖然とした。編者マボットはすでに一九六八年に故人となり、この「予定」が実現される見込みはまずない。そこで、わたしは正攻法にもどり、『全集』を名乗る十七巻からなる『ハリソン版』（*The Complete Works of Edgar Allan Poe*. 17 vols. Ed. James A. Harrison. New York: Thomas Y. Crowell, 1902）に当たってみたが、なんとこの版の「某氏への手紙」からは第一パラグラフが削除されているではないか。そこでこんどは常套手段に戻り、ポーのエッセイや書評の類を集めたものでは「今日では最良」との評価があるトムソンの『エドガー・アラン・ポー：エッセイとレヴュー』（*Edgar Allan Poe: Essays and Reviews*. Ed. G. R. Thompson. New York: Library of America, 1984）の該当箇所を調べてみると、このテクストも第一パラグラフがない。ただし、この版では表題が「Bへの手紙」となっていて、テクスト末尾には出典として「『サザン・リテラリ・メッセンジャー』（以下『メッセンジャー』と略記）一八三六年七月号」と明記してある。

これでようやく事情がわかりはじめた。ポーは一八三五年初頭からリッチモンドの『メッセンジャー』誌と関係を持ちはじめ、夏にはボルティモアからリッチモンドに移り住み、その年の暮れには同誌の正式の編集者になり、一八三七年二月までその職にあった。その二年ほどのあいだに、ポーは同誌に、詩や小説のほかに、四十数篇の評論や書評を書いているのだが、そういう記事の一つとしてポーは『第三詩集』の「序」から冒頭の一節を削除し、「Bへの手紙」と題してこの雑誌に掲載したわけである。文献学の世界では、テクストに最後に手を加えた者が作者である場合、それを作者の最終意志として尊重するというルールがあるようだが、しかし、ある文献をそのとき書かれたままの姿で知りたいと欲する者にとっては不都合千万なルールだ。あの冒頭の段落があってはじめて、ポーが『第三詩集』を事実に反して『第二版』と称した理由がかなりの精度で推測できるからである。しかし、このようなテクスト事情から推測できるもっと重大なことは、今日隆盛をきわめると見えるアメリカにおけるポー研究も、予想に反して、すくなくともポーの批評的・評論的エクリチュールの文献学的研究に関する限りは、まだこれからという感がある、ということだ。

だが幸い、近頃ではもう「古い」ということでポー研究の「必須文献」のリストから外されることが多い『ウッドベリー版』(*The Works of Edgar Allan Poe*, 10 vols. Ed. E. C. Stedman and G. E. Woodberry. Chicago: Stone and Kimball, 1894-95) には「某氏への手紙」が元の形のままで収録されていることがわかった。よって本書の「某氏への手紙」の訳はこの版によることにし、他の八篇の翻訳の底本にはトムソンの『エドガー・アラン・ポー：エッセイとレヴュー』を用いることにした。ところで、このテクスト探訪にはまだおまけがつく。わたしはふと思いついて、ボルティモアの「ポー協会」のホーム・ページを検索してみることにしたのだ。すると、"Letter to Mr. ——," *Poem*, 1931, pp.9-29 (http://www.eapoe.org/works/essays/blettera.htm) というテクストに逢着した。テクストを開いて見ると「某氏への手紙」が丸ごと姿を現わした。しかも、ウッドベリー版テクストの冒頭のパラグラフをきわめて読みずらくしている箇所に、まるで幾何学問題を解くときの補助線のような役割をはたすコンマが一つ付加されているではないか。そのコンマはもともと入っていたのだろうか——といぶかしんでいると、コンピュータのスクリーン左端上に、"Last Update: April 15, 2009." という文字が見えてきた。それで、わかった——ボルティモアの「ポー協会」が文献を無償で公開しているのは、それらを多くの人の目にさらすことによって、テクスト上のミスや疑問点を見つけさせ、テキストの質の向上をはかっているのだ、と。つまり、これは発展途上のテクストなのだ。そこで、「某氏への手紙」の翻訳にあたっては、適宜『ボルティモア版』のテクストも参照した。

＊

これまで縷々述べてきたように、『第三詩集』が「第二版」となっていることについての弁明である「某氏への手紙」の第一パラグラフ——それは煎じ詰めれば、不本意な第一詩集を抹殺し、『第二詩集』からの再録を合理化するためのポーの戦略だが——の次の節にくるのは、〈詩人＝批評家説〉である。当時この説が、どのていど新鮮なものであったかをつまびらかにする能力にわたしは欠けているが、すくなくとも今日では詩人が同時に批評家であることは何ら不思議なことではなくなっている。その次にポーが「某氏への手紙」で強調していることは、とくにワーズワスを槍玉にあげて、詩の目的は教訓や真実を述べることでなく、快楽を求めることにこそあり、しかもその目的達成のためには意識的な努力が必要であって、詩が何もしなくてもおのずと出来上がるようなふりをすることが詩人の格上げになることなどないというご託宣だが、こんな下手《へた》な要約を試みるまでもなく、ポーがこの手紙の末尾でまとめて書いていることを引き写しておくほうが手っ取り早かろう。

詩とは、わたしの考えによれば、真理ではなく、快楽をその直接の目的とする点で科学と違い、有限の快楽でなく無限の快楽をその目的とする点でロマンスとも異なるのであって、この目的が達成されるかぎりにおいてのみ詩は詩たりうるのである。ロマンスが知覚しうる限定されたイメージを提供するのに対して、詩は無限定の感情を掻き立てるイメージを提供するのであって、その目的のためには音楽は不可欠である。なぜなら美しい音を鑑賞する能力は人間の最も限定しがたい概念作用だからである。音楽が心地よい観念と結びつくとき、それは詩となる。観念を欠いた音楽はただの音楽にすぎず、音楽を欠いた観念は、その限定性のゆえに散文にすぎない。

この一節の驚くべき点は、これがポー最晩年の「詩の原理」からの引用だと言っても異和感がないばかりか、これをそのまま「詩の原理」のテクストにすべりこませても通用するほど、その主張に変化がないことである。「作家の処女作にはその作家のその後がすべて含まれている」とはよく言われることだが、この言い草はここでもあてはまる。

*

ポーが本格的な作家として出発したのは、一八三五年に『メッセンジャー』誌に職を得た頃と考えてよい。一八三三年、「瓶《びん》から出た手記」で懸賞に当選したポーは、そのときの選者の一人でもあったジョン・ペンドルトン・ケネディのすすめで、一八三五年四月、トマス・ウィリス・ホワイトがリッチモンドで創刊した『メッセンジャー』誌に作品を投稿しはじめ、同年夏にはみずからリッチモンドにおもむき、同誌の編集を手伝いだし、一二月には正式に同誌の編集者になった。ポーが編集にたずさわり、短編小説、詩、評論、書評、雑文などを書きはじめると、同誌の発行部数は飛躍的に増大したという。この年には「ベレニス」「モレラ」「名士の群れ」などの短編小説のほか、四篇の詩、いくつかの評論や書評を同誌に発表した。だが翌一八三六年に発表したのはマイナーな短編一つだけで、あとはみな評論や書評の類ばかりだった。とはいえ、ポーが『メッセンジャー』誌に在職中に同誌のために書いたエッセイや書評の類は四十一篇におよぶ。その主題は哲学、科学、物語、航海記、骨相学ばかりか、同時代のアメリカ作家アーヴィング、シムズ、ロングフェロー、ブライアント、またイギリス作家ゴドウィン、コールリッジ、ブルワー＝リットン、ディケンズなどばかりか、いまでは名も忘れ去られているマイナー作家のマイナーな作品は言うに及ばず、『宝石の本』とか『南海探検記』というような本の書評、それに、チェス人形のからくりを看破する趣向の有名なエッセイ「メルツェルの将棋指し」や「Bへの手紙」なども含まれている。このリストから推し量ることがきるのは、ポーの勤勉さとその徒労感である。ポーがこのような状況下で一流の作家・批評家を目ざして刻苦勉励していたかと思うと同情を禁じえない。

一八三七年二月、ポーは『メッセンジャー』編集者の職を捨て、妻と義母を連れてニューヨークに出る。そして六月までには、ポー唯一の長編小説『アーサー・ゴードン・ピムの物語』を完成させてハーパー社に渡したが、それが実際に出版されたのは翌一八三八年七月であった。この本は批評家の評判はよかったものの、一般読者の好評を得ることはできなかった。ポーの失望は深かったに違いない。だが、この間のポーの消息はよくわかっていない。それでも高名な「リジーア」（九月）と「『ブラックウッド』誌流の作品の書き方／ある苦境」（一一月）が『アメリカン・ミューゼアム』誌に発表された。正確な月日は不明だが、この年のうちにポー・ファミリーはフィラデルフィアに移動した。

一八三九年になってもポーの経済的〈苦境〉はつづいた。ワイアット教授から五十ドルの報酬をもらい、その教科書版『貝類学入門』に序文を本名で書き、キューヴィエの動物分類論の一部をフランス語から翻訳した副読本を書くまでにいたった。そこで五月、ウィリアム・バートンが主催する『バートンズ・ジェントルマンズ・マガジン』（以下『バートンズ』と略記）に週給十ドルで雇われ、雑誌編集の雑用と書評などを書く仕事にたずさわったが、『メッセンジャー』誌時代のような容赦ない批評や揶揄するような記事を書くことは禁じられた。それでも、この年には、ポーを代表する作品と言ってよい「アッシャー家の崩壊」と「ウィリアム・ウィルソン」をそれぞれ『バートンズ』誌の九月号と『ギフト』誌のクリスマス号に発表している。

一八四〇年には、数多くの書評のほかに、『ジュリアス・ロッドマンの日記』という西部物を六回にわたって『バートンズ』誌に無署名で連載したが、五月、飲酒上のトラブルでバートンとの折り合いが悪くなり、同誌の編集者を辞め、したがって『ジュリアス・ロッドマンの日記』も未完におわった。そこで誰からもやめさせられることがない自分が主催する雑誌『ペン・マガジン』の創刊をこころざし、六月にはフィラデルフィアの新聞に広告まで出したが、うまく資金が集まらず、計画は挫折し、一二月には、みずからも病床につくことになった。その間に、バートンはジョージ・R・グレアムに雑誌を売り、後者は『グレアムズ・

マガジン』（以下『グレアムズ』と略記）を創刊した。その一二月号にポーは名作『群集の人』を発表した。

一八四一年二月、ポーは『グレアムズ』誌の編集陣に加わり、書評を書いたり、暗号解読についてのエッセイを書いたり、小説を書いたりしたが、四月には本格的な推理小説の嚆矢「モルグ街の殺人」、五月には戦慄と崇高美にあふれる「大渦に呑まれて」、六月には魅惑的なファンタジー「妖精の島」、八月にはポー最初の宇宙論的ダイアローグ「モノスとユーナの対話」、九月にはポー最後の愛の（そして最初で最後のエロスの）物語「エレオノーラ」を同誌に発表した。またほかの雑誌に「週に三日の日曜日」という、ほとんどナンセンスものだが、しかしポー唯一の恋愛物を発表した。

だが、実生活では不幸がつづいた。一八四二年二月一日、妻が結核に感染して喀血し、ポー自身も体調を崩して『グレアムズ』の事務所にしばらく顔を出さないうちに編集長の地位が他人に奪われているのを発見して激高して、それに『グレアムズ』の編集方針も気にいらず、これを機にこの雑誌から手を引いた。そして当時アメリカに来ていたディケンズにフィラデルフィアで会ったり、ジェイムズ・ラッセル・ロウエルやトマス・ホーリー・チヴァーズなどと文通をはじめて文運の隆盛をはかったりもしたが、はかばかしくいかず、ついには定収入を得るためにフィラデルフィア税関に職を求めるところまでいったが、それも不首尾におわった。にもかかわらず、この年にも、ポーはユニークな作品をいくつも書いている。小説では「楕円形の肖像」、「赤死病の仮面」、「マリー・ロジェの謎」、「陥穽と振子」などのポーを代表する幻想と戦慄美のファンタジーや実際にあった殺人事件を解明する趣向の推理小説を発表し、翌年『ダラー・ニュースペイパー』で賞金百ドルを獲得することになる「黄金虫」もこの年に書いた。妻の病気、経済事情の逼迫にもかかわらず、この年は作家的には豊穣な年であったと言えるかもしれない……と、ここまで書いてきて、わたしはまだ、当時ポーが批評的な分野においてどのような仕事をしたかについては具体的に何も触れていないことに気がつかざるをえない。そこで一八四一年から四二年にかけてポーがした批評的な仕事で、トムソンが『エドガー・アラン・ポー：エッセイとレヴュー』に収録したものだけに限って、そのテクスト名と雑誌名と発表年月を掲げてみようとおもう。

ブルワー＝リットン『夜と朝』（『グレアムズ』一八四一年四月）
ウォルシュ『フランス人物考』（『グレアムズ』一八四一年四月）
ディケンズ『骨董屋』（『グレアムズ』一八四一年五月）
ディケンズ『バーナビィ・ラッジ』（『サタデイ・イヴニング・ポスト』一八四一年五月）
マコーレイ『エッセイ集』（『グレアムズ』一八四一年六月）
暗号文について一言《ひとこと》（『グレアムズ』一八四一年七月）
S・スミス『パウハタン』（『グレアムズ』一八四一年七月）
ウィルマー『ヘリコン山のざわめき』（『グレアムズ』一八四一年八月）
マリアット『ジョゼフ・ラッシュブルーク』（『グレアムズ』一八四一年九月）
エインズワース『ガイ・フォークス』（『グレアムズ』一八四一年一一月）
ブルワー＝リットン『評論集』（『グレアムズ』一八四一年一一月）
ウォレン『一万一年』（『グレアムズ』一八四一年一一月）
書評欄への年頭の辞（『グレアムズ』一八四二年一月）

コックトン『スタンリー・ソーン』(『グレアムズ』一八四二年一月)
ブレイナードについて一言(『グレアムズ』一八四二年二月)
ディケンズ『バーナビィ・ラッジ』(『グレアムズ』一八四二年二月)
マシューズ『ワコンダ』(『グレアムズ』一八四二年二月)
レヴァー『チャールズ・オマリー』(『グレアムズ』一八四二年三月)
ロングフェロー『バラッド』(『グレアムズ』一八四二年三月)
ロングフェロー『バラッド』(『グレアムズ』一八四二年四月)
ホーソーン『トワイス・トールド・テールズ』(『グレアムズ』一八四二年四月)
ホーソーン『トワイス・トールド・テールズ』(『グレアムズ』一八四二年五月)
ルーファス・ドーズの詩(『グレアムズ』一八四二年一〇月)
グリズウォルド編『アメリカ詩華集』(『ボストン・ミセラニー』一八四二年一一月)

こうしてリスト・アップしてみて改めて気づくことは、このリストの中に本訳書に収録した評論が七件(太字《ふとじ》)も含まれていることである。これは、この二年ほどが批評家ポーのいちばん脂の乗りきった時期だったことを示しているのかもしれない。

これらの書評・批評群の筆頭にくるのは「ディケンズの『骨董屋』、その他の物語」(一八四一年五月)である。もともとディケンズは自分の個人週刊誌にハンフリー親方および同好の士が集って語る比較的短い物語を『ハンフリー親方の時計』という枠物語に集大成するつもりだったが、途中から予定を変更して『骨董屋』という長編小説に仕立て直したものである。それゆえ、ハンフリー親方の一人称の語りがいつの間にか三人称の語りになったり、「独身紳士」がいつのまにか少女ネルの祖父の実の弟になっているような不自然さが出てきたが、ポーはそういう二重構造に起因する書名の不細工さにまずけちをつけることからこの書評を始めている。だが、しばしば「一貫性の魔」とも呼ばれ、小説は「後から書かれるものだ」と主張したポーにしてはめずらしく、ディケンズのような資質の小説家には〈一貫性〉は元来不必要なのだというような理解を示し、「もともと相互に関係のない各種の挿話の間に一種の調和を確保しようという願望が、さまざま人物を介在させる自明で合理的な理由である。しかしこのようにして獲得された調和はもともと必要がないのであ」り、「それは一貫性という判断基準をいくらか満足させるかもしれないが、それが愉快な効果をもたらすことはめったにない」と述べるのである。ポーはけっして単純な教条主義者などではなかったのだ。ポーはサーヴィス精神に富んだ書評家がよくやるように、このきわめて錯綜した物語をみごとに要約してみせたうえで、「このあらすじが最良とおもわれるのは、それがこの物語の主要な目的に即して構成されているからである。その目的というのは、老人の少女に対する熱烈で夢想的な愛を描くこと――また孤児に老人を献身的に愛さざるをえないように仕向けることにある……この構想はまったくもって美しい。それは単純素朴ながら極めて壮大である。その構想を詳細に検討してみればみるほど、それを生みだした天才の高邁な性格に感嘆せざるをえなくなる」と最大級のオマージュをディケンズに呈している。そして『骨董屋』をけなす段になると、「ディケンズ氏は作者としてのおのれの胸からあふれ出る親切心のために芸術上の邪道におちいっている。なかんずく、ネルを死なすというのはあまりにも残酷である――読者の意気を阻喪《そそう》させることははなはだしい――ゆえに、ネルは死なせるべきではなかった」とまじめに書いている。そしてネルと老人をロンドンから追い出して田園の平和を求める巡礼の旅に旅立たせた悪党クウィルプが警官に追われて逃げるさいに、足をすべらせてテムズ川に落ちて水死したことにも文句をつけている——もっとあの悪党にふさわしい死に方にすべきだった、という主旨である。これはすこし見方を変えれば〈勧善懲悪〉のすすめだ。あれほど教訓嫌いのポーにしては首尾一貫していないと受け取られそうだが、そうではないのだ。たしかにポーは詩の表面から教訓は排除すべきだと主張しているが、その〈底流〉に教訓がひそんでいることはむしろよい、とした詩人批評家なのである——豈《あに》小説においておや。

この調子で本訳書に収録した一篇一篇について〈解説〉していくとなると膨大なものなりそうだ。そこで、ここからは少し駆け足ぎみに覚書き風に書いていくことにする。

*

ウィルマーの『ヘリコン山のざわめき』は当時のアメリカ文壇の堕落を風刺する意図の韻文による試みであるが、その「作品」としての出来について、ポーはほとんどまともな関心を示さず、ある意味では、書評『ヘリコン山のざわめき』(『グレアムズ』一八四一年八月)そのものがポー自身の文壇攻撃と風刺化の試みであると言ってよい。いや、そればかりではない。この書評は風刺詩なるものを公表したウィルマーその人をも風刺しており、しかもその語り口はいかにもひねりが利いているばかりか、社会批評としてもなかなか正鵠を射ている。たとえば、次の一節をお読みいただきたい。「真実がすたれたこの時代において、恐れることなく真実を語る高貴な勇気や、ドン・キホーテぶりを発揮することをほとんど誰にでも控えるように慫漂する社会的雰囲気の中で、ドン・キホーテを演じることのより高い美質について述べておくのも悪くなかろう。『ヘリコン山のざわめき』を発刊するにあたり――わが国の高名な文人のほとんどを名指しで品定めし、その上、概して、公平に扱う（公平に扱うことほど辛辣なことがあろうか？）ことを旨とする風刺詩を発表するにあたり――つまり、この個人攻撃を公表するにあたり――ペンにのみその生計をたよるウィルマー氏は――正直さと臆病さをかねそなえた人士の無言の賞賛は別にして――公然または隠然たる悪辣きわまる迫害しか期待していないのである」。これは読み流せばなんということもない文章だが、ウィルマー氏とその作品の性格および世相を一挙に明らかにしているばかりか、やはりウィルマー氏の蛮勇をいくらか揶揄しているのであり、エピグラム風の〈公平の辛辣さ〉についての文言《もんごん》も、わたしなどには素直に聞き取れる。

しかし、この書評からわれわれがもっともよく汲み取るべきことは、ポーが抱いた書評家ないし批評家のあるべき姿についての見解だろう。ポーはたんなるシニックではない。シーリアスで真っ正直な人だ。ただ、ひどく過剰な自意識の持主だったのだ。たとえば、浅薄な皮肉屋に次のようなことが言えるだろうか――「この問題〔『レヴュー』と題する雑誌が批評《レヴュー》を旨としないこと、書評家が身の安全のために一般論を好み、個別論をしないこと、等々〕についてわれわれ自身の意見が揶揄的な口調をおびていることについては自己嫌悪を覚える。過褒の風潮を叩くのは楽しいどころか、いやな仕事である。過褒とは下手《したで》に出る行為のようでいて、じつは独断的な性質のものである……しだいに社会の常識を侮蔑するていのものに変質するのである」と。ポーは〈常識家〉だった――と言ってもよいほどだ。すくなくともポーが事の本質を見抜く眼識の持主であったことをわたしは信じる。やはりこの書評のなかで批評についてこう述べている――「真の批評とは批評の対象が批評家の精神におよぼす反響にほかならない」と。これは普遍的で明晰な言葉だ。

*

「書評欄への年頭の辞」（『グレアムズ』一八四二年一月）は、「年頭の辞」らしく、従来の「レヴュー」の堕落を嘆き、あるべき「レヴュー」の復活を願う趣旨の一種の檄《げき》で、ポーが非難しているのは「書評の対象となった本から引用をたくさんまじえた要約《ダイジェスト》ないし大要《コンペンディアム》を作成するか……出まかせのコメントをつけその場をしのぐやり方」など、手抜きの横行についての批判と、あるべき「レビュー」の姿の提示だが、その結びはブルワー＝リットンの引用を交えた短いコメントからなっている。これは批評や書評をなりわいとする者にとっては今日でもなお有効な警告であろう。ブルワーは「批評家は果敢に非難する勇気、ねたみを避ける度量、真価をみとめる天分、比較する学識、美を見る目、音楽を聞く耳、感じる心を持たねばならない」と言っているのだが、それに対して、ポーは「これに分析の才と悪口に対する恬淡《てんたん》たる無関心を加えさせていただく」と付言している。

*

「ロングフェローの『バラッド』」（『グレアムズ』一八四二年三月・四月）はポーのロングフェローの剽窃癖への嫌疑がまだ強迫観念にまで凝り固まってしまう以前に書かれたことは幸いであった。すくなくともポーはこの書評で、ロングフェローの詩の「目的はまったく見当違い」であり、「その教訓はことごとく的外れ」であると高飛車に出ながらも、個々の詩篇については意外におだやかで、ときには親切で妥当なコメントをしており、読んでいる方も気持ちがよいばかりか、その褒める根拠が一般的な〈詩論〉の形で場違いなくらいスペースを取って展開されており、それがポーの死後に発表された「詩の原理」にそのままずんなりとつながっている。その〈詩論〉で、ポーは心の世界を、純粋知性、審美眼、道徳感覚の三つにわけ、「**詩的感性**はもっぱら**審美眼**の下女である」が、この下女が「彼女なりのやり方で――道理を説くことは禁じられてはいない……その道理を説き、諭《さと》すことが禁じられているだけである」と言っているが、このところはとくに重要である。ポーはむしろ「教訓」が「底流」にある詩のほうを高く評価しているのだ。「底流」にある「教訓」とは、いわば抑圧された「教訓」のことで、それは詩の表層のプロソディにある種の影響を与えずにはいまい。ポーは根っからの〈表層論者〉なのである。真理が「深み」にないことは「某氏への手紙」のなかですでに述べていた。この書評の冒頭で骨相学の有効性が過剰に強調されているのも、骨相学が頭蓋骨内の脳の、表層である頭蓋骨への表れを問題にする疑似科学であること、つまり内は外に適当に抑制されることによって外面の様相も決ってくるとする詩的アナロジーの提示であったのかもしれない。

*

「ホーソーンの『トワイス・トールド・テールズ』」（『グレアムズ』一八四二年四月・五月）では、ポーは珍しく抑制された評論家を演じている。ホーソーンの「ハウの仮装舞踏会」を自作「ウィリアム・ウィルソン」からの剽窃であるとするあまり説得性のない難癖をのぞいては、ホーソーンの他の作品にはほとんど悪口を言っていない。個々の作品に短いながらも適切なコメントをつけて正当に評価している。たとえば「牧師さんの黒いヴェール」のことは「珠玉の傑作」と言い、その唯一の欠点は「一般大衆にとっては豚に真珠であることだ」と褒めている。そして「この作品のあからさまな意味はほのめかされた意味を圧殺していく」とコメントするが、これは誰もが心の中でうすうす感じながらなかなか言葉にしきれないような物語の機微を巧妙に言ってのけている。が、これもポーが表現の〈表層性〉とそれに隠蔽された〈秘密〉との関係について精通していたからのことだろう。また、ホーソーンの欠陥について、それこそ無い物ねだりだが、全編がメランコリーと神秘主義に満ちていて、多様性の点でも物足りないと指摘しておきながら、「こういうささいな例外を除けば、文句をつけるところは皆無である」とこの評論を結んでいる。こんなのはポーの評論ではめったにないことだ。

*

「フェニモア・クーパーの『ワイアンドット』」(『グレアムズ』一八四三年一一月)はちょっと類を見ない実践的批評ではなかろうか——とくに名の通った〈国民的作家〉の小説に対する批評としては。そのプロットの甘さについての指摘がきびしすぎるというのではない。この小説家の文章の不満なところを添削して書き直して見せるところがである。その結果、すくなくとも書評の紙面では、その文章は簡潔で引き締まったものになるばかりか、きわめて明晰にさえなるのだが、すでに文壇にゆるぎない地位を占めている文士にこんなことをおこなった批評家をわたしは寡聞にして知らない。

＊

一八四五年、ポーは文学的名士になった。同年一月二九日の『イヴニング・ミラー』紙は「鴉」を掲載し、これが大好評を博し、数週間のうちに、この詩のコピーは出回り、パロディーが流行し、アンソロジーに収録された。講演にも引っぱり出され、「アメリカの詩と詩人」というような題の話をしてまわった。また三月、『ブロードウエイ・ジャーナル』誌の編集者になり、やがてこの雑誌の所有者にもなったが、その紙上でロングフェローを「窃盗者」呼ばわりする攻撃を再開し、この騒ぎは「小ロングフェロー戦争」と呼ばれて今日まで記憶されている。しかしこの戦争は「小」の字が冠せられていることからもわかるように、またウーティス（Gk. outis = nobody）なる匿名の人物がロングフェローにかわって「参戦」してきたこともあってか、ポーはだんだん戦意を阻喪して、自分の非を認めるようなことさえ言いだす。たとえば、『ブロードウエイ・ジャーナル』四月五日号にポーがウーティスへ宛てた「剽窃――模倣――あとがき」と題する小文では、「詩情とは……美に対する格別に鋭敏な知覚であり、その美と同一化し、それを己れのものにしたいという切なる願望である。かくして、詩人が熱烈に賞賛するものは……事実上、自分自身の知性の一部となるのである」[*1]というような詭弁を弄して、結果として無意識の盗作を是認するようなことを言っているが、これは「ロングフェロー戦争」の矛を収める準備の一端としか思えない。また同じ雑誌の同年一月一八日号でポーは「あらゆる新しい概念は新しい組み合わせの産物にすぎない。人間は存在しないものを想、像することはできない」[*2]と書くような正しい洞察力の持主でもあった。この伝でいくと、ポーの剽窃への脅迫観念はポーの自己観察やその組み合わせ術《アルス・コンビナトリア》についての考察と裏腹の関係にあったにちがいない。

＊

「構成《コンポジション》の哲学」（一八四六年四月）は、詩「鴉」がどのようにして創られたか、コンポーズされたか、コンバインされたか――それを逐一開陳してみせる趣向のものである。第一に、この詩の長さを一気に読める程度の長さである百行ほどにする。第二に、この世でいちばん哀愁をそそるのは美女の死であるとし、その死を嘆く愛人を登場させる。第三に、この詩を展開させる枢軸としてリフレインを選択し、しかもそのリフレインはもっとも長びかせることのできる音rともっとも響きのよい長母音oを組み合わせた“Nevermore”という語を設定し、第四に、それを物が言えても理性をもたぬ鴉に言わせて……というふうに理詰めに決めていって、ついには理想どおりの作品を創造したという話だが、これはポー一流の〈作り話《ホークス》〉だという説は昔からあり、額面どおりに受け取る必要はかならずしもないが、詩はこのようにして創造されるべきだとする〈からくりの哲学〉としてはおもしろい。種《たね》があることは百も承知で楽しむことが、この種の文章を読むときの要諦だ。

＊

「詩の原理」は死後印刷発表（一八五〇年十月）されたものだが、もともと一般大衆を対象にした講演原稿であり、そのぶん読みやすい。その内実はかなり多くの、しかも名の通った詩人から借りてきた詩の引用とその解説からなり、実際はエドガー・アラン・ポーという今をときめく詩人が朗読してみせる趣向の催しの記録であるから、その情景を想像しながらお読みいただければ読書の楽しみは倍増することであろう。そういうこともあって本訳書には誌の原文とその訳の両方を掲げておいた。引き合いに出されるのは、バイロン、シェリー、テニソン、マザウェル、ロングフェロー、ブライアント、トマス・ムア、トマス・フッドなど、いずれも当時の聴衆が一度は耳にしたことがあるような詩人の詩ばかりである。ところで、この「詩の原理」には、「ロングフェローの『バラッド』」に出てきた〈詩論〉がほとんどそのまま再利用されている。これはポーの詩観の〈一貫性〉、別言するならば〈変わらなさ〉のあかしとも言える。

（八木敏雄訳『ポオ評論集』岩波文庫「解説」二〇〇九年）

註

＊1 "—the poetic sentiment ... implies a peculiarly, pherhaps abnormally keen appreciation of the beautiful, with a longing for its assimilation, or absorption, into the poetic identity." Edgar Allan Poe, "Plagiarism — Imitation — Postscript." *Broadway Journal*, April 5, 1845.

＊2 "Novel conceptions are merely *unusual combinations*. The mind of man can imagine nothing which does not exist." Edgar Allan Poe, "American Prose Writers, No. 2: N. P. Willis," *Broadway Journal*, January 18, 1845. Italics added.

22 頭の中のマクロコズム『ユリイカ』

一八四九年七月七日、ポーは旅先から義母マライア・クレムに手紙を送り、次のようにパセティックな、またいささか理不尽なことばを書きつけている。

この手紙が着き次第、わたしのところに来てください。あなたにお会いできる喜びがわたしたちの悲しみをほとんどつぐなってくれるでしょう。わたしたちはいっしょに死ぬよりほかないのです。いまはわたしに理屈を言ってもむだです。わたしは死なねばならないのです。『ユリイカ』をなしおえてしまったので、わたしはもう生きてゆく意欲がありません。もう何もなしとげられそうにありません……わたしはほんとうに気が変になったことなどありません……ここへ来てから一度、飲みすぎて留置所に入れられたことがありますが、そのとき気が変になっていたわけではありません。飲んだのはヴァージニアのことでなのです。（傍点ポー）

わたしはポーが一種の甘えん坊で二重性格者だったとは信じているが、ポーが嘘つきだったという説も、震顫性譫妄症《しんせんせいせんもうしょう》にかかっていたという説も信じない。わたしは、ポーがどこかで種明かしをするつもりのない嘘や、何らかのかたちで実行に移せない嘘は言わない種類の人間だったと信じているし、一人の作家に意識の譫妄状態を仮定してその作家の何かを証明してみせることに愉悦を覚える質《たち》でもない。だから、ポーが「わたしは死なねばならないのです」と言明したからには、まさしく死なねばならなかったのであろうと信じる。事実、彼の律儀さは度をこしていて、この手紙を書いてから三月《みつき》しかたたぬ一〇月七日にボルチモアで客死した。享年四十。路上で倒れているところを病院に運ばれ、そこで死んだ。ところで、もしポーの死をその言明の実行だと信じるのなら、彼が死なねばならぬ理由としてあげたことも信じなくてはなるまい。もしそうなら、ポーは「『ユリイカ』をなしおえてしまった」ので、また「もう何もなしとげられそうになかったので、死なねばならなかったのである。そうならまた、まさしくポーは死なねばならぬほどの企てを『ユリイカ』においてなしとげたのだと信じなければならない。それが何であったかについてはおいおい明らかにするとして、わたしの議論を信じない読者にしても、ポーがこの作品に託した心情の重みを先の手紙から読みとるのにやぶさかではあるまい。

前後するが、妻ヴァージニアとの死別（一八四七年一月三〇日）、経済事情の逼迫、肉体の衰弱にもかかわらず、ポーは一八四七年を通じて着実に『ユリイカ』の稿をすすめていた。これを六十人あまりのニューヨークの聴衆をまえに朗読したのが一八四八年一月三日。アーネスト・ヘミングウェイやジョゼフ・コンラッドの評伝でも有名なジェフリー・メイヤーズの『ポー評伝』（一九九二年）によれば、ある新聞はこの講演を「壮大なナンセンス」と評し、別の新聞は「強力な分析力と深遠な想像力の産物」と評し、また別の新聞は「このみごとな講演が終わると、終始魅せられたように耳をかたむけていた聴衆はいっせいに温かい賞賛の拍手を送った」と書いた。さらにメイヤーズはこの講演に魅了されたあるポー・ファンの次のような感想を引用している。

……わたしはその蒼白、繊細、知的な顔と比類なく大きな目がこれほどポーにふさわしいと思ったことはなかった。彼の講演は燦然たる英知がほとばしる狂想曲《ラプソディ》であった。彼は霊感をうけて語っているようであり、その霊感は数少ない聴衆を金縛りにした。彼は外套のボタンをしっかりと喉もとまで掛けてその華奢な胸をおおい、その目は例の大鴉《おおがらす》の目のように輝き、われわれ聴衆を二時間半にわたって魅了した。

そのいっぽうで、この講演に出席していたポーの文学上の友人エヴァット・ダイキンクは「死ぬほど退屈した」と言い、それは「宇宙に関する講演で――無味乾燥な科学用語にみち――一般むけの講演としては非常識きわまる妄言のかたまり」であったと述べている。以上の反響のいずれが正しいか、あるいは正しかったかはさておき、当時その講演を直接聞いた者の反応には歴然たる分裂傾向があり、それが今日までつづいていることだけは確かである。

ところでポーはこの聴衆のよいほうの反応に気をよくして、一八四五年に短編集と詩集を出版してくれたパットナム社のジョージ・パットナムに面会して『ユリイカ』を初版五万部で出版する話をもちかけたが、結果としては五百部の出版と十四ドルの前金で決着をみた。なんともあわれである。しかし、ともかく『ユリイカ』は一八四八年七月一一日、パットナム社から定価七十五セントで出版された。当時のジャーナリズムの反応は、この本の難解さのためか、概して毀誉褒貶が曖昧で腰が引けているものが多かったが、なかにはスウェーデンボリ流の神秘主義《スピリチュアリズム》の本とまちがえたり、ジョージ・ブッシュなるニューヨーク大学のヘブライ語教授のように、その汎神論的傾向を非難したりするものもあった。はたしてポーは落胆したであろうか？　いや、むしろ逆だった。『ユリイカ』の「難解さ」が評者の曖昧な賛辞を引き出したときほど、ポーのプライドがくすぐられたことはなかっただろう。

『ポー書簡集』（ジョン・オストローム編、全二巻、一九六六年改訂）の「索引」を見ても、ポーにはこの作品に言及した手紙が多いことがわかる。なかには若い友人ジョージ・W・エヴェレスに送った長文の手紙（一八四八年二月二九日付）もあり、そこでポーは自作の内容を箇条書きに要約してみせたばかりか、結びの部分で、いささか調子にのって、「わたしが提唱することは（やがて）物理学ならびに形而上学に革命をもたらすでしょう。わたしはさりげなくこう言いますが、確信をもってそう言うのです」とさえ記している。しかし、ポーは『ユリイカ』を書くにあたり当時の科学的知識をかなり存分に学習したとはいえ、この「論考」が物理学や天文学に影響をあたえるたぐいの専門的な論文でないことは誰の目にも明らかだった。また『ユリイカ』がまともな形而上学の書でないことも確かであった。『ユリイカ』の導入部で、ポーは西暦二八四八年という「未来」から送られてきた手紙に語らせるという「不可能な」手段をもちいて、アリストテレスに代表される演繹的方法論、フランシス・ベーコンに代表される帰納的方法論をともに否定し、直観ないし想像力に訴える第三の方法論を主張しているが、正当な形而上学的、または論理学的手順を踏んでのことではない。それはせいぜい、すでに確立していた「真理」の確認法に対するきいたふうな揶揄、当てこすりであり、同時に『ユリイカ』でポーが採用した「憶測法」についての根拠薄弱な弁明であるにすぎない。この作品が発表された当時すでになされたその種の非難に対して、ポーはある手紙（同年九月二〇日付）で、

「わたしの真意はこうである――アリストテレスの方法もベーコンの方法も絶対的に正しいわけではないこと――したがって、いずれの哲学も、それが自負しているほど深遠なわけではないこと――そして直観と呼ばれる想像力に訴えるとみえる方法を、いずれの哲学も軽蔑する権利がないこと。なぜなら『直観』とは、つまるところ『帰納ないし演繹に由来するものだが、その過程が影のごとく判然としないので、われわれの意識にのぼらず、われわれの理性をすり抜け、われわれの表現能力をうわまわるところの確信にほかならない』からである」と『ユリイカ』本文（岩波文庫版四〇頁―以下頁数のみ示す）からの引用までまじえて弁明しているが、まことに穏当な見解であるとしか言いようがない。

的を外れ、正鵠を射ていない非難や批判には、人は意外に鷹揚に振舞えるものである。ポーの場合がそうだった。『ユリイカ』は、当時の科学的知識を可能なかぎり利用し、きわめて論理的な口吻で語りながら、じつは主として想像力にたよる宇宙再構想の幻想的な、言いうるならば、詩的な試みであった。だから、この作品が科学的に荒唐無稽ときめつけられようと、哲学的に無意味と非難されようと、作者は痛痒を感じなかったはずである。しかもポーは、そういう非難や攻撃をあらかじめ無効にしておくためであるかのように、この作品に「散文詩」という副題ないし「品質表示」を付しておいた。そのうえ「序」までつけ、「本書に……充溢《じゅういつ》する**美**のゆえに――**真理**をして真たらしめる**美**のゆえに」この作品を「**真理**の書」として「夢見る」読者にささげると述べ、作者の死後、「この作品がもっぱら**詩**としてのみ評価されんことを切望してやみません」（七頁）と結んでいる。コウモリと呼ばれればネズミ、ネズミと決めつけられればコウモリと応ずる準備を万端ととのえて、ポーはこの野心的な、思いをこめた作品を残してこの世からみまかったように思われる。

このような韜晦は、しかし、これまで多くの、ことに英語圏の読者の猜疑心をそそってきた。「鴉《からす》」や「アナベル・リー」などの短い抒情詩の書き手、「詩の原理」や「構成の哲学」などで、詩の唯一正当な領域は「美」(beauty)であり、「美」と「真」(truth)とは水と油のごとくなじまず、詩の長さは一気に読めるほどの短さがよいと主張してきた詩論家ポーが、この四万語を費やして散文で書かれた奇妙きてれつな論文を「**詩**」として、「**真理**の書」として読んでくれというのであるから、それも無理からぬ。

だが、純粋に夢見ることの何たるかを知り、書くことの極北を見きわめ、想像界の本質的な虚無性を知悉していたフランスの象徴主義者《サンボリスト》たちのあいだには、『ユリイカ』をポーが望んだとおりに、あるいはそれ以上に、読みとった詩人たちがいた。一冊の本のなかに、いや書物の一頁のなかにさえ、全宇宙を封じ込めようという夢にとりつかれ、ついに白い紙に無限に数少ない文字を書きつけるはめになったステファーヌ・マラルメ。そのマラルメの忠実な弟子ポール・ヴァレリー。そしてこのヴァレリーが、今後ともけっして書かれることのないであろうような美しい洞察に富んだ『ユリイカ』論(一九二三年)を書いたことは周知のとおりだ。次はその一節である。

彼〔ポー〕はこれらの数学的な問題を基礎として一つの抽象的な詩を書いたのであって、それは物質的な、また精神的な自然を総体的に説明しようとした、現代には稀な一例なのであり、正しく一つの天地創成説なのである。……そしてこの形式は各種の聖典や、見事な詩や、美しさと滑稽さに満ちているきわめて奇異な物語や、宇宙などというつまらないものを対象とするのには時折もったいないほど深遠な物理学的な、また数学的な研究を含んでいる。しかし人間としての栄光は空虚な事柄との対決に自己を費すことができることに存するのであり、それは単に彼にとって栄光を意味するだけではなく、気違いじみた探求は思いがけない発見をもたらすのである。すなわち実在しないことの役割が実在するのであって、想像上のことは具体的に作用し、純粋な論理学はわれわれに虚偽が真実を意味することを教える。かくして精神の歴史は次の言葉で要約することができる。すなわち精神はそれが求めることにおいて無稽であり、それが発見することにおいて偉大なのである。（吉田健一訳「『ユリイカ』をめぐって」『ポー全集』第三巻、東京創元新社、一九七〇年。傍点ヴァレリー）

「実在しないことの役割が実在する」のであって、それが機能するとき「虚偽が真実を意味する」という論議ほど、『ユリイカ』（この表題は「我レ発見セリ」を意味するギリシャ語 *εὕρηκα* の英語読み）の完璧な弁護がありうるだろうか。それはポーが一八四七年当時、物理学的・形而上学的な意味において「発見した」ことが、その後に発見された幾多のきわめて重大な物理学的・形而上学的事実によって否定もされなければ、また確証もされない性質のものであることを述べているからだ。ここにおいて『ユリイカ』は物理学的・形而上学的見地からなされる非難に対して一種の無謬性を与えられたことになる。とはいえ、『ユリイカ』は、たとえばジェイムズ・ジョイスの『フィネガンズ・ウェイク』のように、自律する小宇宙を言葉によって構築しようとした企てとはちがって、あくまでも美しい法則によって運行する宇宙についての科学的装いをもつ論考――ポー自身の「序」の要請にこたえるならば――「一篇の物語《ロマンス》」なのであって、その物語から科学的要素を取り除けば無効になるような文学のジャンルではない。つまり、ありていに言えば、ＳＦとは違った意味での一種の疑似科学的物語なのである。すると、議論はまた逆流しはじめる。あらゆる擬似科学的作品は科学的見地からなされる査定を完全に免除されてはおらず、それによって芸術作品《アート・プロダクト》としての品格が左右されることからもまた完全にはまぬかれていないからである。ここにこそ、まさにポーの『ユリイカ』を現代の進歩した科学的宇宙論と照らし合わせて読んでみるゆえんがある。そうすることによって、いくらか逆説的な言い方になるが、ポーの詩人としての想像力が、またその品格が問いなおされることにもなろう。はたしてそれが、吉と出るか、凶と出るか。

＊

その装いが何であれ、『ユリイカ』が一種の宇宙論であることに疑問の余地はない。今日の科学的宇宙論にしても、原理的には観測が不可能な領域まで含めて宇宙全体の性質や構造を論ずるもので、原理的には観測が可能なものしか対象にしない物理学などとは異質なものである。この点について、小尾信彌はその『宇宙の進化』（朝日出版社、一九七七年）で、「宇宙論は通常の意味での自然科学ではない、ということもできる。前提となる立場あるいは仮定がないと、宇宙論をつくることができない。現在一般に受け入れられている立場は、『宇宙原理』と呼ばれるもので、宇宙は空間的に一様かつ等方であるとするものである。これが、観測から得られた近似的事実である……大望遠鏡で比較的よく観測されている三十億光年までの範囲では、星雲の空間分布は一様かつ等方である」と述べている。

この現代の科学的宇宙論の立場は、ポーの『ユリイカ』のそれと基本的に同じではないか。ポーがその宇宙論で「前提とした立場あるいは仮定」は「**原初の事物の原始の単一のなかに、その後のすべての事物の原**

因がひそみ、同時に、**それらすべての不可避的な消滅の萌芽**もひそむ」(一〇頁)であった。そして、ポーの「宇宙原理」は「星々がほぼ球状に群をなして分布している空間の全域にわたって、その配置のされ方には、ある種の大まかな一様性、均等性、ないし等距離性がある」(七〇頁)と記述されている。このような仮説と前提に基づき、ケプラーの惑星の公転軌道に関する法則、ニュートンの重力と運動の法則、ラプラスの星雲説や天体力学を援用して「神のプロット」であるところの「宇宙のプロット」の解明の企てが『ユリイカ』なる作品であると考えてよかろう。

その作品の内容をもうすこし具体的に要約するなら、精神的宇宙とは神の意図によって無から有になり、またやがて無に復帰する過程のことであり、物質的宇宙とは原始の考えうるかぎり純粋な単一状態にあった物質が爆発的に拡散・放射されて現在の多様な星々が存在する現状のことであるが、それもまた宇宙の全体として大観するなら、原始の単一状態への復帰を準備する過程にほかならない。存在とは、ポーによれば、過程なのであり、無数の原子と原子のあいだに引力と斥力が働かなければ物質は存在しえず、したがって宇宙も存在しないのである。ポー自身の言葉で再説するなら、「**引力と斥力**によってのみ**物質**は人間の**意識**に顕現しうるのであるから……あらゆる場合において、**物質**は**引力と斥力**としてのみ存在し――**引力と斥力**こそが物質であると想定することは絶対に正しい」(五二頁)ということになる。

このような宇宙解明の試みをヴァレリーは「精神はそれが求めることにおいて無稽であり、それが発見することにおいて偉大なのである」といくらか文学的に述べたのだが、科学的には、ポーがこの「散文詩」において物質と時間と空間と引力と光とのあいだに均斉のとれた相対的な関係があるとしたことを、アインシュタインの相対性理論と結びつけ、それがアインシュタインの宇宙観と同様にポーの宇宙観を美しくしているとも指摘しているのである。これはまったく的はずれな指摘ではない。ポーの体系においては「一貫性」こそが発見の方法であり、発見そのものであったわけだが、アインシュタインもまた「自然は単純を好む」という信念のもとに研究をつづけ、例の高名な「質量とエネルギーは同等である」ことを示す単純な式を基礎に驚嘆すべき相対論的宇宙論を構築したのであった。ちなみに、『ユリイカ』の「引力と斥力こそが、物質である」とはポーの$E=mc^2$ではなかろうか。

ところで一般相対性理論を提出して間もない一九一七年、アインシュタインは重力場方程式に万有斥力を意味する宇宙項をつけ加えて静的宇宙（正の曲率をもつ閉じた有限宇宙）を得たが、その後一九二二年にロシアの数学者アレキサンダー・フリードマンは宇宙原理を仮定してアインシュタインの重力場方程式に解を与え、その結果、一様で等方な宇宙が静的な状態にあるのは不安定であること――つまりアインシュタインの静的宇宙は現実的なモデルではないこと――さらには、宇宙はつねに膨張か収縮の状態になくてはならないことを明らかにした。この結果に基づいて一九二七年に膨張宇宙論を展開したのがベルギーのルーベン大学天体物理学教授ジョルジュ・ルメートルだった。次はルメートルの『原始原子――宇宙論についての一考察』の一部である。

原始原子仮説は、現在の宇宙を一つの原子の放射能崩壊の結果として説明する仮説である。私は約十五年以前に、熱力学的考察からこの仮説に導かれたが、それは、エネルギーの均等化を量子論の枠組のなかで解釈しようと試みていたときであった。そのとき以来、人工的につくりだされた放射能崩壊が示す放射能の普遍性と、また地球磁場が宇宙線におよぼす効果によって明らかにされたその粒子性の確認は、放射能の起源をすべての存在する物質と、およびこれら宇宙線に帰する仮説をより確からしいものにした。

それゆえ、私はいまやこの論理を演繹的な形で提出するときがきたと思う。私はまず最初に、これがそもそもの出発点から無意味なものにしてしまいかねないいくつかの大きな困難を、いかにうまく避けることができるかを示したいと思う。それから、私は以下の事柄を十分よく説明するような結果を導くことに努力するつもりである。その事柄というのは宇宙線に関することだけではなく、星とガス雲から構成され、渦巻き星雲あるいは楕円星雲に組織化されて、ときには数千もの星雲からなる大きな集団をつくり、それらが膨張宇宙の名で呼ばれている機構によって互いに遠ざかりつつあるという、いわば現在の宇宙の構造である。

（小尾信彌訳『宇宙の進化』より）

これは、もし時間をあと戻りさせるなら、宇宙に浮かぶ無数の星雲は急速に接近して、ついには宇宙に存在するすべての物質を含む「宇宙の卵」あるいは「原始原子」にまで押しつぶされるとする現代の宇宙進化論ないし膨張宇宙説を芽生えさせた画期的な考えを述べた科学論文の一節だが、その語り口、その論のすすめ方、その根本的論旨は、変えるべきところを変え、目をつぶるべきところは目をつぶって読むならば、それはなんとポーの『ユリイカ』という「非科学的」論考の議論と似ていることか。ポーもまた「原始原子」なるものを想定し、その爆発的な拡散によって「星の宇宙」が形成されたとするビックバン宇宙論の立場に立っていたと言えるのではないか。むろん、ポーのは観測によって裏づけされた科学的根拠のある説ではなかった。しかしルメートルの仮説にしても、しばらくは天文学界から無視され、ようやく一九二九年になって、遠い星雲はどれも銀河系から遠ざかっており、その後退速度が距離に比例して大きくなるというハッブルの法則が発見されるにおよび、英国の天文学者アーサー・スタンリー・エディントンによって注目され、一九四〇年代にはアメリカの物理学者ジョージ・ガモフによって受けつがれ、今日では天文学上の定説として確立しているのである。

くりかえすが、ポーが『ユリイカ』で説いた宇宙創造説は、いくらかの保留をつけて言うなら、いわば「原始原子仮説」に基づいて展開される一種の「進化宇宙論」あるいは「爆発説（ビッグバン説）」なのである。ポーは「神が最初に創造したもの」とは「およそ考えうるかぎり**単純さ**の状態にある**物質**以外のものではありえない」（四〇頁）と仮定しているが、現代の天文学も宇宙は原始においては限りなく小さかったと想定している。「相対論的な膨張宇宙モデル……を過去に向かってどんどんさかのぼると、宇宙は限りなく小さくなってしまい、ついに時刻がゼロにおいて宇宙は無限に小さく、密度は無限大となる。この時刻が、われわれの宇宙の始まり、すなわち開闢の時である」とは小尾信彌の『宇宙論入門』（サンポウジャーナル、一九七八年）の記述だが、このような状態にある物質は、ほとんどわれわれの想像を絶しているがゆえに、ポーのように「およそ考えうるかぎり**単純さ**の状態にある**物質**以外のものではありえない」と表現することも許されるだろう。

ところで現代の天文学は開闢期の宇宙をどのように考えているのか。ふたたび小尾の『宇宙論入門』によるが、それはこう述べている。

宇宙のあらゆるものが一点に集まってしまい、空間の曲率が限りなく大きくなり、密度もまた無限に大きくなるという特異状態は、いわばすべての物理理論を放棄することであり、現存の理論の破綻である。それは、物理法則が沈黙してしまう状態である。特異状態から宇宙が開闢したというのは、神がそのとき宇宙を創造した、というのとおなじことである。なんとかして、始まりや終りの特異状態を取り除きたい、たとえば、小さく収縮していった宇宙が、無限に小さくなる以前に、まるでボールが床の上ではねかえるように、次の膨張宇宙に滑らかにはねかえるようにできる工夫はないものかと、いろいろ研究がされてきたが、成功はしていない。

物理法則が沈黙してしまうような特異点から宇宙が開闢したと想定することは「神がそのとき宇宙を創造した」というのと同じであるというふうに、現在の先端的天文学者でさえ「神」を持ちださねばならないのである。それゆえポーが神を持ちだしたことに不思議はない。それどころか、科学なるがゆえに今日の天文学がかかえこんでいる困難を、ポーは『ユリイカ』で「諸法則に卓越するかの普遍法則である周期性の法則に想像力をゆだねて」難なく解決してしまう。すなわち、ポーの「信念」によれば、膨張から収縮に転ずる宇宙はやがて宇宙空間の一点に収斂《しゅうれん》して「物質的虚無」と化すのだが、そこからまた「**神の心臓**が鼓動するごとに、新しい**宇宙**が悠然《ゆうぜん》と出現」(一八六頁)してくるのである。これは科学的には無稽な議論であろう。だが、現代の天文学者にしても、大宇宙が閉じていて、膨張がいつしか収縮に転じ、ついに一点に凝縮し、また別の膨張宇宙に滑らかに連なるような宇宙像をいだきたがっていることは先の引用からも明らかだろう。なぜなら、そのほうが美しいからだ。しかし科学者は観測の結果や、有効性が実証されている現存の理論を想像力やアナロジーによって無視したり歪曲したりするわけにはいかない。そこでとみに脚光を浴びてきたのがブラックホールである。「そこでは、重力エネルギーが mc^2 という質量エネルギーと同程度になっていて、これより強い重力場はない……その正当性については疑問は残っているが、単純さと美しさとが正当性の目安になるならば、他の重力理論より一般相対論ははるかに正しいといえる。宇宙論が一般相対論で主に研究されている理由である」（小尾『宇宙論入門』）となれば、今日の科学者も「単純さと美しさ」をそなえた理論の呪縛からは逃れられないのである。そこで、宇宙のあらゆるものを強大な力で吸い込んでしまうブラックホールに対して、いわば、あらゆるものの吐き出し口といった存在であるホワイトホールなるものが考えだされる。そして、このホワイトホールがブラックホールとトンネルのようなものでつながっていて、宇宙からブラックホールを通して吸い込まれた物質は、別の宇宙に放出され、また新たな宇宙が形成されるとする説も提出されている。が、こうなると、現代の先端的な宇宙論も、原理的に観測が不可能な宇宙の地平線のかなたの領域を考察の対象としているのであり、詩人の想像力が生みだした詩的産物である宇宙論『ユリイカ』と本質的な差はないことになる。この差異のなさを勘案するなら、美と真理と詩を結びつけた「序」の論旨に目くじら立てるまでのことはなくなる。いや、それどころかポーはそこで本気でものを言っていると考えてよい。「序」においてだけではない。ポーは『ユリイカ』本文においても次のように述べている。

……この均整に対する感覚は、ほとんど盲目的に信を置いてよい本能である。それこそが**宇宙**の——その至上の均整美のゆえに、もっとも壮麗なる詩にほかならぬ**宇宙**の——詩的真髄である。さて均整と一貫性は同意語である——ゆえに**詩**と**真実**とは一つである。何ごともその真実性に比例して一貫しており

——一貫性に比例して真実である。くりかえすが、完璧な一貫性は絶対的な真理にほかならない。

（一七三頁）

この「散文詩」においては、美と真理、均整と一貫性は同意語なのである。もっと正確に言えば、ポーが想像し、アプリオリに考えた宇宙は「神の〔完璧な〕プロット」だから、それを可能なかぎりの「一貫性」をもって解明するなら、その過程も結果も必然的に美であり真でなければならないのである。この態度は「自然はその本質において単純である」（湯川秀樹）という信念をもって物理学の研究をしている現代の科学者のそれと基本的には同一である。だから、アインシュタインより百年ほど早くポーが「**星の宇宙**が絶対的に無限であるとする考えほど支持しかねるものはない」（一三三頁）と言明しようと、また「原始原子」が宇宙空間に「一様かつ等方」に拡散すると結論づけるにあたって、「こうすれば宇宙は純粋に幾何学的な基礎のうえに築かれることになる」（四六頁）と「幾何学的」なることをわざわざ強調しているところなど、時間と空間が同等で、空間は非ユークリッド幾何学的にゆがんでいるという相対性理論の観点すれすれのところまで肉薄しているのではないかという幻想をわれわれにいだかせるほどである。いや、ポーはもっと端的に、「この論考でわれわれが一歩一歩、段階を踏んですすめてきた考察によって、空間と時間が一つであることを明白かつ直裁に認識できることをはっきりさせておいた」（一五七頁）と述べているのである。その「一歩一歩」が科学的思考の「段階」を「踏んだ」ものであったかどうかを不問に付するなら、この記述はアインシュタインの「一般相対性理論の基礎」（一九一六年）が到達した「時空間の曲率が物質分布によって決められる」という「時空の物質性」ないし「時空の同質性」の議論についての記述としても通用しないだろうか。すくなくとも、これはポーの宇宙についての想像力がかなり良質なものであったことの証左として採用されてもよかろう。が、あまりこの方向に議論をすすめ、憶測をかさねてゆくと、贔屓《ひいき》の引き倒しになるばかりか、『ユリイカ』の文学作品としての読み方からも遠ざかり、文学者ポーをおとしめる結果にもなりかねない。そこで、膨張宇宙そのもののように本質的には不安定なこの作品の解説も、このへんでやめることにしたい。

（ポー作、八木敏雄訳『ユリイカ』岩波文庫「解説」、二〇〇八年）

註

＊翻訳の底本には Edgar Allan Poe, *Eureka: A Prose Poem.* New York: Prometheus Books, 1996 をもちいたが、この版は *The Complete Works of Edgar Allan Poe.* Ed. James A. Harrison, 17 vols. New York: 1902 に収録されている『ユリイカ』とまったく同じではない。ハリソン版は、ポー自身が再版にそなえて『ユリイカ』初版本に直接鉛筆で書き込んだ修正を、頁数・行数を明示して収録しているが、プロメシウス・ブックス版『ユリイカ』はこの書き込みをポーの最終意図と解して校訂されているからである。ただし、書き込みは論旨の本質にかかわるような訂正を含まない。大半は字体など表記法にかかわるタイポグラフィカルな修正か、文章の意味をより明確にするためか、同意語の範囲にとどまる語句の選択にかかわる改訂である。また、ポーは『ユリイカ』で単語の頭文字を大文字にしたりイタリック体を多用したりしているが、その鉛筆書き込みによる改訂版では、さらに追加して頭文字を大文字にしたり、逆に大文字だったものを小文字にしたり、イタリック体をローマン体にしたり、逆にローマン体をイタリック体にしたりするたぐいのタイポグラフィカルな修正が主であり、論旨にまで及ぶ修正はまずない。本訳書では原則として、原文がイタリック体になっているものには傍点を附し、頭文字が大文字になっているものはゴチック体にしたことをお断わりしておく。

＊本論は『ポオのＳＦⅡ』（講談社文庫、一九八〇年）の「解説」を元にし、それはまた「ＳＦとしての『ユリイカ』」（『カイエ』一九七九年）を元にしている。ビックバン宇宙論は一九七〇年から飛躍の三十年を迎え、わたしが『カイエ』に本稿の原型を発表したころには全盛期にあり、巷間には宇宙論の啓蒙書があふれていた。小尾本以外にも、佐藤文隆・松田卓也編『相対論的宇宙論』（講談社、一九七四年）、Ｓ・ワインバーグ『宇宙創生はじめの三分間』（ダイアモンド社、一九七七年）、日下実男『ブラックホール99の謎』（サンポールジャーナル、一九七八年）などがあった。

V

消尽と変身の文学

ボッティチェリ『パラスとケンタウロス』(1482頃)。知と戦争の女神パラスと半人半馬のケンタウロス。Sandro Botticelli, *Pallas and the Centaur*, c. 1482, Uffizi, Florence.

23 **消えなましものを——坂口安吾論**　この論文は佐伯彰一を編集人とする『批評』(1968年春季号) に発表したものである。いま、「作家論特集」を銘打つこの号のページをめくってみると、大久保典夫の「小林多喜二ノート」、笠原伸夫の「泉鏡花論」、山室静の「カーレン・ブリクセンの世界」、日沼倫太郎の「嘉村儀多素描」などの諸論と並んで、「文学と政治」という座談会が組まれ、秋山駿、石原慎太郎、西義之、村松剛が名を連ね、さらに三島由紀夫の連載『太陽と鉄』(五) が掲載されている。その三島が華麗な蕩尽ともいうべき自決を遂げた1970年11月25日からはや40年がたつが、左翼センティメンタリズムがその誕生をもたらしたとも言える民主党政権になって、憲法改正、自衛隊の国軍化、自主防衛、中国になめらるな……などの声が急に高まっているのは、皮肉なことだ。ところで、この号の『太陽と鉄』を読んでみると、三島は「形見として言葉をもモニュメンタルに」終わらせるには、どうすればよいのかを「江田島の参考館に展示されている特攻隊の幾多の遺書」から学んでいる。「七生報国や必敵撃滅や生死一如や悠久の大儀」のような、微妙な個の心理を排し、ひたすら自己を壮麗な言葉に同化することこそが肝要だと発見している。三島の辞世の句が、稚拙で紋切り型だったことをわたしは思い出す。

24 **馬になる理由——小島信夫論**　小島信夫に「馬」という作品がある。結婚生活の象徴とも言うべき家がいつのまにか建ちはじめ、やがて気がつくと五郎という馬が住みついて、しかも妻との関係がどうも怪しい。「僕」は五郎をこらしめてやろうと、その背にまたがって思い切り鞭をくれてやると、五郎は勢いよく走り出し、その「速さはいよいよまして、僕はだんだん僕が馬になり、五郎をのせて走っているような奇妙な」感じになる。(中扉に配したボッティチェリの絵は、トキ子と語り手「僕」の関係をしのばせる。) わたしはここに『別れる理由』の前田永造が馬になる発端があるとにらんだ。が、それにしても、なぜ馬なのか、なぜ犬ではいけないのかをいぶかり、処女作「汽車の中」から「星」、「墓碑銘」、「燕京大学部隊」へと馬が実際に出てくるところばかりか、実際に出てこないか馬臭いパセージを随所にかぎつけて詮索してみたところ、軍隊という星の数の記号体系の中でいわばゼロ記号の馬がはたす役割や、家庭の中に侵入してきて、ついには家の主人が馬になったりする「理由」がいくらか分かったような気がした。それを「馬になる理由」で書いた。これに関して小島信夫は、「八木さんは、私の作品には、馬を扱ったものが多いといい、作者と馬との関係の密なる秘密にふれ……この小説 (『別れる理由』) は、『馬になる理由』ともいうべき小説だといい、私を驚かせています」(『昭和文学全集21』小学館、1987年) と自作「解説」の中に書いてわたしを喜ばせている。小島信夫は2006年10月26日、満91歳で没した。

23 消えなましものを

坂口安吾論

1

坂口安吾が死んでもう十三年になる。ことさらに時の流れが迅速で、世相の変遷がはなはだしいこの国では、十三年とはけっして短い歳月ではない。物故作家を現在に蘇活するなり、あるいはきっぱりと引導を渡すなりのこころみの数多くがなされていても不思議はない。しかるに坂口安吾に関しては、ときおりその墓前にうしろめたげな追悼の辞と花束が捧げられてはきたものの、本格的な文学的供養がとり行われたという噂を耳にしない。怪しむにたる。ときおりの追悼と花束とは次のような語り口に代表されるオマージュのことである。安吾四回忌の席上、尾崎士郎はこう語った――「坂口の残して行ったものが、果して文学であったか、あるいは、もっと大きいものであったかは別として、彼の仕事の中にあるヒラメキは、必ずや、後代の人達に影響を与えるであろう」と。安吾の文学的価値は「別として」、その人間的魅力を愛惜顕彰する諸家の文章はけっしてすくなくない。だが一人の文学者を評定するにあたって、その価値が作品より人にあるというたぐいの論法がその作者を褒めるレトリックとして採用され、しかもそれとして通用するとは奇妙な話である。安吾の文学の容易ならぬ性格と、その文学にたいする評価法の手詰りを暗示しているのであろうか。まさか、「私は死後に愛読されたってそれは実にただタヨリない話にすぎない。死ねば私は終る。私と共にわが文学も終る。なぜなら私が終るのですから」(「教祖の文学」)という安吾自身の言葉に大方の筆者が義理立てしているわけではあるまい。作家は死に、作品が残る——それは自明の理である。安吾がどう言ったにせよ、安吾は死に、作品が残った。しかし死者の言に忠実に振舞って礼節をつくす仕方もあるわけで、石川淳が、そしてわたしの知るかぎりでは石川淳だけが、それをみごとにやってのけた。彼の「安吾のゐる風景」がそれだが、それは昭和三一年六月、安吾の死の翌年に書かれたエッセイである。石川はその冒頭ですでに安吾を文学的には殺しにかかり、「安吾はもう今日に生きてゐない。時間的にはふりかへつて見なくてはならぬやうな遠くに、安吾はゐる。遠くに」と書き、つづけて「安吾はよく書き、よく褒めるのは自分の書いたものにきまつてゐる。それはもつと、もつと、自分をさきのはうにせき立てる調子のやうにもきこえた。かつて白痴と題したものがあつたが、奇妙なことに、当人あまりこれを褒めたがらない。いや、奇妙な褒め方をする。おれには白痴よりもつといいものがある。そして、判らねえかといふ顔つきをして見せた。べらぼうな。わたしは一向に判つてやらなかつた。しかし、当人が何といはうと、白痴はいいものだといふことは判つてゐた。これは安吾の全部であつた」と断定する。彼はその「鷗外覚書」の流儀で、「白痴」第一、それを措いて安吾には「もつと傑作があると思つてゐるやうなひとびとを、わたしは信用しない」と言っておるわけである。そして、こう結ぶ——「安吾が消えてなくなつたあとには、もし気やすめが必要ならば、まあ竹の棒でも一本立てておけばよい。さいはひ、当人が書き捨てた反故《ほご》の中に、ちやうどまぐれあたりに、墓碑銘、いや、竹の棒にでもきざむに適した文句がある。『花の下には風吹くばかり。』」と。坂口安吾その人を深く愛惜しながらも、その作品のほとんどを反故と断定してはばからず、そうすることによって安吾の片々たる遺言にまで義理立てしているおもむきである。さすがである。が、これは夷斎石川淳にのみ許されている粋であろう。なみの批評家には、「安吾のゐない風景」のなかで、石川が反故と断定した作品をも含めた安吾の全作品を視野におさめつつ、それらを手がかりに彼を現在に復活するなり、彼に引導を渡すなりの不粋な仕事が許されているだけであろう。

2

坂口安吾の文学的出発を代表する作品は「風博士」である。それは彼のいうファルスであった。いかなる作品をひっさげて文学の世界に登場しようと、それは作家の勝手であるが、かかる珍妙な作品をたずさえて登場した作者はこの国には類がない。それが荒唐無稽な作品であったから類がないのではなく、それが存在していないものをあたかも存在していないかのごとくに描く不逞な意図を有する作品であったので類がないのであった。普通、小説は存在していないものをあたかも存在しているかのごとくに読者に錯覚させることを意図する。しかるに「風博士」は、その作品からあらゆる存在の痕跡を払拭し、それらがたしかに存在していなかったことを読者に納得させるために書かれた作品のように思える。風博士は「三日というもの一本の花も売れなかったにかかわらず、主として雲を眺め、時たまネオンサインを眺めたにすぎぬほど悲劇に対して無邪気」な十七歳の花嫁に寄する期待と熱狂のため、その結婚式の当日、ついに炸裂して風と化したのであるが、われわれは「ただ一陣の突風が階段の下に舞い狂うのを見るのみで」、風博士がいまだ健在であったはずの時期においてすら、ついぞ風博士その人の風《ふう》はともかく貌《ぼう》は見ないのである。結局のところ、風博士とは風であり、無であることを読者は納得せざるをえないわけだが、それとて確実な証拠があってのことではない。われわれはついにその風さえたしかには目に見ないのであるから。いや、作者はそれが風でさえなかったことを証明するためかのように、その作品の末尾で次のような強弁をあえてするのである。

諸君、偉大なる博士は風となったのである。果して風となったか？　然り風となったのである。何となればその姿が消え失せたではないか。姿見えざるは之即ち風である乎？　然り、之即ち風である。何となれば姿が見えないではない乎。これ風以外の何物でもあり得ない。風である。然り風である風である風である。諸氏は尚、この明白なる事実を疑ぐるのであろうか。

こう強引にアリバイをつきつけられては、「明白なる事実」なるものさえ疑ぐらないわけにはいかなくなるではないか。ところで、ここにおいて坂口安吾は成功したか。然り、彼は成功したのである——このファルスの意図が存在の空無化にあったかぎりにおいては。また、アリバイによる逆説的人間存在の証明のこころみにおいても。「近代とは存在に無が侵入してきたことである」とは誰かの言葉だが、もしそうなら、かかる無を内部にかかえた人間の存在形式、それだけを主題に作品化しえた、この国では最初の作であったという意味でも「風博士」は記念すべき作品であった。が、いまは作品の存在論的意味は問うまい。いましばらくはこの作品が孕む文学的な意味にだけ注目して論をすすめたい。安吾の人間的魅力の魔にまどわされて、わたしもまた「坂口の残して行ったものが、果して文学であったか……は別として」論じはじめる破目にならぬという保証はないからである。由来、サイレンの住む岩礁を通過する者は耳に蠟しなければならぬ。

さて、ここに安吾のファルスについての所論（「Farce に就いて」昭和七年）がある。それは彼の文学的生涯をうらなった覚書とも読める。

ファルスとは、最も微妙に、この人間の「観念」の中に踊りを踊る妖精である。現実としての空想の――ここまでは紛れもなく現実であるが、ここから先へ一歩を踏み外せば本当の「意味無し《ナンセンス》」になるという、斯様な、喜びや悲しみや歎きや夢や嚔やムニャムニャや凡有ゆる物の混沌の、凡有ゆる物の矛盾の、それら全ての最頂点《パラロキシミテ》に於いて、羽目を外して乱痴気騒ぎを演ずるところの愛すべき怪物が、愛すべき王様が、即ち紛れもなくファルスである。知り得ると知り得ないとを問わず、人間能力の可能の世界に於いて、凡有ゆる翼を拡げきって空騒ぎをやらかしてやろうという、人間それ自身の儚なさのように、これも亦儚ない代物には違いないが、然りといえども、人間それ自身が現実である限りは、決して現実から羽目を外していないところの、このトンチンカンの頂点がファルスである。もう一歩踏み外せば本当に羽目を外して「意味無し」へ墜落してしまう代物であるが、勿論この羽目の外し加減は文学の「精神」の問題であって、紙一枚の差であってもその差は、質的に、差の甚しいものである。

坂口安吾がその文学的第一歩を踏みだす地点として選んだところが「もう一歩踏み外せば本当に羽目を外して」文学ではなくなってしまうようなあやうい場所であり、そのような「紙一枚の差」のところを「イノチガケ」で渡る覚悟で彼がいたことを右の一文はあざやかに物語り、彼の生涯がその言をうべなっているようにみえるのであるが、「末期の眼」を獲得することによって作家が出発するのがならいの文学の世界にあっては、そのこと自体は驚くにあたらないけれども、ファルスの文体も「ファルスについて」の文体も、「白痴」の文体も、「堕落論」の文体も、「桜の森の満開の下で」の文体も「安吾捕物帖」の文体も、一見したばかりでなく、本質的に差がないところは、小説の文体、評論の文体、随筆の文体となんとなく、しかしどこか劃然と区別が立っているこの国においては、安吾についてのきわだった特色の一つに数えられよう。しかし一人の作家の文体のほんとうの特質がその「末期の眼」の文体における反映にあることは言うまでもない。ところで、ひとまず過程を抜きにして結論めいたことを言ってしまえば、安吾の文体は精神の運動の軌跡や観念の姿をとらえるのは得手だが、体積と質量を備えた物体や具体的な人物の姿をとらえるのは不得手であるように思える。前出の「Farce に就いて」には「一体が、人間は、無形のものよりは有形の物の方が分り易いものらしい」というくだりがあるが、これなど、問わず語りに自己の眼の質について語った言葉と受けとれる。が、いつまでも例証抜きでは気がとがめる。さきにあの高名な風博士の貌に接しない旨のことを書いたいきさつもあるので、作中、あの博士の日常の風貌をもっともよく作りえていると思える描写部分を抜き書きしてみることにする。

偉大なる博士は甚だ周章て者であったのである。たとえば今、部屋の西南端に当る長椅子に腰懸けて一冊の書に読み耽っていると仮定するのである。次の瞬間に、偉大なる博士は東北の肱掛椅子に埋もれて、実にあわただしく頁をくっているのである。又偉大なる博士は水を呑む場合に、突如コップを呑み込んでいるのである。諸君はその時、実にあわただしい後悔と一緒に黄昏に似た沈黙がこの書斎に閉じ籠もるのを認められるに相違ない。順ってこのあわただしい風潮は、この部屋にある全ての物質を感化せしめずにはおかなかったのである。たとえば、時計はいそがしく十三時を打ち、礼節正しい来客がもじもじして腰を下そうとしない時に椅子は劇しい痼癪を鳴らし、物体の描く陰影は突如太陽に向って走り出すのである。

齣数をおとした映画を見るあんばいである。どんなに目をこらそうと、人物の目鼻立ちはもちろん、その体躯の輪郭さえ見ることがない。ただあわただしい光の交差のような動きを見るのみ。この作品が存在の無を描いたものであるからそうなのではない。一挙に十五年後の「白痴」にまで飛んで、その文体を検討してみても同様の事情が発見される。たとえば「白痴」の主人公伊沢が間借りしている母屋にまた間借りしている娘は、「相手の分らぬ子供を孕んでいる」のであるが、その娘の容姿や日頃の行動については次のような描写、いや、記述があるだけである。

この娘は大きな口と大きな二つの眼の玉をつけていて、そのくせひどく痩せこけていた。家鴨を嫌って、鶏にだけ食物の残りをやろうとするのだが、家鴨が横からまきあげるので、毎日腹を立てて家鴨を追っかけている。大きな腹と尻を前後に突きだして奇妙な直立の姿勢で走る恰好が家鴨に似ているのである。

もしもこの娘に姉だか妹だかがいるとすれば、血は争えぬというから、これもまた相手のわからぬ子を孕み、鶏より家鴨を好み、「大きな口と二つの大きな眼の玉をつけていて、そのくせひどく痩せこけている」可能性はきわめて大きいわけであるが、そのような場合、われわれはどうやって姉妹を区別すればよいのであろうか。余計な心配だと言われればそれまでのようだが、元来が描写をするとはそういう余計な心配をすることのはずで、それはフローベルが弟子のモーパッサンに語ったという描写についての教訓を読んでみてもわかる。モーパッサンは師の言葉をこう伝えている――「戸口に腰かけている乾物屋、パイプをくゆらしている門番、辻馬車の溜り、そういうものの前を通ったら、その乾物屋なり、門番なりを私に描いて見せてくれ。その姿勢なり肉体上の外見なりを一つ残さず、……要するに私がほかのいかなる乾物屋、ほかのいかなる門番とも混同しないように、描いてみせてくれ。ただの一言で、ある辻馬車の馬が、あとから走って来るあるいは先を走っている五十頭のほかの馬と、どの点で似ていないかを、私にわからせてくれ」（『ピエールとジャン』序文）と。この一頭の馬とほかの五十頭の馬とではちがっているところよりは似ているところのほうが多いにきまっており、言葉とは元来がそういう類似を簡便にひっくるめるために発明されたものであってみれば、これは一見むたいな要求である。しかし右のフローベルの教訓を記録したモーパッサンは同じ文中、「真実を描くということは……真実の完全な幻覚《イリュジオン》を与えることであって、事物の継起の雑沓の中に奴隷的にこれを敷き写すことではない。才能ある写実主義者はむしろイリュジオニストと呼ばるべきである。のみならず、現実を信じるとは一体何という子供らしいことだろう」とも書いている。だから写実家が描写にあたって実際に行った精神の操作は、数多くの言葉のなかから一つの言葉を選びだし、それをもって一人の門番なり一頭の馬なりに命名し、想像界上にあらたなる一人の門番、一頭の馬を創造（想像）することであったはずで、かならずしも現実のある門番や馬を指示したわけではなかったのである。そこである時、ある場所に一人の門番や一頭の馬が現存するかのごとくに読者に錯覚させる法を錬磨することが彼らの作家修業となったのである。ところが坂口安吾は視実を信じるほど子供っぽくなかった点ではイリュジオニストたるレアリストの資格にまったく欠けていたわけではなかったものの、彼はレアリストとはほとんど逆の手法を編みだすことを作家修業と心得ていたあんばいであった。彼は物の姿を描くかわりに、魂の姿を描いたのだった。彼が「相手の分らぬ子供を孕んでいる」娘が「毎日腹を立てて家鴨を追っかけている」さまを描いたとき、彼はこの娘の魂の水準が地面を走りまわるアヒルの低みにあることを描いていたのであり、ここではそれは成功していると言える。肝心の白痴女の容貌についても、その気違いの夫とこみで、「白痴の女房はこれも然るべき家柄のしかるべき娘のような品のよさで、眼の細々とうっとうしい、瓜実顔の古風な人形か能面のような顔立ちで」という一行があるだけ。女の顔の描写としては陳腐きわまるが、この古典的美貌の持主の白痴の女が「ただ待ちもうけている肉体にすぎず」、「ただ無自覚な肉欲のみ」の存在であることとのむごたらしい対比によって、この女のあらゆる人間から隔絶した「芋虫の孤独」を浮彫りにするような配慮はこの作品においてはなされていて、その意味ではあの陳腐な描写は生かされているのである。

くどいようだが、平野謙がその坂口安吾論で「迫真的な空襲の描写」と評した空襲場面の一節を次に引いて彼の文体の特質を示す最後の事例とし、なんとかさきにすすみたい。

　爆撃は伊沢の家から四五百米離れた地区へ集中したが、地軸もろとも家はゆれ、爆撃の音と同時に呼吸も思念も中絶する。同じように落ちてくる爆弾でも焼夷弾と爆弾とでは凄みにおいて青大将と蝮ぐらいの相違があり、焼夷弾にはガラガラという特別不気味な音響が仕掛けてあっても地上の爆発音がないのだから音は頭上でスウと消え失せ、龍頭蛇尾とはこのことで、蛇尾どころか全然尻尾がなくなるのだから、決定的な恐怖に欠けている。けれども爆弾という奴は、落下音こそ小さく低いが、ザァという雨降りのようなただ一本の棒をひき、此奴が最後に地軸もろとも引き裂くような爆発音を起すのだから、ただ一本の棒にこもった充実した凄味といったら論外で、ズドズドズドと爆発の足が近づく時の絶望的な恐怖ときては額面通りに生きた心地がないのである。

空襲の恐怖は描かれていても、空襲の描写はない。すくなくとも爆弾が落下してくるさまが如実に描かれているわけではない。描かれているのはむしろ主人公伊沢の「生命の不安と遊ぶことが生きがい」という精神の姿勢と、そういう気構えから生ずる一種の余裕であって、それは焼夷弾と爆弾を凄味においてはてんで問題にならぬ青大将と蝮という二つのものになぞらえるというような手法によってもかもしだされているわけだが、そういう文章上の余裕が「ままよ、伊沢の心には奇妙な勇気が湧いてきた。その実体は生活上の感情喪失に対する好奇心と刺戟との魅力に惹かれただけのものであったが、どうにでもなるがいい。ともかくこの現実を一つの試練と見ることが俺の生き方に必要なだけだ」という主人公の心の構えにリアリティを附与する効果をあげている。そうなら、坂口安吾とはきわめて逆説的リアリストの眼をもつ作家であったということになる。イリュジオニストはまたリアリストたりうる別種の証左である。

3

昭和一六年に書かれた安吾のエッセイに「文学のふるさと」というのがある。私見によれば、ここには彼の文学の秘密を解く重要な鍵がかくされている。彼はそのなかでいくつか例をあげて自分の文学の秘密をあかしているのだが、ことに重要なのは伊勢物語六段を引いて語る部分である。すこし長くなるが引用してみる。

昔、ある男が女に懸想して頻りに口説いてみるのですが、女がうんと言いません。ようやく三年目に、それでは一緒になってもいいと女が言うようになったので、男は飛びたつばかりに喜び、さっそく、駈落することになって二人は都を逃げだしたのです。芥の渡しという所をすぎて野原にかかった頃には夜も更け、そのうえ雷が鳴り、雨が降りだしました。男は女の手を引いて野原を一散に駈けだしたのですが、稲妻にてらされた草の葉の露をみて、女は手をひかれて走りながら、あれはなに？　と尋ねました。然し、男はあせっていて、返事をするひまもありません。ようやく一軒の荒れ果てた家を見つけたので、飛びこんで、女を押入の中に入れ、鬼が来たら一刺しにしてくれようと槍をもって押入れの前にがんばっていたのですが、それにも拘らず鬼が来て、押入の中の女を食べてしまったのです。生憎そのとき、荒々しい雷が鳴りひびいたので、女の悲鳴もきこえなかったのでした。夜が明けて、男は始めて女がすでに鬼に殺されてしまったことに気付いたのです。そこで、ぬばたまのなにかと人の問ひしとき露と答へてけなましものを——つまり、草の葉の露を見てあれはなにと女がきいたとき、露だと答えて、一緒に消えてしまえばよかった——という歌をよんで、泣いたという話です。

この物語では、三年も口説いてやっと思いがかなったところでまんまと鬼にさらわれてしまうという対照の巧妙さや、暗夜の曠野を手をひいて走りながら、草の葉の露をみて女があれは何ときくけれども男は一途に走ろうとして返事すらできない——この美しい情景を持ってきて、男の悲嘆と結び合わせる綾とし、この物語を宝石の美しさにまで仕上げています。

安吾はこれにつづけて、この物語にある宝石の冷たさのようなものの本性は「生存それ自体が孕んでいる絶対の孤独」であり、このような物語はいかにもむごたらしく、救いのないものであるが、「むごたらしいこと、救いがないこと、それだけが唯一の救いなのであります。モラルがないということ自体がモラルであると同じように、救いがないということ自体が救いであります」と論を展開する。ここに戦後のあの高名な「堕落論」のさわりの部分のプロトタイプを見ることはたやすいが、わたしはそんな小さな発見で満足しようというのではない。わたしはこの伊勢物語の一節に坂口安吾の全文学、全生涯の原型を見ようというのである。そのためにはまずその原型の原型たる伊勢物語六段の原文にあたってみる必要がある。六段全部を左に引用するが、全部といっても短いものだし、それを読むのにさしたる予備知識もいらない。「伊勢物語は、歌物語として最初の作品である。歌物語というのは歌を中心にした物語であって、万葉集巻一六の由緒ある雑歌から出て来たといわれている」という『岩波古典文学大系』の解説にみえる一節を読めばたりよう。要するに、歌物語とは、いまように言いなおせば、観念小説とでもなるであろうか。彼の小説がしばしばその名で呼ばれていることが思いあわされてよい。

むかし、をとこありけり。女のえ得《う》まじかりけるを、年を経《へ》てよばひわたりけるを、からうじて盗み出でて、いと暗きに来けり。芥川《あくたがは》といふ河を率《ゐ》ていきければ、草の上に置きたりける露を、「かれは何ぞ」となむをとこに問ひける。ゆくさき遠く夜もふけにければ、鬼ある所とも知らで、神さへいといみじう鳴り、雨もいたう降りければ、あばらなる蔵《くら》に、女をば奥におし入れて、をとこ、弓《ゆみ》䉀《やなぐひ》を負ひて戸口《とぐち》に居り。はや夜も明けなんと思ひつゝゐたりけるに、鬼はや一口に食ひてけり。「あなや」といひけれど、神鳴《な》るさはぎにえ聞かざりけり、やうやう夜も明けゆくに、見れば率《ゐ》て来《こ》し女もなし。足ずりをして泣けどもかひなし。

白玉《しらたま》かなにぞと人の問ひし時露と答へて消えなましものを

これは、二条の后《きさき》のいとこの女御の御もとに、仕うまつるやうにてゐ給へりけるを、かたちのいとめでたくおはしければ、盗みて負ひて出でたるけるを御兄人《せうと》堀河《ほりかは》の大臣《おとど》、太郎国経の大納言、まだ下らうにて内へまゐり給ふに、いみじう泣く人あるをきゝつけて、とどめてとりかへし給ふてけり。それをかく鬼とはいふなりけり。まだいと若うて、后のたゞにおはしける時とや。

伊勢物語のこの一節はいわば坂口安吾の人と作品の形而上的似姿をした構造式を有する純粋結晶体のごときもので、それにこちらから光線を当てると、あちらにさまざまな安吾の人生図や作品の姿が投映され、しかも光源の強度や位置を微妙に変化させると、あちらの映像もまた微妙な変化を見せるというぐあいになっているように思われる。たとえば右の一節の「鬼」という一字に光線を当てただけで、あちらには年のほどは九歳の安吾という「小鬼」が出刃包丁を振りかざして兄弟を追う図（「おみな」参照）がまずうつり、「花妖」の「鬼になる自分を知る」瞬間をかさねながら「別の女」に脱皮する契機をつかんだ雪子という鬼、「金銭無情」の最上清人なる金銭の鬼、女に褌を洗わせて、「地獄を憎まず、地獄を愛し……、孤独に立ち去ることを、それもよかろう、元々人はそんなものぐらいに考えられる鬼」など、さまざまな「鬼」の姿が走馬灯のように浮かんでは消え、消えては浮かび、そればかりか、不思議なことに、「鬼の眼」とか「鬼の退屈」とかいうもともとは眼に見えない抽象観念までがあざやかな姿をとってうつしだされる仕組みになっている。また「芥川といふ河を率ていきければ」の一句に照明を当てると、茫々たる焼野原を白痴の女の手を引いて歩ゆむ男の後姿が浮び、それは「絶対の孤独」の似姿をしている。「かたちのいとめでたくおはしければ盗みて負ひで出でたるけるを」からは、桜の森の満開の下を盗んだ女を背負って息せき切らせて走る盗賊の姿が浮かびあがる。「ゆくさき多く夜もふけにければ」男は必死の思いで先をいそぐのに、草の葉に置く露を指して「かれは何ぞ」と女が問うくだりに強い光線を当てると、まず夜長姫の無邪気な、あどけない顔が大写しになり、ついで耳男の耳をそぐ残酷な場面や、村人に死の呪いをかけるために耳男にいくどもいくども山に蛇を捕りにやり、その蛇を裂いて高楼の天井から逆吊りにする不気味な場面もうつり、最後に耳男が姫の胸にキリを打ちこむシーンで終わるかと思うと、「夜長姫と耳男」にオーバーラップして、北陸の夏も終わりに近い荒天のたそがれに、「貝が食べたいから海へ行ってとって来ておくれ」(「おみな」)と母に命じられて荒海の底に貝を採りにゆく少年の日の安吾の姿がうつる。そろそろ比喩は捨てるが、伊勢物語という結晶体はこれまで指摘した以上のもっとさまざまなことがらをもうつしだすのであるが、坂口安吾の原体験とも称すべき重要なことがらがすでにうつしだされていたことにお気づきであろうか。「おみな」という安吾の自伝的作品は、彼と母親との関係を知るうえで貴重な資料であるが、そのなかでわたしがかかりに「貝採り事件」と呼ぶ安吾の体験について、こう書かれている。

暗い荒れた海、人のいない単調な浜、降りだしそうな低い空や暮れかかった薄明の中にふと気がついて、お天気のいい白昼の海ですら時々妖怪じみた恐怖を覚える臆病者の私は、一時はたしかに悲しかったが、やがて激しい憤りから殆んど恐怖も知らなかった。浪にまかれてあえぎながら、必死に貝を探すことが恰も復讐のように愉しかったよ。とっぷり夜が落ちてから漸く家に戻ってきて、重い貝の包みを無言でズシリと三和土の上に投げだしたのを覚えている。

少年安吾を荒海にやり「浪にまかれて消えなましものを」と思わしめ、そうすることを復讐とまで感じさせた母親のことを、彼はいま引いた作品のなかで「為体《えたい》の知れぬ」「あの女」と呼び、「かりそめにも母を愛した覚えが、生れてこのかた一度だってありはしない。ひとえに憎み通してきたのだ」と断言し、「所詮母という奴は妖怪だ」と述べている。ただごとではない。これをわたしが安吾の原体験と呼ぶゆえんだが、安吾の母は父という「鬼」に食べられてしまったので「妖怪」に変化《へんげ》したのであろう。こういう仮定をあえてわたしがするのは、伊勢物語のあの一節に暗示されたからばかりでなく、またおきまりのフロイト学説を思いだしたからでもない。彼のもっとも初期の作品の一つ「ふるさとに寄する讃歌」に奇妙な一句を見いだすからである。この小品は「遠きにありて思うもの」であるはずのふるさとに帰りついて、自分を拒むふるさとをうたう趣向の「讃歌」であるが、「私」はふるさとの風景のなかに「消えなましものを」という願望を抱いている。そして「私も亦……、一つの風景にすぎなかった。古く遠い匂いがした。しきりに母を呼ぶ声がした」の一節がある。現実の母は「妖怪」で、それを「憎み通した」ことは事実であったにちがいないが、父なる「鬼」に奪われる以前の「ふるさと」なる「母」への思慕が彼の場合にもあって、それが「しきりに母を呼ぶ声がした」の一句を書かしめたと考えなければ、前掲の一節は理解しがたい。が、ともあれ、少年坂口安吾が母親に拒まれた存在であり、それに対して「消えなましものを」という願望を抱き、それが彼の復讐の形式であったという仮説をたてることはそれほど不自然なことではあるまい。

少年の日の坂口安吾にそれほどかかずらっているいとまはないが、彼の自伝的小説「石の思い」にもこの仮説が適用できる一事件の記録がある。「中学校に入ったときは眼鏡なしでは、最前列へでても黒板の字がみえなかった」のに「私の母は眼鏡を買ってくれなかった」のだが、どういうはずみか（そこに彼の母の妖怪性があった）眼鏡を買ってもらえることになると、彼は「不注意で黒眼鏡を買ってしまい」、そこで「仕方がないので本格的に学校を休んで」しまうことになる。だが不注意で黒眼鏡を買ってしまうなど、不注意でもなんでもなく、それは仕組まれた挫折であり、「消えなましものを」の成就であり、復讐の一形式であったにちがいない。そしてこういう原体験がその後の安吾の行動の型を大きく決定したようにも思える。成人してからの矢田津世子との一件のことが思いだされる。数年の恋愛の末、やっと思いがかなって、接吻を一度かわしたところ、懊悩動顚して、絶交状をたたきつけて失恋してしまうという型。が、わたしには安吾の伝記的事実に即してこの論を展開してゆく意志も用意もない。坂口安吾という文学者誕生の地点に戻りたい。

くりかえすが、坂口安吾は拒まれた存在であった――伊勢物語のむかしありける男がそうであったように。しかし安吾には復讐の手段があった。それが彼の文学だった。文学的いとなみとは、現実においては拒まれ、物理的には所有を禁じられているものを想像力によって奪取し、観念的には所有する復讐の行為であるとみなされてよかろう。ただそのさい、文学者は言葉を用いるという共通点はあるが、共通なのはそこまでで、その奪取法、所有の仕方は作家によって千差万別。ただ、その差が一人の作家の特質を決定するのだ。

ここでまた安吾が文学的に出発した地点にしばし戻ってみる。「風博士」――この風変りな人物がみずからすすんで蒸発してしまった理由は何か。彼は遺書を残している。それによると、彼が失踪したのは「何等の愛なくして余の（先）妻を奪った」蛸博士に対する復讐であったことが明瞭になる。この人物が消えたのは、あるいは作者がこの人物を消したのは、風博士の、ひいては安吾自身の「消えなましものを」の空想的実現であったことはもはやあきらかではないか。初期の安吾の作品にはいわゆるファルス形式のものが多く、そこに登場する人物がことごとく何らかの仕方で消えてしまうのであるが、そのことはこの文学形式がこの作家の「消えなましものを」の実現のためには必須の形式であって、鬼面人を驚かす仕掛けなどでは毛頭なかったことを物語る。そして後のファルス形式もまた伊勢物語六段を原型としていることも、ここで指摘しておきたい。（断っておくが、「影響」のことを言っているのではない。）が、彼のファルスでは「風博士」以外にはまだ言及していないので、平衡上「紫大納言」に触れてみるが、これは「昔、花山院の御時、紫の大納言という人があった」ではじまり、「大納言は、てのひらに水をすくい、がつがつと、それを一気に飲もうとして、顔をよせた。と、彼のからだは、わが手のひらの水の中へ、頭を先にするりとばかりすべりこみ、そこに溢れるただ一掬の水となり、せせらぎへ、ばちゃりと落ちて、流れてしまった」で終わる。解説めいた言辞は不要であろう。

だがファルスばかりが安吾の文学形式ではなかった。年譜によれば処女作「木枯の酒倉から」（昭和六年一月）、「ふるさとに寄する讃歌」（同六月）、「風博士」（同六月）、「黒谷村」（同七月）、「海の霧」（同九月）、「霓博士の癈頽」（同一〇月）……と、いわゆるファルスと、いわゆる小説が半々につづく。それでは、ファルスでは比較的容易に思える「拒まれた者」の「消えなましものを」の成就がほんとうらしさを基調とする小説ではどのように実現されていたであろうか。

ほんとうらしさを基調とする小説においては、いかな作者も、作中人物のあの願望をそう簡単にかなえてやるわけにはいかないことは見えすいた理である。なるほど作中人物に自殺を選ばすという下策はある。が、それは所詮下策にすぎぬ。そして事実としては、坂口安吾は作中の自分の分身に自殺を選ばせたことはない。これはかならずしもこの「消えなましものを」の作者にとって自殺が魅力ある観念でなかったことを意味しない。事実彼が自殺を口にするのをわれわれは耳にした。（小林秀雄・坂口安吾対談参照）。壇一雄は「小説坂口安吾」の冒頭で安吾の歩く姿を「自爆戦車の驀進」にたとえていた。「生存自体が孕む絶対の孤独」をしっかりとだきしめることを主目的としていたかにみえるこの小説家にそのことあるは異とするにたりぬが、彼にはそういう「孤独」の実感の獲得をまたおのれの生の発条とする弁証法があり、それが安全弁の役割りを果たしていたことも事実であろう。そういう作家が、しかも芸術即実生活、知行一致の信条の持主でもあった彼が、その作中人物に安易な自殺を許さなかったのにじつは不思議はないのである。そうなら、それでもなお「消えなましものを」を小説のなかで実現するためには、彼はどうすればよかったのか。伊勢物語の男のように、それを歌にして抒情するか。彼の処女作とみなされてよい「ふるさとに寄する讃歌」にはたしかにそういう抒情性があるが、この段階においてすらすでに安吾に特徴的な「消えなましものを」の成就法が見られ、そのことは先刻ちょっと暗示しておいたつもりだ。

私は蒼空を見た。蒼空は私に沁みた。私は瑠璃色の波に噎ぶ。私は蒼空の中を泳いだ。そして私は、もはや透明な波でしかなかった。私は磯の音を私の脊髄にきいた。単調なリズムは、其処から、鈍い蠕動を空へ撒いた。

これは「讃歌」の冒頭の一節。ここにあらわなのは作者の風景のなかへ溶け入りたいという願望である。「蒼空」は彼の「悲しさ」の客観的等価物であった。「蒼空」は形なく、透明で、しかもしっかりと手に握ることができない。その点で彼の「悲しさ」に似ていた。そしてそのなかにみずからを解消せしめることが彼の「悲しみ」の所有法であった。しかし彼はそれに成功したであろうか。

長い間、私はいろいろのものを求めた。何一つ手に握ることができなかった。そして何物もつかまぬうちに、もはや求めるものがなくなっていた。私は悲しかった。しかし、悲しさをつかむためにも、また私は失敗した。悲しみにも、また実感が乏しかった。私は漠然と、拡がりゆく空しさのみを感じつづけた。涯もない空しさの中に、赤い太陽が登り、それが落ちて、夜を運んだ。そういう日が、毎日つづいた。

「讃歌」の「私」はこう告白する。「何一つ手に握ることができな」い人間とは、つまり何物も手に握ることを欲しない人間のことである。しかし「私」がみずからに禁じていたのは、作者自身がそうであったように、物の物的な所有であったはずで、たとえば「手に握る」ことのもともとできない「悲しみ」の所有を禁じていたわけではなかった。だからこそ「私」のほんとうの悲しみは「悲しさをつかむためにも」失敗したことにあり、「悲しみにも、また実感が乏しかった」ことにあった。そして北陸の物悲しい真夏の風景に溶け入ることが「私」の「悲しみ」の所有法であるとわたしは言ったが、その「私」が悲しみの所有にも失敗したと告白したところで、それがただちに文学的にも失敗したことの証拠にならぬことはもちろんである。しかしこの作品でそれが文学的に成功したか否かの判断をわたしもここでは控えたい。ただこの方式がその後の安吾の文学上の「悲しみ」や「孤独」の所有法となったことを指摘しておく。

それは昭和七年発表の「蟬」ではこうなる。

私は、一瞬にして、懶うげな空気の中へ、透明な波紋となって溶けてしまうと、この坂道に鳴き頻るジンジンとした蟬の音となり、そして、この真白な病室へ——私は、もんもんと呟き乍ら木魂して来るのであった。

附言すべきことはない。だが戦後の「私は海をだきしめていたい」という象徴的な題をもつ作品になると、その所有法は次のような変化をみせる。

私は女の肉体をだきしめているのではなしに、女の肉体の形をした水をだきしめるような気持になることがあった。（中略）私が肉欲的になればなるほど、女のからだが透明になるような気がした。（中略）女の肉体が透明となり、私が孤独の肉欲にむしろ満たされて行くことを、私はそれが自然であると信じるようになっていた。

安吾の作品を戦前と戦後に大別すれば、戦前の作品において彼が「消えなましものを」の達成のために採用した手法は無媒介に空、光、風、音、海、風景などの対象に溶け入ることであったが、「白痴」にはじまる戦後の作品においては女体を媒介に空、光、海……などの対象に解消することを手法として採用しはじめたと言える。引用の作品では「私」は女の肉体をだきしめながら「海」を、そしてつまりは「孤独」をだきしめてしまったことになっている。海——それは冷えびえと透明である。海はすべてを溶解してなおみちたりぬ貪欲である。しかし海はなんとなつかしいことか——これが安吾の海であり、またわれわれの海でもある。そういう海についての共通観念を最低の必要条件として、安吾の独自な「孤独」の観念と「海」の観念が完全な等号でむすびつけられるところにこの作品が成立しているわけであり、そのむすびつきの強固さの度合の強弱に作品の成否がかかっているわけである。が、愛読者というものはそれ以上のことをする。彼は安吾の「恋愛論」に「悲しみ、切なさによって、いささかみたされる時はあるであろう。それにすらみたされぬ魂があるというのか。ああ、孤独。それを云いたまうなかれ。孤独は人のふるさとだ」というくだりがあったことも思いだす。そして安吾の「海」とは彼の「孤独」そのものであったことを深いうなずきとともに納得するのである。

だがここで注意すべきは、安吾が「孤独」をつかむための媒介として選んだ女性が娼婦、不感性の女、愚妻、白痴などのタイプの女性であったことだ。女ではなく、「孤独」をだきしめるためには、彼がその対象として選ぶ女性もなるたけ、アモラルな、みずからの歓びを求めず、みちたりることを知らぬ娼婦や不感性や白痴の女であるほうが彼の「孤独」そのものの性質に似ていて好都合であったわけで、それは彼が無媒介に解消を求めた対象が空や光や海などの、たしかに存在していながら一種の不在性によって性格づけられている物質であったことと同じ関係にある。ただの肉塊にすぎず、したがって「孤独」そのものであった白痴の女を扱った作品が安吾の最高傑作で、いささか魂があるかにみえる女性を扱った『吹雪物語』が支離滅裂の失敗作であったのも偶然ではなかったのである。所詮、魂のある女性は彼の「消えなましものを」の実現には邪魔であったのであり、そのことは彼の実生活についても言える。彼は矢田津世子のような女性に遭遇するとたちまち「逃げたい心」になってしまうのであった。彼が物の所有をみずからに禁じたのも同様の理由からであったにちがいない。ここに安吾の物的所有に関する覚書とも呼べる一節がある。

食器に対する私の嫌悪は本能的なものであった。蛇を憎むと同じように食器を憎んだ。又私は家具というものを好まなかった。本すらも、私は読んでしまうと、特別に必要なもの以外は売るようにした。着物も、ドテラとユカタ以外は持たなかった。持たないように「つとめた」のである。中途半端な所有欲は悲しく、みすぼらしいものだ。私はすべてを所有しなければ充ち足りぬ人間だった。(「いづこへ」)

安吾がみずからに事物の物的所有を禁じたのは、彼が「すべてを所有しなければ充ち足りぬ人間だった」からであり、彼の「消えなましものを」が「すべてを所有」するための想像力による実現法であったことはもはやあきらかである。が、彼のこのウルトラ・エゴイスティクな弁証法には人間としてのある重大な背理を含んでいたことも事実である。それに気がついていない安吾ではなかった。そして文壇的成功をおさめてからの彼の苦心はあげてこの背理の克服に注がれていたと言っても過言ではないのである。そのためには彼はまず自己の内部に住む鬼を殺してかかる必要があった。しかしその鬼は彼の心の奥深くに巣喰っていたので、それを殺す過程はまるで自分を殺す過程のようにわれわれには見えた。それは彼の文学的堕落のようにも人の目にはうつった。しかしそこにこの美しい魂の苦闘を見ない者は盲《めしい》である。このことについては次章でみるが、そのまえに、「文学は常に未来のためのものであり、未来に向けて定着せられた作家の目、生き方の構えが、過去にレンズを合わせたときに、始めて過去が文学的に再生せられる意味をもつ」(「大阪の反逆」)という気構えで書かれたにちがいない戦後の自伝的作品「いづこへ」から、安吾の人間宣言とも言うべき美しい言葉を引いておこう。

私はそのころ最も悪魔について考えた。悪魔は全てを欲する。然し、常に充ち足りることがない。その退屈は生命の最後の崖だと私は思う。然し、悪魔はそこから自己犠牲に回帰する手段に就いて知らない。悪魔はただニヒリストであるだけで、それ以上の何者でもない。私は悪魔の無限の退屈に自虐的な大きな魅力を覚えながら、同時に呪わずにはいられなかった。私は単なる悪魔であってはいけない。私は人間でなければならないのだ。

4

われわれは坂口安吾にしばしば苦行僧のおもかげを見る。彼が不流行作家であった昭和一二年当時の京都での生活報告書「古都」には「その一年間、東京を出たままのドテラとその下着の二枚の浴衣だけで通した……夏になればドテラをぬぎ、春は浴衣なしで、ドテラをじかに着ている。多少の寒暑は何を着ても同じものだ」とあるが、そのような彼の生活ぶりを知っているがためにわれわれには安吾が苦行僧めいて見えてくるのであろうか。が、流行作家になってからの安吾から苦行僧のおもかげが消えたであろうか。否である。やはり彼は苦行僧であった。苦行僧はいっさいの矛盾の解決を行に求める。諸煩悩からの解脱を行に求め、肉体と魂との乖離の解消を行に求める。所有を禁ずることはそのための初歩的な工夫である。かくして物欲と肉欲のうごめく俗世界は仮構のものとなりおおす。苦行僧はそういう仮構の世界に仮構の人生をきずく。仮構の人生では苦行僧の理想たる知行一致は比較的達成しやすくなる。苦行僧坂口安吾も春夏秋冬をドテラ一枚と二枚の浴衣で過ごすような荒行のおかげで寒暑ぐらいは克服できるようになったが、肉欲のほうはなかなか去ることができなかった。しかし仮構の人生を生きる気構えの修行のおかげで、女をだきしめていても海をだきしめているように思えるぐらいの境地には達することができるようになった。やがて戦争がはじまった。近代戦のとほうもなく巨大な破壊力は、安吾にとってみれば、いながらにして現実を虚構と化してくれる恵みのようなものであった。もうこちらから世界を仮構化するために苦行をする必要はなくなった。戦争中は彼のもっともしあわせな一時期であった。「私は戦争と遊び戯れていた」という彼自身の言葉があるが、それに嘘はなかった……。

　大東亜戦争勃発直後、彼の書いた作品に「真珠」がある。パール・ハーバー港内に五艘の潜行艇に二人ずつ分乗して奇襲に参加して華と散ったわが「九軍神」をタネにした小品だが、その冒頭には「あなた方は九人であった」の一句があり、最後には「まったく、あなた方は遠足に行ってしまったのである」というオチがつき、中途には「戦地へ行ってみると、そこの生活は案外気楽で、出征のとき予想したほど緊迫した気配がない。落下傘部隊が飛び降りて行く足の下で鶏がコケコッコをやっているし、昼寝から起きて欠伸の手を延ばすとちゃんとバナナをつかんでいる。……なんだい、戦争というものはこんなものか、と考える。死ぬなんて、案外怖しくないものだな、馬鹿らしいほどノンビリしているばかりじゃないか、と考えるのである」といった落語調の戦争観があり、おまけに自己のだらしない生活報告までがついているのである。格別芸術品としての出来のいい作品というわけのものではない。ところがやはり当時この「真珠」を読んだ平野謙は「太平洋戦争勃発以来はじめて芸術家の手になる文学らしい文学を読んだ気がした」という甲高い調子の書きだしではじまる一文を草している。「あなた方は九人だった」という一句を平野が「ぬきさしならぬ」と形容している一事からでもうかがえることだが、この良心的知識人の代表たる平野謙が安吾のこの一文を二掛ける五は十であって九ではないというような単純な算術さえ忘れきっていた当時の人心の胸もとに突きつけられた匕首《あいくち》と受けとっていたことはたしかである。平野は実際にはこう書いているのである――「この作品は、先頃私どもを心の底から震撼させた九人の勇士に取材しているのだが、その国民的感動は、それをすぐさま一篇の文学作品に織りこむのを憚かる一種敬虔な性質を含んでいるはずなのに、わが坂口安吾は惧れ気もなくただひとすじに押しきり、一見無雑作に自己のぐうたらな日常生活とないあわせることによって、かえって見事な作品世界を造型したのであった。……その題材になにか際物的な、あるいは時局便乗的な危険はなきやといった右顧左眄や、素材の性質にシャチコばって、もしかしたら材料負けする危険はなきやといった自信のなさなどは坂口安吾には全く無縁な作家心理にすぎなかった」と。これが文芸批評でなく、安吾の文章によって触発されてした平野の文明批評であったことはあきらかであるにしても、坂口安吾という作家のほんとうの不幸はいつもこういう褒められ方をする、あるいはそれを許すところにあったはずである。日本の運命とかかわりあいのないところで仮構の人生を送りつつあった不流行作家安吾にとっては、右顧左眄しようにも、そうする対象が見あたらなかったわけでもあり、その代償として戦争というものの仮構性をはっきりと見てとり、それをずばりと口にできる立場にいたとも言えるのである。「九人の勇士」のヒロイズムが彼らの実生活上の感覚喪失という仮構性に支えられていたことを見てとるのは、仮構人生には年期の入っていた安吾にしてみれば苦もないことであったのである。ヒロイズムが消滅した時代にヒロイックに行動するためにはドン・キホーテは風車を巨人と見たてる必要があったわけだが、実際の巨人に対しても勇敢であるためには現在の兵士たちは巨人を風車に見たてればよいという仮構性の効用を彼は人一倍知悉していたはずである。が、筒が視野を排除するぶんだけ遠くがよく見える仕組みの望遠鏡のような安吾のごとき眼をはたしてよく見える眼と呼んでよいであろうか。これは望遠鏡と肉眼とではどちらがよく見えるかという議論に似ているが、むろんわれわれは望遠鏡のおかげを大いにこうむっている。われわれは安吾のような眼をときおり必要とし、そのような眼が見てとったぶんだけ世界はあかるくなったと言うべきであるが、そのような眼の持主がこの国ではほとんど例外なしに不幸になってゆくのはどうしたわけであろうか。そのような眼の明察性がその眼の持主がいとなむ生活の仮構性に支えられているらしいことはすでにみたが、仮構の人生を飄々と生きる手だってあるはずだのに、そのような気構えの生き方を選んだ坂口安吾に苦行僧のおもかげが宿るのはどうしたわけであろうか。彼の東洋風な知行一致、芸術即人生という信条の仮構性そのものにその因が求められるのではないかと思われる。

そういえばやはり戦後、坂口は「文学は生きることだよ。見ることではない」とわめきながら生活の達人・小林秀雄に嚙みつき、彼を邪宗門の「教祖」、その「文学的ゴセンタク」を「お筆先き」ときめつけたことがあった。「教祖の文学」においてだが、安吾は小林が「文学は見ることだよ。生きることではない」と言っていると諒解してこの大御所批評家を攻撃目標に選んだものの、その反逆が相手に理のあることを承知している者の自己反逆の様相を呈しているところにわたしは安吾の苦悩を見る。が、議論を先走らせないために、安吾の言っていることにもすこし触れてみるが、彼はそのエッセイで芸術を剣術になぞらえ、「剣術は本来ブンナグル錬磨」であるのに、「小林のところへ剣術を習いに行くと、剣術などの勉強はせずに、危きに近よらぬ工夫をしろ、それが剣術だと教えてくれる」というさりげない言い方で小林秀雄の到達した境地を一挙に把握してしまっていて、この明察ぶりはほとんど悲劇的ですらある。「敵を知り、おのれを知るものは、百たび戦って、百たび負く」とは花田清輝の逆説だが、このさいそれは真実である。「教祖の文学」の実戦版である小林秀雄・坂口安吾の対談がそれを証している。

小林　人生を作る――思想を作るとは言わない。君はそういう人だ。僕もずいぶん考えて来た問題だ。僕は、君、いわゆる生活問題ではひでえ目に遭ってるからね、一種の強迫観念ていうようなものも俺にはあるんだよ。殊に女なんかに対して、ね。

坂口　それは俺の方がもっとひどいものがあるんじゃないかな。

小林　ああ、そうかも知れない――。僕は決して観念派ではない。だけど、生活は生活を知らない。生活では生活には勝てぬ。つまり、言わば生活の無限旋律というものを厭でも思い知らされたんだ。女をひっかけたって、女には勝てない。

坂口　うん

……………

坂口　小林さんは円熟したいというけどね、俺はもう破裂しようと思ってるんだ。

小林　破裂？　破裂なんざいけないよ。

坂口　そうかな。

小林　信仰心の足りない奴だ。

坂口　もうやっちゃうよ。めんどくせえから……

小林　短気起しなさんな。

昭和二三年八月の対談である。が、勝負は明白だ。小林とは、自分が批評家になった動機を「おふくろを養うため」などとうそぶき、「口説の徒」を自称しながら、プロレタリア作家を攻撃するにあたっては彼らの芸術と実生活の乖離をつく「搦め手」の戦法を採用して強者ぶりを発揮し、戦時中はこの国の運命と行をともにし、敗戦という契機をつかんできっぱりと文芸時評の筆を折り、俗塵を避けて鎌倉の山上に居を構え、芸術と実生活をば截然と分離し、そうすることによってなおいっそう強力な、いや、天下無敵の批評家になりおおした人物であった。ところが坂口安吾は、戦前戦中を通じて不流行作家であったことも手伝って、あまりにも「気楽くに」すんなりと戦争を通過してしまい、中野重治が転向によって味わわされた芸術即生活という信念にたいする大打撃も（中野はそれによって大きく成長した）、小林が味わったような「生活によって生活に勝てぬ」という認識にも恵まれずじまいになってしまい、戦争が終わってから「白痴」や『堕落論』で以前と同じ歌をうたってみたところ、これが受けて一躍流行作家になってしまったのだが、そこではじめて芸術即実生活という自己の信念の仮構性を深く認識するに至ったとみることができよう。芸術と実生活の分離の不可避性を彼が強く認識するに至ったのは、流行作家になったために生活水準が向上したからというのではなく、読者を発見したからであった。それをもっと批評家らしく言えば、他者の発見ということになる。しかも、さすが坊主の修行もしたことのある坂口安吾だけあって、それは自分のようなものにも済度しうる衆生がいるという発見の気味をおびる。これを別言すれば、「孤独」は彼のふるさとであったが、ふるさとはついに大人の仕事が帰りつく場所にあらずということを明確に自覚したことである。ここに彼の「奉仕」と「道化」という観念が誕生をみる。それは彼の衆生に対する発情の形式でもあった。

ところで野島秀勝（「リア王論」）によれば、「道化」とはインサイダー（王）とアウトサイダー（下賤の者）のあいだを融通無碍に往復し、時にはインサイダーの、時にはアウトサイダーの、つまりいずれの側にも執しない眼で世界を重層的に明察する視点のことである。また「道化」なる存在は、ネズミときめつけられればトリ、トリときめつけられればネズミと応ずるコウモリのごとき、あるいは、尻っぽをつかまえられれば（もっとも、つかますために生やしているのだが）たちまち切り落として退場し、またあらたなる尻っぽを生やして登場してくるトカゲのごとき存在で、知行一致などとは無縁の衆生であるという。また、そのような「道化」の存在を保証したのはシェイクスピアなどの時代の「現世蔑視と現世の愛着という逆説的二重ヴェクトル」であり、その存在を許したのは時代の健康のしるしであると野島秀勝は指摘し、思いを現在にはせ、そういう二重ヴェクトルを蔵する道化の精神を忘れはてて、芸術即実人生とか知行一致とかの虚妄に誠実を認めているような近代精神は衰弱しきっていると断定する。異論はない。

だが、そうなら坂口安吾は道化たるの主要な資格に欠けていたことになる。彼は芸術即実生活、知行一致の信条の持主であったし、それらの乖離に気づきながらも、その信条を完全にすてきることも、したがって両者を完全に分離しきることもできなかったから。彼はジャーナリズムの寵児になってインサイダーのそばにはべる好機を得ながら、どうしてもアウトサイダーに執するたしかな精神の傾向を有しており、しかもそちらの側に執することを「奉仕」と心得ているふうで、とてもインサイダーとアウトサイダーのあいだを融通無碍に往復するような芸当はできなかったのである。もっとも彼に道化たるの資格がまったくなかったわけではない。現に、すでに「真珠」についてみたように、彼は物に執しない眼で世の真相を見ぬき、平野謙などの心胆を寒からしめたではないか。また野島によるが、王が身近に道化をはべらせておいたのは彼らに笑いを求めていたばかりでなく、物に執しないがゆえに語りうる痛烈な批判、最高の叡知を求めていたからであった。ただそのさい、同じことでも憂き顔の知者やしかめ面の君子やしたり顔の聖者が語ったのでは角がたち、余計な警戒心を聞く者に抱かしめかねないところを、異形のなぶり者であった道化が語れば相手は警戒心を解いてかえって素直に聞ける理屈で、まことに道化とは感嘆すべき制度であったわけだが、そういえば現代の小説も聖人君子の説ではなくて小人の説をよそおって世を批判し、啓蒙し、叡知を伝達し、世界の実相をきわめることを秘めたる意図とする芸術のジャンルではなかったか。そして作家とはその特異な眼が見てとったところのものによって読者に奉仕する存在ではなかったか。

だが安吾が「道化」を発心し、奉仕を口にしはじめると、彼の作品の品質は目にみえて低下してゆく。たとえば「花妖」。その主人公木村修一は「孤独が身にしみていた」ので戦争が終わっても防空ごう住いをやめぬのだが、芳枝という若々しい生命に触れると、「私はもうミイラではない。あなたを熱愛する人間だ」と宣言して穴ボコから這いだし、山に入り、木を切り、牛を飼って人さまのためになる「新生」に入ってゆく。一方、修一の娘雪子は「芳枝」と父をつなぐ魂の位の高さに絶望して「オメカケにして！」という生活に踏みこみ、いくども「鬼になる自分を知る」経験を積みかさねて、ついにほのぼのとした「希望」をつかんで「別の女」に脱皮するという話。これが安吾の言う「奉仕」であったのなら、われわれはそのような奉仕は受けないほうがよかったのである。

しかし「桜の森の満開の下で」という説話形式の物語は美しい。この物語が提供するような「奉仕」ならわれわれはいくらでも受けたであろうに。この物語は、人の世の悲しみを知らなかった残酷無道の盗賊も手に入れた女房という「鬼」を殺してはじめて悲しみを知り、孤独そのものとなりおおし、人間回帰への方途を見いだすという寓意を含み、同時に安吾自身の美しい覚悟を美しく暗示している。この説話という文学形式がわれわれの猜疑を許さないからであろうか。また、この形式が芸術即実人生というこの作家の過重な観念の重みを軽減するていの形式であったろうことに思いをはせてみることも有益であるかもしれない。

坂口安吾は、芸術と実人生などはきっぱりと分離してしまい、一時期稼ぎまわった稿料と印税で広壮な邸宅を構え、女中にかしずかれるような日々を送り、なおかつ上層から下層、下層から上層に至る実社会に熾烈な関心の眼を光らせ、「白痴」や「桜の森の満開の下で」などのような作品を書きつづけておればよかったのである。しかるに事実としては、安吾は生涯借家ずまいをつづけ、奥さんを「拾ってきた女」と人に紹介したり、ふと放浪の旅にでたりして仮構の人生をつづけるためのさまざまな工夫をこらしていたのだった。彼の絶筆は「砂をかむ」であったが、そのなかで彼はさかんに「五十ちかい年になってはじめて子ができ」たことをてれくさがり、当惑してみせているが、死んだ坂口安吾よ、あなたはその子をでれでれと溺愛しながら、秋霜烈日のごとき作品を書いていてもよかったのです。実生活を芸術で詫びることはない。七十過ぎて何人めかの子をもうけ、共産党員であり、朝鮮戦争の残虐を世界に訴える絵を描き、地中海岸の豪壮なヴィラに住んで仕事をつづけているピカソをすこしは見習うべきであった。

坂口安吾よ、砂をかむ思いをしているのはこちらのほうだよ。

（『批評』第一一号、一九六八年三月）

24 馬になる理由　小島信夫論

『別れる理由』の前田永造が馬になる、あるいは馬くさくなる話はすでに高名である。ずばり「馬」（昭和二九年）と題する短篇が小島信夫にあることも周知のこと。「馬」よりほんのすこし前に発表された「星」（同上）、その数年後に発表された長篇『墓碑銘』（昭和三五年）にも軍馬が出てきて、軍隊という襟章の星の数と質の「差異の体系」における、いわばゼロ符号として馬が特異な役割をはたすこともよく知られている。しかし小島信夫の文学においては、馬のけはいが、その当初から、つまり事実上の処女作と目されてよい「汽車の中」（昭和二三年）からあることはあまり気づかれていないのではなかろうか。「汽車の中」はこう書き出されている――小島信夫の文学はこう出発するわけである。

> 東海道線上り列車は、くたびれかけていた。九州を出てから一昼夜はしりつづけている。デッキの上だけでも二十人は乗っている。列車が、尻をぶっ叩かれた馬のように、仕方なしにあえぎ始めると、この連中も観念して静かになるけれども、それまでの喧しさは、屠所であばれる豚みたいだ。声まで豚にそっくりだ。〔傍点八木・以下同〕

比喩とは、言葉の暴力的な使用法によって、いっときAをBに変えることである。そしてここでは「汽車」が「馬」に変えられ「尻をぶっ叩かれ」て動きだすわけだが、戦後の日本そのもののように「くたびれかけていた」列車が、その比喩としての適否・優劣はいちおう別にして、馬にたとえられねばならぬ必然性はない。そういう必然性がないところに馬が拉致されてくるところに、この作家の資質や生理の必然があり、その必然を裏づける馬体験がこの作家にあることをしのばせる。

むろん「汽車の中」は機関車が馬に変身するのが主題の小説でも、馬のイメージが跳梁する作品でもない。右の引用では人間は豚にたとえられている。が、これは人間が豚に変身する話でもない。むしろこれは人間が荷物に成り下がり、荷物として扱われ、荷物としてこづきあい、荷物として転落しそうになる物語である。しかし人間は完全に荷物にもなりきれない。

「僕は荷物ですがな」
「からかっちゃ困る。荷物が物をいうかね」

列車の中ではこのような会話もかわされ、主人公の佐野は警官に「荷物と見なして、本官はピストルを打つ」などと威嚇されたりもする。一般に小島信夫の人物たちはいずれ多少とも自分が自分ではない何かに転落・変身する危機にさらされており、そういう状況の理不尽さや滑稽さは、自分が何かになっていくことを不甲斐なく許容したり、われにもあらず肯《がえ》んじたりするオカシサによって露呈され増幅される。たとえば、それこそ立錐の余地もないはずの超満員の列車の中に立つ佐野の脚の下のわずかな隙間で何かがもぞもぞする。

……足を押されるので、見ると、生魚の箱を菰《こも》につつんだのを、一生懸命おしこんでいる男がいる。

「ちょっと脚を持ちあげてくれよ、おっと、ここんところが、がらすきだ、もったいないことだ」

佐野が命令された気持で、ひょいと脚をあげると、いせいよく菰づつみが、ずりこんできた。

ちょっと「足を押される」と「ひょいと脚をあげる」動作は馬の動作だ。なんだか声をかけられただけで「命令された気持」になってしまうところが、また馬だ。あるいは作者自身はこれを馬の動作とは意識しないで書いたかもしれないが、それが馬の所作であることは『墓碑銘』の次の一節を引きあいに出しておけば足りよう。が、議論を先へすすめる必要のためにも、余分のところも引用しておく。

馬が襟の星を人間のようによく知っていて、初年兵の一つ星のものに対しては、軽蔑の態度を見せる、ということは、昨日も伊藤〔班付上等兵〕がなにげなしにいい放ったことであった。長らく軍隊で育てられた馬は階級というものに敏感で、初年兵よりはるかにすぐれたものであることを自分でも心得ているという。私には意味の分りかねる、神秘的な説であった……

沢村〔二等兵〕のような馬の玄人でさえ、星をかくして馬に対面しているというのは、これは何としたことであろう。星を見て分るものなら、星を見なくとも様子によって初年兵だ、ということが分るはずである。今、沢村が馬の気に入られたとしたら、それは襟の星をかくしているせいではない。しかし私は、にもかかわらず、とっさに襟の星をかくし、しばらく離れてからふたたび朝丸に近づいて沢村のマネをし、脚をとろうとした。馬はとまどった表情をしたが、沢村が何か叫ぶと、馬は脚をあげたのである。

この「私」はアメリカ水兵と日本女性のあいだに生まれたアイデンティティのあやしい青い眼の二世で、天津で育ち、その日本租界で徴兵検査を受けて二等兵になり、作者小島信夫がそうであったように、大同から六十粁ほど離れた渾源の中隊で殴られたり可愛がられたり馬の世話をさせられたりして初年兵教育を受け、槍風嶺という前線の分遣隊に派遣され、あとはひとり転属して北京の燕京大学にあった情報部隊に勤務することになった小島上等兵とはちがってルソン島に送られ、米軍と戦うことになり、日本軍の服のうえにアメリカ兵の服を着てオトリに使われたりすることになるトーマス・アンダーソン／浜仲富夫だが、ここでは馬との関係にかぎっていえば、この浜仲は「馬でも星を知っている」という軍隊の俚諺には懐疑的で「馬は私より下だ」と信じ、「日本人、自分、馬、といった三つの階級にわけたい」と思いながらも、上級者から「いいか、馬がお前たちより利口なことは昨日いった通りだ。馬に見習うようにせい。こんど生れかわったら馬に生れてこい」などといわれると、そういう「言葉は特に私の心をさした。そのとき私に馬になりたいという気持があったからだ」ということになる。馬に星の数の価値体系がわかるはずがない、馬が自分たちよりえらいわけがない、そんな馬鹿な、と思いながらも、馬に面接するときに「とっさに襟の星をかくし」たり、ふと「馬になりたい」気持になってしまったりするところは、馬を世話する立場にいながら、声をかけられるとふと脚をあげてしまう馬とあまり変わらず、そのとき浜仲はかなりの部分馬になっている

——つまりかなりの部分人間であることをやめているわけだが、人間であることをやめている分だけ馬になるのと、その分だけ物になるのとではかなり事情がちがうことにも注意したい。

「星」の杉原譲次は『墓碑銘』の浜中富夫と出生も育ちも同じ青い眼の日本陸軍兵士で、フィクション的には「星」から『墓碑銘』に横滑りしてきた主人公であり、作者とは昭和一九年の春にはじめて「燕京大学部隊」で出会った阿比川を共通の鼻祖とするので、杉原が軍馬に対して浜中とほぼ同じ考えを抱くのに不思議はないが、杉原によれば人間と馬との基本的共通点は両者がともに「家畜動物」であることにある。「だいたいのところ馬には星がないからして分るのですが、馬は相当下の方の位にあることはたしかで、僕たちと非常にせり合うていどの位にいるのではないかと思われるのでした。とにかく動物の中では下等とはいえないこの家畜動物が（そして僕たちが一種の家畜動物なのでしたが）その涼しい眼で僕の星をのぞきこむかと思うと、例の『馬でも星を知っている』という軍隊俚諺がひしひしと鞭うってくるのです」と杉原はいう。すると馬、ことに軍馬は、いわば星のない兵士、兵隊の位のない兵隊という、軍隊なる組織の中にいながらその組織から一種自在な存在、兵器を運んだり軍人を乗せて走ったりするけれども、直接兵器を操作したり殺戮したりしない一種無害な存在で、だから小島信夫の軍隊もので馬になる（いずれ比喩的でしかありえないのだが）とは「裸の人間」になることなのだ。だから猪間大尉の当番兵になった杉原一等兵が入浴中の裸の大尉を見たときに世界の関節がはずれたほどに驚愕と齟齬感をおぼえるのは、自分と猪間大尉との区別がなくなり、「猪間大尉は星で、星そのものがえらいのだというふうに、だんだん思うようになってき」、またそう思うように努力してきた自分の価値体系がゆらぎ、ひいては軍隊という「星の系列」による階層体系の本質的な恣意性が暴露され、差異のシステムがぐらつきはじめたからである。

ある日僕は大尉の入浴の三助をしたのですが、彼が湯ぶねから裸の姿をあらわして、僕の眼の前にどっかり坐りこんだ時に、僕は電気にうたれたような強い衝撃をうけました。僕はおかしなことですが、大尉の襟首に、僕のケイト〔大尉の襟章〕がくっついている気がしてならない。大尉が裸になっていて軍服を着ていないということが、なぜこんなに僕をおどろかすのか。この僕の前にいる裸は誰なのか。筋肉が隆々としているとはいえ、坊主頭をしたこの裸と僕の裸とがこんなに違うのか……僕は何か歯車が食いちがったようなとどこおりと、不安をかんじてならず、早く自分にも猪間大尉の裸にも、軍服を着せたくなるのでした。

この「自分にも……大尉の裸にも」早く襟章という記号をつけた「軍服を着せたくなる」兵士の心情は、馬でありながら馬であることを恥じているようなところがあって無類に滑稽だが、今日にいたるまで小島信夫の文学に登場する人物たちの数多くがこの種の心情を共有して引きずっていることにかんがみ、この作家の四年にわたる北支での軍隊生活で学んだことのひとつが「人を死なせることを目的にした軍隊というものの中にいたら、荒唐無稽な感情こそ、むしろあたりまえだと思っていいのです」ということであったにちがいない。作者は「そのような感情を疑う人に祝福あれ！」とさえ杉原に言わせている。

ところで「人を死なせることを目的にした」軍隊で人が馬にならず無機的な物や道具になるとどうなるか。その端的な事例は「小銃」（昭和二八年）にみられるが、そこでは人はただ相手を殺すよりほかなくなる。そして作中人物はフィクション上の娑婆である小説の中でさえまともには生きづらくなる。

「射て！」

私の銃、イ62377は私の肩で躍った。私はそのまま付け剣をして走りだした。女の首がうなだれているのと、血が胸を染めているのを走りながら見た。しだいに人の姿が大きくなってきた。走りつづけるうちに私は道具になり、ただ小銃になり、ただ小銃に重みと勢いと方向をあたえる道具になった。習いおぼえたように、ふみきると、私の腕はひとりでにのびた。私の任務と演習は終った。

「りっぱだ」

「すごい。一発だ」

大矢班長はほこらしげに私の肩をたたいた。

「おまえもこれで一人前になった」

「人を死なせることを目的にした」軍隊では、この「私」のようにその目的にかなった物や道具になることは、なるほど「一人前」になることだろうが、人間としては「半人前」になることであり、だから残りの半人前分だけでも人間であることをあかすためかのようにフィクション上では兵士としてはだめな兵士になっていくけれども、小島ポツダム伍長のように、この男を終戦の翌年あたりにシナから内地に無事に復員させ、正業につかせ、大学教師や小説家にさせるわけにはどうしてもいかないところがある。この小説「小銃」は、あの優等生的小説家ヘンリー・ジェイムズが「人間の関係というものは、じっさいには、どこまでも連なっていてとどまるところを知らないものだが、芸術家永劫の明白な課題は、自分自身の幾何学によって、その関係がその範囲内でうまくとどまっているかに見えるように囲うことである」（『ロデリック・ハドソン』まえがき）といった意味で囲われている。完結している。ところが「小説というものが人生とかかわりあいをもつものである以上、小説もまた人生と同じように、忽ち渦中にあり、人生を物語にしてしまうものだ」（『別れる理由』あとがき）と開きなおった最近の小説家小島信夫は「じっさいにはどこまでも連なっていてとどまることを知らない」人生そのもののような、さまざまな下位の諸システムや星くずを吸収してゆく膨脹宇宙系のような小説ないし反小説を書きつづけ、人生と虚構のけじめをなくし、ついには自分自身をもすっぽりとその中にかくしてしまおうという一種不逞な意図をいだいているように思われる。私がこんな迂遠とも予言めいているとも思えることを書いてしまったのは、E・A・ポーがあの壮大な宇宙論『ユリイカ』を「**原初の事物の原始の単一のなかに、その後のすべての事物の原因**がひそみ、同時に、**それらすべての不可避的な消滅の萌芽**もひそむ」という大前提のもとに書いたことをふと思い出したからであり、そういうふと思い出したことを書いてもよかろうと考えたのは、「小銃」の「私」とちがい、浜中が『墓碑銘』の終りから生還して（あの最後のところで裸になって馬になったおかげだ）現在進行中の『寓話』に再登場し、「小島上等兵殿」に「燕京大学部隊」の一字一句を鍵にした暗号文で長々しい手紙を書いており、その中でちょくちょく「小島上等兵殿」がポーの『ユリイカ』に言及されたことに言及していることに気を許したからである。

ところで私は小島信夫の世界について、二つの膨脹宇宙系を考えているのである。一つは「燕京大学部隊」「星」『墓碑銘』『寓話』といまなお膨脹・増殖しつつある系。もう一つは「馬」『抱擁家族』『別れる理由』といまはいちおう増殖を停止しているかにみえるが決して油断ならない膨脹宇宙系で、これは家庭という核を小説的に分裂させ、そのエネルギーを利用して膨脹生成していく系。この両者を便宜上「軍隊系」、

「家庭系」と呼ぶことにするが、私の考えによれば、両者が共有する「**原初の事物の原始の単一**」として馬がある。

では「燕京大学部隊」に馬はいるか。いる。まず、その冒頭の一句にまるで暗号文のようにひそんでいる。傍点部に注意。

一九四四年三月、僕は砂けむりをあげて淫売屋にはしって行った上級者たちを見送って、久しぶりに昼間から寝床へもぐりこんだ。

いくら砂っぽい大同ちかくの蒙彊の地にしても、またいくら慌てているにせよ、人間に砂けむりをあげてはしって行かせることはあるまい。これはどうしても馬のはしっていく行き方である。ここに小島文学の「**その後のすべての事物の原因**がひそみ、同時に、**それらすべての不可避的な消滅の萌芽**もひそむ」と断定したいところだが、そうするためにはどうしても花田清輝のような文体とレトリックが必要な気がし、しかしわたしにはそのような力量はないので、この小説に見られるその他の馬のけはいについて言及するにとどめたい。が、それにしても、最初のうちはかすかなけはいだ。

「燕京大学部隊」には二つの版が流通していて、一つは三章、他は七章仕立てになっている。このことじたい、この小説が伸縮自在、かつ底抜け構造になっていて他のテクストと結びつきやすい出来になっていることを示しているが、それはいまはともかく、わたしがこれから指摘しようとしている馬くさい箇所は後半の章にあり、しかも阿比川などがシナの娼婦「とし子」を大学構内の谷底の小屋にかこうことにかかわる。

小島上等兵とおぼしき「僕」は主として他の兵隊たちのための番人と彼女の運搬人の役割をはたす。「その方が刺戟がつよく、生甲斐があるからである」。「僕はそこを時々彼女をせおってのぼりおりする」わけだ。「兵隊は背負うのになれている」からである。ところでまた、人を乗せて歩いたり走ったりするのは馬の重要な特性でもある。そして「僕」はその小屋で次のような情景を目撃する役目でもある。

阿比川はとつぜん……女の方へかけより、ズボンをぬぐとさっさと馬乗りになった。女はされるがままに心得たようになった。とし子は彼女の職業の態勢になりながら抵抗もせず、こちらを見あげた。僕の方にほほえみかけたり、悲しげな顔をしたり、それを交互に見せながら、からだを動かしている。

これは牡馬と牝馬との行為である。それを見ている眼は、むろん、種つけをしているのを見ている馬喰の眼――そしてそれは小説家小島信夫のおそろしい眼でもある。だがこの小説のシャオトー（小島）は「下も上も両方ともわるくなった」病身の「とし子」にやさしく「きみは泣かないのだね」と言い、「そう言いながら……このおしよせる流れの中でどう生きたものかと、考えるのだった」と結ばれる、いや、その後の生へと、テクストへと、つながっている。「いざ、生きめやも！」ということでもある。この小説が小島信夫の壮大な銀河系宇宙「軍隊系」に拡張・拡散していく端緒はここにある。

そして小島信夫のもうひとつの銀河系である「家庭系」の発端は小説「馬」である。これは結婚という制度の具体的なねじろでも象徴でもある「僕の家にとつじょとして馬が住みこむ」ことになり、しかもそういう「発案」をしたのは「僕」という夫ではなく、「云ったことは何でも実行する独特の才能がある」妻のトキ子（『抱擁家族』のアダルタレスの名も時子だ）という設定の物語である。その馬の名は五郎――「逞《たくま》しくハンサムな上背のある」栗毛の競走馬だ。この馬が新築のいちばん上等の部屋に、いわば下宿する。トキ子はこの五郎と一日の大半をともにし、「感慨こめてその首すじに接吻」したりもする。「五郎は馬だから立って寝むるわけだが、この一夜中立っているということが、僕に油断ならぬぞという気持をいだかせる」ところへもってきて、五郎は夜中にドアを叩いたり、「奥さん、奥さん、あけて下さい」と言ったり、あるいはそう言ったように「僕」には聞こえたりする。そして夜明けになるとトキ子は早々に起き出して五郎の部屋に入り、「何かと馬の世話をし、馬と話をしている」。「馬だ、馬だと思わされたのは真っ赤ないつわりで、これはにんげんなのだ」と思いこむようになるのも無理からぬところがある。


「もうしんぼう出来ない。五郎と何の話しをしていたのだ」

「朝っぱらからなんなのよ。動物と話してわるいの。どこの人だって、犬とでも小鳥とでも、話しているじゃないの」

「そうじゃないのだ。ゆうべから――」……

「動物をかわいがったことのない人には何にも分らないわ。そんな人はにんげんだってほんとの気持、わからないのよ」

「あいつは、おれたちとおなじ言葉をしゃべるじゃないか」……

「しゃべって悪いの」……

「悪いということはないね」

これは小島文学の「家族系」に属する夫婦たちがかわす会話の基本型である。夫は妻の論理や行為の弱点や非をついたつもりでいながら、結果的には自分の弱点や非を認めさせられることになる。この場合は、夫は五郎があたかも馬でないかのごとき前提にたって妻に難癖をつけたので、けっきょくは五郎がたんなる馬ではないことを認めさせられ、ついでに、五郎がしゃべることも含めて、妻と五郎との関係も認めさせられる破目になっている。これはオカシイ。『抱擁家族』の三輪俊介と妻の時子が（五郎といくらか似ていなくもない闖入者）ジョージとのことでかわす会話のオカシサもこれだ。

「こんなことあんたは堪えなくっちゃ駄目よ。冷静にならなくっちゃ。あんたは喜劇と思うぐらいでなくっちゃ。外国の文学にくわしいんだもの」

「喜劇？　なるほど、そうか」

そして、また「馬」にもどるが、亭主が五郎を馬らしく扱ってこらしめてやろうと、妻トキ子を真似て馬にとび乗り思いきりピシリと鞭をくれてやると、五郎は勢いよく走り出し、その「速さはいよいよまして、僕はだんだん僕が馬になり、五郎をのせて走っているような奇妙な感じにとらわれ」はじめるのだが、ここに『別れる理由』の前田永造がガリバーの馬の国の馬、ロバくさい馬、アキレスの馬、メネラオスの馬、永造馬、木曾馬めいた信夫馬などになって「我らは、寝取られたことにこだわるより、寝取られてしまった以上、寝取られたことにこだわらぬことにこそ、こだわるのである」などという理屈をつけてわざわざ馬になってまで寝取られたことにこだわりつづける端緒があり、秘められた深い「馬になる理由」もあるのだけれども、すでに紙幅が尽きた。これはありがたくもある。あまり馬にこだわりすぎて馬脚をあらわさないですむことになったかもしれないからである。

（大橋健三郎・吉行淳之介他編『小島信夫をめぐる文学の現在』福武書店、一九八五年）

年譜的書誌

著作・論文・エッセイ・書評

＊は本書に収録した論文・エッセイ名および初出データを与える項目であることを示し、数字は本書における章数を示す。ただし章名は初出の題名とかならずしも一致しない。

†は単行本による著作・編著・共著（翻訳書を含む）であることを示す。

一九五九（昭和三四）年　書評「二度と読む気のしない傑作――伊藤整著『氾濫』」、『読書新聞』一一月一六日。

＊1　一九六四（昭和三九）年　『破壊と創造（一）――エドガー・アラン・ポオ論』、『成城文藝』三月、第三五号。

一九六四（昭和三九）年　『破壊と創造（二）――エドガー・アラン・ポオ論』、『成城文藝』六月、第三六号。

一九六五（昭和四〇）年　「破壊と創造（三）――エドガー・アラン・ポオ論」、『成城文藝』三月、第三八号。

一九六五（昭和四〇）年　「破壊と創造（四）――エドガー・アラン・ポオ論」、『成城文藝』九月、第四〇号。

一九六六（昭和四一）年　『破壊と創造（五）――エドガー・アラン・ポオ論』、『成城文藝』三月、第四二号。

一九六六（昭和四一）年　「破壊と創造（六）――エドガー・アラン・ポオ論」、『成城文藝』六月、第四十三号。

†　一九六八（昭和四三）年　『破壊と創造――エドガー・アラン・ポオ論』、南雲堂。

＊23　一九六八（昭和四三）年　「坂口安吾論」、『批評』春季号、通巻第一一号、番町書房。

一九六八（昭和四三）年　「アレゴリーとシンボリズム」、『英語文学世界』九月号（第三巻第六号）、英潮社。

＊2　一九六九（昭和四四）年　「ピンチョン家の崩壊」、『アメリカ文学』第二一号（日本アメリカ文学会東京支部会報）。

一九六九（昭和四四）年　「ポーと近代」、『無限』XXV（特集・エドガー・ポー）。政治公論社。

一九六九（昭和四四）年　「ポーとアメリカ文学の伝統」、『英語青年』一月号（第一一五巻第一号）。研究社。

一九六九（昭和四四）年　「『緋文字』論序説」、『成城文藝』第五五号。

一九六九（昭和四四）年　「『緋文字』とジャンルの問題」、『成城文藝』第五六号。

一九六九（昭和四四）年　「ポーと現代との交差――現実がフィクションを模倣する（『ポー全集』複刻にふれて）」、『読書新聞』八月六日。

† 一九六九（昭和四四）年 『世界文学全集14：ポオ』（「モルグ街の殺人」、「黄金虫」、「盗まれた手紙」、「ライジーア」、「あまのじゃく」「アッシャー家の崩壊」）、講談社。

一九七〇（昭和四五）年 「現実と虚構のかなた」、『英語文学世界』一〇月号（第五巻第七号）。英潮社。

† 一九七一（昭和四六）年 『世界文学ライブラリー8：ポオ作品集』（「告げ口心臓」、「アモンティラードの樽」、「落とし穴と振子」、「赤死病の仮面」、「妖精の島」、「アーンハイムの地所」）、講談社。

一九七一（昭和四六）年 「アレゴリー、ロマンスの古風な新しさ」、『英語青年』八月号（第一一七巻第五号）。研究社。

† 一九七一（昭和四六）年 『黄金虫・アッシャー家の崩壊ほか五編』、講談社文庫。

一九七一（昭和四六）年 「Melville, Hawthorne の場合」、『ホレーシオへの別辞――詩人教授安藤一郎記念論文集』。研究社。

† 一九七二（昭和四七）年 『エドガー・アラン・ポオ研究――破壊と創造』（『破壊と創造――エドガー・アラン・ポオ論』（一九六八年）の増補改題版）。南雲堂。

一九七二（昭和四七）年 「記録と作品の間――ピューリタンとホーソーンの間」、『不死鳥』三四号、南雲堂。

† 一九七三（昭和四八）年 『ポオ――マリー・ロジェの秘密・他／ルルー――黄色い部屋の秘密』（世界推理小説大系一二）（ポー作品は「マリー・ロジェの秘密」、「盗まれた手紙」、「犯人はお前だ」、「モルグ街の殺人」、「黄金虫」を収録）、講談社。

一九七三（昭和四八）年 「虚構のリアリズム――『緋文字』の世界」、『英語青年』八月号（第一一九巻第五号）。研究社。

一九七三（昭和四八）年 志村正雄編『現代アメリカ幻想小説』（ジョン・バース「嘆願書」、ポール・ボールズ「私ではない」の翻訳）、白水社。

一九七三（昭和四八）年 「坂口安吾論」（一九六八年『批評』から収録）、『坂口安吾研究II』、冬樹社。

一九七三（昭和四八）年 「他人のいない男たち――ヘミングウエイの短篇小説群」、『成城文藝』第六七号。

一九七四（昭和四九）年 書評：David Halliburton, *Edgar Allan Poe: A Phenomenological View*, 1973.『英語青年』三月号（第一一九巻第一二号）。研究社。

一九七四（昭和四九）年　「『税関』を通って『緋文字』へ」、『英文学研究』第五〇巻二号。日本英文学会。

＊4 一九七四（昭和四九）年　「『七破風の屋敷』の円環構造」、『成城大学文芸学部・短期大学部創立二十周年記念論文集』。

＊8 一九七四（昭和四九）年　「『白鯨』の怪物性」、『不死鳥』三八号。南雲堂。

一九七四（昭和四九）年　"Popular Reception of American Literature in Post-War Japan." Presented at 1974 Modern Language Association of America Convention, New York.

一九七五（昭和五〇）年　David Halliburton, *Edgar Allan Poe: A Phenomenological View.* Reviewed by Toshio Yagi, *Studies in English Literature*, English Number 1975. 日本英文学会。

一九七五（昭和五〇）年　「日本におけるアメリカ文学――ＭＬＡのセミナーに《参加》して」、『不死鳥』三九号。南雲堂。

一九七五（昭和五〇）年　「ゴシック・ロマンスとアメリカ文学」、『牧神』第一号、牧神社。

＊7 一九七五（昭和五〇）年　「メルヴィルの海・ポーの海――またはアメリカ・ロマン主義」、『牧神』第四号。牧神社。

一九七五（昭和五〇）年　「イシュメールはイシュメールか？――『白鯨』の解剖学」、『季刊英文学』第一二巻三号。あぽろん社。

一九七五（昭和五〇）年　「安吾とポー」、『ユリイカ』一二月号（特集・坂口安吾――道化と破壊の神、第七巻第一一号）。青土社。

一九七五（昭和五〇）年　「恐怖と現実とフィクションと」、『無次元創刊号』（特集・恐怖）、次元社。

一九七六（昭和五一）年　「アメリカ・ロマン主義とアメリカ文学の誕生」、『英語文学世界』九月号（第一一巻七号）。英潮社。

一九七六（昭和五一）年　「『白鯨』の曖昧さを考えるために」、『アメリカ文学』三一号（日本アメリカ文学会東京支部会報）。

† 一九七六（昭和五一）年　八木敏雄編訳・共訳（青柳晃一、岡田愛子、酒本雅之）『エドガー・アラン・ポー』アメリカ作家論選書、（Ｄ・Ｈ・ロレンス、アイヴァー・ウィンターズ、Ｆ・Ｏ・マシーセン、Ｔ・Ｓ・エリオット、Ｗ・Ｈ・オーデン、レオ・シュピッツアー、アレン・テート、ハリー・レヴィン、リチャード・ウィルバーのポーに関する論文の翻訳と書誌的解説）。冬樹社。

一九七七（昭和五二）年　書評：亀井俊介『サーカスが来た！』（東京大学出版会）、『英語青年』六月号（第一二三巻第三号）。研究社。

一九七七（昭和五二）年　書評：金関寿夫『インディアンの詩』（中央公論）、『英語青年』一一月号（第一二三巻第八号）。研究社。

一九七七（昭和五二）年　"Is Ishmael, Ishmael? — An Anatomy of *Moby-Dick*," *Studies in English Literature*, English Number 1977. 日本英文学会。

一九七七（昭和五二）年　「曖昧と言語表現の美」、『成城文藝』第八〇号。

＊9 一九七七（昭和五二）年　「メルヴィル――海図なき航海者」、『ユリイカ』四月号（特集・メルヴィル――海洋文学の冒険、第九巻第四号）。青土社。

† 一九七八（昭和五三）年　『ポー――グロテスクとアラベスク』、冬樹社。

一九七八（昭和五三）年　「グロテスクの美学」、『英語青年』三月号（第一二三巻一二号）。研究社。

一九七八（昭和五三）年　「書く――エドガー・アラン・ポーの場合」、『不死鳥』第四六号。南雲堂。

一九七八（昭和五三）年　書評：酒本雅之『アメリカ文学をどう読み解くか』（中京出版）、『図書新聞』一二月一六日。

一九七九（昭和五四）年　書評：神原達夫『アメリカ小説における怪異』（荒竹出版）、『英語青年』一月号（第一二四巻第一〇号）。研究社。

＊3 一九七九（昭和五四）年　「ポーの『時』と『時計』」、『エピステーメ』二月号（特集・時計――クロノスの変容、第五巻第二号）、朝日出版社。

一九七九（昭和五四）年　「SFとしての『ユリイカ』」、『カイエ』九月号。冬樹社。

一九七九（昭和五四）年　書評：山口国臣『アメリカ文学――問題と追及』（山口書店）、『アメリカ学会会報』九月。

† 一九七九（昭和五四）年　C・B・ブラウン『エドガー・ハントリー』、国書刊行会。

＊14 一九七九（昭和五四）年　「C・B・ブラウンをめぐって」、同上の訳者「解説」。

† 一九七九（昭和五四）年　『ポーのSF-I』、講談社文庫。

† 一九八〇（昭和五五）年　『ポーのSF-II』、講談社文庫。

一九八〇（昭和五五）年　書評：『ポー小説全集』（全四巻、東京創元社）、「夢想の原型もつ魅力」、『図書新聞』五月三日。

一九八〇（昭和五五）年　Joel Myerson, ed. *Studies in American Renaissance*, 1977. Reviewed by Toshio Yagi, *Studies in English Literature*, English Number 1980. 日本英文学会。

一九八〇（昭和五五）年　「ホームズを囲んで」、『ユリイカ』一一月号（特集・シャーロック・ホームズ）第一二巻第一二号。青土社。

一九八〇（昭和五五）年　「ハーマン・メルヴィル」、『英語青年』九月号（第一二六巻第六号）。研究社。

*10 一九八〇（昭和五五）年　「メルヴィルの『創作の哲学』」、『文学とアメリカIII』（大橋健三郎教授還暦記念論文集）、南雲堂。

一九八一（昭和五六）年　書評：杉浦銀策『メルヴィル——破滅への航海者』（冬樹社）、「『入念な無秩序』の方法で」、『読書人』七月一三日。

† 一九八一（昭和五六）年　ジュリアン・シモンズ『告げ口心臓——E・A・ポオの生涯と作品』、東京創元社。

一九八一（昭和五六）年　書評：天沢退二郎『幻想の解読』（筑摩書房）、『日本読書新聞』九月七日。

一九八二（昭和五七）年　「《アッシャーIIの崩壊》」、『ユリイカ』二月号（特集・ブラッドベリ、第一四巻第二号）。青土社。

一九八二（昭和五七）年　「アメリカン・ゴシックの誕生」、小池滋・志村正雄・富山太佳夫編『城と眩暈——ゴシックを読む』、国書刊行会。

一九八二（昭和五七）年　書評：ゴドウィン著・岡照雄訳『ケイレブ・ウィリアムズ』（国書刊行会）、『日本読書新聞』一〇月四日。

*11 一九八三（昭和五八）年　「『白鯨』モザイク」、大橋健三郎編『鯨とテキスト——メルヴィルの世界』、国書刊行会。

一九八三（昭和五八）年　C・W・ニコル「『白鯨』に対する異端的見解」に付した注、同上。

† 一九八三（昭和五八）年　志村正雄と共著『アメリカの文学』、南雲堂。

一九八四（昭和五九）年　『別冊・英語青年：特集・日本の英米文学研究——現状と課題』（六月刊）のメルヴィルの項担当。研究社。

*24 一九八五（昭和六〇）年　「馬になる理由」、大橋健三郎・河野多恵子・後藤明生・佐伯彰一・篠田一士・森敦・吉行

淳之介編『小島信夫をめぐる文学の現在』、福武書店。

一九八五（昭和六〇）年　書評：Evan Carton, *The Rhetoric of American Romance: Dialectic and Identity in Emerson, Poe and Hawthorne*, 1985.『英語青年』一二月号（第一三一巻第九号）。

†一九八六（昭和六一）年　『「白鯨」解体』、研究社。

*17 一九八六（昭和六一）年　「アメリカン・ゴシックの系譜」と題して『英語青年』第一三二巻第一号（一九八六年四月号）より第一三三巻七号（一九八七年一〇月号）にかけて連載。その二回目。研究社。

一九八七（昭和六二）年　「エドマンド・バークの美学――『崇高と美の起源』寸評――」、『成城文藝』第一二〇号。

一九八八（昭和六三）年　「エドガー・アラン・ポー『アッシャー家の崩壊』」、『国文学』三月臨時増刊号（幻想文学の手帳）。学燈社。

一九九一（平成三）年　書評：Paul McCarthy, *Twisted Mind: Madness in Herman Melville's Fiction*, 1990.『英語青年』四月号（第一三七巻第一号）。研究社。

一九九一（平成三）年　「メルヴィルと狂気」、『英語青年』一二月号（第一三七巻第九号）。

一九九二（平成四）年　「名作『短編小説』への誘い――特集＝奇才エドガー・アラン・ポー」、『鳩よ！』八月号。マガジンハウス。

†一九九二（平成四）年　『アメリカン・ゴシックの水脈』、研究社。

†一九九二（平成四）年　ホーソーン作、八木敏雄訳『完訳緋文字』、岩波文庫。

*18 一九九二（平成四）年　同上、「解説」。

一九九三（平成五）年　"*Moby-Dick* as a Mosaic." Ed. Kenzaburo Ohashi, *Melville and Melville Studuies in Japan*. Westport, Connecticut: Greenwood Press.

一九九三（平成五）年　"After Translating *The Scarlet Letter*,"『日本ナサニエル・ホーソン協会『事務局便り5／一四』』。

一九九三（平成五）年　書評：ジョイス・キャロル・オーツ他著『ニュー・ゴシック』（新潮社）、『図書新聞』一月三〇日。

一九九五（平成七）年　「アメリカン・ゴシックの原風景」、『幻想文学』第四五号、特集・アメリカ幻想文学必携、アトリエＯＣＴＡ。

一九九五（平成七）年　「アメリカン・ファミリー・ゲーム基本ソフト『緋文字』」、『アメリカ文学評論』第一五号（筑波大学アメリカ文学会）。

一九九五（平成七）年　書評：福岡和子『変貌するテキスト――メルヴィルの小説』（英宝社）、『週刊読書人』一〇月二七日。

一九九五（平成七）年　「インディアンをアリアドネーの糸にして」、『英語青年』一〇月号（第一四一巻第七号）。研究社。

† 一九九六（平成八）年　イーハブ・ハッサン著、八木敏雄・鷲津浩子・越川芳明・折島正司共訳『おのれを賭して――現代アメリカ小説における探求の諸形態』、研究社。

*12 一九九六（平成八）年　Indian Captivity Narrative ことはじめ（一）、「ポカホンタス神話――アメリカの『ものかたり』」、『英語青年』一月号（第一四一巻第一〇号）。研究社。

*12 一九九六（平成八）年　Indian Captivity Narrative ことはじめ（二）、「インディアン捕囚体験記――ニューイングランドのばあい」『英語青年』二月号（第一四一巻第一一号）。研究社。

*12 一九九六（平成八）年　Indian Captivity Narrative ことはじめ（三）、「あがなわれし／あがなわれざりし捕らわれびと」『英語青年』三月号（第一四一巻第一二号）。研究社。

一九九六（平成八）年　「マーク・トウェインはなぜインディアンがかけないか」、『ユリイカ』七月号（増頁特集・マーク・トウェイン、第二八巻第八号）。青土社。

一九九七（平成九）年　「英語と日本語の間」と題して『英語青年』四月号（第一四三巻巻第一号）から一九九九年三月（第一四五巻第一二号）まで連載。24回、毎回1頁。研究社。

一九九八（平成一〇）年　「クレオール解題」、『英語青年』四月号（第一四四巻第一号）。研究社。

一九九八（平成一〇）年　「E・A・ポーとトマス・コール――コンポジションの哲学と政治学」、『英語青年』一〇月号（第一四四巻第七号）。研究社。

*13 一九九九（平成一一）年　「ウィリアム・ブラッドフォードの『歴史』にみるインディアン消去法（ピーコット戦争まで）」、秋山健監修、宮脇俊文・高野一良編『アメリカの嘆き――米文学史の中のピュー

リタニズム』、松柏社。

二〇〇〇（平成一二）年　「Leslie A. Fiedler, *Love and Death in the American Novel*――エロスとタナトスと無意識と」、『英文学春秋』第八号。三星社。

＊序二〇〇〇（平成一二）年　責任編集、週刊朝日百科『世界の文学』33、南北アメリカI（執筆者：総論八木「一九世紀なかば、アメリカに西洋文学の『再生』としての新しい文学が花開いた」、千石英世「エイハブ船長の悲劇」、福島和子「アメリカ水夫が見た楽園」、久間十義「反近代小説『白鯨』の語り」、竹村和子「愛のプリズム（『緋文字』）」、入子文子「ヘスターとともに墓に眠るのは誰か」、巽孝之「越境する想像力（ポー）」、小森陽一「ポーと近代日本小説」、酒本雅之「自由で限りない広がり（ホイットマン）」、伊藤詔子「内なる荒野への巡礼（ソロー）」、堀内正規（エマソン）ほか）。朝日新聞社。

二〇〇一（平成一三）年　「アメリカ小説の研究」、『英語年鑑《二〇〇一年版》』、研究社。

†二〇〇一（平成一三）年　八木敏雄編『アメリカ！　幻想と現実』、（執筆者：藤平育子、平石貴樹、野島秀勝、折島正司、千石英世、志村正雄、巽孝之、富山太佳夫、八木敏雄、鷲津浩子）。研究社。

＊15二〇〇一（平成一三）年　「『イロクォイ族への謝罪』へのアポロジア」、『英語青年』六月号（特集・エドマンド・ウィルソン、第一四七巻第三号）。研究社。

＊5二〇〇二（平成一四）年　「姦通小説としての『緋文字』」、國重純二編『アメリカ文学ミレニアムI』、南雲堂。

二〇〇二（平成一四）年　「アメリカ小説の研究」、『英語年鑑《二〇〇二年版》』、研究社。

二〇〇二（平成一四）年　「『白鯨』と絵画――J・M・W・ターナーとフランク・ステラのばあい」、『英語青年』一月号（第一四七巻一〇号）。研究社。

＊16二〇〇二（平成一四）年　「フォークナーのインディアン」、『フォークナー』第四号、（日本ウィリアム・フォークナー協会誌）。松柏社。

二〇〇二（平成一四）年　「D. H. Lawrence, *Studies in Classic American Literature*――ロレンス『古典アメリカ文学研究』を読み直す」、『英文学春秋』第一一号。三星社。

二〇〇二（平成一四）年　書評：青山義孝「天國の噂――『緋文字／ラブ・ストーリー』」、斉藤忠利編「緋文字の断層」（日本ホーソーン協会）開文社出版。

二〇〇二（平成一四）年　書評：巽孝之『アメリカン・ソドム』、『英文学研究』第七九巻第一号。日本英文学会。

二〇〇三（平成一五）年　「アメリカ小説の研究」、『英語年鑑《二〇〇三年版》』、研究社。

二〇〇四（平成一六）年　「メルヴィルのインディアン」、『英語青年』三月号（特集・インディアンとアメリカ文学、第一四九巻第一二号）。研究社。

† 二〇〇四（平成一六）年　メルヴィル作・八木敏雄訳『白鯨』（上）、（中）、（下）、岩波文庫。

＊19 二〇〇四（平成一六）年　同上「解説」。

＊6 二〇〇五（平成一七）年　「旅の本としての『ハックルベリー・フィンの冒険』」、『マーク・トウェイン――研究と批評』第四号、日本マーク・トウェイン協会。南雲堂。

† 二〇〇六（平成一八）年　ポー作・八木敏雄訳『黄金虫・アッシャー家の崩壊、他九編』、岩波文庫。

＊20 二〇〇六（平成一八）年　同上「訳者あとがき」。

二〇〇八（平成二〇）年　「選挙日説教についての長電話」、*Soundings* 第三四号（秋山健教授追悼号）。上智大学一般外国語センター。

† 二〇〇八（平成二〇）年　ポー作・八木敏雄訳『ユリイカ』、岩波文庫。

＊22 二〇〇八（平成二〇）年　同上「解説」。

† 二〇〇九（平成二一）年　八木敏雄訳『ポー評論集』、岩波文庫。

＊21 二〇〇九（平成二一）年　同上「解説」。

† 二〇〇九（平成二一）年　八木敏雄・巽孝之編『エドガー・アラン・ポーの世紀（*The Japanese Face of Edgar Allan Poe*）』、研究社。

あとがき

八十歳をまえにして、終焉のきざしをおぼえてか、わたしが死ねばわたしとともに雲散霧消してまうであろう片々たる書き物をかきあつめて生きた記念に一書にまとめたいというしがない一念が生じ、その思いを南雲堂の原信雄氏にうちあけたところ、まとめてみたらどうかとお誘いをうけた――それが本書の起源である。しかしその起源にはまた起源がある。わたしの最初の本『破壊と創造――エドガー・アラン・ポオ論』の産婆役をはたしてくれたのがまた原信雄氏だった。成城大学の紀要に連載したわたしの論文を、めったに他人をほめたことのない畏友野島秀勝が「これはよい」といって原氏のところに持ち込んでくれ、氏の反応もよく、上梓の運びとなったのである。そのおかげで、わたしは学者としてのスタート点に立つことができ、いまその終焉をむかえつつあるわけだが、こうなると、わたしは同氏に「産婆」役をつとめていただいたばかりか、「おくりびと」の役もはたしてもらいつつあるわけである。原氏の恩義に対しては感謝のことばもない。

＊

ここでポーズが訪れる。やたらに「あとがき」が書きづらいのである。だが、考えてみると、それも当然、本書にはすでに「マニエリスムとは何か」という「序論」としての「あとがき」がついているからである。妙な言い方になったが、事実として、この「序論」は、本文におさめるべき論文・エッセイの選定も配列も章分けも、そして校正刷りもできあがった段階で書かれたものであり、正真正銘の「あとがき」なのである。そのうえ本文そのものが書き下ろしではない。それまでばらばらに書かれたものの集合であり、その集合体になにがしかのまとまりと繋がりができればよいという「あと知恵」がこの「あとがき」としての「序論」であった。ところで、読書子は書物を「あとがき」から読むのが習いだという。そうなら、まずは「あとがき」としての「序論」から本書をお読みください。

*

その「序論」は、お読みいただけばすぐおわかりのように、高山宏氏の「ネオ・プラトニズム美学を背景に、アートが模倣から幻想に転じていく大きな動きの中て、とにかく人を驚かせることを方法として選び、視点の突如の変化をつくりだす蛇行・屈曲を蛇状曲線（figura serpentinata）と称して絶賛した異《パラ》美学を現在、マニエリスムと呼びだしていることに徴して、エマソンのネオ・プラトニズムに発してヘンリー・ジエイムスにいたる『長いアメリカン・ルネサンス』をいっそアメリカン・マニエリスムと呼ぶ知的勇者よ、アメリカ文学者の中より出でよ。そう、ぼくは十年以上、希望し続けてきた」というかなり挑発的な文章の引用から始まり、知的勇者などでは毛頭ないわたしがその挑発にのるかたちで進行する。が、わたしはそのために新しい論文を書き下ろしたわけではない。代わりに、もう十年ほどまえ、週間朝日百科『世界の文学33』なる啓蒙的冊子に書いた「十九世紀なかば、アメリカに西欧文学の『再生』としての新しい文学が花開いた」と題するコラム風エッセイを再利用させていただいている。そして、そのコラムは「アメリカには、先住民族インディアンの口承文学をべつにすれば、『再生』すべき文芸があったわけではない……十九世紀中葉にアメリカに勃興した文学はヨーロッパ文学、ことにイギリス文学の新大陸における再生であるばかりか、それを規範としながらも、それから一定の様式で変容して新しく誕生した文学であったとみてよい。その意味で、アメリカン・ルネサンス期の文学現象を、いっそアメリカン・マニエリスムという思考枠でとらえなおしてみるのも、斬新なこころみではなかろうか」と始まるが、もうこれ以上の自己剽窃はひかえねばなるまい。あとはただもう読者諸賢に「序論」を読んでいただくよう懇願するばかりである。そうすれば、わたしが考えているマニエリスムが何たるか、十九世紀のアメリカ作家ばかりか、十七世紀初頭のピューリタンの書き手もふくめた広義の「アメリカ文学」の書き手たちがいかにマニエリストであったか、深いうなづきとともに納得いただけるものと信じたい。

二〇一一年八月二七日

八木敏雄

索　引

（人名・作品名）

ア行

アーヴィン，ニュートン（Newton Irvin）『ホーソーン』*Hawthorne*　91, 93n
アーヴィング，ワシントン（Washington Irving）　325, 388
　『スケッチ・ブック』*The Sketch Book*　325
　「リップ・ヴァン・ウィンクル」"Rip Van Winkle"　221
『アーサー・ゴードン・ピムの物語』*The Narrative of Arthur Gordon Pym*（ポー）　30, 72-73, 134, 136-155, 239, 312, 388
『アーサー・マーヴィン』*Arthur Mervyn; or, Memoirs of the Year 1793*（ブラウン，C. B.）　263, 273-276, 283
『愛のアレゴリー』*The Allegory of Love*（ルイス，C. S.）　53
アインシュタイン，アルバート（Albert Einstein）　410-411, 416
　「一般相対性理論の基礎」　416
『赤毛布外遊記』*The Innocents Abroad*（マーク・トウェイン）　125, 127
『あがなわれざりし捕らわれびと』*The Unredeemed Captive*（ディーモス）　233-234, 237, 240n
秋山駿「文学と政治」（座談会）　420
『アクセルの城』*Axel's Castle*（ウィルソン）　216, 291
『悪の華』*Les Fleurs du Mal*（ボードレール）　31, 331
「悪魔に首を賭けるな」"Never Bet the Devil Your Head"（ポー）　69
「あざ」"The Birth-Mark"（ホーソーン）　329
「アッシャーII」"Usher II"（ブラッドベリー）　380
「アッシャー家の崩壊」"The Fall of the House of Usher"（ポー）　26, 34, 39, 41-44, 58, 76, 285, 378, 379, 389
「アナベル・リー」"Annabel Lee"（ポー）　407
『アブサロム，アブサロム』*Absalom, Absalom!*（フォークナー）　300
『アフリカの緑の丘』*Green Hills of Africa*（ヘミングウェイ）　120
阿部知二　158
「天邪鬼」"The Imp of the Perverse"（ポー）　371
『アメリカ，成人に達する』*America's Coming of Age*（ブルックス）　291
『アメリカ詩華集』*The Poets and Poetry of America*（グリズウォルド編）　392
『アメリカ小説とその伝統』*The American Novel and Its Tradition*（チェース）　96
『アメリカ小説における愛と死』*Love and Death in American Literature*（フィードラー）　118n
『アメリカの侵略』*The Invasion of America*（ジェニングズ）　226, 243
『アメリカの征服』*The Conquest of America*（トドロフ）　236
『アメリカの文学』（志村正雄，八木敏雄共著）　245, 262n
「アメリカ文学とアメリカの言語」"American Literature and the American Language"（エリオット）　291, 297n
『アメリカ旅行記』*Travels in the United States of America*（デイヴィス）　223

『宇宙の進化』（小尾） 409, 412
『宇宙論入門』（小尾） 413, 415
ウッド，グラント（Grant Wood）『アメリカン・ゴシック』*American Gothic* 311
ウッドベリー，G. E.（G. E. Woodberry） 385
『ポー作品集』（編）*The Works of Edgar Allan Poe* 385
「馬」（小島信夫） 420, 452, 459, 461
「馬になる理由—小島信夫論」（八木敏雄） 420, 452-464
「海の霧」（坂口安吾） 437
ウルストンクラフト，メアリー（Mary Wollstonecraft） 273, 280
『英国鳥類誌』*Bewick's History of British Birds*（ビューイック） 325
「英雄交響曲」"Eroica Symphony"（ベートーヴェン） 325
「エイロスとチャーミオンの会話」"The Conversation of Eiros and Charmion"（ポー） 75
エヴェレス，ジョージ・W・（George W. Eveleth） 405
エディントン，アーサー・スタンリー（Arthur Stanley Eddington） 413
『エドガー・A.ポー詩集，第二版』*Poems by Edgar A. Poe, Second Edition*［第三詩集］（ポー） 383
『エドガー・アラン・ポーの世紀（*The Japanese Face of Edgar Allan Poe*）』（八木敏雄・巽孝之編著） 11, 24n
『エドガー・ハントリー』*Edgar Huntly; or, Memoirs of a Sleep-Walker*（ブラウン，C. B.） 263, 268, 276, 281, 282
「エドガー・ポー：時計のテーマ」"Edgar Poe ou La Thème de L'Horloge"（ヴェーベール） 58-59, 78n
エマソン，ラルフ・ウォルドー（Ralph Waldo Emerson） 11, 12, 177, 190
「自己信頼」"Self-Reliance" 190
エリオット，T. S.（T. S. Eliot） 29-30, 36, 37n, 53n, 121, 291
「アメリカ文学とアメリカの言語」"American Literature and the American Language" 291, 297n
「『ハックルベリー・フィンの冒険』序文」An "Introduction to *The Adventure of Huckleberry Finn*" 53n, 121
「ポーからヴァレリーへ」"From Poe to Valéry" 29, 30, 36
「エリオット氏，トリリング氏と『ハックルベリー・フィンの冒険』」"Mr. Eliot, Mr. Trilling and *Huckleberry Finn*（マークス） 121-122
「エルサレム物語」"A Tale of Jerusalem"（ポー） 65, 66, 67, 167, 369
「エレオノーラ」"Eleonora"（ポー） 372, 373, 390
「燕京大学部隊」（小島信夫） 420, 456, 459, 460
エンディコット，ジョン（John Endicott） 257
「大渦に呑まれて」"A Descent into the Maelström"（ポー） 72, 151, 390
大岡昇平 118n
『武蔵野夫人』 115, 118n
大久保典夫 420
オーデン，W. H.（W. H. Auden） 55, 137, 139, 148-149, 362-367
『怒れる海』*The Enchafèd Flood* 137, 362-367
大橋健三郎 45
『オーモンド，または隠れた証人』*Ormond; or, The Secret Witness*（ブラウン，C. B.） 271-273
オールダム，ジョン（John Oldham） 254, 257
『おくのほそ道』（松尾芭蕉） 119-120
尾崎士郎 421
オサマ・ビン・ラディン（Osama bin Laden） 346
『オシアン』*Ossian*（マックファーソン） 177
オストローム，ジョン・ウォード（John Ward Ostrom）『ポー書簡集』*The Letters of Edgar Allan Poe*（編） 405
『オセアナ』*Oceana*（ハリントン） 177
『オトラントの城』*The Castle of Otranto*（ウ

ォルポール） 273, 286, 312, 369, 370, 371, 376
小尾信弥 409, 412, 413, 415
『宇宙の進化』 409, 412
『宇宙論入門』 413, 415
「おみな」（坂口安吾） 433-434
『オムー』*Omoo*（メルヴィル） 134, 169, 170, 171, 172, 196
「オムレット公爵」"The Duc De L'Omelette"（ポー） 65, 66, 67, 167, 369, 374
オルソン，チャールズ（Charles Olson） 207

カ行

カーター，ボイド（Boyd Carter） 281
カーツ，スティーヴン（Steven Katz） 261n, 262n
カーライル，トマス（Thomas Carlyle） 177
「カーレン・ブリクセンの世界」（山室静） 420
カウリー，マルカム（Malcolm Cowley） 292, 301-302, 309n
『ポータブル・フォークナー』*Portable Faulkner*（編） 300, 309n
「科学へ」"To Science"（ポー） 61-62
笠原伸夫 420
「風博士」（坂口安吾） 376, 423-424, 426
加藤典洋『敗戦後論』 260, 262n
カトー（Marcus Porcius Cato [Cato the Younger]） 135
カフカ，フランツ（Franz Kafka） 52
『神の力と慈悲』*The Sovereignty and Goodness of God* ＝「メアリ・ローランドソンの捕囚体験記」（ローランドソン） 216, 228-231
カミュ，アルバート（Albert Camus） 275
『ペスト』*The Plague*（*La Pest*） 275
ガモフ，ジョージ（George Gamov） 413
『火妖』（坂口安吾） 423, 450
「鴉」"The Raven"（ポー） 18, 29, 35, 36, 58, 183
『ガリヴァー旅行記』*Gulliver's Travels*（スウィフト） 176, 177
「乾いた九月」"Dry September"（フォークナー） 305
川端康成『東海道』 119, 132n
「陥穽と振子」"The Pit and the Pendulum"（ポー） 59-60, 280, 390
『姦通小説』*Adultery in the Novel*（タナー，トニー） 114, 118n
キーツ，ジョン（John Keats） 280
「消えなましものを―坂口安吾論」（八木敏雄） 420, 421-451
『消えゆくアメリカ人の復活』*The Return of the Vanishing American*（フィードラー） 221, 225n, 292
岸田秀 319-320
『幻想の未来』 320, 323n
「汽車の中」（小島信夫） 420, 452-454
喜多川歌麿 325
キャプテン・ジョン・スミス（Captain John Smith） →ジョン・スミス
キューヴィエ，ジョルジュ（George Cuvier） 389
『旧牧師館の苔』*Mosses from an Old Manse*（ホーソーン） 329
「教祖の文学」（坂口安吾） 422, 446
「金銭無情」（坂口安吾） 433
クィン，アーサー・ホブソン（Arthur Hobson Quinn） 37
「空想と想像力」"Fancy and Imagination"（ポー） 19
クーパー，フェニモア（Fenimore Cooper） 130, 131, 151, 239, 398-399
「『ワイアンドット』評」"On *Wyandotté*"（ポー） 398-399
『寓話』（小島信夫） 459
「クエンティン・ストックウェルの虜囚と救出」"Quentin Stockwell's Relation of His Captivity and Redemption"（マザー，インクリース） 231
日下実男『ブラックホール99の謎』 417n
『草の葉』*Leaves of Grass*（ホイットマン） 330
『鯨』*The Whale*（メルヴィル） 154, 157, 158, 166, 206, 341, 342

クック，ジェイムズ（James Cook）『太平洋探検』*The Extraordinary Voyages of Captain James Cook* 177

『苦難を忍びて』*Roughing It*（マーク・トウェイン） 125

「熊」“The Bear”（フォークナー） 300, 301, 305, 306, 307

『クララ・ハワード』*Clara Howard*（ブラウン） 263, 278

グリズウォルド，ルーファス・ウィルモット（Rufus Wilmot Griswold）『アメリカ詩華集』（編）*The Poets and Poetry of America* 392

グレアム，ジョージ・R.（George R. Graham） 389

クレペ（Jacques Crépet）［ボードレール作品集編者］ 31

クレム，ヴァージニア（Virginia Clemm） 402, 403 →ポー，ヴァージニア

クレム，マライア（Maria Clemm）［ポーの義母］ 402, 403

クレメンス，オライオン（Orion Clemens） 128

「黒谷村」（坂口安吾） 376, 437

『グロテスクとアラベスクの物語』*Tales of the Grotesque and Arabesque*（ポー） 59, 286

「黒猫」“The Black Cat”（ポー） 371

「群集の人」“The Man of the Crowd”（ポー） 40, 390

「芸術」“Art”（メルヴィル） 175

ケイジン，アルフレッド（Alfred Kazin） 292

『ケイレブ・ウィリアムズ』*Caleb Williams*（ゴドウィン） 267, 270

ケネディ，ジョン・ペンドルトン（John Pendleton Kennedy） 388

ケプラー，ヨハネス（Johannes Kepler） 410

ケリー，ジョン（John Kerry） 346

『原始原子―宇宙論についての一考察』*The Primeval Atom: an Essay on Cosmology*（ルメートル） 411

『源氏物語』（紫式部） 161, 343

『幻想の未来』（岸田秀） 320, 323n

ケント，ロックウェル（Rockwell Kent） 350

『ケンブリッジ・アメリカ文学史』*The Cambridge History of American Literature*（バーコヴィッチ編） 246, 260n

孔子 381

「構成の哲学」“The Philosophy of Composition”（ポー） 18, 30, 35, 312, 400, 407

「高層鉄骨職人モホーク族」“The Mohawks in High Steel”（ミッチェル） 294, 297n

『荒野への使命』*Errand into the Wilderness*（ミラー） 242

「紅葉」“Red Leaves”（フォークナー） 300, 304, 305

コールリッジ，サミュエル・テイラー（Samuel Taylor Coleridge） 362, 388
- 『老水夫行』*The Ancient Mariner* 177, 362

「黄金虫」“The Gold-Bug”（ポー） 390

「木枯の酒倉から」（坂口安吾） 376, 437

小島信夫 420, 452-464
- 「馬」 420, 452-454, 459, 461
- 「燕京大学部隊」 420, 456, 459, 460
- 「汽車の中」 420, 452-454
- 『寓話』 459
- 「小銃」 457-458
- 『抱擁家族』 459, 462-463
- 「星」 420, 456-457, 459
- 『墓碑銘』 420, 452, 454-456, 459
- 『別れる理由』 420, 452, 459, 463

コックス，ジェイムズ・M.（James M. Cox）
- 『マーク・トウェイン:ユーモアの宿命』*Mark Twain: The Fate of Humor* 122

『骨董屋』*The Old Curiosity Shop*（ディケンズ） 391, 392-394

『古典アメリカ文学研究』*Studies in Classic American Literature*（ロレンス） 96, 118n, 221, 224, 225n, 240n, 292-293, 297n, 347, 373-374

「古都」（坂口安吾） 443

『孤独な群衆』*The Lonely Crowd*（リースマン） 44

サ行

索引

Novel（ブラウン，C. B.）279
ジェニングズ，フランシス（Francis Jennings）『アメリカの侵略』*The Invasion of America* 226, 232n, 243, 262n
ジェファソン，トマス（Thomas Jefferson）101
ジェミソン，メアリ（Mary Jemison）237-239, 240n
シェリー，パーシー・ビッシュ（Percy Bysshe Shelley）178, 273, 280, 401
シェリー，メアリ（Mary Shelley）『フランケンシュタイン』*Frankenstein* 273
『シオンにあがなわれし捕らわれびと』"The Redeemed Captive Returning to Zion"（ジョン・ウィリアムズ）233, 234-237
シクロフスキイ，ヴィクトル（Viktor Shklovsky）「手法としての芸術」"Art as Device" 188-189
「自己信頼」"Self-Reliance"（エマソン）190
「士師記」（The Book of Judges）232
『七破風の屋敷』*The House of the Seven Gables*（ホーソーン）26, 44-53, 79-93
『七破風の屋敷』序 "Introduction to *The House of the Seven Gables*"（ホーソーン）45, 101
「『七破風の屋敷』の構造と主題」（ディリンガム）91, 93n
「失敗した取引き」"The Bargain Lost"（ポー）381 →「ボン＝ボン」
『支那語大辞典』（石山福治編著）94
「詩の原理」"The Poetic Principle"（ポー）31, 35, 387, 397, 407
『自分の博物館での芸術家』*The Artist at His Museum*（ピール）22
シムズ，ジョン・クリーヴィズ（John Cleves Symmes）『シムズの地球空洞学説』*Symmes's Hollow Earth Hypothesis* 73
シムズ，ウィリアム・ギルモア（William Gilmore Simms）280
志村正雄 245, 262n, 268
　　『アメリカの文学』（八木敏雄共著）245, 262n

ジャクソン，アンドルー（Andrew Jackson）307
シャンプレーン，サムエル（Samuel Champlain）261n
「週に三日の日曜日」"Three Sundays in a Week"（ポー）390
『出エジプト記』*Exodus* 230
十返舎一九『東海道中膝栗毛』324
「手法としての芸術」"Art as Device"（シクロフスキイ）188
『ジュリアス・ロッドマンの日記』*The Diary of Julius Rodman*（ポー）389
ジョイス，ジェイムズ（James Joyce）『フィネガンズ・ウェイク』*Finnegan's Wake* 408
「小銃」（小島信夫）457-458
『小説坂口安吾』（檀一雄）438
「鐘楼」"The Bell-Tower"（メルヴィル）77
「鐘楼の悪魔」"The Devil in the Belfry"（ポー）68-69, 375
『植民地幻想』（正木恒夫）236, 262n
『処女地』*Virgin Land*（スミス，ヘンリー・ナッシュ）242
「書評欄への年頭の辞」"Exordium to Critical Notices"（ポー）391, 396
『ジョン・スミス全集』*The Complete Works of Captain John Smith*（ジョン・スミス）225n
『ジョン・タナーの冒険物語』*The Falcon: A Narrative of the Captivity and Adventures of John Tanner*（タナー）239, 240n
ジョンソン，アイザック（Isaac Johnson）315
ジョンソン，ウィリアム（William Johnson）263
シラー，フリードリッヒ・フォン（Friedrich von Schiller）『ウィルヘルム・テル』*Wilhelm Tell* 325
『ジル・ブラース』（*Gil Blas*）（ルサージュ）87
『神曲』*Divina Comedia*（ダンテ）353

タ行

ハ行

代大統領］ 326, 330
「Bへの手紙」“Letter to B—”（ポー） 384, 385, 388 →「某氏への手紙」
「Pからの手紙」“P.'s Correspondence”（ホーソーン） 283
ピーボディ，ソフィア（Sophia Peabody）→ ホーソーン，ソファイア
ピール，チャールズ・ウィルソン（Charles Wilson Peale）『自分の博物館での芸術家』 *The Artist at His Museum* 22
『ピエール』*Pierre*（メルヴィル） 167, 169, 171, 173, 182, 189, 192, 193, 287, 330
『ピエールとジャン』*Pierre et Jean*（モーパッサン） 48, 428
ピカソ，パブロ（Pablo Picasso） 16, 45, 451
「美の芸術家」“The Artist of the Beautiful”（ホーソーン） 329
『緋文字』*The Scarlet Letter*（ホーソーン） 20, 26, 91, 92, 94-118, 161, 239, 284, 285, 312, 324-340
ビューイック，トマス（Thomas Bewick） 325
　『英国鳥類誌』*Bewick's History of British Birds* 325
『ピューリタンの葡萄酒』*The Wine of the Puritans*（ブルックス） 291
平野謙 444-445
『ビリー・バッド』*Billy Budd*（メルヴィル） 183, 193, 194-196
「瓶から出た手記」“MS. Found in a Bottle”（ポー） 72, 147, 151, 152, 154
「Farceに就て」（坂口安吾） 424, 426
『ファンショー』*Fanshawe*（ホーソーン） 284, 327
フィードラー，レスリー（Leslie A. Fiedler） 94, 118n, 221, 224, 225n, 231, 232n, 292, 293, 297n, 298, 299
　『アメリカ小説における愛と死』*Love and Death in American Novel* 118n
　『消えゆくアメリカ人の復活』*The Return of the Vanishing American* 221, 225n, 232n, 293, 297n
『フィネガンズ・ウェイク』*Finnegan's Wake*（ジョイス） 408
フィルモア，ミラード（Millard Fillmore）［13代大統領］ 330
『フィンランド駅へ』*To the Finland Station*（ウィルソン） 216, 291
「風俗，道徳，小説」“Manners, Morals, and the Novel”（トリリング） 96
フーリエ，シャルル（Charles Fourier） 86
「フェニモア・クーパーの『ワイアンドット』評」“On Fenimore Cooper's *Wyandotté*”（ポー） 398
「フェニモア・クーパーの文学的犯罪」“Fenimore Cooper's Literary Offenses”（マーク・トウェイン） 130
フォークナー（William Faulkner） 216, 298-308, 309n
　『アブサロム，アブサロム』*Absalom, Absalom!* 300
　「乾いた九月」“Dry September” 305
　「熊」“The Bear” 300, 301, 305, 306, 307
　「紅葉」“Red Leaves” 300, 304, 305
　「裁判所」“The Courthouse” 300, 307
　「裁き」“A Justice” 300, 301, 302, 303
　『尼僧への鎮魂歌』*Requiem for a Nun* 307
　「見よ！」“Lo!” 300, 305
　「昔あった話」“Was” 300, 304, 305
　「むかしの人たち」“The Old People” 300, 304
　「嫁取り合戦」“A Courtship” 300, 305
フォックス，ジョージ（George Fox） 264
「フォン・ケンペリンと彼の発見」（ポー） 167
フーケ，フリードリッヒ・カール・ド・ラ・モット（Fouqué Friedrich Karl de la Motte） 178
ブッシュ，ジョージ（George W. Bush）［43代大統領］ 346
ブッシュ，ジョージ（George Bush） 405
フッド，トマス（Thomas Hood） 280, 401
『プディンヘッド・ウィルソンの悲劇』*The Tragedy of Pudd'nhead Wilson*（マーク・トウェイン） 125

「不必要な重複」“Unnecessary Duplicates”（ヘイフォード） 344-345
ブライアント，ウィリアム・カレン（William Cullen Bryant） 388, 401
ブラウン，チャールズ・ブロックデン（Charles Brockden Brown） 14, 216, 263-288
『アーサー・マーヴィン』*Arthur Mervyn; or, Memoirs of the Year 1793* 263, 273-276, 283
『アルクイン』*Alcuin* 263, 267
『ウィーランド』*Wieland; or the Transformation* 14, 263, 265, 267, 268-271, 278, 282, 288
『エドガー・ハントリー』*Edgar Huntly; or, Memoirs of a Sleep-Walker* 263, 268, 276-278, 281, 282
『オーモンド，または隠れた証人』*Ormond; or, The Secret Witness* 271-273
ブラウン，トマス（Thomas Brown） 178
『ブラックウッド』誌（*Blackwood Magazine*） 55
「『ブラックウッド』誌流の作品の書き方/ある苦境」“How to Write a Blackwood Article”/“A Predicament”（ポー） 55-58, 389
『ブラックホール 99 の謎』（日下実男） 417n
ブラックマー，R. P.（R. P. Blackmur） 292
ブラッドフォード，ウィリアム（William Bradford） 216, 232n, 241-260, 261, 261n, 316, 320
『プリマス植民地史』*History of Plymouth Plantation* 216, 241-260n, 316, 320
ブラッドベリー，レイ（Ray Bradbury）「アッシャーII」“Usher II” 380
プラトン（Plato） 178
フランクリン，ベンジャミン（Benjamin Franklin） 265, 266
『貧しいリチャードの暦』*Poor Richard's Almanack* 265
『フランス人物考』*Characters of France*（ウォルシュ） 391
「フランソワ・モーリアック氏と自由」“Français Mauriac et la liberté”（サルトル） 163
フリードマン，アレキサンダー（Alexander Friedman） 411
ブリッジ，ホレーショ（Horatio Bridge） 326
プリッチェット，V. S.（V. S. Pritchett） 28
『プリマス植民地史』*History of Plymouth Plantation*（ブラッドフォード） 216, 241-260n, 316, 320
プリング，マーティン（Martin Pring） 248, 261n
「プルースト論」“Omage à Marcel Proust”（ヴァレリー） 48
「ふるさとに寄せる讃歌」（坂口安吾） 435, 437, 438, 439
ブルックス，ヴァン・ワイック（Van Wyck Brooks） 291, 292, 297n
『アメリカ，成人に達する』*America's Coming of Age* 291
『ニューイングランド:小春日和』*New England: Indian Summer* 291, 297n
『ピューリタンの葡萄酒』*The Wine of the Puritans* 291
ブルワー=リットン，エドワード（Edward Bulwer-Lytton） 388, 391, 396
「『ブルワ=リットン評論集』評」“On *The Critical and Miscellaneous Writings of Bulwer-Lytton*”（ポー） 391, 396
『夜と朝』 *Night and Morning* 391
フローベール，グスタフ（Gustave Flalubert） 46, 48, 99, 109, 118n, 331, 427
『ボヴァリー夫人』*Madam Bovary* 46, 47, 94, 103, 105, 109, 118n, 331
「文学と政治」（秋山駿，石原慎太郎，西義之，村松剛）［座談会］ 420
『文学におけるマニエリスム:言語錬金術ならびに秘教的組み合わせ術』*Manierisums in der Literatur: Sprach-Alchemie und Kombinationskunst*（ホッケ） 18, 23n
「文学のふるさと」（坂口安吾） 430
ヘイフォード，ハリソン（Harrison Hayford）
「不必要な重複」“Unnecessary Duplicates”

344, 345
ベイム, ニーナ (Nina Baym) 95, 117n
ベーコン, フランシス (Francis Bacon) 405, 406
ベートーヴェン, ルートヴィヒ・ヴァン (Ludwig van Beethoven)「英雄交響曲」"Eroica Symphony" 325
『ペスト』 The Plague (La Pest) (カミュ) 275
ベックフォード, ウィリアム (William Beckford) 280, 317
『ヴァセック』 Vathek 317, 323n
『ベニト・セレーノ』 Benito Cereno (メルヴィル) 167, 195, 287
「ヘブライ人への手紙」(The Epistle of St. Paul [the Apostle] to the Hebrews) 231
ヘミングウェイ, アーネスト (Ernest Hemingway) 26, 120, 126, 403
『アフリカの緑の丘』 Green Hills of Africa 120
ペリー, エドガー・A. (Edgar A. Perry) [ポーの偽名] 383
ペリー, マシュー G. (Matthew Galbraith Perry) 330
『ヘリコン山のざわめき』 The Quacks of Helicon (ウィルマー) 391, 394-396
ベル, マイケル・ダヴィト (Michael Davitt Bell) 101, 117n
「ベレニス」 "Berenice" (ポー) 76, 372, 373, 388
ペン, ウィリアム (William Penn) 264
『ペン・マガジン』 The Penn Magazine (ポー) → The Stylus 389
ベントリー, リチャード (Richard Bentley) 165
ホイットマン, ウォルト (Walt Whitman)
『草の葉』 Leaves of Grass 330
『ボヴァリー夫人』 Madame Bovary (フローベール) 46, 47, 94, 103, 105, 109, 118n, 331
「某氏への手紙」"Letter to—" (ポー) 18-19, 384, 385, 386 →「Bへの手紙」
『抱擁家族』(小島信夫) 459, 462-463

『放浪者外遊記』 A Tramp Abroad (マーク・トウェイン) 125
『放浪者メルモス』 Melmoth the Wanderer (マチューリン) 374
ポー, エドガー・アラン (Edgar Allan Poe) 11, 12, 14, 18, 19, 20, 21, 27-37, 42, 43, 135-155, 156, 239, 271, 280, 281, 282, 312, 325, 330, 369-382, 383-401, 402-417, 459
『アーサー・ゴードン・ピムの物語』 The Narrative of Arthur Gordon Pym 30, 72-73, 134, 136-155, 239, 312, 388
「悪魔に首を賭けるな」("Never Bet the Devil Your Head") 69
「アッシャー家の崩壊」"The Fall of the House of Usher" 26, 34, 39, 41, 42, 43-44, 58, 76, 285, 378, 379, 389
「アナベル・リー」"Annabel Lee" 407
「天邪鬼」"The Imp of the Perverse" 371
「アモンティラードの酒樽」"The Cask of Amontillado" 371
『アル・アーラーフ, タマレーン, その他』 Al Aaraaf, Tamerlane, and Minor Poems [第二詩集] 61, 383
「アル・アーラーフ」"Al Aaraaf" 61-64
「ある苦境」"A Predicament" 55-58, 68, 389
「アルンハイムの地所」"The Domain of Arnheim" 19
「息の紛失」"Loss of Breath" 65, 66, 167, 369, 375-376, 378
「ウィリアム・ウィルソン」"William Wilson" 371, 389, 397
「ウィルマーの『ヘリコン山のざわめき』評」"On Wilmer's The Quacks of Helicon" 391, 394-396
「エイロスとチャーミオンの会話」"The Conversation of Eiros and Charmion" 75
『エドガー・A. ポー詩集, 第二版』 Poems by Edgar A. Poe, Second Edition [第三詩集] 383
「エルサレム物語」"A Tale of Jerusalem"

65, 66, 67, 167, 369
「エレオノーラ」“Eleonora” 372, 373, 390
「大渦に呑まれて」“A Descent into the Maelström” 72, 151, 390
「オムレット公爵」“The Duc De L'Omelette” 65, 66, 67, 167, 369, 374
「科学へ」“To Science” 61-62
「鴉」“The Raven” 18, 29, 35, 36, 58, 183
「陥穽と振子」“The Pit and the Pendulum” 59-60, 280, 390
「空想と想像力」“Fancy and Imaginaton” 19
『グロテスクとアラベスクの物語』*Tales of the Grotesque and Arabesque* 59, 286
「黒猫」“The Black Cat” 371
「群集の人」“The Man of the Crowd” 40, 390
「構成の哲学」“The Philosophy of Composition” 18, 30, 35, 312, 400, 407
「黄金虫」“The Gold-Bug” 390
「『骨董屋』評」“On *The Curiosity Shop*” 391, 392-394
「失敗した取引き」“The Bargain Lost” 381 →「ボン=ボン」
「詩の原理」“The Poetic Principle” 31, 35, 387, 397, 407
「週に三日の日曜日」“Three Sundays in a Week” 390
『ジュリアス・ロッドマンの日記』*The Diary of Julius Rodman* 389
「鐘楼の悪魔」“The Devil in the Belfry” 68-69, 375
「書評欄への年頭の辞」“Exordium to Critical Notice” 391, 396
「赤死病の仮面」“The Masque of the Red Death” 70, 390
『第三詩集』*Poems by Edgar A. Poe, Second Edition* 385, 386
『タマレーン，その他』*Tamerlaine and Other Poems*［処女詩集］ 61, 383
「ちんば蛙」“Hop-Frog” 167
「使いきった男」“The Man That Was Used Up” 68
「告げ口心臓」“The Tale-Tale Heart” 70, 371
「ディケンズの『骨董屋』評」“On Dickens's *The Old Curiosity Shop*” 391-394
「『二度語られた物語』評」“On *Twice-Told Tales*”（ポー） 42, 397-399
「盗まれた手紙」“The Purloined Letter” 371
「のこぎり山奇談」“The Ragged Mountains” 281-282
「×だらけの記事」“X-ing a Paragraph” 167
「早まった埋葬」“The Premature Burial” 76
「Bへの手紙」“Letter to B—” 384, 385, 388 →「某氏への手紙」
「瓶から出た手記」“MS. Found in a Bottle” 72, 147, 151, 152, 154, 388
「フェニモア・クーパーの『ワイアンドット』評」“On Fenimore Cooper's *Wyandottē*” 398-399
「フォン・ケンペリンと彼の発見」“Von Kempelin and His Discovery” 167
「『ブラックウッド』誌流の作品の書き方/ある苦境」“How to Write a Blackwood Article”/ “A Predicament” →「ある苦境」
「『ブルワ=リットン評論集』評」“On *The Critical and Miscellenew Writings of* Blur-Lytton” 391, 396
「ベレニス」“Berenice” 76, 372, 373, 388
『ペン・マガジン』*The Penn Magazine* → *The Stylus* 389
「某氏への手紙」“Letter to—” 18-19, 384, 385, 386 →「Bへの手紙」
「ホーソーンの『トワイス・トールド・テールズ』評」“On Hawthorne's *Twice-Told Tales*” 42, 397
「ボン=ボン」“Bon-Bon” 65, 67, 69, 167,

369, 381, 382
「マージナリア」“Marginalia” 35
「魔の宮殿」“The Haunted Palace” 42
「マリー・ロジェの秘密」“The Mystery of Marie Rogêt” 283, 370, 390
「ミイラとの論争」“Some Words with a Mummy” 76
「名士の群れ」“Lionizing” 388
「メッツェンガーシュタイン」“Metzengerstein” 65, 68, 167, 312, 371, 372
「メルツェルの将棋指し」“Maelzel's Chess Player” 388
「メロンタ・タウタ」“Mellonta Tauta” 77
「モノスとユーナの対話」“The Colloquy of Monos and Una” 75
「モルグ街の殺人」“The Murders in the Rue Morgue” 283, 370, 390
「モレラ」“Morella” 372, 373, 388
「夢の国」“Dream-Land” 78n
『ユリイカ』*Eureka* 19, 30, 32, 74, 75, 312, 402-417, 459
「妖精の島」“The Island of the Fay” 390
「ランダーの小屋」“Landor's Cottage” 167
「リジーア」“Ligeia” 66, 76, 372, 373, 389
「ロングフェローの『バラッド』評」“On Longfellow's *Ballads*” 64-65, 392, 396-397
ポー，ヴァージニア (Virginia Poe)［妻］ 388, 390, 402, 403 →クレム，ヴァージニア
『ポーのエッセイとレヴュー』*Edgar Allan Poe : Essays and Reviews*（トムソン編） 384, 385, 391
『ポー・ポー・ポー・ポー・ポー・ポー・ポー』*Poe, Poe, Poe, Poe, Poe, Poe, Poe*（ダニエル・ホフマン） 54, 78n
「ポーからヴァレリーへ」“From Poe to Valéry”（エリオット） 29-30, 36
『ポー作品集』*The Works of Edgar Allan Poe*（ウッドベリー編） 385
『ポー書簡集』*The Letters of Edgar Allan Poe*（オストローム編） 405
『ポー選集』*The Collected Works of Edgar Allan Poe*（マボット編） 381, 384
『ポー全集』*The Complete Works of Edgar Allan Poe*（ハリソン編） 384
『ポー評伝』*Edgar Allan Poe : His Life and Legacy*（メイヤーズ） 403
『ホーソーン』Hawthorne（ジェイムズ） 53n, 288, 334
ホーソーン，ナサニエル (Nathaniel Hawthorne) 12, 14, 20, 21, 41, 43, 48-53, 77, 79-93, 94-118, 164, 201, 232, 239, 271, 275, 280, 283, 284, 287, 324-340, 392, 397
「あざ」“The Birth-Mark” 329
「イーサン・ブランド」“Ethan Brand” 92
「ウェークフィールド」“Wakefield” 328
『旧牧師館の苔』*Mosses from an Old Manse* 329
『七破風の屋敷』*The House of the Seven Gables* 26, 44-53, 79-93
『七破風の屋敷』序“Introduction to *The House of the Seven Gables*” 45, 101
『大理石の牧神』*The Marble Faun* 41, 285
「ダストン一家」“The Duston Family” 232
「憑かれた心」“The Haunted Mind” 271, 284
『トワイス・トールド・テールズ』*Twice-Told Tales* → 『二度語られた物語』
『二度語られた物語』*Twice-Told Tales* 327, 329, 392, 397
「『二度語られた物語』評」“On *Twice-Told Tales*”（ポー） 64-65, 392, 397-399
「ハウの仮装舞踏会」“Howe's Masquerade” 397
「Pからの手紙」“P.'s Correspondence” 283
「美の芸術家」“The Artist of the Beautiful” 329

『緋文字』*The Scarlet Letter*　20, 26, 91, 92, 94-118, 161, 239, 284, 285, 312, 324-340
『ファンショー』*Fanshawe*　284, 327
「牧師さんの黒いヴェール」"The Minister's Black Veil"　328, 398
「ラパチーニの娘」"Rappaccini's Daughter"　329
「ロジャー・マルヴィンの埋葬」"Roger Malvin's Burial"　328
「若いグッドマン・ブラウン」"The Young Goodman Brown"　284, 287, 328
「わたしの縁者モリノー少佐」"My Kinsman, Major Molineux"　275, 328
ホーソーン，ウィリアム（William Hathorne）［先祖］　324
ホーソーン，エリザベス（Elizabeth Hathorne）［母］　324
ホーソーン，エリザベス（Elizabeth Hawthorne）［姉］　325
ホーソーン，ジュリアン（Julian Hawthorne）［息子］　327, 329
『ナサニエル・ホーソーンとその妻』*Nathaniel Hawthorne and His Wife*　327
ホーソーン，ジョン（John Hathorne）［先祖］　324
ホーソーン，ソファイア（Sophia Hawthorne）［妻］　329-330
ホーソーン，ナサニエル（Nathaniel Hathorne）［父］　324, 325
ホーソーン，マリア・ルイーザ（Louise Hawthorne）［妹］　325
『ホーソーン』*Hawthorne*（ヘンリー・ジェイムズ）　53n, 288, 334
『ホーソーン』*Hawthorne*（アーヴィン）　91, 93n
「ホーソーンとその苔」"Hawthorne and His Mosses"（メルヴィル）　96, 118n, 163, 333
「ホーソーンの『トワイス・トールド・テールズ』書評」"On Hawthorne's *Twice-told Tales*"（ポー）　42, 397
『ホーソーンの秘密：語られざる物語』*Hawthorne's Secret : An Untold Tale*（ヤング）　327
『ポータブル・フォークナー』*Portable Faulkner*（カウリー編）　300, 309n
ボードレール，シャルル（Charles Baudelaire）　27, 31, 33, 331, 372
『悪の華』*Les Fleur du Mal*　31, 331
「ボードレールの位置」"Le Situation de Baudelaire"（ヴァレリー）　32
『ポーの SF II』（八木敏雄）　417n
ホーマー（Homer）　283
ポカホンタス（Pocahontas）　216, 217-225, 231, 232, 249
「牧師さんの黒いヴェール」"The Minister's Black Veil"（ホーソーン）　328, 398
「星」（小島信夫）　420, 456-457, 459
ホッグ，ジェームズ（James Hogg）『義とされた罪人の手記と回想』*The Private Memoirs and Confessions of a Justified Sinner*　318, 323n, 370
ホッケ，グスタフ・ルネ（Gustav René Hocke）　16, 18, 23, 23n
『迷宮としての世界:マニエリスム美術』*Die Welt als Labyrinth: Manier und Manie in der europäsichen Kunst*　16, 17, 18, 23n
『文学におけるマニエリスム:言語錬金術ならびに秘教的組み合わせ術』*Manierismus in der Litertur: Sprach-Alchemie und Kombinationskunst*　18, 23n
ボッティチェリ，サンドロ『パラスとケンタウロス』*Pallas and the Centaur*（Sandro Botticelli）　419
ボナパルト，マリー（Marie Bonaparte）　37, 147
『墓碑銘』（小島信夫）　420, 452, 454, 456, 459
ホフマン，E. T. A.（Ernst Theodor Amadeus Hoffmann）　286
ホフマン，ダニエル（Daniel Hoffman）『ポー・ポー・ポー・ポー・ポー・ポー・ポー』*Poe, Poe, Poe, Poe, Poe, Poe, Poe*　54, 78n

ホワイト，トマス・ウィリス（Thomas Willis White） 388
『ホワイト・ジャケット』*White Jacket*（メルヴィル） 153, 167, 196
「ボン＝ボン」"Bon-Bon"（ポー） 65, 67, 69, 167, 369, 381, 382

マ行

マーク・トウェイン（Mark Twain） 119-132, 148, 151, 239, 316
『赤毛布外遊記』*The Innocents Abroad* 125, 127
『インディアンの中のハック・フィンとトム・ソーヤ』*Huck Finn and Tom Sawyer Among the Indians* 127, 128, 131
『苦難を忍びて』*Roughing It* 125
『赤道に沿って』*Following the Equator* 124
『トム・ソーヤの冒険』*The Adventures of Tom Sawyer* 125, 129
『ノート・ブック』*Notebook* 129
『ハックルベリー・フィンの冒険』*Adventures of Huckleberry Finn* 26, 51, 53n, 119-132, 148, 239, 316
「フェニモア・クーパーの文学的犯罪」"Fenimore Cooper's Literary Offenses" 130
『プディンヘッド・ウィルソンの悲劇』*The Tragedy of Pudd'nhead Wilson* 125
『放浪者外遊記』*A Tramp Abroad* 125
『ミシシッピー川の生活』*Life on the Mississippi* 124
『マーク・トウェイン，旅行記，ツーリズム:大衆活動の趨勢』*Mark Twain, Travel Books, and Tourism: The Tide of a Great Popular Movement*（メルトン） 122-123
『マーク・トウェイン：ユーモアの宿命』*Mark Twain: The Fate of Humor*（コックス） 122
マークス，リオ（Leo Marks）「エリオット氏，トリリング氏と『ハックルベリー・フィンの冒険』」"Mr. Eliot, Mr. Trilling and *Huckleberry Finn*" 121-122
「マージナリア」"Marginalia"（ポー） 35
『マーディ』*Mardi*（メルヴィル） 101, 167, 169, 173, 177, 178, 181, 183, 196-200
『マクベス』*Macbeth*（シェイクスピア） 162
マコーリー，トマス・バビントン（Thomas Babington Macaulay）『エッセイ集』*Critical and Miscellaneous Essays* 391
マザー，インクリース（Increase Mather） 228, 230, 231, 235
マザー，コトン（Cotton Mather） 231, 235
「クエンティン・ストックウェルの虜囚と救出」"Quentin Stockwell's Relation of His Captivity and Redemption" 231
「ハナ・スウォートンの捕囚とその解放」"A Narrative of Hannah Swarton's Captivity and Deliverance" 231
マザウェル，ウィリアム（William Motherwell） 401
正木恒夫『植民地幻想』 236, 240n, 244, 262n
マサソイット（Massasoit） 249, 250, 251
マシーセン，F. O.（F. O. Matthiessen） 12, 18, 29, 37n
『アメリカン・ルネッサンス』*American Renaissance* 12, 18, 23n
マスタイ，ドトランジュ（M. L. d'Otrange Mastai）『イルージョンの美術史』*Illusion in Art: Trompe L'Oeil: A History of Pictorial Illusionism* 22-23
『貧しいリチャードの暦』*Poor Richard's Almanack*（フランクリン） 265
松田卓也『相対論的宇宙論』 417n
マチューリン，チャールズ・ロバート・R（Charles Robert R. Maturin） 280, 284, 370, 374
『放浪者メルモス』*Melmoth the Wanderer* 370, 374
マッカシー，メアリー（Mary McCarthy） 291
マクファーソン，ジェイムズ（James Macpherson）『オシアン』*Ossian* 177
松田卓也 417n

『マニエリスム芸術論』（若桑みどり）　19, 24n
マニング家（The Mannings）　324
マニング，リチャード（Richard Manning）　325
マニング，ロバート（Robert Manning）　326
「魔の宮殿」"The Haunted Palace"（ポー）　42
「魔法の島」"The Encantadas"（メルヴィル）　201-204
マボット，トマス・オリーヴ（Thomas Olive Mabbott）『ポー選集』（編）*The Collected Works of Edgar Allan Poe*　381, 384
マラルメ，ステファヌ（Stephan Mallarmé）　27, 31, 32, 33, 407
「マリー・ロジェの秘密」"The Mystery of Marie Rogêt"（ポー）　283, 370, 390
『マンク』*The Monk*　（マシュー・ルイス）　374
マンドヴィル，バーナード（Bernard Mandeville）　177
「ミイラとの論争」"Some Words with a Mummy"（ポー）　76
ミケランジェロ（Michelangelo）　15
『ミシシッピー川の生活』*Life on the Mississippi*（マーク・トウェイン）　124
三島由紀夫『太陽と鉄』　420
ミッチェル，ジョーゼフ「高層鉄骨職人モホーク族」（Joseph Mitchell）　294, 297n
「見よ！」"Lo!"（フォークナー）　300, 305
ミラー，ペリー（Perry Miller）　101, 118n, 242, 262n
　『荒野への使命』*Errand into the Wilderness*　242
ミルトン，ジョン（John Milton）　191
ムア，トマス（Thomas Moore）　401
『ムートの実話』*Mourt's Relation*（ムート？）　247, 260n, 261n
「昔あった話」"Was"（フォークナー）　300, 304, 305
「むかしの人たち」"The Old People"（フォークナー）　300, 304
『武蔵野夫人』（大岡昇平）　115, 118n
紫式部『源氏物語』　161, 343
「紫大納言」（坂口安吾）　376
村松剛「文学と政治」（座談会）　420
メア，ジョン（John Mare）　23
『メアリ・ジェミソン夫人の生涯の物語』*A Narrative of the Life of Mrs. Mary Jemison*（シーヴァ/ナマイアス編）　238, 240n
「メアリ・ローランドソンの捕囚体験記」*The Sovereignty and Goodness of God*（ローランドソン）　216, 228-231, 235
『迷宮としての世界:マニエリスム美術』*Die Welt als Labyrinth: Manier und Manie in der europäsichen Kunst*（ホッケ）　16, 17, 18, 23n
「名士の群れ」"Lionizing"（ポー）　388
メイソン，ジョン（John Mason）　254
メイヤーズ，ジェフリー（Jeffrey Meyers）『ポー評伝』*Poe: His Life and Legacy*　403
メタコム（Metacom）　227, 228
「メッツェンガーシュタイン」"Metzengestein"（ポー）　65, 68, 167, 312, 371, 372
メルヴィル，アラン（Allan Melville）［兄］　157
メルヴィル，エリザベス（Elizabeth Melville）［妻］　166
メルヴィル，ハーマン（Herman Melville）　12, 14, 16, 17, 21, 43, 77, 96, 101, 117n, 118n, 135-155, 156-163, 164-182, 183-205, 206, 239, 286, 287, 325, 330, 333, 341-368
　『イズラエル・ポター』*Israel Potter*　182
　『オムー』*Omoo*　134, 169, 170, 171, 172, 196
　『鯨』*The Whale*　154, 157, 158, 166, 206, 341, 342
　「芸術」"Art"　175
　『詐欺師』*The Confidence-Man*　167, 182, 184-193
　「鐘楼」"The Bell-Tower"　77
　『タイピー』*Typee*　101, 164, 167, 168.169, 170, 171, 172, 175, 189, 239
　『白鯨』*Moby-Dick*　16-17, 77-78, 124, 135-155, 156-163, 165, 166, 167, 173, 176, 182,

200, 204, 205, 206-213, 286, 287, 312, 341-368
『ピアザ物語』*The Piazza Tales* 201
『ピエール』*Pierre* 167, 169, 171, 173, 182, 189-193
『ビリー・バッド』*Billy Budd* 183, 193-196
『ベニト・セレーノ』*Benito Cereno* 167, 195, 287
「ホーソーンとその苔」"Hawthorne and His Mosses" 96, 118n, 163, 333
『ホワイト・ジャケット』*White Jacket* 153, 167, 196
『マーディ』*Mardi* 101, 167, 169, 173, 177, 178, 181, 183, 196-200
「魔法の島」"The Encantadas" 201-204
『レッドバーン』*Redburn* 157, 161, 169, 172, 200
「メルツェルの将棋指し」"Maelzel's Chess Player"(ポー) 388
メルトン，ジェフリー・アラン(Jeffery Alan Melton) 122-123
『マーク・トウェイン，旅行記，ツーリズム:大衆活動の趨勢』*Mark Twain: Travel Books, and Tourism: The Tide of a Great Popular Movement* 122
「メロンタ・タウタ」"Mellonta Tauta"(ポー) 77
モア，トマス(Thomas More)『ユートピア』*Utopia* 177
モア，ポール・エルマー(Paul Elmer More) 30, 33
モートン，ジョージ(George Morton) 261n
モーパッサン，ギ・ド・(Guy de Maupassant) 48, 427-428
『ピエールとジャン』*Pierre et Jean* 48, 428
モーリアック，フランソワ(Français Mauriac) 163
「モノスとユーナの対話」"The Colloquy of Monos and Una"(ポー) 75
『森の生活(ウォールデン)』*Walden*(ソロー) 330
「モルグ街の殺人」」"The Murders in the Rue Morgue"(ポー) 283, 370, 390
「モレラ」"Morella"(ポー) 372, 373, 388

ヤ行

八木敏雄 11, 24n, 245, 246, 262n, 323n, 417n, 420
『アメリカン・ゴシックの水脈』 246, 323n
「馬になる理由ー小島信夫論」 420, 452-464
『エドガー•アラン•ポーの世紀(*The Japanese Face of Edgar Allan Poe*)』(巽孝之共編著) 11, 24n
「消えなましものを一坂口安吾論」 420, 421-451
『破壊と創造:エドガー・アラン・ポー論』 26
『「白鯨」解体』 213n, 353
『ポーのSF Ⅰ，Ⅱ』 417n
山室静「カーレン・ブリクセンの世界」 420
ヤング，エドワード(Edward Young)『夜の想い』*The Complaint, or Night Thoughts on Life* 76
ヤング，フィリップ(Philip Young)『ホーソーンの秘密:語られざる物語』*Hawthorne's Secret: An Untold Tale* 327
『憂鬱の解剖』*The Anatomy of Melancholy*(バートン) 117n
『ユートピア』*Utopia*(モア) 177
「夢の国」"Dream-Land"(ポー) 78n
『ユリイカ』*Eureka*(ポー) 19, 30, 32, 74, 75, 312, 402-417, 459
「妖精の島」"The Island of the Fay"(ポー) 390
『妖精の女王』*The Faerie Queene*(スペンサー) 177
『ヨクナパトゥーファのインディアン』*The Indians in Yoknapatawpha*(ダブニイ) 305
吉田健一 408

「夜長姫と耳男」（坂口安吾） 434
「ヨブ記」"The Book of Job" 229
「嫁取り合戦」"A Courtship"（フォークナー） 300, 305
『夜と朝』（ブルワー=リットン） 391
『夜の想い』*The Complaint, or Night Thoughts on Life*（ヤング） 76

ラ行

ラカン，ジャック（Jacques Lacan） 299-300
　『精神分析の四基本概念』 299, 309n
ラッセル，ハワード（Howard S. Russell） 261n, 262n
ラドクリフ，アン（Ann Radcliffe） 273, 280
「ラパチーニの娘」"Rappaccini's Daughter"（ホーソーン） 329
ラファエロ（Raffaello Santi） 15
ラプラス，ピェール=サイモン（Pierre-Simon Laplace） 410
ラブレー，フランソワ（Francois Rabelais） 177
ラム，チャールズ（Charles Lamb） 177
ランサム，ジョン・クロー（John Crowe Ransom） 292
「ランダーの小屋」"Landor's Cottage"（ポー） 167
「リア王論」（野島秀勝） 448-449
「リジーア」"Ligeia"（ポー） 66, 76, 372, 373, 389
リースマン，デイヴィッド（David Riesman） 43-44
　『孤独な群衆』*The Lonely Crowd* 44
「リップ・ヴァン・ウィンクル」"Rip Van Winkle"（アーヴィング） 221
ルイス，C. S.（C. S. Lewis）『愛のアレゴリー』*The Allegory of Love* 40, 53n
ルイス，マシュー（Matthew Gregory Lewis [Monk Lewis]）『マンク』*The Monk* 280, 374
ルサージュ，アラン=ルネ（Alain-René Lesage）『ジル・ブラース』（*Gil Blas*） 87
ルメートル，ジョルジュ（Georges Lemaître）
　『原始原子:宇宙論についての一考察』*The Primeval Atom: an Essay on Cosmology* 411-412
『冷戦と所得税』*The Cold War and the Income Tax*（ウィルソン） 296, 297n
レイダ，ジェイ（Jay Lyda）『メルヴィル・ログ』*The Melville Log* 182n
レヴィン，ハリー（Harry Levine）『暗黒の力』*The Power of Blackness: Hawthorne, Poe, Melville* 271
レオナルド・ダ・ヴィンチ（Leonardo da Vinci） 15
レザノフ，ニコライ（Nikolai Rezanov） 324
『レッドバーン』*Redburn: His First Voyage*（メルヴィル） 157, 161, 169, 172, 200
ロウエル，ジェイムズ・ラッセル（James Russell Lowell） 390
『老水夫行』*The Ancient Mariner*（コールリッジ） 177, 362
ローランドソン，ジョゼフ（Joseph Rawlandson） 216, 228, 230
ローランドソン，メアリ（Mary White Rowlandson）『メアリ・ローランドソンの捕囚体験記』*The Sovereignty and Goodness of God* 216, 226-232, 235
「ロジャー・マルヴィンの埋葬」"Roger Malvin's Burial"（ホーソーン） 328
『ロデリック・ハドソン』*Roderick Hudson*（ヘンリー・ジェイムズ） 180, 458
『ロビンソン・クルーソー』*Robinson Crusoe*（デフォー） 177
ロルフ，ジョン（Rolfe, John） 220, 224, 249
ロルフ，トマス（Rolfe, Thomas） 220
ロレンス，D. H.（D. H. Lawrence）『古典アメリカ文学研究』*Studies in Classic American Literature* 96, 118n, 221, 224, 225n, 240n, 292-293, 297n, 347, 373-374
ロングフェロー，ヘンリー・ワズワース（Henry Wadsworth Longfellow） 64-65, 392, 396-397, 399, 401
「ロングフェローの『バラッド』評」"On Long-

fellow's *Ballads*"（ポー） 64-65, 392, 396-397

ワ行

ワーズワース，ウィリアム（William Wordsworth） 19, 386
『ワイアンドット』 *Wyandotté*（クーパー） 398-399
ワインバーグ，スティーヴン（Steven Weinberg)『宇宙創生はじめの三分間』*The First Three Minutes: A Modern View of the Origin of the Universe* 417n
「若いグッドマン・ブラウン」"Young Goodman Brown"（ホーソーン） 284, 287, 328
若桑みどり『マニエリスム芸術論』 19, 24n
『わが野生のインディアン』 *Our Wild Indians*（ドッジ） 128
『別れる理由』（小島信夫） 420, 452, 459, 463
ワゴナー，ハイアット・ハウ（Hyatt Howe Waggoner） 103, 117n, 335
「わたしの縁者モリノー少佐」"My Kinsman, Major Molineux"（ホーソーン） 275, 328

著者について

八木敏雄（やぎ　としお）

一九三〇（昭和五）年に福井県に生まれ、中国天津で育つ。一九四六年に引き揚げ、戦後混乱期の中等教育をへて、一九四九年、新制大学第一期生として東京外国語大学英米語学科に入学し、一九五三年に同大学を卒業した。その後十数年にわたり、福井県立藤島高等学校および成城学園高等学校において英語教諭を勤め、一九六九年から成城大学文芸学部英文科に籍を移し、以後二〇〇一年に定年退職するまで同大学で教鞭を執った。現在は成城大学名誉教授。

著書に『破壊と創造——エドガー・アラン・ポオ論』（南雲堂、一九六八）、『ポー：グロテスクとアラベスク』（冬樹社、一九七八）、『「白鯨」解体』（研究社、一九八六）、『アメリカン・ゴシックの水脈』（同上、一九九二）など、英語論文に"Is Ishmael, Ishmael: An Anatomy of *Moby-Dick*,"（『英文学研究』English Number 1977）、"*Moby-Dick* as a Mosaic,"（*Melville and Melville Studies in Japan*, Greenwood Press, 1993）などがあり、翻訳にチャールズ・ブロックデン・ブラウン『エドガー・ハントリー』（国書刊行会、一九七九）、ホーソーン『緋文字』（岩波文庫、一九九二）、メルヴィル『白鯨』（同上、全三巻、二〇〇四）、ポオ『黄金虫、アッシャー家の崩壊　他九篇』（同上、二〇〇六）、ポオ『ユリイカ』（同上、二〇〇八）、『ポオ評論集』（同上、二〇〇九）などがある。（書誌的年譜参照）

マニエリスムのアメリカ

二〇一一年十一月十五日　第一刷発行

著　者　八木敏雄
発行者　南雲一範
装幀者　岡孝治
発行所　株式会社南雲堂
東京都新宿区山吹町三六一　郵便番号一六二–〇八〇一
電話東京 （〇三）三二六八–二三八四（営業部）
（〇三）三二六八–二三八七（編集部）
振替口座　〇〇一六〇–〇–四六八六三
ファクシミリ　（〇三）三二六〇–五四二五
印刷所　壮光舎
製本所　長山製本所
乱丁・落丁は、小社通販係宛御送付下さい。
送料小社負担にて御取替えいたします。
〈IB-319〉〈検印廃止〉

ISBN978-4-523-29319-4 C3098